## Das Buch

Die Weimarer Republik 1921: Der Erste Weltkrieg ist seit drei Jahren zu Ende und wirft dennoch lange Schatten, auch auf die Familie von Briest. Otto und Hermine von Briest stehen kurz vor dem Bankrott. Ihre Tochter Luisa hofft auf eine Karriere beim Film. Trotz Inflation und Wirtschaftskrise strömen die Menschen in die Varietés, die Lichtspielhäuser und auf die neu entstandenen Autorennstrecken. Dort versucht sich Max Brandow zu beweisen, der Ziehsohn der Briests. Otto und Hermine haben ihn vor einem Ende in der Gosse bewahrt. Max bindet ein Versprechen an die Briests und vor allem an Luisa, dem er alles unterordnet – auch sein persönliches Glück. Den Rausch der Geschwindigkeit sucht auch Sigurd von Cramm, dessen Familie mit den Briests seit Generationen verfeindet ist. In den extremen politischen Strömungen der Zeit findet er eine neue Heimat – und eine Möglichkeit, den Untergang der Briests voranzutreiben.

## Der Autor

Richard Dübell, geboren 1962, lebt in Landshut. Als Autor von historischen Romanen stürmt er seit Jahren die Bestsellerlisten. Mit *Der Jahrhundertsturm* und *Der Jahrhunderttraum* legte er den Grundstein für die große Deutschland-Saga, die nun mit *Das Jahrhundertversprechen* fortgesetzt wird.
Besuchen Sie den Autor unter: www.duebell.de

Von Richard Dübell sind in unserem Hause bereits erschienen:
*Der Jahrhundertsturm* · *Der Jahrhunderttraum*
*Allerheiligen* · *Himmelfahrt*

RICHARD
DÜBELL

# DAS *Jahrhundert* VERSPRECHEN

*Roman*

Ullstein

Besuchen Sie uns im Internet:
www.ullstein-buchverlage.de

MIX
Papier aus verantwortungsvollen Quellen
FSC® C083411
FSC www.fsc.org

Originalausgabe im Ullstein Taschenbuch
1. Auflage Juni 2018
2. Auflage 2018

Umschlaggestaltung: zero-media.net, München
Titelabbildung: © getty images/Heritage Images/Kontributor
(Hintergrund, Auto); getty images/ClassicStock/
© H. Armstrong Roberts (Frau)/ © akg-images (Innenklappen: Stadtansicht)
Satz: LVD GmbH, Berlin
Gesetzt aus der Minion
Druck und Bindearbeiten: CPI books GmbH, Leck
ISBN 978-3-548-28966-3

*Wenn ich alle Gründe aufzählen würde, warum ich ihr danken möchte, würde diese Danksagung länger als der Roman.*

*Daher nur: Danke, Christine. Du bist die Liebe meines Lebens. Und ohne Dich gäbe es die nachfolgende Geschichte gar nicht.*

*Wir sehen jetzt durch einen Spiegel ein dunkles Bild.*

1. Korinther 13,12

*Ein gegebenes Versprechen ist eine unbezahlte Schuld.*

William Shakespeare

# PROLOG

## Weihnachten 1918

# 1

Der Junge rannte um die Ecke und blieb schlagartig stehen, als er sah, dass in der Agentur Licht brannte. Er stützte die Hände auf die Knie und schüttelte den Kopf. Er hätte erbittert geflucht, wenn er dafür genügend Luft gehabt hätte. Aber er keuchte und rang nach Atem. Er war die ganze Strecke vom Stadtschloss her gelaufen.

Der Junge hieß Max Brandow und war vierzehn Jahre alt. Das Haus, in dem das Licht brannte, stand an der Ecke Friedrichstraße/Taubenstraße. Es beherbergte die Detektivagentur von Otto und Hermine von Briest. Max hatte gehofft, dass die Briests am Abend zuvor schon aus Berlin abgereist wären und die Agentur über Weihnachten geschlossen hätten. Er hatte einen Fehler gemacht. Er hätte nicht hoffen, sondern die Briests warnen sollen. Verdammt!

Aber gestern Nachmittag hatte er zum ersten Mal seit Tagen wieder etwas Warmes zu essen bekommen. Die Revolutionäre von der Volksmarinedivision, die sich im Stadtschloss einquartiert hatten, hatten eine ganze Anzahl von Gassenjungen in das besetzte Gebäude geholt und ihr Essen mit ihnen geteilt. Viele Matrosen wussten, was es bedeutete, im Dezember ohne warme Kleidung und ohne Nahrung durch Berlin zu streifen. Es hatte auch Bier gegeben. Max hatte einiges davon getrunken und es danach nicht mehr über sich gebracht, am Abend noch einmal durch Regen und Kälte loszulaufen und die Briests über das zu benachrichtigen, was er gehört hatte. Er war davon ausgegangen, dass Otto angesichts des Datums – zwei Tage vor dem Heiligen

Abend – und der Situation in der Stadt ohnehin mit seiner Familie auf sein Gut bei Genthin fahren würde. Er hatte sich getäuscht. Er hätte Otto von Briest besser kennen müssen. Er hatte einen riesendämlichen Fehler begangen. Aber er würde ihn wiedergutmachen! Keuchend, mit schmerzenden Füßen und Seitenstechen setzte er sich wieder in Bewegung und lief über die Friedrichstraße, um zu klingeln. Vom Stadtschloss her glaubte er, den Tritt von marschierenden Stiefeln zu hören und vereinzeltes Gewehrfeuer. Es war natürlich nur Einbildung, weil der Schall nicht so weit trug. Oder doch? Max wusste, wie sich Gewehrfeuer in den Gassen einer Stadt anhörte. Der Krieg war zu Ende, aber die Gewalt war weitergegangen und hatte sich von den Schützengräben der erstarrten Front in die Häuserschluchten der Reichshauptstadt begeben.

Anfang Oktober hatte das Deutsche Reich um einen Waffenstillstand nachgesucht. Ende Oktober hatte die Oberste Heeresleitung den Rückwärtsgang eingelegt und die Fortführung des Kriegs befohlen, weil ihr die Waffenstillstandsbedingungen der Alliierten als unannehmbar erschienen. Der in Kiel liegenden Kaiserlichen Flotte war befohlen worden, zu einer Schlacht gegen die britische Flotte auszulaufen. Die Matrosen hatten gemeutert. Sie hatten nicht in einer sinnlosen Schlacht geopfert werden wollen. Sie wollten nach Hause, so wie die Soldaten an der Front. Sie wollten ein Ende des Kriegs, so wie ihre Familien zu Hause. Sie wollten den Kaiser abgesetzt und eine neue Regierung an der Macht sehen, die nach vier Jahren Krieg endlich den Frieden brachte.

Ihre Befehlsverweigerung hatte eine Revolution ausgelöst, die innerhalb weniger Tage das Deutsche Kaiserreich hinwegfegte. Kaiser Wilhelm war ins niederländische Exil geflohen, nachdem Reichskanzler Max von Baden, ohne die kaiserliche Entscheidung abzuwarten, seine Abdankung publik gemacht und das Ende der Monarchie verkündet hatte. All das hatte man erfahren können, wenn man wie Max auf der Straße lebte und die Zeitungen von vorgestern, mit denen man sich vor der Kälte schützte, auch als Lektüre nutzte.

Seitdem versuchte das Reich, sich neu zu finden: als reine Demokratie, wie sie der Sozialdemokratischen Partei Deutschlands vorschwebte; oder als sozialistische Republik nach sowjetischem Vorbild, wie der Spartakusbund forderte. Die Verrohung der nach vier Jahren Krieg heimgekehrten Soldaten, die Demagogen auf beiden Seiten, die Verachtung des Volks gegenüber den Politikern, das Gefühl der Bürgerschaft, von einem Schandfrieden gedemütigt worden zu sein, und die Erkenntnis des Proletariats, dass es nach jahrzehntelanger Ausbeutung und den unvorstellbaren Gräueln des Kriegs jetzt noch schlechter dastand als zuvor, verhinderten eine Auseinandersetzung mit friedlichen Mitteln. Eine brodelnde Gerüchteküche tat ein Übriges, die Aggressivität zu schüren. Und nicht zuletzt versetzten die vielen Todesfälle, die die Spanische Grippe seit Mitte des Jahres gefordert hatte, und die Angst vor einem noch stärkeren Aufflammen der Epidemie die Menschen in einen Zustand ständiger Panik.

Schon während des Matrosenaufstands im November hatte es Tote gegeben. Und dann wieder, als am Nikolaustag demonstrierende Spartakisten mit der regierungstreuen Soldatenwehr des Stadtkommandanten zusammengestoßen waren. Seitdem war die Lage nicht besser geworden. Die Volksmarinedivision hatte sich im Stadtschloss verschanzt und wollte es erst räumen, nachdem der lange ausstehende Sold bezahlt worden war. Die Volksbeauftragten, die die Regierung bildeten, und der von ihnen beauftragte Stadtkommandant versuchten, die Revolutionäre mit Drohgebärden und gleichzeitigen Zugeständnissen zur Räumung des Schlosses zu bewegen.

Heute, am 23. Dezember 1918, würde eine Abteilung der Volksmarinedivision zur Kommandantur marschieren, um ihren Forderungen nötigenfalls mit Gewalt Nachdruck zu verleihen. Und Max Brandow, der von diesen Plänen gestern Abend erfahren hatte, war losgerannt, um den einen Mann in Berlin und dessen Familie zu warnen, der immer gut und anständig zu ihm gewesen war.

## 2

Es war noch schlimmer, als Max gedacht hatte. Nicht nur Otto und seine Frau Hermine waren in der Agentur, sondern auch deren Tochter Luisa. Max hatte bislang nur Bilder von ihr gesehen; Otto, ein Freund moderner Techniken, hatte in jedem Lebensjahr eine Fotografie von ihr anfertigen lassen und Max den Stapel einmal gezeigt. Luisa war jetzt knapp elf Jahre alt. Max wusste, dass Otto und Hermine hart im Nehmen waren und sich bei Gefahr durchaus behaupten konnten. Aber das Mädchen? Ihm wurde übel bei dem Gedanken, dass er es versäumt hatte, die Briests gestern zu warnen, als noch Zeit genug gewesen wäre, gefahrlos abzureisen. Luisa, die neben ihrer Mutter in der geöffneten Tür im ersten Stock stand, schaute Max mit großen Augen an.

»Maxe, was machste denn hier – und so abjehetzt«, sagte Hermine erstaunt. Max hatte sie vom ersten Kennenlernen an dafür geliebt, dass sie ihren Berliner Dialekt nie vollständig unterdrücken konnte, selbst nach so langer Ehe mit dem perfekt Hochdeutsch sprechenden Otto von Briest nicht. »Brauchste was? Ich dachte, Otto hätte gesagt, du wärst über Weihnachten gut uffjehoben bei Verwandten aufm Land?«

Ja, dachte Max, das hab ich deinem Mann gesagt, weil ich nicht wollte, dass ihr euch Gedanken macht, ob ich Weihnachten in der Gosse verbringe oder nicht. Aber für derartige Überlegungen war jetzt keine Zeit.

»Bist du Max Brandow?«, fragte Luisa. Sie streckte dem schwitzenden Max die rechte Hand hin. »Ich bin Luisa. Ich hab schon von dir gehört.«

Max, von der Freundlichkeit Luisas überrascht, schüttelte ihr unwillkürlich die Hand und fragte sich dann, ob seine Pfote sich wirklich so dreckig und verschwitzt anfühlte, wie er befürchtete. »Mensch, Frau von Briest!«, stieß er dann hervor. »Ihr müsst hier weg! Wisst ihr denn nich, wat hier los is?«

Die Agentur bestand aus mehreren Räumen in zwei Stockwerken des Gebäudes. Im ersten Stock waren das Zimmer der Sekretärin sowie zwei weitere Räume, in denen Gehilfen arbeiteten. Im zweiten Stock hatten Otto und seine Frau zwei kleine Büros. Diese Büros waren die Keimzelle der Agentur, damals, als sie noch von ihrem Gründer Edgar Trönicke geführt worden war. Edgar war einer der ersten Privatdetektive Berlins gewesen. Otto und Hermine waren in seine Fußstapfen getreten; Hermine war Edgars Sekretärin gewesen, bevor Otto sie geheiratet hatte. Die Treppe zum zweiten Stockwerk herab kamen jetzt schnelle Schritte.

Max drehte sich um und sah Otto von Briest hinter sich stehen. Otto musste die letzten Worte von Max gehört haben. Seine Augenbrauen zogen sich zusammen.

»Weißt du was Neues, Max? Komm mit rein. Willst du was Heißes zu trinken? Wir haben Tee.«

»Ick will nüscht, ick will nur, det Se Ihre Familje nehmen und schleunigst verschwinden!«, drängte Max.

»Du bist ganz nass«, sagte Otto. »Komm erst mal rein. Auf ein paar Minuten kommt's wohl nicht an.«

Max' Bauchgefühl sagte ihm, dass es wahrscheinlich schon auf ein paar Minuten ankam. Aber er hatte der Wärme und der Illusion von Familie, die die Detektivagentur Briest für ihn bedeutete, noch nie widerstehen können. So nahm er Ottos Gelassenheit als willkommene Ausrede dafür, diese Illusion eine kurze Weile aufrechterhalten und genießen zu können, bevor er wieder in die Kälte hinausmusste, und folgte den Briests und ihrer Tochter in die Agentur hinein.

Auf dem Tisch der Sekretärin stand ein kleiner Stapel bunt eingepackter Geschenke. Nun wusste Max, was die Briests aufgehalten hatte. Sie hatten Weihnachtsgeschenke für ihre Mitarbeiter gepackt. Wahrscheinlich hatten sie den Angehörigen der Agentur für heute freigegeben, damit diese Weihnachtsbesorgungen machen konnten – was immer das karge Hungerleiderangebot der Berliner Bäcker und Metzger hergab. Morgen würden die Mitarbeiter noch ein paar Stunden in der Agentur verbringen, während die Briests schon auf ihrem Gut waren; dann würden sie die für sie gedachten Geschenke vorfinden und für den Heiligen Abend mit nach Hause nehmen, nachdem sie die Detektei über die Feiertage geschlossen hatten. Max schluckte, als er die Namenszettel auf den Geschenken sah und auch einen entdeckte, auf dem in kindlicher Schrift – wahrscheinlich Luisas Hand – sein Name stand. Die Briests hatten auch letztes Weihnachten an ihn gedacht, als ihre »Zusammenarbeit« noch ganz frisch gewesen war. Trotzdem überraschte ihn die großzügige Geste. Erneut krümmte er sich innerlich bei dem Gedanken, dass er diese großartigen Menschen in Gefahr gebracht hatte, weil er gestern zu bequem gewesen war, noch einmal in die Dezemberkälte hinauszulaufen.

»Die Matrosen im Stadtschloss wollen det Schloss erst räumen, wennse ihre fällige Löhnung gekriegt haben«, sagte Max. »Denn sollnse die Schlüssel dem Stadtkommandanten aushändjen.«

»Ich weiß«, sagte Otto ernst. »Ich habe gehofft, dass sich beide Seiten darauf einigen können, damit der Ausnahmezustand endlich endet und es über Weihnachten kein Blutvergießen gibt … aber wenn ich dich so ansehe, befürchte ich, dass die Vernunft hüben wie drüben dazu nicht ausreicht, oder?«

»Die Matrosen trauen dem Stadtkommandanten nich. Gestern ham se beschlossen, det se det Schloss lieber eenem von den Volksbeauftragten überjeben, eenem Typ namens Emil Barth, von dem se glooben, det er eijentlich einer von ihnen ist.«

»Barth ist bei der USPD«, sagte Hermine. »Er ist ein Spartakist, der so tut, als wäre die Revolution ganz alleene auf seinem Mist gewachsen.«

»Das wird Stadtkommandant Wels nicht zulassen«, sagte Otto. »Gott, wieso müssen die Dinge immer bis zum Äußersten überreizt werden!«

»Es kommt noch schlimmer«, sagte Max düster. »Die Matrosen haben det gestern Abend schon an die Kommandantur übermittelt, und Wels hat jeantwortet, det se die Auszahlung der Löhnung verjessen können, wennse die Schlüssel zum Schloss nich an ihn übergeben.«

»Und nun?«

»Nu«, sagte Max und öffnete die Eingangstür wieder, »marschiern een paar Abteilungen von den Revolutionären zur Kommandantur und wollen Wels zwingen, die Pinke rauszurücken, und wenn det passiert, denn werden die Kugeln fliegen und denn wird die janze Untern Linden een Schlachtfeld werden wie Flandern 1917. Un det Se mit Ihrer Familje zum Bahnhof Friedrichstraße kommen, müssen Se Untern Linden überqueren, wa? Also lassen Se uns abhauen, solang et noch jeht – oder verbarrikadieren Se sich in der Agentur!«

Otto überlegte nur ein paar Sekunden lang. »Wenn das passiert, ist in Berlin nichts mehr sicher«, sagte er dann. »Wir müssen hier raus, aufs Gut. Zieht euch an. Max, du holst dir noch den Tod in den dünnen nassen Sachen. Schnapp dir den Mantel da von der Garderobe. Wir meiden die Friedrichstraße. Lasst uns hintenrum zum Bahnhof laufen, über die Kanonierstraße und die Dorotheenstädter Kirche.«

»Sie ham doch ne Wumme«, sagte Max und schlüpfte dankbar in den Mantel. »Nehmse se sicherheitshalber mit.«

»Garantiert nicht«, sagte Otto. »Wer in einem Konflikt eine Waffe zückt, muss auch damit schießen.«

»Die anderen ham die Waffen schon lange jezückt«, murmelte Max. Er war nicht sicher, ob Otto ihn gehört hatte. Luisa sah ihn an und schluckte. Er merkte auf einmal, wie viel Angst das Mädchen hatte, und wollte sie beruhigen. Er zwang ein Lächeln auf sein Gesicht. »Keene Sorge, Frollein von Briest, wenn wa jetzt abhauen, passiert Ihnen nüscht.«

Luisa wollte etwas antworten, aber Hermine schnitt ihr das Wort ab, indem sie ihre Tochter einfach dem aus der Tür tretenden Otto hinterherschob. Dann fühlte sich Max gepackt und ebenso resolut zur Tür hinausbefördert. Hermine folgte als Letzte.

»Ick mache die Nachhut!«, protestierte Max.

»Unsinn. Los jetzt, nehmt de Beene in die Hand. Luisa – alles wird gut!«

»Ja, Mama.«

Otto rief über die Schulter: »Max, du kommst mit uns nach Gut Briest. Wenn in Berlin die Kugeln fliegen, will ich dich in Sicherheit wissen.«

»Det jeht doch nich«, stieß Max hervor.

Otto antwortete nicht. Er stieg ohne Hast, aber auch nicht langsam, die Treppe hinunter. Max hörte, wie Hermine hinter ihm die Eingangstür zur Agentur absperrte. Luisa folgte ihrem Vater die Stufen hinunter, die linke Hand am Geländer. Max konnte sehen, dass ihre Handknöchel blau waren vor Kälte und Nervosität. Der Mantel war Max zu groß, und er roch nach Zigarrenrauch, Rasierwasser und feucht gewordener Wolle. Max' Herz, das sich mittlerweile beruhigt gehabt hatte, klopfte nun erneut vor Erregung. Die Wärme des schweren Kleidungsstücks ließ den Schweiß bei ihm ausbrechen. Auf halbem Weg die Treppe hinunter drehte er sich um, um zu sehen, ob Hermine hinterherkam. Sie war dicht hinter ihm und nickte ihm zu. Auf den Kopf hatte sie sich einen runden Hut gestülpt, mit Federn auf der Krone. Er hatte abgestoßene Kanten, und die Federn waren zerzaust. In seiner Nervosität schien es Max, als sähe er auf einmal Details, die ihm bisher entgangen waren und die auch die Düsternis des Treppenhauses nicht verbergen konnte: dass Hermines Stiefeletten an den Kappen rissiges Leder aufwiesen; dass der Mantel, den Luisa trug, unten am Saum angestückelt worden war; dass keiner der drei Handschuhe bei sich hatte, weil sie als entbehrliche Kleidungsstücke galten und infolge der allgemeinen Knappheit vom Kriegsversorgungsamt beschlagnahmt worden waren. Bei Max' bisherigen Begegnungen mit den Briests hatte er immer vorausgesetzt, dass sie wohlhabend waren. Sie besaßen ein Gut auf dem Land und betrieben in Berlin eine Detektei, sie arbeiteten mit Banken und Versicherungen zusammen und konnten es sich leisten, für Informationen Geld zu bezahlen … sie hatten auch Max für seine Spitzel- und Botendienste immer anständig bezahlt … und abgesehen davon war Max jeder Mensch wohlhabend erschienen, der ein eigenes Dach über dem Kopf besaß … doch jetzt wurde ihm zum ersten Mal bewusst, dass auch die Briests unter der Not der Zeit zu leiden hatten, dass sie alle drei hager waren und dass ihre Kleidung bessere Zeiten gesehen hatte.

»Was gibt's zu kieken?«, fragte Hermine. »Pass auf, dass de nich die Treppe runterfällst.«

Max zuckte zusammen und blickte wieder nach vorn. Otto öffnete die Haustür und spähte hinaus. Durch die geöffnete Tür drangen Geräusche von draußen herein: entferntes Geschrei und das Knattern von Maschinengewehren. Luisa gab einen entsetzten Laut von sich und blieb wie angewurzelt stehen. Sie griff hinter sich und bekam Max' Hand zu fassen. Max nahm an, dass sie gedacht hatte, ihre Mutter sei hinter ihr und sie habe nach deren Hand gegriffen, aber sie ließ Max nicht los, und er nahm die kalte Hand des Mädchens fester in die seine. Otto nahm Blickkontakt mit Max, dann mit seiner Frau auf.

»Wenn wir draußen sind, gehen wir so schnell wie möglich. Nicht laufen. Wer läuft, fällt umso schneller auf.«

Max nickte. Er sah Hermine ebenfalls nicken. Luisa starrte ihren Vater an.

»Max bleibt an deiner Seite, Sternchen«, sagte Otto und lächelte sie an. »Hab keine Angst. Es ist nicht ganz einfach, aber wir sind nicht in Lebensgefahr. Und wir beschützen dich.«

Luisa schluckte. Max spürte, wie sich ihre Finger um seine Hand krallten.

»Alles klar?«, fragte Otto.

»Bring uns nach Hause, mein Schatz«, sagte Hermine.

Otto zog die Tür ganz auf und winkte sie alle hinaus.

Die Friedrichstraße war in beiden Richtungen fast ausgestorben. Es gab keine Fuhrwerke, keine Omnibusse, keine Automobile, nur vereinzelte Fußgänger, deren graue und braune, vom Krieg modisch gemachte Kleidungsfarben sie uniform und gesichtslos aussehen ließen. Der Regen war noch stärker geworden und verwandelte den frühen Vormittag in eine zeitlose, trübe Halbdämmerung.

Max und die anderen wandten sich nach links, in die Taubenstraße, in der überhaupt kein Leben zu sehen war. Die Häuserfassaden waren dunkel von Regen und Vernachlässigung. Von den hohen Wänden hallte das Gewehrfeuer wider. Max war klar, dass es von der Stadtkommandantur her kommen musste. Die revoltierenden Matrosen, die dorthin marschiert waren, lieferten sich ein Gefecht mit der republikanischen Soldatenwehr. Es würde wieder Tote geben. Es würden wieder Männer sterben, die den Krieg gegen den Feind überlebt hatten, nur um zu Hause von den ehemaligen Kameraden erschossen zu werden.

Luisa hastete ungeschickt neben Max her. Sie hielt immer noch seine Hand fest. »Ich kann nicht so schnell!«, sagte sie keuchend.

»Ick zieh Ihnen, Frollein, keene Sorge«, beruhigte Max sie.

»Passt du wirklich auf mich auf?«

»Versprochen, Frollein. Großes Ehrenwort.«

»Die ganze Zeit?«

»Für immer«, sagte Max.

»Warum sagst du ständig ›Frollein‹ zu mir? Ich heiße Luisa.«

Die nächste Kreuzung war schon die mit der Kanonierstraße. Dort mussten sie sich nach rechts wenden und ihrem Verlauf nach Norden folgen. Wie weit war es von hier zum Bahnhof Friedrichstraße? Einen Kilometer? Max machte sich bereit, Luisa nötigenfalls zu tragen. Ihm fiel ein, dass, wenn die Gefechte sich ausweiteten, vielleicht der Bahnverkehr zum Erliegen kam – oder dass irgendwelche Putschisten den Bahnhof besetzten. Dann hätte er die Briests mitten ins Chaos gelockt. Sein Magen krümmte sich zusammen.

Sie bogen um die Ecke, in die Kanonierstraße hinein. Instinktiv waren sie dicht zusammengeblieben, eine Gruppe aus vier Menschen, die sich geschlossen und schnell vorwärtsbewegte. Jetzt blieben sie wie ein Mann stehen, als seien sie gegen eine Mauer geprallt.

Weiter vorn, bei der Jägerstraße, war ein kleiner Trupp Bewaffneter in die Kanonierstraße gebogen. Sie waren in südlicher Richtung unterwegs. Max kannte sich gut genug aus, um zu ahnen, dass sie zur Reichskanzlei unterwegs waren. Die Männer gehörten zur Volksmarinedivision. Vermutlich hatten sie den Befehl, die Telefonzentrale in der Kanzlei unter Kontrolle zu bringen und die Regierung festzusetzen. Sie waren erhitzt und ungepflegt und bis an die Zähne bewaffnet. Im ersten Affekt hatten ein paar von ihnen die Gewehre erhoben, als sie Max und die anderen erblickt hatten. Jetzt senkten sie sie wieder, aber sie waren unschlüssig. Ihr Vormarsch geriet ins Stocken.

»Wir gehen einfach ganz ruhig auf die andere Straßenseite«, murmelte Otto.

Er tat einen Schritt. Die Revolutionäre hoben die Gewehre wieder und zielten. Otto erstarrte.

»Gütiger Gott«, flüsterte Hermine.

»Ihr da – stehen bleiben!«, rief einer der Männer, der offensichtlich der Anführer war. An Rangabzeichen war es nicht zu erkennen. Die meisten der Matrosen trugen zwar ihre Käppis, aber ihre Mäntel waren ein Sammelsurium aus Militär- und zivilen Kleidungsstücken.

Luisa wimmerte.

»Wir bleiben ganz ruhig«, sagte Otto. Max hatte ihn noch nie so ernst gesehen. Als die Matrosen heran waren, setzte Otto ein Lächeln auf. »Fröhliche Weihnachten, meine Herren«, sagte er.

Die Matrosen waren junge Männer in den Zwanzigern, denen die schlechte Ernährung Kerben in die Wangen gezogen hatte und deren Augen fiebrig glühten vor Schlafmangel und Nervosität. Ein paar von ihnen sahen Otto verwundert an, einer erwiderte das Lächeln, aber keiner von ihnen sprach. Das Reden besorgte ihr Anführer.

»Papiere«, forderte er barsch und streckte die Hand aus.

Max sah Otto zögern. Die Matrosen hatten keinerlei Polizeibefugnis. Ihre Forderung, Ausweispapiere sehen zu wollen, entbehrte jeder Grundlage. Aber die Gewehre in ihren Händen und die Anarchie, die in Berlin herrschte, gaben ihnen jedes Recht, das sie sich nehmen wollten. Otto holte langsam seine Brieftasche heraus und überreichte sie dem Anführer.

Der schlug sie auf, nahm wortlos alles Papiergeld heraus, das sich darin befand, und steckte es in die Tasche. Er machte keinen Anschein, dass ihn der Diebstahl irgendwie verlegen machte. Max fragte sich, ob Otto das beabsichtigt hatte – eine elegante Bestechung, um die Männer friedlich zu stimmen. Es wirkte nicht so, als hätte es funktioniert. Der Anführer betrachtete Ottos Ausweis, dann sah er fragend auf.

»Meine Familie«, sagte Otto. »Wir wollen zum Bahnhof, über Weihnachten nach Hause fahren.«

»Gut Briest«, sagte der Anführer der Matrosen. »Genthin. Wo soll das sein?«

»An der Elbe. Richtung Brandenburg, und dann noch zwanzig Kilometer weiter.«

Einer der Matrosen schnappte sich den Ausweis, den der Anführer noch nicht zurückgegeben hatte, und starrte hinein.

»Du kriegst die Motten!«, rief er. »Das sind ja von und zus!«

»Geben Sie den Ausweis zurück, Matrose!«, sagte der Anführer scharf.

Der Matrose ignorierte ihn. »Von und zus!«, wiederholte er stattdessen. »Das Pack, das uns in die Scheiße geritten hat. Und ganz Deutschland mit dazu.«

Ein paar Männer murrten. Die Blicke wurden feindselig.

Einer sagte: »Die Politiker ham uns in die Scheiße geritten. Und die Juden.«

»Die Politiker sind fast alle von und zus, und die Juden finanzieren die Schweine! Mach die Augen auf, du Narr!«

Der Anführer nahm den Ausweis wieder an sich. Er wirkte unschlüssig.

Max' Mut sank. Ein Vorgesetzter, der sich seiner Männer sicher war, hätte die Situation im Griff gehabt. Aber so, wie die Dinge standen, konnte alles Mögliche passieren. Er spürte förmlich, wie sich in den übermüdeten, fanatisierten Revolutionären Wut aufbaute und die Bereitschaft, Gewalt anzuwenden. Ohne sich in militärischen Belangen allzu gut auszukennen, ahnte er, dass der Anführer jetzt seine Männer hätte stillstehen lassen sollen. Ihr soldatisches Training hätte die Oberhand gewonnen, und sie hätten gehorcht, während Max und Ottos Familie unbeschadet hätten weitergehen können. Aber der Anführer tat nichts. Er ließ sich von den unausgesprochenen Wünschen seiner Männer leiten.

»Sie sind verhaftet«, sagte er und steckte Ottos Ausweis ein.

»Sie können uns nicht verhaften«, sagte Hermine, deren Impulsivität sich meistens nicht lange im Zaum halten ließ. »Sie sind ja keene Polizisten, wa?«

»Halten Sie den Mund«, sagte der Anführer.

»Ja, halt die Klappe, Adelsschickse«, knurrte der Mann, der vorher Ottos Ausweis an sich genommen hatte.

»Ich dulde nicht, dass Sie meine Frau beleidigen!«, sagte Otto. Er starrte den Matrosen an. »Sie werden sich sofort entschuldigen, Sie Flegel.«

Der Matrose starrte vollkommen überrascht zurück. Seine Hände an der Waffe zuckten. Max flehte innerlich, dass der Anführer der Matrosen jetzt endlich Führungsqualität zeigte, doch er schnauzte nur Otto an: »Sie halten auch den Mund!«

Die Augen des Matrosen verengten sich. »Wie hast du mich grade genannt?«, fragte er gefährlich leise.

Otto ließ sich nicht einschüchtern. »Ich habe Sie einen Flegel genannt, und das sind Sie, wenn Sie sich nicht entschuldigen. Ihre Not gibt Ihnen nicht das Recht, so ungehobelt zu sein.«

»Ich krieg die Motten«, sagte der Matrose, indem er sich halb zu seinen Kameraden umdrehte. Er wirkte wie jemand, der vor Erstaunen nicht weiß, was er tun soll. Doch Max erkannte, dass der Matrose es in Wahrheit ganz genau wusste. Er wollte Otto warnen und ließ Luisas Hand los, um den Detektiv beiseitezuziehen. Er war zu langsam. Der Matrose drehte sich plötzlich um und stieß Otto nach einem raschen Schritt den Gewehrkolben ins Gesicht.

Otto war schneller. Er wich zur Seite aus. Der Matrose stieß noch einmal zu. Otto wich zur anderen Seite aus. Dann trat er hastig außer Reichweite und hob die Hände. »Hören Sie auf!«, sagte er. Der Matrose stand mit halb erhobenem Gewehr und wutverzerrtem Gesicht da. »Befehlen Sie Ihren Männern, sie sollen ruhig sein!«, sagte Otto zum Anführer der Revolutionäre.

Der Anführer sagte: »Ich lasse mir doch von Ihnen keine Anweisungen geben. Los, Männer, führt sie ab. Wir nehmen sie mit zur Reichskanzlei.«

Die Matrosen traten vor, bis auf den einen, den Otto mit seiner blitzschnellen Reaktion düpiert hatte. Er hatte das Gewehr sinken lassen und wrang es nun mit beiden Händen. Sein Gesicht war rot vor Zorn, und sein Brustkasten hob und senkte sich.

Zwei Männer packten Otto an den Oberarmen. Er wehrte sich nicht. Ein Matrose trat zu Hermine, zögerte kurz, als seine gute Erziehung sich bemerkbar machte, verdrängte sie dann und ergriff Hermine extra grob am Arm. Zwei weitere Männer streckten die Hände nach Max aus, und einer sprang zu Luisa herüber.

Luisas Nerven rissen. Sie warf sich herum und rannte mit fliegenden Armen und pumpenden Beinen weg, stumm vor Panik.

»Luisa!«, brüllte Otto. Er holte Atem, um etwas hinzuzusetzen, aber einer der Matrosen schlug ihn mit der Faust in den Bauch. Otto krümmte sich zusammen. Max wusste nicht, was Otto seiner Tochter hatte hinterherrufen wollen: Bleib stehen? Oder: Lauf schneller …!?

Der Matrose, der Otto angegriffen hatte, hob das Gewehr an die Wange. Hermines Augen weiteten sich. Der Matrose grinste böse.

Für Max ging alles ganz langsam vor sich. Er wich den Männern aus, die ihn packen wollten. Er sah, wie der Matrose das linke Auge schloss, um zielen zu können. Er folgte dem Gewehrlauf mit den Blicken und sah, dass Luisa das Ziel war. Er duckte sich unter einem zugreifenden Arm hindurch. Der Matrose drückte den Gewehrkolben fester an die Wange. Hermines Mund öffnete sich zu einem Schrei. Otto versuchte, den Kopf zu heben. Der Matrose hob den Gewehrlauf ein Stück höher. Max sprang über ein Bein, das ihm einen Tritt versetzen wollte.

Der Matrose legte den Finger auf den Abzug und atmete aus.

Max wusste, dass er ihn niemals rechtzeitig erreichen konnte, um den Gewehrlauf nach oben zu schlagen und Luisa zu retten.

Er konnte nur eines tun.

Er dachte daran, dass Otto gesagt hatte, er wolle Max mit aufs

Gut nehmen, damit er über Weihnachten in Sicherheit war. Er dachte daran, dass Otto der verängstigten Luisa versichert hatte, Max würde an ihrer Seite bleiben.

Er dachte an das Große Ehrenwort, das er ihr gegeben hatte.

Der Finger des Matrosen krümmte sich.

Max war nicht an Luisas Seite geblieben. Er hatte sie losgelassen, um Otto beizustehen. Hätte er sie nicht losgelassen, hätte die Panik sie nicht überwältigt. Dann wäre sie nicht weggelaufen. Dann hätte der Matrose keine Gelegenheit gehabt, auf sie zu schießen. Er hatte sein Versprechen nicht gehalten.

Max sah die schmale, rennende Gestalt Luisas, deren Mantel flatterte und deren Beine auf das Pflaster trommelten. Er drehte sich um und sah die Mündung des Gewehrs, die direkt auf den Rücken des fliehenden Mädchens zielte.

Zu diesem Zeitpunkt flog Max schon. Er hatte sich vom Boden abgestoßen und segelte in einem weiten Hechtsprung durch die Luft. Er war an den einzigen Ort gesprungen, den er erreichen konnte, um Luisa zu retten.

Er sprang mitten in die Schusslinie hinein.

Er hörte den Knall. Er sah die Rauchwolke und das Aufblitzen des Mündungsfeuers.

Er spürte, wie ihn etwas aus der Bahn warf. Es fühlte sich an wie einer der Tritte, die die älteren Gassenjungs ihm verpasst hatten, bevor er alt und hart genug geworden war, zurückzutreten.

Er fühlte, wie er aufs Pflaster schlug, ungeschützt, ungebremst, weil plötzlich alle Kraft seine Gliedmaßen verlassen hatte.

Er fühlte Bedauern, dass er nun doch nicht das Weihnachtsfest auf Gut Briest verbringen würde. Dann kam ihm der Gedanke, dass er die Briests nie wiedersehen würde. Der Gedanke war plötzlich unerträglich.

Schmerz pulste mit einem jähen Schock durch seinen Körper. Der Schmerz war auch unerträglich.

Dann entfernte sich alles in rasender Geschwindigkeit – der

Schmerz, die Trauer, die Umgebung samt den Revolutionären und den entsetzten Briests, und mit dem allerletzten Aufblitzen seines Geistes kam der Gedanke hoch, dass er eigentlich gerne hätte leben wollen.

Dann …

… nichts.

# 1. BUCH

# Der große Scherbenhaufen

September – Oktober 1921

# 1

Otto von Briest öffnete die Eingangstür des Guts und schnupperte. Es roch nach nichts Besonderem. Er hatte gehofft, es würde irgendwie nach Essen riechen. Er hatte einen Bärenhunger, weil das Mittagessen des gestrigen Tages die letzte halbwegs anständige Mahlzeit gewesen war, die er zu sich genommen hatte. Er war über Nacht in der Agentur in Berlin geblieben und hatte dort auf dem Sofa im Warteraum geschlafen. Dass er nichts gegessen hatte, lag zum einen daran, dass er in Arbeit erstickt war, zum anderen an der prekären finanziellen Lage, in der sich die Briests befanden. Otto wollte Geld sparen.

Wenn wenigstens die Arbeit, in die er sich vergraben hatte, etwas abgeworfen hätte, dachte er. Aber sie hatte nichts mit einem Auftrag zu tun gehabt. Es gab so gut wie keine Aufträge mehr. Es gab nur den Kredit, den Otto dem Bankhaus Alfred Kron schuldete und den er schon seit Monaten nicht mehr hatte bedienen können. Die Arbeit war gewesen, die Bilanz des Guts und der Agentur zum wiederholten Mal durchzufilzen und nach Möglichkeiten zu suchen, Geld zu sparen. Geld, das dann in die Rückzahlung des Kredits gesteckt werden konnte. Alfred Kron hatte sich bis jetzt extrem geduldig gezeigt. Otto wusste nicht, wie lange die Geduld des Bankiers noch vorhalten würde.

Es war der 23. September 1921, der Krieg war seit drei Jahren vorbei, und Deutschland stand noch näher am Abgrund als damals.

Otto hängte seinen Mantel an den Haken. Früher hatte ihm ein Hausdiener den Mantel abgenommen, wenn er hereingekommen war. Der Hausdiener war in den Krieg eingezogen worden und dort gefallen, und die Briests hatten keinen neuen Diener mehr eingestellt. Vom Gutsgesinde gab es nur noch die Köchin, die im Armenhaus gelandet wäre, wenn die Briests ihr gekündigt hätten, und den Verwalter, ohne dessen Hilfe Otto das Gut schon längst hätte verkaufen müssen. Otto wollte die Tür zum Salon öffnen, doch sie wurde schon von innen geöffnet. Luisa stand vor ihm.

»Guten Abend, Papa«, sagte sie höflich.

Otto tat das Herz weh, sie so blass und dünn zu sehen. »Guten Abend, Sternchen«, sagte er. »Freust du dich auf morgen und übermorgen?«

Hermine tauchte hinter Luisa auf, ebenso blass und dünn. »Es gibt kalte Küche«, sagte sie zur Begrüßung. »Ich hoffe, du hast in Berlin etwas Anständiges zu beißen bekommen.«

»Ja«, log Otto. »Kein Problem.«

»Na gut. Komm, kriegst erst mal 'nen Kuss. Luisa, sagst du der Köchin Bescheid, dass der Herr heimgekommen ist?«

*Der Herr*, dachte Otto resigniert. *Der Herr* ist schon zwei Monate mit dem Lohn für die Köchin und dem Verwalter im Rückstand. Daran ist nichts *Herr*liches.

Auf dem Teetisch lag ein Brief. Hermine deutete darauf, während Luisa in Richtung Küche verschwand. »Der ist von der Bank. Von Alfred Kron.«

Otto starrte sie an. »Was steht drin?«

»Ich hab ihn nich uffjemacht. Hatte nicht genug Traute, um ehrlich zu sein.«

Otto und Hermine sahen sich an. Sie ahnten beide, was in dem Brief stand. »Vielleicht ist es eine Einladung zum Bankenball?«, scherzte Otto.

»Mit uns als Ehrengästen«, meinte Hermine.

Otto seufzte und griff nach dem Brief.

»Lass ihn liegen bis nach dem Essen«, sagte Hermine. »Schlechte Nachrichten kannste noch früh genug lesen.«

Otto öffnete den Brief. »Bringen wir's hinter uns«, sagte er.

Der Brief war kurz und mit der Maschine getippt. Aber es war eine handschriftliche Notiz auf einem gesonderten Zettel beigefügt. Der Zettel trug die Handschrift Alfred Krons. Otto las ihn zuerst; Hermine las über seine Schulter mit.

»Es tut mir von Herzen leid«, schrieb Alfred Kron. »Bitte vergessen Sie nicht, dass ich Ihr Freund bin. Aber ich konnte es nicht mehr länger hinausschieben, ohne mich an den anderen Kunden zu versündigen. Wenden Sie sich jederzeit an mich, wenn ich Ihnen auf andere Weise helfen kann.«

Otto legte den Zettel weg. Er brauchte den Text des formellen Briefs nicht mehr lesen. Er hatte ohnehin gewusst, was er besagte. Hermine hatte es ebenfalls gewusst.

»Was machen wir jetzt?«, fragte Hermine.

Otto konnte hören, wie sie sich bemühte, in ihrer Stimme keine Panik mitschwingen zu lassen. »Ich weiß es nicht«, antwortete er. »Dem Schlimmsten in die Augen schauen, nehme ich an.«

Hermine stöhnte auf. »Det kannste nich tun, Otto! Das Gut ist dein Geburtshaus. Auf dem Friedhof liegen deine Eltern und Großeltern.«

Otto nahm den offiziellen Brief und las ihn nun doch. Das Bankhaus Alfred Kron informierte die Eheleute Otto und Hermine Briest, dass der fällige Kredit nicht länger gestundet werden konnte und aufgrund der ausstehenden Tilgungen und Zinsen gekündigt wurde. Er war in einer Summe bis spätestens 2. November zu begleichen, andernfalls man sich gezwungen sehe, zur Wahrung der Interessen der Bank einen Finanzverwalter mit dem Zwangsverkauf von Gut Briest zu beauftragen.

»Det kannste nich zulassen, Otto«, flüsterte Hermine.

»Was soll ich dagegen tun? Wir bekommen nicht mal einen Auftrag, einen verlorenen Schlüssel zu suchen. Und das Gut wirtschaftet seine Kosten seit dem letzten Kriegsjahr nicht mehr herein. Wir müssen die Wahrheit akzeptieren.«

»Und was ist die Wahrheit?«

Otto gestikulierte zu dem Brief. »Die kannst du hier drin nachlesen.«

»Nein. Sag sie mir. Was ist die Wahrheit? Was möchtest du tun?«

Otto holte tief Luft. »Die Wahrheit ist: Wir müssen das Gut …« Seine Stimme brach plötzlich. Er schüttelte den Kopf und versuchte, seine Verzweiflung nicht zu zeigen. Der Brief verschwamm ihm vor den Augen.

»Du kannst es nicht mal aussprechen, Otto«, sagte Hermine leise. Sie setzte sich auf Ottos Schoß und zog seinen Kopf an ihre Schulter. Er atmete ihren Duft ein wie jemand, der am Ersticken ist und plötzlich Frischluft spürt. »Es muss eine andere Möglichkeit geben«, sagte sie und strich ihm übers Haar. »Gib das Gut nicht auf. Es ist nicht nur dein Erbe. Es ist auch unser Zuhause. Wir müssen einfach von irgendwoher genug Geld bekommen, um wenigstens ein paar Kreditraten zahlen zu können. Dann kündigt Kron den Kredit nicht, und wir können uns wieder aufrappeln.«

»Wo soll das Geld denn herkommen, Hermine? Das Gut ist am Ende. Wenn wir ein paar Hektar Grund verkaufen könnten, ich würde es tun. Aber wer kauft zurzeit Ackerland? Oder Wald? Wir können auch nichts verpachten, weil es den Pachtbauern noch schlechter geht als uns. Wir könnten vielleicht ein, zwei Waldstücke roden, damit wir mehr anbauen können … aber bis die Äcker genügend Ertrag bringen, vergehen zwei Jahre, und außerdem ist das Saatgut so teuer, dass wir uns das auch nicht leisten können. Wir könnten höchstens aufhören, Kartoffeln zu essen, und die Dinger stattdessen in die Erde stecken.«

»Wenn wir die Kartoffeln vom Speiseplan streichen«, sagte Hermine, »haben wir die halbe Woche nichts zu essen.«

Otto nickte. »Damit bleibt die Agentur. Wir sind auf Versicherungsbetrug spezialisiert. Der ist derzeit rar gesät. Der Versailler

Friedensvertrag hat Deutschland fast die gesamte Handelsflotte gekostet. Die Schwerindustrie liegt am Boden, und was noch funktioniert, arbeitet für die Siegermächte. Es gibt keine Flugzeuge, keine Zeppeline, die Bahn fährt für die Alliierten ... es gibt buchstäblich nichts, was sich versichern ließe, oder wofür sich ein Betrug lohnt. Ganz Deutschland lebt von der Hand in den Mund.«

Otto hätte noch hinzufügen können, dass das wenige, was in Deutschland erwirtschaftet wurde, von den Reparationszahlungen aufgefressen wurde. Im Vertrag von Versailles hatte das militärisch geschlagene Deutsche Reich die alleinige Kriegsschuld auf sich nehmen und extrem harten Reparationsforderungen zustimmen müssen. Zunächst – im Januar dieses Jahres – war eine Summe von zweihundertsechsundzwanzig Milliarden Goldmark festgelegt worden, zahlbar in zweiundvierzig Jahresraten, zuzüglich zwölf Prozent des Werts aller deutschen Exporte während dieser Zeit. Die Regierung unter Reichskanzler Fehrenbach hatte protestiert und einen Gegenvorschlag auf den Tisch gebracht. Die Alliierten hatten darauf mit der Besetzung von Städten im Ruhrgebiet geantwortet, die Kommunisten hatten versucht, das deutschlandweite Entsetzen über die Höhe der Forderungen für eine erneute sozialistische Revolution auszunutzen, und im Mai legten die Alliierten in einer Konferenz in London eine neue, verringerte Summe fest: hundertzweiunddreißig Milliarden Goldmark. Die Annahme dieses Zahlungsplans war ultimativ gefordert worden. Die Regierung hatte nur ein paar Tage Zeit bekommen, ihn anzunehmen. Tat sie das nicht, sah das Ultimatum eine vollständige Besetzung des Ruhrgebiets vor. Reichskanzler Fehrenbach und sein Kabinett waren unter diesem Druck zurückgetreten, die neue Regierung unter Reichskanzler Joseph Wirth hatte den Zahlungsplan schließlich unterschrieben. Es gab keinen Zweifel, dass das Land dieser Verpflichtung nicht nachkommen konnte. Deutschland war so pleite wie die

Briests … und die Briests so pleite wie fünfundneunzig Prozent der Bevölkerung Deutschlands.

»Otto – glaubst du, dass wir einen Fehler gemacht haben?«

Otto machte eine hilflose Handbewegung. »Fehler?«, wiederholte er laut. »Womit? Dass wir mein Erbe übernommen haben? Dass wir die Agentur weitergeführt haben? Dass wir es nicht geschafft haben, den Krieg zu verhindern? Oder dass du und ich ihn nicht gewonnen haben?«

»Du musst mich nicht anschreien, ich hab nichts Böses gesagt.«

»Ich bin nicht sauer.« Otto stieß die Luft aus. »Entschuldige bitte.«

Hermine strich Otto über den Arm. »Wir können doch nich eenfach akzeptieren, dass wir erledigt sind!«, murmelte sie.

»Nein«, sagte Otto. »Wir können das Gut verkaufen, dann sind wir wenigstens einen Großteil unserer Schulden los.« Diesmal hatte er es über die Lippen gebracht. Ihm war übel. Wenigstens hatte er jetzt keinen Hunger mehr.

Die Köchin kam herein und brachte Teller, Besteck und das karge Abendmahl, das aus Fisch, Käse und im Ofen aufgebackenem Brot bestand. Hermine räusperte sich, stand von Ottos Schoß auf und strich ihr Kleid glatt.

»Wo ist Luisa?«, fragte sie.

»Det gnädige Frollein holt Herrn Max aus der Scheune, weil er nich mitjekriegt hat, det der gnädige Herr nach Hause gekommen ist und det es nu Abendbrot gibt.«

»Max?«, fragte Otto erstaunt. »Ich dachte, der bleibt heute in Berlin, weil das Rennen morgen so früh startet?«

Hermine lächelte trotz des sorgenvollen Gesprächs von vorhin. »Er ist heute Nachmittag angekommen und meinte, die anderen Mechaniker sollten ooch mal was arbeiten. Er wollte auf dem Gut übernachten und fährt morgen mit dem ersten Zug wieder nach Berlin.«

»Warum tut er sich das denn an? Wenn er in der Agentur übernachtet hätte, hätte er ausschlafen können.«

»Otto – er ist einfach gern hier. Freu dich doch. Wir sind alles, was er hat. Seien wir doch froh, dass er uns als seine Familie akzeptiert hat. Wir stehen für immer in seiner Schuld.«

»Ich freue mich doch, wenn er hier ist. Ich wünsche mir ja nur, dass er morgen ausgeruht ins Automobil steigt. Es ist sein erstes Rennen.«

»Er fährt ja nur mit. Lenken tut der Fahrer.«

Otto zuckte mit den Schultern und lächelte. »Er wird schon wissen, was er tut. Er hat ja lange genug ohne meinen schlauen Rat überlebt, und da war er noch ein Kind.«

»Egal ob er weiß, was er tut, oder nicht – tun wird er's so oder so«, sagte Hermine. Sie gab Otto einen zärtlichen Knuff. »Was det betrifft, könnte er fast von dir sein.«

»Wohl eher von dir.«

»Na, denn sind wir mal eenfach froh, dass er so gut zu uns passt.«

»Was macht er denn in der Scheune?«, fragte Otto.

»Die Strohpresse macht doch Mucken. Er versucht, sie zu reparieren. Manchmal hab ich det Jefühl, er versucht, Levin zu ersetzen.«

Ottos Lächeln verschwand. »Ja«, sagte er. »Levin.«

Hermine senkte den Kopf.

Otto verfluchte sich innerlich, dass er auf Hermines harmlose Bemerkung so betroffen reagiert hatte. Aber er vermisste seinen jüngeren Bruder, das ließ sich nicht leugnen. Der Abschied von Levin war ihm sehr schwergefallen. Er war froh, als er die Eingangstür und die Stimmen von Luisa und Max hörte, weil er wusste, dass sich das ganze Abendessen lang das Gespräch ausschließlich um Automobile und das bevorstehende Eröffnungsrennen auf der AVUS drehen würde. Es war eine willkommene Ablenkung von den schweren Gedanken. Schwer würde der Abend danach von allein wieder werden, wenn er und Hermine den beiden schilderten, was die Bank ihnen geschrieben hatte und was die Konsequenzen daraus sein mussten.

»Weißt du, dass dein Gesicht sich entspannt, wenn du die Stimme von Max hörst?«, fragte Hermine.

»Er hat uns Luisas Leben geschenkt«, erwiderte Otto. »Und er wäre beinahe dabei draufgegangen. Er hat es nur überlebt, weil er mindestens zehn Schutzengel an seinem Krankenlager stehen hatte.«

»Wovon einer Luisa war«, sagte Hermine und lächelte ebenfalls. »Max zu uns zu holen, war das Beste, was wir in den letzten Jahren getan haben.«

»Das sagst du nur, weil du schon vergessen hast, dass ich dich jeden Tag in den Arm nehme und küsse.«

»Das«, sagte Hermine, »jehört ooch zu den guten Dingen, mein Lieber. Und dass de bloß nich damit aufhörst, wa!«

## 2

Max Brandow neigte nicht zu Albträumen. Es kam allerdings vor, dass er, wenn er sich gedanklich intensiv mit etwas zu beschäftigen versuchte, dabei abdriftete und Erinnerungen, Eindrücke und Gefühle sich zu einem Tagtraum vermischten. Diese Tagträume waren nicht immer angenehm. Ein Großteil seiner Erinnerungen – die an die ersten vierzehn Jahre seines Lebens – war von Angst, Kälte, Hunger und Lieblosigkeit geprägt. Wenn sein Verstand dann damit beschäftigt war, diese Erinnerungen zu verdrängen, übernahm sein Instinkt das Ruder und traf eine Entscheidung zu dem Thema, über das er hatte nachdenken wollen. Der Instinkt lag nicht immer richtig; aber es kam selten vor, dass Max ihm nicht folgte. Der Instinkt hatte ihn vierzehn Jahre lang überleben lassen. Er besaß eine mächtige Stimme.

Jetzt saß Max im Licht einer Laterne in der Scheune vor der Strohpresse, einen Schraubenschlüssel in der einen und eine Zange in der anderen Hand, und starrte blicklos auf den eingestanzten Schriftzug LANZ auf dem metallenen Rahmen des Geräts. Er hatte sich hierher zurückgezogen, um für sich zu sein. Eine schmerzhafte Mischung aus Erinnerungsfetzen brodelte in seinem Geist. Das beklommene Tischgespräch drüben im Gutshaus war daran schuld. Die guten Erinnerungen vermischten sich mit den schlechten.

Was war eine gute Erinnerung? Das Gelächter der Passanten, als er, knapp sechs Jahre alt, am Spandauer Westbahnhof Schnürsenkel verhökert hatte mit dem halb weinerlichen, halb augenzwinkernden Werbespruch *Koofen Se mir doch wat ab, mein Vater is drei Jahre vor meine Geburt jestorben*? Oder war das eine schlechte Erinnerung, weil er seinen Vater auch in Wirklichkeit nie kennengelernt hatte?

Oder war es eine gute Erinnerung, dass seine Mutter einmal, ein einziges Mal, genügend Geld gehabt hatte, um zu Weihnachten den Ofen in dem Dachzimmer, in dem sie mit ihren vier Kindern hauste, zu heizen und ein kleines Weihnachtsmahl zu bereiten?

Nein, das war auch keine gute Erinnerung. Im Frühjahr danach waren seine Mutter und Max' drei kleine Geschwister an Typhus gestorben. Nur Max hatte überlebt, als hätte ein besonderes Schicksal ihn aufsparen wollen. Er war acht Jahre alt gewesen. Er hätte es dem Schicksal damals nicht übel genommen, wenn es ihn auch geholt hätte.

Was war eine gute Erinnerung? Es gab ein paar, die rundum gut waren. Die erste Begegnung mit Otto von Briest, als dieser ihn, während er an einer Ecke im Scheunenviertel herumlungerte, zu sich gerufen hatte. *Frierste? Haste Hunger?*, hatte Otto in einer nicht sehr überzeugenden Nachahmung des Berliner Dialekts gefragt.

*Wenn Se 'nen Bubi brauchen, gehnse in die Bülowstraße*, hatte Max unfreundlich geantwortet.

Otto hatte gelächelt. *Nein, ich brauche jemanden, der mich warnt, wenn ich gleich in diese Kaschemme hier gehe.*

*Warnt wovor?*, hatte Max gefragt.

*Vor den Typen, die vielleicht anrücken, wenn ich dort drin Apachen-Erich hochnehme.*

*Biste 'n Polyp?*, hatte Max hervorgestoßen und war einen Schritt zurückgewichen.

*Nein, ich bin ein Plattfuß.*

*Weswegen willste den Erich hochnehmen?*

*Such dir was aus!*

Dann hatte Max' Instinkt eine Entscheidung getroffen und ihn veranlasst zu sagen: *Na jut, ick pfeife dreimal, wenn wer anrückt, und denn nehm ick die Beene in die Hand. Deshalb: Vorkasse, Meister, wa?*

*Wenn du rennen musst, renn hierhin*, hatte Otto gesagt und ihm eine Visitenkarte der Agentur in die Hand gedrückt – zusammen mit einem Geldschein. *Es ist dann noch ein warmes Essen für dich mit drin. Kannst du die Adresse lesen?*

Es war niemand angerückt. Apachen-Erich, der als Anführer eines Ringvereins für Zuhälter und Schwindler, den »Apachen«, und für seine gnadenlose Brutalität bekannt war, war so alkoholisiert gewesen, dass er sich nicht hatte wehren können. Von den anderen Zechern in der Kneipe war ihm niemand beigesprungen, und es hatte auch niemand seine Vereinskumpane alarmiert. Max hatte seine Entlohnung trotzdem behalten dürfen, und Otto hatte ihn nachher trotzdem zum Essen eingeladen. Es war der Beginn ihrer Zusammenarbeit gewesen. Und ihrer Freundschaft.

Ja, das war eine gute Erinnerung. Denn die Wahrscheinlichkeit war groß, dass Max heute nicht mehr leben würde, wenn er Otto nicht getroffen hätte.

Was ihn automatisch zur besten Erinnerung führte, die er besaß. Sie war die beste, obwohl sie mit Schmerzen verbunden war und einem mehrtägigen Kampf ums Überleben.

Max schreckte auf, als er Luisas Stimme hörte. Er drehte sich um und sah sie im Eingang zur Scheune stehen.

»Max? Es ist doch viel zu dunkel, um noch was zu arbeiten. Und du musst morgen früh raus.«

»Ick dachte, ick könnte det olle Ding noch hinkriegen.«

Luisa trat näher. Sie schüttelte den Kopf. »Du dachtest, du könntest hier allein sein, aber ich hab dich gestört.«

Max erwiderte nichts.

»Du brauchst dich nicht zu verkriechen, wenn du über was nachdenken willst. Rede mit uns. Rede mit mir. Wir sind eine Familie. Wir halten zusammen.«

Max musterte sie schweigend. Luisa war jetzt vierzehn Jahre alt. Er war siebzehn. Was Überlebensinstinkt und das betraf, was man die Weisheit der Gasse nannte, war er gefühlt zwanzig Jahre älter als sie. Was die Klugheit der Gefühle anging, war sie ihm um mindestens die gleiche Anzahl an Jahren überlegen. Seit drei Jahren lebte er mit den Briests auf ihrem Gut. In diesen drei Jahren hatte er sich angewöhnt, auf Luisa zu hören, wenn es um Herzensthemen ging.

Luisas Augen glänzten im Laternenlicht. Es standen immer noch Tränen darin. Sie hatte geweint, als Otto ihnen eröffnet hatte, dass er womöglich das Gut verkaufen musste, dass sie zwar nach anderen Möglichkeiten suchten, aber dass die Chancen schlecht standen und sie nicht mehr viel Zeit hatten. In Max' Mitte hatte sich bei diesen Worten ein gähnendes Loch aufgetan; er hatte das Gefühl gehabt, dieses Loch sauge ihn ein. Das Gut war die erste wirkliche Heimat für ihn gewesen, seit seine Mutter und seine Geschwister verstorben waren und der Hauswirt ihn auf die Straße gesetzt hatte. Er wollte es nicht verlieren. Und er wollte erst recht nicht, dass die Briests es verloren. Er war in die Scheune gegangen, um über Möglichkeiten nachzudenken, ihnen zu helfen, aber dann hatte das Erinnerungsgebrodel die Gedankengänge überschwemmt. Auch sein Instinkt war noch zu keiner Lösung gekommen, außer der, dass es seine Aufgabe war, diese Lösung zu finden. Die Briests hatten ihm ein Heim geboten und eine Familie. Er stand für immer in ihrer Schuld. Er musste einen Weg finden, ihre Güte zu vergelten.

Luisa sagte: »Versprichst du mir, dass du nicht an das denkst, was Papa heute erzählt hat, wenn du morgen und übermorgen fährst? Du musst dich auf die Strecke konzentrieren. Ich hab Angst, dass sonst etwas passiert.«

»Ick fahr ja nur mit«, sagte Max. »Bakatsch ist der Pilot.«

Er verschwieg, dass Hans Bakatsch wahrscheinlich halb betrunken fahren würde. Im Stillen plante er bereits, Bakatsch ins Steuer zu greifen, wenn dieser die Kontrolle über das Automobil zu verlieren drohte.

Max und Hans Bakatsch arbeiteten für die Dinos-Automobilwerke. Die Firma saß in Charlottenburg und war noch neu am Markt. Sie hatte es noch nicht geschafft, einen der in den letzten Jahren im Motorsport bekannt gewordenen Fahrer für sich zu interessieren: Christian Lautenschlager, Otto Salzer, Willy Poege, den jungen Fritz von Opel, Edmund Orska. Die fuhren für die großen Automobilhersteller: Benz & Cie., die Nationale-Automobil-Gesellschaft, für die Opel-Werke. Bakatsch war im Weltkrieg Flieger gewesen und hatte ein Alkoholproblem daraus mitgebracht. Aber er fuhr gut, wenn er halbwegs nüchtern war. Der Chefkonstrukteur der Dinos-Werke, Richard Loeb, hatte vermutlich keine große Auswahl gehabt … und die Loeb-Werke, aus denen die Dinos-Automobilwerke hervorgegangen waren, hatten während des Kriegs Flugzeugmotoren hergestellt, wodurch womöglich eine Art Alte-Kameraden-Loyalität zwischen Loeb und dem ehemaligen Flieger Bakatsch entstanden war. Max wusste es nicht. Er war froh, sich bei Dinos zum besten Mechaniker emporgearbeitet zu haben, sodass er, obwohl er noch nicht einmal volljährig war, die Ehre hatte, als Begleitmechaniker beim Rennen an diesem Wochenende mitzufahren.

»Komm wieder rein«, sagte Luisa.

Max sah sich um. Auf einmal wollte er gar nicht mehr hier sein, allein in der Scheune mit dem Ungetüm von Maschine. Er seufzte. Er wollte Luisas Bitte folgen. Doch wenigstens den Schein wollte er wahren, obwohl er wusste, dass Luisa ihn mühelos durchschaute. »Eenmal probier ick noch wat, und denn komm ick«, versprach er.

Luisa nickte und verließ die Scheune. Max wandte sich der Strohpresse zu, aber er ließ die Werkzeuge wieder sinken, kaum dass er sie angesetzt hatte. Luisa hatte seine Gedanken auf das morgige Rennen gelenkt, und nun mischten sich dessen Eindrücke in den Strudel in seinem Kopf.

Das Rennen war die Eröffnungsveranstaltung für die neue Autobahn im Berliner Südwesten – die AVUS, die eine insgesamt neunzehn Kilometer lange Schleife von Charlottenburg bis Nikolassee und zurück beschrieb. Sie war noch vor Kriegsbeginn durch die Automobil-Verkehrs- und Übungsstraße GmbH begonnen worden, um die international bedeutungslose deutsche Autoindustrie zu fördern. Nach dem Krieg und in der derzeitigen desolaten Situation Deutschlands hatten fast alle diesen Traum aufgegeben, bis auf den Großindustriellen Hugo Stinnes, der durch private Investitionen, Engagement seiner Unternehmen und riskante Kredite dafür gesorgt hatte, dass die Bauarbeiten wieder aufgenommen und vollendet wurden. An diesem Wochenende, dem 24. und 25. September 1921, würde sie mit einem innerdeutschen Autowettbewerb dem Publikum übergeben werden, mit dem sogenannten Grunewald-Rennen, zu dem fast alle Automobilhersteller des Landes ein oder zwei Prototypen an den Start geschickt hatten. Durch den Krieg und seine Folgen hatte Deutschland auch in der Automobilherstellung den Anschluss an den Rest der Welt verloren. Das Rennen war eine Chance zu zeigen, welche

Kraft und welcher Erfindungsreichtum trotz allem Chaos in deutschen Unternehmen steckte, mit der Hoffnung, dass ausländische Geldgeber investieren und die Wirtschaft ankurbeln würden. Für die Berliner war das Autorennen eine Abwechslung von der täglichen Not. Die Autobahn würden nur die wenigsten von ihnen wirklich benutzen, wenn sie für den Verkehr freigegeben war. Die Maut kostete pro Durchfahrt zehn Mark. Das konnten sich nur die Allerreichsten leisten.

Aber wie konnte Max morgen auf die Rennbahn gehen, wenn er wusste, dass die Briests einen hoffnungslosen Kampf um ihr Heim kämpften – um ihr Heim und seines? Er sollte sich lieber darum kümmern, wie er ihnen helfen konnte. Er wusste nicht genau, auf welche Summe sich der Kredit belief, den Otto nicht zurückzahlen konnte, oder wie hoch die monatlichen Raten waren. Auf jeden Fall musste der Kredit beträchtlich sein. Wie kam man auf die Schnelle zu so viel Geld?

Ein Überfall auf die Post oder eine Bank, flüsterte die Stimme, die aus der Erfahrung seiner ersten vierzehn Jahre sprach. Oder man müsste irgendeinen reichen Trottel reinlegen und um seine Habe erleichtern …

Max schüttelte sich. Dorthin wollte er nicht zurück. Er hatte selbst in der größten Not damals vor ein paar Dingen zurückgeschreckt und lieber gehungert, als sich etwas Geld durch Gewalt oder Erpressung zu verdienen. Jemanden, der mit seinem Geld nicht umgehen konnte oder es bedenkenlos ausgab, weil er zu viel davon hatte, hereinzulegen und auszunehmen war etwas anderes … aber auch davon hatte Max abgeschworen, als er zu den Briests gekommen war. Nein, es musste eine andere Möglichkeit geben. Aber welche?

Er hatte keine Ahnung. Frustriert legte er das Werkzeug weg, ging zurück ins Haus, wusch sich die Hände und trat dann in den Salon, um Gute Nacht zu sagen. Hermine nahm ihn in die Arme, Otto versicherte ihm, dass er sich keine Sorgen zu machen brauche – auch wenn sie das Gut verlören, würde er immer bei ihnen ein Dach über dem Kopf haben; er war Teil der Familie, und die Familie hielt zusammen. Dass Otto unbewusst das wiederholte, was Luisa vorhin in der Scheune zu Max gesagt hatte, trieb ihm fast die Tränen in die Augen. Als er ins Bett ging, war er noch mehr als zuvor entschlossen, das Geld irgendwie aufzutreiben.

Er schlief sofort ein, obwohl sein Magen angesichts der Sorgen rumorte und sein Hirn sich wund anfühlte vom Nachdenken. Auch das war eine Errungenschaft des Lebens in der Gasse: Man schlief, wenn man gerade konnte, und man schlief sofort ein, weil die Schlafperiode meistens kurz war.

Am nächsten Morgen erwachte er mit einem schlechten Geschmack im Mund, einem bohrenden Druck im Magen und der Lösung für das Problem. Er starrte mit weit aufgerissenen Augen in die Dunkelheit. Wieso war er nicht gleich darauf gekommen?

Vermutlich, weil sein Instinkt ihm gesagt hatte, dass diese Lösung ihn mit relativ großer Wahrscheinlichkeit das Leben kosten würde. Sein Instinkt war immer darauf bedacht, ihn zu retten. Dennoch hatte er im Schlaf diese Idee durchgelassen. Der Instinkt sah offenbar auch keine andere Möglichkeit. Und schließlich war auch Max' Überlebensinstinkt es gewöhnt, zugunsten der Briests zurückzustecken.

Es war ja nicht das erste Mal, dass Max spontan seinen Kopf riskierte, um den einzigen Menschen zu helfen, die er liebte.

## 3

Max wartete bis zum Spätnachmittag des ersten Renntags, dann weihte er Luisa in seinen Plan ein. Zu diesem Zeitpunkt waren die Rennen bereits gefahren. Es hatte keine Zwischenfälle gegeben, aber auch keine Überraschungen. Den Geschwindigkeitsrekord hatte Fritz von Opel aufgestellt, der bekannteste unter den angetretenen Fahrern: Er hatte ein Tempo von beinahe hundertneunundzwanzig Stundenkilometern erreicht. Der Konsens unter den anderen Fahrern war, dass dieser Rekord auch am folgenden Tag nicht würde gebrochen werden. Die Mechaniker waren bis auf einen Mann derselben Meinung. Dennoch wollten es alle versuchen.

Hans Bakatsch und Max Brandow in ihrem dunkelblau lackierten Dinos waren im Mittelfeld gelandet. Bakatsch war damit zufrieden und strebte auch für den nächsten Tag keine andere Platzierung an. Richard Loeb hatte sein Fahrer-Mechaniker-Team gewarnt, den Wagen überzustrapazieren. Das Rennen sollte für die Dinos-Werke Erfahrungswerte bringen, nicht den Sieg.

Max stimmte damit nicht überein. Ein Platz im Mittelfeld reichte ihm nicht aus. Er war der eine unter den Mechanikern, der glaubte, dass von Opels Rekordmarke geknackt werden konnte. Und er wollte, dass der dunkelblaue Dinos 10/30 der Wagen war, mit dem der Rekord gebrochen wurde.

»Du bist wahnsinnig!«, rief Luisa, als Max halbwegs mit der Erläuterung seines Plans fertig war.

»Schsch! Nicht so laut!«

Sie standen hinter einem der Kioske, in denen Würstchen, Buletten und Bier verkauft wurden. Auf der Tribüne spielte eine Blaskapelle mit großem Enthusiasmus, sodass man selbst hier noch die Köpfe zusammenstecken musste, um einander zu hören. Dennoch hatte Max Panik, dass jemand ihr Gespräch belauschen könnte.

»Das funktioniert nie!«, zischte Luisa.

»Bakatsch ist doch jetzt schon halb hinüber. Er ist mit vier Bier im Ranzen gefahren und hat seitdem sicher noch zwee getankt. Ich muss ihn gar nich ma groß überreden, det er sich so viel hinter die Binde kippt, bis er nicht mehr stehen – und morjen nicht fahren kann. Det kriegt er fast von alleene hin.«

»Aber du kannst doch nicht fahren.«

»Ick fahr besser als Bakatsch!«, behauptete Max und wusste, dass er damit gewaltig übertrieb.

»Max, ich will das nicht!«

»Von der Siegprämie kannste dir 'n halbes Haus koofen! Det saniert deine Eltern erst mal. Selbst die Hälfte davon reicht, det die Bank erst mal zufrieden ist!«

»Aber Max …«

»Ick hab doch nüscht Böses vor. Det kriegt doch eh keener mit. Unter der Mütze und mit der Brille und mit all dem Öl und Dreck im Jesichte sieht een Fahrer aus wie der andere.«

»Aber …«

»Ick zieh det durch, Luisa. Ick will euch helfen, und det is die einzige Schangse, die ick hab. Bitte wünsch mir Glück, statt dass de auf mir einredest, det ick es lassen soll!«

Du würdest noch viel mehr auf mich einreden, wenn du wüsstest, wie hoch das Risiko tatsächlich ist, dachte Max. Nicht weil ich nicht fahren könnte – sondern weil die Rennbahn eine Zumutung ist. Neben dem Rekord von Fritz von Opel war der Zustand der AVUS gestern Abend fast das einzige andere Gesprächsthema unter den Fahrern gewesen. Der Teerbelag wurde bei Belastung weich und rutschig, und die offensichtlich ungenügende Bodenverdichtung und die hastig geflickten Kriegsschäden hatten mörderische Bodenwellen verursacht. Tatsächlich waren die Verhältnisse lebensgefährlich.

Luisa sah Max durchdringend an. Über ihr Gesicht huschten Gefühle so schnell wie Wolken im April. Plötzlich stieß sie hervor: »Wenn du aufgeregt bist, berlinerst du wieder so schlimm wie am Anfang.«

Max wusste nicht, ob er lachen oder sich über die unpassende Bemerkung ärgern sollte. Dann wurde ihm klar, dass Luisa in ihrer Beklommenheit das Erstbeste gesagt hatte, was ihr in den Sinn kam. Er erinnerte sich daran, dass Otto ihm einige Zeit nachdem er auf Gut Briest eingezogen war angeboten hatte, mit ihm Hochdeutsch zu üben – nicht, weil er ihm das Berlinisch austreiben wollte oder sich dafür schämte, sondern weil er der Meinung war, Max würde sich später leichter tun, wenn er beides beherrschte. Er erinnerte sich daran, wie eine amüsierte Hermine gesagt hatte: *Weeßte, mein Schatz, det haste schon bei mir nich hinjekriegt!*, und wie Luisa verkündet hatte, dass sie mit Max üben würde. Mit diesen Erinnerungen im Herzen sagte er: »Det bildste dir nur ein, wa!«, und grinste breit.

Nach dem Gespräch mit Luisa und nachdem er sie beschworen hatte, Otto und Hermine nichts zu verraten, suchte er nach Hans Bakatsch. Er brauchte nicht weit zu gehen. Bakatsch saß auf einer der Bänke vor einem Bierausschank, hatte ein halb leeres Glas vor sich stehen und schien auf gutem Weg zu sein, nicht nur das sechste, sondern bereits das zehnte Bier dieses Tages zu konsumieren. Er trug immer noch den weißen, ölbesprenkelten Overall, in den sich die meisten Fahrer zwängten, und hatte seine Lederkappe mit der Brille neben sich liegen. Sein Gesicht und seine Hände hatte er gereinigt, nur den Hals hatte er vergessen. Zwischen seinem sauberen Kinn mit dem blauen Bartschatten und dem Kragen seines Overalls war ein Streifen schwarz verschmierter Haut zu sehen.

»Maxe!«, sagte er gut gelaunt. »Komm, setz dich. Wieso haste dich schon umgezogen? Haste dich mit 'nem Mädel getroffen, du eitler Tropf?« Er lachte, um zu zeigen, dass er es nicht böse meinte.

Max, dem es das Einfachste schien, so wenig wie möglich über seine Beziehung zu den Briests zu erzählen, grinste nur und bejahte die Frage. Es war ja nicht einmal gelogen.

»Willste 'ne Molle?«, fragte Bakatsch.

»Klar.«

Bakatsch schnippte eine Münze über den Tisch, trank sein Glas mit einem Riesenschluck leer und drückte es Max in die Hand. »Bring mir auch noch eine mit.«

»Klar, Hans.«

Weitere vier Mollen später hatte Bakatsch genug. Er hatte nicht gemerkt, dass Max an seinem Bier nur genippt hatte, und am Ende, als Max ihm einfach sein noch fast volles Glas hingeschoben hatte, hatte er das auch noch ausgetrunken. Max legte sich einen seiner Arme um die Schultern, hievte ihn hoch und schleppte ihn zu den Baracken, in denen die Werkstätten der Rennställe untergebracht waren. Er hatte gehofft, dass Richard Loeb schon nach Hause gefahren wäre, und stellte befriedigt fest, dass dies auch geschehen war. Von den anderen Dinos-Mitarbeitern war nur noch der zweite Mechaniker da, der wissend grinste, als Max den fröhlich vor sich hin lallenden Bakatsch anbrachte.

»Hat den zehnten Platz jefeiert, wa?«, fragte er.

»Er hätte ooch den letzten Platz jefeiert«, bestätigte Max.

»Da haste recht, Maxe. Wat machste nu mit ihm?«

»Ick bleib hier und pass auf ihn auf. Kannst gern nach Hause fahren, Ernst.«

»Weeßte wat – ick nehm dir beim Wort. Wenn der alte Loeb schon mal nicht da ist, kann man ja mal fünfe grade sein lassen, wa?«

Max nickte. Es kam seinem Plan zupass, die Nacht mit Bakatsch allein zu verbringen. Irgendwann in der Dunkelheit würde der Fahrer erwachen und Durst haben, und Max würde dafür sorgen, dass es dann weiteres Bier zu trinken gab – und kein Wasser. Er bettete Bakatsch mit Ernsts Hilfe auf eine Pritsche, wartete, bis Ernst außer Sicht war, dann eilte er zum Bierausschank und gab das bisschen Geld, das er hatte, für drei Flaschen aus. Er ging davon aus, dass es gut investiert war. Im Anschluss daran machte er sich auf einer anderen Pritsche ein Lager und lauschte, halb dösend, halb wach, dem Schnarchen Bakatschs. Sein Herz klopfte heftig, wenn er an den morgigen Tag dachte. Es klopfte aus Angst vor dem, was er zu tun beabsichtigte, und aus Freude darüber, dass er den Briests mit seiner Hälfte der Siegprämie aus der Patsche helfen konnte. Der wichtigste Teil seines Plans, nämlich Hans Bakatsch zu überzeugen, heimlich die Plätze im Wagen zu tauschen und Max an seiner Stelle fahren zu lassen, lag noch vor ihm. Aber Max war zuversichtlich, dass der nächtliche Biernachschub und der unausweichliche, monströse Kater, den Bakatsch morgen haben würde, ihm in die Hände spielten. Und immerhin würde er das Siegergeld mit Bakatsch teilen, der auf diese Weise zu einem kleinen Vermögen kam, ohne dass er dafür mehr tun musste, als sich auf dem Beifahrersitz festzuhalten. Selbst Richard Loeb musste zufrieden sein, wenn sein unbekanntes Unternehmen dem Favoriten Fritz von Opel den ersten Platz wegnahm. Wer es sich leisten konnte, würde danach bei Dinos Schlange stehen, um ein Automobil in Auftrag zu geben. Alle würden davon profitieren. Max fühlte, wie das Bohren in seinem Magen, das ihn seit dem Freitagabend quälte, endlich leichter wurde.

## 4

Wie schon am Samstag gab es auch am Sonntagvormittag zunächst ein Motorradrennen, an das sich gleich danach das Automobilrennen anschloss. Es zog sich wie geplant über die Mittagszeit hin. Die Automobile waren als Pulk direkt vor der Tribüne am Ausgang der Nordkurve gestartet und dann mit rasch zunehmendem Tempo, immer noch als dichte Gruppe, in Richtung Südschleife davongebraust. Der Start hatte Applaus und Anfeuerungsrufe des Publikums hervorgerufen. Danach war erwartungsvolle Stille auf der Tribüne eingetreten, in die das sich entfernende Heulen der Motoren verklungen war. Die Zuschauer unterhielten sich halblaut und warteten, dass die Fahrzeuge wieder herbeikamen. Aus der gestrigen Erfahrung wusste Hermine, dass mit fortschreitender Zeit der Lärm im Publikum immer lauter werden und auch während der Zeit, in der die Automobile nicht zu sehen waren, kaum sinken würde. Denn nach den ersten Runden würde sich herausstellen, wer die Champions des Rennens waren, und dann würden launige und weniger launige Streits unter den verschiedenen Fraktionen im Publikum ausbrechen. Besonders die unteren Ränge würden sich dabei hervortun. Dort saßen die Männer mit den Schiebermützen, den ausgebeulten Jacken und den tiefen Mangelkerben in den Wangen, begleitet von ihren Frauen oder Liebchen, die sich durch zu auffällige, unpassende Hüte und billigen Schmuck auszeichneten.

Jedes Mal, wenn Hermine in einer größeren Menschenmenge war, fiel ihr wieder auf, wie alt heutzutage auch die jungen Männer wirkten. Deutschland hatte nicht nur den Krieg verloren, sondern auch seine Kraft – und seine Jugend. Fast zwei Millionen Soldaten waren im Weltkrieg gefallen, alles junge Männer. Diejenigen, die ihn überlebt hatten und jetzt hier als Zuschauer dabei waren, waren vielleicht noch jung, aber sie sahen nicht mehr so aus. Dreißigjährige wirkten wie fünfzig. Es gab viele Versehrte. Arme und Beine fehlten, über leeren Augenhöhlen befanden sich Augenklappen, Gesichter waren vom Kampfgas verätzt oder zeigten ein Narbenmuster von Schuss- und Bajonettverletzungen. Unwillkürlich dachte sie an ihren Schwager Levin. Wenn er aus dem Krieg zurückgekommen wäre, würde er jetzt auch so neben ihnen sitzen? Gezeichnet fürs Leben an Körper und Seele?

Sie schreckte auf, als Otto sagte: »Ich nutze mal die Gelegenheit und kaufe uns was zu essen und zu trinken. Jetzt gibt es noch einigermaßen frische Sachen.«

Hermine wusste, dass Otto versuchte, auf gute Stimmung zu machen. Normalerweise schaffte er es, jeden um sich herum aufzuheitern, wenn ihm danach war. Diesmal hatte es nicht geklappt. Hermine war viel zu besorgt um Max und um ihre Zukunft, als dass sie mit ganzem Herzen darauf hätte eingehen können. Luisa wirkte sogar noch beklommener als gestern. Otto hatte sich trotzdem Mühe gegeben. Er war mit ihnen gestern Abend noch in eines der nicht ganz so heruntergekommenen Lokale in der Nähe der Agentur gegangen, dann hatten sie zu dritt in der Agentur übernachtet, was er als Abenteuer hinzustellen versucht hatte, ohne aus Luisa mehr als ein schiefes Lächeln herauszulocken. Das ganze Wochenende – die Preise für die Sitzplätze auf der Tribüne, die Bahnfahrt, das Essen – war etwas, was sie sich in ihrer Lage eigentlich nicht leisten konnten. Sie hatten es sich dennoch geleistet, in stummer Übereinstimmung, dass sie es Max zuliebe taten, dass ihnen allen etwas Abwechslung bekommen würde … und dass es vielleicht ohnehin für lange Zeit das letzte Mal war, dass sie Geld ausgeben konnten.

»Bring mir 'n Bier mit«, sagte Hermine im Versuch, ebenfalls heiter zu sein.

»Ich bringe zwei«, sagte Otto. Er war bereits aufgestanden. Impulsiv beugte er sich zu Hermine und küsste sie auf den Mund. Die Aktion brachte ihnen ein paar tadelnde Blicke der Umgebung ein und sorgte dafür, dass Luisa sich verlegen abwandte. Hermine erwiderte den Kuss, dann gab sie ihm einen Klaps gegen den Arm. »Was nehm Se sich denn für Freiheiten bei 'ner armen schwachen Frau raus, Sie Pirat«, sagte sie dann mit nur halb erzwungener Fröhlichkeit. Der Kuss hatte ihr gutgetan, und die empörten Blicke der älteren Damen und Herren im oberen Teil der Tribüne, in dem ihre Sitzplätze waren, belustigten sie eher, als dass sie sie verunsicherten. Wie so oft wallte eine innige, heiße Liebe zu ihrem Ehemann in ihr auf, wenn ihr bewusst wurde, wie gut er es mit ihr meinte und wie er immer darauf bedacht war, ihr seine Liebe zu zeigen – erst recht nach so vielen Jahren. »Ick hoffe, du nimmst dir demnächst mal noch mehr Freiheiten raus«, flüsterte sie.

»Betrachte es als Versprechen«, sagte Otto lächelnd und trat auf die Stufen hinaus, die von der Tribüne nach unten führten. Entweder war es Zufall gewesen, dass er diese Plätze bekommen hatte, oder es war der Berufskrankheit eines Detektivs geschuldet: Ihre Plätze lagen direkt an den Stufen, sodass sie sie sofort verlassen konnten, wenn es nötig war – zum Beispiel, um jemanden verfolgen zu können. Hermine lächelte in sich hinein. Hätte Otto sie mit der Platzauswahl beauftragt, hätte sie die gleichen Sitze ausgewählt.

Mehrere männliche Zuschauer aus den oberen Rängen taten es Otto gleich und stiegen die Stufen hinunter, um sich bei Kiosken vor dem Eingang zu versorgen. In den unteren Rängen stand keiner auf. Die Leute dort würden Essen von zu Hause mitgebracht haben – oder hungern. Allenfalls wurde Bier gekauft. Die fliegenden Verkäufer, die mit Schmalzgebäck, Süßigkeiten und Zigarren auf der Tribüne unterwegs waren, begaben sich erst gar nicht ins untere Drittel: kein Umsatz.

»Bitte verzeihen Sie mir, dass ich Sie einfach so anspreche«, sagte auf einmal jemand neben Hermine.

Sie blickte überrascht auf und sah in ein freundliches, weiches Männergesicht, in dem ein Zwicker mit Goldrand prangte. Es kam ihr bekannt vor, ohne dass sie wusste, wo sie es platzieren sollte.

Der Mann lüftete den Hut. Volles braunes Haar mit grauen Strähnen darin wurde sichtbar. »Täusche ich mich, oder habe ich die Ehre mit Frau Hermine von Briest?«

Die Erinnerung setzte wieder ein. Hermine lächelte erfreut. »Herr Zinnermann«, sagte sie. »Sehr erfreut, Sie wiederzusehen.«

Der Mann war Curt Zinnermann. Er und sein Bruder Leo führten ein kleines Bankhaus nicht weit von der Agentur entfernt im Bankenviertel Berlins zwischen dem Hauptbahnhof und der Friedrichstraße. Die Zinnermanns hatten Hermine und Otto einmal beauftragt, merkwürdigen Ungereimtheiten in der Kontoführung ihrer Bank nachzugehen. Es hatte sich herausgestellt, dass ein paar der führenden Angestellten die Bank bei fast jeder Transaktion um wenige Mark betrogen, was im Einzelfall kaum auffiel, in Summe aber ein kleines Vermögen bedeutete, das die

Betrüger jedes Jahr abzweigten. Hermine und Otto hatten nicht nur den Betrug aufgedeckt, sondern auch die von den Betrügern vorsorglich angefertigten Dokumentenfälschungen, die den Brüdern Zinnermann die eigentliche Schuld daran in die Schuhe geschoben hätten. Das war im letzten Kriegsjahr gewesen. Die Zinnermanns hatten die Dienste der Agentur sehr großzügig entlohnt. Danach hatte man sich aus den Augen verloren.

Curt Zinnermann schüttelte Hermine die Hand und musterte dann neugierig Luisa. Hermine stellte sie vor, und Zinnermann gab auch ihr die Hand. Er verbeugte sich beide Male dabei. Luisa wurde rot. Die Verbeugungen führten dazu, dass Zinnermann mit den Leuten zusammenstieß, die sich an ihm vorbei die Treppe hinunterzuzwängen versuchten. Entschuldigungen wurden ausgetauscht, Hüte gelupft. Zinnermann deutete auf Ottos leeren Platz.

»Gestatten Sie, dass ich mich eine Minute setze?«

»Mein Mann sitzt hier, aber er ist gerade zum Kiosk gegangen. Bitte nehmen Sie Platz. Er wird eine Weile brauchen, bis er wieder zurück ist.«

»Ich habe ihn gesehen, als er aufgestanden ist. Deshalb bin ich auf Sie aufmerksam geworden. Ich sitze dort oben.« Zinnermann verbeugte sich noch einmal, zupfte an seiner Hose und setzte sich dann umständlich hin. Er strahlte Hermine an. »Mein Bruder und ich reden oft darüber, wie viel unser Bankhaus Ihnen und Ihrem Mann verdankt.«

Hermine fand nicht sofort eine Antwort, weil ihr gerade der Gedanke durch den Kopf schoss: Vielleicht können uns die Zinnermanns helfen? Aber sie verwarf ihn sofort wieder. Die Zinnermanns waren Klienten gewesen, und man vermengte nicht den Beruf und das Privatleben. Zu viele Befangenheiten konnten entstehen. Außerdem gab es für Zinnermanns keinen Grund, einen faulen Kredit zu übernehmen, den ein größeres und liquideres Bankhaus als das ihre bereits gekündigt hatte. Hermine zwang sich zu einem Lächeln und erwiderte: »Wir freuen uns, wenn wir Ihnen helfen konnten.«

»Die Freude ist ganz auf unserer Seite.«

Das Gespräch erstarb kurz. Zinnermann strahlte Hermine weiterhin an. Sie verfluchte ihre gedankenschwere, sorgenvolle Behäbigkeit. Normalerweise war sie nicht auf den Mund gefallen. Schließlich sagte sie lahm: »Sind Sie ein Freund des Rennsports, dass Sie heute hier sind?« Ganz von fern hörte sie das sich nähernde Brummen und Knattern der Motoren, als das Feld der Fahrer auf seinem Rundkurs wieder herankam, und ihr Herz und ihre Gedanken richteten sich noch mehr nach dort draußen als zuvor.

»Ein paar von den Automobilfirmen sind mit Krediten von Zinnermann & Zinnermann an den Start gegangen«, sagte der Bankier. »Und außerdem stecken auch Kredite in der Strecke ...« Er räusperte sich und grinste verlegen. »Aber ich gebe zu, dass mich auch privates Interesse hierhergeführt hat. Ein kleines Laster darf man ja haben, nicht wahr?«

»Sie haben mein vollstes Verständnis, Herr Zinnermann.«

»Wissen Sie ...«, begann Zinnermann wieder. Er musste die Stimme heben, um verstanden zu werden. Das Gedröhn der Motoren wurde immer lauter. Das Feld war noch immer ziemlich dicht beisammen. Und jetzt näherte es sich mit hoher Geschwindigkeit und brachte Trommelfelle zum Schmerzen und Zwerchfelle zum Beben. Es war dem Beben nicht unähnlich, das die Motoren eines Zeppelins oder eines Flugzeugs verursachten. Aber während ein Zeppelin, der über einen hinwegfuhr, mit seinem sonoren Dröhnen ein Gefühl der Ruhe und Majestät hervorrief, machten einen die Motorengeräusche einer Gruppe Automobile irgendwie hektisch und nervös. Selbst wenn man nicht mit den Fahrern in ihren rasenden Blech- und Stahlgeschossen mitfieberte.

Zinnermann setzte erneut an. »Wissen Sie, es ist bestimmt

kein Zufall, dass wir uns heute hier treffen … erst vor ein paar Tagen haben mein Bruder und ich über Ihren Mann gesprochen.«

»Er wird sich freuen, das zu hören. Bitte bleiben Sie doch, bis er wieder zurück ist.«

»Das würde ich gerne, aber ich bin mit meiner Frau und ihrer Familie hier … eigentlich wollten wir schon gehen, weil wir eine Verabredung mit dem Rest der Familie zum Essen haben, und es ist unhöflich, zu spät zu kommen, aber dann habe ich Ihren Mann erblickt …«, Zinnermann sah kurz aus, als wünschte er den Teil der Familie seiner Frau von Herzen zum Teufel, der ihn zwang, das Rennen jetzt zu verlassen, »… und ich will Sie auch nicht langweilen …«

»Sie langweilen mich nicht«, sagte Hermine.

»… und außerdem ist dies auch nicht der richtige Ort für Geschäftsgespräche, nicht wahr?« Zinnermann zuckte zusammen, als weiter unten ein paar Männer mit speckigen Kappen aufsprangen und die Arme schwenkten. Sie brüllten: »Riecken-Riecken-Riecken!« Die Leute in ihrer Nähe lachten entweder oder schauten indigniert.

Hermine starrte den Bankier an. Geschäftsgespräche?, dachte sie. Plötzlich keimte Hoffnung in ihr auf. Wollten die Zinnermanns der Agentur einen neuen Auftrag erteilen? Sie versuchte, sich nicht anmerken zu lassen, wie aufgeregt sie auf einmal war.

»Wenn wir Ihnen irgendwie helfen können, lassen Sie es uns gerne wissen«, sagte sie und hoffte, dass ihre Stimme das richtige Gleichgewicht zwischen Interesse und Gelassenheit übermittelte.

»Wenn Sie Ihrem Mann vielleicht ausrichten wollen, dass mein Bruder und ich uns sehr über einen Besuch freuen würden?«

Hermine versuchte, die Contenance zu bewahren. »Darf ich ihm mitteilen, worum es geht?«

Zinnermann sah sich um, als wären sie von Spionen umgeben, die alle nur darauf warteten, was der Bankier als Nächstes sagte.

»Ich will Sie nicht damit belasten«, erklärte er schließlich. »Geschäfte sind ja ohnehin mehr Männersache, nicht wahr?«

Hermine, die bei solchen Aussagen immer innerlich zusammenzuckte und dachte, dass ihre verstorbene Schwiegermutter mit ihrem fanatischen Einsatz für die Gleichberechtigung der Frauen nicht so ganz falschgelegen und trotzdem wenig erreicht hatte, gab das Lächeln des Bankiers zurück. Vermutlich glaubte der korrekte, ebenso gutmütige wie verstaubte Zinnermann, dass Hermine nur Ottos Sekretärin in der Detektei war und nicht selbst als Detektivin tätig wurde – obwohl sie es gewesen war, die als Erste den Schlüssel zu den Machenschaften der betrügerischen Bankmitarbeiter gefunden hatte.

»Wollen Sie mir sagen, wann ein Gesprächstermin für Sie angenehm wäre?«, fragte sie. Mittlerweile musste sie schreien. Das Motorengedröhn war ohrenbetäubend, und es waren noch mehr Zuschauer aufgesprungen und brüllten die Namen ihres Favoriten. Die Fahrzeuge näherten sich der Nordkurve, ein in der Sonne blinkender, bunter Haufen, über dem die Luft waberte und eine Staubwolke lag. Hermine erhielt einen Stoß, als Luisa auf einmal aufsprang. Sie zog sie am Arm wieder auf ihren Platz, obwohl sie sie verstand. Sie wäre auch am liebsten aufgesprungen. Von Weitem konnte sie nun den dunkelblauen Dinos erkennen, in dem Max zusammen mit seinem Fahrer saß.

Luisa wandte sich mit großen Augen an sie. »Mama, ich muss Ihnen unbedingt ...«, begann sie. Der Rest ging im Aufbrüllen der Motoren verloren, als das Feld an ihnen vorbeijagte und die Rennwagen durch die Nordkurve rasten wie bunte Geschosse auf Rädern.

Das »Riecken«-Anfeuerungsgebrüll hatte mittlerweile die »Opel«-Rufe übertönt. Es galt dem Führungsfahrzeug, das sich vom Feld abgesetzt hatte – nicht weit, aber doch deutlich. Es war ein schlankes, torpedoförmiges Fahrzeug, glänzend dunkelrot lackiert mit einem weißen Querstreifen über der Motorhaube und mit großen Fünfen versehen. Die weißen Speichenräder drehten sich wie rasend und hinterließen lange schwarze Streifen von Gummiabrieb auf dem Makadambelag der Straße. Die beiden Insassen duckten sich tief hinter die Motorhaube, um keinen Luftwiderstand zu bieten.

Hermine beugte sich zu Luisa, um sie wiederholen zu lassen, was sie gerufen hatte.

Zinnermann unterbrach sie. »Das ist Christian Riecken am Steuer eines NAG. C4«, schrie er in Hermines Ohr.

Hermine hätte ihm erklären können, dass Riecken nicht nur Pilot, sondern auch Konstrukteur des Fahrzeugs war, das er lenkte und das aus den Werkstätten der Nationalen Automobil-Gesellschaft in Berlin stammte. Max hatte ihnen alle Fahrer und Mechaniker aufgezählt und hätte ihnen in seiner Begeisterung, dass er dazugehörte, am liebsten noch deren Schuhgrößen verraten.

»Der Wagen ist modifiziert – er bringt eine Leistung von dreißig Pferdestärken! Stellen Sie sich das mal vor!«

Mit dem Herankommen der Fahrzeuge war auch ein Stoß heißer Luft gegen die Tribüne geprallt, die Schals und Tücher flattern ließ, ein paar Hüte von Köpfen wehte und einen intensiven, fetten Duft mit sich brachte. Die Wagen waren allesamt mit Rizinusöl betankt. Hermine hielt ihren Hut fest und schloss die Augen, als Staub und Sand über die Tribüne prasselten. Auch diese Erfahrung hatte sie gestern schon gemacht; dennoch schnappte sie erneut nach Luft. Es war, als ob eine Wand roher Kraft durch die Sitzreihen gerast wäre.

Der rote NAG C4 wurde von einem dunkelgrünen Fahrzeug gejagt, das noch mehr wie ein Torpedo auf Rädern aussah als sein Vordermann. Was ihm an der glatten Eleganz fehlte, die der NAG C4 aufwies, machte dieser Wagen durch die Anmutung von Kraft wett, die er ausstrahlte. Er trug die Nummer 14 und war das Ziel der »Opel«-Rufe. Der Name des Fahrers war Hermine ebenfalls geläufig: Fritz von Opel, der Rekordhalter des gestrigen Tages und

Favorit des Rennens. Christian Riecken schien ihn jedoch heute auf die Plätze zu verweisen. Für die Zuschauer auf der Tribüne bedeutete dies ein Fest. Von Opel war ein Hesse aus Rüsselsheim; aber Christian Riecken war Berliner und das Unternehmen, für das er fuhr, das bekannteste der Berliner Automobilwerke. Der Lokalmatador war drauf und dran, den Star des Rennens zu besiegen.

Christian Riecken hatte die Kurve hinter sich und raste auf die gerade Strecke hinaus. Hermine sah ihn schlingern und weitere schwarze Streifen auf die Fahrbahn malen. Fritz von Opel, der gleich dahinter kam, schlingerte ebenfalls. Zuerst dachte Hermine, dass dort auf einer der vorherigen Runden vielleicht Öl verloren worden war, doch dann fiel ihr auf, dass etliche Fahrzeuge im dichten Mittelfeld auch in der Kurve rutschten. Sie spürte, wie ihr Herzschlag sich ängstlich beschleunigte. Stimmte etwas mit der Fahrbahn nicht?

Im vorderen Drittel des Fahrerpulks fuhr ein weiterer Wagen mit der Farbkennnung der Nationalen Automobil-Gesellschaft. Er trug die Nummer 6 und wechselte ständig die Position. Von Weitem sahen seine Manöver riskant aus. Hermine wusste, dass sie riskant waren. Max hatte von der Taktik erzählte, die von den Automobilfirmen angewendet wurde, die es sich leisten konnten, ein zweites Fahrzeug ins Rennen zu schicken. Eines der beiden Teams galt als Favorit, die Aufgabe des anderen Teams war es, diese Position zu verteidigen, indem es das Mittelfeld nicht aufkommen ließ. Der zweite Fahrer der NAG fuhr jedoch deutlich rücksichtsloser und ruppiger als seine Konkurrenten.

Das Feld schoss nun auch auf die Gerade hinaus. Aus dieser Perspektive sah es so aus, als würden die Wagen im Mittelfeld so dicht nebeneinander fahren, dass zwischen ihre Reifen kein Blatt Papier passte. Hermine atmete heftig und spürte, wie Luisa neben ihr auf dem Sitzplatz herumwetzte vor Nervosität. Der blaue Dinos behauptete seinen Platz im Mittelfeld, ein schwerfällig wirkender Wagen mit auffällig nach hinten verlängertem Heck. Hermine verfolgte seine Manöver, bis sie ihn im Geflimmer über dem heißen Teer nicht mehr ausmachen konnte und das Feld nur noch ein bunter, röhrender, sich schnell entfernender Flickenteppich war, in dem blanke Metallteile die Sonne blitzend reflektierten.

Der Motorenlärm war leiser geworden, nur der Rizinusduft hing immer noch über der Tribüne. Die Nachzügler röhrten in Richtung Süden davon. Die Schlachtenbummler brüllten einen letzten »Riecken-Riecken-Riecken«-Refrain und setzten sich dann wieder. Sie stießen sich voller Begeisterung gegenseitig an, und Curt Zinnermann, der mitgebrüllt hatte, wurde bewusst, dass er sich hatte gehen lassen. Er räusperte sich und rückte seinen Hut zurecht. Seine Augen waren glasig vor Rennfieber.

»Können Sie mir schon einen Termin nennen, an dem Sie für ein Gespräch mit meinem Mann Zeit hätten?«, erkundigte sich Hermine erneut. Sie hatte ebenfalls Mühe, sich wieder im Hier und Jetzt zurechtzufinden.

»Äh … ja … äh …« Zinnermann riss sich zusammen. »Wie wäre es mit morgen?«, fragte er dann und strahlte.

»Morgen!?«

»Wenn es nicht zu früh ist. Ich weiß, Sie sind sicher bis oben eingedeckt mit …«

»Mein Mann wird es einrichten können«, sagte Hermine hastig.

»Am Vormittag? Sie müssen sich nicht auf eine genaue Uhrzeit festlegen. Mein Bruder und ich halten uns den Terminkalender bis zum Mittag frei.«

Zinnermann stand auf und verbeugte sich vor Hermine und Luisa. »Ich wünsche Ihnen noch einen schönen Sonntag, meine Damen. Bitte verzeihen Sie die Störung.«

»Wollen Sie nicht noch hierbleiben, bis mein Mann zurück ist? So lange kann det ja nicht dauern mit dem Stullenholen, wa?« Hermine horchte ihren Worten hinterher. »Ich meine *Brötchen*.«

»Bitte richten Sie Ihrem Gatten meine Verehrung aus. Ich kann wirklich nicht länger warten.«

Hermine sah ihm hinterher, aber er drehte sich nicht mehr um. Weiter oben, in der Mitte der Tribüne, stand eine kleine Gruppe fein gekleideter Männer und Frauen und nahm ihn in die Mitte. Die Gruppe verließ die Tribüne mit einiger Eile zur anderen Treppe hin. Hermine ahnte, dass der Bankier von seiner Frau ein paar strafende Blicke für seine Verspätung und heute Abend eine Standpauke erhalten würde. Sie wusste nicht, ob sie darüber amüsiert sein oder ihn bedauern sollte.

Die Herbstbrise trug den größten Teil des Rizinusdufts davon. In knapp zehn Minuten würde das Feld wieder hier sein, erneut in die Nordkurve einbiegen und Dröhnen, heiße Luft und Rizinusduft mitbringen. Die Zuschauer wurden ruhiger und stellten sich auf die erneute Wartezeit ein. Hermine sah Otto mit vollen Händen die Stufen heraufkommen, gegen den spärlichen Strom derer, die hinuntergingen, um ebenfalls einzukaufen. Ihr fiel ein, dass Luisa etwas zu sagen versucht hatte, was der Lärm geschluckt hatte.

»Was wolltest du mir vorhin erzählen?«, fragte sie.

Auf Luisas bleichen Wangen brannten hektische Flecke. »Nichts«, sagte sie und schüttelte heftig den Kopf. »Hab es schon vergessen.«

Otto war heran. »Die waren noch nicht auf Kundschaft eingestellt«, brummte er. »Mist, ich hab die erste Runde verpasst.«

Hermine vergaß Luisas nervöses Benehmen und lächelte ihren Mann an. »Du hast noch viel mehr verpasst, mein Lieber«, sagte sie.

# 5

Max war schwindlig. Es hatte tatsächlich geklappt! Und es war auch noch einfach gewesen! Hans Bakatsch war am Morgen so schlecht beieinander gewesen, dass er Max geradezu für seine Idee dankte. *Knorke, Maxe,* hatte er mehrfach gesagt, *knorke … der Loeb hätte mich sonst rausgeschmissen.* Dass Max plante, nicht nur brav im Mittelfeld mitzufahren, sondern zu gewinnen, war gar nicht bis zu ihm vorgedrungen. Max hatte es auch nicht wiederholt.

Das Schicksal musste auf Max' Seite stehen, denn sogar das vertauschte Einsteigen hatte keine Schwierigkeiten bereitet. Bakatsch war unter den strengen Augen Richard Loebs auf den Fahrersitz geplumpst und hatte verabredungsgemäß seine Fahrerbrille fallen lassen. Max war, dienstfertig, wie er war, um den Wagen herumgelaufen und hatte sie aufgehoben. Dann war Bakatsch einfach beiseitegerückt, und Max hatte sich auf den Fahrerplatz gesetzt. Beide hatten sofort ihre Kappen in die Stirn gezogen und die Brillen aufgesetzt. Niemand hatte etwas gemerkt – oder höchstens Ernst, der zweite Mechaniker, der ein bisschen zu demonstrativ in die andere Richtung schaute. Seinetwegen machte Max sich jedoch keine Sorgen. Die Mechaniker hielten immer zusammen.

Und nun hatte er bereits fünf von den zu fahrenden acht Runden hinter sich und hielt sich immer noch unangefochten im vorderen Mittelfeld! Er konnte fahren! Und keinesfalls schlechter als die anderen, berufsmäßigen Fahrer! Er brauchte nicht einmal Anweisungen von Bakatsch dazu – der für so etwas auch nicht in der Lage gewesen wäre, denn er war, so unfassbar es schien, eingeschlafen und schreckte nur immer kurz auf, wenn der Dinos über eine besonders harte Bodenwelle sprang.

Fünf von acht Runden. Wann sollte Max beginnen, sich auf den vorderen Platz zu schieben? Wenn er zu früh damit anfing, würden seine Manöver Richard Loeb auffallen; dann würde der Konstrukteur ihn am Ende noch herauswinken – und alles wäre gescheitert. Eine Runde allein würde aber nicht genügen, sich an die Spitze zu setzen. Er brauchte mindestens zwei, und auch dann war noch eine Riesenportion Glück vonnöten. Aber er musste darauf vertrauen, dass das Glück weiterhin zu ihm hielt. In der nächsten Runde also. Er umklammerte das Lenkrad fester und konzentrierte sich auf die Fahrzeuge vor ihm, genauer gesagt auf den zweiten NAG. Was dessen Fahrer dort unternahm, konnte man nicht mehr anders als kriminell werten.

Sein Name war Sigurd von Cramm. Als er vor ein paar Tagen beiläufig diesen Namen gegenüber den Briests erwähnt hatte, hatten Hermine und Otto überraschte Gesichter gemacht. Anscheinend war ihnen der Name geläufig. Es hatte sich bis jetzt nicht ergeben, sie genauer danach zu fragen; doch nach dem gestrigen und vor allem nach dem heutigen Rennen war Max überzeugt, dass es keine gute Erinnerung sein konnte, die die Briests mit dem jungen Adligen verbanden.

Sigurd war offensichtlich frustriert darüber, dass er Christian Riecken den Sieg verschaffen sollte, anstatt selbst auf Sieg zu fahren. Diesen Frust raste er sich nun vom Leib. Er zwang andere Fahrer ohne Not zum Ausweichen, fuhr zu dicht an sie heran oder setzte sich so vor sie, dass sie abbremsen mussten. Über dem Mittelfeld stiegen immer wieder die Staub- und Rauchwolken von malträtierten Gummireifen auf, und am meisten dort, wo Sigurd von Cramm fuhr. Es grenzte an ein Wunder, dass noch kein Unfall passiert war.

Da war die Nordkurve und mit ihr der Beginn der sechsten Runde. Max fühlte den Widerstand des Lenkrads, während er im Pulk durch die Kurve jagte, und die eigene Erschöpfung. Acht Runden bedeuteten etwas über hundertsechsundfünfzig Kilometer Fahrstrecke, die man an einem Stück in Höchstgeschwindigkeit und höchster Konzentration zurückzulegen hatte – von den nötigen körperlichen Kräften ganz abgesehen. Max atmete die Abgase der anderen Fahrer ein, Ruß, heißes Öl und Abrieb färbten sein Gesicht überall dunkel, wo Fahrerbrille, Kappe und Schal es nicht verdeckten, und brannten sich mit dem Schweiß in jede Pore. Staub und kleine Steinchen prasselten wie Hagel auf ihn ein. Um ihn herum stemmten sich die anderen Fahrer in die Lenkräder und die Pedale ihrer Fahrzeuge, genauso erschöpft und verschwitzt wie er, gesichtslose Gestalten unter ihrer Vermummung, eher kenntlich durch ihre Fahrzeuge, Wagenlackierung und Startnummern als durch ihre Gesichtszüge. Die Fahrer in den hintersten Positionen fuhren wie in einen Nebel hinein, den die Auspuffabgase der Fahrzeuge vor ihnen produzierten und der wie ein immer dichter werdender Ring über der Rennbahn gelegen hätte, wenn die Herbstbrise ihn nicht immer wieder verweht hätte.

Die Nordkurve hatte einen Radius von fast zweihundertfünfzig Metern. Endlose Sekunden Kampf gegen die Fliehkräfte und den Willen des Automobils, geradeaus zu fahren. Max sah die Tribüne mit ihrem weit ausgreifenden Dach wie einen Schatten an seiner Seite vorüberziehen. Irgendwo dort oben waren die Briests. Hatte Luisa ihren Eltern doch verraten, was er vorhatte? Er wusste, dass er sie mit der Bitte, Hermine und Otto etwas zu verschweigen, in einen Konflikt gebracht hatte. Sollte sie inzwischen eingeknickt sein, war es auch nicht schlimm. Es war wichtig gewesen, dass sie dichthielt, bis das Rennen startete, damit Otto ihm nicht noch in letzter Sekunde einen Strich durch die Rechnung machte. Jetzt war es egal.

Er fühlte seinen Dinos die Bodenhaftung verlieren und gab ihm kurz nach, um ihn unter Kontrolle zu bringen. Der Fahrer neben ihm wich aus, ohne aufzublicken. Bei der vorherigen Runde war die Situation genau umgekehrt gewesen. Die Fahrer kannten die Tücke der Strecke, und auch wenn sie Konkurrenten um Sieg oder Platz waren, gaben sie sich gegenseitig Raum, um Unfälle zu vermeiden. Jeder kämpfte mit dem schlechten Zustand der Fahrbahn. Fahrer wie Sigurd von Cramm, die Unfälle provozierten und die Not der anderen Fahrer rücksichtslos ausnutzten, um sich nach vorn zu kämpfen, waren die Ausnahme.

Die Nordkurve war durchfahren. Beinahe simultan gab das ganze Feld mehr Gas, um den geraden Streckenabschnitt für eine bessere Platzierung zu nutzen. Wieder stieg der Rauch von heißem Teer und heißem Gummi auf, als Hinterräder durchdrehten, bevor sie wieder griffen, Hecks von Wagen ausbrachen und nachfolgende Fahrer abbremsen mussten, um außer Kontrolle geratene Vordermänner nicht zu rammen.

Max atmete einmal tief durch und begann dann mit dem Angriff. Der Dinos 10/30 hatte Kraft, aber durch sein hohes Gewicht war er schwerfällig. In den Kurven bestand die Gefahr, dass die Fliehkräfte ihn von der Bahn zogen. Er musste mehr als alle anderen die Geraden nutzen, um nach vorn zu kommen, denn in den Kurven musste er das Tempo drosseln.

Nach der Hälfte der Strecke zur Südkurve lief der Dinos auf Hochtouren, und Max war auf den sechsten Platz vorgerückt. Hans Bakatsch war aufgewacht und blickte abwechselnd zu Max und dann nach vorn. Er schien selbst in seinem alkoholisierten Halbschlaf gespürt zu haben, dass etwas anders war als in den vorhergehenden Runden. Aber noch war sein Hirn nicht klar genug, um das Geschehen ganz zu erfassen und zu protestieren.

Auf dem fünften Platz fuhr ein Dürkopp P10B, davor, auf dem vierten Platz, raste der NAG mit Sigurd von Cramm am Steuer. Fahrer und Mechaniker des Dürkopp waren Reinhard von Mosch und Fritz Feldmann. Mosch versuchte zu überholen, doch Sigurd von Cramm ließ ihn nicht vorbei. Rauch stieg von den Reifen beider Fahrzeuge auf.

Das Feld näherte sich der Südkurve. Noch war sie ein paar hundert Meter entfernt und im Flimmern des heißen Teers nicht zu sehen, aber jeder Fahrer erkannte an den Bäumen jenseits der Böschung, wann die Geraden endeten. Von Mosch hatte sich zurückfallen lassen, um den Angriffen Sigurds zu entgehen, und Max nutzte seine Chance und zog an dem Dürkopp vorbei. Hans Bakatsch setzte sich auf einmal gerader hin, brüllte etwas und fuchtelte mit den Händen. Zähneknirschend nahm Max Tempo weg.

Wie befürchtet verlor er dadurch seinen Vorsprung wieder an Mosch. Max fluchte in sich hinein – und sah dann fassungslos zu, wie Mosch in einem Manöver, das bewies, welches Können in ihm und welche Kraft in seinem Dürkopp steckte, auch an Sigurd von Cramm vorbeiraste und auf den vierten Platz vorrückte.

Schon nahm der junge Adlige die Verfolgung auf.

Die Südkurve flog förmlich heran, und überall drosselten die Fahrer das Tempo. Riecken und von Opel, die beiden führenden Piloten, schlingerten bereits durch den Zenit der Kurve. Max konzentrierte sich auf seinen Wagen, um schon im Ansatz zu fühlen, wann die Reifen zu rutschen begannen. Bakatsch schrie ihm ins Ohr: »Was machst du da, Maxe?«

»Ich fahr auf Sieg!«, brüllte Max zurück, während die Fliehkräfte den Dinos nach außen zu ziehen begannen.

Bakatsch schwieg. Max erwartete ein Trommelfeuer von Flüchen und Beschimpfungen. Stattdessen duckte sich Bakatsch tiefer ins Cockpit und rief: »Dann streng dich an, Maxe – viel Zeit haste nicht mehr!«

Max war so überrascht, dass er den Blick von der Fahrbahn nahm und zu Bakatsch hinüberschaute. In dessen schwarz verschmiertem Gesicht leuchtete ein lückenhaften Gebiss in einem breiten Grinsen.

Im nächsten Moment sah er aus dem Augenwinkel eine Bewegung, die nicht zu dem Muster der durch die Kurve jagenden Automobile passte. Er riss den Kopf herum.

Reinhard von Mosch war wohl mit zu hohem Tempo in die

Kurve gegangen. Der Dürkopp begann auszubrechen. Max sah von Moschs Fahrzeug schleudern und wie Feldmann sich auf der rechten Seite des Wagens hin- und herlehnte, um die Schlingerbewegung auszugleichen. In einer engen Schlangenlinie schoss der Dürkopp in die Kehre, verfolgt von Sigurds NAG. Von Mosch schien jetzt eingesehen zu haben, dass er sich hatte hinreißen lassen, denn er nahm Tempo weg. Doch er war immer noch zu schnell: Der Dürkopp rutschte mit dem Heck weg. Von Mosch kurbelte wild dagegen.

Max war sich sicher, dass er im nächsten Moment Zeuge würde, wie der Dürkopp aus der Kurve flog – und dass es nur einem Wunder zu verdanken wäre, wenn er bloß über die Böschung getragen würde und nicht in andere Fahrzeuge hineinkrachte. Er empfand auf einmal Furcht – Furcht, die er die ganze Zeit über nicht gespürt hatte. Seine Hände in den Handschuhen wurden kalt. Instinktiv umklammerte er das Lenkrad fester.

Dann gelang von Mosch eine Meisterleistung: Er überließ dem Dürkopp die Kontrolle, sodass das Fahrzeug die Ideallinie verließ und schräg nach außen raste, auf die Böschung zu. Aber in diesem Moment hatte der Wagen den Zenit der Kurve bereits hinter sich und stabilisierte sich. Hart am Rand der Fahrbahn zog von Mosch ihn wieder nach innen, querte die Fahrbahn erneut in der Gegenrichtung – und nahm abermals Fahrt auf. Max starrte ungläubig. Er war so erleichtert, dass er jubelte, ohne es zu merken. Er wünschte sich, so fahren zu können. Er nahm sich vor, der Erste zu sein, der Reinhard von Mosch nach dem Ende des Rennens gratulierte.

Im nächsten Augenblick zog Sigurd von Cramm innen an von Mosch vorbei, Staub flog wie in einer kleinen Explosion in die Höhe, der Dürkopp verließ seine Spur und jagte funkensprühend auf die Böschung zu. Max sah das linke Vorderrad des Wagens über die Fahrbahn springen. Das Fahrzeug pflügte über die Böschung, krachte durch den Holzzaun und kam in einer riesigen

Staubwolke jenseits der Böschung zum Halten. Schon lag die Unfallstelle hinter ihm, als er mit dem restlichen Feld daran vorbeiraste. Er sah viele Fahrer die Köpfe drehen und manchen ein Kreuzzeichen schlagen. Er verzichtete darauf. Er starrte nach vorn zu Sigurd von Cramm, dessen NAG schlingerte, und ihm wurde klar, dass Sigurd den Dürkopp auf Höhe des linken Vorderrads touchiert haben musste.

Gerammt, sagte er sich. Er hat ihn *gerammt*! Sein Magen fühlte sich hohl an.

Hans Bakatsch rief: »Die haben ein Rad verloren! Schlampige Werkstatt!« Offenbar war ihm die Attacke Cramms auf den Dürkopp entgangen. »Fahr langsamer!«, schrie er nun gegen den Lärm an.

Max zögerte. Seine Hände kneteten das Hartholz des Lenkrads. Die Furcht, die seit dem Durchfahren der Südkurve von ihm Besitz ergriffen hatte, wollte ihn dazu bringen, Bakatschs Anordnung zu befolgen. Plötzlich erinnerte er sich wieder an das Gespräch vom Freitagabend und die Verzweiflung der Briests, und er wollte seinen Plan fortsetzen. Dann sah er Luisas ängstliches Gesicht vor sich, die ihn stumm anflehte, nichts zu riskieren, und wollte sich ins sichere Mittelfeld zurückfallen lassen. Schließlich dachte er, dass er ohnehin schon tot wäre, wenn die Briests sich seiner nicht angenommen hätten, entweder in einer Gasse erschlagen oder im Armenhaus an Tuberkulose verreckt.

Er schwitzte am ganzen Körper. Es kam nicht nur von der Anstrengung des Fahrens.

Bakatsch lehnte sich herüber und griff ins Lenkrad. »Fahr langsamer, verdammt noch mal!«, brüllte er.

# 6

Auf der Tribüne in der Nordkurve hatte die Kapelle angefangen, zu spielen. Es war immer noch das alte Repertoire: schmissige Militärmärsche im Wechsel mit alten Volksliedern. Die Zuschauer ignorierten die Bemühungen der Musiker. Nur ein Stück, das sich zwischen den anderen recht fremd ausnahm und erst im Frühjahr des nächsten Jahres Bekannt- und Beliebtheit erfahren würde, fand Gefallen: »Wir versaufen unsrer Oma ihr klein' Häuschen«. An vielen Stellen wurde der Refrain mitgesungen.

»Glaubst du, dass die Zinnermanns den Kredit übernehmen würden?«, fragte Hermine und lehnte sich beim Sprechen nahe an Otto, damit weder Luisa noch die Sitznachbarn etwas von ihrem Gespräch hören konnten.

»Ich wäre schon gottfroh, wenn sie uns einen Auftrag geben würden«, entgegnete Otto. »So weit wage ich gar nicht zu denken.«

Hermine ergriff Ottos Hand.

Er seufzte. Nach der katastrophalen Neuigkeit vom Freitag hatte er gehofft, bei diesem Rennen ein paar Stunden der Realität entfliehen und die Sorgen auf den Montag verschieben zu können. Das Gefühl, dass ihm alles zwischen den Fingern zerrann, machte sich wieder in seinem Herzen breit und ließ es schmerzen. Er trug die Verantwortung für Hermine, die so loyal an seiner Seite stand, wie man es sich von seiner Ehefrau und seinem besten Kameraden nur wünschen konnte, für Luisa, die vor allem Unbill zu schützen er sich geschworen hatte; und für Max, dem er eine Zukunft unter seinem Dach versprochen hatte. Aber wie konnte diese Zukunft aussehen, wenn die einzige Bleibe, die sie bald haben würden, die Büros in der Agentur waren … in einem Land, das von ständig aufflammenden Aufständen, Geldentwertung und Hoffnungslosigkeit geprägt war? Nicht zum ersten Mal wünschte sich Otto, sein Bruder Levin wäre noch hier. Er wäre eine Stütze gewesen. Aber Levin war fort, nach Amerika emigriert – und unter welchen Umständen! Otto hatte das Gefühl, auch hierbei versagt zu haben. Levin war sein kleiner Bruder. Er hätte ihn schützen müssen. Er war der älteste unter den drei Briest-Geschwistern – für die beiden anderen trug er Verantwortung. Er empfand das auch jetzt noch, im Erwachsenenalter. Wenigstens ging es seiner Schwester Amalie gut; zumindest, soweit man das annehmen konnte, denn er wusste nicht einmal genau, an welchem Zipfel der Welt sie und ihre Gefährtin Emma sich zurzeit aufhielten und für diverse Agenturen Fotos schossen. Sie telegrafierten, wenn sie konnten. Meistens konnten sie nicht, weil sie irgendwo waren, wo man das Rad für die allerneueste Erfindung der Technik hielt.

Otto hörte das Motorengeräusch sich wieder nähern. Er blickte auf die Rennbahn hinaus. Der Fahrzeugpulk kündigte sich an, auf die Entfernung sichtbar als flimmernde Wolke, die reglos über der Piste zu hängen schien. Hermine, deren musternden Seitenblick Otto die ganze Zeit über gespürt hatte, wandte sich ebenfalls ab, um zur Bahn zu blicken.

»Noch zwei Runden«, sagte Otto leise. Seine Information war überflüssig, weil die Rundenanzahl auch mit großen Schildern am Zeitnehmerturm schräg gegenüber angezeigt wurde.

»Bis jetzt ist nichts passiert«, fuhr er fort. »Es wird auch nichts passieren.«

Das Feld hatte nach der Südkurve ein Zeitnehmerhäuschen passiert, und von dort hatte man den Schilderjungen bei der großen Anzeigetafel gegenüber der Tribüne Zeiten und Platzierungen der Fahrer mitgeteilt. Die Männer waren immer noch dabei, die Schilder entsprechend zu hängen. Otto warf einen Blick hinüber. An erster Stelle Riecken auf NAG, an zweiter von Opel, an dritter Hörner auf Benz, an vierter Stelle von Cramm … Überrascht sah Otto, dass Bakatsch auf Dinos an fünfter Stelle gelistet wurde. Hatte Max nicht gesagt, dass ihnen vom Konstrukteur der Dinos-Werke befohlen worden war, den Wagen im Mittelfeld zu halten und nicht auf Sieg, sondern auf Erprobung zu fahren? Was hatte Hans Bakatsch dazu bewogen, diese Anordnung in den Wind zu schlagen?

Hermines Hand krallte sich plötzlich in seinen Arm. Er wandte sich ihr überrascht zu und sah, dass Luisa ihr hektisch etwas ins Ohr flüsterte. Hermine richtete sich kerzengerade auf. Sie war blass geworden.

»Was ist los?«, fragte Otto besorgt.

»Bakatsch und Max haben die Plätze getauscht. Es ist Max, der am Steuer sitzt.« Hermine starrte auf die Rennbahn hinaus.

»Was? Woher weißt du ...?« Otto stockte. Er sah in Luisas tränenfeuchte Augen. Luisa hatte es gewusst. Max musste es ihr gesagt haben. Das konnte er nur vor dem Rennen getan haben. Also hatte er es geplant. Warum? Wenn die Rennleitung von diesem Tausch erfuhr, würde das Dinos-Team disqualifiziert werden. Und Bakatsch und Max wären beide ihre Anstellung bei dem Automobilhersteller los. Warum hatte Max das getan? Warum hatte Bakatsch zugestimmt?

Dann sah er zu seinem Entsetzen, wie die Schilderjungen eine Namenstafel abhängten: von Mosch auf Dürkopp. Auch Hermine wurde darauf aufmerksam. Ihre Hand war immer noch in Ottos Ärmel gekrallt. Jetzt stieß sie mit tonloser Stimme hervor: »Oh Gott, kiek doch ma!«

Die Entfernung des Namens konnte nur eines bedeuten: Reinhard von Mosch war ausgeschieden. Und dafür gab es maximal zwei Gründe.

»Er hat 'ne Panne«, hörte er sich den einen Grund sagen.

Hermine schüttelte den Kopf.

In Otto stieg eine Angst um Max auf, die nicht größer hätte sein können, wenn er selbst dort unten in dem röhrenden Pulk mitgerast wäre.

# 7

Das Feld kam heran. Die führenden drei Fahrzeuge hatten ihren Vorsprung ausgebaut. Der Pulk dahinter verschwand fast in der von ihm erzeugten Staub- und Abgaswolke. Der Motorenlärm eilte ihm voraus und schwoll unter der Tribüne ohrenbetäubend an.

Otto bemühte sich, den blauen Dinos zu erspähen. Er sah ihn auf Platz vier, gleichauf mit einem weiteren NAG. Er warf einen Blick auf die Schildertafel. Nach dem Verlassen der Südkurve war der Vorsprung des zweiten NAG vor dem Dinos noch ganz klar gewesen. Max hatte die Gerade genutzt, um gleichzuziehen. Otto blickte erneut auf die Schildertafel und erst jetzt verstand er wirklich, mit wem Max sich da ein Kopf-an-Kopf-Rennen lieferte. Von Cramm. Sigurd von Cramm. Er starrte den Namen an.

Er erinnerte sich, wie er auf den Namen reagiert hatte, als Max ihm vor Wochen die Liste mit den für das Rennen gesetzten Fahrern vorgelesen hatte. *Sigurd von Cramm?*, hatte er gesagt. *Du meine Güte. Halt dich am besten fern von ihm.*

*Weshalb?*, hatte Max gefragt.

*Weil zwischen den Cramms und den Briests ein Zwist herrscht, der bis zu meinen Großeltern zurückreicht. Ich erklär dir das bei Gelegenheit.*

Die Gelegenheit hatte sich nie ergeben. Und vielleicht war die Warnung auch unnötig gewesen. Max und Sigurd stellten die vierte Generation dar, wenn man vom Anfang der Feindseligkeiten zwischen den Cramms und den Briests ausging. Im Grunde genommen konnten sie völlig unbelastet aufeinander zugehen. Sie teilten sogar offensichtlich eine Leidenschaft: das Automobilrennen. Was sollte die beiden jungen Männer also daran hindern, ganz normal miteinander umzugehen?

Weil die Versuche von Ottos Vater Moritz, auf die Familie von Cramm zuzugehen, von diesen abgeblockt worden waren? Weil auch Otto mit dem gleichen Ansatz keinen Erfolg gehabt hatte? Aber ihm hatte geschienen, als sei Gustaf von Cramm, sein Pendant auf der Cramm'schen Seite, ein freundlicher, vernünftiger Mann; nur war ihr Kontakt schon im Ansatz wieder erstorben, weil Gustaf von Cramm als Offizier in den Krieg gezogen und dort gefallen war. Wenn Sigurd ein Sohn seines Vaters war, dann musste er auch ein vernünftiger Mann sein. Jetzt schämte sich Otto dafür, dass er Max überhaupt gewarnt hatte. Was wusste er über die Hinterbliebenen Gustaf von Cramms? Nichts. Er kannte nicht einmal den Namen seiner Witwe. Auf seine Beileidskarte, als sich der Heldentod Gustafs unter den anderen Grundbesitzern in der Region herumgesprochen hatte, war keine Antwort erfolgt.

Der Pulk kam immer näher. Otto wünschte sich, er hätte an ein Fernglas gedacht. Er kniff die Augen zusammen, aber seine Sehkraft war nicht mehr, was sie einmal gewesen war. Ihm fiel nur auf, dass Max in seinem dunkelblauen Dinos und der NAG extrem nahe nebeneinanderfuhren. Es sah wie ein Tanz aus. Beide Fahrzeuge verließen immer wieder die Spur und näherten sich einander, als wollten sie sich längsseits touchieren; beide wichen einander aus und kamen erneut fast zusammen.

»Verdammt, Max!«, stieß Otto hervor. »Was machst du da?«

Immer mehr Leute auf der Tribüne wurden nun auf das Duell aufmerksam. Das Fahrerfeld näherte sich mit rasender Geschwindigkeit.

Dann machte der rot-weiße NAG einen Satz und bäumte sich auf, als sei er mit dem Vorderrad über etwas gefahren. Einen Augenblick sah es so aus, als würde Sigurd von Cramm die Kontrolle verlieren. Er schlingerte hinter dem dunkelblauen Dinos über die halbe Fahrbahn, fing sich dann jedoch wieder. Dem NAG war nichts geschehen. Aber er war jetzt auf dem fünften Platz, hinter Max.

Doch Otto sah, dass Max' Fahrzeug beschädigt war. Das linke Hinterrad eierte für ein paar Dutzend Meter dahin, dann brach die Achse. Otto konnte nur voller Entsetzen mit ansehen, wie das Heck des Dinos funkensprühend über die Bahn schleifte. Der Wagen stellte sich quer, rutschte weiter, berührte mit dem Kühler die Böschung. Dreck und Staub schleuderten in die Höhe, zusammen mit Teilen des Fahrzeugs. Ein Rad flog durch die Luft. Der Dinos wirbelte aus der Staubwolke heraus, nun vollständig mit dem Chassis auf dem Boden schleifend, weil auch die Vorderachse gebrochen war. Er drehte sich wie wild und krachte erneut gegen die Böschung. Der Beifahrer wurde herausgeschleudert. Das Publikum auf der Tribüne schrie unisono auf. Die Gestalt im weißen Overall rollte an der Böschung entlang. Das Wrack des Dinos rutschte an ihr entlang und auf ihre Krone hinauf, riss mehrere Meter Bretterzaun ein und kam in einer neuerlichen Staubwolke zum Stehen. Er war vielleicht noch hundert Meter von der Nordkurven-Tribüne entfernt. Otto sah Max zusammengesunken und mit hängendem Kopf im Cockpit sitzen. Max regte sich nicht. Der herausgeschleuderte Hans Bakatsch kam torkelnd auf die Beine und stolperte nach oben zu dem zerstörten Automobil. Die führenden Fahrzeuge röhrten durch die Kurve, das Feld kam hinterher, Staub, heiße Luft, Rizinusduft, dröhnender Lärm. Der Rundenzähler sprang um. Das Feld donnerte in den Zenit der Kurve und schlitterte anschließend in die Gerade hinein. Der Großteil der Zuschauer auf der Tribüne und unten am Zaun setzte sich in Bewegung und rannte zu dem verunglückten Dinos. Von der gegenüberliegenden Seite kamen Techniker, Feuerwehrleute mit Wassereimern und Gendarme gerannt. Otto war unter den Ersten, die beim Dinos ankamen, aber er wurde von den Feuerwehrmännern zurückgerissen, noch bevor er sich um Max kümmern konnte. Drei, vier Wassereimer wurden mit Schwung über das rauchende Wagenwrack und den Fahrer ausgegossen. Eine Dampfwolke schoss in die Höhe.

Otto schloss die Augen vor Erleichterung, als er Max protestieren hörte: »Hört auf damit, ihr ersäuft mich ja!«

# 8

Am darauffolgenden Montag stand Otto von Briest vor dem Bankhaus Zinnermann & Zinnermann und war so beklommen wie vor dem Gespräch zu seinem allerersten Auftrag. In der Tasche hatte er die Unterlagen über den Kredit bei Alfred Kron. Er nahm sich vor, dass er, sollte sich das Gespräch als positiv erweisen, versuchen würde, die Zinnermanns zu einer wenigstens zeitlich begrenzten Übernahme des Kredits zu bewegen. In Absprache mit Hermine hatte er als Angebot an die Zinnermanns im Gepäck, den hypothetischen Auftrag gratis zu erledigen – im Austausch gegen das Auslösen des Kredits bei Kron und die Zusicherung an die Briests, diesen für mindestens ein Jahr nicht zu kündigen. Danach musste Otto die Agentur und das Gut überzeugend saniert haben – oder es war sowieso alles verloren. Er redete sich gut zu, im Notfall zu betteln, damit die Zinnermanns darauf eingingen.

Er fühlte Übelkeit. Die Bahnfahrt von Genthin in die Hauptstadt war auch nicht dazu angetan gewesen, seine Stimmung zu heben. Fahrten mit der Bahn hatten ihn früher immer begeistert – ein Erbe seiner Großeltern, die zu den Pionieren bei der Erschließung Deutschlands per Schiene gehört hatten. Aber heutzutage saßen zu viele Hoffnungslose im Zug: Menschen, die resigniert am Morgen in die Stadt fuhren, auf der Suche nach irgendeiner Arbeit, und die am Abend noch resignierter zurückfuhren, weil sie keine gefunden oder nur einen Hungerlohn bezahlt bekommen hatten. In der Regel hatten sie keinen Fahrschein. Sie ließen sich mit der gleichen Resignation beim nächsten Halt aus dem Zug werfen, weil sie weder das Geld hatten, um das Ticket nachzulösen, noch die Strafe zu bezahlen. Wenn der nächste Zug durchkam, stiegen sie dort ein, darauf bauend, dass der Schaffner schon durchgegangen war und nicht wiederkam. Viele von ihnen standen bereits freiwillig auf, wenn der Fahrkartenkontrolleur den Waggon betrat, und traten auf die Plattform hinaus, um auf den nächsten Halt zu warten. Nur die wenigsten versuchten, zu diskutierten oder mit dem Schaffner zu streiten. Es gab Schaffner, die ein Auge zudrückten und an den Mittellosen einfach vorbeigingen, als hätten sie sie nicht gesehen. Es gab auch andere Schaffner. Es gab Mitreisende, die einem Kriegsveteranen in einer Aufwallung von Mitgefühl eine Fahrkarte kauften und ihm Geld in die Hand drückten für etwas zu essen. Es gab auch Mitreisende, die einen gnädigen Schaffner aufhielten und ihn »aus Gründen von Recht und Ordnung« zwangen, einen Mittellosen zu kontrollieren und aus dem Zug zu weisen. In Notzeiten zeigt der Mensch seinen wahren Charakter.

In den Waggons roch es nach Schweiß, alter Kleidung, billigem Fusel und Verzweiflung. Vielleicht roch es in den Erste-Klasse-Abteilen etwas besser, aber das konnte Otto nicht feststellen. Er fuhr mit den Verzweifelten in der vierten Klasse, für zwei Reichspfennig pro Kilometer, mit Sitzplätzen nur auf Lattenbänken entlang der Seitenwände. Wenn er darin stand und sich durchrütteln ließ und bei jeder Weiche um sein Gleichgewicht kämpfen musste, hätte er weinen mögen. Sein Großvater, Paul Baermann, hatte die Strecke von Genthin nach Berlin vermutlich projektiert; und sein Enkel konnte sich nur die Holzklasse leisten, wenn er darauf fuhr.

Vom Hauptbahnhof ins Bankenviertel ging er zu Fuß. Es sparte Geld und lüftete seine Kleidung aus. Den Geruch nach Armut, der sich in den Kleidern festsetzte nach einer so langen Bahnfahrt, erkannte jeder. Otto wollte ihn nicht an sich haben, wenn er mit Curt und Leo Zinnermann sprach.

Seit er heute Morgen das Bett verlassen hatte, hatte er sich vorgenommen, nicht an Max zu denken. Dem Zorn, den er gestern auf den jungen Mann empfunden hatte, war längst Reue über sein eigenes Verhalten gewichen. Trotzdem wollte er nicht über ihn nachdenken. Mit dem, was Max sich geleistet hatte, hatte er seine eigene Zukunft infrage gestellt, wenn nicht zerstört. Es war verantwortungslos gewesen. Aber wie verantwortungslos war es denn von Otto gewesen, sich zuzutrauen, das Gut und die Agentur gleichzeitig durch die schweren Zeiten zu steuern, und das auch noch ohne die Hilfe Levins? Max hatte wenigstens nur seine eigene Zukunft verspielt. An Ottos Scheitern hingen auch noch Hermine und Luisa dran. Vielleicht wollte Otto deshalb nicht über Max nachdenken – weil er die Parallelen sah. Natürlich führte dieser Vorsatz dazu, dass er die ganze Zeit an nichts anderes dachte. Das Rennen hatte in einer ausgewachsenen Tragödie geendet.

Die Zinnermanns hatten einen kleinen Empfangstresen im Erdgeschoss der Bank. Der Mann hinter dem Tresen erinnerte sich an Otto. Früher hatten junge, gut aussehende Frauen hinter den Empfangstresen von Banken, Hotels und Großunternehmen gesessen, aber die arbeitslosen Kriegsheimkehrer hatten die Frauen nach Hause an den Herd verbannt und nahmen jetzt Stellen ein, über die sie früher mit den Augen gerollt hätten. Der Mann hatte Granatsplitternarben im Gesicht und den leeren linken Ärmel ans Revers gepinnt. Er salutierte mit der Rechten. Otto salutierte zurück, nicht weil ihm nach Militärischem zumute gewesen wäre, sondern weil er ahnte, dass es dem Mann am Empfang guttat.

»Morjen, Herr von Briest!«, schnarrte der Mann und strahlte. »Melde jehorsamst: Sonnenschein draußen und anjenehme Herbstbrise. Und erlaubense mir zu sagen: Schön, Sie wiederzusehen, Herr von Briest.«

»Guten Morgen, Herr Manz«, sagte Otto, der froh war, dass ihm der Name des Mannes wieder eingefallen war.

Manz strahlte nun noch mehr. »Och, nennse mir doch eenfach Heinrich.«

Otto erinnerte sich, dass Manz schon damals, während Ottos

Arbeit für die Bank, darum gebeten hatte. Hatte er sich darauf eingelassen? Er wusste es nicht mehr. »Ist Herr Curt schon in der Bank, Heinrich?«, fragte er.

»Beede Herren sind da und warten schon auf Ihnen. Ick meene: auf Sie.« Manz strahlte erneut.

»Beide Herren?«

»Ick jeleite Ihnen rauf, wa?«

»Danke, Heinrich, ich finde schon hoch. Ich möchte nicht verantworten, dass Sie Ihren Posten verlassen.«

»Für Ihnen hätt ick det schon riskiert, Herr von Briest.«

Beide Herren Zinnermann warteten auf Otto? Während er die Treppe in den ersten Stock hochstieg, in dem die Geschäftsräume der Bank lagen, fragte Otto sich, was das zu bedeuten hatte. Auf einmal begann er, sich zu fragen, ob er und Hermine die Situation völlig falsch gedeutet hatten. Es ging gar nicht um einen neuen Auftrag! Ein Schreckensszenario entwickelte sich vor seinem inneren Auge: Es hatte sich herausgestellt, dass Ottos und Hermines Ermittlungen von damals falsch gewesen waren; die vermeintlichen Betrüger waren in Wahrheit unschuldig und hatten ihre Unschuld nun beweisen können. Sie waren aus dem Gefängnis entlassen worden. Sie hatten einen Schadensersatzprozess gegen die Zinnermanns angestrengt, und diese planten nun, sich dafür an Otto von Briest und an die Agentur zu halten. Die Briests waren nicht nur pleite – nach dem Bekanntwerden dieser Geschichte wäre auch der gute Ruf ihrer Agentur dahin. Sie würden in ganz Berlin erledigt sein. Sie würden nicht einmal mehr die Agenturlizenz verkaufen können, weil der schlechte Ruf an ihr klebte. Sie würden das Gut verschleudern müssen und dann wirklich und wahrhaftig ganz am Boden sein.

Otto rief sich die Persönlichkeiten der Brüder Zinnermann ins Gedächtnis. Curt Zinnermann war ein durch und durch guter, großzügiger Mensch. Leo Zinnermann kannte er kaum, er und Hermine hatten hauptsächlich mit Curt zu tun gehabt. Leo war der jüngere Bruder. Er vermutete, dass er der hartgesottene Bankier war, der seinen großen Bruder bei den schwierigen Verhandlungen unterstützte, damit dieser nicht weich wurde. Er schluckte und holte tief Luft, als er zwischen den Schreibtischen der Bankangestellten nach hinten ging, wo die Büros der Zinnermann-Brüder lagen.

Egal, was jetzt kommt, es geht auf jeden Fall weiter, sagte er sich dann. Du bist nicht schuld an der Misere, du hast eine wundervolle Familie, die beste Frau der Welt, und du bist voller Kraft und unversehrt! Viele haben es schlimmer als du, und die konnten auch nichts dafür. Es geht auf jeden Fall weiter.

Irgendwie.

Curt Zinnermann eilte aus seinem Büro, noch bevor Otto es erreicht hatte. Heinrich Manz musste ihn benachrichtigt haben. Er schüttelte Ottos Hand mit beiden Händen und bat ihn dann, mit ihm in das Büro seines Bruders zu kommen.

Knorke, dachte Otto resigniert. In die Höhle des Löwen, damit ich dort leichter gefressen werden kann.

Zu seiner Überraschung war das Büro Leo Zinnermanns leer. Der Schreibtischstuhl war beiseitegerückt worden, an seiner Stelle stand eine Staffelei mit einer großformatigen Kohlezeichnung. Weitere ausdrucksstarke, kontrastreiche Kohlezeichnungen lagen auf dem Tisch, dazwischen maschinenbeschriebene Blätter, auf die jeweils nur ein paar mittig ausgerichtete Zeilen getippt waren, die jemand wiederum von Hand durchgestrichen und verbessert hatte. Zigarrenrauch hing schwer im Raum.

Curt Zinnermann hustete und wedelte mit der Hand. »Verzeihen Sie«, sagte er, »man merkt erst, wie es riecht, wenn man von draußen wieder hereinkommt. Mein Bruder wird gleich zurück sein. Er bespricht sich nur noch kurz mit dem Staatsanwalt … Ich gestehe, wir hatten gedacht, dass Ihr Zug Verspätung hätte …«

»Hat er sonst immer«, hörte Otto sich sagen. »Nur heute nicht.« Von der Aussage Curts war nur das Wort »Staatsanwalt«

bei ihm hängen geblieben. Das Schreckensszenario war tatsächlich eingetreten! Otto fühlte sich schwindlig und fürchtete, dass er leichenblass geworden war.

»Das Rennen gestern«, sagte Zinnermann. »Ich konnte nicht bis zum Ende bleiben, aber ich habe mitbekommen, was geschehen ist, nicht wahr. Ich bin aus tiefstem Herzen froh, dass niemand verletzt worden ist.«

»Nur ein paar Kratzer und Verrenkungen und zwei zerstörte Automobile«, zwang Otto sich zu sagen. Es bereitete ihm Mühe, sich auf eine oberflächliche Konversation einzulassen. Wann kam Leo Zinnermann endlich, damit sie es hinter sich brachten und Otto als gescheiterter Mann zurück auf die Straße stolpern konnte? Oder würde der Staatsanwalt gleich mit dabei sein und Otto verhaften wegen schlampiger Ermittlungen und daraus resultiertem Rufmord?

»Ich muss gestehen, ich wusste gar nicht, dass Sie einen jungen Mann in Ihre Familie aufgenommen haben. Das war nach Ihrer Arbeit für uns, nicht wahr? Stimmt es, was ich mitbekommen zu haben glaube – dass er früher einmal für Sie gearbeitet hat und Sie ihn aus der Gosse geholt haben?«

»Wer sagt so etwas?«, fragte Otto, den Zinnermanns Worte aus seinen lähmenden Gedankenspielen rissen.

»Oh, ich wollte Sie nicht in Verlegenheit bringen … bitte verzeihen Sie … und bitte: Ich finde das wirklich sehr großherzig und christlich von Ihnen … ich möchte Ihnen gratulieren für so eine Einstellung … und wissen Sie, wir haben Geschäftskontakte zu ein paar Automobilfirmen, und dort hat sich das alles nach gestern ein bisschen herumgesprochen.«

»Max hat kein Verbrechen begangen!«, fuhr Otto auf. »Die sollen sich das Getratsche sparen!« Und weil es ohnehin schon egal war, fuhr er etwas ruhiger fort: »Und Sie sollten nicht darauf hören.«

»Ach du meine Güte, Herr von Briest. Ich habe mich total

missverständlich ausgedrückt!« Curt Zinnermann wirkte panisch. »Lassen Sie mich Ihnen noch einmal versichern, dass man Ihre Tat nicht genug gutheißen …«

»Ich bin nicht der, der die gute Tat vollbracht hat«, unterbrach Otto. »Max war es. Wir haben eine Schuld gegen ihn, die wir niemals werden begleichen können. Wenn er nicht gewesen wäre, wäre meine Tochter seit drei Jahren tot, und wer weiß, was aus meiner Frau und mir geworden wäre.«

Zinnermann machte ein betroffenes Gesicht.

»Max hat meiner Tochter das Leben gerettet«, erklärte Otto.

Die Bilder, so frisch in der Erinnerung wie damals, als sich das Geschehen zugetragen hatte: Der Schuss. Max, der sich in die Schusslinie warf. Die Kugel, die ihn im Flug traf und auf den Boden schleuderte. Die erschrockenen Gesichter der Revolutionäre. Der fluchende Anführer der Matrosen. Der Rauch, der aus dem Gewehrlauf aufstieg. Der Befehl des Anführers, sofort abzurücken. Ottos Ausweis, der auf einmal auf dem Pflaster lag. Max' weit aufgerissene Augen, seine Fersen, die über den Boden schabten, und seine Hände, die krampfhaft in die Luft griffen. Luisa, die zurückgerannt kam, kreischend vor Entsetzen.

»Er hat zwei Wochen gegen den Tod angekämpft. Die Ärzte machten uns kaum Hoffnungen. Aber er hat es geschafft. Und seitdem gehört er zu uns, und es vergeht kein Tag, an dem wir ihm nicht innerlich von ganzem Herzen dankbar sind.«

»Wann war das?«, fragte Zinnermann sanft.

»1918. Während der Blutweihnacht.«

»Ich wusste das nicht.«

Otto holte tief Luft und zuckte mit den Schultern. »Es ist wichtig, dass wir es wissen.«

Zinnermann räusperte sich. Eine peinliche Stille trat ein. Um sie zu überspielen, öffnete der Bankier die Fenster, schob Otto einen Stuhl an einem Besprechungstisch zurecht, der ebenfalls mit Blättern übersät war, und läutete, nachdem er sich nach Ottos

Wünschen erkundigt hatte, nach einer Assistentin, um Kaffee bringen zu lassen. Als zehn Sekunden später noch kein Kaffee angekommen war, entschuldigte er sich mit den Worten, dass er nachsehen gehe, wo die Assistentin bleibe. Otto, der sich nach seinem Ausbruch erschöpft und leer fühlte, war von Zinnermanns Verhalten noch verwirrter als zuvor. Er sah sich um. Sein Blick fiel auf eines der seltsam beschriebenen Blätter auf dem Besprechungstisch.

*Spieler 1: Ich glaube, du hast zu viel getrunken, Hull! Erst spielst du bei deinem Pech va banque – und zum Schluss behauptest du, den Mann, den du selber mitgebracht hast, gar nicht zu kennen …!!*

*Spieler 2: Du spielst va banque … hast die höchsten Karten in der Hand – und wirfst sie weg??!*

Otto wurde klar, dass es ein Skript sein musste – für ein Bühnenstück? Er lehnte sich zurück. Auf unangenehme Weise fühlte er sich angesprochen. Gespielt und verloren. Trotz Pech *va banque* spielen. Hatte er das auch getan? Er hatte das Gut übernommen, obwohl die Zeiten schlecht gewesen waren – auch wenn er da schon gewusst hatte, dass Levin nicht in Deutschland bleiben würde und sich die Agentur gerade so über Wasser hielt … er hatte sogar ein Angebot eines anderen Gutsbesitzers ausgeschlagen, ihm Gut Briest abzukaufen … zugegeben, zu einem schlechten Preis, aber immer noch besser als der Berg Schulden, auf dem er jetzt saß. Hatte er damit auch die höchsten Karten weggeworfen?

Curt Zinnermann kam mit der Bürohilfe im Schlepptau zurück. Er raffte die Papiere zusammen und legte sie auf einen freien Stuhl, damit diese das Tablett abstellen konnte. Er bestand darauf, Otto selbst einzuschenken. Dann senkte sich erneut die verlegene Stille über den Raum. Diesmal unterbrach Otto sie.

Er wies auf die Kohlezeichnung auf der Staffelei. Sie zeigte einen riesigen Mann in Abendgarderobe, der über die Häuser einer winzigen Stadt zu seinen Füßen hinwegschritt.

»Investieren Sie in expressionistische Kunst?«, fragte er.

»Was? Nein! Oh Gott, nein. Das sind doch alles Radikale. Nein, das ist ... äh ... ein Entwurf für ein Plakat. Die Herren haben es meinem Bruder und mir am Freitag mitgebracht, zusammen mit den anderen Entwürfen und den Texten.«

»Welche Herren?«

»Na, die Herren Lang und Pommer.« Zinnermann wand sich. »Wissen Sie, es ist mir wirklich peinlich. Ich wollte Sie vorhin nicht in Verlegenheit bringen, nicht wahr. Und dass mein Bruder uns warten lässt, ist auch nicht gute Gepflogenheit unseres Hauses. Es ist gerade ein wenig hektisch.«

Otto hielt es nicht mehr aus. Nichts passte hier zusammen. Wer zum Teufel waren die Herren Lang und Pommer? Um sich Durchblick zu verschaffen, würde er wohl fragen müssen. »Was bespricht Ihr Bruder denn mit einem Staatsanwalt – wenn Sie die Frage erlauben?«

»Das ist nur zur Absicherung, nicht wahr.«

»Wogegen?«

Zinnermann machte eine Bewegung, die die vollgeschriebenen und vollgezeichneten Blätter umfasste. »Die Justiz und die Polizei kommen im Augenblick noch ein bisschen schlecht weg, genauso übrigens wie in der Vorlage, und wir wollen sichergehen, dass wir nach gebührender Umarbeitung niemanden von den Staatsorganen beleidigen. Wissen Sie, ein Schriftsteller darf sich einfach viel mehr herausnehmen.«

Otto schüttelte den Kopf, nun vollends verwirrt. »Kann es sein, dass ich irgendwas nicht mitbekommen habe?«, fragte er schließlich. »Wovon reden wir hier eigentlich, wenn ich fragen darf?«

Zinnermann starrte Otto an. »Ach herrje. Ich muss mich noch einmal entschuldigen. Wissen Sie, wenn man sich ein ganzes Wochenende lang fast nur mit einem einzigen Thema beschäftigt, denkt man, dass alle anderen darüber genauso Bescheid wissen wie man selbst.«

Curt Zinnermann hatte die Bürotür offen gelassen, um den

Zigarrenrauch abziehen zu lassen. Daher hatte Otto, der mit dem Rücken zur Tür saß – normalerweise versuchte er, eine solche Sitzposition zu vermeiden, aber Zinnermann hatte ihn förmlich auf diesen Stuhl genötigt –, nicht gehört, dass Leo Zinnermann hereingekommen war. Jetzt erklang dessen Stimme auf einmal ganz überraschend in seinem Rücken.

»Ein Wochenende? Das gilt für dich, mein Lieber. Was mich betrifft … ist es eine Obsession, seit ich denken kann!«

Otto drehte sich um und erhob sich gleichzeitig. Leo Zinnermann kam bereits mit ausgestreckter Hand auf ihn zu. Die Gebrüder Zinnermann sahen sich ziemlich ähnlich mit ihrem akkurat gescheitelten, pomadisierten Haar und ihrer nüchtern-steifen Kleidung, nur dass Leo, der jüngere, ziemlich hager war und Curt, der ältere, etwas Speck angesetzt hatte. Absurderweise hatte es die Wirkung, dass man Leo auf den ersten Blick für den älteren hielt.

»Ich freue mich, dass Sie es einrichten konnten, Herr von Briest«, sagte Leo. »Wir hätten Sie jederzeit wegen eines Gesprächstermins angerufen, aber als Ihr Telegramm heute Morgen aus Genthin eintraf, dass Sie sich selbst zu uns bemühen wollen, waren wir entzückt. Ja, ich finde, es redet sich schon besser, wenn man sich gegenübersitzt.«

»Da haben Sie recht«, sagte Otto zurückhaltend.

»Ist noch Kaffee übrig?«, fragte Leo. »Gott, ich glaube, ich bin kaffeesüchtig. Besser als Opium, nicht wahr?« Er strahlte und nahm die Tasse, die sein Bruder ihm eingeschenkt hatte, entgegen, trank, schloss die Augen und seufzte. »Wenn man mir die Adern öffnen würde, könnte man direkt wieder eine Kaffeekanne damit füllen.«

In Otto begann sich vorsichtige Erleichterung breitzumachen. Es konnte doch nicht sein, dass die Zinnermanns darauf aus waren, die Detektivagentur zu ruinieren, wenn sie so freundlich mit Otto redeten. Das Schreckensszenario war vielleicht wirklich nur

Einbildung gewesen, ausgebrütet von Ottos überreiztem Verstand.

»Ich habe unserem Freund gerade zu erklären versucht, wie beeindruckt wir von seiner christlichen Tat sind, nicht wahr«, sagte Curt Zinnermann.

»Der junge Mann, den Sie aufgenommen haben – Fritz Brandow«, sagte Leo. »Ja, das hat uns schon Respekt abgenötigt.«

»Er heißt Max«, erklärte Otto.

»Oh, verzeihen Sie. Ich kann mir vorstellen, dass es damals bestimmt unschönes Gerede gegeben hat.«

»Kaum«, sagte Otto. »Bei dem Chaos, das herrschte … und selbst wenn, wäre es uns egal gewesen.«

Leo schien ihn nicht gehört zu haben. Er machte ein langes Gesicht. »Seit dem Ende des Kriegs macht sich in unserem Land eine sehr unschöne Gedankenströmung breit«, sagte er und seufzte. »Verletzter Stolz, Demütigung, Hunger, Hoffnungslosigkeit, schiere Verzweiflung … Die Leute auf der Straße suchen nach Schuldigen dafür, warum unser Land so tief gefallen ist, und die Rattenfänger jeder Richtung präsentieren ihnen welche, um daraus ihre Vorteile zu ziehen. Gestern waren es die vermeintlichen Drückeberger vor dem Krieg, die zum Untergang des Deutschen Reichs beigetragen haben; heute sind es die korrupten Politiker, die mit dem Ausland konspirieren; keine Ahnung, wer es morgen sein wird … und der hungernde Mann auf der Straße, dessen Familie zu Hause krank in einer kalten Wohnung kauert und der keine Arbeit findet und seinen Stolz schon lange begraben hat und der erst recht nicht weiß, wer an der ganzen Misere schuld ist, außer dass er und seine Lieben nichts dafür können, aber darunter leiden … der hungernde Mann auf der Straße glaubt am Ende dem, der am lautesten schreit. Ja, sehen Sie: Das ist so, weil nur das Gebrüll durch die Verzweiflung dringt.«

Otto wusste nicht, was er antworten sollte. Er hatte untertrieben, als er gesagt hatte, es habe damals kaum Tratsch wegen

Max gegeben. Ihm war etliches gehässiges Gerede zugetragen worden, das sich im Dorf rund um das Gut, in Genthin, in Berlin ereignet hatte. Ihm war auf einmal klar, dass die Zinnermanns so etwas gut kennen mussten. Sie waren beide Bankiers und Juden. Sie bekamen von mehreren Seiten feindliche Verachtung zu spüren – von den Antisemiten, den Sozialisten und den Kommunisten.

Leo holte tief Luft und stieß sie wieder aus. Dann lächelte er wieder. »Und deshalb machen Sie sich nichts aus dem Klatsch, der jetzt über den jungen Herrn Fritz durch die Rennställe geht von wegen Rücksichtslosigkeit und fehlender Verantwortung. Ja, wenn man dem glauben darf, was mein Bruder unter der Hand erfahren hat, sind etliche Fahrer sehr beeindruckt von den Fahrkünsten Ihres Ziehsohns.«

»Er heißt Max«, erklärte Otto zum zweiten Mal.

Leo sah verlegen aus. »Warum verwechsle ich dauernd die Namen?«, fragte er. »Wahrscheinlich …«

»Wahrscheinlich wegen Fritz von Opel, nicht wahr?«, sprang ihm sein Bruder bei.

Leo schenkte seinem Bruder einen befremdeten Blick. »Ich wollte sagen: wahrscheinlich wegen Fritz Lang.«

»Wer ist Fritz Lang?«, fragte Otto.

Leo lächelte über sein ganzes hageres Gesicht. »Ja, sehen Sie, das ist jetzt die Stelle, an der wir zu Ihnen überleiten wollen, lieber Freund.« Leo Zinnermann deutete mit Schwung auf die Kohlezeichnung des riesigen Mannes. »Was halten Sie davon?«

Verwirrt fragte Otto: »Von dem Bild?«

»Von dem ganzen Projekt! Ich glaube, ich habe keine Sekunde geschlafen, seit ich am Freitag davon erfahren habe.«

»Ich …«, begann Otto.

Curt Zinnermann räusperte sich. »Leo, ich bin noch gar nicht dazu gekommen, Herrn von Briest einzuweihen.«

»Oh.« Leo Zinnermann musterte Otto wie jemanden, dem die

besten Neuigkeiten des Jahrhunderts entgangen sind. »Warum nicht?«

»Ich …«, versuchte es Otto von Neuem.

Leo winkte ab. »Stellen Sie sich vor«, begann er und gestikulierte mit seiner leer getrunkenen Kaffeetasse. »Ein Genie, das Menschen mithilfe von Hypnose willenlos machen kann! Ein kluger Spekulant, der die Börse nach seinem Willen manipuliert! Ein General, dessen Heerschar im Schatten agiert! Ein Meister der Verkleidung, ein Spion, ein Spieler! Und durch und durch böse!«

»Wer soll das sein?«, fragte Otto.

Leo wies erneut auf das Plakat. »Na – er! Doktor Mabuse!«

»Die Romanfigur?« Otto war weiterhin verwirrt.

»Roman! Ach was! Roman! Wer redet denn von Büchern, lieber Herr von Briest? Wir reden hier vom größten Film aller Zeiten!«

»Film?«

»Aber ja! Ich wusste, dass Sie mich verstehen würden!« Leo riss die Augen auf und formte die Hände zu Klauen, als würde er nach der ganzen Welt greifen. »Doktor Mabuse, der Spieler!«, rief er mit dramatischer Stimme.

»Leo …« Curt Zinnermann seufzte. »Lass mich das unserem geschätzten Freund erklären. Du bist zu aufgeregt.«

Otto wandte sich Curt Zinnermann zu und bereitete sich darauf vor, eine Erklärung zu hören, die mit hoher Wahrscheinlichkeit genauso wirr sein würde wie die, die er bis jetzt gehört hatte.

## 9

Ich fasse das jetzt zusammen«, sagte Otto zehn Minuten später. »Sie wollen eine Filmproduktion mitfinanzieren, in der es um einen Superschurken mit hypnotischen Fähigkeiten geht. Der Film basiert auf einem aktuellen Roman, der sich so gut verkauft, dass sogar ich von ihm gehört habe – und ich mache einen Riesenbogen um Kriminalromane, weil die Autoren alle geradezu grotesk wenig Ahnung von Kriminalistik haben. Den Film will eine Gesellschaft namens Decla produzieren, und Regie soll Fritz Lang führen …«

»*Der müde Tod!*«, rief Leo. »*Die Spinnen!* Alle Meisterwerke! Ich bedauere Sie, dass Sie sie nicht gesehen haben.«

»… und nun überlegen Sie seit Freitag, ob Sie das Risiko eingehen sollen, und damit Sie sich positiv entscheiden, haben Lang und der Direktor der Decla …«

»Herr Erich Pommer«, half Leo aus. »Er hat auch *Das Kabinett des Dr. Caligari* produziert. Aber nicht mit Fritz Lang. Haben Sie das wenigstens gesehen?«

»Nein, habe ich nicht. Also, Lang und Pommer haben Ihnen Originalentwürfe für Kinoplakate, Kostüme und Ausstattung dagelassen und eine Abschrift des Drehbuchs samt Zwischentiteln.«

»Ja, sehen Sie«, sagte Leo, »wenn wir diese Sachen behalten dürfen, schließe ich sie in unserem Tresor ein, damit sie keinen Schaden nehmen. Der Film wird ein Meisterwerk werden, und diese Originaldokumente so wertvoll wie Gold.«

»Also«, erwiderte Otto nur halb ironisch, »mir war gar nicht klar, dass Sie solche Filmenthusiasten sind.«

»Oh, nur Leo«, wehrte Curt ab. »Ich selbst bin da zu nüchtern.«

Ich habe die beiden Brüder wohl völlig falsch eingeschätzt, dachte Otto. Ich sollte meinen Detektivberuf an den Nagel hängen und Kaninchen züchten. Das Schreckensszenario war vollkommen vergessen.

»Was kann ich in dieser Angelegenheit für Sie tun?«, fragte er. »Wollen Sie, dass ich rausfinde, wie solide diese Decla und ihr Direktor sind?«

»Keine Sorge, die sind solide«, erklärte Leo. »Soweit ich weiß, interessiert sich sogar die Ufa für eine Zusammenarbeit oder für einen Zusammenschluss beider Firmen. Und die Ufa ist ja nicht irgendwer, nicht wahr? Decla produziert seit bald fünf Jahren eigene Filme und vertreibt ausländische Produktionen hier bei uns. Das Filmgeschäft insgesamt ist sehr rentabel.«

»Weil die Leute lieber aufs Abendessen verzichten und sich dafür eine Eintrittskarte kaufen, um ihrem Elend für zwei Stunden zu entfliehen?«

»Das kann ich nicht beurteilen. Aber die schwache Reichsmark macht das Drehen von Filmen billig, und wenn man sie dann ins Ausland exportiert, bringen allein die Deviseneinnahmen die Produktionskosten schon wieder herein. Ja, deutsche Filme sind im Ausland sehr gefragt, besonders in Amerika.«

»Wenn also kein Argwohn gegen die Herren und gegen die Filmfirma besteht – was kann ich dann für Sie tun?«

»Ach …« Leo seufzte. »Hier kommt mein Bruder wieder ins Spiel. Wissen Sie, beim filmischen Erzählen muss man nicht so sehr auf die Logik der Geschichte achten. Es sind die Bilder, die zählen und den Zuschauer gefangen nehmen. Dafür ist er bereit, über logische Schwächen hinwegzusehen.«

»Tatsächlich?«, fragte Otto, wenig überzeugt.

»Im Buch und im geplanten Film geht es nicht nur um einen genialen Superschurken, sondern auch um die Arbeit der Polizei, die ihn fassen will«, erklärte Curt Zinnermann. »Ich habe Ihnen ja schon gesagt, dass die Romanvorlage die Polizei als nicht besonders klug darstellt und dass wir uns mit einem befreundeten Staatsanwalt darüber ausgetauscht haben, dass das geändert werden soll. Diese Änderungen sind bereits ins Drehbuch eingeflossen, nicht wahr. Wir möchten Sie nun gerne bitten, das Skript auf krasse Logikfehler bezüglich der polizeilichen Arbeit durchzusehen.«

»Damit dann was passiert?«, fragte Otto.

Curt und Leo zuckten mit den Schultern. »Damit dann weitere

Änderungen am Buch vorgenommen werden können«, erklärte Curt. »Wenn unser Bankhaus schon mit einem Film in Verbindung gebracht wird, dann möchten wir, dass er so perfekt wie möglich ist.«

»Was sich von allein versteht«, fügte Leo säuerlich hinzu. »Wir reden hier von einem Regisseur wie Fritz Lang!«

»Tun Sie uns den Gefallen?«, fragte Curt Zinnermann. »Rechnen Sie einfach Ihr übliches Honorar gegen uns ab.«

Otto holte tief Luft. »Ich muss Ihnen etwas gestehen …«, begann er.

»Sie haben keine Zeit«, sagte Curt enttäuscht.

»Nein, ich … ich glaube, ich muss Ihnen etwas zu meiner Situation erklären.« Otto stürzte sich hinein und umriss die finanzielle Lage von Gut Briest und der Agentur mit knappen Worten. Als er damit fertig war, überkreuzte er unter dem Tisch die Finger und fügte hinzu: »Daher würde ich Ihnen gern einen Vorschlag machen, wie Sie das Honorar für meine Dienste einsparen können.«

Beide Zinnermanns bewiesen, dass sie in Banksachen einen gradlinigen, scharfen Verstand hatten. »Sie möchten, dass wir stattdessen den Kredit von Alfred Kron übernehmen und Ihnen dadurch die Zwangsversteigerung Ihres Guts ersparen«, sagte Leo nach einem kurzen Blickwechsel mit seinem Bruder.

»Für Sie ist das keinerlei Verlust«, sagte Otto. »Wir werden alle Tilgungen und Zinsen bezahlen, sobald wir wieder flüssig sind. Und wenn wir das nicht schaffen, können Sie das Gut immer noch versteigern lassen. Es ist mehr wert als der Kredit.«

»Wissen Sie, wir haben immer versucht, nach einem Grundsatz zu handeln, den unser Vater uns mit auf den Weg gegeben hat«, sagte Curt.

Otto schluckte. *Niemals faule Kredite übernehmen?*, dachte er.

»Langfristig sind freundschaftliche Geschäftskontakte wichtiger als kurzfristige Gewinne«, fuhr Leo fort. »Seit Sie uns damals so geholfen haben, betrachten wir Sie als Freund des Hauses.

Ja, Sie haben ohne Zweifel unser Bankhaus und unseren Ruf gerettet. Das Honorar, das Sie verlangt haben, hat den Wert Ihrer Arbeit nur zu einem Bruchteil widergespiegelt. Jetzt können wir uns dafür erkenntlich zeigen. Lassen Sie uns die Dokumente hier. Wir vertrauen darauf, dass Sie Ihren Verpflichtungen nachkommen, sobald es für Sie wieder möglich ist. Betrachten Sie sich ab jetzt als Kunde unserer Bank.«

»Ich bin …«, Otto räusperte sich ausgiebig. »Danke«, sagte er.

Leo lächelte. »Darf ich dann annehmen, dass Sie Zeit haben, das Skript zu lesen?«

»Natürlich.«

»Glauben Sie mir, es wird ganz schnell gehen.«

»Ich werde mich beeilen.«

»Sie werden bestimmt keine Fehler finden. Die Arbeit ist ein Klacks.«

Ottos Detektivinstinkte meldeten sich. »Wann brauchen Sie denn die Antwort?«, fragte er misstrauisch.

Curt und Leo Zinnermann strahlten um die Wette. »Hatten Sie heute noch etwas anderes vor?«

## 10

Die großen Fischteiche auf Gut Briest gab es immer noch, und auch den kleinen Friedhof auf der Aufschüttung am Ufer des einen. Seit Max in die Familie aufgenommen worden war, hatte sich der Friedhof zu einem seiner Lieblingsorte auf dem Gut entwickelt. Auf den Grabsteinen standen die Namen der Familienangehörigen: von Briest, von Briest, von Briest. Es war nur ein anderer Nachname darunter: Baermann. Paul Baermann. Ottos Großvater, der Eisenbahningenieur aus Bayern. In den seltenen Fällen, in denen Max sich auf dem Gut fremd oder fehl am Platz fühlte, bezog er Trost aus diesem einen Namen. Paul Baermann hatte ursprünglich auch nicht hierhergehört, doch ohne ihn gäbe es die Familie schon längst nicht mehr.

Max stapfte in einem weiten Bogen vom Gutshaus über die Kapelle und durch den kleinen Jungwald neben dem Zufahrtstor, um den Friedhof zu erreichen. Die frische Septemberluft tat ihm gut. Er ging langsam, weil ihm jeder Muskel in seinem Körper wehtat. Sein Nacken war so steif, dass er sich mit dem ganzen Oberkörper umdrehen musste, um über die Schulter zu blicken. Seine Nase fühlte sich immer noch dick und geschwollen an. Sie war zwar nicht gebrochen, aber ziemlich ramponiert. Gestern hatte er gedacht, sie würde überhaupt nie mehr aufhören zu bluten. Es würde Tage dauern, bis die Beschwerden vergingen. Max haderte nicht. Er wusste sehr gut, dass er Riesenglück hatte, überhaupt noch zu leben – er und Hans Bakatsch, den der Sturz aus dem schleudernden Wagen auch nicht schlimmer mitgenommen hatte als Max.

Tatsächlich, dachte Max, war der Unfall selbst weit glimpflicher verlaufen als alles, was danach gekommen war.

Er trat aus dem Wäldchen und blickte zu der niedrigen Aufschüttung nach oben. Luisa stand dort und schaute ihn abwartend an. Als Max vorhin aus dem Eingang des Gutshauses getreten war, war sie noch nicht da gewesen. Sie musste kurz vor ihm eingetroffen sein.

»Geht's?«, fragte sie, als Max ächzend die paar Schritte zu der kleinen Friedhofsfläche emporstapfte. Sie lächelte schief.

»Ick könnte Bäume ausreißen«, erwiderte Max.

Sie standen nebeneinander und betrachteten die Grabsteine. »Mir fällt auf«, sagte Luisa, »dass die Buchstaben von Urgroßvater Pauls Namen immer besonders sauber ausgekratzt sind. Kein Moos, keine Flechten.«

Max enthielt sich einer Antwort.

»Du hättest das nicht tun sollen«, sagte Luisa.

»Ick weeß. Det sagen alle, am lautesten Hans Bakatsch, der mir zuerst noch dankbar jewesen ist, det er nich selber fahren musste.« Max seufzte, halb resigniert, halb ärgerlich. »Aber ick vasteh ihn ja. Ick hab ihn ausm Wagen jeschossen wie eene Kanonenkugel. Er könnte mausetot sein.«

»Ich meine nicht, dass du an seiner Stelle gefahren bist. Das hättest du zwar auch nicht tun sollen, aber ich rede jetzt von etwas anderem.«

Max wusste genau, wovon Luisa redete, aber er wollte es nicht hören und auch nicht darüber sprechen. Er brummte nur: »Otto gloobt auch, det er es weiß.«

»Papa hat nur die Hälfte mitbekommen gestern. Er war so besorgt um dich ...«

Max schnaubte. »Det ick dem ollen Loeb eene verpasst habe, hat er janz jut mitgekriegt.«

»Ach, Max ...«

»Also gut. Det ick dem Herrn Loeb eine Ohrfeige gegeben habe ...«

»Ach, Max, ich seufze doch nicht wegen deiner Sprache! Ich bin traurig, weil ich daran schuld bin, dass Loeb dich entlassen hat.«

»Loeb hätte mir ooch rausjeschmissen, ohne det ick ihm een paar Zähne locker jemacht habe. Ick war so oder so erledigt. Bakatsch hat er ja ooch an die Luft jesetzt, obwohl ick jefahren bin.«

»Du hättest es trotzdem nicht tun sollen. So schlimm war es ja auch nicht, was er ...«

»Er hat dich 'ne dumme Straßengöre geheißen«, unterbrach Max sie leise.

»Ja, aber ich hab ja auch so ausgesehen – den Hut verloren, die Haare aufgelöst, das Kleid halb zerrissen ...«

»Er hatte 'ne Wut im Bauch und wollte dich beleidigen. Een Blinder hätte jesehen, det du keene Straßengöre bist. Und außerdem hat er ...«

»Ich bin sicher, er wollte mich nur davon abhalten, näher zu kommen.«

»Er hat dich in den Dreck geschubst!«, fuhr Max auf und drückte gleich danach ächzend die Hände in den Nacken. Der Schmerz war bei der heftigen Bewegung wie ein heißer Nadelstich durch ihn hindurchgefahren.

»Du hättest ihn nicht schlagen dürfen«, beharrte Luisa. »Und glaub mir, Papa hat das alles nicht gesehen, sonst hätte er dir nicht so die Leviten gelesen.«

»Vor allen Leuten«, murmelte Max.

»Er war einfach so schockiert von dem Unfall …!«

»Ick bin ihm ja ooch nicht böse«, sagte Max seufzend. »Wenn ick auf jemanden böse bin, dann höchstens auf mir selber.«

»Loeb war doch ohnehin noch gnädig. Papa hat schon befürchtet, er würde dir die Kosten für den demolierten Wagen anhängen.«

»Loeb«, sagte Max, »is 'n ausgemachtes …«

»Max«, stieß Luisa hervor.

Max schluckte das Schimpfwort hinunter.

»Du glaubst immer, du musst für mich eintreten. Aber das war gestern gar nicht nötig.«

Max wollte widersprechen und sagen, dass es schon nötig war. Dass es nötig gewesen war, Richard Loeb, der sich noch an der Unfallstelle in einen geradezu apoplektischen Wutanfall hineingebrüllt hatte, einen Faustschlag zu versetzen, der den Dinos-Konstrukteur auf den Boden gesandt hatte. Weil Loeb die sich aufgelöst durch die Zuschauermenge drängelnde Luisa beleidigt hatte; weil er ihr einen Stoß gegeben hatte, der sie hatte hinfallen lassen; weil er darüber nicht einmal erschrocken gewesen war, sondern sich sofort umgedreht hatte, um den zittrig neben dem Wagenwrack stehenden Max weiter zusammenzufalten.

Zack!

Max hatte erst vollends verstanden, was er getan hatte, als Loeb schon mit glasigem Blick auf dem Boden saß, den Kopf schüttelnd und mit den Augen blinzelnd, halb bewusstlos von dem Schlag.

»Papa meint, du kannst außerdem froh sein, dass Loeb dich nicht anzeigen will wegen des Faustschlags.«

»Und was meinst du?«, fragte Max leise. »Aber eigentlich weeß ick es ja. Du denkst ooch, det ick 'n grober Klotz bin, der sich nicht unter Kontrolle hat.«

»Ich denke«, sagte Luisa, »dass es sich für einen jungen Mann aus gutem Haus nicht gehört, einen älteren Herrn niederzuschlagen.«

Max biss die Zähne zusammen und senkte den Kopf.

»Aber was ich *fühle*«, fuhr Luisa fort, »ist reine Dankbarkeit gegenüber meinem Ritter, dass er sich immer vor mich stellt, selbst wenn es gar nicht nötig ist.«

Max blickte auf.

Luisa lächelte. In ihren Augen schimmerte es feucht. »Ach, Max«, sagte sie, »du musst dich doch nicht immer fast um Kopf um Kragen bringen meinetwegen. Und es stimmt, was ich gestern gesagt habe: Ich glaube dir, was du über Sigurd von Cramm gesagt hast. Wir alle glauben dir.«

»Da sind wir vier leider die Einzigen«, sagte Max. »Nich mal Reinhard von Mosch hat jemerkt, det Sigurd ihn gerammt hat. Er dachte, sein Rad is von alleene abgegangen. Von den anderen Fahrern hat det ooch keiner jesehen, und det er mich tuschiert hat, is ooch keinem aufgefallen.«

»Papa hat gesagt, dass er nur gesehen hat, wie Sigurd scheinbar über ein Hindernis gefahren ist …«

»Det Hindernis war meine Hinterachse!«

»… aber er hat doch gestern Abend extra noch mal zu dir gesagt, dass er sich nicht wundern würde, wenn das zutrifft, was du über Sigurd gesagt hast.«

»Nich wundern und fest von was überzeugt sein, sin zwee Paar Stiefel«, sagte Max. »Und er hat es nicht vor allen Leuten gesagt.«

Diesmal senkte Luisa den Kopf.

Aber Max wusste, dass er Otto unrecht tat. Es stimmte, Otto hatte nicht mit fliegenden Fahnen die Seite von Max ergriffen, als dieser gestern, kaum dass er aus dem Wrack des Dinos gekrabbelt war, angefangen hatte, Sigurd von Cramm zu beschuldigen. Aber Max hatte Otto nachher mit mehreren Fahrern sprechen sehen, darunter auch den unverletzt gebliebenen Reinhard von Mosch und Fritz Feldmann; und danach war er zur Rennleitung gegangen und hatte mit den Herren gesprochen, und einer der Herren war sogar nachher zu Max getreten und hatte im Vertrauen gesagt: »Uns ist das unsportliche Verhalten von Herrn von Cramm auch aufgefallen, und es wird eine Rüge an seinen Rennstall nach sich ziehen. Aber für Ihre Anschuldigungen, mein junger Freund – und ich persönlich möchte Ihnen sagen, dass ich sie für durchaus wahrscheinlich halte –, gibt es leider keinerlei Beweise.«

Max fühlte sich wegen Luisas Verlegenheit unwohl. »Ick hätte Sigurd ooch noch die Fresse polieren sollen«, knurrte er und erschrak, als Luisa schockiert aufblickte. »Mensch, Luisa, ick wollte det nich sagen.«

»Es wäre gut, wenn du es nicht *denken* würdest.«

»Ick komm eben aus der Gosse«, sagte Max, dessen Frustration und verletzte Gefühle sich in Sarkasmus Luft machten.

Luisa zuckte zusammen.

Max' Ärger schlug in Bedauern um angesichts ihrer Miene.

»Du bist der feinste Mensch, den ich kenne«, sagte sie. »Du kannst auch anders. Und du kannst dieses ganze Malheur noch zu deinen Gunsten wenden.«

»Wie soll denn det funktionieren?«

»Wie viele Fahrer haben sie jetzt noch bei Dinos?«

»Gar keenen. Sie haben ja ooch keen Auto mehr.«

»Nächstes Jahr wird es wieder ein Rennen auf der AVUS geben. Du hast ja gehört, wie groß die Begeisterung war. Umso mehr, da ein Berliner Fahrer die Gesamtwertung gewonnen hat …!«

»Riecken«, sagte Max. »Aber ooch nur, weil Opel plötzlich Motorprobleme bekam.«

»Der Grund ist den Leuten völlig egal. Hast du nicht gesehen, wie sie Riecken auf den Schultern durch die Nordkurve getragen haben?«

»Nee, da hab ich nich aufjepasst«, log Max, der Christian Rieckens Triumph mit kaum auszuhaltender Bitternis beobachtet hatte. Er hatte so gehofft, derjenige zu sein, den die Zuschauer hochleben ließen; nicht nur um des Triumphs willen, sondern hauptsächlich, um nachher die Siegprämie den Briests übergeben zu können. Der Anblick hatte buchstäblich die Magensäure in ihm aufsteigen lassen vor Enttäuschung und Selbstvorwürfen.

»Ich bin sicher, dass Richard Loeb ein neues Rennautomobil konstruieren wird. Beim Rennen nächstes Jahr wird es am Start stehen. Und es wird einen Fahrer brauchen.«

»Hans Bakatsch …«, begann Max.

»Loeb hat Bakatsch genauso entlassen wie dich. Und glaubst du nicht, dass ihm mittlerweile klar ist, warum Bakatsch dem Fahrertausch überhaupt zugestimmt hat? Er wird ihn nicht noch einmal als Fahrer engagieren, da bin ich mir absolut sicher.«

»Es gibt jenügend andere Fahrer …«

»Die sich allesamt darum schlagen werden, entweder bei NAG, bei Opel oder bei Benz anzuheuern – wenn sie nicht ohnehin als Industriefahrer bei denen angestellt sind. Ein Hersteller, dessen einziges Fahrzeug nicht mal über die Ziellinie gekommen ist, wird für die bekannten Fahrer nicht besonders attraktiv sein.«

»Du meinst, für die *guten* Fahrer«, unterbrach Max bitter.

»Nein, ich meine für die *bekannten* Fahrer. Wenn es um die guten Fahrer geht, stehst du an der Spitze, Max. Und glaub mir: Selbst in seiner Wut muss Loeb erkannt haben, wie viel Talent du hast. In deinem Alter, ohne Übung, zum ersten Mal in einem echten Rennen so weit zu kommen … in einem Fahrzeug, das bestimmt nicht die Krone der technischen Entwicklung ist … und auf einer Strecke, die in einem so schlechten Zustand ist … Loeb müsste verrückt sein, deine Bewerbung nicht zu akzeptieren, lockere Zähne hin oder her.«

»Was für 'ne Bewerbung?«, fragte Max perplex. »Du willst doch nich, det ick bei Loeb anfrage, ob sie mich wieder nehmen?«

»Warum nicht?«

Max warf beide Arme in die Luft und bezahlte es mit einem stechenden Schmerz zwischen den Schulterblättern. »Ick komm doch dort nich anjekrochen wie een Bittsteller!«, rief er.

»Aber du willst doch fahren.«

*Nicht um diesen Preis!*, wollte Max rufen. Doch er stutzte. Preis? Was war denn der Hauptbeweggrund dafür gewesen, das Rennen gewinnen zu wollen?

»Das Fahren ist dein Traum«, sagte Luisa. »Das sehe sogar ich. Kann für die Verwirklichung eines Traums irgendein Preis zu hoch sein?«

Konnte irgendein Preis zu hoch sein, wenn es den Menschen half, die ihm alles gegeben hatten: Liebe, Vertrauen und ein Heim?

»Ick …«, begann er und verstummte.

»Denk drüber nach, Max«, sagte Luisa. »Du musst vielleicht ein bisschen Stolz runterschlucken, aber das ist auch alles. Was ist dir wichtiger? Dein Traum oder dein Stolz?«

Ihr seid mir am wichtigsten, dachte Max. Ihr … meine Familie! Er gab Luisas offenen Blick zurück und fühlte auf einmal, dass sich in seinem Herzen etwas regte, das über die Liebe zur Familie weit hinausging. Etwas, in dessen Mittelpunkt Luisa stand. Sein Herz begann zu hämmern, und er dachte, für einen Augenblick keine Luft mehr zu bekommen.

»Versprich mir, dass du darüber nachdenkst«, sagte Luisa. Sie wandte sich ab. »Ich lass dich jetzt allein. Ich weiß ja, dass du gerne mal allein bist. Nur eins noch.« Sie kramte in der in ihren Rock eingenähten Tasche und brachte ein kleines Bürstchen zum Vorschein. »Dass Uropa Pauls Name immer am saubersten ist, ist mir schon vor einiger Zeit aufgefallen. Nimm das hier, damit geht es leichter.«

Max bückte sich und holte hinter einem Stein, den er hinter dem Grabstein platziert hatte, ein ganz ähnliches Bürstchen hervor. Er grinste. »Haste jedacht, ick mach det mit den Fingernägeln? Ick bin doof, aber nicht so doof.«

## 11

Um als Gutsbesitzer langfristig zu überleben«, sagte Alfred Kron, der Besitzer des Bankhauses Kron an der Behrenstraße, »gibt es meiner Meinung nach zwei Strategien.«

Er musterte seine Zuhörerin. Wenn er mit ihr sprach, hatte er oft das Gefühl, dass sie kaum auf das achtete, was er sagte. Heute war es nicht anders. Sie machte sich ihre eigenen Gedanken, und wenn sie einem Rat folgte, den er ihr gab, dann wahrscheinlich nur, weil ihre eigenen Schlussfolgerungen sie zufällig zur gleichen Lösung gebracht hatten. Dennoch fragte sie ihn immer wieder. Kron war sich nicht sicher, welches Motiv dahintersteckte. Er nahm an, sie wollte herausfinden, ob sie bei ihren eigenen Gedankenspielen auch wirklich an alles gedacht hatte. Auf unklare Weise fühlte er sich von ihr benutzt, aber er konnte nicht anders. Jemandem einen Rat zu verweigern, der sich bei ihm erkundigte, lag nicht in seinem Naturell, und außerdem war seine Besucherin eine langjährige Kundin seines Hauses.

Ihr Vater war schon Bankkunde bei Krons Vater gewesen. Selbst bis zu ihrem Großvater ließ sich die Verbindung zurückführen, auch wenn dieser bei einer anderen Bank Kunde gewesen war. Aber diese andere Bank war bald nach der Vereinigung der deutschen Fürstentümer zum Deutschen Reich vor fünfzig Jahren von Krons Vater übernommen worden, und so fühlte sich Alfred Kron auch denen verbunden, die bei dieser vorherigen Bank ihr Geld angelegt hatten. Angesichts einer über fünfzigjährigen Geschäftsbeziehung ließ man sich schon einiges gefallen.

Außerdem kam der Umstand dazu, dass die Frau vor ihm die Witwe eines im Krieg gefallenen Offiziers war, die sich mit ihrem kaum erwachsen gewordenen Sohn allein durchschlagen musste. Deshalb war zusätzliche Rücksichtnahme angesagt. Und nicht zuletzt war sie eine schöne Frau. Alfred Kron hatte immer schon eine Schwäche für Schönes gehabt – aber während er, wenn es um Kunst ging, nicht ruhte, bis er das Objekt seines Gefallens in seinen Besitz gebracht hatte, bewunderte er schöne Frauen stets nur aus der Ferne. Er war ein treuer Ehemann und Familienvater.

Er merkte, dass er unwillkürlich eine Pause eingelegt hatte. Seine Gesprächspartnerin beugte sich vor, hob die Kaffeetasse auf und nahm einen Schluck. Sie musterte ihn über den Rand der Tasse hinweg.

»Zwei Strategien«, sagte sie dann mit halb gelangweilt klingender Stimme.

»Strategie eins ist, den eigenen Besitz ständig zu vergrößern. Irgendwann bekommt ein Gut dann eine solche Größe, dass es gar nicht mehr scheitern kann, weil ein Teil davon immer irgendeinen Gewinn abwirft, der alles andere eine Weile mitfinanziert.«

»Dazu braucht man Geld«, sagte die Frau und lächelte kalt. »Das man sich leihen muss, wenn man es nicht hat.«

Kron wurde bei solchen Spitzen niemals verlegen. »Und dazu wiederum, liebe Frau von Cramm«, sagte er mit fröhlicher Miene, »hat man seine Hausbank.«

»Weiter!«, sagte Krons Gesprächspartnerin. Ihr voller Name war Magda von Cramm. Sie war Ende vierzig, aber abgesehen von den tiefen Kerben um die Mundwinkel sah man es ihr nicht an. Die Kerben gaben ihrer Miene einen ständig verächtlichen Ausdruck. Der Eindruck täuschte nicht. Magda von Cramm war voller Verachtung.

»Strategie zwei lautet, in den Zeiten, in denen das Gut Not leidet, einen Zuverdienst zu finden, dessen Gewinne in das Gut investiert werden, bis es sich wieder von allein trägt. Beide Strategien gelten selbstverständlich nur, wenn man das Gut behalten will. Es gibt immer noch die Lösung, es zu verkaufen und mit dem Erlös ein Leben als Privatier zu führen.« Kron lächelte. Er hoffte, ausnahmsweise einmal zu Magda von Cramm durchgedrungen zu sein. Seine Worte hatten eine Mahnung enthalten, auf seine übliche, höfliche Art nur durch die Blume vorgetragen.

»Strategie zwei«, dehnte Magda von Cramm, »steht also im klaren Gegensatz zu der Idee, die Gewinne aus dem Gut in etwas anderes zu investieren.«

»Wenn es Gewinne gibt, liebe Frau von Cramm, dann kann man diese investieren, in was man will – wenn man vorher etwas für das Gut selbst beiseitegelegt hat.«

»Wie ich investiere, ist ganz allein meine Sache.«

»Ich wollte damit nicht andeuten, dass …«

»Sie wollten durchaus andeuten, Herr Kron. Sie wollten mir erklären, dass ich aufhören soll, die Rennleidenschaft meines Sohns zu finanzieren.«

»Ich würde mich nie in Ihre persönlichen …«

»Und was Ihre Strategie Nummer eins angeht, ergibt sie nur Sinn, wenn man die Güter auch räumlich zusammenlegen kann. Eines zum Beispiel diesseits und eines jenseits der Elbe zu haben, ist zwar möglich, aber der Aufwand frisst einen Teil des Gewinns.«

Kron hörte mit höflichem Gesichtsausdruck zu. Es gab jede Menge Grundbesitzer, die Güter in der Nähe Berlins, an der Küste und in Ostpreußen besaßen und daran nicht pleitegingen. Dennoch hatte Magda von Cramm recht. Der Aufwand war groß, besonders für eine Frau, deren Mann im Krieg geblieben war und deren Sohn ein vollendeter … nun, es stand grundsätzlich auf einem anderen Blatt, welchen Charakter Sigurd von Cramm hatte. Alfred Kron bemühte sich, zu neutraleren Gedanken zu gelangen.

Magda von Cramm fuhr fort: »In meiner Nachbarschaft gibt es nur drei Güter, bei denen sich eine Zusammenlegung mit Gut Cramm lohnen würde – Schönhausen, Premnitz oder Parey. Alle drei stehen nicht zum Verkauf.«

»Es gibt noch ein viertes«, sagte Kron sanft. »Gut Briest.«

»Hören Sie auf mit Gut Briest«, sagte Magda. Ihr Gesicht verzog sich zu einer Miene noch größerer Verachtung.

Kron seufzte. Er hatte die Fehde zwischen den Cramms und den Briests nie wirklich verstanden. Natürlich kannte er die Geschichte von der Feindschaft zwischen Gerhard von Cramm, Magdas angeheiratetem Großvater, und Alvin von Briest … die Demütigungen, die Duelle, die Versuche Gerhards, seinen Widersacher zu diskreditieren. Aber schon in der zweiten Generation, mit Gerhards Söhnen, war das Interesse daran offensichtlich erloschen. Es hatte keinen Kontakt zwischen den Familien gegeben, aber auch keine Feindseligkeiten. Umso erstaunter war Kron, dass ausgerechnet Magda von Cramm, Gerhards Enkelin, die nicht einmal aus der Familie stammte, sondern nur eingeheiratet hatte, den Zorn auf die Briests mit solcher Verbissenheit lebte.

Vielleicht hatte es etwas mit dem Heldentod Gustafs zu tun, Magdas verstorbenem Ehemann. Soweit Kron von Magda erfahren hatte, war Gustaf von Cramm bei einem Einsatz in treuer Pflichterfüllung gefallen. Hatte sein Tod Magda verbittert? Doch was hatte er mit den Briests zu tun? Lag es daran, dass weder Otto noch Levin von Briest in den Krieg gezogen waren? Otto war als Adliger und Familienoberhaupt und aufgrund seines Alters vom Kriegsdienst befreit gewesen; auch Gustaf von Cramm wäre in den Genuss der Befreiung gekommen, doch er hatte sich freiwillig gemeldet. Trug Magda deswegen diesen Groll gegen die Briests im Herzen? Aber Otto konnte nichts dafür, dass Gustaf gefallen war. Er wäre auch gefallen, wenn Otto sich für den Krieg gemeldet hätte.

Oder lag es an Ottos jüngerem Bruder Levin und seiner Weigerung, seine Ingenieurs- und fliegerische Geschicklichkeit in den Dienst des Krieges zu stellen? Es hatte viel böses Gerede und Druck vonseiten der Obrigkeit gegen Levin von Briest gegeben, bis dieser aufgegeben hatte und ausgewandert war, nicht zuletzt, um die Familie seines Bruders aus dem Fokus zu nehmen. Doch auch hier galt, dass Levin nicht am Tod Gustafs schuld war.

Kron hatte sich schon mehrfach gefragt, ob er Otto von Briest vor Magda warnen sollte – immerhin waren auch die Briests langjährige Kunden. Doch die Beziehung der Bank zu den Cramms war älter, und außerdem war Magda von Cramm noch immer in der Lage, die Kredite, die sie bei Alfred Kron aufgenommen hatte, zu bedienen, während die Briests … Kron seufzte erneut, diesmal innerlich. Er war kein schlechter Mensch, und wenn er jemanden in den Ruin trieb, weil er einen faul gewordenen Kredit zurückrief, dann bereitete ihm dies Kummer. Andererseits musste er auch an sich selbst denken … und an die Teilhaber der Bank … sowie an die anderen Kunden. Die Briests mussten seinen Brief mittlerweile erhalten haben. Er hoffte, dass die persönliche Notiz, die er beigefügt hatte, den Schlag etwas abmilderte. Und außerdem versuchte er ja gerade, den Briests zu helfen. Sie mussten das Gut schnellstens verkaufen – und er hatte eventuell einen Käufer. Magda von Cramm. Es wäre für sie der ökonomisch sinnvollste Schritt und für die Briests zumindest die Rettung vor der Armut. Er plante, sich selbst als Vermittler zu empfehlen und dafür zu sorgen, dass der Kaufpreis über dem Kreditwert lag, sodass die Briests mit etwas Plus aus der Sache herausgingen. Für Magda von Cramm wäre es dann immer noch ein Schnäppchen. Er konnte sich nicht vorstellen, dass Magda einen solchen Vorteil außer Acht ließ aus nichtigen emotionalen Gründen heraus.

»Sie sollten sich wirklich zu einer Vergrößerung Ihres Grundbesitzes entschließen«, sagte er vorsichtig. »Und zwar bald, weil niemand weiß, wohin sich der Wert der Mark noch entwickelt.

Wenn die Inflation so weitergeht, wird der Regierung nichts weiter übrig bleiben, als eine Währungsreform zu veranlassen. Und ganz gleich, wie hart oder sanft der Schnitt sein wird – die Grundbesitzer werden diejenigen sein, die am unbeschadetsten daraus hervorgehen.«

»Und weil alle meine Standesgenossen das wissen, trennt sich keiner von seinem Besitz – oder nur zu einem Preis, den sich niemand leisten kann, auch ich nicht. Wie ich, glaube ich, bereits gesagt habe. Einen Kredit in dieser Höhe würden nicht mal Sie mir geben.«

Gut Briest, dachte Kron. Gut Briest wird bald für einen ganz vernünftigen Preis zu haben sein. Er fragte sich, wie er Magda von Cramm darauf bringen konnte, ohne eine schreckliche Indiskretion zu begehen und die Situation der Briests zu verraten. Dann wurde ihm klar, dass Magda ihm unfreiwillig eine Möglichkeit eröffnet hatte, einzuhaken und sie dazu zu bringen, über die andere Strategie nachzudenken, die er angesprochen hatte.

»Gut Cramm steht noch recht gut da«, erklärte er. »Ich sehe die Einkünfte, die das Gut erwirtschaftet. Ich sehe aber auch die Kosten, die durch seinen Unterhalt und vor allem durch die Betätigung Ihres Sohnes entstehen. Vielleicht kann Ihr Sohn ja versuchen, eine Anstellung als Industriefahrer bei der NAG zu erhalten, anstatt dass Sie an die Firma bezahlen, damit er dort fahren kann? Wenn diese laufenden Kosten weg wären, könnten wir durchaus auch über einen riskanten Kredit …«

»Sigurd fährt nicht als Angestellter«, unterbrach Magda scharf. »Er ist ein freier Mann. Geben Sie mir nicht solche sinnlosen Ratschläge.«

Kron schüttelte begütigend den Kopf. »Ich möchte Ihnen nur helfen, Frau von Cramm. Die Zeiten sind unsicher.«

»Dann erzählen Sie mir nichts über Sigurd und auch nichts über die Zahlen von Gut Cramm. Sie wissen doch nur, was über die Konten läuft, die ich bei Ihrer Bank habe.«

»Es wäre leichter für mich, wenn ich über alle Ihre Einkünfte und Ausgaben Bescheid wüsste. Dann könnte ich für Sie einen Geschäftsplan erarbeiten lassen und …«

Kron fragte sich seit Langem, wieso Magda für die Kriegswitwenrente, die sie erhielt, ein Konto bei einer anderen Bank unterhielt. Er wusste nicht einmal, welche Bank das war. Aber er hatte sie auch nie überreden können, mit all ihren Transaktionen zu ihm zu wechseln.

Magda von Cramm unterbrach ihn. »Ich brauche keinen Geschäftsplan von Ihnen.«

»Wie Sie wünschen. Ich dachte, Sie würden Rat suchen, weil Sie um dieses Gespräch gebeten haben.«

Magda zögerte kurz. »Nein, das haben Sie falsch interpretiert. Ich bin hier, weil ich eine Änderung in meinem Geldfluss vornehmen möchte.«

»Ich werde alle nötigen Schritte in der Buchhaltung einleiten lassen.«

»Ich möchte, dass Sie ab November die monatlichen Zahlungen an die NAG einstellen.«

»Aber … das ist doch der Automobilhersteller, für den Ihr Sohn …«

»Ja. Es wird eine Veränderung geben.«

»Wird Ihr Sohn mit dem Rennfahren aussetzen? Es wäre ein guter Plan, zumindest bis klar ist, wohin die Lage in unserem Land sich entwickelt und welchen Wert die Mark in zwölf Monaten noch hat …«

»Machen Sie sich nicht lächerlich. Sigurd ist auf dem Weg, Deutschlands bester Rennfahrer zu werden. Als freier Mann, der sich den besten Automobilhersteller aussuchen kann. Nicht als Befehlsempfänger irgendeines Dummkopfs, und schon gar nicht als Abhängiger von Leuten wie denen, die Schimpf und Schande auf unser Land gehäuft haben, die Deutschland ruinieren und ans Ausland verschachern!«

Magdas plötzlicher Ausbruch verschlug Kron die Stimme. Er kannte solche Aussagen. Man konnte sie auf der Straße hören, in vielen Kneipen, sogar im Reichstag. Die Leute, die Deutschland erniedrigt hatten – damit waren die Politiker gemeint, und das Großkapital. Das Militär hatte in seiner Überheblichkeit den Krieg verloren, aber das Militär hatte es auch erfolgreich geschafft, den Schwarzen Peter anderen Kräften zuzuschieben. Und ein Land wie Deutschland, das unter preußischer Führung jahrzehntelang sein Militär verherrlicht hatte, war nur zu bereit, diesen Schuldzuweisungen zu glauben. Dass die Oberste Heeresleitung versagt hatte, war undenkbar. Das preußische Militär hatte vor hundert Jahren Napoleon vertrieben, hatte den Krieg gegen Dänemark, gegen Österreich, gegen Frankreich gewonnen, hatte in Übersee Kolonien gesichert, hatte Deutschland zu einer Weltmacht werden lassen. Das Militär konnte nicht versagt haben. Die Politiker und die Kapitalbesitzer hatten Deutschland verraten. Und die Juden. Falls das nicht sowieso alles dasselbe war.

Kron schüttelte sich. Er war sicher, dass dieser Hass nur eine vorübergehende Erscheinung war, bis Deutschland sich wieder aufgerichtet und in seiner neuen Rolle zurechtgefunden hatte. Worte wie die, die Magda hervorgestoßen hatte, machten ihm Angst, dass die Lage ernster war, als er sich eingestehen wollte.

Magda stand auf. »Ich verlasse mich darauf, dass Sie alles Nötige veranlassen?«

»Selbstverständlich, Frau von Cramm.«

Sie rauschte hinaus, ohne sich zu verabschieden. Kron, der aufgestanden war, lehnte sich an seinen Schreibtisch. Er fragte sich, warum er sich mit solchen beratungsresistenten Kunden herumzuschlagen hatte, während er gleichzeitig freundlichen Leuten wie den Briests das Messer auf die Brust setzen musste. Aber er war in erster Linie Bankier, und ein Bankier stand auf der Seite desjenigen Kunden, der ihm einen Gewinn verschaffte. Sonst war er die längste Zeit Bankier gewesen.

In einigen Tagen würde der erzwungene Verkauf von Gut Briest in aller Munde sein. Vielleicht verstand Magda von Cramm dann, worauf er angespielt hatte, und schob ihre Ressentiments beiseite. Er wünschte es sich. Aus geschäftlichen Gründen für Magda von Cramm. Aus persönlichen Gründen für Otto von Briest.

Er klingelte einer Assistentin, um das Kaffeegeschirr abräumen zu lassen. Dann ging er zu dem Waschbecken, das in einem Wandschrank in seinem Büro eingelassen war, und wusch sich die Hände.

## 12

Die Dinos-Automobilwerke AG waren aus einer früheren Automobilfirma entstanden, den Loeb-Werken, die während des Kriegs Flugmotoren gebaut und zusammen mit der Braunschweiger Büssing AG ein Panzerfahrzeug entwickelt hatten, das die Oberste Heeresleitung dann allerdings nicht wollte. Die Konstrukteure hatten irgendwie übersehen, dass der Krieg sich auch über Felder und Äcker bewegt, und ihren Panzerwagen nur straßentauglich gebaut. Nach dem Krieg war man wieder zum Automobilbau übergegangen und hatte das seinerzeit erfolgreiche Modell Loeb 10/30 auf den Markt gebracht. Nach der Umfirmierung in die Dinos-Automobilwerke hatte man die Konstruktion beibehalten und lediglich den Namen in Dinos 10/30 umbenannt. Behalten hatte man auch den damaligen Chefkonstrukteur und Sohn des Firmengründers, Richard Loeb.

Der Dinos 10/30 war nicht schlecht. Er hatte den leisen Ventiltrieb seines Vorgängers und dessen kluge Hinterachskonstruktion aus Blatt- und Schraubenfedern geerbt, die den Fahrkomfort erhöhte – allerdings auf Kosten der Straßenlage und der Widerstandsfähigkeit der Achse, wie Max am eigenen Leib hatte erfahren müssen.

Nun war er unterwegs nach Charlottenburg, wo die Dinos-Automobilwerke beheimatet waren, und fragte sich, wie er einen Mann wie Richard Loeb überzeugen sollte, ihm noch einmal eine Chance zu geben – einen Mann, der bei seiner neuesten Entwicklung hartnäckig an einer Vorkriegskonstruktion festgehalten hatte, die schon damals nicht renntauglich gewesen war. Die Hälfte der Erfahrungen, die Richard Loeb mit dem Renneinsatz des Dinos 10/30 beim Grunewaldrennen zu gewinnen gehofft hatte, hatten die anderen Fahrzeughersteller schon lange vor ihm gemacht. Loeb hätte nur darauf zu achten brauchen, was die Konkurrenz so alles tat. Hatte er aber nicht. Max ahnte, dass er mehr als nur ein bisschen Stolz würde hinunterschlucken müssen, wenn er Erfolg haben wollte. Luisa konnte nicht ermessen, was sie ihm auferlegt hatte. Aber es war ja letztlich seine eigene Entscheidung gewesen, also sollte er nicht hadern und schon gar nicht Luisa dafür verantwortlich machen, dass er zu Kreuze würde kriechen müssen. Das Einzige, wofür Luisa wirklich verantwortlich war, war dieses neue Gefühl in seiner Brust. Es bestand aus Unrast und Euphorie zu gleichen Teilen, und es war nicht wegzubekommen, auch wenn Max sich noch so hartnäckig auf andere Dinge zu konzentrieren versuchte.

Max wusste nicht, ob Richard Loeb überhaupt in der Firma war. Aber das Risiko, dass er vergeblich hierhergekommen war, hatte er eingehen müssen. Gut Briest besaß kein Telefon, sodass er nicht im Vorfeld hatte nachfragen können; es war außerdem fraglich, ob ihm Loebs Sekretärin überhaupt eine Auskunft erteilt hätte. Er hatte auch nicht formell um einen Gesprächstermin nachsuchen können, denn erstens hätte das zu lange gedauert, und zweitens hätte er ohnehin keinen bekommen. Seine Hoffnung auf Erfolg lag in der Überraschung und darin, dass er seine Bitte loswurde, bevor Loeb die Gelegenheit hatte, ihn abzuweisen.

Das Firmengelände bestand aus einem gepflasterten Hof, einem Verwaltungsgebäude und einer lang gestreckten Halle, in der die Automobile gefertigt wurden. Es gab ein halbes Dutzend Stationen, an denen die Mechaniker die Modelle zusammenbauten. Max hatte, als er noch hier gearbeitet hatte, mit den anderen Mechanikern über die aus Amerika stammenden Nachrichten diskutiert: dass der Automobilhersteller Henry Ford für seine Fahrzeugherstellung ein Fließband hatte einrichten lassen, das die Automobile langsam von einer Station zur nächsten trug. Der Mechaniker an seiner Station vollführte an jedem Fahrzeug, das an ihm vorbeikam, die gleichen Handgriffe. Angeblich hatten die Amerikaner die Herstellungsgeschwindigkeit dadurch fast verzehnfacht. Max und seine Kollegen waren sich einig gewesen, dass dieses Prinzip nicht nach Deutschland passte. Erstens gab es gar nicht genug Abnehmer für eine so große Anzahl von gefertigten Automobilen, und zweitens verstand sich ein deutscher Mechaniker als jemand, der über das gesamte Fahrzeug Bescheid wusste – und nicht nur, wie man die Räder an die Achsen schraubte. Fließbandfertigung war für Keksherstellung tauglich, so wie es die Firma Bahlsen vormachte; schließlich saßen dort auch Frauen an den Bändern, denen man ohnehin nicht zutrauen konnte, die Gesamtkonstruktion eines Autos zu verstehen. Max war, wenn sich das Gespräch unter fröhlichem Gelächter in diese Richtung bewegt hatte, immer still gewesen und hatte nicht mitgelacht. Die Jahre auf Gut Briest und was er über Ottos verstorbene Mutter und deren Kampf um die Frauenrechte gehört hatte, hatten ihn eine andere Sichtweise über die Fähigkeiten von Frauen gelehrt.

Die Arbeiter sahen auf, als Max in die Halle trat. Manche winkten ihm zu, einige starrten ihn nur an, andere schauten weg. Unter denen, die starrten – und zwar feindselig –, war Ernst Braunke, der Mechaniker, der in der Nacht vor dem schicksalhaften Rennsonntag nach Hause gefahren war. Max ging dennoch auf ihn zu.

»Du hast ja 'ne Traute, dich hier blicken zu lassen«, knurrte Ernst.

»Hab ick dir wat jetan, Ernst?«, fragte Max zurück.

»Nich persönlich. Aber trotzdem isses deine Schuld«, sagte Ernst.

»Was ist meine Schuld?«

Ernst stieß wütend hervor, dass im Zug des Eklats um den Unfall und den Fahrertausch auch herausgekommen war, dass Ernst sich unerlaubt vom Arbeitsplatz entfernt hatte. Richard Loeb hatte ihm daraufhin den gesamten Lohn für das Rennwochenende gestrichen. Ernst hatte seiner Frau und seinen Kindern neue Schuhe von diesem erhöhten Lohn versprochen. Es hatte bei ihm zu Hause Tränen und Vorwürfe gegeben, zusätzlich zu dem monströsen Anpfiff, den er von Loeb hatte aushalten müssen.

»Det tut mir echt leid, Ernst«, sagte Max, wissend, dass er für Ernsts Problem überhaupt nichts konnte und nur als Blitzableiter fungierte.

Ernst wandte sich ab. »Du kannst leicht reden, du sitzt auf deinem feinen Gut und hast immer een warmet Bett«, murmelte er.

»Ernst – ist Herr Loeb heute in der Firma?«

»Wat weeß ick«, versetzte Ernst. »Der Kerl is mir doch schnuppe. Wenn der brennte, würde ick nich mal auf ihn pissen, um ihn zu löschen.«

Die anderen Mechaniker an Ernsts Station lachten. Max fiel erst jetzt auf, dass es sich um eines der normalen Straßenmodelle handelte, den Dinos 8/35. Offensichtlich war Ernst auch noch zusätzlich degradiert worden. Er fragte sich, wer jetzt am geplanten Nachfolger zum 10/30 arbeitete, den Max zu Schrott gefahren hatte. Er sah sich um. Auf jeder Station stand ein mehr oder weniger fertiges Modell des 8/35. Hatte Loeb etwa beschlossen, sich aus der Rennautofertigung zurückzuziehen? Dann war Max' Plan, ihn um Gnade und Wiedereinstellung zu bitten, sowieso hinfällig.

»Wo ist Loeb, Ernst?«, fragte er, schärfer als beabsichtigt.

Ernst musterte ihn abschätzig. Plötzlich grinste er, aber es war keine Wärme darin. »Biste zum Arschkriechen da? Denn versuch's mal in seinem Büro.«

In Loebs Büro traf man zunächst auf dessen Vorzimmerdame, eine grauhaarige, ältere Frau, die streng wirkte, bis man sie näher kannte. Max hatte sie zwar nie näher kennengelernt, aber irgendwie trotzdem ihre Sympathie gewonnen. Bei seinem Anblick hatte sie immer gelächelt. Es gab nur wenige Mitarbeiter der Dinos-Automobilwerke, die sie anlächelte. Ihr Chef gehörte nicht dazu. Max war mulmig zumute, als er an die Tür klopfte und dann eintrat. Würde er jetzt den gleichen frostigen Empfang erhalten wie von Ernst Braunke? Ihn hatte er nicht nur als Kollegen, sondern auch als Freund betrachtet. Um wie viel schlimmer würde die Begrüßung bei der Sekretärin ausfallen?

Die Vorzimmerdame blickte auf. Ihr Gesicht zeigte zuerst Überraschung, dann lächelte sie unwillkürlich. Max zuckte innerlich zusammen, weil die Vorstellung, dass dieses unwillkürliche Lächeln sich in eine ablehnende Miene verwandelte, noch übler war als Ernsts vom Start weg spürbare Verachtung.

Das Lächeln verschwand – und machte einem mitleidigen Gesicht Platz. »Ach herrje, Herr Brandow«, sagte die Sekretärin. »Gott sei Dank, dass Ihnen nichts passiert ist. Ich habe das Automobil gesehen. Sie haben einen Schutzengel gehabt, dass Sie noch am Leben sind. Und Herr Bakatsch auch. Ihnen ist doch nichts Ernsthaftes zugestoßen, oder?«

In seiner Überraschung konnte Max nur stottern: »Jar nüscht außer een paar Kratzern, wa?« Dann wurde er rot und wiederholte: »Mir ist nichts passiert.«

»Was vorgefallen ist, tut mir sehr leid, Herr Brandow. Es war bestimmt eine Verkettung unglücklicher Umstände.«

Max, der seine Überraschung immer noch nicht ganz überwunden hatte und der das Gefühl hatte, die Sekretärin in seiner ganzen Zeit bei Dinos noch nie so viel reden gehört zu haben, sagte zögernd: »Danke.«

»Wie kann ich Ihnen helfen, Herr Brandow? Der Chef«, sie wies mit dem Kopf zur geschlossenen Bürotür von Richard Loeb,

»ist im Gespräch. Wenn es darum geht, dass Sie noch Lohn erhalten müssen, können wir gleich zusammen in die Buchhaltung gehen.« Sie stand auf. »Es ist besser, wenn ich mitgehe, falls es Komplikationen gibt.«

»Äh … nein«, sagte Max. Er erinnerte sich, in Loebs Schimpftirade auf der AVUS die Worte »fristlos entlassen« und »Ihren fälligen Lohn behalte ich als Schadenersatz ein« gehört zu haben. »Darum geht es mir nicht.«

»Sind Sie sicher? Wir können das nachrechnen lassen.« Die Sekretärin kam hinter ihrem Tisch hervor.

»Nein, ich wollte um ein Gespräch bei Herrn Loeb bitten.«

Die Sekretärin blickte von Max zur geschlossenen Tür und zurück. »Ich fürchte, das wird bei ihm heute lange dauern. Ich kann einen Termin für Sie vereinbaren – morgen? Um dieselbe Zeit? Ich trage es ein, Sie können sich darauf verlassen. Kommen Sie, ich bringe Sie noch bei ein paar Kollegen vorbei, die es bedauern, dass sie sich nicht von Ihnen verabschieden konnten.«

Max fiel allmählich auf, wie nervös die Sekretärin war. War es seinetwegen? Es war unverkennbar, dass sie ihn so schnell wie möglich wieder loswerden wollte. Hatte Loeb ihm etwa Hausverbot erteilt? Oder sein Personal angewiesen, mit ihm kein Wort mehr zu wechseln? Aber dann hätte er das bereits von Ernst erfahren, da war sich Max sicher.

Loebs Vorzimmerdame warf einen hastigen Blick zur Bürotür, dann auf die Uhr an der Wand, dann zu Max. Ihr Lächeln schien gezwungen. »Wollen wir? Ich kann meinen Tisch schon ein paar Minuten alleine lassen …«

»Ick bin wohl 'ne persona ungrata geworden?«, fragte Max unbeholfen. Er hatte den Ausdruck einmal bei Otto gehört und wusste, was er bedeutete, ahnte aber, dass er ihn sich nicht richtig gemerkt hatte.

»Nein, nein. Es ist nur …«

»Wenn Herr Loeb mich sieht, kriegt er die Motten?«

»Ja … nein …« Die Schultern der Sekretärin sanken herab. »Ja. Aber das ist es gar nicht.«

»Wenn ick Ihnen Umstände mache, dann entschuldigen Sie bitte«, sagte Max, drehte sich um und griff nach der Türklinke. »Ick kann draußen aufm Flur warten, bis Herr Loeb Zeit hat.«

»Es wäre besser, Sie würden morgen wiederkommen, Herr Brandow.«

Max wollte versichern, dass er lieber wartete, als sich morgen die Fahrt vom Gut in die Stadt erneut anzutun, da erhoben sich Stimmen und Gelächter hinter Loebs verschlossener Bürotür. Gleich darauf wurde sie geöffnet, und Loeb wurde sichtbar, der zur Seite trat, um seinen Besucher vorzulassen. Dabei fiel sein Blick nach draußen und auf Max. Seine Augen weiteten sich überrascht, dann verfinsterte sich seine Miene. Sein Besucher trat um die Tür herum, breit lächelnd, den Hut in der einen Hand und die andere ausgestreckt, um Loeb vertraulich auf die Schulter zu klopfen. Er erstarrte, als er Max erkannte, dann wurde sein Lächeln noch breiter.

»Sieh mal einer an«, sagte er.

Loeb sagte: »Brandow – was wollen Sie denn noch hier?«

Die Sekretärin sagte: »Herrje.«

Max sagte: »Cramm.«

Sigurd von Cramm lachte. »Was schauen Sie denn so finster, Brandow? Als wollten Sie mich herausfordern. Wissen Sie was – wenn Sie Ehre hätten, würde ich glatt annehmen. Morgens bei Sonnenaufgang auf der AVUS? Ich wähle die Waffen. Rennautomobile?« Er warf den Kopf in den Nacken und lachte noch lauter. »Ach nein, da sind Sie ja chancenlos. Sie würden glatt wieder den Zaun zuschanden fahren. Ich will nicht unfair sein. Seifenkisten?«

»Brandow, was haben Sie hier zu suchen?«, grollte Loeb. »Sie sind entlassen. Schon vergessen?«

»Ick wollte …« Max schloss den Mund. Es war undenkbar, in Gegenwart Sigurd von Cramms zu sagen, dass er Loeb um ein

Gespräch und Wiedereinstellung hatte bitten wollen. Seine Hände gestikulierten hilflos. Sein Herz übernahm den Befehl, weil sein Gehirn momentan lahmgelegt war, und ließ ihn stattdessen fragen: »Wollnse den da etwa als Fahrer einstellen?«

»Was geht Sie das an, Brandow? Machen Sie, dass Sie von meinem Firmengelände verschwinden, sonst lasse ich Sie von der Polizei abholen.«

»Lieber Herr Loeb, ich glaube nicht, dass die Drohung mit der Polizei unseren jungen Freund hier erschrecken würde«, sagte Sigurd. »Wir wissen doch, wie er aufgewachsen ist. Die Polizei hat er bestimmt oft auf den Fersen gehabt.«

Max ballte die Hände zu Fäusten und öffnete sie wieder. Er schluckte krampfhaft.

Die Vorzimmerdame sagte: »Herr Brandow war so höflich, sich verabschieden zu wollen. Deshalb hat er vorbeigeschaut, Herr Loeb. Er wollte gerade wieder gehen.« Sie machte einen halben Schritt zwischen Max und die beiden Herren, als wolle sie Max vor Sigurd und Loeb schützen. »Auf Wiedersehen, Herr Brandow – und alles Gute.« Ihre Miene war drängend und offen zu lesen, da sie ihrem Chef den Rücken zuwandte: Sei klug und geh, Max Brandow, und komm an einem anderen Tag wieder, wenn du schon unbedingt musst!

Sigurd sagte: »Ich schätze, Herr Brandow ist ein guter Läufer, oder täusche ich mich? Sonst hätten ihn die Schupos doch erwischt. Dachten Sie, wenn man schnell weglaufen kann, kann man auch schnell Auto fahren, mein Lieber?«

»Ick bin nich Ihr Lieber«, sagte Max erstickt.

»Nein, ganz bestimmt nicht. Aber ich habe ja eine gute Erziehung. Was hätten Sie denn in meinem Fall zu sich selbst gesagt? Bestimmt ein Wort, das einem anständigen Menschen nicht über die Lippen käme.«

»Ich begleite Sie nach draußen, Herr Brandow, ja?«, sagte die Sekretärin verzweifelt.

Max blieb stehen. »Wenn Auto fahren bedeutet, sich wie 'ne Sau gegen die anderen Fahrer aufzuführen, denn könnse det tatsächlich besser als ich, Herr von Cramm«, sagte er.

»Ich dulde Ihren Wortschatz hier nicht«, sagte Loeb. »Ich fordere Sie letztmalig auf, das Firmengelände zu verlassen.« Er wandte sich an seine Vorzimmerdame. »Rufen Sie die Polizei.«

»Herr Brandow geht von ganz alleine«, sagte die Sekretärin und berührte Max am Arm. »Jetzt machen Sie die Sache nicht noch schlimmer und kommen Sie mit.«

»Lassen Sie sich rausführen, Herr Brandow«, sagte Sigurd mit breitem Grinsen. »Dann helfen Ihnen ausnahmsweise mal bessere Leute, als Sie es sind, aus der Patsche.«

»Wat meense denn damit?«, fragte Max. Er stemmte die Beine in den Boden. Er spürte, wie die Sekretärin versuchte, ihn mit sich zu ziehen, aber er ließ sich ebenso wenig bewegen wie ein Baum.

Sigurd tat so, als wäre er überrascht. »Hab ich das falsch im Kopf? Sie sind doch auf Gut Briest untergekrochen, oder nicht? Ich verstehe ja, dass man nach jedem Strohhalm greift, wenn man in der Gosse lebt. Aber Geschmack haben Sie nicht gerade bewiesen bei der Auswahl Ihrer Retter. Na ja, was will man von einem erwarten, der seinen Lebensunterhalt mit Schnürsenkelverkauf und Lumpensammeln bestritten hat – und wer weiß, womit sonst noch?«

»Lassense die Briests ausm Spiel«, sagte Max, in dessen Gefühlsaufruhr sich eine lodernde Wut durchgesetzt hatte. »Oder wollnse beim nächsten Blinzeln ausm Krankenhaus kieken?«

»Wer will dafür sorgen? Sie – und welche Armee?«, stichelte Sigurd weiter.

»Rufen Sie die Polizei!«, befahl Loeb.

»Bitte gehen Sie doch«, flehte die Vorzimmerdame.

»Sie sind jefahren, als wärnse mitm Klammerbeutel jepudert«, sagte Max, der alles vergessen hatte, was Hermine, Otto und Luisa ihm an Redensarten auszutreiben versucht hatten. »Wejen

Ihnen hätte es beinahe Tote gegeben. Sie ham Mosch und Feldmann von der Bahn jerammt und mir die Achse zerdeppert. Sie können nich fahren, Cramm, Sie können nur die Sau raushängen lassen. Und wennse noch een eenziges Mal irjendwat Schlechtet jejen die Briests sagen, denn stoß ick Ihnen schneller ausm Anzug, als Se ›Hoppla‹ sagen können.«

Cramm trat um die verzweifelte Vorzimmerdame herum und ganz nah an Max heran. »Möchten Sie mich schlagen, Brandow? Nur zu. Wissen Sie was? Erstens treffen Sie mich gar nicht, weil ich viel zu gut bin für einen Gassenschläger, und zweitens wird es danach die Polizei sein, die Sie vom Boden kratzt und in den Bau bringt, und da kann nicht mal ein Schlammwühler wie Otto von Briest Sie wieder rausholen, weil es in diesem Land Gott sei Dank immer noch nicht angeht, dass ein Untermensch wie Sie einen Vertreter der Oberschicht auch nur anhaucht.« Er lächelte.

Max schlug mitten in das Lächeln hinein. Und noch einmal, während Sigurds Knie schon nachgaben. Und noch einmal. Und er hätte weiter zugeschlagen, wenn Loeb und seine Vorzimmerdame ihn nicht von Sigurd von Cramm weggezerrt hätten. Er schüttelte die beiden ab, trat dann zurück und atmete schwer.

Sigurd von Cramm wand sich auf dem Boden, die Hände vors Gesicht gepresst. »Er hat mir die Zähne ausgeschlagen«, jammerte er, »verhaften Sie ihn. Holen Sie die Polizei.«

»Wenn ick dir die Zähne hätte ausschlagen wollen«, sagte Max gepresst, »denn hättste jetzt schon keene mehr in der Visage. Du bist zu gut für 'nen Gassenschläger, wa? Ick bin 'n Untermensch, wa? 'n Haufen Hundekacke ist noch besser als du, du Vertreter der Oberschicht.« Er wandte sich an Loeb, dessen Gesicht hochrot war, und an die Vorzimmerdame, die blass war vor Entsetzen. »Jetzt könnse meinetwegen die Polente holen«, sagte er. »Ick renne auch jarantiert nich weg.«

# 13

Ottos zweiter Besuch im Bankhaus Zinnermann & Zinnermann verlief anfangs so wie beim letzten Mal. Curt Zinnermann kam ihm entgegen, als er sich dessen Büro näherte, begrüßte ihn mit einem beidhändigen Handschlag und führte ihn dann in Leos Zimmer. Dort endete die Ähnlichkeit, denn die Zeichnungen und Blätter mit der Filmhandlung waren verschwunden. Das Büro sah wieder wie die Arbeitskammer eines Bankiers aus und nicht wie das Zimmer eines manischen Sammlers. Außer Leo, der aufsprang und um seinen Schreibtisch herumkam, damit er Otto begrüßen konnte, waren noch zwei Männer anwesend. Der eine sah trotz seines schicken Anzugs wie ein Preisboxer aus mit seinem breiten Gesicht und seinen schweren Augenlidern. Der andere wirkte wie ein Gigolo mit seinem straff nach hinten gekämmten Haar, den weichen Gesichtszügen und dem Monokel in einem Auge.

»Meine Herren, darf ich vorstellen?«, begann Leo Zinnermann mit sichtlichem Stolz. »Unser geschätzter Freund, Herr Otto von Briest …«

Der Mann mit dem Monokel unterbrach ihn. »Sie sind also der Mann, der meint, wir sollten die Kartenspielerszene ganz umschreiben.«

Otto musterte ihn ein paar Herzschläge lang. »Sie müssen der Regisseur sein«, sagte er dann. »Herr Lang, nicht wahr?«

Lang zog die Braue über dem Auge hoch, in dem kein Monokel klemmte. Otto erkannte, dass es eine lang geübte Geste war. Jedem Zweiten wäre dabei das Monokel herausgefallen. Lang nicht. Er musste viel Zeit vor dem Spiegel verbracht haben.

»Richtig geraten«, sagte der Regisseur.

»Es war nicht geraten«, erwiderte Otto.

Leo Zinnermann, den der rasche Wortwechsel sichtlich überrumpelt hatte, sagte verspätet: »Und dies sind die Herren Lang und Pommer, Regisseur und Produzent von *Dr. Mabuse*.«

Pommer, der Mann mit dem Boxergesicht, stand auf und streckte Otto lächelnd die Hand entgegen. Lang blieb sitzen.

»Wieso nicht geraten?«, fragte der Regisseur. »Kannten Sie mich bereits?«

»Nein«, sagte Otto, »aber ich habe das Gefühl, ich fange gerade an, Sie kennenzulernen.« Er ignorierte Lang und schüttelte Pommer die Hand. »Freut mich«, sagte er.

Lang ließ nicht locker. »Weshalb waren Sie dann so sicher?«

Otto betrachtete Leos und Curts Mienen. Sie wirkten gespannt und aufmerksam, aber keineswegs peinlich berührt von Langs Aggressivität. Pommers Lächeln war ebenfalls frei von Verlegenheit. Otto wurde klar, dass man ihn hier einem Test unterzog. Ärger wallte in ihm auf, doch dann sagte er sich, dass die Zinnermanns aufrichtig bemüht waren, ihn zu unterstützen, und dass dieser Test nicht abfällig gemeint war, sondern dazu dienen sollte, Lang und Pommer zu beeindrucken. Das ist die Welt des Scheins, dachte er bei sich, die Welt der Schauspieler und Possenreißer. Und ich spreche gerade vor. Sein Abenteuergeist erwachte und ließ ihn sich einen Sessel heranholen, dicht vor Langs Sitzgelegenheit platzieren und sich daraufsetzen. Er beugte sich vor, bis sein Gesicht und das Langs ganz nahe beieinander waren.

»Diese Kartenspielerszene«, sagte er gelassen, »ist vollkommen unrealistisch. Sie ist lediglich spannend. Mit den kleinen Änderungen, die ich vorgeschlagen habe, wird sie realistisch. Der Zuschauer kann sie nachvollziehen. Herr Pommer ist der Produzent Ihres Films. Er möchte damit Geld verdienen. Wenn die Zuschauer den Film nachvollziehen können, können sie ihn auch weitererzählen – und empfehlen. Dann kommen weitere Zuschauer. Sie sind der Regisseur und der Drehbuchautor. Sie haben diese Szene geschrieben. Sie denken nicht ans Geld, sondern an Ihre Rezeption als Künstler. Deshalb müssen Sie meine Vorschläge als Eingriff in Ihre Kunst verstehen. Deswegen sind Sie feindselig, während Herr Pommer einfach nur froh ist über meinen Änderungsvorschlag. Und aus diesem Grund ist mir auch ohne Vorstellung und ohne dass ich Sie kenne klar, wer hier wer ist.«

Lang holte Luft, aber Otto schüttelte den Kopf. »Ich bin noch nicht fertig«, sagte er. »Mir ist außerdem klar, dass das hier nur eine kleine Show ist, die Sie aufführen, um mir auf den Zahn zu fühlen. Denn wenn Ihnen das Skript – Ihr Kunstwerk – so sakrosankt wäre, wie ich gerade geschildert habe, hätten Sie es den Herren Zinnermann gar nicht erst überlassen und die Erlaubnis gegeben, eine Expertise von außen einzuholen. Sie sind über gute Vorschläge, die Ihr Werk besser machen, nicht erhaben. Sie führen diese kleine Posse nur auf, um sich darüber klar zu werden, ob ich etwas von meiner Arbeit verstehe und ob Sie es sich wirklich erlauben können, auf mich zu hören – von einem Profi zum anderen.« Otto lehnte sich zurück und grinste. »Ich habe keine Ahnung vom Filmemachen. Aber ich bin an Plätzen wie denen, die Sie in der Kartenspielerszene geschildert haben, oft genug gewesen.«

»Und Sie verdienen Ihr Geld damit, die Menschen zu durchschauen«, sagte Lang.

»Keine Angst, ich habe nicht vor, der echte Dr. Mabuse zu werden.«

Langs hochmütiges, rundes Gesicht legte sich plötzlich in freundliche Falten. Er nahm mit der Linken sein Monokel heraus und schüttelte Otto die rechte Hand. »Sehr erfreut, Herr von Briest«, sagte er. Er wandte sich an die beiden Bankiers. »Sie haben gut gewählt, meine Herren.«

Leo und Curt Zinnermann strahlten.

Erich Pommer sagte: »Ich hoffe, Sie haben Verständnis, Herr von Briest«, und schaffte es zu signalisieren, dass die Idee dafür eigentlich auf Fritz Langs Mist gewachsen war, ohne darüber die Augen zu verdrehen.

Leo drückte auf einen Knopf an seinem Schreibtisch. »Kaffee für alle, ja?«

»Sie haben vorgeschlagen, die Kartenspielerszene in einen vornehmen Klub zu verlegen«, sagte Lang. »Weshalb?«

Otto zuckte mit den Schultern. »Kaschemmen, wie Sie sie geschildert haben, gibt es genügend in Berlin. Sie alle gehören einer kriminellen Vereinigung – einer Familie, einem Ringverein, einer Schlägergruppe. Ihr Dr. Mabuse hätte keine Chance, dort an einem Tisch zu spielen und seine eigenen Leute mitzubringen, die ihm dann dabei helfen, das ausgesuchte Opfer auszunehmen, das er dorthin geführt hat. Dr. Mabuse und seine Leute würden innerhalb einer Viertelstunde im nächsten Hinterhof krankenhausreif getreten. Sie wären Eindringlinge in ein fremdes Revier, und man würde ihnen gnadenlos zeigen, dass man sie wieder draußen haben will.«

»Dr. Mabuse könnte ja so eine Spielhölle gehören«, warf Fritz Lang ein.

»Schon – aber so haben Sie ihn nicht geschildert. Zweitens würden das Opfer – Hull – und sein Freund niemals mit Dr. Mabuse in diese Absteige gehen. Sie sind als vermögende Männer von Welt geschildert. Sie wären nicht dumm genug, ihm dorthin zu folgen.«

»Dr. Mabuse hat sie hypnotisiert.«

»Wenn er sie so willenlos gemacht hat, braucht er sie nicht beim Kartenspielen auszunehmen. Dann würden sie ihm ihr Geld einfach so aushändigen.«

»Und deshalb schlagen Sie vor, diese Szene in einen feinen Klub zu verlegen?«

»Richtig. Aus mehreren Gründen. Die Figur Hull würde dumm wirken, wenn er mit Mabuse in die Kaschemme geht. Einem dummen Menschen kann man leicht seinen Willen aufzwingen. Hull ist aber eigentlich ein kluger Mann. Wenn Dr. Mabuse ihn trotzdem dazu bringt, beim Kartenspielen zu verlieren, steigert das die Macht, die Mabuse besitzt. Es macht ihn größer und gefährlicher. Umso mehr gilt das, wenn Mabuse mit Hull in einen feinen Klub geht. Dort ist er allein und eigentlich von Feinden umgeben, die ihn nur wegen seiner Verkleidung nicht erkennen. Denken Sie daran, welchen Mut Mabuse dafür braucht. Das macht ihn wiederum größer, machtvoller, stärker – und sein Zutrauen in seine eigenen Fähigkeiten, diese Situation zu seinem Gewinn auszunutzen, überträgt sich auf die Zuschauer, die ihn dann als unüberwindbaren Schurken empfinden.«

»Zum Teufel«, sagte Lang. »Warum habe ich nicht daran gedacht?«

Otto zuckte mit den Schultern. Bei sich dachte er, dass es irgendwie wie eine Fügung war. Die Szene mit den Kartenspielern war diejenige gewesen, von der er bei seinem ersten Besuch bei den Zinnermanns den kurzen Dialog gelesen hatte. Und nun war sie das Kernstück seiner Verbesserungsvorschläge geworden. Pommer und Lang stellten noch weitere Fragen zu den Szenen, die den Staatsanwalt betrafen, der gegen Dr. Mabuse ermittelte, und bei denen Otto Änderungen vorgeschlagen hatte. Sie betrafen hauptsächlich die Polizeiarbeit, die Lang intuitiver und als die Arbeit eines einsamen Wolfs – des Staatsanwalts – in einem Umfeld ignoranter Nichtskönner geschildert hatte. Nicht einmal die Detektivarbeit war so einsam und auf die Erkenntnisse einer einzigen Person konzentriert. Ermittlungsarbeit bestand in erster Linie aus Zusammenarbeit mit anderen.

»Wir werden die Szenen entsprechend umschreiben«, sagte Lang. Er schenkte Otto ein spöttisches Grinsen. »Entgegen Ihrer Annahme arbeite ich nicht ganz allein daran. Frau von Harbou ist ebenfalls damit befasst. Sie ist die Ehefrau des Hauptdarstellers. Wenn wir fertig sind – wären Sie dann so gut und schauen noch mal darüber?«

Pommer beugte sich vor und holte einen Umschlag aus seiner Sakkotasche. Er überreichte ihn Otto. »Und wenn Sie so freundlich wären, dies als Anerkennung Ihrer Arbeit anzunehmen.«

»Was ist das?«

»Ein Scheck über eintausend Goldmark.«

Otto traute seinen Ohren kaum. »Die Herren Zinnermann haben mich bereits bezahlt.« Mit lediglich einem Drittel dieser Summe, dachte er, und da habe ich noch nach oben aufgerundet!

»Wir möchten Sie ja wie gesagt noch ein zweites Mal beanspruchen«, erklärte Pommer. »Und außerdem möchten wir damit unsere Dankbarkeit ausdrücken. Sie haben uns wirklich sehr geholfen.«

Otto dachte daran, was Hermine ihm erzählen würde, wenn er den Scheck als zu großzügig zurückwies. Er dachte daran, wie er sich fühlen würde, wenn er ihn gleich im Anschluss unten am Bankschalter einlöste und das Geld dann als erste Rate zur Abzahlung des von den Zinnermanns übernommenen Kredits verwendete.

»Sehen Sie, jetzt lächeln Sie«, sagte Lang und klemmte sich das Monokel ins Auge. »Und ich muss kein Detektiv sein, um zu erkennen, dass Sie sich freuen.«

»Sie sind trotzdem zu großzügig«, sagte Otto, nachdem er den Umschlag eingesteckt hatte.

Erich Pommer sagte: »Hätten Sie eine Geschäftskarte für mich? Ich möchte Sie vielleicht weiterempfehlen.«

Otto händigte ihm eine Karte aus. Weiterempfehlen?, dachte er. Einem anderen Filmproduzenten, der ein Drehbuch an der Hand hat, dem ein bisschen Realitätssinn fehlt? Aber warum nicht? Wenn es weiterhin solche Honorare gibt …! »Ich würde mich sehr geehrt fühlen«, sagte er.

»Ich lasse Sie wissen, wann die Dreharbeiten beginnen«, sagte Lang. »Vielleicht wollen Sie ja einmal vorbeischauen? Sie werden auch noch eine Einladung zur Uraufführung von *Der Müde Tod* bekommen – die ist in zwei Wochen. Auch Ihre Familie ist herzlich eingeladen. Ich hoffe, Sie können es möglich machen.« Er blickte zu Leo Zinnermann, der auf einmal unruhig geworden war. »Erweisen Sie und Ihr Bruder uns auch die Ehre, bei der Premiere mit dabei zu sein?«

Zinnermann lächelte selig und hörte eine halbe Minute nicht mehr auf zu nicken.

Zurück auf der Straße, blickte Otto sich unschlüssig um. Er hatte auf einmal keine Lust, in die Agentur zu gehen. Hermine war ohnehin auf dem Gut geblieben; es hatte keinen Sinn ergeben, auch für sie die Kosten für die Zugfahrt auszugeben, wenn schon für Otto nicht genug Arbeit da war. Mit dem Gedanken an den Batzen Geld, den Otto soeben erhalten hatte, hätte er sich lieber in ein Kaffeehaus gesetzt und eine Weile vor sich hin gelächelt. Er hatte den Scheck noch nicht eingelöst. Er wollte ihn zuerst Hermine zeigen und ihr Gesicht sehen, wenn sie die Summe las. Auf ein paar Tage kam es jetzt nicht an.

Am Ende entschloss er sich doch, die Agentur aufzusuchen. Vielleicht war ja genau heute Morgen ein neuer Auftrag eingetroffen, der die Agentur wieder auf Kurs brachte. Vielleicht war der Umschlag mit dem Eintausend-Mark-Scheck ja auch noch ein Glücksbringer.

Er schlenderte fröhlich und jeden Passanten extra freundlich grüßend zur Taubenstraße, ein Mann, der endlich Licht am Ende eines langen Tunnels erblickt.

## 14

Die Polizei hat angerufen«, sagte die Bürohilfe, als Otto die Tür der Agentur im ersten Stock öffnete. »Schon zwei Mal.«

»Hat man gesagt, worum es geht?«

»Bedaure. Nur, dass man Sie sprechen wollte – oder Frau von Briest.« Die Bürohilfe händigte Otto einen Notizzettel mit der

Telefonnummer aus. »Ich habe gesagt, Sie rufen so schnell wie möglich zurück.«

Otto betrachtete die Nummer. »Das ist ja gar nicht das Präsidium in der Friedrichstraße.« Er forschte in seiner Erinnerung, wie die Berliner Telefonnummern vergeben waren. »Das ist eine Nummer in Charlottenburg.«

»Die haben nur gesagt, sie wollen Sie oder Ihre Frau sprechen«, erklärte die Bürohilfe fast entschuldigend.

Otto stieg die Treppe hoch in den zweiten Stock und setzte sich hinter seinen Schreibtisch. Er hob den Hörer ab und wählte auf der Nummernscheibe den Anschluss, der auf dem Notizzettel stand. Als er die Agentur übernommen hatte, hatte man auch innerhalb Berlins noch die Hilfe einer Vermittlungsstelle gebraucht, um jemanden anzurufen. Heutzutage waren die Fräuleins vom Amt nur noch mit der Vermittlung von Gesprächen außerhalb der Ortsnetze beschäftigt. Otto hörte das Surren und Knacken, mit dem der Anruf automatisch weitergeleitet wurde, dann das Geräusch, das ihm sagte, dass am anderen Ende ein Telefonapparat klingelte. Schließlich meldete sich eine barsche Stimme. Otto nannte seinen Namen und dass er schon zweimal kontaktiert worden sei. Er wurde mit einem anderen Apparat verbunden.

»Kriminalhauptkommissar Türk.«

»Ich bin Otto von Briest …«, begann Otto.

»Ich weiß, wer Sie sind«, sagte der Kriminalbeamte. »Wo befinden Sie sich zurzeit?«

»In meiner Agentur in der Taubenstraße.«

»Wie schnell können Sie nach Charlottenburg kommen?«

»Ich … keine Ahnung. Mit der Tram … vielleicht in einer halben Stunde? Worum geht es? Wenn es um einen Auftrag geht, dann …«

»Es geht nicht um einen Auftrag. Setzen Sie sich in die Trambahn und kommen Sie her.«

»Wollen Sie mir nicht sagen, was passiert ist?«, fragte Otto, mittlerweile besorgt.

»Das sehen Sie, wenn Sie hier sind.«

»Kenne ich Sie? Mir fällt gerade ein, dass ich vor ein paar Jahren mit einem Kriminalkommissar Türk ...«

»In einer halben Stunde«, sagte Türk, »und das ist mein voller Ernst.« Er legte auf.

Das Polizeipräsidium Charlottenburg lag am Kaiserdamm und befand sich in einem wuchtigen, neubarocken Bau, der erst vor etwas über zehn Jahren erstellt worden war. Otto meldete sich an und wurde angewiesen, zu warten. Nach einer Weile kam ein junger Mann die Treppe herunter und fragte ihn nach seinem Namen.

»Bitte folgen Sie mir«, sagte er dann.

Otto wurde in den zweiten Stock geführt, einen langen, nach Linoleum, Bohnerwachs und Zigarrenrauch riechenden Gang entlang bis zu einem Büro. Der junge Beamte klopfte, öffnete die Tür und meldete Ottos Besuch an. Otto blieb auf dem Gang stehen. Er hörte eine Stimme, die er vor einer Dreiviertelstunde am Telefon gehabt hatte, sagen: »Soll reinkommen.« Der junge Mann bedeutete Otto, durch die Tür zu gehen, dann schloss er sie hinter ihm.

Am Schreibtisch saß ein in zivil gekleideter Kriminalbeamter. Er war groß und korpulent. Der Schreibtisch sah im Vergleich zu ihm aus wie ein Schulkatheder in der ersten Klasse. Er hatte volles schwarzes Haar, rote Wangen und stechend blaue Augen unter geschwungenen, dichten Brauen. Otto erkannte ihn sofort wieder.

»Herr Türk«, sagte er. »Ich weiß jetzt wieder, woher ich Sie ...«

»Setzen Sie sich«, grollte Türk.

Otto blieb einen Moment stehen. Die Sorge, die er auf der Fahrt hierher gespürt hatte, bekam noch einen Gefährten: Ärger über die schroffe Behandlung. Dann sagte er sich, dass er nicht erfahren würde, was los war, wenn er sich jetzt echauffierte, und setzte sich auf den einen der beiden Holzstühle, die auf seiner Seite des Schreibtischs standen.

»Wollen Sie einen Tee?«, fragte Türk so barsch, wie er Otto aufgefordert hatte, sich zu setzen. »Oder einen Wodka?« Er wartete Ottos Antwort nicht ab, sondern öffnete eine Verbindungstür zu einem anderen Büro. »Zwei Tee!«, brüllte er in den anderen Raum hinein und knallte die Tür dann wieder zu. Man konnte hören, wie jemand das andere Büro verließ, vermutlich um die Kaffeeküche aufzusuchen. Türk ließ sich in seinen Bürostuhl plumpsen. Federn und Gestänge ächzten protestierend. Türk musterte Otto, dann seufzte er.

»Is 'ne Weile her, oder?«, fragte er und lächelte.

»Ja …«, sagte Otto vorsichtig. Der Stimmungsumschwung des Kriminalbeamten machte ihn ratlos.

Türk bückte sich mit einiger Mühe und holte aus einem Schreibtischfach eine Flasche mit einem klaren Inhalt und zwei Schnapsgläser heraus. Er hielt sie, indem er in jedes Glas je einen seiner dicken Wurstfinger steckte. Eines der Gläser wurde vor Otto abgestellt, eines blieb auf Türks Seite. Der Wodka wurde eingegossen.

»*Wásche sdarówje*«, sagte Türk. Er trank sein Glas mit einem Schluck aus und sagte dann: »Aaaaaah!«

Otto trank ebenfalls aus. Der Wodka war gut.

»Also gut«, erklärte Türk. »Es könnte Schwierigkeiten geben, wenn man weiß, dass wir uns kennen. Das könnte uns am Ende noch die Tour vermasseln; und das ist mein voller Ernst. Daher merken Sie sich einfach gleich mal: Wir kennen uns nicht. Den Jungspund im Nachbarbüro hab ich zum Teemachen geschickt, damit er diese Einleitung nicht mitkriegt. Die Wände haben hier Ohren. Zu viele von den Kollegen sind alte Kommissköpfe, die sich stur an die Regeln halten.«

Otto wusste jetzt wieder, in welcher Angelegenheit er mit Ernst Türk, damals noch einfacher Kommissar und bestimmt fünfzig Kilogramm leichter, zusammengearbeitet hatte. Im Scheunenviertel hatte es mehrere Angriffe auf Prostituierte gegeben. Eines der Mädchen war dabei gestorben, die anderen schwer verletzt worden. Der Täter hatte mit einer Schere zugestochen. Mithilfe des unermüdlich in den Hinterhöfen herumstreunenden Max hatte die Identität des Angreifers schließlich geklärt werden können. Türks Kollegen hatten ihm damals abgeraten, die Hilfe eines Privatdetektivs und seines jugendlichen, illegalen Gehilfen anzunehmen. Er hatte sich nicht darum gekümmert. Seitdem war Türk weit gekommen und hatte sich einen guten Ruf als Kriminalist erworben. Seiner Redensart wegen, vor allem aber wegen seines Leibesumfangs nannten ihn seine Kollegen halb ironisch, halb liebevoll »der volle Ernst«. Dass auch ein Mann wie er vorsichtig sein musste, was er in seinem Bereich tat, zeigte, wie angespannt die Lage im Allgemeinen war.

Als ob er Ottos Gedanken gelesen hätte, sagte Türk: »Damals war alles unkomplizierter. Jetzt, wo keiner weiß, wo Deutschland am nächsten Tag steht, sind alle nervös, und die Intrigenküche köchelt ständig.«

Otto fragte das Naheliegende: »Welche Tour sollte uns vermasselt werden?«

Türk seufzte erneut. Er schielte auf die Wodkaflasche. »Na, dass wir den kleinen Max aus dem Gefängnis rauskriegen, ohne dass es allzu viele Wellen schlägt und Sie an der Kautionszahlung nicht verarmen.«

Otto fragte nach einer langen Pause, in der er inständig hoffte, sich verhört zu haben: »Max ist im Gefängnis?«

Eine weitere halbe Stunde später saß Otto im Zellentrakt des Präsidiums und wartete darauf, dass man Max aus seiner Zelle in den Besucherraum brachte, eine kahle, kalte, schlecht belüftete Kammer. Hauptkommissar Türk thronte am Kopfende des kleinen Tischs und dominierte alles. An einer Breitseite saß Otto, ihm gegenüber ein leerer Stuhl. Seine Sitzgelegenheit war so unbequem, dass ihn die Kante der Sitzfläche schon nach ein paar Minuten in die Beine schnitt.

Max wurde wenig später hereingebracht. Er war bleich. Widerstandslos ließ er sich von dem Schutzpolizisten, der ihn hereinführte, mit einer Handschelle an ein Tischbein ketten.

»Lieber Gott, ist das denn nötig?«, fragte Otto aufgebracht.

»Ruhe«, grollte Hauptkommissar Türk. »Erst reden wir, dann reden Sie, verstanden?« Er machte eine Kopfbewegung zu dem Schutzpolizisten. »Sie können gehen.«

Der uniformierte Beamte verschwand wortlos.

»Gottlob«, brummte Türk und legte sein herrisches Gehabe wieder ab. »Wenn wir jetzt in Plötzensee wären, wäre der Beamte nicht gegangen. Ein Kerkerwächter lässt sich von einem Polizisten keine Befehle erteilen.« Er bückte sich ächzend und schloss die Handschelle, die um das Tischbein geschlossen war, wieder auf. »Na, komm her, mein Junge«, murmelte er dabei. »Nur Hunde kettet man an.«

Max starrte ihn mit großen Augen an. Otto fühlte eine plötzliche Trauer und Müdigkeit, dass er förmlich in seinen Stuhl sank. Max sah zu ihm herüber und senkte sofort wieder den Blick. »Was ist denn passiert?«, fragte Otto hilflos.

Max zuckte mit den Schultern und schwieg. Türk erklärte die wenigen Fakten und lehnte sich dann in seinem bedenklich knarrenden Stuhl zurück. Seine Miene war undurchdringlich. Max knetete die Hände. Die Handschelle klapperte auf der Tischplatte. Otto fühlte sich plötzlich an die Kunsthand Edgar Trönickes erinnert, des Gründers der Detektivagentur. Sie hatte ständig irgendwelche Knarz- und Quietschgeräusche von sich gegeben, wenn Edgar aufgebracht oder angespannt gewesen war.

»Wie geht es jetzt weiter?«, fragte Otto schließlich. Alle anderen Fragen, die ihm durch den Kopf gegangen waren, hatte er unterdrückt, besonders die Fragen an Max, die gelautet hätten: Wieso hast du das getan? Hättest du dich nicht beherrschen können? Was hast du dir dabei gedacht? Es war nicht schwer gewesen, sie zu verdrängen. Wann immer er Unverständnis oder gar Ärger auf Max verspürte, sah er ihn als den Jungen vor sich, der sich in eine Gewehrkugel warf, um zu verhindern, dass sie Luisa traf. Und dann empfand er nichts als tiefe Liebe und Dankbarkeit für ihn.

Türk legte seine Pranken auf den Tisch. »Es liegen zwei Anzeigen gegen Max vor. Die eine ist von Richard Loeb, dem Chefkonstrukteur der Loeb-Werke, und lautet auf unbefugtes Betreten und Hausfriedensbruch. Die andere ist von Sigurd von Cramm und lautet auf heimtückischen Anschlag mit dem Ziel, ihn ernsthaft zu verletzen oder seinen Tod in Kauf zu nehmen.«

Max schnaubte und schüttelte den Kopf. Otto holte Luft, aber Türk schnitt ihm das Wort ab. »Das ist alles Käse«, sagte er, »und niemand nimmt diesen Teil der Anzeige ernst. Cramm hat wahrscheinlich zwei Tage lang Beschwerden von ein paar leicht gelockerten Zähnen, das ist alles. Max hat zugeschlagen, aber nicht mit aller Kraft.«

»Woher wollen Sie wissen, was ich getan habe?«, murmelte Max.

»Halt die Klappe, Junge«, sagte Türk freundlich. »Ich hab nur deine Hand befreit, nicht deinen Mund.«

Max starrte ihn an, senkte dann aber den Kopf. Türk langte zu ihm hinüber und klopfte ihm aufmunternd auf die Schulter, dann wandte er sich wieder an Otto.

»Die Anzeige bleibt dennoch in Kraft«, sagte er. »Dass Max zugeschlagen hat, ist unstrittig. Was die Anzeige von Loeb betrifft, haben wir – noch ziemlich neu – eine Aussage der Sekretärin Loebs, dass Max nicht widerrechtlich in die Firma eingedrungen ist, weil Loeb erstens kein Hausverbot erteilt und zweitens die Sekretärin selbst Max dazu gebracht hat, dort zu erscheinen, um ihn noch ein paar Papiere unterschreiben zu lassen.«

Erneut hob Max den Kopf und stierte Türk an, diesmal fassungslos.

»Diese Aussage«, fuhr Türk fort, »wird die Anzeige Loebs relativieren. Jeder halbwegs vernünftige Staatsanwalt oder Richter wird ihn darauf hinweisen, dass die Anzeige Cramms Vorrang habe und auch deutlich härtere Konsequenzen für Max nach sich ziehe. Ich gehe davon aus, dass Loeb sie zurückziehen wird. So 'ne Anzeige ist 'n Haufen Papierkram und mit Zeitaufwand verbunden, und das wird er nicht haben wollen, wenn nichts dabei rauskommt.«

»Die Sekretärin …«, sagte Max wie vor den Kopf geschlagen, »die Sekretärin …«

Otto erkannte, dass er nicht einmal ihren Namen wusste.

»Helga Fellgiebel«, half Türk aus, der offenbar alle Fakten zu dieser Angelegenheit im Kopf hatte.

»Sie hat …«, begann Max. Otto wusste, dass er sagen wollte: Sie hat gelogen!

»… ihrer Pflicht als treue Staatsbürgerin Genüge getan, vor der Justiz die Wahrheit auszusagen«, sagte Türk schnell.

»Nein, sie hat …«

»Max, halt die Klappe«, sagte Otto.

Max riss die Augen auf.

Türk gestattete sich ein knappes Lächeln. Hätte Max hier und jetzt ausgesagt, dass Helga Fellgiebel gelogen hatte, um ihm zu helfen, hätte Türk diese Aussage zu Protokoll nehmen müssen. So jedoch konnte er unbelastet so tun, als hielte er die Aussage der Sekretärin für die reine Wahrheit und Max dementsprechend für unschuldig, was Loebs Anzeige betraf.

»Was passiert mit der Anzeige?«, fragte Otto.

Türk machte ein resigniertes Gesicht. »Es gibt zwar eine weitere Einlassung von Frau Fellgiebel, derzufolge Max von Herrn von Cramm provoziert wurde, aber das ändert nichts daran, dass Max ihm die …«, Türk räusperte sich und berichtigte sich im Reden, »… dass Max ihn geschlagen hat.«

»Cramm wird die Anzeige kaum fallen lassen«, sagte Otto.

»Nur, wenn Sie mit ihm eine direkte Einigung erzielen, er eine vor Zeugen gemachte Entschuldigung von Max akzeptiert und offiziell auf die Weiterverfolgung der Angelegenheit verzichtet.«

»Ich entschuldige mich nie und nimmer!«, stieß Max hervor.

Otto seufzte. Er konnte sich vorstellen, wie sehr Sigurd sich über Max lustig gemacht haben musste und wie sehr Max schon darunter gelitten hatte, bei Richard Loeb zu Kreuze zu kriechen. Denn nichts anderes konnte es gewesen sein, weswegen Max zu den Dinos-Werken gefahren war. Er musste versucht haben, Loeb die am Sonntag auf der Rennbahn gemachte Kündigung auszureden. Warum hatte er sich das angetan? Wollte er wirklich so sehr Autorennen fahren? Otto machte sich klar, dass er die Leidenschaft seines jungen Zöglings offenbar bei Weitem unterschätzt hatte. Er erinnerte sich daran, was er, Levin und Amalie alles getan hatten, um ihre jeweiligen Träume zu realisieren. Auch sie wären sehr weit gegangen. Nur, dass es ihnen leichter gefallen war. Sie hatten nur den Widerstand ihrer Eltern – und, was Amalie betraf, die vorgefertigten Vorstellungen ihrer Mutter – zu überwinden gehabt. Max musste alles überwinden – seine Herkunft, die gesellschaftlichen Schranken, wie er aufgewachsen war, die finanzielle Notlage der Familie und seine eigene Impulsivität. Im Vergleich zu ihm war der Weg der Briest-Geschwister, ihrem Traum zu folgen, ein Spaziergang gewesen. Und wie hart hatten sie es teilweise gehabt!

Er würde Max keinesfalls allein mit der Aufgabe lassen, sich bei Sigurd von Cramm zu entschuldigen. Er würde den Boden dafür bereiten! Er würde zuerst mit Magda von Cramm sprechen und sie bitten, auf ihren Sohn einzuwirken. Junge Männer unter sich, nicht wahr? Die Temperamente schäumen über, oder? Das können wir als erwachsene, reife Menschen doch verstehen und verzeihen, ja? Die Fehde der Großväter müssen ja nicht noch die Urenkel mit ausbaden, meinen Sie nicht auch? Die beiden Streithähne eint doch eine große Leidenschaft! Sie können doch Kameraden auf der Rennbahn sein – statt Feinde!

»Wir schaffen diese Sache aus der Welt«, sagte er.

»Tun Sie das«, ermunterte Türk ihn. »Ist am einfachsten. Vor Gericht und auf hoher See ist man in Gottes Hand. Ich persönlich rate jedem, beide Örtlichkeiten zu meiden.«

»Ich werde keinesfalls …«, versuchte Max es von Neuem.

Otto schaute ihn durchdringend an.

Max kniff die Lippen zusammen und schwieg.

»Dann können Max und ich jetzt gehen?«, fragte Otto. Er stand halb auf.

»Leider noch nicht ganz«, sagte Türk. Otto sank wieder auf seinen Stuhl zurück. Er kannte doch die Justizprozeduren! Er wusste, was jetzt kommen würde.

»Gegen Max liegen derzeit noch zwei Anzeigen vor. Er ist jetzt zwar, seit Sie sich seiner angenommen haben, nicht mehr aktenkundig geworden, aber aus der Zeit vorher gibt es viele Einträge wegen Kleinkriminalität: Hehlerei, Taschendiebstahl, Trickbetrug, Hochstapelei …«

»Max musste um sein Überleben kämpfen! Und er war noch ein Kind.«

»Gesetzesverstöße waren es dennoch.« Türk seufzte und sah sich um, als würde er fürchten, selbst hier hätten die Wände noch Ohren. »Ich kann Max nicht einfach so auf Ehrenwort gehen lassen. Und schon gar nicht, wenn doch noch herauskommt, dass Sie und ich uns von früher kennen. Man würde mir sofort Befangenheit und Vorteilsvergabe vorwerfen. Deshalb habe ich so darauf geachtet, dass unsere Bekanntschaft nicht offenbar wird. Ich kann nur eines erwirken: dass Sie Max auf Kaution mitnehmen können, und auch das nur, wenn unsere Bekanntschaft weiterhin geheim bleibt. Sonst bleibt Max die Nacht über hier und wird morgen nach Plötzensee gebracht, bis die Angelegenheit erledigt ist; und das ist mein voller Ernst.«

»Kaution?«, fragte Otto und fühlte, wie auf einmal etwas Kaltes sich in seinen Magen senkte und wie der Scheck in seiner Tasche auf einmal schwer zu werden schien. »Wie viel?«

»Bei zwei Anzeigen und Max' Register … mindestens achthundert Mark.«

»Ihr könnt mich einlochen«, stieß Max hervor. »Das bringt mich nicht um.«

»Ich bezahle die Kaution«, sagte Otto.

»Nein!«, fuhr Max auf. »Das wirst du nicht tun. Das darfst du nicht!«

Otto lächelte ihn an. »Gib Ruhe, Max«, sagte er sanft. »Du glaubst doch nicht, ich lasse zu, dass sie dich einsperren.«

»Du darfst das nicht bezahlen. Du darfst nicht noch Geld für mich ausgeben. Ich löffle die Suppe selber aus, die ich mir eingebrockt habe.«

»Wo muss ich zahlen?«, fragte Otto.

»Bei der Präsidiumskasse. Ich leite alles in die Wege.«

»Nehmen Sie auch einen Scheck?«

»In der heutigen Zeit? Haben Sie nicht ein paar Goldbarren zu Hause im Schrank?«

»Ich habe einen Scheck«, sagte Otto hartnäckig.

»Na dann – in Gottes Namen. Nach Ihnen.« Türk wies zur Tür, dann bückte er sich und schloss Max wieder am Tisch fest. »Ich sorge dafür, dass du am Ausgang des Zellentrakts bist, wenn dein Vater mit dem Bezahlen der Kaution fertig ist.«

Otto sah, wie Max schluckte. Ihn selbst berührte die Gelassenheit, mit der Türk ihn als Max' Vater bezeichnet hatte, ebenso tief. »Bis später«, sagte er zu Max.

»Bitte zahl das nicht«, flüsterte Max.

Otto ignorierte ihn und ging vor Türk her zur Tür hinaus.

# 15

Otto verlor keine Zeit. Noch am selben Nachmittag, kaum dass er und Max in Genthin aus dem Zug gestiegen waren, gab er ein Telegramm an Magda von Cramm auf. Die Telegrafenstation in Jerichow lag Gut Cramm am nächsten. Er bezahlte die erhöhte Gebühr für den Boten, der das Telegramm persönlich am Gutshaus abliefern würde. Er bezahlte eine weitere Gebühr dafür, dass er noch heute durch einen Boten des Telegrafenamts in Genthin benachrichtigt würde, falls ein Antworttelegramm käme. In dem Telegramm bat er Magda von Cramm, sie am folgenden Mittag aufsuchen zu dürfen, um über die Angelegenheit zu sprechen. Man musste damit rechnen, dass die Adressatin den Terminwunsch als zu kurzfristig empfand und ablehnte.

Es kam keine Ablehnung.

Früh am nächsten Morgen brach er auf. Obwohl er sich auf das folgende Gespräch nicht unbedingt freute und unsicher war, wie er es führen sollte, ging ihm dennoch schon nach ein paar Minuten das Herz auf. Er hatte das Pferd, das Hermine und er sich teilten, aus dem Stall geholt und ritt über die Felder und kleine staubige Pfade nach Norden, auf kürzestem Weg in Richtung Gut Cramm. Das Wetter war bedeckt, aber es war nicht kalt, seine Muskeln erinnerten sich an eingeübte, lange vernachlässigte Bewegungen, er spürte die Kraft des Pferds und dessen Freude, endlich wieder einmal ausgiebig zu laufen, und begann, den Ritt zu genießen. Die Sorgen um das Gut und ihrer aller Zukunft traten in den Hintergrund. Das Pferd lief folgsam, wohin er es lenkte, weit und breit war kein Mensch zu sehen; wenn er tatsächlich nur ausgeritten wäre, wäre er im gestreckten Galopp über das nächste Feld gejagt und hätte laut dabei gejubelt. Hermine als Stadtkind aus ärmlichsten Verhältnissen hatte nie so rechte Freude für das Reiten entwickelt. Otto hingegen hatte es wie seine Geschwister mehr oder weniger nebenbei gelernt – auch im Zeitalter der Technik gehörte auf einem preußischen Gutshof die Reitausbildung zu den Grundkenntnissen des Daseins. Auch Luisa war eine gute Reiterin. Er musste wieder einmal mit ihr über die Ländereien des Guts reiten. Er hatte es seit Ewigkeiten nicht mehr gemacht. Luisa war an der Schwelle vom Mädchen zur Frau. Wann war er das letzte Mal unbeschwert als Vater und Tochter mit ihr unterwegs gewesen? Sie musste noch ein Kind gewesen sein. Es war schlimm, wie einem die Sorge ums Dasein nach und nach auch die ganz kleinen Freuden des Lebens vergällte und wie die Zeit trotzdem verging und einen freudlos älter werden ließ. Hermine und Max, der sich einem Pferd nur näherte, wenn es gar nicht anders ging, konnten ja im Gutshaus bleiben und stattdessen in der Sonne dösen.

Er hatte für den Hinweg gute drei Stunden eingerechnet. Er schonte das Pferd, ließ Schritt, Trab und Galopp abwechseln und kam durchgeschüttelt, leicht verschwitzt und irgendwie euphorisch auf Gut Cramm an. Er erinnerte sich nicht mehr genau, wie es ausgesehen hatte, als er vor vielen Jahren das eine Mal Gustaf von Cramm aufgesucht hatte. Jedenfalls war es größer als Gut Briest. Die Gebäude waren in einem zur einen Seite hin offenen Dreiseitschema errichtet, mit dem Haupthaus in der Mitte, einem Vorratsbau zur Linken und einem Trakt für Gäste und Gesinde zur Rechten. Hatte damals nicht ein großer Hausbaum mitten im Hof gestanden? Otto war sich nicht sicher, aber jedenfalls stand dort nun kein Baum mehr. Der Hof war mit Granitsteinen gepflastert. Im Erdgeschoss des Vorratsbaus war auf eine Strecke von zehn Metern die Wand herausgebrochen, und die Räumlichkeiten dahinter waren zu einer großen Halle zusammengefasst worden, die mit hölzernen Falttüren verschlossen werden konnte. Jetzt waren die Torflügel geöffnet. Otto sah mehrere Automobile in der Halle stehen, zwei davon in einem Zustand, der entweder halb zusammengebaut oder halb auseinandergenommen war. Er konnte nicht erkennen, was davon zutraf. Jemand kam ihm entgegen, als er abstieg und dem Pferd den Hals tätschelte. Das Pferd wurde ihm abgenommen und in einen Stall geführt. Im Eingang des Haupthauses begrüßte ihn eine ältere Frau, die wahrscheinlich die Erste Hausdame war, brachte ihn in einen Raum, in dem er sich die Hände waschen konnte, und führte ihn dann in einen Salon.

Als er sich setzen wollte und stattdessen ungraziös in den Sessel plumpste, merkte er, dass seine Knie zitterten und die Überanstrengung seiner Muskeln sich bemerkbar machte. Der Rückweg im Sattel würde bedeutend weniger euphorisch ausfallen – und wie er mit dem zu erwartenden Muskelkater morgen in Berlin die Treppe zur Agentur hinaufkommen sollte, wusste er noch gar nicht. Er blickte an sich hinunter, musterte seine eng sitzenden Hosen, die hohen Reitstiefel … und fragte sich auf einmal, wem er etwas hatte vormachen wollen. Er war zwar der Gutsherr auf Briest, aber wenn es so weiterging, würde bald alles dort, inklusive der Pferde, einem neuen Besitzer gehören, und zukünftige Generationen würden von ihm als von dem Vorfahren reden, der den Besitz der Familie nicht hatte zusammenhalten können. Seine Freude von heute Morgen verflog restlos.

Magda von Cramm kam direkt nach einem Hausmädchen, das auf einem Tablett ein Glas Wasser hereinbrachte, in den Salon. Das Glas Wasser war für Otto. Er wurde nicht gefragt, ob er etwas anderes trinken wolle oder ob er hungrig wäre. Magda von Cramm befolgte nur die allergeringsten Regeln der Gastfreundschaft. Ottos Laune sank weiter. Wahrscheinlich hatte er sich das Gespräch mit Sigurds Mutter viel zu leicht vorgestellt.

Magda setzte sich an einen Sekretär, klappte die Schreibunterlage herunter, lehnte sich mit Ellbogen darauf und sah Otto dann an. Sie begrüßte ihn nicht. Sie sagte nur: »Ich habe Ihr Telegramm erhalten.«

Otto, der sich durch Magdas Geste fühlte wie ein Schuldner

des Guts, der um etwas mehr Geld nachgefragt hatte und nun darauf wartete, dass man ihm eine Bestätigung für die Bank oder einen Scheck ausschrieb, schluckte alle Begrüßungsfloskeln und seinen Stolz hinunter und erwiderte: »Ich bin Ihnen sehr verbunden, dass Sie meinem Wunsch nach einem Gespräch nachkommen konnten.«

»Sie hatten Glück. Ich hätte mich nicht extra deswegen bemüht.«

Otto ließ die Unhöflichkeit an sich abprallen, aber es bereitete ihm Mühe. Es bereitete ihm auch Mühe, seine Stimme ganz neutral zu halten. »Lassen Sie mich gleich zum Thema kommen. Es geht um das, was zwischen unseren Söhnen vorgefallen ist.«

»Oh, haben Sie das Gossenkind neuerdings adoptiert?«

Otto schwieg, weil er fürchtete, dass bei einer Antwort seine Stimme zu laut geworden wäre.

»Und was wollen Sie nun genau?«, fragte Magda. »Wollen Sie Geld, damit Sie keine Anzeige erstatten? Sigurd steht zu dem, was er getan hat, und niemand wird es sonderlich ernst nehmen, dass ein Mensch wie Ihr Max von einem Mitglied des Adels gezeigt bekommen hat, wie man sich in normaler Gesellschaft verhält. Und Sie sollten wissen, wie verächtlich es ist, mit der Polizei zu drohen, anstatt die Sache untereinander zu regeln, wie es unserem Stand gebührt. Aber die Briests hatten ja immer schon einen Hang zum Proletarischen.«

Ottos Ärger verwandelte sich in Verwirrung. »Wie bitte?«, fragte er unwillkürlich.

»Tun Sie doch nicht so unschuldig. Wenn es nicht wegen einer Schmerzensgeldzahlung ist, was ist es dann? Soll ich die Krankenhauskosten übernehmen? Sind Sie pleite, Briest? Können Sie es sich nicht mal mehr leisten, einen der Ihren im Hospital wieder zusammenflicken zu lassen? Hätten Sie doch den jungen Tunichtgut nicht in Ihre Familie aufgenommen, wenn Sie nicht für ihn sorgen können!«

»Welche Krankenhauskosten?«, fragte Otto, dem etwas zu dämmern begann, das er für so ungeheuerlich hielt, dass er sich schier weigerte, es für bare Münze zu nehmen.

Magda zuckte mit den Schultern. »Oder haben Sie den Burschen zu einem Veterinär gegeben?«

»Warten Sie mal«, sagte Otto. »Sie denken, Max liegt verletzt im Krankenhaus?«

Jetzt sah Magda ihn groß an. »Leugnen Sie das etwa? Wozu sind Sie dann hier? Doch nicht, um eine Herausforderung loszuwerden? Wollen Sie mir am Ende erzählen, Sie möchten sich mit Sigurd schlagen? Um zu vergelten, dass Ihr Gassenkind den Rest seines Lebens nur noch weiche Speisen zu sich nehmen kann, es sei denn, Sie lassen ihm ein Gebiss anfertigen?« Magda begann zu lachen. Dann schlug das Lachen unvermittelt in ein hasserfülltes Flüstern um. »Oder wollen Sie ihn zu einem Duell herausfordern, so wie damals Ihr Großvater meinen Großvater? Und versuchen, Sigurd zum Krüppel zu schießen? Wir leben nicht mehr im Mittelalter, Briest. Wenn ich Sie nicht so sehr verachten würde, würde ich Sie bedauern für Ihre Borniertheit.«

Otto nahm das Glas Wasser und trank es mit einem Zug aus. Er hatte das Gefühl, dass das Wasser sich in den paar Momenten, in denen er das Glas in der Hand hielt, erwärmte. Es hätte ihn nicht gewundert. Er spürte förmlich die Hitze, die von ihm ausging.

»Sie glauben …«, begann er, doch dann korrigierte er sich. Selbst wenn er danebenlag mit seinem Verdacht, konnte die Abneigung, die seine Gesprächspartnerin für ihn empfand, nicht mehr größer werden. Aber er war mittlerweile sicher, dass er sich nicht irrte. »Ihr Sohn hat Ihnen erzählt, er hätte Max krankenhausreif geprügelt?«

»Sollte ich vielleicht schockiert sein? Ihr Gassenkind hat damit angefangen. Ich bin stolz auf Sigurd, dass er ihn in die Schranken gewiesen hat.«

Otto wollte aufspringen und die Frau vor ihm an den Schultern packen und schütteln. Er wollte die Einrichtung des Salons zu Klump schlagen. Seine Hände ballten sich zu Fäusten und öffneten sich wieder, während er um Beherrschung kämpfte. »Max«, sagte er dann, »hat Ihrem Sohn drei Schläge ins Gesicht gegeben.«

Magda schnaubte. »Ja, das hat mir Sigurd erzählt. Er hat ihn aufgefordert, fair zu kämpfen, und dabei die Deckung heruntergenommen. Aber Fairness und das Benehmen eines Gentlemans haben Sie Ihrem Gassenkind wohl in den letzten Jahren nicht beibringen können. Diese Begriffe sind Ihnen sicher mittlerweile selbst fremd geworden bei Ihrem Beruf, in der dreckigen Wäsche anderer Leute zu wühlen.«

»Max«, wiederholte Otto, »hat Sigurd dreimal geschlagen. Das waren die einzigen Schläge, die bei dieser unseligen Angelegenheit ausgetauscht wurden.«

Magda holte Atem zu einer verächtlichen Entgegnung und stockte dann. Sie musterte Otto, wie man jemanden mustert, der auf die Frage, wie spät es sei, antwortet: »Dienstag.«

»Nach diesen drei Schlägen«, fuhr Otto fort und merkte, wie sich seine Stimmung angesichts Magdas Verständnislosigkeit beruhigte, »hat Ihr Sohn Richard Loeb gebeten, die Polizei zu holen, damit diese Max verhaftet.«

»Sie müssen den Kopf in einen Wassereimer stecken, Briest«, sagte Magda. »Sie fantasieren.«

Otto konnte nicht anders. Er hatte neutral formulieren wollen, aber Magdas Hohn war nicht zu ertragen. »Sigurd lag auf dem Boden und hat dabei geflennt«, sagte er und starrte Magda in die Augen.

Ihre Lider zuckten. »Sie sind völlig verrückt.«

»Ich lasse Ihnen die Protokolle der Zeugenaussagen zukommen, wenn Sie möchten. Und die Notizen der Polizeibeamten, die vor Ort eintrafen.«

Magda stand ruckartig auf. Sie knallte die Schreibunterlage zu. »Sie sind völlig verrückt!«, wiederholte sie laut.

»Setzen Sie sich, Frau von Cramm«, sagte Otto. »Es ist genau so geschehen, wie ich es geschildert habe. Wahrscheinlich erhält Ihr Sohn in den nächsten Tagen eine Vorladung vor den Staatsanwalt, um seine Anzeige zu untermauern – oder er hat sie schon bekommen und das Schreiben vor Ihnen verheimlicht. Sie haben vorhin gesagt, dass unsereiner solche Dinge untereinander regelt. Genau das möchte ich. Sigurd ist nicht ernsthaft verletzt worden. Ich wünsche mir, dass er die Anzeige fallen lässt und wir unter uns eine andere Form der Genugtuung finden. Max und Sigurd könnten Freunde sein. Dieselbe Leidenschaft verbindet sie. Helfen Sie mir dabei, dass die zwei sich aussprechen können. Ich möchte nicht, dass Max den Rest seines Lebens mit einer Vorstrafe leben muss, die ihn als schwarzes Schaf dastehen lässt. Er hätte nicht zuschlagen sollen, das stimmt. Aber die Temperamente sind beiden Jungs durchgegangen, das erschließt sich aus den Zeugenaussagen. Jeder trägt Verantwortung an dem, was geschehen ist. Ersparen Sie Max die gerichtlichen Konsequenzen. Und ersparen Sie Sigurd den Hohn seiner Kameraden, wenn irgendwann bekannt wird, dass er die Polizei hat holen lassen, anstatt das Gassenkind, das ihm drei Ohrfeigen gegeben hat, durch die Mangel zu drehen. Keiner von beiden hat etwas davon – außer Schaden und Spott.«

Magda starrte Otto an, aber er erkannte, dass sie ins Leere blickte. Ihm wurde klar, dass sie nicht zugehört hatte. Sie bewegte den Kopf, als schmerze ihr Nacken, und schloss dann die Augen. Als sie sie wieder öffnete, war ihr Blick fokussiert. Und eisig.

»Verlassen Sie Gut Cramm«, sagte sie. »Verlassen Sie es sofort, wenn Sie nicht wollen, dass ich Sie von meinen Knechten hinausprügeln lasse.«

»Magda«, sagte Otto fast flehentlich. »Warum muss denn diese

Fehde zwischen unseren Familien jetzt wieder aufleben? Ihr Mann hat darüber doch ganz anders gedacht … er hat so gedacht wie ich …«

»Gehen Sie«, flüsterte Magda. »Gehen Sie. Auf der Stelle.«

Otto versuchte, noch etwas zu sagen, aber dann ließ er es sein. Er stand auf, nahm den Hut, den er auf ein Tischchen gelegt hatte, schlug die Hacken zusammen und verneigte sich knapp vor Magda von Cramm. Dann stapfte er hinaus, in den Stall, wo ein mit seiner Arbeit offenbar zufriedener Stallknecht ihm sein frisch gestriegeltes Pferd präsentierte und »Danke ooch, Herr Jeneraldirektor« sagte, als Otto ihm dafür eine Münze in die Hand drückte. Otto stieg auf, fühlte den Schmerz in seinen Beinen und der Hüfte und lenkte das Pferd vom Gutshof. Er war so fassungslos, dass er nicht einmal auf den Gedanken kam, es zum Trab oder zum Galopp anzutreiben. Er ließ es einfach langsam über das Pflaster trotten. Aus dem Augenwinkel sah er jemanden in der Halle mit den auseinandergenommenen Autos stehen und wie dieser sich schnell hinter eines der Fahrzeuge duckte. Er schaute nicht hin. Er ritt auf die Landstraße hinaus, die Gut Cramm mit der Welt verband, und fragte sich, wie es jetzt weiterging und ob er mit seinem Besuch nicht die ganze Situation in eine Totalkatastrophe verwandelt hatte.

## 16

Magda von Cramm saß ganz still auf dem Stuhl vor dem Sekretär. Die Hände waren in ihrem Schoß gefaltet. Die Finger bebten leicht. Ihr Kopf nickte und bewegte sich mit kleinen Bewegungen von links nach rechts, wie bei jemandem, der intensiv nachdenkt, Dinge gegeneinander abwägt, auf ihre Glaubwürdigkeit prüft und zu einem Entschluss zu kommen versucht. Schließlich stand sie auf, trat zu einer Kordel neben der Tür und zog daran.

Das Hausmädchen kam ein paar Augenblicke später zur Tür herein.

»Der junge Herr«, sagte Magda. Ihre Stimme klang rau.

»Sehr wohl, gnädige Frau.« Das Hausmädchen verschwand.

Sigurd von Cramm ließ sich Zeit damit, in den Salon zu kommen. Als er ihn betrat, einen öligen Lappen in den Händen und den Geruch von Rizinus und Schmiere verströmend, saß seine Mutter bereits wieder neben dem Sekretär. Ihre Augen waren groß und blank und ihre Miene ohne jede Regung.

»Setz dich«, sagte sie und wies auf den Sessel, auf dem vorhin noch Otto von Briest Platz genommen hatte.

Sigurd blickte sich um und dann an sich herab. »Meine Sachen sind ölig«, sagte er.

»Ich hole ein Tuch«, sagte das Hausmädchen, das abgewartet hatte, ob es noch irgendwelche Anweisungen geben würde. Sie war in Windeseile mit einem weißen Leintuch zurück, wie es zur Abdeckung von Möbeln verwendet wurde, wenn man sein Haus für längere Zeit verlassen wollte. Sie breitete es über den Stuhl und trat dann zurück.

»Das wäre dann alles«, sagte Magda. Das Hausmädchen knickste und machte die Tür von draußen zu.

Sigurd war trotz des Lakens stehen geblieben.

»Setz dich«, wiederholte Magda.

Sigurd setzte sich auf die äußerste Kante des Sessels. Er gestikulierte mit der Hand, in der er das schmierige Tuch hielt. »Dauert es lange? Ich möchte mit dem Einsetzen der Federn weiterkommen.« Seine Worte waren forsch, aber seine Stimme klang unsicher.

»Erklär mir noch einmal, wie das war mit Max Brandow im Büro von Richard Loeb«, forderte Magda.

Sigurds Mund verzog sich. »Otto von Briest war hier«, klagte er. »Ich habe ihn gesehen. Was hat er dir erzählt? Glaubst du ihm jetzt auf einmal mehr als mir?«

»Wie kommst du darauf, dass er etwas anderes erzählt haben könnte als das, was du mir geschildert hast?«

Sigurd brauchte eine Sekunde, bis er eine Antwort fand. »Die lügen doch alle«, sagte er.

»Was glaubst du, worüber Briest gelogen haben könnte?«

»Über alles!«, wiederholte Sigurd erregt. »Das Pack, das ein Gassenkind in seine Familie aufnimmt! Sie gehören nicht zu unsereinem. Schon Briests Großvater hat unseren Stand verraten wegen der Franzosenschlampe, die er geheiratet hat …«

Magda sagte in einem Ton, der Sigurd sofort zum Verstummen brachte: »Ich möchte nicht hören, was ich immer sage. Ich weiß, wie ich über die Briests denke. Ich möchte von dir hören, was im Büro von Richard Loeb vorgefallen ist.«

»Ich habe Brandow gezeigt, dass ich mir nichts gefallen lasse. Ich habe ihn mir vorgenommen. Er liegt im Krankenhaus und lutscht sein Mittagessen aus einer Tasse.« Sigurd schlug zur Bestätigung mit der Faust auf die Armlehne des Sessels und hinterließ einen Schmutzfleck auf dem Laken.

Magda nickte. Dann stand sie auf, trat vor ihren Sohn, der jetzt, im Sitzen, unwesentlich kleiner war als sie. Sie holte aus und gab ihm eine Ohrfeige. Sigurds Kopf flog nach rechts. Sie schlug mit dem Handrücken aus der anderen Richtung zu. Sein Kopf flog nach links. Sie schlug ein drittes Mal zu. Sigurd sah zu ihr auf, rote Fingerabdrücke auf den Wangen. Seine Augen begannen, sich mit Tränen zu füllen. Seine Lippen zitterten. Er wirkte wie ein Angeklagter, dessen Richter soeben ein gnadenloses Urteil gefällt hat.

»Hat er so zugeschlagen?«, fragte Magda mit flacher Stimme. »Brandow? Hat er so zugeschlagen? Mit der flachen Hand, wie man einen Dienstboten schlägt oder einen Bettler, der einem zu nahe gekommen ist?«

»Er hat mit der Faust zugeschlagen«, stotterte Sigurd. Als Magda die rechte Hand hob und zur Faust ballte, zuckte er zurück. »Hören Sie auf, Mama!«, rief er voller Panik. »Bitte!«

»Im Rennwagen«, sagte Magda, »da bist du der Held. Du glaubst, das Blech um dich herum schützt dich. Du fährst so, dass die anderen Fahrer in die Böschung rasen, weil sie dir ausweichen. In der direkten Konfrontation bist du ein Feigling, der sich von einer Gossenratte schlagen lässt und dann auf den Boden fällt und nach der Polizei greint, und das auch noch vor Gesindel wie einem Richard Loeb und seiner Sekretärin.«

»Das stimmt nicht, Mama!«, rief Sigurd. »Briest lügt!«

»Du bist der gleiche Feigling wie dein Vater«, sagte Magda.

»Nein!«, schrie Sigurd. »Vater war kein Feigling. Vater ist als Held im Krieg gefallen!«

»Dein Vater«, schrie Magda zurück, »ist wegen Feigheit vor dem Feind an die Wand gestellt und erschossen worden! Hätte mein Vater keine so hohe Position im Kriegsministerium gehabt, wäre es überall öffentlich gemacht worden! Aber er hat es vertuscht – und mich dann aus der Familie verstoßen! Was glaubst du, warum du deine Großeltern nie mehr zu Gesicht bekommen hast seitdem? Was glaubst du, warum wir so gut wie keine Freunde mehr empfangen? Papa hat die Sache vertuscht, was die Öffentlichkeit angeht, aber ein paar Vertrauten hat er dennoch erzählt, in welche Schande ihn der Ehemann seiner Tochter gestürzt hat! Diese Vertrauten waren nicht nur seine Freunde, sondern auch unsere. Danach waren sie nur noch seine Freunde! Gustafs Feigheit hat mich alles gekostet, alles! Selbst die Fehde mit den Briests aufrechtzuerhalten war er zu feige. Er hätte sich mit ihnen geeinigt, wenn ihm der Krieg nicht zuvorgekommen wäre! Dein Vater war ein Würstchen, ein erbärmlicher Salbaderer, ein Weichling, ein Verräter von allem, wofür der preußische Adel steht …« Sie brach ab, weil sie keine Luft mehr bekam. Sie atmete schwer. Sigurd stierte sie an. Er war totenbleich. »Alles«, wisperte Magda, »alles hat mich seine Feigheit gekostet – meine Familie, meine Freunde, meine Ehre, meine Witwenrente. Es wird keine Rente ausbezahlt an die Witwe eines Feiglings, der wie ein Hund abgeknallt wurde. Und du bist aus demselben Holz geschnitzt. Du bist weich. Du bist eine Schande. Ich bedauere jede Sekunde Schmerz, die ich bei deiner Geburt aushalten musste.«

»Bitte, Mama ...« Sigurd schluchzte auf. »Bitte sagen Sie, dass das nicht wahr ist.«

»Dass was nicht wahr ist? Das von deinem Vater? Oder dass du den Schmerz nicht wert bist, den ich deinetwegen ertragen habe?«

»Alles!«, jammerte Sigurd. »Alles!«

Magda von Cramm betrachtete ihren Sohn, der die Hände vors Gesicht geschlagen hatte, und trat einen Schritt zurück.

»Reiß dich zusammen«, sagte sie. »Willst du, dass das Hausmädchen deine Tränen sieht, wenn du wieder rausgehst, um an deinem Auto herumzuschrauben? Heute Abend schreibst du einen Brief und ziehst deine Anzeige gegen Max Brandow zurück. Die Schande, die du über uns gebracht hast, muss nicht auch noch vor irgendwelchen jüdischen Richtern und Rechtsverdrehern breitgetreten werden.«

»Ich soll was tun?«, begehrte Sigurd weinerlich auf.

»Und jetzt geh und bau deine Federn ein.«

»Aber Mama ...«

»Halt den Mund. Ich muss mir etwas ausdenken.«

»Was denn?«

»Wie ich es den Briests heimzahlen kann, dass sie mir gezeigt haben, was für einen erbärmlichen Wicht ich in die Welt habe setzen dürfen.«

## 17

Zwei Tage später hörte Otto, der gerade sein Büro im zweiten Stock verlassen wollte, die grollende Stimme von Hauptkommissar Ernst Türk durch das Treppenhaus nach oben. Türk erkundigte sich im ersten Stock, wo er den Chef fände, und stand dann ein paar Augenblicke lang am Fuß der Treppe zum zweiten Stock, vermutlich, um sich für den Aufstieg zu sammeln. Otto erbarmte sich seiner und lief die Stufen hinunter, um ihm den Weg zu ersparen.

Türk sah ihn zur Begrüßung strafend an. »Es ist unchristlich, einen Mann so weit nach oben klettern zu lassen«, sagte er, »vor allem, wenn er gute Nachrichten bringt – und das ist mein voller Ernst.«

»Kommen Sie mit mir in den Empfangsraum«, sagte Otto und lächelte. »Wir schicken meine Assistentin in die nächste Kneipe um eine Stärkung.«

»Haben Sie Wodka?«, fragte Türk.

»Noch nicht. Aber nachher.«

»Guter Plan«, sagte Türk.

Türk hatte tatsächlich gute Nachrichten. Die Anzeige gegen Max war zurückgezogen worden. Man habe sich außergerichtlich geeinigt, hatte es in der Begründung geheißen. Otto schüttelte Türk begeistert die Hand.

»Zuerst wollte der Staatsanwalt weitermachen«, sagte Türk. »Man hält die Polizei ja nicht zum Narren, indem man zuerst eine Anzeige stellt und sie dann später widerruft, weil man es sich anders überlegt, noch dazu, wenn man vorher die Polizisten zum Tatort gerufen hat. Aber er hat sich dann doch eines Besseren belehren lassen.«

»Ich nehme an, Sie haben mit ihm geredet?«

Türk musterte Otto verdrossen. »Wo denken Sie hin? Ich habe mich schon genug exponiert in dieser Sache. Nein, ein paar Leute in den höheren Rängen des Gerichts, die auch ein ›von‹ im Namen haben, haben ihm wohl klargemacht, dass es immer besser ist, wenn keine Adelsnamen in der Gerichtspresse auftauchen.«

Otto nahm Türk den Seitenhieb nicht übel. »Der zuständige Staatsanwalt hat wohl auch ein ›von‹ im Namen.«

»Es laufen viel zu viele ›vons‹ herum.« Türk seufzte, aber diesmal zwinkerte er Otto zu. Dann sagte er: »Haben Sie heute schon die Zeitung gelesen?«

»Nein. Ich hab einen Zeitungsjungen heute Morgen unten auf dem Bürgersteig etwas rufen hören, aber ich konnte es nicht verstehen und hatte auch keine Zeit, mich darum zu kümmern.« Er sagte nicht dazu, dass Erich Pommer und Fritz Lang sich noch einmal an ihn gewandt hatten, um neue Fragen zum Drehbuch von *Dr. Mabuse* zu klären. Wie üblich war die Sache dringend. Die Drehbuchautorin, Thea von Harbou, hatte ein paar neue Szenen mit dem ermittelnden Staatsanwalt geschrieben, und Pommer war sich nicht sicher gewesen, ob sie wieder an der Realität vorbei erdichtet waren. Otto hatte feststellen müssen, dass Pommers Bedenken berechtigt waren.

»Die Regierung ist den Zahlungsverpflichtungen gegenüber den Alliierten nachgekommen«, erklärte Türk. »Heute Morgen wurden die Sanktionen über Düsseldorf und Duisburg aufgehoben, die französischen Besatzungstruppen rücken ab.«

»Sie stecken heute ja voller guter Nachrichten«, sagte Otto.

»Das wird sich noch zeigen. Immerhin haben wir jetzt wieder die Kontrolle über die Kohle- und Stahlproduktion dort. Aber die Zahlung der ausstehenden Reparationen wird die Preise hier im Land erneut in die Höhe treiben. Die Regierung hat mit Geld bezahlt, das sie gar nicht hat. Ich glaube, die gute Nachricht ist in Wahrheit eine schlechte.«

Otto seufzte. Wann immer er solche düsteren Zukunftsprognosen hörte, wurde ihm angst und bange. Wie sollte er seine Familie durchbringen, wenn die Zeiten noch schlechter wurden? Auch die Zinnermanns würden den faulen Kredit auf Gut Briest nicht ewig mitschleppen. Und wenn er das Gut verkaufte – bekam er dann überhaupt noch genügend Geld dafür?

Türk sah ihn an und sagte: »Ich wollte Ihnen die Gurken nicht verhageln. Sorgen Sie sich um die Zukunft? Das tun wir alle. Aber Kopf hoch! Sie bekommen demnächst einen Batzen Geld; das ist mein voller Ernst. Die Kautionsrückzahlung. Natürlich wird eine Bearbeitungsgebühr abgezogen, aber das meiste davon erhalten Sie wieder.«

»Es lebe die Bearbeitungsgebühr«, sagte Otto düster.

»Ja«, sagte Türk, »und sie geht direkt nach Frankreich.« Er deutete auf den Hut, den Otto sich auf den Kopf gestülpt hatte, bevor er die Treppe hinuntergelaufen war. »Wollten Sie irgendwohin?«

»Tatsächlich wollte ich mir irgendwo schnell etwas zu essen kaufen, damit meine Sekretärin nachher ihre Mittagspause machen kann.«

»Ich komme mit«, sagte Türk kurz entschlossen. »Ich habe auch noch nicht Mittag gemacht. Warten wir nur noch, bis Ihre Sekretärin den Wodka bringt.«

Eine Viertelstunde später saßen sie in einem kleinen Lokal ein paar Dutzend Schritte die Friedrichstraße hinauf. Es behauptete sich in einer Gegend, in der mehrere private Speisewirtschaften entstanden waren, die mit handgemalten Plakaten warben und dem Angebot: »Milch, Bouillon, Limonade«. Bouillon war nur selten richtig geschrieben. Diese Wirtschaften besaßen keine Konzession zum Alkoholausschank und öffneten in der Regel erst spät nachts, um hungrig gewordene Nachtschwärmer abzufüttern. Sie waren wie bürgerliche Lokale aufgemacht und hatten keine Probleme damit, Büsten des abgedankten Kaisers oder des lang verstorbenen Reichskanzlers Bismarck auf die Tische zu stellen. Das Publikum kümmerte es auch nicht. Es war daran interessiert, das billige Essen zu vertilgen oder, im Fall der betont arglos an einzelnen Tischen sitzenden Damen, die Bekanntschaft von Herren zu machen, die bereit waren, für die Bekanntschaft zu bezahlen. Das Lokal, in das Otto mit dem Kriminalbeamten ging, konnte in dieser Nachbarschaft nur überleben, indem es abends schloss und nur die Mittagskundschaft einfing: Handwerker, Angestellte aus kleinen Unternehmen wie Otto eines führte, Omnibusfahrer, halbseidene Müßiggänger. Türk sah sich amüsiert um. Otto nahm an, dass er, wenn er privat ausging, auch nicht in besseren Etablissements landete.

Der Wirt hatte Kotelett und Kartoffelpuffer auf der Karte. Türk bestellte sich beides und sagte sofort dazu: »Getrennte Rechnung, Herr Wirt.« Otto, der sich darauf eingestellt hatte, den Hauptkommissar einzuladen, protestierte, wurde aber ignoriert. Er war nicht besonders unglücklich deswegen, erst recht nicht, als Türk dem Wirt beim Weggehen hinterherrief: »Doppelte Portion Kartoffelpuffer für mich!«

Dann wandte sich Türk um und legte die Hände auf den Tisch wie schon im Polizeipräsidium. Auch hier schien die Tischplatte plötzlich geschrumpft zu sein angesichts seiner massiven Pranken. Er schenkte Otto einen langen, prüfenden Blick. »Wie geht das Geschäft?«, fragte er.

Es hatte keinen Sinn zu leugnen. »Nicht gut.«

»Welche Aufträge haben Sie derzeit?«

»Ich prüfe ein Filmdrehbuch auf kriminalistische Wahrscheinlichkeit.«

»Das müssen Sie mir genauer erklären.«

Otto erinnerte sich plötzlich an einen Ausdruck, den sein leiblicher Großvater, der aus München stammende Paul Baermann, immer gebraucht hatte. Er grinste und sagte: »Ich achte drauf, dass nicht zu viel Schmarrn drinsteht.«

»Ist das auskömmlich?«

»Wenn es öfter vorkäme, auf jeden Fall. Ohne den Scheck von der Decla hätte ich nicht mal die Kaution für Max hinterlegen können.«

»Wie geht's dem Jungen?«

»Nicht gut. Er hängt auf dem Gut herum und fühlt sich für alles verantwortlich. Meine Tochter Luisa muntert ihn auf, und meine Frau backt ihm Kuchen. Aber es hilft nicht viel. Er streift viel allein auf dem Gutsgelände herum, wie ich höre. Ich wollte ihn heute mit in die Agentur nehmen, damit er auf andere Gedanken kommt, doch er hat abgelehnt. Ich denke, er will nicht auch noch dafür verantwortlich sein, dass ich das Geld für die Fahrkarte für ihn ausgeben muss.«

»Im Herzen ist er immer noch der Gassenjunge. Drei Jahre sind nicht genug, um ein Leben als einsamer Wolf vergessen zu machen.«

Otto schluckte. Er wusste, dass Türk es nicht böse meinte und schon gar nicht als Warnung, aber die Worte hatten ihn dennoch getroffen. »Wir alle tun, was wir können.«

Türk leitete unvermittelt zu einem neuen Thema über. »Haben Sie die Erzberger-Geschichte mitbekommen?«

»Wer hätte das nicht?«

Am 26. August, also vor wenig mehr als vier Wochen, war der ehemalige Reichsfinanzminister Matthias Erzberger ermordet worden. Er war schon seit geraumer Zeit die Zielscheibe von Hass und Propaganda nationalkonservativer und antisemitischer Kreise gewesen, weil er den Versailler Verträgen zugestimmt und eine Steuerreform eingeführt hatte, die die Reichsfinanzen sanierte, aber den Bürgern weitere Abgaben abverlangte. Zwei Attentäter hatten ihn, als er im Erholungsurlaub im Schwarzwald weilte, abgepasst und sechsmal auf ihn geschossen. Als Erzberger schwer verletzt am Fuß einer Böschung zu liegen kam, eilten sie ihm nach und schossen ihn noch zweimal in den Kopf. Die Täter hatten fliehen können. Die Aufregung im Land war nur kurz gewesen und das Mitleid mit dem ermordeten Politiker und seiner Familie nicht so groß, wie es hätte sein sollen.

»Was wissen Sie darüber?«, fragte Türk.

»Nicht viel mehr als das, was man in den Zeitungen lesen konnte. Die Attentäter waren zwei ehemalige Marineoffiziere, die nach dem Krieg irgendeinem dieser radikalen Freikorps beigetreten waren. Auf Erzberger hatte es wegen der ganzen rechten Hetzpropaganda schon letztes Jahr einen Anschlag gegeben, der aber glimpflich verlief.«

»Mhm«, machte Türk.

»Weshalb fragen Sie?«

Türk blickte über Ottos Schulter und begann zu strahlen. »Das erkläre ich Ihnen nach den Kartoffelpuffern. Und weil die Wände überall Ohren haben.«

Nach dem Essen ging Türk mit Otto wieder zurück bis zum Agenturgebäude. Dort schaute er zweifelnd an der Fassade hoch zum zweiten Stock. Otto, der Türk nicht mehr auf seine kryptischen Bemerkungen angesprochen hatte, ahnte, dass der Kriminalbeamte überlegte, sich mit Otto in dessen Büro zu begeben, um dort weiterzusprechen.

»Meine Wände haben garantiert keine Ohren«, sagte er sanft.

»Nein, aber ihre Räume haben Treppen, die man benutzen muss«, knurrte Türk. »Wenn ich tot oben ankomme, mache ich Sie verantwortlich.«

»Hauptsache, Sie kommen oben an«, sagte Otto. »Wenn Sie tot auf der Treppe liegen bleiben, wüsste ich nicht, wie ich Sie dort wegbekommen sollte.«

Türks Augen wurden schmal, doch es war nur eine Pose, denn plötzlich lachte er. »Wodka«, rief er. »Halten Sie mir ein Glas Wodka hin, und ich komme aus der Hölle zurück. Und das ist mein voller Ernst.«

Nachdem sich Türk in Ottos Büro mit einem Glas Wodka gestärkt hatte – die Flasche, die die Sekretärin besorgt hatte, wies schon einen deutlichen Flüssigkeitsverlust auf –, sagte er: »Haben Sie schon was von der Organisation Consul gehört?«

»Nein. Ist das eine Abteilung des diplomatischen Dienstes?«

»Schön wär's!«, grollte Türk. »Zweite Frage: Was sagt Ihnen der Name Karl Helfferich?«

»Reichstagspolitiker«, antwortete Otto nach kurzem Nachdenken. »Gehört er nicht zur Deutschnationalen Volkspartei?«

»Er ist einer ihrer Gründer.«

»Was hat er mit der Organisation Consul zu tun?«

Türk musterte Otto scharf. »Habe ich gesagt, er hätte etwas damit zu tun?«

»Indirekt«, sagte Otto und lächelte.

»Ich hoffe, Sie haben unrecht«, gab Türk zurück.

»Womit? Dass Sie indirekt einen Zusammenhang hergestellt haben?«

»Nein. Dass Helfferich und die Organisation Consul zusammenarbeiten.«

»Wollen Sie mir nicht der Reihe nach erzählen, Herr Türk?«

Türk seufzte. »Ich glaube, ich bin besser im Fragenstellen als im Antworten. Berufskrankheit. Aber gut. Passen Sie auf ...«

Türk erzählte, dass sowohl in politischen als auch in den Kreisen der Justiz, die keine Sympathien für nationales und völkisches Gedankengut hegten, Karl Helfferich als einer der Hauptschuldigen für den Mord an Matthias Erzberger galt. Nicht als Täter oder als unmittelbarer Anstifter, sondern durch seine polemischen Hetzreden und seine kaum verhohlenen Aufrufe, verhasste »Erfüllungspolitiker« und »Novemberverbrecher« wie Reichspräsident Ebert, Matthias Erzberger und den Wiederaufbauminister Walther Rathenau zu ermorden. Die Partei, die Helfferich mitbegründet hatte, die DNVP, war besonders beliebt bei den Großgrundbesitzern östlich der Elbe. Otto kannte einige seiner Standesgenossen und ihre politische Einstellung. Er teilte sie nicht. Sie nahm die Parolen vom Dolchstoß gegen das unbesiegte Militär und vom Verrat der Politikerkaste begeistert auf. Helfferich hatte als Reichsvizekanzler während des Kriegs die Finanzierung des Militärs durch Staatsanleihen durchgesetzt, was praktisch darauf hinausgelaufen wäre, dass die Verlierer des Kriegs – aus damaliger Sicht auf jeden Fall die Alliierten – die Refinanzierung der Ausgaben übernommen hätten. Nun war es aber anders gekommen, Deutschland zahlte an die Alliierten, und die Inflation machte die Anleihen, für die viele Deutsche ihr ganzes Vermögen ausgegeben hatten, vollkommen wertlos.

»Wenn man so will, haben Leute wie Helfferich das deutsche Volk arm gemacht«, sagte Türk. »Ironischerweise zeigen er und seinesgleichen nun auf die anderen und schreien ›Schädlinge des deutschen Volkes‹!«

»Was hat das nun mit dieser Organisation Consul zu tun? Und warum erzählen Sie mir das alles?«

»Das werden Sie gleich sehen. Aber zuerst – darf ich?«

Otto dachte zuerst, Türk hätte auf die Wodkaflasche gezeigt, doch der Kriminalbeamte wies auf den Telefonapparat auf Ottos Tisch. »Geben Sie im Präsidium Bescheid, dass sich Ihre Mittagspause noch etwas hinzieht?«, fragte er amüsiert.

Türk fixierte Otto unter gesenkten Augenbrauen. »Die Länge meiner Mittagspause bestimme ich ganz allein«, knurrte er. »Und ein Mann in meiner Position meldet sich nicht ab. Seine Leute suchen nach ihm, wenn sie ihn brauchen.«

Türk steckte einen dicken Zeigefinger in die Wählscheibe und wählte eine Nummer aus dem Kopf. Otto fragte sich, wer es war. Er hielt es nicht für unmöglich, dass der Kriminaler lediglich seine Frau anrief und ihr sagte, das Abendessen brauche nicht mehr so üppig auszufallen, er habe sich heute Mittag bereits mit Kartoffelpuffern und Kotelett verköstigt. Otto hörte das Schnurren, mit dem die Wählscheibe nach jeder Zahl zur Ausgangsposition zurücklief. Die Nummer war ziemlich lang. Schließlich meldete sich jemand. Die Stimme quäkte im Hörer, aber es war eine Männerstimme.

»Den Chef«, grollte Türk statt einer Begrüßung, als wäre vollkommen klar, wer er war und wen er sprechen wollte. Er wurde weitergeleitet. Es wurde stumm im Hörer. Türk blickte Otto an. Otto hob fragend die Augenbrauen.

Jemand anderer meldete sich.

»Den Chef«, wiederholte Türk mit leichter Ungeduld in der Stimme.

Diesmal glaubte Otto ein »Ich verbinde …« als Antwort zu

hören, bevor die Leitung wieder stumm wurde. Türk rollte mit den Augen. Eine neue Stimme meldete sich. Wenn Otto nicht alles täuschte, war es die Stimme des Mannes, der beim ersten Mal am Apparat gewesen war.

»Herrgott noch mal, den Chef!«, bellte Türk.

Otto konnte sich ein Grinsen nicht verkneifen, auch wenn er keine Ahnung hatte, wen Türk da zu erreichen versuchte. Er war versucht zu fragen, ob Türks gewünschter Gesprächspartner vielleicht auch in einer Position war, in der seine Leute ihn erst einmal suchen mussten, aber er verkniff es sich.

Eine Frauenstimme meldete sich. »Den Chef«, sagte Türk, aber diesmal sagte er es etwas freundlicher.

Otto hörte deutlich die Frau am anderen Ende fragen: »Wer spricht denn da, bitte?«

»Kriminalhauptkommissar Ernst Türk!« Türk funkelte Otto an, als ob er ihn herausfordern wolle, eine lustige Bemerkung zu machen.

Otto gab den Blick mit unschuldigem Lächeln zurück.

Dann war erneut eine Männerstimme am anderen Ende, und Otto hörte zu seiner Überraschung, wie Türk sagte: »Hallo? Ja, Exzellenz. Ich bin es. Türk. Sie haben doch überlegt, wen Sie mit der Sache betrauen wollen. Ich habe den richtigen Mann für Sie. Besitzer einer Privatdetektei, alter preußischer Adel, hervorragende Umgangsformen, einen Verstand wie Sherlock Holmes und die Verschwiegenheit einer ganzen Austernbank. Hat sich unzählige Male als Unterstützer bei meinen Ermittlungen verdient gemacht. Können Sie sich noch an den Serienmörder mit der Schere …? … Ja, das war eine unappetitliche Sache, Exzellenz, ganz richtig. Der Mann, von dem ich spreche, hat den Täter ganz allein zur Strecke gebracht. Nur für die Verhaftung hat er die Polizei geholt, weil er außerdem die Buchstaben des Gesetzes ganz genau befolgt und den Behörden nicht ins Handwerk pfuscht … Ja, mein voller Ernst, Exzellenz – würde ich meinen eigenen Beitrag in dieser Sache aus

Jux und Tollerei schmälern? … Ja, der Mann sitzt mir gerade gegenüber, Exzellenz, und brennt darauf, anzufangen. … Wie? Nein, er ist jederzeit verfügbar. Hat Arbeit bis zur Halskrause, aber er sagt, für diese Sache lässt er alles liegen und stehen … Nein, Exzellenz, er ist nicht Jesus Christus. … Wie? Ja. Warten Sie kurz …« Türk blickte sich suchend um, fand einen Bleistift und kritzelte auf Ottos wertvolle lederne Schreibtischauflage. »Habe ich notiert, Exzellenz. Gleich am Montag. Sehr gern. Ach ja … Exzellenz … wenn ich etwas raten darf: Zahlen Sie dem Mann den Honorarsatz, den er verlangt. Er ist jeden Pfennig wert.«

Türk legte auf. Otto starrte ihn an. Türk starrte zurück.

»Sie haben am Montag einen Termin«, sagte der Kriminalbeamte dann. »Machen Sie mir keine Schande, Briest.«

»Einen Termin?«, fragte Otto. »Wo?«

»In der Reichskanzlei.«

»In der …?«

»Um neun Uhr.«

»In der …!?«

»Kommen Sie eine Viertelstunde früher, das sieht nach Arbeitseifer aus.«

»In der …?!?«

Türk musterte Otto ungnädig. »Was ist los, Briest? Haben Sie sich verschluckt?«

»In der *Reichskanzlei*?«

»Rede ich undeutlich? Hab ich doch gesagt.«

»Mit wem haben Sie denn da telefoniert?«

»Mit Reichskanzler Joseph Wirth.«

»Mit dem …!?« Otto blieb vor Überraschung der Mund offen.

»Geht das jetzt wieder los?«, fragte Türk.

Otto schloss den Mund. »Würden Sie mir freundlicherweise verraten, weswegen ich dort einen Termin habe?«

»Um ein neues Attentat zu verhindern.« Türk schnappte sich die Wodkaflasche. »*Wásche sdorówje!*«

# 18

Luisa hatte sich so daran gewöhnt, in Max jemanden zu haben, der seine Gedanken und Vorstellungen mit ihr teilte und mit dem sie alles bereden konnte, dass seine Schweigsamkeit sie geradezu schockierte. Zugleich erinnerte sie sein Verhalten daran, wie es in den ersten Monaten gewesen war, als er auf dem Gut eingezogen war – noch ganz blass und schwach von seinem Krankenhausaufenthalt. Es war Ende Februar gewesen, zwei Monate nach jenem Weihnachtsfest, an dem Max beinahe für sie gestorben wäre und das sie statt auf dem Gut an seinem Krankenbett verbracht hatten; übrigens in Luisas Erinnerung eines der schönsten Weihnachtsfeste überhaupt, trotz des fehlenden Schmucks, ohne Festmahl und ohne Feierlichkeit.

Nach Max' Einzug auf dem Gut war er zunächst wie im Traum überall herumgewandert. Er hatte mit allen und jedem gesprochen und über seine Tätigkeiten ausgefragt, sodass die Gärtner, die Lieferanten, die Holzarbeiter schon gelacht hatten, wenn sie ihn von Weitem herankommen sahen. Dem waren lange Tage gefolgt, in denen er Luisa alle seine Eindrücke und Schlussfolgerungen geschildert hatte, mit sich überschlagender Stimme und manchmal so stark berlinernd, dass Luisa nicht alles verstand. Doch auf diese Phase waren Tage der Zurückgezogenheit gefolgt, in denen er entweder sein Zimmer kaum verlassen hatte oder allein auf dem Gut herumgestromert war. Er hatte Stunden auf dem kleinen Friedhof jenseits der Fischteiche verbracht. Luisas Mutter hatte ihr nahegelegt, ihn in Ruhe zu lassen. »Er muss sich erst richtig hier finden«, hatte sie gesagt. »Gib ihm Zeit und zweifle nicht an ihm. Er gehört zu uns, und er weiß es.«

Zweifle nicht an ihm …

Luisa hatte damals keine Sekunde an Max gezweifelt. Sie war nur betroffen gewesen von der plötzlichen Distanz und traurig über Max' offensichtliche Orientierungslosigkeit. Sie hatte ihm helfen wollen. Aber sie hatte auf ihre Mutter gehört und ihn in Ruhe gelassen, und schließlich hatte er sich in die Familie integriert, und es kam ihnen so vor, als sei er immer schon da gewesen.

Heute ging es Luisa ähnlich. Sie fühlte erneut Max' Ratlosigkeit und wollte ihm helfen. Aber etwas war anders. Diesmal fühlte sie Schuld. Schließlich war sie es gewesen, die ihn gedrängt hatte, noch einmal das Gespräch mit Richard Loeb zu suchen. Ohne ihr Zureden hätte Max es gar nicht erst versucht. Und dann hätte er all diese schrecklichen Erfahrungen nicht zu machen brauchen: sich mit Sigurd von Cramm zu schlagen, verhaftet zu werden, im Gefängnis zu landen, von Otto ausgelöst werden zu müssen … und jetzt schwebte die Drohung einer Verurteilung über ihm, und dann würde er eine Vorstrafe in seiner Akte haben und für immer gebrandmarkt sein. Luisa krümmte sich innerlich bei dem Gedanken daran, dass sie all das ausgelöst hatte durch ihren dummen, kindlichen Eifer.

In der Schule in Genthin war sie in diesen Tagen keine große Leuchte. Eigentlich war sie immer unzufrieden damit gewesen, dass sie nicht – so wie ihr Vater, ihr Onkel und ihre Tante – auf eine Schule in Berlin geschickt worden war. Doch ihr Vater hatte nur gemeint, dass der Name von Briest durch die Detektei bei genügend finsteren Gesellen in der Stadt bekannt war und er nicht riskieren wollte, dass seine Tochter vielleicht in Gefahr geriet – Luisa hatte das niemals direkt erfahren, aber sie war die Tochter eines Detektivs und wusste in der Regel, wann es sich empfahl, heimlich ein Gespräch der Eltern zu belauschen. Luisa war zugleich angenehm berührt und enttäuscht gewesen, als sie das gehört hatte. In Berlin zur Schule zu gehen, in ein Lyzeum, die Bekanntschaft anderer gebildeter Mädchen zu machen, in einem Schlafsaal zu übernachten oder einem Haus für höhere Mädchen, vielleicht sogar eine Strecke mit der Trambahn zurücklegen zu müssen, um zur Schule zu gelangen … das hörte sich nach einem Abenteuer an. Die Lust darauf war Luisa nicht einmal nach den Geschehnissen Weihnachten 1918 vergangen. Im Gegenteil – danach hatte sich in ihrer Vorstellung der Gedanke eingenistet, dass im Gefahrenfall Max zur Stelle wäre, um sie erneut zu retten.

Diesmal geriet es ihr jedoch zum Vorteil, dass sie in Genthin aufs Gymnasium ging. Die Lehrer dort hatten Respekt vor den alten Adelsfamilien und beließen es bei freundlichen Ermahnungen, wenn sie Luisa dabei ertappten, wie sie in ihre eigenen Gedanken versunken aus dem Fenster starrte und im Unterricht nicht aufpasste.

So fiel Luisa auch der junge Mann auf, der mit energischen Schritten und in einer Kleidung, die für einen Fußmarsch im Frühherbst eigentlich zu warm war, an der Schule vorbei in Richtung Bahnhof strebte. Das Gymnasium lag vom Bahnhof nur einen Steinwurf weit entfernt, und jeder, der sich aus Richtung Norden näherte, kam zwangsläufig daran vorbei, wenn er zum Bahnhof wollte.

Gut Briest lag im Norden der Stadt, einen zweieinhalbstündigen Fußmarsch entfernt.

Max hatte heute Morgen, bevor Luisa von einem der Pächter zur Schule gefahren worden war, einsilbig gesagt, er würde den Freitag auf dem Gut verbringen und weiter an der defekten Strohpresse arbeiten.

Dennoch war der junge Mann, der jetzt aus Luisas Sichtfeld verschwand, eindeutig Max Brandow.

Luisas erster Gedanke war: Mutter hat ihn nach Genthin geschickt, eine Besorgung zu machen. Aber dann hätte Max entweder selbst den Pferdewagen des Guts genommen oder wäre mit einem der Pächter gekommen, die sich zu Fahrdiensten für die Familie des Gutsherren verpflichtet hatten im Gegenzug zu einer Verringerung des Pachtzinses für ihre Grundstücke. Er wäre nicht zu Fuß gelaufen. Außerdem hätte Luisas Mutter wahrscheinlich die Gelegenheit genutzt und wäre mitgekommen, damit er und sie später Luisa nach dem Unterricht abholen konnten.

Max war also auf eigene Faust unterwegs. Und er wollte zum Bahnhof. Wo wollte er hinfahren?

Luisa beschloss, es herauszufinden. Sie meldete sich. »Mir ist plötzlich so übel«, klagte sie. »Kann ich an die frische Luft gehen?«

»Natürlich«, sagte der Lehrer betroffen, und dann, zu Luisas Missvergnügen: »Jemand soll dich begleiten, zur Sicherheit. Wer meldet sich dafür?«

Ein Wald von Fingern schoss in die Höhe. Luisa war in ihrer Klasse sehr beliebt.

»Das geht schon«, erklärte Luisa mit tapferer Miene. »Ich will nicht verantworten, dass ...«, dramatischer Hustenanfall, »... eine meiner Mitschülerinnen den Stoff versäumt.«

Der Lehrer betrachtete Luisa noch betroffener. »Ich glaube, du solltest dich lieber im Büro der Direktorin hinlegen. Ich werde gleich Bescheid geben ...«

Herrje, der Hustenanfall war zu dramatisch gewesen! Luisa sagte hastig: »Nein, frische Luft tut mir gut. Ich kenne das. Wenn ich mich jetzt hinlege, dann ... dann ...« Sie mimte, als würde sie sich übergeben müssen. Ihre Mitschülerinnen machten alle unisono: »Iiiiiih!« Einige Freiwilligenmeldungen wurden wieder zurückgezogen.

»Na gut. Also ... dann gehst du mit Fräulein von Briest, Frieda Lehmbrock.«

»Jawohl.« Frieda stand auf. Sie war die Tochter des Bauleiters, der für die Errichtung des neuen, modernen Zweigwerks der Düsseldorfer Firma Henkel & Cie. in Genthin verantwortlich war. Das Werk sollte spätestens in zwei Jahren fertig sein und dann die beliebten Wasch- und Scheuermittel Ata und Persil herstellen. Frieda war ein unkompliziertes, etwas dickliches Mädchen, das stets ein weißes Kleid trug sowie einen Hut und sich die Sympathien aller Klassenkameradinnen erarbeitet hatte, indem sie freigiebig kleine Werbepäckchen der begehrten Waschmittel verteilte, wann immer ihr Vater an diese herankam. Luisa mochte sie, dennoch verdrehte sie innerlich die Augen. Wie sollte sie Frieda jetzt loswerden? Sie konnte sie auf keinen Fall brauchen, wenn sie hinter Max herspionierte, und sie hatte auch keine Zeit mehr, sich etwas auszudenken: Wenn sie noch länger wartete, würde sie Max nicht mehr wiederfinden.

»Ich muss ganz schnell raus«, stieß sie deshalb hervor, kaum dass sie und Frieda im Gang standen. Sie hielt sich die Hand vor den Mund wie jemand, dem im nächsten Moment so richtig übel wird, und rannte die Treppen hinunter und auf die Straße hinaus.

Frieda folgte ihr keuchend. »Du darfst nicht so rennen, wenn dir schlecht ist«, stieß sie hervor, bereits hochrot im Gesicht.

Luisa erkannte ihre Chance. »Ich muss rennen, dann muss ich nicht …« Sie brach ab und tat so, als würde sie sich nun doch noch übergeben.

Frieda prallte zurück und stöhnte. »Ich kann nicht so schnell …«

»Bleib lieber hier«, sagte Luisa zwischen zwei gespielten Würgeanfällen. Innerlich begann sie, Gefallen an der Scharade zu finden.

Frieda wich noch weiter zurück.

»Wenn ich zusammenbreche und du hältst mich, dann will ich dich nicht …«

»Ich glaube, jetzt wird mir gleich schlecht«, hauchte Frieda. Sie hielt sich die Ohren zu und setzte sich schwer auf die letzte Treppenstufe. Mit einer Hand wedelte sie sich Frischluft zu.

»Bin gleich wieder zurück!«, versprach Luisa und rannte los. Sie hörte Frieda noch rufen: »Bleib von den Leuten weg, Luisa!«, dann war sie schon auf dem Bahnhofsvorplatz und hielt nach Max Ausschau.

Sie fand ihn an der Eingangstür, wo die Fahrpläne aushingen. Er studierte sie und achtete nicht auf die Umgebung. Luisa hielt sich vorsichtig im Hintergrund, doch Max drehte sich kein einziges Mal um. Schließlich ging er hinein. Luisa fand, dass seine Bewegungen zögerlich wirkten. Sie huschte zu einem der Fenster.

Der Bahnhof Genthin war ein imposantes Gebäude aus rotem Backstein mit einem zweistöckigen Hauptbau mit gegliederter Fassade, einer niedrigeren Nebenhalle und einem Restaurant mit Dachterrasse. Durch das Fenster konnte Luisa in die Schalterhalle sehen. Es herrschte ziemlicher Betrieb, aber doch nicht genug, dass Luisa es hätte wagen können, Max hinterherzuschleichen. Die meisten Menschen durchquerten die Schalterhalle lediglich auf dem Weg zum Bahnsteig. Max hingegen stand unschlüssig mitten darin. Er war schon viele Male hier gewesen, doch es wirkte, als sähe er den Bahnhof zum ersten Mal. Nein, korrigierte sich Luisa – es wirkte, als wolle er eigentlich gar nicht hier sein. Sie fragte sich mit zunehmender Beklommenheit, was Max vorhatte.

Jetzt ging er zum Schalter und fragte den Beamten etwas. Luisa sah ihn nicken, nachdem er die Auskunft erhalten hatte, und zurücktreten. Er kramte in seiner Hosentasche. Er schritt zu einer Anschlagtafel, auf der, soweit Luisa sich erinnern konnte, Fahrpläne und eine Preistabelle für die Zugfahrkarten aushingen. Sie konnte nicht erkennen, was davon Max studierte.

»Was machst du denn hier?«, fragte eine atemlose Stimme.

Luisa zuckte zusammen und drehte sich um. Frieda Lehmbrock stand da und musterte sie mit einem anklagenden Blick. »Dir ist gar nicht schlecht, oder?«, fragte sie.

Luisa schüttelte den Kopf.

»Was tust du dann hier?«

Luisa hatte eine neue Idee. Sie war – nach dem ersten Schreck – geradezu dankbar, dass Frieda ihr nachgeschlichen war. Sie winkte das Mädchen zum Fenster.

»Siehst du den jungen Mann mit der Mütze und der Wolljacke, der vor der Anschlagtafel steht?«

»Den, der viel zu warm angezogen ist?«

»Ja, den meine ich.«

»Was ist mit ihm?«

Luisa nahm Frieda an den Schultern und drehte sie so, dass sie ihr in die Augen schauen konnte. »Du gehst jetzt da rein und treibst dich ein bisschen rum, und wenn er zum Schalter geht, stellst du dich dahinter an und lauschst auf das, was er den Bahnbeamten fragt.«

Frieda sah Luisa mit großen Kulleraugen an. »Wozu?«

»Damit du es mir nachher sagen kannst!«

»Nein, wozu willst du das wissen?«

»Ich will es einfach wissen. Tust du das für mich, Frieda?«

Über Friedas Gesicht huschte plötzlich ein Lächeln. »Ist das dein Liebster da drin?«

»Quatsch. Ich habe keinen Liebsten. Nein, das ist mein …«, auf einmal stockte ihr die Stimme. Ihr wurde unvermittelt klar, dass das, als was sie Max immer gesehen hatte, nicht mehr ganz zutraf. Was traf dann zu? Sie wusste es nicht. Sie wusste nur, dass das Pochen ihres Herzens, das sie gespürt hatte, seit sie zum Bahnhof gelaufen war, einen ganz neuen Rhythmus besaß. »… großer Bruder!«, vollendete sie dennoch lahm.

»Und warum spionierst du ihm hinterher?«

»Ich spioniere ihm nicht …« Luisa unterbrach sich. Natürlich tat sie das. Aber wie sollte sie es Frieda erklären? »Das ist ein Test«, sagte sie und hörte sich selbst reden. Woher war dieser Einfall auf einmal gekommen? »Meine Eltern betreiben doch eine Detektivagentur in Berlin. Sie stellen uns manchmal Aufgaben, uns so zu verhalten wie ein Detektiv, damit wir so früh wie möglich lernen, was es für den Beruf braucht. Max' Aufgabe ist es, beim Bahnbeamten eine Auskunft zu erhalten, ohne dass ich es rausbekomme, und meine Aufgabe ist es, es doch rauszukriegen.«

»Das müsst ihr während der Schulzeit lösen!?« Frieda war offenbar entsetzt über die vermeintlich laxe Erziehungsmoral der Briests.

»Nein«, wehrte Luisa ab. »Aber Max mogelt. Wenn ich ihn nicht zufällig an der Schule hätte vorbeikommen sehen, hätte er mich ausgetrickst.«

Über Friedas Gesicht zog sich nun erneut ein Lächeln – eines der Komplizenschaft. »Ah! Und deshalb mogelst du jetzt auch und schickst mich hinein, weil er mich nicht erkennen kann.«

»Du bist jetzt meine Detektiv-Partnerin«, bekräftigte Luisa. Sie hoffte, dass Friedas plötzlich erwachter Eifer sie davon abhielt, über die vielen Löcher in Luisas hastig erdachter Geschichte nachzudenken. »Jetzt geh rein, bevor es zu spät ist!«

Frieda straffte sich stolz und spazierte dann in die Schalterhalle, so dermaßen auffällig unauffällig, dass sie inmitten eines Volksaufstands noch aufgefallen wäre. Luisa, die fassungslos durch die Fensterscheibe spähte, hätte sich nicht gewundert, wenn Frieda auch noch ein Lied gepfiffen hätte. Sie wartete ab, bis Max, der anscheinend eine Münze aus der Hosentasche geholt hatte und sie anstarrte, sich wieder dem Schalter zuwandte. Dann stellte sie sich dicht hinter ihm an. Sie blickte über die Schulter zum Fenster und zwinkerte Luisa zu. Luisa ging erschrocken in Deckung. Das Getue musste Max auffallen, selbst wenn es in seinem Rücken stattfand! Doch als sie sich wieder vorwagte, war Max ins Gespräch mit dem Schalterbeamten vertieft. Er war offensichtlich so konzentriert – oder mit den Gedanken woanders –, dass er Frieda gar nicht bemerkte.

Das Gespräch mit dem Schalterbeamten zog sich. Dann machte Max eine resignierte Geste und trat zurück. Er rempelte Frieda, die viel zu nah auf ihn aufgelaufen war, an. Luisa hielt entsetzt den Atem an.

Max drehte sich um und tippte an seinen Mützenschirm, dann fiel ihm ein, dass er mittlerweile eine bessere Erziehung genossen hatte, und verbeugte sich entschuldigend. Luisa sah, wie Frieda verlegen kicherte. Sie hätte das dicke Mädchen am liebsten erdrosselt. Aber auch jetzt fiel Max das schräge Verhalten Friedas nicht auf. Er stapfte mit hängendem Kopf auf den Ausgang der Schalterhalle zu. Luisa sah sich voller Panik um, dann sprang sie die Stufen des Podests hinunter, das in das Gebäude führte, und rannte zum Eingang des Restaurants. Heftig atmend blieb sie gleich hinter der Tür stehen und spähte aus der Deckung hinaus. Max ging mit hängenden Schultern über den Bahnhofsplatz und in Richtung Schule. Luisa nahm an, dass er sich wieder auf den langen Heimweg machte. Ihr war sein Verhalten unerklärlich.

Frieda war so aufgeregt, als sie aus der Schalterhalle kam, dass sie sich erst einmal anlehnen musste. »Wie hab ich es gemacht?«, fragte sie. »Wie hab ich das gemacht?«

»Meine Eltern hätten es nicht besser gekonnt.«

Frieda strahlte. »Ich bin ein Naturtalent, nicht wahr? Weißt du, zu Hause belausche ich manchmal die Dienstboten. Und meine Eltern, wenn sie mich rausschicken, weil ich was nicht hören soll. Ich kann das richtig gut.«

Luisa versuchte, den Gedanken nicht an sich heranzulassen, dass Frieda ihr Ohr an die Kammertür des Hausmädchens presste. Stattdessen fragte sie: »Was hast du erfahren?«

Frieda blickte schlau. »Max musste rausbekommen, wie die Ticketpreise aller Klassen von hier nach Berlin lauten – und ob es eine Möglichkeit gibt, bei der Bahn als Hilfsschaffner anzufangen. Das war seine Aufgabe.«

»Was!?«

»Na ja, nachdem er die Fahrpreise wusste, hat er gefragt, ob es eine Möglichkeit gäbe, dem Schaffner während der Fahrt zu helfen, und was es einbringen würde.«

In Luisa klingelten alle Alarmglocken. Am liebsten wäre sie Max hinterhergerannt. Aber das konnte sie nicht, jetzt, nachdem sie Frieda mit hineingezogen hatte, schon gar nicht. »Sehr gut gemacht«, sagte sie zu ihrer Klassenkameradin. »Max wird heute Abend Augen machen, wenn ich meinen Eltern erkläre, welche

Aufgabe er hatte. Er denkt bestimmt, diesmal hat er mir keine Chance gelassen, es rauszubekommen.«

Bei sich dachte sie: Max möchte nach Berlin, aber er kann den Fahrpreis nicht bezahlen. Nicht einmal in der vierten Klasse. Er hat versucht, sich die Fahrt zu erarbeiten, aber wahrscheinlich hat der Schalterbeamte abgelehnt. Warum fragt er Mama nicht nach dem Fahrgeld? So arm sind wir auch noch nicht. Und Mama würde sich freuen, wenn Max ihr sagte, er wolle Papa in der Agentur besuchen und dann mit ihm am Abend nach Hause fahren – oder er wolle noch bei anderen Automobilherstellern versuchen, eine Anstellung zu erhalten. Er hat also andere Pläne, und er will Mama nicht anlügen. Deshalb versucht er, auf eigene Faust nach Berlin zu gelangen. Was hat er dort vor, dass er es nicht einmal mir erzählt?

Voller Sorgen ging Luisa mit Frieda zurück in die Schule. Sie musste nicht einmal vortäuschen, dass es ihr schlecht ging. Der Lehrer schickte sie auf ihren Platz zurück und ließ sie in Ruhe. Luisa starrte wieder zum Fenster hinaus. Ab und zu hörte sie das unterdrückte Kichern Friedas, die zwar über ihr Abenteuer dichthielt, aber so aufgeregt war wie eine Henne mit ihrem ersten Ei und vom Lehrer mehrfach ermahnt werden musste.

Es gab nur eine Antwort auf Luisas Frage. Sie hörte sie in ihren Ohren, aber noch lauter in ihrem Herzen gellen, mit der quietschenden Stimme Frieda Lehmbrocks: Max hatte neuerdings eine Liebste in der Stadt.

## 19

Richard Loeb erhielt einen Anruf durchgestellt, kurz bevor er am Freitagabend sein Büro verlassen wollte. Er starrte das Telefon missmutig an. Die neue Sekretärin hatte noch keine Ahnung, wie er sein Tagwerk eingeteilt haben wollte – und dass ihm die letzten zwei Stunden seines Arbeitstages heilig waren und durch keinerlei äußere Einwirkung gestört werden durften, es sei denn, die Firma stand in Flammen.

Richard Loeb nutzte die letzten beiden Arbeitsstunden seines Tages, der stets exakt um sieben Uhr morgens begann und um sieben Uhr abends endete – außer an seinem Geburtstag, da machte er um drei Uhr nachmittags Schluss, und am Geburtstag seiner Frau, wo er bis neun Uhr abends im Büro blieb –, zur Vorbereitung. Einerseits zur Vorbereitung auf den Feierabend, der an mehreren Tagen pro Woche durch Teilnahmen an diversen Vereinssitzungen geprägt war, bei denen er, verschiedene Ämter bekleidend, immer wichtige Aufgaben hatte. Andererseits zur Vorbereitung auf den nächsten Tag, um am Morgen keine Zeit zu verlieren und sich sofort in die Arbeit stürzen zu können. Man konnte gegen Richard Loeb sagen, was man wollte, er war ein Arbeitstier und leistete sich auf Kosten seiner Firma keine laxe Minute.

Er machte sich einen Vermerk, die neue Sekretärin gleich am Montag früh – eindringlich – erneut mit seinem Tagesablauf bekannt zu machen. Er unterstrich das Wort »eindringlich«. Dann bequemte er sich, das Telefon abzuheben und seinen Namen hineinzuknurren.

»Ein Herr Riecken von der NAG bittet, Herrn Loeb sprechen zu dürfen«, zwitscherte die Sekretärin.

Loeb riss überrascht die Augen auf. Christian Riecken rief ihn an? Er hatte mit dem Mann außer auf Messen und firmenübergreifenden Geschäftsfeiern noch keine zehn Worte gewechselt. Wollte Riecken sich vor ihm mit seinem Sieg beim Grunewaldrennen brüsten? Aber eine Woche nach dem Rennen war das reichlich verspätet. Loeb fragte sich, ob die Dinos-Automobilwerke ihm die pflichtgemäße Gratulationskarte übersandt hatten. Er ging davon aus, dass das unterlassen worden war, denn er hätte sich erinnert, dass er sie unterzeichnet hatte. In dem ganzen Ärger nach dem Rennen, den Max Brandow und Hans Bakatsch verursacht hatten, war das untergegangen. Keine große Sache, aber ein Stilbruch. Sollte er sich dafür bei Riecken entschuldigen? Aber dann musste er zugeben, dass die Karte nicht nur nicht gesendet worden war, sondern dass es ihm auch bewusst war. Besser, er tat unschuldig, dann konnte man immer noch behaupten, dass man sie verschickt hatte und dass sie wahrscheinlich bei der Post verloren gegangen war. Bei dem Zustand, in dem sich die Regierung, die Behörden und das Land befanden, war es ohnehin ein Wunder, wenn überhaupt etwas funktionierte. Aber so waren sie, die Politiker und die Beamten: konnten einen Bleistift nicht ohne fremde Hilfe über den Tisch rollen, verließen sich darauf, dass Unternehmer wie Richard Loeb das Land retteten, und kungelten nebenher noch mit dem Ausland und ritten Deutschland mit ihrer Erfüllungspolitik immer tiefer hinein.

All diese Gedanken zuckten durch Loebs Hirn, während er sagte: »Stellen Sie durch!«

Es knackte und ratterte in der Leitung. Als die Geräusche aufgehört hatten und im Hörer Stille eintrat, sagte Loeb: »Hier spricht Richard Loeb.«

»Ah!« Die Stimme am anderen Ende hörte sich erleichtert an. »Ich dachte schon, ich wäre in der Leitung hängen geblieben. Hier ist Christian Riecken. Ich hoffe, du entschuldigst den späten Anruf, Herr Kollege. Aber ich weiß ja, dass du auch freitags bis ultimo arbeitest.«

Loeb durchforstete seine Erinnerung, seit wann er mit Christian Riecken per Du war. Er hätte es nicht mehr gewusst und war auch nicht sicher, ob eine Verbrüderung stattgefunden hatte. Sicher, da hatte es den einen oder anderen Messeabend gegeben, an dem die Herren Chefkonstrukteure der verschiedenen Automobilhersteller in trauter Runde beisammengesessen und Wein getrunken hatten … und Zigarren geraucht … und sich beim Absingen von Studentenliedern des vergangenen Kommilitonenglücks erinnert hatten … egal. Da er nicht als jemand dastehen wollte, der sich des Standes seiner sozialen Kontakte nicht sicher war, erwiderte Loeb vorsichtig: »Tach, Christian.«

Riecken kam ohne Umschweife zur Sache. »Ich habe gehört, Sigurd von Cramm war bei dir.«

»Äh … ja«, sagte Loeb, durch Rieckens Direktheit überrumpelt.

»Willst du ihn als Fahrer einstellen?«

»Ich denke noch darüber …«

»Also, auf mich brauchst du keine Rücksicht zu nehmen. Cramm ist raus. Wer hinter meinem Rücken zur Konkurrenz geht, hat bei mir nichts mehr verloren.«

»Er hat gesagt, du lässt ihn nicht auf Sieg fahren«, rutschte es Loeb heraus. »Er möchte aber gewinnen.«

»Er kann gewinnen, wenn er gelernt hat, anständig zu fahren. Siegen heißt Auto fahren können, nicht, die anderen daran zu hindern, Auto zu fahren. Vielleicht kannst du es ihm ja beibringen.«

Ohne dass es in irgendeiner Weise gesagt oder auch nur angedeutet worden wäre, hatte Loeb das Gefühl, dass noch eine weitere Aussage in Rieckens Worten mitschwang: Deine Wagen fahren sowieso immer im hinteren Mittelfeld, da kann Cramm üben, ohne Schaden anzurichten.

»Er ist ein guter Fahrer«, sagte er, obwohl er gar nicht vorgehabt hatte, Sigurd von Cramm zu verteidigen.

»Nein. Dein junger Bursche da, der sich einfach ans Steuer gesetzt hat, weil dein eigentlicher Pilot zu blau war … der ist ein guter Fahrer.«

»Brandow. Der ist sofort nach dem Rennen rausgeflogen und kommt mir auch nicht mehr über die Schwelle.«

Riecken zögerte kurz. »Dann hat sie bei dir auch schon angerufen?«

»Wer?«

»Sigurds Mutter. Die Hexe von Gut Cramm. Magda die Schreckliche.«

Loeb schwieg, vollkommen verwirrt.

Riecken seufzte. »Ich hatte sie nämlich heute Nachmittag am Apparat. Deshalb melde ich mich ja bei dir. Vollkommen seltsamer Anruf. Zuerst hat sie mir erklärt, dass sie die Zahlungen für Sigurd einstellt, weil er sich einen anderen Rennstall sucht – aber zu diesem Zeitpunkt hatte ich schon gehört, dass er bei dir war, und beschlossen, ihn rauszuwerfen –, und dann kam sie mit einer düsteren Warnung rüber, dass die NAG alle möglichen Nachteile erleiden würde, wenn ich daran dächte, einen ehemaligen Kriminellen und Raufbold wie Max Brandow als Fahrer zu beschäftigen. Sie sagte, sie würde ihre Kontakte an höchster Stelle bemühen. Hat die Schreckschraube tatsächlich Kontakte bis in die Regierung? Und zu welcher? Die wechseln ja alle zwei Wochen! Na, egal. Also, ich entnehme deinen Worten, dass du sie auch schon gesprochen hast und auf Nummer sicher gehst wegen Brandow?«

Loeb hatte nur eine Aussage Rieckens wirklich behalten. »Magda von Cramm hat dafür bezahlt, dass ihr Sohn für dich fährt?«

»Sonst hätte ich ihn eh nicht ans Steuer gelassen.« Riecken lachte verlegen. »Ich hab mich kaufen lassen. Na, egal. Kommt nicht mehr vor.«

»Ich habe Brandow Hausverbot erteilt, weil er Sigurd von Cramm in meinem Büro verprügelt hat«, sagte Loeb, weil er nicht wusste, was er sonst sagen sollte. Der Anruf Rieckens steigerte seine Verwirrung mit jedem Wort, das sein Gesprächspartner von sich gab.

Riecken blieb eine Weile still. »Er hat Cramm eins auf die Nase gegeben!?«, fragte er dann ungläubig.

»Er hat ihm alle Zähne ausgeschlagen«, sagte Loeb, dachte ein bisschen nach und setzte dann hinzu: »Nein, das stimmt nicht, Cramm ist kaum angekratzt.«

Zu Loebs grenzenloser Verblüffung sagte Riecken: »Da bin ich aber enttäuscht von Brandow.«

»Äh …«, machte Loeb.

»Also, wie ist das jetzt?«, fragte Riecken. »Stellst du Cramm ein?«

»Ich habe noch nicht wirklich darüber …«, begann Loeb.

»Und Brandow hast du rausgeworfen?«

»Ja …«

»Wenn Brandow noch mal bei dir auftauchen sollte, schick ihn zu mir. Ich stelle ihn sofort ein. Auch ohne dass irgendwer für ihn zahlt. Gute Industriefahrer wachsen nicht auf den Bäumen.«

»Brandow ist nur ein Mechaniker!«, wandte Loeb ein.

»Er war Mechaniker, bis er sich ans Steuer gesetzt und deine lahme Mühle bis auf die vorderen Plätze gejagt hat. Ich hab vom Rennen selbst nur das mitgekriegt, was ich vom Fahrersitz aus sehen konnte, aber meine Leute haben mir den Hergang geschildert. In dem ganzen Fahrerhaufen sind nur eine Handvoll Männer mit wirklichem Talent gewesen. Brandow ist einer davon.«

»Aber er hat sich über alle meine Anweisungen …«

»Herrje, was hast du denn erwartet? Ein Fahrer, der nicht mal was riskiert? Wach auf, Richard. Und viel Erfolg mit Sigurd von Cramm. Wenn seine Mutter anruft, verlang Geld von ihr dafür, dass du ihn fahren lässt. Sie wird es dir geben. Brauchst mir keine Dankeskarte zu senden für diesen Tipp. Kommt von Herzen – unter Kollegen.«

Nachdem Loeb aufgelegt hatte, starrte er ins Leere, die Hand immer noch auf dem Hörer. Das Gespräch kam ihm schon jetzt wie ein seltsamer Traum vor. Magda von Cramm telefonierte alle Berliner Automobilhersteller ab, um sie dazu zu bringen, Brandow von der Türschwelle zu weisen? War das eine Revanche für die Schläge, die ihr Sohn bezogen hatte? Aber warum rächte sich Sigurd nicht selbst, indem er sich mit Max in einen Boxring stellte und dann die Prügel zurückzahlte? Das wäre das Verhalten eines Mannes gewesen.

Und Sigurd von Cramm war nur deshalb für die NAG gefahren, weil seine Mutter dafür bezahlt hatte?

Und Riecken fand, dass der Rauswurf von Max Brandow ein Fehler gewesen war? Dass Brandow das nötige Talent besaß? Riecken, der das Grunewaldrennen gewonnen hatte mit seiner eigenen Konstruktion, gegen die Konkurrenz eines Tausendsassas und exzellenten Fahrers wie Fritz von Opel? Von dem man also nicht gerade sagen konnte, er hatte vom Rennsport keine Ahnung …

Loeb hatte die Hand immer noch auf dem Hörer, als die neue Sekretärin hereinkam. »Ich müsste jetzt nach Hause gehen, Herr Loeb«, flötete sie. »Haben Sie noch irgendetwas für mich zu tun?«

Loeb blickte auf. »Ja«, sagte er. »Rufen Sie Ihre Vorgängerin an. Sagen Sie ihr, dass sie am Montagmorgen hier wieder anfangen soll. Sie sind entlassen.«

## 20

Max war froh, das Wochenende auf Gut Briest hinter sich gebracht zu haben, als er am frühen Montagmorgen neben Otto im Zug stand. Er wusste, dass er an der gedrückten Stimmung, die Samstag und Sonntag geherrscht hatte, nicht unschuldig war mit seinem nachdenklichen und stillen Verhalten. Aber er hatte nicht anders gekonnt. Die Gedanken, die in seinem Kopf gekreist waren, hatten nicht zugelassen, dass er mit den anderen scherzte und lachte. Es waren äußerst düstere, beunruhigende Gedanken gewesen. Tatsächlich waren sie immer noch da.

Er bedauerte, dass Luisa von seinem Brüten angesteckt worden war. Sie hatte sich die meiste Zeit in ihrem Zimmer aufgehalten. Anders als sonst hatte Max diesmal nicht die Kraft aufgebracht, zu ihr zu gehen und sie aufzumuntern. Lag es an den Seitenblicken, die sie ihm zuwarf, wenn sie dachte, er würde es nicht bemerken? Er wusste es nicht, und die in seinem Kopf schwirrenden Gedanken verhinderten, dass er ausreichend darüber nachdachte.

Es war ihm so unendlich schwergefallen, am Sonntagabend Otto um Geld zu bitten, damit er in aller Frühe nach Berlin fahren konnte. Aber es hatte keinen anderen Weg gegeben. Nach Berlin laufen, so wie er von Gut Briest nach Genthin gelaufen war, konnte er nicht. Der Bahnbeamte war eisern gewesen in seiner Aussage, dass Max sich den fehlenden Betrag für das Bahnticket nicht durch Dienstleistungen für den Schaffner erarbeiten konnte. Eine Zugfahrkarte zahlte man in bar, oder man fuhr nicht mit dem Zug. Max hatte mit dem Gedanken gespielt, einfach ohne Fahrkarte einzusteigen und zu hoffen, dass er dem Schaffner irgendwie entkam; aber er konnte es nicht riskieren. Bei seinem Glück wurde er ertappt, und er würde dann auch keinen verständnisvollen Schaffner haben, sondern einen Erbsenzähler, der ihm eine Anzeige aufbrummte – und die Briests mit einem neuerlichen Beweis zu beglücken, dass Max seine kriminelle Vergangenheit nicht abschütteln und ihrer Liebe und Fürsorge nicht wert war, darauf wollte er unbedingt verzichten.

Also war nur die Bitte um Geld übrig geblieben. Und die Lüge, die er erzählt und die Otto geschluckt hatte und jetzt wieder zur Sprache brachte, als er sagte: »Weißt du mittlerweile, in welcher Reihenfolge du die Automobilhersteller ansprechen willst?«

Max sagte mit wehem Herzen, weil es eine erneute Lüge war: »Ick fange mit den wenijer wichtigen an: ARGUS, Horch … denn Brennabor, und denn versuch ick es bei der NAG.«

»Guter Plan«, sagte Otto. »Bei den beiden ersten kannst du ein bisschen üben. NAG wäre am wichtigsten, so wie ich das sehe.«

»Die ersten beeden bauen ooch keine Rennautos«, sagte Max. »Da macht es nüscht, wenn sie mich wieder wegschicken.«

Das war die Lüge gewesen: dass Max noch einmal über seinen Schatten springen und alle Fahrzeughersteller in Berlin abklappern würde, um eine Anstellung als Mechaniker oder als Fahrer zu bekommen. In Wahrheit hatte er nichts dergleichen vor. Er rechnete sich auch keine Chance aus, dass ihn einer nahm. Selbst wenn sich das Debakel bei Dinos bis jetzt noch nicht überall herumgesprochen hatte, würde ihn jeder interessierte Firmenleiter fallen lassen, sobald er sich über ihn erkundigt hatte. Max musste Richard Loeb als Referenz angeben, und dieser würde kaum Schmeichelhaftes über ihn sagen. Dass Sigurd von Cramm die Anzeige zurückgezogen hatte und Max' Akte damit wieder rein war, spielte gar keine so große Rolle mehr. Es war lediglich eine Erleichterung in der Hinsicht, dass keine Gerichtskosten auf die Briests zukamen.

»Was ist?«, fragte Otto.

»Mit mir? Nüscht.«

»Du hast auf einmal ein Gesicht gemacht, als wäre das Ende der Welt nahe.«

»Ick bin bloß nervös«, log Max. Er hatte Otto seit gestern Abend schon so oft angelogen, und jedes neue Mal versetzte ihm wieder einen neuen Stich. Er hoffte inständig, dass die Konversation erstarb, damit ihm weitere Lügen erspart blieben.

Du kannst es beenden, sagte eine innere Stimme. Du musst ihm nur beichten, was du vorhast. Und dazu sagen, dass alles lediglich deshalb geschieht, weil du einen Weg suchst, den Briests aus ihrer Notlage zu helfen.

Aber das konnte er nicht sagen. Otto hätte versucht, es zu unterbinden. Das durfte Max nicht riskieren. Die Briests hatten jede Anstrengung von seiner Seite verdient, und er wollte die Schuld zurückzahlen, die er bei ihnen hatte und die in den letzten Tagen nur noch größer geworden war.

Beinahe hätte er sich gestern Nacht noch Luisa anvertraut. Doch die stumme Distanz, die sie seit Freitag zu ihm hielt, hatte ihn davon abgehalten. Er fühlte sich sehr allein, als er sich von Otto am Bahnhof verabschiedete und zu Fuß auf den Weg machte.

Es mochte absurd erscheinen, aber tatsächlich war der Montag der beste Tag für sein Vorhaben. Das Wochenende hatte reiche Beute gebracht – Nachtschwärmer, Besucher aus der Provinz,

Arbeiter mit zumindest am Freitag noch vollen Lohntüten –, und der Montag versprach noch einmal gute Einnahmen, nämlich bei denen, die die beiden Tage vorher gerupft worden waren und jetzt kurzfristige Kredite brauchten, um über die Woche zu kommen. Die Leute, die Max aufsuchen wollte und die aufgrund der optimistischen Aussichten hoffentlich gut aufgelegt waren, vereinten all diese Erwerbszweige: das Rupfen der Arglosen, Leichtsinnigen und Risikobereiten – und das Versorgen derselben Typen mit teuren Krediten. Sie waren nur eine von vielen kriminellen Vereinigungen, die die anrüchigen Viertel Berlins beherrschten; für viele Jahre waren sie Max' Heimat, Max' Familie und Max' Überlebensstrategie gewesen.

Max Brandow hatte nicht vor, bei den Automobilherstellern um eine Anstellung zu betteln.

Er plante, in seine Vergangenheit zurückzutauchen und das Geld, das die Briests benötigten, mit einem Verbrechen zu gewinnen.

## 21

Reichskanzler Wirth stammte aus Freiburg. In der vorherigen Regierung hatte er unter Reichskanzler Fehrenbach als Finanzminister gedient. Er war erst seit Mai dieses Jahres im Amt, seit Reichskanzler Fehrenbach zurückgetreten war. Fehrenbach war weniger als ein Jahr Reichskanzler gewesen. Vor ihm war Hermann Müller gute drei Monate im Amt gewesen, und davor ein gutes halbes Jahr Gustav Bauer, und davor … man durfte gar nicht daran denken. Die Regierungen wechselten seit dem Ende des Kriegs einander so schnell ab, dass jedermann den Überblick verlieren musste.

Otto war überrascht, wie einfach er bis zu Joseph Wirth vordringen konnte. Man hätte meinen können, dass nach dem Anschlag auf Matthias Erzberger ein paar Leibwächter vor seinem Büro Wache hielten oder ein paar regierungstreue Soldaten. Aber wahrscheinlich war es nicht leicht, jemanden zu finden, dem man trauen konnte. Besonders die Soldaten, die im Feld gelitten und geblutet hatten, waren geneigt, sich insgeheim für die eine oder andere Gruppierung oder Partei oder dieses oder jenes Freikorps zu interessieren. Sie fühlten sich von allen verraten und hatten, wenn man ihren Standpunkt in Betracht zog, nicht einmal so unrecht damit. Sie merkten nur nicht, dass die Demagogen, denen sie sich anschlossen, sie noch mehr ausnutzten und verrieten.

Jedenfalls hatte es für Otto genügt, seinen Namen zu nennen und seinen Ausweis vorzuzeigen. Den Männern, die ihn überprüft hatten, war mehr daran gelegen gewesen, einen Haken hinter dem ihn betreffenden Eintrag in einer Besucherliste zu machen, statt ihn wirklich zu kontrollieren. Wahrscheinlich wäre er mit einem Konterfei seines Pferds auf dem Ausweis genauso durchgekommen – und mit einer Kanone, die er an einer Leine hinter sich herzog.

Joseph Wirth war ein rundlicher Mann mit einem breiten, an den Enden aufgezwirbelten Schnauzbart und einem Kneifer auf der Nase. Er war erst Anfang vierzig; Deutschlands jüngster Reichskanzler. Er hatte die Angewohnheit, anderen nicht beim Denken nachzuhelfen, sondern ihnen nur die nötigen Informationen zu geben und ihnen dann ruhig dabei zuzusehen, wie sie von allein ihre Schlüsse zogen. Er zweifelte nicht an Ottos Legitimation, sondern ermahnte ihn nur, dass alles, was er heute zu hören bekam, streng geheim war und niemals weitererzählt werden durfte, auch wenn er den Auftrag nicht annahm. Erst jetzt wurde Otto klar, welches Gewicht – und das war wirklich wörtlich zu nehmen – der exzentrische Kriminalhauptkommissar Ernst Türk beim deutschen Reichskanzler besaß.

Wirth legte Otto in dürren Worten die Fakten dar. Die direkt nach Kriegsende aus Offizieren und Soldaten gebildeten Militärbrigaden, die man gebraucht hatte, um die kommunistische Revolution in Deutschland niederzuschlagen, hätten sich nach dem Willen der Alliierten vor zwei Jahren entwaffnen und auflösen müssen. Die Abwehrhaltung der Brigadeführer gegen diese Anordnung und der ihnen geneigten Politiker hatte zum sogenannten Kapp-Putsch geführt, der – unter Führung eines ostpreußischen Politikers namens Wolfgang Kapp und des aus dem Exil in Schweden zurückgekehrten Generals Ludendorff – zum Sturz der Republik zugunsten einer Art Militärdiktatur hätte führen sollen. Er war gescheitert. Eine der schlagkräftigsten Brigaden, die den Putsch unterstützt hatten, war die Marinebrigade 2 unter dem ehemaligen Korvettenkapitän Hermann Ehrhardt gewesen. Sie war zwar nach dem Putsch aufgelöst worden, hatte sich aber im Untergrund teilweise wieder unter dem Decknamen Organisation Consul zusammengefunden. Ihr Ziel und das ihres weiterhin unangefochtenen Anführers Hermann Ehrhardt war die Zerstörung der als schändlich, dem Ausland ergebenen und korrupt angesehenen Republik. Ihre Mitglieder waren stramm rechts und nationalistisch bis zum Rassismus. Ihre Zentrale war in München, man ging von fünftausend Männern aus, die im Ernstfall bewaffnet aufgeboten werden konnten. Sie war eines der vielen Krebsgeschwüre, die unter der Oberfläche der wankenden Republik wucherten und jederzeit aufbrechen konnten.

Der Mord an Matthias Erzberger war ihre erste offene Aktion. Sie war gelungen. Allerdings hatten sich die Attentäter Hals über Kopf ins Ausland abgesetzt und belastendes Material zurückgelassen. Damit hatte sich die Staatsanwaltschaft die letzten vier Wochen intensiv beschäftigt.

»Wir glauben zu wissen, dass die Organisation sich in die Zentrale in München und in Bezirke in mindestens einem Dutzend deutscher Städte gliedert«, sagte Wirth. »Sie finanziert ihre Aktivitäten durch Waffenschmuggel, nicht zuletzt mit der Irisch-Republikanischen Armee. Wir können die Zentrale nicht ausheben, weil der bayerische Ministerpräsident und die bayerische Polizei ihre schützende Hand darüber halten. Sie wissen ja, dass man sich in Bayern als Ordnungszelle versteht, an deren Organisation ganz Deutschland nach und nach gesunden soll – nach bayerischem Vorbild als antisozialistischer, antisemitischer, erzkonservativer und halb monarchisch ausgerichteter Staat, der am liebsten sofort wieder gegen alle Krieg führen würde, um zu beweisen, dass er den letzten nur wegen der feigen Politikerkaste verloren hat …«

Otto sagte nichts.

Wirth sammelte sich ein paar Sekunden, dann fuhr er fort. »Wir wissen jetzt auch, dass die Organisation schon im Mai dieses Jahres einen Beweis ihrer Schlagkraft abgeliefert hat. Die paramilitärischen Verbände, die mitgeholfen haben, den oberschlesischen Aufstand niederzuschlagen, und von denen wir uns immer fragen, woher sie kamen … das waren allesamt Mitglieder der Organisation Consul.«

Nun schwieg Wirth, und Otto wusste, dass es an der Zeit war, eine Schlussfolgerung zu ziehen.

»Sie beherrschen also beide Künste des Staatsstreichs – das Attentat aus dem Hinterhalt und den offenen Umsturz. Sie fürchten, dass die Organisation einen neuen Putsch anzettelt, mit Hermann Ehrhardt an der Spitze.«

»Das dürfte ihnen nach der Aufdeckung der Hintergründe von Enzensbergers Ermordung schwerfallen. Mit den Beweisen für den Mord konnten wir die Zentrale in München ausheben – auch der dortige Polizeipräsident konnte jetzt nicht mehr wegschauen. Das ist alles erst ein paar Tage her, aber ich glaube, sagen zu können, dass eine deutschlandweite Mobilmachung aller Mitglieder derzeit unmöglich ist.«

»Dann fürchten Sie, dass die Organisation weitere Attentate plant, um die Republik zu erschüttern.«

»Haben Sie die Soldaten draußen vor dem Gebäude gesehen? Ich habe keine Ahnung, wem ihre Loyalität wirklich gilt. Nach allem, was ich weiß, könnten sie alle, samt ihren Vorgesetzten, zur Organisation Consul gehören. Die Mörder von Erzberger waren zwei Marineoffiziere.«

»Gibt es hier in Berlin einen Bezirk der Organisation?«

»So weit reicht unser Wissen bis jetzt leider nicht. Sicher sind wir bei München, Kiel, Hamburg, Rostock, Wilhelmshaven, Stettin … kennen aber die dortigen Mitglieder nicht.«

Otto dachte einige Sekunden nach.

Wirth ließ ihm Zeit.

»Sie haben mit den Leuten um Karl Helfferich ein paar Scharfmacher im Reichstag, die fast offen zum Mord an missliebigen Kollegen aufhetzen«, sagte Otto dann. »Wenn es eine Zelle der Organisation Consul in Berlin gibt, dann könnte das Gift dieser Leute dort in offene Ohren träufeln. Vielleicht stehen Helfferich und seine Sympathisanten schon mit Consul-Agenten im gegenseitigen Austausch. Vielleicht gehören Helfferich und seine Leute selbst dazu?«

»Ich bezweifle das zwar, weil unseres Wissens nach die aktiven Mitglieder allesamt ehemalige Militärangehörige sind … aber letztlich ist es egal. Es ist so, wie Sie sagen: Mit Matthias Erzberger ist der erste Politiker ermordet worden, den Helfferich und seine Partei quasi zum Abschuss freigegeben haben. Ich möchte verhindern, dass weitere folgen. Alle anderen radikalen Gruppen und Organisationen haben nicht das Zeug zu einem erfolgreichen Anschlag. Das kann derzeit nur die Organisation Consul, selbst nachdem wir ihre Zentrale zerstört haben. Wir müssen wissen, ob es eine Zelle davon in Berlin gibt. Wir müssen wissen, wer darin organisiert ist. Wir müssen wissen, was sie planen. Wir müssen ihre Pläne durchkreuzen.«

»Wer steht noch auf der Abschussliste?«

»Außer Erzberger? Alle jüdischen Politiker, insbesondere Wiederaufbauminister Rathenau … und ich.«

Otto nickte. »Welche Befugnisse habe ich?«

»Wie meinen Sie das?«

»Ich bin Privatdetektiv. Ich darf streng genommen nicht einmal einen Taschendieb verhaften, den ich auf frischer Tat ertappt habe.«

Wirth überlegte, dann griff er in die Schublade seines Schreibtischs und holte eine Pistole hervor. Es war eine Marinepistole 04 von Luger, schwarz, schwer, matt schimmernd, an den Kanten abgegriffen. Die Waffe hatte echte Einsätze gesehen. Sie hinterließ dunkle Ölflecken auf dem Papier, auf das Wirth sie gelegt hatte.

»Das ist meine Befugnis«, sagte er. »Ich habe sie mir selbst gegeben. Matthias Erzberger wurde tot am Fuß einer Böschung gefunden, die er nach den ersten Schüssen hinuntergerollt sein muss. Die Täter sind ihm nachgestiegen und haben ihn wie einen Hund abgeknallt. Ich bin ein friedlicher Mensch, aber ich garantiere Ihnen: Das passiert mir nicht.«

Otto nickte langsam. »Es wird nicht dazu kommen, dass Sie sie einsetzen müssen. Ich mache mich sofort an die Arbeit.«

»Tauschen Sie sich außer mit mir nur mit Hauptkommissar Türk aus«, sagte Wirth. »Ich bin mir nicht sicher, wem von der Polizei man derzeit trauen kann. Denken Sie an den Schutz, den man in München der Organisation Consul hat angedeihen lassen.«

»Ich weiß, dass das der Grund ist, warum Sie mich anheuern, Exzellenz«, sagte Otto.

Wirth steckte die Pistole wieder weg, dann stand er auf und schüttelte Otto die Hand. »Viel Glück«, sagte er.

## 22

Die Kaisergalerie – oder Lindengalerie, wie man sie nun nannte, weil öffentliche Erinnerungen an das Kaiserreich derzeit nicht besonders en vogue waren – lag an der Ecke Friedrichstraße/Behrenstraße, keine fünf Minuten zu Fuß von der Agentur entfernt. Sie war eine über hundert Meter lange Passage in einem dreigeschossigen Gebäudekomplex, die von hier bis Unter den Linden führte. Sie bestand seit fast fünfzig Jahren – und man sah ihr jedes einzelne davon an. Die prachtvoll gestaltete Außenfassade bröckelte und hätte längst gereinigt werden müssen. Viel war davon ohnehin nicht zu sehen. Reklame- und Hinweistafeln bedeckten sie bis in Höhe des ersten Stockwerks wie eine Hautkrankheit.

Die auffälligsten und zugleich schäbigsten davon warben für einen Besuch beim Panoptikum der Brüder Castan. Es war früher eine der Hauptattraktionen der Passage gewesen, mit einem Wachsfigurenkabinett, Ausstellungen von Monstrositäten und exotischen Besonderheiten sowie »Reliquien« von interessanten Persönlichkeiten, wie verurteilten Mördern und berühmten Politikern. Mit dem Aufkommen des Kinos hatte das Interesse derart nachgelassen, dass es seit Jahren von der Schließung bedroht war. Die Reklametafeln nahmen das Ende des Panoptikums bereits vorweg – ihr auffälliges Rot war verblasst und verwaschen, das große Banner, das neben dem Eingang zur Passage vom ersten Stock herabhing, war zerfranst. Die Ausstellungsräume des Kunstmalers Arthur Fischer, früher ein ebenso großer Publikumsmagnet, fanden auch keine große Aufmerksamkeit mehr. Das Passage-Theater wurde nur noch an Freitagen und Samstagen bespielt, der Konzertsaal war eine dunkle, hallende, kaum benutzte Höhle, das in der Galerie integrierte Hotel bot Zimmer zu verbilligten Preisen an, allerdings sollte man die eigene Bettwäsche mitbringen. Nur das relativ neue Linden-Cabaret florierte, was auf teils gewagte Vorführungen zurückzuführen war und auf die Auftritte der beliebten Chansonnette und Komödiantin Claire Waldoff, die zusammen mit ihrer Lebensgefährtin Olga von Roederer eines der Zentren der homosexuellen Kultur Berlins darstellte und dementsprechend für Publikum sorgte.

Die mehr als fünfzig Läden und Cafés, die die Passage beherbergte, teilten das Schicksal der großen Attraktionen. Viele Geschäftsräume standen leer. Die mangelnden Mieteinnahmen führten dazu, dass der Betreibergesellschaft das Geld für großflächige Reparaturen und Restaurierungen fehlte, sodass viele der damals von Siemens & Halske installierten, neuartigen Bogenlampen defekt waren; das Glasdach war blind und voller Schmutz, Wandfliesen waren gesprungen, in den Ecken sammelte sich Abfall. Man konnte auch tagsüber Ratten an den Wänden entlanghuschen sehen. Obdachlose nisteten sich immer wieder in den leer stehenden Läden ein, was den Eindruck von Verelendung noch verstärkte. Die Kaisergalerie war eine eigene Welt mitten im Herzen Berlins, und als wollte sie die größere Umgebung exakt nachbilden, stritten sich in ihr vergangener Prunk, aktuelles Elend, schillernde Subkultur und das ganz gemeine Verbrechen auf kleiner Fläche zusammengepfercht miteinander.

Die Kaisergalerie war die Welt von Max gewesen. Hier hatte er alles gelernt, was ein anständiger Mensch nicht lernte. Hier hatte er aber auch Bekanntschaft mit Otto von Briest geschlossen und war mit seiner Hilfe dem Sumpf entkommen. Ihm war übel bei dem Gedanken, jetzt wieder dorthin zurückkehren zu müssen, und sei es nur für kurze Zeit. Lange Zeit stand er gegenüber dem Eingang der Passage auf der anderen Straßenseite und beobachtete das Kommen und Gehen, die Kappe tief in die Stirn gezogen. Die lange Wartezeit war nicht dem Umstand geschuldet, dass er den Rhythmus ergründen musste; er fand sich erschreckend schnell wieder hinein. Er wartete, weil er die Furcht besiegen musste, dass der Sumpf ihn wieder in Besitz nehmen würde und er ihm kein zweites Mal entkam.

Die Dreiergruppe, bestehend aus einem älteren Mann in tadelloser Kleidung und mit wallendem grauen Bart, einem dicken Blonden mit goldener Brille und einem etwas dünneren Schwarzhaarigen, der sich ständig durch die Haare fuhr – es wirkte nach einem zufälligen Zusammentreffen dreier Bekannter, die einen Schwatz hielten. In Wahrheit war der ältere Herr ein Finanzhai und die beiden anderen seine Mitarbeiter, die ihm Leichtgläubige zuführten, die an schnelle, dubiose Geldtransaktionen mit hohen Renditen glaubten. Die einzigen Transaktionen, die in Wirklichkeit stattfanden, waren die in die Taschen des älteren Herrn; die anderen beiden erhielten Prozente von der Beute.

Andere Gruppen sahen schäbiger aus und betrieben ein noch schäbigeres Geschäft. Sie scharten sich um einen Kreditgeber und brachten ihm Bittbriefe von Leuten in Geldnot. Der Kreditgeber sortierte die Anfragen nach denjenigen aus, bei denen es sich lohnte. Seine Zuträger sandten diese übrig gebliebenen Bittsteller zu ihm in ein muffiges Hinterzimmer seiner Wohnung, wo sie zu ihrer Erleichterung erfuhren, dass ein Kredit in Reichweite war. Es musste nur noch eine Auskunft über ihre Verhältnisse eingeholt werden – um das Risiko für den Gläubiger zu vermindern, das verstehen Sie doch sicher, nicht wahr? –, eine Auskunft, die für den sensationell günstigen Preis von drei Mark zu haben war. Die Bittsteller kratzten die drei Mark zusammen und übergaben sie … und erfuhren beim nächsten Besuch, dass die Auskunft leider nicht so ausgefallen war, dass der Darlehensgeber sich entschließen konnte, das Risiko einzugehen …

Gut, aber zu bunt gekleidete junge Männer schlenderten vor den Auslagen der wenigen noch betriebenen Geschäfte hin und her. Ihre Stiefel hatten so hohe Absätze wie Frauenschuhe. Zuweilen geriet einer ins Gespräch mit einem gut situiert wirkenden älteren Herrn und zog dann mit ihm ab. Wenn man lange genug wartete, sah man den bunt gekleideten jungen Mann plötzlich wieder vor den Geschäften hin und her stolzieren, mit raschen Blicken diejenigen taxierend, deren Blicke wiederum an ihm auf und ab krabbelten.

Und dazwischen das Geschrei der Hökerer: »Wachsstreichhölzer! Bartbürsten! Taschenspiegel! Schnürsenkel!« Waren die

Hökerer noch im jugendlichen Alter, so wie Max es gewesen war, bestand ihr eigentlicher Verdienst darin, einen Kaufinteressenten so lange festzuhalten, dass seine Kumpane genau beobachten konnten, wohin nach dem Kauf die Geldbörse wanderte. Die Geldbörse würde zwei Blocks weiter bereits gestohlen sein. Waren die Hökerer erwachsen, stellte ihr Angebot nur eine Art Tarnung dar. In Wirklichkeit verkauften sie delikate Postkarten; die Transaktionen wurden in einer dunklen Ecke der Passage abgewickelt, die Käufer zogen mit roten Gesichtern ab, die erstandene Ware in der Jackeninnentasche und mit einer schwitzigen Hand umklammert, damit sie ja nicht herausfallen konnte.

Max wurde es plötzlich zu viel. Er wusste, wenn er jetzt nicht Mut fasste und in diese Halbwelt, in seine eigene Vergangenheit eintauchte, würde er es gar nicht tun. Er schritt über die viel befahrene Straße, ließ sich von einem Droschkenkutscher anschnauzen, der seinetwegen hatte bremsen müssen, und ging auf eine der Gruppen mit dem Kredithai in der Mitte zu. Über seine Arme zog sich eine Gänsehaut des Abscheus. Seine Achseln waren schweißnass. Aber es kam darauf an, sich nichts anmerken zu lassen. Er stellte sich zu den Männern, und als diese ihn erstaunt anblickten, schob er die Kappe aus dem Gesicht und grinste breit.

Die Reaktionen kamen mit einiger Verspätung.

»Ach, kiek doch ma, wer dit is!«

»Du kriegst die Motten!«

»Wat hat die Katze denn da rinjeschleppt?«

Zwei Männer sagten nichts. Sie musterten Max nur neugierig. Max kannte sie nicht. Sie waren neu in der Gruppe.

Max starrte den Kredithai an. »Hallo, Heinrich.«

Heinrich war ein hagerer Mann mit schütterem Bart und fahlgelber Gesichtsfarbe. Er trug einen altmodischen Anzug und eine Melone auf dem Kopf, deren Krempe an der Stirn speckig glänzte. Er erwiderte Max' Blick unverwandt und ohne Anzeichen von Überraschung.

»Tach, Maxe«, sagte er. Er wandte sich an die zwei Männer, die links und rechts von Max standen, und nickte ihnen zu. Die beiden packten Max an den Oberarmen und drängten sich nah an ihn heran. Max musste nicht an sich herunterschauen, um zu wissen, dass das sanfte Piksen an seiner linken Seite von einer Messerspitze verursacht wurde, die verdeckt an seine Rippen gepresst wurde. Max war nicht überrascht. Er hatte damit gerechnet. Er versuchte zu verbergen, dass sein Herz vor Angst trotzdem klopfte wie verrückt.

»Gehen wir«, sagte Heinrich.

Die Gruppe schloss sich um Max und Heinrich. Ohne Hast und von außen vollkommen harmlos wirkend, schlenderten alle durch den Eingang in die Passage hinein. Nach einigen Metern blieb Heinrich stehen. Einer der Männer bog fast ehrerbietig ein Brett vor einem leer stehenden, verrammelten Laden beiseite. Heinrich schlüpfte hinein. Die anderen folgten ihm und zwangen auch Max, in die dunkle Höhle zu gehen. Drin roch es staubig und muffig und nach Kot; die Männer brachten als weitere Duftnote Schweiß und ungewaschene Kleidung hinzu.

Das Messer kam erneut ins Spiel und wurde gegen Max' Wange gepresst, unterhalb seines linken Auges. Die Düsternis des Verschlags wurde nur durch das trübe Licht erhellt, das durch die Verrammelung fiel. Max sah Schatten und das Glitzern von Augen darin. Zwei Augen waren ganz nah und musterten ihn: Heinrichs.

»Der verlorene Sohn«, sagte Heinrich. »Da ist er wieder. Denkt, er kann einfach so herbeispazieren und Hallo sagen. Dabei hat er vergessen, Auf Wiedersehen zu sagen, als er ging. Ich hab dir Zuflucht gegeben, als du auf der Straße geschlafen hast. Ich hab dir was zu essen besorgt. Ich hab dir eine Arbeit besorgt. Ich hab dir vertraut, Maxe. Du hast es mir schlecht entlohnt.« Die Augen wandten sich dem Mann mit dem Messer zu.

Max spürte, wie die Klinge sich bewegte. »Warum willste das

tun, Heinrich?«, fragte er schnell, aber ohne dass seine Stimme panisch klang.

»Was will ich denn tun?«

»Mir die Visage zerschneiden.«

Heinrich wandte sich an die beiden anderen. »Warum will ich das tun, was denkt ihr, Jungs?«

»Max ist'n Lampenmacher«, sagte einer.

»Blödsinn«, erwiderte Max. »Ick hab euch nie verraten. Keenen von euch. Wärt ihr noch hier, wenn's so wäre? Nee, denn wärt ihr alle schon längst Schokoladenmänner und würdet euch in Plötzensee die Schwindsucht holen.«

Der Mann mit dem Messer wartete auf eine Anweisung.

Heinrich ließ sich Zeit. Er dachte nach.

Max' Augen hatten sich an die Düsternis gewöhnt. Er konnte Heinrichs scharfe, faltige Gesichtszüge erkennen, den breiten Umlegekragen seines Anzugs, den schwarzen Schlips.

»Weißt du, ich hab dich immer gemocht, Maxe«, sagte Heinrich schließlich. »Du warst ein sehr erfolgreicher Arbeiter.«

»Ick hab die Arbeit jehasst«, sagte Max. Er hörte, wie die anderen überrascht die Luft einzogen. Heinrich hatte ihm so etwas wie eine Brücke gebaut, und Max kam mit so einer Retourkutsche daher? Und das, während immer noch eine Messerklinge an sein Gesicht gepresst wurde? Max konnte direkt fühlen, wie sich die Stimmung im Raum veränderte, als wäre ein eisiger Wind durch den Holzverschlag gedrungen. Entweder war Max verrückt geworden, oder er hatte irgendetwas vor. In beiden Fällen musste man ihn für unberechenbar halten. Und wie würde Heinrich auf diese Anrede reagieren? Mit einem tödlichen Wutausbruch? »Aber dich hab ick ooch immer jemocht«, fuhr Max fort. »Du warst der Eenzige, der Stil hatte und Ehre im Leib.«

Kollektives Ausatmen im Raum. Sogar der Druck der Messerklinge nahm etwas ab.

Heinrich nickte. »Das siehst du völlig richtig.«

»Du hast mir damals die Haut jerettet«, sagte Max. »Ohne dich wär ick schon lange tot.« Und wenn ich bei dir geblieben wäre, anstatt von Otto aufgenommen zu werden, wäre ich ebenfalls schon lange tot, dachte Max. Weil ich es nicht mehr ausgehalten hätte und weggelaufen wäre. Weil ihr mich dann geschnappt hättet. Weil ihr an mir ein Exempel statuiert hättet zur Warnung für jeden, dass man, wenn man sich unter Schutz eines der vielen Paten begab, dafür seine Seele verkaufte – und erst gehen durfte, wenn man entlassen wurde. Von sich aus kündigen konnte man nicht.

»Auch das ist richtig«, sagte Heinrich.

Max erwiderte nichts.

»Tu das Messer weg, Paule«, sagte Heinrich.

Das Messer verschwand.

Max bemühte sich, nicht aufzuatmen.

»Was willst du hier, Maxe?«, fragte Heinrich.

»Ick brauch 'ne Auskunft.«

Heinrich begann zu grinsen. Seine Männer ebenfalls. »Da bist du ja hier genau an der richtigen Stelle.«

»Ick suche Viktor.«

»Alte Freundschaften aufwärmen?«

»Weswegen ick ihn suche, is meene Sache.«

»Viktor«, murmelte Heinrich in einem kleinen, seltsamen Singsang. »Viktor mit den zarten Händen. Ich frage mich, wozu du ihn brauchst.«

»Arbeitet er noch für dich?«

»Nee«, sagte Heinrich.

»Lebt er überhaupt noch?«, fragte Max und versuchte, jede Emotion aus seiner Stimme zu verbannen.

»Gut möglich«, sagte Heinrich.

»Sagste mir, wie ick ihn finde?«

»Maxe, Maxe, Maxe …« Heinrich seufzte. »Du weißt doch, dass 'ne Auskunft kostet.«

»Drei Mark«, sagte Max bitter.

Heinrich schüttelte den Kopf. »Fünf Mark. Die Preise sind gestiegen. Wenn es mit dem Geld so weitergeht, sind's in ein paar Wochen fünfzig Mark, und man kann sich weniger dafür kaufen als heute für fünf.«

»Ich hab keene fünf Mark.«

»Dann hast du Pech gehabt.«

Max gab den Blick der in der Düsternis glitzernden Augen zurück. Er hasste sich dafür, es vorzuschlagen. Aber hatte er nicht auch in diesem Fall gewusst, wie sich die Sache entwickeln würde? »Ick könnte es mir aber verdienen«, sagte er.

»Hier und jetzt?«

»Hier und jetzt.«

Heinrichs Männer wechselten Blicke. Heinrichs Augen waren zwei funkelnde Punkte in der zerklüfteten Schattenlandschaft seines Gesichts. »Schön«, sagte er. »Zeig uns, ob du es noch kannst.«

»Und dann verrätste mir, wo ick Viktor finde?«

Heinrich nickte, ein bisschen amüsiert, ein bisschen eifrig, durch und durch verdorben.

»Sag es«, verlangte Max.

»Ich werde dir verraten, wo du Viktor findest.« Heinrich lächelte. »Die Zusage vor Zeugen hätte es nicht gebraucht. Du hast gesagt, ich hätte Ehre gehabt. Die hab ich immer noch.«

Du hattest nie Ehre, dachte Max. Du hast dich nur immer an die paar Regeln gehalten, die es unter Gaunern gibt, weil du im Grunde zu feige warst, sie zu brechen.

Heinrich wandte sich an die beiden Männer, die Max nicht kannte. Einer von ihnen war der mit dem Messer. »Paule, Napoleon – ihr geht mit ihm raus. Passt auf, von Maxe könnt ihr noch was lernen.«

Die zwei Männer nickten und rempelten Max mit den Schultern an. »Ab nach draußen, Kleener.«

»Napoleon?«, fragte Max. »Wie der französische Kaiser?«

Heinrich sagte zum Lachen der anderen Männer: »Seine Mutter wollte, dass mal was Großes aus ihm wird.«

Napoleon brummte gereizt.

Max sagte: »Napoleon war nur so groß«, und deutete die Höhe seines Brustbeins an. Er sah Napoleon in die Augen. »Dumm jelaufen, wa?«

»Jleich jibts eent jegen 'n Kegel!«, knurrte Napoleon.

Max wandte sich ab und schlüpfte wieder in die Passage hinaus. Paule und Napoleon folgten ihm. Er wusste nicht, warum er Napoleon provoziert hatte. Es war wie ein Ventil gewesen. Er war fast erstickt dort drin vor Abneigung und Abscheu gegenüber Heinrich. Aber seine Mitläufer hatte er noch viel mehr verabscheut und verabscheute sie immer noch. Er hasste sie, hasste sie mit Inbrunst – weil er sich selbst dafür hasste, einmal zu ihnen gehört zu haben.

Ohne seine beiden Aufpasser zu beachten, reihte er sich in den tröpfelnden Strom der Passanten ein, die durch die Passage gingen. Weiter vorn sah er ein Schaufenster, vor dem sich etliche Leute drängelten. Das ideale Revier. Er ging näher. Das Schaufenster gehörte zu einem Buchladen. Die Bilder auf den Büchern zeigten gezeichnete Frauenköpfe mit geschlossenen Lidern und halb geöffneten Lippen. Um einige von ihnen waren Binden gespannt: »Lehrreich! Bis vor Kurzem auf dem Index! Einblicke in die Lebewelt!« Es waren Bücher mit französischen Titeln dabei, Bücher mit englischen Titeln. Es gab deutsche Titel wie *Hygiene in der Ehe* und *Der Flagellant*. Das Publikum, allesamt männlich, drückte sich an der Scheibe die Nasen platt.

Max suchte sich einen Betrachter mit Anzug und Mantel aus. Der Mantel war altmodisch, die Hosenbeine zu kurz. Jemand aus der Provinz, vielleicht ein kleiner Referendar, der einen dienstlichen Besuch in der Großstadt nutzte, um ein bisschen verderbte Luft zu schnuppern, und dessen Mut nur dazu reichte, die Fantasien eines anderen durch geschlossene Buchdeckel zu erahnen.

Max wandte seine alte Methode an. Er tat so, als würde er gerempelt, und rempelte dadurch seinerseits jemanden, der dem Provinzler am nächsten stand. Dieser hielt sich unwillkürlich an dem altmodischen Mantel fest. Der Provinzler reagierte langsam, aber so, wie man es ihm vermutlich zu Hause gesagt hatte. Er wich zurück und tastete mit entsetzten Augen zu seiner Manteltasche, wo seine Geldbörse saß. Er presste von außen schützend die Hand darauf. Gleichzeitig quiekte er: »Ich muss doch sehr bitten!«

Der Mann, der sich an ihm festgehalten hatte, musterte ihn ungehalten. »Na, nu hab er sich mal nich so. Wat stehta denn so rum, det anständje Leute über seene Füße fallen.«

Die Umstehenden kicherten. Der Provinzler zog den Mantel um sich zusammen und setzte ein Gesicht auf, das halb ängstlich, halb trotzig wirkte. Der Mann, den Max gestoßen hatte, schüttelte ärgerlich den Kopf und trottete davon. Max trat auf den Provinzler zu und sagte halblaut: »Det hamse jut jemacht, Herr. Man is nie vor Taschendieben sicher.«

»Ja«, sagte der Provinzler. Er entspannte sich und schaute hinter dem Mann her, der durch die Passage schlenderte. »Das war bestimmt einer.«

»Ick passe ooch immer gut auf«, erklärte Max. Er deutete mit einer Hand auf seine Mütze. »Ick tu mir meistens det Jeld unter die Kappe, da kommt keener drauf.«

Der Provinzler fasste sich unwillkürlich an den Kopf und richtete den Blick nach oben. Er war barhäuptig. »Das muss ich mir merken.«

»Oder«, sagte Max und deutete auf die Füße eines Nebenstehenden, sodass der Provinzler ihm mit den Blicken folgte, »ick stopfe mir wat in die Socken. Aba tunse det nich hier auf offener Straße, Herr, jehnse vielleicht in eene Bedürfnisanstalt, wo Se die Tür versperren können, det es keener sieht.«

»Ich danke Ihnen sehr«, sagte der Provinzler und schüttelte Max die Hand. Max erhielt einen imaginären Stoß von hinten und prallte kurz gegen den Mann. Verlegen klopfte er ihm über den Mantel. »Jetzt bin ick ooch noch so unjeschickt«, murmelte er entschuldigend.

»Ist schon gut.« Der Provinzler lächelte. »Ich verdächtige Sie nicht. Wissen Sie – auf dem Dorf bin ich Lehrer. Ich kann Leute gut einschätzen.«

Max nickte. Als er sich abwandte, sah er aus dem Augenwinkel, wie der Provinzlehrer verstohlen von außen an seinen Mantel klopfte. Die Geldbörse war noch drin. Erleichtert wandte der Mann sich ab und marschierte davon.

Paule und Napoleon hatten in einiger Entfernung abgewartet. »Det ging ja wohl schief, wa?«, fragte Napoleon gehässig.

Max zog zur Antwort die linke Hand aus der Tasche. Um seine Finger waren Geldscheine gerollt.

Paules und Napoleons Augen weiteten sich.

»Bringt mich zurück zu Heinrich«, sagte Max.

Heinrich und sein Gefolge hatten sich zwischenzeitlich wieder vor dem Eingang der Passage postiert. Heinrich zählte das Geld, das Max ihm überreichte. »Viel ist es nicht gerade«, sagte er.

»Mehr als fünf Mark«, sagte Max. »Und alles, was der Kerl in der Börse hatte.«

Es war gelogen. Der Provinzlehrer hatte unvorsichtig viel Geld in der Börse gehabt – ein Mann, der seine Ersparnisse in die Stadt trug und hoffte, damit ein einziges Mal im Leben etwas zu erleben, dessen Erinnerung ihm über den Rest seines ereignislosen Lebens hinweghelfen sollte. Max hatte ihm das meiste gelassen.

»Viktor sitzt in der Katakombe beim Oranienburger Tor«, sagte Heinrich.

Max seufzte. Die Katakombe war eines der Lokale, in denen Transvestiten offen verkehrten. Es gab mehrere Lokalitäten dieser Art in Berlin; das Eldorado in der Lutherstraße war das bekannteste von ihnen. Die Katakombe stellte so etwas wie den Gegenentwurf zum Eldorado dar. Von allen diesen Einrichtungen war es die heruntergekommenste. Im Eldorado fiel es selbst den besten Beobachtern schwer, festzustellen, wer von den Männern dort wirklich ein Mann und wer von den Frauen wirklich eine Frau war. In der Katakombe hatten die vermeintlichen Frauen Dreitagebärte, und den vermeintlichen Männern hingen schlaffe Brüste aus den dreckigen Hemden.

»Hast du gehört?«, fragte Heinrich. »Viktor sitzt dort.« Heinrich und seine Kumpane lachten.

## 23

Auf dem Weg zur Katakombe sagte Max sich immer wieder die kleine Rede auf, die er Viktor halten wollte. Er versuchte, die Gedanken daran zu verdrängen, was Viktor in den letzten drei Jahren widerfahren sein mochte, dass er in einem solchen Lokal herumhing. Damals war Viktor einer der heimlichen Stars des Eldorado gewesen. Er war dort aufgetreten.

Im Eldorado hatte es damals – und gab es mit Sicherheit heute noch – schier atemberaubende Vorstellungen gegeben. Einer der besten Akte war »Victoria sprengt die Ketten« gewesen. In seinem Verlauf war ein auf der Bühne aufgestellter Safe geknackt worden, der zusätzlich noch mit Ketten mit Vorhängeschlössern gesichert gewesen war. Die Kombination des Safes hatte jemand aus dem Publikum unter Aufsicht einstellen dürfen, sodass sichergestellt war, der Performer konnte die Kombination nicht kennen. Die Überraschung dabei war nicht die manuelle Geschicklichkeit, sondern dass der Akteur eine atemberaubend schöne Frau war, die ihre Arbeit mit spitzen, rot lackierten Fingernägeln erledigte. Die größte Überraschung kam jedoch am Ende der Aufführung, wenn die Safeknackerin zu den schwülen Klängen einer Kapelle begann, sich auszuziehen. Männer wie Frauen hatten große

Augen gemacht. Man kannte Akteure, die schier unglaubliche Kunststücke vorführten, und solche, die sich auf der Bühne auszogen und dann Kunststücke ganz anderer Art darboten. Dem Publikum im Eldorado war es egal, ob die Stripper männlich oder weiblich waren. Für jedes Geschlecht gab es genauso viele Männer wie Frauen im Publikum, die sich auf den hüllenlosen Anblick freuten.

Wenn Victoria sich mit vielem Verrenken und dem Rücken zum Publikum die Bluse auszog und dann umdrehte, war zuerst kollektives Einatmen zu hören gewesen – und dann Gelächter und tosender Applaus. Victoria hatte eine äußerst behaarte Männerbrust zur Schau gestellt und Kusshändchen verteilt, bevor sie sich hinter den Vorhang zurückzog. Victoria war Viktor, der seine Einnahmen aus dem Kunststück damit aufgepolstert hatte, dass er sich manchmal von Bewunderern beiderlei Geschlechts mit nach Hause nehmen ließ und dass er für Heinrich Taschendiebstähle vollführte oder die Schlösser von Juwelierläden knackte. Max hatte seine Kenntnisse, wie man einem Opfer das Geld aus der Brieftasche nahm und diese wieder zurücksteckte, sodass der Bestohlene lange nichts davon merkte, von Viktor gelernt.

Max war sicher, dass es in der Katakombe keine künstlerischen Aufführungen gab. Es gab schlechte Musik, billigen Champagner, Schweißgeruch in der Luft und seelenlosen Sex auf dem Deckel des Plumpsklos. Was hatte Viktor, den er damals als seinen Mentor und Freund empfunden hatte, dort zu suchen?

Was hältst du von folgender Idee?, würde Max fragen. Wir dringen mit deiner Hilfe in die Chefbüros von größeren Firmen ein. Dort räumen wir die Portokasse der Sekretärin aus und alles, was wir im Schreibtisch des Chefs an Wertsachen finden. Wir verlassen die Örtlichkeiten so, dass unser Eindringen erst bemerkt wird, wenn man das Fehlen des Geldes entdeckt. Wir schädigen nicht mal jemanden, denn – das wusste Max von Otto – die Firmen haben für so etwas Versicherungen abgeschlossen. Allenfalls werden die Versicherungsprämien aller Versicherten ein, zwei Jahre später um ein paar Pfennige im Jahr erhöht.

Das bringt nicht viel, sagst du? Im Einzelfall nicht – aber wir haben die ganze Nacht Zeit. Wir arbeiten durch, von Büroschluss am Abend bis zum Arbeitsanfang am nächsten Morgen. Wenn wir uns geschickt anstellen, schaffen wir sechs, sieben, vielleicht acht Adressen. Und am folgenden Abend wiederholen wir das Ganze. Ich schätze, wir können das insgesamt dreimal durchziehen, bis es sich rumspricht und Wachleute in den Büros aufgezogen werden. Vorher wird jede Firma erst mal versuchen, den Täter in den eigenen Reihen zu finden, interne Untersuchungen anstellen – denn mit deiner Geschicklichkeit wird es so aussehen, als seien die Türen, die Geldkassetten und die Tresore niemals geöffnet worden. Ich gehe davon aus, dass wir, wenn wir die Wertgegenstände verhökert haben, zwischen zehn- und fünfzehntausend Mark erbeutet haben. Wir teilen halbe-halbe.

Warum ich das tun will? Ich hab meine Gründe, Viktor. Ist es wichtig für dich, sie zu wissen? Oder willst du auf die Schnelle und mit meiner Hilfe mindestens fünftausend Mark verdienen?

Als Max die Katakombe erreichte, die sich in einem Hinterhof in der Linienstraße befand, hatte er seine Rede mehrfach geistig überarbeitet. Ihm war noch eine Verbesserung des geplanten Vorgehens eingefallen. Er und Viktor würden nicht über eine Hintertür eindringen, sondern über das Dach. Für Viktor würde es ein Leichtes sein, eines der Fenster von außen zu öffnen. Max, der sich nicht unbedingt etwas aus großen Höhen machte, würde einfach die Zähne zusammenbeißen und hinter Viktor her auf dem Dach herumturnen. Das würde die ganze Sache für die bestohlenen Firmen noch mysteriöser machen und noch mehr danach aussehen, als wären die Diebstähle von innen begangen worden. Vielleicht erhielten sie so die Gelegenheit zu einem vierten Überfall!

Max erkannte Viktor sofort, obwohl dieser in den letzen drei

Jahren zugenommen hatte und sein früher schmales Gesicht schwammig und aufgedunsen geworden war. Max eilte durch das fast leere Lokal auf den Tisch zu, an dem Viktor allein saß und Karten legte. Viktor musste aus dem Augenwinkel erkannt haben, dass sich jemand auf ihn zubewegte, denn er fuhr mit einer Hand unter den Tisch und drehte sich zugleich halb herum.

Max blieb stehen. Zum einen wegen der Pistole, die in Viktors Hand unter dem Tisch sichtbar wurde. Zum anderen wegen der großen Speichenräder, die an Viktors Sitzgelegenheit befestigt waren.

Er verstand jetzt das Hohngelächter Heinrichs und seiner Männer, als dieser Max hinterhergerufen hatte, Viktor *sitze* in der Katakombe.

Viktor hockte in einem Rollstuhl.

## 24

Am 6. Oktober fand die Premiere von Fritz Langs Film *Der müde Tod* statt. Die Decla hatte sie im Mozartsaal des Neuen Schauspielhauses geplant, einem komplett mit Mahagoni verkleideten Konzertsaal, der schon bald nach seiner Fertigstellung so umgebaut worden war, dass man darin auch Filmvorführungen stattfinden lassen konnte.

Die Briests waren Fritz Langs schriftlich nachgereichter Einladung allesamt gefolgt. Hermine musterte ihre Familie. Otto war so sichtlich stolz darauf, seinen Lieben nach der langen Ungewissheit und Sparsamkeit der letzten Zeit wieder etwas Glanzvolles bieten zu können, dass Hermine vor Liebe zu ihm schier zerbarst. Luisa sah sich mit großen Augen um und errötete, als wäre sie immer noch ein kleines Mädchen und nicht an der Schwelle zum Erwachsenwerden, als Erich Pommer die Familie höchstpersönlich begrüßte und sich vor Luisa Hacken schlagend verneigte. Max lächelte und hielt sich an Luisas Seite, wie immer; er war der Einzige, bei dem Hermine das Gefühl hatte, dass er nicht rundum vergnügt war. Wenn er sich unbeobachtet fühlte, erlosch sein Lächeln. Er war so seit dem Tag des Grunewaldrennens. Hermine erschien es unfassbar, dass dieses Ereignis erst drei Wochen zurücklag. Irgendwie war in diesen wenigen Wochen so viel geschehen, dass man meinen konnte, es läge mindestens ein halbes Jahr zurück.

Der Mozartsaal war prächtig geschmückt. Man merkte diesem Abend nicht an, dass draußen der Verfall der Währung weiterging, dass Deutschland seine Reparationen an die Alliierten weiter nicht bezahlen konnte, dass die Schlangen an den Suppenküchen täglich länger wurden und der Hass auf alle, die scheinbar an der Misere schuld waren, immer größer. Die Welt des Films, so schien es Hermine, war eine Traumwelt und war es auch jenseits der Leinwand, nicht nur auf der Ebene der filmischen Erzählung. Die Realität blieb ihr fern. Der Eindruck, dass der Film an diesem Abend auch das wirkliche Leben bestimmte, wurde verstärkt durch die Platzanweiserinnen und Platzanweiser, die kostümiert waren – die jungen Männer allesamt in schwarzen Roben und Schlapphüten, wie die Figur des Todes im Film, die jungen Frauen in weißer Bluse und schwarzem Miederleibchen wie Lil Dagover, die Schauspielerin in der Hauptrolle. Das elektrische Licht brannte an den mächtigen Kronleuchtern und ließ die bunten Fresken in den Schmuckbogen vibrieren. Goldbelag glänzte an den Rändern bemalter Kassetten und warf glitzernde Reflexe im Wettbewerb mit dem Geschmeide, das die Damen im Publikum in den Dekolletés hängen hatten. Je länger man hier war, desto mehr kam einem das triste, graue, freudlose Leben draußen in der Realität wie ein Traum vor. Die Premierenbesucher lächelten, überall hörte man fröhliche Rufe, Bekannte winkten einander zu, Champagnergläser wurden angestoßen. Hermine sah ein besonders aufgeregtes Winken und erwiderte es, bevor sie Otto darauf aufmerksam machte: die Gebrüder Zinnermann, die ihre Plätze einige Reihen näher an der Leinwand hatten als die Briests.

Es gab allerdings zwei Komponenten, die das reale Leben doch noch präsent machten.

Das eine waren Gesprächsfetzen, die Hermine aufschnappte, als sie zu ihrem Platz in der Mitte des Saals gebracht wurden: Heute untertags hatte Wiederaufbauminister Walther Rathenau mit einem französischen Kollegen ein Abkommen unterzeichnet, demzufolge ein Teil der Reparationszahlungen auch in Sachleistungen beglichen werden durfte. Die Unterzeichnung hätte eigentlich vertraulich sein sollen, war aber dennoch durchgesickert und von der Presse schon in der Hauptstadt breitgetreten worden. Das Ziel des Abkommens war, die Inflation zu stoppen, da Geldzahlungen in Warenleistungen umgewandelt wurden. Hermine hielt es für eine den Umständen entsprechend gute Idee, hörte aber in allen Gesprächen, die sie zufällig auffing, Kritik. Die einen lehnten das Abkommen als demütige »Erfüllungspolitik« ab, die anderen sorgten sich um die Belastungen und Gewinnausfälle, die auf die Industrie zukamen. Hermine wechselte einen Blick mit Otto, der hinter ihr ging. Er verdrehte die Augen. Luisa bekam nichts von den Gesprächen mit, sie schaute mit vor Aufregung roten Wangen umher. Max, der den Abschluss machte, erwiderte Hermines Blick mit einem Lächeln, doch sie konnte ihm ansehen, dass er geistig ganz woanders war.

Die zweite Komponente war der Film an sich. Hermine wurde auf einmal klar, dass er nicht nur ein fantastisches Märchen war. Je mehr von der Handlung sich entrollte und ihr die Charaktere klar wurden, je mehr die Ahs und Ohs des Publikums sie mitrissen, wenn wieder eine Szene in einer unerwarteten Tönung eingefärbt war, desto mehr erkannte sie die Allegorie. Anders als seine Kollegen, die das Einfärben der schwarz-weißen Filme, die

Kunst des »Viragierens« benutzten, um dem Publikum Orientierungshinweise zu geben – blau eingefärbte Szenen spielten bei Nacht, Innenszenen wurden in Sepia getönt, Hitze wurde in Orangetönen dargestellt –, hatte bei Fritz Lang die Farbe eine dramatische Bedeutung. Blau waren bei ihm nicht die Nachtszenen, sondern die, in denen die Figuren emotionaler Kälte ausgesetzt waren; traumhafte Sequenzen erschienen in einem Lavendelton; Gewalt wurde rot eingefärbt. Hermine blickte jedoch mühelos hinter diese Effekte und sah dort noch etwas anderes: die Anspielungen auf die Nachwirkungen des Kriegs. Der Tod, der seiner Arbeit müde war; der riesige Friedhof mit seinen Erweiterungen; das Auslöschen einer ganzen Generation junger Männer, das mit dem Verschwinden des Hauptdarstellers umschrieben wurde. Die Anspielungen ergriffen sie beinahe noch mehr als das Thema des Films, in dem es darum ging, dass nur die Liebe den Tod besiegen konnte. Als der Vorhang vor der Leinwand wieder fiel, sprang sie mit Tränen in den Augen auf und applaudierte noch begeisterter als der Rest des Saals.

Als der Applaus endlich verebbte, öffnete sich der Vorhang wieder, und ein Mann betrat die Bühne. Die Ovationen brandeten erneut auf. Hermine hatte Ottos Beschreibungen gelauscht und erkannte Fritz Lang auf Anhieb: die selbstbewusste Haltung, das pomadisierte Haar, das blitzende Monokel. Während der Vorhang geschlossen war, hatten Bühnenarbeiter ein Saalmikrofon aufgebaut, und in dieses sprach Lang nun, bedankte sich beim Publikum, bei seinem Produzenten, bei den Geldgebern, bei seinen Schauspielern und bei seiner Crew.

»Gleich wird er Sie nennen, Papa«, hörte Hermine ihre Tochter flüstern.

Otto schüttelte lächelnd den Kopf. »Er wird sich nicht öffentlich bei jemandem bedanken, der ihn korrigiert hat«, raunte er. »Außerdem hat er sich schon mehr als ausreichend bedankt.«

Luisa sah an sich hinab und strahlte. Hermine wusste, was

Otto meinte. Otto hatte ihr mit dem Geld, das nach Abzug der Bearbeitungsgebühr für Max' Kaution und nach Begleichung mehrerer fälliger Kreditraten bei den Zinnermanns noch übrig war, ein neues Kleid gekauft. Otto, Max und Hermine trugen keine neuen Sachen. Hermine hatte es mit Fassung getragen, denn das Anprobieren eines älteren Kleids hatte ihr gezeigt, dass die Sparsamkeit der letzten Zeit sie deutlich dünner hatte werden lassen. Sie hatte das Kleid einnähen müssen. Von der knabenhaften Figur, wie sie die jungen Frauen in ihren Hängekleidchen zur Schau trugen, war sie zwar immer noch meilenweit entfernt und war es auch in ihrer Jugend gewesen, aber mit einer Frau wie der Schauspielerin Lil Dagover konnte sie nun wieder mithalten. Sie hatte das Kleid Otto präsentiert und begeistert gesagt: »Mensch, kiek doch ma, ick passe wieder rein!« Woraufhin Otto sie in den Arm genommen und zu ihrem Entzücken gesagt hatte: »Hast du mal nicht reingepasst? Ich hab keine Ahnung, für mich siehst du immer so aus wie am ersten Tag in deinem grünen Kleid in Edgars Vorzimmer, auf deine verklemmte Schreibmaschine schimpfend. Ich habe dich von diesem Moment an geliebt.«

Auf der Bühne sprach Fritz Lang nun von seinem neuen Filmprojekt. Die meisten im Publikum reagierten überrascht und erfreut, dass Lang sich den Bestsellerroman über Dr. Mabuse vorgenommen hatte. Hermine lächelte in sich hinein. Lang verstand es, den Erfolg seiner Premiere zur Werbung für sein nächstes Projekt zu nutzen. Sie lehnte sich zu Otto hinüber und raunte ihm während des Applauses des Publikums zu: »Fehlt ihm immer noch Geld für die Finanzierung des Films?«

»Je mehr er hat, desto aufwendiger kann er produzieren«, sagte Otto und grinste. »Weißt du, was er letztens hat anklingen lassen? Er möchte den Nibelungenstoff verfilmen. Komplett mit Drache und allem. Lebensgroß.«

»Wird er dich da auch wieder für die Korrektur des Drehbuchs brauchen?«

Otto lachte. »Nur, wenn er einen Staatsanwalt reinschreibt, der Hagen wegen Mordes verfolgt.«

Fritz Lang holte nun einen seiner Schauspieler aus dem *Müden Tod* auf die Bühne, einen Mann namens Rudolf Klein-Rogge. Klein-Rogge war ein alter Mann mit brennenden Augen und schlohweißem Haar, der einen Frack trug und Lang anstarrte, anstatt das Publikum zu begrüßen. Lang taumelte plötzlich und griff sich an die Stirn. Der Applaus verklang befremdet. Lang stand mit hängenden Schultern da.

Hermine warf Otto einen besorgten Blick zu, doch Otto grinste nur. »Was passiert da jetzt?«, zischte sie ihm zu.

»Wart's ab.«

Klein-Rogge holte eine Spielkarte heraus und zeigte sie hoch. Welche Karte es war, konnten nur die vorderen Reihen erkennen, aber ihr Wert breitete sich durch Raunen aus: das Herz-Ass. Klein-Rogge hielt Lang die Karte hin, dieser nahm sie und barg sie an seiner Brust wie ein Spieler, der nicht will, dass andere in sein Blatt sehen. Er schien sein Publikum total vergessen zu haben. Da und dort wurde nervöses Murmeln laut, an anderer Stelle unterdrücktes Gelächter.

Klein-Rogge holte eine weitere Karte aus seinem Frack und hob sie hoch: Es war die Pik-Zwei. Er hielt sie so, dass Lang sie mühelos sehen konnte.

»Wollen wir spielen, Herr Lang?«, rief er.

»Ja«, sagte Lang mit ausdrucksloser Stimme.

»Es ist ein einfaches Spiel. Der mit der höchsten Karte gewinnt.«

»Ja«, erwiderte Lang monoton.

»Ich fange an«, rief Klein-Rogge. »Ich habe die Pik-Zwei! Haben Sie etwas Höheres?«

Mehr Gelächter im Publikum wurde laut. Die Pik-Zwei ließ sich mehr oder weniger mit jeder anderen Karte ausstechen, und Lang hatte das Herz-Ass! Lang jedoch schien einen inneren

Kampf auszufechten. Er starrte die Pik-Zwei an, dann seine Karte, dann wieder Klein-Rogges Blatt. Das Publikum verfolgte atem- und in der Mehrzahl auch verständnislos, was auf der Bühne vor sich ging. Otto grinste immer breiter.

Lang schob seine Karte in die Tasche. »Ich gebe auf«, sagte er tonlos. »Sie gewinnen …«

Das Publikum gaffte ratlos und wusste nicht, was es davon halten sollte.

Lang wachte plötzlich aus seiner scheinbaren Teilnahmslosigkeit auf.

»Jawohl, Sie gewinnen!«, rief er ins Mikrofon. »Sie gewinnen Ihr Spiel … Dr. Mabuse!«

Jetzt wurde dem Publikum klar, dass es die Andeutung einer Szene aus dem geplanten Film gesehen hatte, einschließlich der Information, dass Klein-Rogge Dr. Mabuse spielen sollte und wie er in einer der Verkleidungen des Superschurken aussah. Der Applaus wollte kein Ende nehmen. Lang und Klein-Rogge hielten sich an den Händen fest und verbeugten sich. Aus den oberen Rängen regneten plötzlich Hunderte von Karten herab. Hermine schnappte sich eine. Auf der einen Seite war das Herz-Ass abgebildet, auf der anderen Seite eine ausdrucksstarke Grafik von zwei schwarz umrandeten Augen, die den Betrachter anstarrten, zusammen mit einem Schriftzug: Dr. Mabuse, der Spieler – von Fritz Lang – bald!

Otto beugte sich herüber. »Das spielt auf die Szene an, in der Dr. Mabuse einen Mitspieler hypnotisiert …«

»Jetz hör auf, mir wat zu verraten!«, empörte sich Hermine und lachte. »So een Spielverderber.«

»Ich hab mit dir doch über die Szene geredet!«

»Ja, aber sehen is janz was anderes. Untersteh dir, mir noch mal was aus dem Film zu erzählen. Besorg uns lieber eine Einladung für die Premiere nächstes Jahr!«

An die Premiere schloss sich eine Feier mit Champagnerempfang an. Hermine fiel auf, dass Max noch stiller geworden war. Sie überlegte, ihn darauf anzusprechen, doch dann sah sie, wie er sich ein Herz nahm und sich Otto zuwandte. Die beiden raunten eine Weile miteinander, dann schüttelte Max den Kopf. Aber danach lächelte er freier und ungezwungener, und als Tanzmusik erklang, forderte er Luisa auf und mischte sich mit ihr unter die auf einem engen Parkett mehr stehenden als tanzenden Paare.

»Was wollte er denn wissen?«, fragte Hermine.

»Er hat sich nach dem Inhalt der Szene erkundigt. Ich habe sie ihm erzählt.«

»Ooch, jetzt haste ihm die Überraschung verdorben.«

»Er wollte es doch von sich aus wissen, Hermine. Ein Spielverderber wäre ich, wenn ich zum Beispiel dir erzählen würde, dass in der nächsten Szene …«

»Otto, ick stopf dich mit Stullen voll, biste platzt, wenn de nicht von alleene den Mund hältst!«, warnte Hermine.

Otto lachte fröhlich. Hermines Herz ging auf. Es kam ihr vor, als hätte sie ihren Mann schon seit Monaten nicht mehr so fröhlich lachen hören. Sie legte ihm eine Hand auf den Arm und beugte sich vor. »Oder ick küsse dir, sodass dir die Luft wegbleibt und du deswegen nichts mehr sagen kannst.«

»Heute Nacht?«, fragte Otto und schaute ihr in die Augen. Die Liebe und das Verlangen darin gingen direkt in Hermines Schoß.

»Da sei dir mal sicher«, sagte sie. »Und janz ohne Hypnose.«

Nach einer Weile kamen Erich Pommer, Fritz Lang und Leo Zinnermann zu ihnen an den Tisch. Zinnermann und Lang setzten sich auf die freien Stühle von Max und Luisa, Pommer bewies Produzentenqualitäten, indem er einen leeren Stuhl vom Nachbartisch organisierte. Nach der offiziellen Reihum-Vorstellung sagte Lang: »Das Drehbuch für *Dr. Mabuse* ist nun fertig, deshalb konnte ich die kleine Scharade auf der Bühne wagen. Die Dreharbeiten beginnen in ein paar Tagen.«

»Viel Erfolg«, sagte Hermine.

»Hätten Sie etwas dagegen, wenn ich Ihnen meine Partnerin beim Schreiben des Skripts vorstelle, Frau von Harbou?«

»Ganz und gar nicht«, sagte Otto.

Pommer stand auf und kam nach kurzer Zeit mit einem Paar wieder: dem Schauspieler Rudolf Klein-Rogge, der sich seiner Verkleidung entledigt hatte und ohne Maske ein freundlich-glattes Jungengesicht gehabt hätte, wäre da nicht seine sehr hohe Stirn und das markante Spiel seiner Augenbrauen gewesen; und einer eher streng als gut aussehenden Brünette – Thea von Harbou. Klein-Rogge stellte sie als seine Ehefrau vor. Ein zunächst stockendes Gespräch über die Arbeiten am Drehbuch entspann sich, bei dem sich Klein-Rogge charmant, Zinnermann ehrfürchtig, von Harbou einsilbig und Lang als Dauerredner erwiesen. Pommer sagte gar nichts, sondern grinste die ganze Zeit glücklich in sich hinein und machte einzelne Abstecher zum Büfett, von dem er mit voll beladenen Tellern zurückkam, allen etwas anbot und das meiste dann selbst aß. Max und Luisa kamen vom Tanzen zurück, und die Vorstellungen begannen erneut. Hermine sah, wie Thea von Harbou die beiden jungen Leute musterte, dann plötzlich zu Fritz Lang hinüberblickte und ganz kurz ein vielsagendes Lächeln sehen ließ. Das Lächeln hellte ihre harten Gesichtszüge auf.

Das Gespräch wurde flüssiger, als Lang auf Ottos Vorschläge zum Drehbuch zu sprechen kam und dabei die geplante Kartenspielerszene aufleben ließ. Der Regisseur bewies beträchtliches schauspielerisches Talent, wie er da alle Rollen mimte. Hermine, die eine gewisse Portion Misstrauen gegen den Regisseur wegen seines dandyhaften, hochmütigen Gehabes bewahrt hatte, erkannte, dass Lang zumindest in der Hinsicht ehrlich war, dass er Ottos Arbeit am Drehbuch schätzte. Und die Blicke, mit denen er auf Thea von Harbous Lächeln reagierte, schienen ihr ebenfalls ehrlich.

»Das kleine Stück, das Sie da auf der Bühne gespielt haben«, sagte Luisa in einer Gesprächspause viel zu laut und zu hastig zu Klein-Rogge, »wurde dafür auch extra ein Drehbuch geschrieben?« Sie errötete nach der Frage und starrte auf die Tischplatte. Das mit dem Erröten, dachte Hermine seufzend, hat sie von mir. Hätte ich ihr nur auch meine Chuzpe vererbt! Sie wäre in Luisas Alter in einer solchen Situation auch errötet, aber sie hätte trotzdem herausfordernd in die Runde geblickt.

»Nein«, erwiderte Klein-Rogge, »das war improvisiert.«

»Ich dachte, weil die Schauspieler im Film ja nicht sprechen … weil es da ja die Zwischentitel gibt, die alles erklären … da dachte ich …« Luisas Stimme verklang in tödlicher Verlegenheit.

»Da dachten Sie, Schauspieler würden nur etwas zuwege bringen, wenn man ihnen aufschreibt, was sie tun müssen?« Klein-Rogge lächelte nun in echtem Amüsement.

»Nein«, flüsterte Luisa und war nun knallrot. Hermine wollte eben zu ihrer Rettung ansetzen, da mischte sich Max ein.

»Luisa dachte, dass Ihr Auftritt gar nicht so improvisiert wirkte – Sie waren ja geschminkt und verkleidet und alles. Da musste es doch eine gewisse Vorbereitung gegeben haben.« Max wirkte hoch konzentriert und hatte einen leichten Schweißfilm auf der Stirn. Hermine erkannte, dass es zum einen von der Anstrengung kam, perfekt hochdeutsch zu sprechen, und zum anderen von der Zurückhaltung, die Max sich auferlegte. Hermine war klar, dass er Klein-Rogges Antwort als Angriff gegen Luisa interpretierte und sich zusammenreißen musste, um keinen scharfen Ton anzuschlagen.

Klein-Rogges imposante Augenbrauen hoben und senkten sich, dann brach er plötzlich in Lachen aus. Er wandte sich an Luisa. »So, das ist Ihnen aufgefallen, Fräulein von Briest? Na gut, dann müssen wir es wohl zugeben – was, Fritz? Die jungen Leute sind uns draufgekommen.« Er beugte sich zu Luisa über den Tisch. Max rückte sofort näher an Luisa heran. »Liebes Fräulein von Briest«, raunte er gut gelaunt, »im Film und bei uns Filmleuten ist nie etwas frei improvisiert. Wir können es uns ja nicht leisten, vor Publikum zu versagen. Dafür sind wir zu sensibel.«

»Möchten Sie es denn mal ausprobieren?«, fragte Thea von Harbou.

»Was ausprobieren?«, fragte Luisa.

»Das Schauspielern.«

Luisa schluckte. Sie nickte, dann schüttelte sie den Kopf. Dann nickte sie wieder. »Vielleicht …«, haspelte sie. »Wenn ich etwas älter bin.«

Thea von Harbou lächelte. Sie und Fritz Lang wechselten einen kurzen Blick. Lang sagte: »Dann werde ich Sie vielleicht einmal fragen … wenn Sie etwas älter sind.« Er nickte Otto und Hermine zu. »Ihr Einverständnis vorausgesetzt.«

Wenig später begann die Kapelle wieder zu spielen, und fast alle Paare zog es auf die Tanzfläche. Hermine tanzte einmal mit Max, Otto einmal mit Luisa, dann fanden die beiden Briests wieder zusammen und drehten sich über das Parkett. Fritz Lang hatte Thea von Harbou zum Tanz aufgefordert, nachdem er sich die generöse Erlaubnis von Rudolf Klein-Rogge abgeholt hatte. Klein-Rogge und Erich Pommer waren so ziemlich die Einzigen, die noch an ihrem Tisch saßen, tief in ein Gespräch vertieft, bei dem sie Salzstreuer, Gläser und Besteck auf dem Tischtuch herumschoben, als wären sie Generäle, die eine Schlacht planten.

»Wie siehst du das mit Luisa und der Schauspielerei?«, fragte Otto.

»Warten wir's ab«, sagte Hermine. »Ich denke, das hat Lang nur aus Höflichkeit gesagt und um die Situation zu entspannen. Eenen Augenblick dachte ich schon, Max reißt dem Klein-Rogge den Kopf ab.«

Otto grinste. »Wehe dem, der Luisa auch nur ein Härchen krümmt, solange Max zugegen ist.«

»Zwischen Frau von Harbou und Fritz Lang … da läuft doch wat«, sagte Hermine.

»Und wie da was läuft«, bestätigte Otto.

»Haben Sie es dir gestanden?«

»Meine Liebste, ich bin Detektiv. Wie hast du es denn rausgefunden?«

»Ick hab ooch nur hinjekiekt«, erwiderte Hermine amüsiert. »Weiß Harbous Ehemann davon – und Langs Frau?«

»Lang ist Witwer. Was Klein-Rogge betrifft – keine Ahnung. Interessiert mich auch ehrlich gesagt nicht.«

»Was interessiert dich dann?«

»Jetzt so, in diesem speziellen Moment?«, fragte Otto.

»Genau.«

»Wie ich es schaffe, dich heute noch zu küssen, wo wir alle vier doch in der Agentur übernachten.«

Hermine seufzte. »Wird wohl bis morgen Nacht warten müssen.«

»Wir könnten Luisa und Max hypnotisieren, damit sie die ganze Nacht hindurch schlafen«, schlug Otto vor.

»Ruf gleich bei Dr. Mabuse an, ob er noch vorbeikommen kann«, sagte Hermine.

Otto hielt sie fester und tanzte mit ihr tiefer in die fröhliche Menge auf dem Parkett hinein. Hermine erwiderte den Druck seiner Umarmung, strahlte ihn an und war rundum glücklich.

## 25

Zwei Wochen später war Otto wieder arbeitslos. Er erfuhr es auf dem Weg zu seinem Auftraggeber von den Zeitungsjungen, die sich die Kehlen heiser schrien: Regierung Wirth zurückgetreten! Völkerbund schneidet schlesische Lebensader ab! Wie viel muss Deutschland noch ertragen?

Otto kaufte ein Extrablatt, lehnte sich an die nächste Hausmauer und las. Das Thema hatte im Frühjahr dieses Jahres alle bewegt, war aber, besonders was die Briests betraf, hinter die alltäglichen Katastrophen zurückgetreten und beinahe in Vergessenheit geraten. Jetzt kam es wieder aufs Tapet und stellte, je nachdem, von welcher Seite man es betrachtete, eine taktische Maßnahme, eine himmelschreiende Ungerechtigkeit oder einen staatlichen Racheakt dar.

Die Völkerbundskommission hatte Oberschlesien zwischen Deutschland und Polen aufgeteilt. Dem Beschluss, die Teilung vorzunehmen, war eine Abstimmung unter den Bewohnern Oberschlesiens im Frühjahr vorangegangen. Fast hundert Prozent der Wahlberechtigten waren zu den Urnen gegangen und hatten darüber befunden, zu wem sie in Zukunft gehören wollten: Deutschland oder Polen. Der Völkerbund, der die Teilung gemäß den Statuten des Versailler Vertrags zu koordinieren hatte, hatte diese Abstimmung ersonnen, um die Teilung möglichst gerecht vornehmen zu können: Die Gebiete, die sich mehrheitlich für einen Verbleib in Deutschland aussprachen, sollten deutsch bleiben, die anderen polnisch.

Fast sechzig Prozent der schlesischen Gesamtbevölkerung hatten für einen Verbleib in Deutschland gestimmt. Sogar polnischsprachige Gebiete waren darunter. Die Antwort darauf war ein bewaffneter Aufstand polnischer Freischärler, um das unliebsame Ergebnis gewaltsam in die andere Richtung zu drehen. Jetzt, drei ergebnislose Aufstände später, bei denen die Freischärler sogar offen von den französischen Besatzungstruppen unterstützt worden waren und dennoch den deutschen Freikorps unterlegen waren, hatte man endlich versucht, eine den Abstimmungsergebnissen entsprechende Teilung zu realisieren.

Daraufhin hatte Frankreich sein Gewicht in die Waagschale geworfen und in einer Mischung aus staatlicher Revanche und Vorbeugungstaktik darauf gedrungen, die Teilungslinie anders zu gestalten. Nicht der in der Abstimmung zutage getretene Wille der Bevölkerung sollte zählen, sondern die Schwächung Deutschlands. Die wirtschaftlich bedeutenden Reviere Oberschlesiens mit ihren Bodenschätzen und ihrer Bergbauindustrie kamen zu Polen, ungeachtet des Abstimmungsergebnisses.

Das war vor zwei Tagen gewesen. Als die ersten Extrablätter mit der Nachricht an den Straßenkreuzungen verkauft wurden, hatte Otto gefürchtet, dass dieser Schritt die Regierung von Joseph Wirth stürzen würde. Zu wütend war der Protest in der Bevölkerung gegen das Dekret des Völkerbundes, zu weit verbreitet das tiefe Gefühl, erneut ungerecht behandelt und gedemütigt worden zu sein. Gehofft hatte er trotzdem, dass die Regierung Bestand haben würde. Nun war sie doch zurückgetreten. Er hatte Joseph Wirth für hartnäckiger gehalten. Er hatte sich getäuscht. Aber auf der anderen Seite: Was wusste er schon vom Geschäft des Regierens, wenn das Regierungsinstrument, nämlich der Reichstag, ein brodelnder Kessel voller Hass, Vorurteilen und Korruption war, der durch ungeschickte politische Entscheidungen der Alliierten noch ständig Nahrung erhielt.

Otto blickte auf und sah, dass sich ein ausgemergelter Mann in einem Anzug, der einmal elegant gewesen war und jetzt verschlissen und viel zu groß an ihm hing, neben ihn gestellt hatte und versuchte, mitzulesen. Es war klar, dass er nicht einmal das Geld für den Zeitungsfetzen hatte. Ihre Blicke begegneten sich. Otto nickte dem Mann zu und hielt ihm die Zeitung hin. Der Mann bedankte sich murmelnd und mit abgewendeten Augen. Mit der Zeitung so nahe vor dem Gesicht, dass seine Kurzsichtigkeit offenbar wurde, schlurfte er davon. Otto fragte sich, wer er einmal gewesen war. Ein gebildeter Mann, seinem Interesse nach zu schließen; ein Mann mit einem gewissen Einkommensstandard, der verblichenen Eleganz seiner Kleidung nach zu urteilen. Otto schluckte. Nicht zum ersten Mal sah er sich selbst in dieser Rolle, ein mit verschmierter Druckertinte auf schlechtem Papier gedrucktes Nachrichtenblatt von jemanden geschenkt bekommen zu müssen, weil er es sich nicht leisten konnte. Noch vor zwei Tagen hatte er gedacht, dass er dieses Schicksal fürs Erste abgewendet hatte: Der Auftrag von Joseph Wirth hätte ihn und die Seinen noch ein paar Monate über Wasser gehalten. Jetzt stand er jedoch wieder da, wo er gewesen war, bevor Ernst Türk sich seiner Lage erbarmt und ihm die Tür zu diesem Auftrag geöffnet hatte. Vor dem Nichts.

Dabei hatte er so viel herausgefunden. Die Organisation Consul war schlagkräftiger, als jedermann geahnt hatte. Ein Teil ihrer Truppen hatte in Oberschlesien unter dem unverfänglichen Namen eines Freikorps gegen die polnischen Aufständischen gekämpft und trug einen bedeutenden Anteil am Sieg der deutschen Freischärler beim Kampf um den Annaberg. Sie waren hervorragend bewaffnet, bestens organisiert und vollkommen rücksichtslos gegen den Gegner vorgegangen.

Und alles deutete darauf hin, dass sie eine Zelle in Berlin besaßen. Otto war sicher, dass einige von ihnen eine Studentenverbindung unterwandert hatten, das Corps Teutonia Berlin, das als sehr bodenständig und vaterlandstreu galt – ein perfektes Versteck, weil man die Studenten keiner extremen Ansichten verdächtigte, und zugleich ein perfekter Nährboden, weil man die Vaterlandstreue mit den passenden Hetzparolen in Nationalismus umwandeln konnte.

Wer würde sich dieser Informationen jetzt annehmen? Otto setzte seinen Weg bis zur Reichskanzlei fort und versuchte, zu Joseph Wirth vorzudringen, aber entweder wusste niemand, wo der zurückgetretene Reichskanzler war, oder niemand wollte es ihm sagen. Die Beamten, die er traf, waren entweder hektisch damit beschäftigt, den Inhalt von Aktenordnern zu zerreißen, oder saßen wie vom Donner gerührt an ihren Schreibtischen und starrten ins Nichts. Sekretärinnen und Bürohilfen schluchzten.

Otto trottete zurück in die Agentur und rief im Polizeipräsidium Charlottenburg an. Ernst Türk war nicht anwesend. Man nahm an, dass er sich im Wochenende befand. Schließlich war Samstag. Otto übersetzte das für sich so, dass Türks Mitarbeiter wie von ihrem Chef gewünscht keine Ahnung hatten, wo der volle Ernst sich aufhielt. Er legte auf und ertappte sich dabei, dass er so wie die Beamten in der Reichskanzlei ratlos und geschockt ins Leere starrte. Er riss sich zusammen, schickte die Sekretärin, die als einzige Mitarbeiterin der Agentur noch verblieben war, nach Hause und ging dann zum Bahnhof, um auf das Gut zu fahren. In Berlin gab es nichts mehr für ihn zu tun.

## 26

Max hatte zwei Wochen gebraucht, um Viktor so weit zu bringen, dass er den Opiumgebrauch und den Alkoholkonsum etwas zurückfuhr. Er war jetzt in der Lage, auch längeren Erklärungen zu lauschen, ohne dabei abzudriften, und was noch besser war: Er konnte das, was er gehört hatte, auch behalten und sich seine eigenen Gedanken darüber machen.

»Wir können das nich alleene durchziehen«, sagte er jetzt. Er und Max saßen in der schwachen Herbstsonne in einem Gastgarten und tranken Kaffee. Max hatte ihn verdient, indem er dem Wirt angeboten hatte, Fässer im Keller umzuschichten. Der Kaffee war von gestern und aufgewärmt und eigentlich ungenießbar, aber Viktor klammerte sich daran fest und trank wie ein Verdurstender. Er lehnte nicht ab, als Max ihm seine halb volle Tasse hinüberschob.

»Wen willste denn noch mit reinziehen?«, fragte Max betroffen.

Viktor schloss die Augen. In den ersten Tagen, nachdem Max angefangen hatte, sich um ihn zu kümmern, hatte er ausgesehen wie ein wandelnder Leichnam. Mittlerweile waren Hautfarbe und Kontur in sein Gesicht zurückgekehrt. Wenn man ihn rasierte, ihm das Haar schnitt und pomadisierte und ihn in einen halbwegs anständigen Anzug steckte, würde er keine ganz schlechte Figur machen – und der Rollstuhl würde seinem Auftreten noch eine zusätzliche Portion Tragik verleihen. Es war wichtig für Max' geänderte Pläne, dass Viktor gut aussah. Ihm standen keine falschen Haarteile, angeklebte Bärte und Theaterschminke zur Verfügung, so wie Fritz Lang. Dennoch stand er vor der Aufgabe, seinen ganz persönlichen Dr. Mabuse zu kreieren. Viktor hatte die Titelrolle. »Von wollen kann keene Rede sein«, sagte Viktor. »Müssen tun wir.«

Max hörte aufmerksam zu, als Viktor ihm darlegte, warum sie es zu zweit nicht schaffen konnten. Sie brauchten Zugang zu einem gehobenen Lokal oder Spielsalon, am besten einem privaten Klub. Sie brauchten die entsprechende Garderobe. Sie brauchten weitere Mitspieler, damit das Opfer den Braten nicht sofort roch. Und sie brauchten vor allem ein Opfer.

»Du kannst nich einfach jemanden uff der Straße anquatschen, der nach Pinke auskiekt«, sagte Viktor. »Det muss allet janz organisch ablaufen, vastehste?«

Max' Plan war geboren worden, als er bei der Premierenfeier zum *Müden Tod* der Schilderung der Kartenspielerszene aus Dr. Mabuse gelauscht hatte. Otto hatte zu Hause kaum etwas von seinen Einblicken in das Drehbuch erzählt. Max hatte daher zum ersten Mal etwas von der Szene gehört – und vor allem von Ottos Vorschlägen. Gehobene Atmosphäre statt Spelunke. Ein Hypnotiseur am Kartentisch. Seine Niedergeschlagenheit war verschwunden, als ihm klar geworden war, dass es doch eine Möglichkeit gab, zusammen mit Viktor einen Fischzug zu unternehmen. Und seine Gewissensbisse waren sogar leichter geworden, denn er sagte sich, dass jemand, der wissentlich die Herausforderung annahm, gegen einen Mann mit hypnotischen Fähigkeiten beim Kartenspiel anzutreten, es nicht anders verdient hatte, als um sein Geld erleichtert zu werden. Die Herausforderung – das war der Teil am gesamten Plan, den Max mit einbrachte. Ansonsten sollte die Sache genauso ablaufen wie im Drehbuch zu *Dr. Mabuse*. Max war zuversichtlich, dass es klappen würde. Und auch hier würden er und Viktor mindestens drei- oder viermal in Aktion treten können, bevor es zu gefährlich wurde; denn die Opfer würden ein paar Tage brauchen, bis sie ihren Stolz überwanden und erkannten, dass sie sich hatten täuschen lassen, und erst dann zur Polizei gehen.

»Ooch, wenn es sich um 'ne Provinzblüte handelt, wird et schwierig«, fuhr Viktor fort. »Denen hamse nämlich zu Hause einjeschärft, det se sich in der großen fremden Stadt uff keenen Fall zu irjendwat bequatschen lassen sollen.«

Das war ebenfalls Max' Idee gewesen: dass das Opfer ein Besucher in der Großstadt sein sollte. Ein abgebrühter Berliner würde sich nicht so leicht aufs Kreuz legen lassen, und er würde auch eher zur Polizei gehen, wenn er dem Betrug auf die Schliche gekommen war.

Max seufzte. Es hatte sich so einfach angehört, als er sich den Plan zum ersten Mal dargelegt hatte: Finde einen vermögenden Provinzler auf Besuch in Berlin. Bringe ihn dazu, sich mit Viktor an einen Kartentisch zu setzen. Wecke seinen Ehrgeiz, gegen den vermeintlichen Hypnotiseur zu gewinnen – Willensstärke zu demonstrieren, zu zeigen, aus welchem Holz er geschnitzt war. Lasse ihn so oft gewinnen, dass er leichtsinnig wird. Nimm ihn dann aus wie eine Weihnachtsgans. Und lass ihn zum Abschied noch ein paar Mark zurückgewinnen, sodass ihm erst nach Tagen aufgeht, wie sehr er in Wirklichkeit gerupft worden ist.

»Die Pinke für den Einsatz brauchen wa ooch«, sagte Viktor. »Du willst ihn ja erst ma een paarmal gewinnen lassen. Det Geld müssen wir haben. Ick hab keenes. Du etwa?«

»Meinst du, wir sollten die Sache vergessen?«, fragte Max niedergeschlagen.

»Nee«, sagte Viktor und grinste schwach. »Die Idee is jut. Wir brauchen nur Hilfe, det is alles.«

»Wen willste denn einweihen?«

Viktor legte eine Hand auf eines der Räder an seinem Rollstuhl. »Mir traut keener mehr wat zu«, sagte er. »Und du giltst bei vielen als Lampenmacher, weil de dich ins ehrliche Leben abjesetzt hast. Von den großen Paten wird uns keener zuhören. Wir brauchen eenen, von dem wir wissen, dass er uns det Ding zutraut.«

Max' Herz sank, als ihm klar wurde, dass Viktor eine ganz bestimmte Person im Sinn hatte. »Heinrich«, sagte er betroffen.

»Du hast ihm doch früher vertraut.«

»Ick hab ihm nur een kleenet bisschen mehr vertraut als den anderen Paten«, sagte Max. »Er is 'ne Ratte.«

»Det sind die anderen ooch.«

»Wie stellste dir det Janze denn vor – mit Heinrich an Bord?«

Viktor erklärte, dass Heinrich jede Menge Beziehungen hatte. Es waren entweder Geschäftskontakte oder durch Erpressung entstandene Bekanntschaften. Sie reichten weit. In diesen Zeiten waren auch hochanständige Leute manchmal darauf angewiesen, einen schmierigen Kreditgeber aufzusuchen; und der hatte sie dann gesellschaftlich in der Hand. Es würde Heinrich nicht schwerfallen, ihnen ein ruhiges, rückwärtig gelegenes Spielzimmer in einem gehobenen Salon zu besorgen. Er konnte auch – auf Darlehensbasis – den Einsatz für die ersten Spiele stellen und Max und Viktor genug Geld leihen, damit sie sich entsprechend einkleiden und die eleganten Herren mimen konnten. Nicht zuletzt konnte er seine Beziehungen spielen lassen, um herauszufinden, in welchem Hotel ein Mann abgestiegen war, der die Anforderungen an das perfekte Opfer erfüllte.

»Heinrich wird 'nen Anteil wollen, und keenen kleinen«, gab Max zu bedenken.

»Fuffzig Prozent«, prophezeite Viktor.

»Auf keenen Fall«, sagte Max.

»Wat willste, Max: Für jeden von uns ein Viertel vom Kuchen, oder die Hälfte von nüscht?«

»Verdammt«, sagte Max.

Es stellte sich heraus, dass Heinrich sechzig Prozent verlangte. »Eigentlich wären es fünfundsiebzig«, sagte er lässig. »Aber ich lasse euch fünfzehn nach für die gute Idee.«

## 27

Zwei Tage nach dem Rücktritt der Regierung Wirth traf ein Brief auf Gut Briest ein. Das Kuvert trug als Absender nur einen Namen: Fritz Lang. Er war nicht an die Agentur adressiert, sondern an Otto und Hermine von Briest. Er hätte wie eine private Nachricht gewirkt, wenn nicht der offiziell scheinende, bedruckte Briefumschlag gewesen wäre. Hermine öffnete ihn.

Drei Minuten später stand sie vor Otto, der im Salon saß und herauszufinden versuchte, ob er mit den Einnahmen für den Holzschlag in einem Wäldchen des Guts Saatgut finanzieren konnte. Otto blickte auf. Hermine erkannte, dass er in seinen Berechnungen gefangen war. Er begann zu reden, bevor sie Luft holen konnte.

»Roggen«, sagte er und gestikulierte auf seine vollgekritzelten Blätter. »Im Reichstag gibt es Diskussionen, die Währung statt auf die fehlenden Goldreserven auf Bodenschätze zu gründen. Ein Ansatz ist die Roggenmark. Eine Tonne Roggen soll so und so viel Reichsmark wert sein. Wenn sich das durchsetzt, wird jeder Roggen anbauen wollen. Wir könnten, vorausgesetzt, wir können genug Saatgut kaufen und lagern, damit spekulieren … die Idee ist von diesem Fanatiker, Helfferich …« Ottos Blick fokussierte sich erst jetzt auf Hermine. »Denkst du, wir sollten nicht darüber nachdenken, weil die Idee auf dem Mist eines skrupellosen Hetzredners gewachsen ist? Weil sie dadurch irgendwie unmoralisch ist?«

»Otto«, sagte Hermine sanft, »Fritz Lang hat geschrieben.« Sie hielt den Brief hoch.

Ottos Gesicht hellte sich auf. »Ein neues Drehbuch, bei dem er Hilfe braucht? Das wäre Rettung in der Not!«

»Eigentlich«, sagte Hermine, »ist der Brief nur in zweiter Linie an dich und mich gerichtet.«

»Aha. Und an wen geht er in erster Linie.«

»Luisa«, sagte Hermine und wusste nicht, ob sie lachen oder sich sorgen sollte. Sie dachte an das Gespräch mit ihrem Mann auf der Tanzfläche während der Premierenfeier. Sie hatte sich offensichtlich gründlich in Fritz Lang getäuscht.

»Luisa?«

»Er bietet ihr eine Rolle in der Verfilmung von *Dr. Mabuse* an.«

»Luisa?«, wiederholte Otto, offenbar völlig aus der Fassung gebracht.

Nun musste Hermine doch lachen. »Ja, Luisa. Hältst du das für so unglaublich? Sie ist eine bildhübsche junge Frau. Und Lang hat es auf der Feier angekündigt.«

»Sie ist vierzehn«, knurrte Otto. »Sie ist noch ein Kind. Er hat gesagt, wenn sie etwas älter ist.«

»Also, wenn man es genau nimmt: Luisa ist etwas älter. Knapp drei Wochen, um genau zu sein. Und sie ist kein kleines Mädchen mehr. Sie ist nur noch keine Frau, das ist alles.«

»Das hört sich nach ausgemachtem Unsinn an, meine Liebe«, sagte Otto, aber er lächelte.

»Det is keen Unsinn«, empörte sich Hermine. »Nicht alles ist Unfug, nur weil ihr Männer es nicht versteht.«

»Herrje, ich höre meine Mutter reden.«

»Was tun wir, Otto? Lang lädt sie zum Vorsprechen ein. Übermorgen. Sollen wir es ihr sagen? Sollen wir sie gehen lassen?«

Otto überlegte so lange, dass Hermine ungeduldig wurde und

von einem Bein aufs andere trat. Schließlich sagte er: »Ich würde gerne wissen, was deine Meinung ist, aber du hättest mich nicht auf diese Weise gefragt, wenn du dir schon eine gebildet hättest.«

»Ich weeß es ooch nicht, Otto«, gab Hermine zu. »Ick hab gesehen, wie fasziniert sie war auf der Premierenfeier. Sie hat den ganzen Abend nur große Augen gemacht und gestrahlt. Hier, lies: Lang schreibt, dass es sich nur um eine kleine Szene handelt und dass ihre schulische Anwesenheit nicht darunter leiden würde … aber tun wir ihr damit was Gutes? Dit is 'ne eigene Welt für sich, und vielleicht ist sie zu glitzernd und zu schnelllebig für unsere Kleene – und wir sollten noch ein paar Jahre warten, bis wir ihr gestatten, Teil davon zu werden.«

»Von dieser einen Rolle wird sie noch nicht Teil des Ganzen«, sagte Otto. »Es ist nur eine Freundlichkeit seitens Langs, das ist alles.«

»Du hast ja keene große Meinung von den Schauspielkünsten unserer Tochter.«

Otto grinste. »Als jemand, der immer wieder mal auf sie reinfällt, weiß ich, wie gut sie sein kann.«

Hermine legte Otto eine Hand an die Wange. Otto nahm ihre Hand, presste sie an sein Gesicht und küsste ihre Handfläche. »Ich habe eine Idee«, sagte er. »Luisa soll vorsprechen, und wenn Lang sie nimmt, dann soll sie ihre Chance bekommen. Aber du bist mit dabei. Beim Vorsprechen, bei den Dreharbeiten. Wenn du mit von der Partie bist, weiß ich, dass Luisa nie etwas zustoßen kann.«

»Ick habe überlegt, Max ooch mitzunehmen. Eine der Automobilfirmen wollte ihn noch mal sehen. Ick weeß nicht mehr, welche, aber ich glaube, es war übermorgen. Das würde passen.«

»Nimm ihn mit«, sagte Otto. »Dann weiß ich, dass euch beiden nichts passieren kann.«

## 28

Luisa war so aufgeregt, dass sie abwechselnd in hektisches Gerede und tiefes Schweigen verfiel. Sie merkte selbst, dass sie auf der Zugfahrt von Genthin nach Potsdam anstrengend war, aber sie konnte es nicht abstellen. Als Adresse für ihr Vorsprechen hatte Fritz Lang nur den Namen der Produktionsfirma Erich Pommers, die Decla-Bioscop AG, genannt – und als Hausadresse die Babelsberger Filmstudios. Max fragte einen Droschkenkutscher nach genaueren Daten und bekam zur Antwort, man solle sich nach Nowawes begeben und nach den Gläsernen Filmstudios fragen. Es hörte sich kompliziert an, und Luisa war in ihre schönsten Sachen gekleidet, frisch frisiert und zurechtgemacht … Hermine gab mit einem kaum hörbaren Seufzen das Budget für die Droschkenfahrt frei, sie stiegen alle ein – und stellten fest, dass sie vom Bahnhof aus einfach nur eine halbe Stunde hätten geradeaus laufen müssen, um das Ziel zu erreichen.

Die Filmstudios sahen aus wie zwei riesige Gewächshäuser, die links und rechts an einen zentralen Backsteinkern angebaut waren. Sie waren so hoch wie ein zweistöckiges Gebäude und bestanden aus sechs übereinanderliegenden Reihen Hunderter von Glasfenstern in einem Fachwerk aus Metall. Viele Scheiben waren von innen verhängt, andere waren offen. Rund um den Bau herum herrschte ein grandioses Durcheinander aus alten und neuen Automobilen, Pferdekutschen, Stein- und Bretterhaufen, Zelten, Gipsnachbildungen von Statuen, auf halber Höhe abgesägten Hausfassaden, die von vorn massiv aussahen und von hinten mit Holzständern abgestützt wurden … und von Menschen. Luisa drehte sich einmal um sich selbst, um alles aufzunehmen. Ihr Herz pochte bis zum Hals. Sie wusste, dass sie allein von der Aufregung verschwitzt und rotwangig aussah, und wünschte sich, man sähe ihr es nicht immer so an.

Nach einigen Irrwegen – die Angestellten der Produktionsfirma waren alle extrem hilfsbereit, aber meistenteils ahnungslos – fanden Luisa, Max und Hermine das Büro von Erich Pommer. Dort wusste eine Assistentin Bescheid über den Termin.

»Das Vorsprechen für Herrn Lang, nicht wahr?« Sie beendete ihre Frage mit einem kurzen, hysterischen Kichern. Luisa sah, dass Max überrascht die Augenbrauen hochzog und Hermine ein Lächeln unterdrückte. Was sie selbst betraf, hätte sie es auch ohne mit der Wimper zu zucken akzeptiert, wenn die Assistentin zur Begrüßung auf den Tisch gesprungen wäre und dort ein Tänzchen hingelegt hätte. Sie war im Herzen der deutschen Filmproduktion, und sie hatte die Chance, eine Rolle in einem Film zu bekommen. Sie war mitten in der Welt der Träume angekommen und würde ein Teil davon werden. Sie ahnte, wenn man sie in diesem Moment etwas gefragt hätte, hätte sie ebenfalls hysterisch gekichert.

Die Assistentin brachte sie über eine dunkle Treppe ins Dachgeschoss des Klinkerbaus. Erstaunt stellte Luisa fest, dass es dort einen schwarz ausgekleideten Raum gab, der wie ein kleines Amphitheater aussah, komplett mit einer Bühne. Den Bühnenhintergrund nahm eine Leinwand ein. Scheinwerfer beleuchteten die Bühne und rissen eine grelle Lichtinsel aus der Dunkelheit.

»Bitte warten Sie hier«, zwitscherte die Assistentin. »Gleich wird jemand kommen.« Damit stöckelte sie hinaus.

»Det is ’n Vorführraum«, sagte Max. Seine Stimme hörte sich an wie im Theater.

»Mit schallschluckenden Bezügen an den Wänden«, sagte Hermine. »Hier könnte man auch Theater spielen – oder ein Konzert geben.«

Luisa sah einen geschlossenen Flügel knapp außerhalb des Lichtkreises stehen. »Die spielen hier wahrscheinlich für die Begleitmusik vor«, sagte sie. »Deshalb die gute Akustik.«

Sie konnte sehen, dass Max kurz nachdenken musste, was das

Wort bedeutete. »Es hallt nicht, und man kann wahrscheinlich hören, was am anderen Ende des Raums geflüstert wird«, erklärte sie unbeholfen. Ihre Vorfreude erhielt einen kurzen, überraschten Dämpfer, als Max nicht wie sonst immer bei Erklärungen nickte und ihm anzusehen war, dass er sich die Information merkte. Er überging Luisas Bemerkung, als hätte sie gar nichts gesagt. In dem Moment, in dem sie hier eingetreten waren, hatte sich seine Stimmung geändert. Auf der Fahrt war er so gewesen, wie Luisa ihn normalerweise kannte – freundlich, witzig, aufmerksam. Jetzt war er wieder so wie die letzten Tage: still, nachdenklich, geistesabwesend. Es war, als ob der Anblick der Bühne, diese Atmosphäre des Vorspielens, irgendwelche düsteren Assoziationen in ihm geweckt hätte. Oder war er neidisch, weil er selbst auch hätte vorsprechen wollen? Nein, diesen Gedanken verwarf Luisa sofort. Selbst wenn Max sich für die Filmwelt interessiert hätte – und sie war sicher, dass er es nicht tat –, hätte er niemals so etwas wie Neid empfunden, und schon gar nicht auf sie. War ihm plötzlich eingefallen, dass er lieber anderswo wäre? Oder … *mit* jemand anderem?

*Ist das dein Liebster da drin?*, hörte sie Frieda Lehmbrock fragen.

Sie verdrängte panisch die Erinnerung an die schlimmen Gedanken, die ihr nach dieser neugierigen Frage in den Kopf geschossen waren. Und ins Herz. Mit giftigen Pfeilen. Sie musste sich auf das Vorsprechen konzentrieren. Fritz Lang würde enttäuscht sein, wenn er sie extra einlud und sie dann jämmerlich versagte.

Schließlich kam ein junger Mann mit einem unter dem Arm geklemmten Umschlag herein und stellte sich als Erich Nitzschmann vor. Er konnte nicht viel älter als Max sein, strahlte Luisa an und redete mit einem deutlichen Danziger Akzent.

»Die Vally kommt in een Momang«, sagte er fröhlich. »Dann fangen wir auch gleech an zu marachen.« Er räusperte sich. »Arbeiten, meen ich.«

»Vally?«, fragte Luisa.

»Die Vally Reinecke. Die macht die Kledage für den Film.«

»Die was?«

Hermine lachte. »Die Kostüme, nicht wahr?«

»Genau. Entschuldjen Sie, wir brassen hier alle so, wie uns die Flapp gewachsen ist.« Nitzschmann wurde rot. »Ich werd mir Mühe geben.«

»Nicht unseretwegen«, sagte Hermine, immer noch lächelnd.

»Wann kommt Herr Lang?«, fragte Luisa.

»Wie? Der kommt nich«, sagte Nitzschmann überrascht. »Sie sind doch zum Vorsprechen hier, oder?«

»Ja, eben deshalb«, sagte Luisa befremdet. Sie sah, wie Max aus seiner Geistesabwesenheit erwachte und Nitzschmann plötzlich argwöhnisch musterte.

»Aber Herr Lang hat mich eingeladen zu diesem Termin.«

»Weiß ich doch«, sagte Nitzschmann und lächelte. »Deshalb sind die Vally und ich ja hier.«

»Aber …«

Nitzschmann schüttelte den Kopf. »Ach so, Sie ham gedacht, das Vorsprechen macht Herr Lang persönlich. Das macht er nur bei den Hauptrollen. Och, nu sind Se nicht strippstrillig, soweit ich weiß, macht er das zum ersten Mal, dass er so spät noch 'ne Rolle besetzt. Da könnse sich echt drüber frein.«

Max sagte unfreundlich: »Det ham wa aber so nich erwartet.«

»Das ist schon in Ordnung«, sagte Luisa hastig. »Ich habe falsch gedacht, das ist alles. Spreche ich dann bei Ihnen vor, Herr Nitzschmann?«

»Und bei der Vally«, sagte Nitzschmann, dessen Frohnatur sofort wieder die Oberhand gewann.

»Und was sind Sie bei diesem Film?«, fragte Max, dessen Ton immer noch nicht viel freundlicher geworden war.

»Ich bin zweiter Kameramann«, sagte Nitzschmann stolz.

Vally Reinecke, die ein paar peinliche Minuten später eintraf, war eine kleine Frau in einem Männeranzug mit einem platinblonden Bubikopf und einem so rot geschminkten Mund, dass ihr Lächeln fast wie das eines Clowns wirkte. Sie stellte sich nicht vor, sondern umkreiste in schnellem Schritt die Dreiergruppe aus Luisa, Hermine und Max.

»Er braucht 'nen Frack«, sagte sie dann mit einer Stimme, der man den Genuss von Zigaretten und Alkohol anmerkte. Sie war so tief, dass mancher Mann darauf stolz gewesen wäre. Mit dem kleinen Finger deutete sie auf Max. »Er sieht aus wie einer, der in 'nen Frack gehört.«

Max riss die Augen auf vor Überraschung. Vally Reinecke ließ sich in ihrem Urteil nicht beirren. Ihr kleiner Finger deutete auf Hermine. »Paul Poiret«, sagte sie. »Unbedingt. Diese Büste.« Sie seufzte genießerisch. Dann stach ihr Finger in Richtung Luisa. »Aah«, machte sie. »Chanel. Ohne Zweifel. Die zweite Morehouse. Nicht das Gesicht, meine Liebe, Miss Morehouse hat ein Pferdegesicht, aber die Figur … ja, Chanel und nur Chanel.«

Sie zuckte mit den Schultern, drehte sich abrupt um, schoss auf einen der Stühle in der vordersten Sitzreihe vor der Bühne zu, setzte sich, schlug ein Bein über das andere und fragte in Richtung Erich Nitzschmann: »Welche Reihenfolge?«

Nitzschmann, der nicht viel weniger überfahren wirkte als Luisa und die anderen, sagte: »Es geht nur um Fräulein von Briest.«

Luisa fühlte sich von einem Blick der Kostümbildnerin aufgespießt. »Unsere Miss Morehouse mit dem deutlich hübscheren Gesicht«, sagte sie. »Ich bleibe bei Chanel.« Sie wedelte mit der rechten Hand. Mit der linken zog sie eine zerknitterte Schachtel Salem-Gold-Zigaretten aus der Jackentasche und zündete sich eine an. »Wann geht's endlich los?«, klang ihre Stimme durch den Rauch.

Es wurde ein Desaster.

Es begann schon schlecht, als Nitzschmann an Hermine und Max die Einladung aussprach, beim Vorsprechen dabei zu sein.

Luisa war davon ausgegangen, dass ihre Familie draußen warten würde. Es würde sie hemmen, vor Max und ihrer Mutter zu schauspielern. Aber sie wagte nicht, darum zu bitten, denn sie fürchtete, die beiden würden es als Affront empfinden und Nitzschmann und Reinecke ihr ihre Nervosität anmerken. Also versuchte sie, sich darauf einzustellen.

Es ging noch schlechter weiter, als ihr klar wurde, dass sie auf die Schnelle ein paar Texte lernen musste. Sie hatte gedacht, sie würde nur pantomimisch etwas darstellen müssen, doch es stellte sich heraus, dass Nitzschmann Textkarten dabeihatte. Auch wenn die Filme keinen Ton hatten, mussten die Schauspieler ihre Zeilen aufsagen; oft war es viel mehr Text, als auf die Zwischentitel passte. Jeder konnte zwar in seiner Muttersprache reden – aber gesagt werden musste etwas.

Dann verstand sie die Hälfte der Fachausdrücke nicht, die Nitzschmann in rascher Folge als eine Art Regieanweisung herunterrasselte. Sie hatte gedacht, sie würde nur auf einer Bühne stehen und auf Kommando des Regisseurs verschiedene Emotionen darstellen müssen. Doch Nitzschmann bat sie, herumzugehen, oder so zu tun, als würde sie in einen Raum kommen, oder einen Raum verlassen, oder weglaufen, oder …

Und während sie noch verwirrt diesen Anweisungen lauschte, fiel ihr Blick auf Max, der neben Vally Reinecke saß. Er beugte sich zu ihr und flüsterte ihr etwas ins Ohr, und sie kramte in einer ihrer Taschen und förderte eine Taschenuhr zutage, die sie aufklappte. Max blickte auf die Uhrzeit. Sein Gesicht versteinerte, und Luisa konnte sehen, wie er mit den Augen rollte. Er war ungeduldig! Er langweilte sich! Er wollte in Wirklichkeit gar nicht mit dabei sein, wenn Luisa nach den Sternen griff.

*Ist das dein Liebster da drin?,* fragte Frieda Lehmbrock.

Plötzlich, in ihrer Angst und Enttäuschung, wurde ihr klar, dass sie die Frage mit »Ja« hätte beantworten sollen.

Sie starrte geschockt zu Max. Max fing ihren Blick auf. Seine angespannten Gesichtszüge lösten sich in einem Lächeln. Er zwinkerte ihr zu. Auf einmal kam es Luisa gespielt vor, und schlecht gespielt.

Es wurde sogar ein totales Desaster. Und es wurde, als sie, Luisa wie betäubt und vor den Kopf geschlagen, am Potsdamer Bahnhof ankamen, noch schlimmer. Nämlich, als Max mit der lahmen Ausrede, er müsse morgen sehr früh bei einem an ihm interessierten Automobilhersteller vorsprechen, eröffnete, dass er in Berlin übernachten würde. Luisa und Hermine mussten allein nach Genthin zurückfahren.

*Ist das dein Liebster da drin?*, quietschte Frieda Lehmbrock.

*Ja,* hörte Luisa sich antworten.

Was sie schockiert gedacht hatte an dem Tag, an dem sie Max im Bahnhof Genthin hinterherspioniert hatte, kam jetzt mit voller Wucht zu ihr zurück.

*Ist das dein Liebster da drin?*

*Ja. Aber es nützt nichts. Denn ich bin nicht seine Liebste.*

*Max hat eine Liebste in der Stadt.*

## 29

Max kam abgehetzt und beinahe zu spät im Kakadu an. Die Örtlichkeit war eine Bar, in der im Erdgeschoss ein Klavierspieler melancholische Weisen spielte und in der man anständig zu essen und alkoholfrei zu trinken bekam. Das Lokal hatte keine Konzession. Es war besucht von mittelständischen Unternehmern, an deren breiten Händen man noch ihre Herkunft aus dem Handwerk erkennen konnte, und von Politikern am unteren Ende der Hackordnung. Die abenteuerlustigeren Seelen unter ihnen stiegen zuweilen in die erste Etage empor, wo in gediegenen Einzelzimmern Spielrunden stattfanden. Die Einsätze waren stramm, und das Alkoholausschankverbot konnte man umgehen, indem man einen Kellner oder eine der Animierdamen wegschickte, um anderswo Champagner und Cognac zu kaufen. Der Konsum war dann reine Privatsache, und wenn der Wirt Gläser zur Verfügung stellte und für den edlen Spender abkassierte, war das kein Vergehen, sondern Dienst am Kunden. Alles in allem wirkte das Kakadu so bieder, dass man sich nur schwer vorstellen konnte, sein Besitzer könnte irgendetwas mit einem Menschen wie Heinrich zu tun haben. Aber hinter jeder Fassade kann ein Abgrund lauern.

Ohne Heinrich wäre es Max und Viktor nie möglich gewesen, einen derart unverfänglich erscheinenden Rahmen für ihre Abzocke zu finden. Es wäre ihnen auch nie möglich gewesen, so schnell ein potenzielles Opfer aufzutreiben. Das Opfer hörte auf den Namen Franz Komnick, kam aus dem ostpreußischen Städtchen Elbing, war Mitte sechzig und hatte ein Unternehmen, das neben anderen Dingen Landmaschinen herstellte. Komnick war in einem Hotel abgestiegen, dessen Concierge Schulden bei Heinrich hatte. Der Concierge hatte Heinrich mit allen Informationen versorgt, die er über Komnick hatte, und Heinrich hatte sie an Max und Viktor weitergegeben. Es kam sicherlich gut an, wenn der vermeintliche Hypnotiseur auch scheinbar hellseherische Fähigkeiten aufwies.

»Mensch, wo biste denn jewesen?«, fragte Viktor. »Die kommen jede Sekunde!« Viktor trug einen Frack, der ihm zu groß war, aber seine Haltung im Rollstuhl kaschierte die leeren Schultern. Er saß im Gastraum im Erdgeschoss.

»Ick schaff dich gleich hoch.« Max warf Jacke und Mütze auf eine Bank, rollte Viktor zum Fuß der Treppe und hob ihn aus dem Stuhl. Viktor wog fast nichts. Er trug ihn, wie ein Mann seine Braut über die Schwelle trug. Aus dem Gastraum hörte er ein paar geschmacklose Scherze und Gelächter und versuchte, sie zu ignorieren. Er spürte Viktors tödliche Scham und hätte gerne gesagt, dass er sich wegen solcher Dummköpfe nichts denken solle, doch er ahnte, dass er damit alles nur noch schlimmer gemacht hätte.

Als Max die Welt verlassen hatte, in der Menschen wie Heinrich den Ton angaben und die Not des anderen nur eine Möglichkeit war, an ihm zu verdienen, hatte Viktor noch keinen Rollstuhl gebraucht. Aber vor zwei Jahren waren ein paar angetrunkene ehemalige Soldaten, die in einer der vielen rechtsradikalen Gruppierungen eine neue Heimat gefunden hatten, im Eldorado gewesen. Sie hatten verkündet, dass das Treiben dort undeutsch und pervertiert sei. Viktor hatte versucht, eines der als Männer angezogenen Mädchen zu schützen, das die Soldaten in den Hinterhof gezerrt hatten. Er hatte gegen die Grobiane keine Chance gehabt. Sie hatten ihn verprügelt, bis er halb besinnungslos war, dann hatten sie ihn die Treppe in den Lagerkeller hinuntergeworfen. Der Sturz hatte ihm mehrere Rückenwirbel gebrochen. Geholfen hatte ihm von den anderen niemand; erst als die Soldaten abgezogen waren, hatten sich der Wirt und ein Kellner zu Viktor begeben, um nachzusehen, wie es ihm ging. Als Viktor ein halbes Jahr später im Rollstuhl ins Eldorado gekommen war, hatte ihn der Wirt sofort in einen Nebenraum gefahren und ihn gebeten, dort zu bleiben, weil sein Anblick dem Vergnügen des Publikums abträglich sei. Er hatte ihm eine Flasche billigen Cognac hingestellt und ihn den Rest des Abends dort allein sitzen gelassen. Am Ende des Abends war die Flasche leer gewesen, und Viktor hatte in seinem eigenen Erbrochenen auf dem Boden gelegen. Der Wirt hatte ihm erklärt, dass ein dermaßen heruntergekommenes Subjekt im Eldorado nichts zu suchen habe, und hatte ihm Hausverbot erteilt. Zwei kräftige Kellner hatten Viktor auf die Straße befördert und ihm geschildert, was ihm zustoßen würde, wenn er das Hausverbot missachtete. Viktor hatte einen der Kellner gut gekannt. Vor seinem Sturz die Kellertreppe hinunter hatte er ein Liebesverhältnis mit ihm gehabt.

Der Raum, der für das Kartenspiel vorgesehen war, stand offen. Der Tisch war fürs Spiel vorbereitet, mit Schälchen für das Kleingeld und Getränken an einem Extratisch: Champagner in Eiskübeln, Cognac in Karaffen, Wasser in Kristallkrügen. Karaffen und Krüge waren Max' Idee gewesen, als sie den Abend beim ersten Mal mit dem Wirt besprochen hatten. Die Einfälle des Wirts für eine stilvolle Raumgestaltung hatten damit geendet, dass er die Trinkgläser frisch gewaschen hätte. Der Duft von Fett und Suppe hing im Raum, weil die Küche anscheinend direkt darunter lag. Max hätte sich einen anderen Raumduft gewünscht, aber es war nicht zu ändern – und außerdem half der Geruch zumindest heute, etwaigen Schweißgeruch seiner Insassen zu übertönen. Heinrich hatte zwei seiner Kumpane, Napoleon und Jumbo, dazu eingeteilt, ebenfalls am Spiel teilzunehmen, um eine größere Runde zu bilden; und Max bezweifelte, dass die beiden daran gedacht hatten, sich zu waschen, bevor sie die Leihfräcke anzogen, die die zwingende Abendgarderobe bildeten. Auch die Fräcke waren Max' Einfall gewesen. Er hatte sie für notwendig gehalten, um eine stilvolle Atmosphäre zu gestalten. Wenn er sich so in dem Raum umsah und die Luft roch, kam ihm der Verdacht, dass seine Maßnahmen vielleicht eher übertrieben und aufgesetzt wirken würden. Egal – auch daran war nichts mehr zu ändern.

Max setzte Viktor auf einen Stuhl, rannte die Treppe hinunter, schleppte den Rollstuhl nach oben und setzte Viktor hinein. Viktor rollte sofort zur Anrichte hinüber und versuchte, sich einen Cognac einzuschenken. Seine Hände zitterten so sehr, dass der Glasstöpsel der Karaffe klirrte und er ihn nicht herausbrachte. Max nahm ihm die Flasche weg.

»Du kannst dir jetzt doch keenen hinter die Binde kippen!«, zischte er erschrocken. »Du zitterst doch eh schon wie een nasser Hund.«

Viktor hob eine bebende Hand hoch. »Gib mir 'nen Schuss«, flüsterte er. »So kann ich nich spielen.«

Max biss die Zähne zusammen und schenkte einen Schluck in ein Glas.

»Mehr«, sagte Viktor.

Max goss nach, mit dem Gefühl, das Falsche zu tun.

Viktor trank das Glas in gierigen Schlucken leer. Seine Augen tränten, aber seine Hände wurden ruhig.

Er rollte zum Tisch hinüber und nahm dort seinen Platz ein. Dann fuhr er sich glättend über die Haare. »Wie seh ick aus?«, fragte er.

Max ordnete mit den Fingern ein paar verrutschte Strähnen von Viktors pomadisierter Frisur. »Perfekt«, sagte er und zwang sich ein Lächeln aufs Gesicht.

Viktor nahm eine von Max' Händen und küsste seine Handfläche. »Ach, Maxe«, sagte er. »Ach, Maxe.«

Als Franz Komnick in Begleitung Heinrichs, Napoleons und Jumbos eintraf, alle vier in Abendgarderobe und Komnick darin ebenso fehl am Platz aussehend wie die drei Ganoven, war Max bereits in den Frack gekleidet, den der Wirt für ihn beiseitegehängt hatte. Er begrüßte Komnick und stellte ihm Viktor vor. Komnicks Augen weiteten sich, als er den Rollstuhl sah. Er wehrte entsetzt ab, als Viktor so tat, als wolle er versuchen, sich aus dem Stuhl zu erheben. Zu Max' Überraschung sagte er besorgt: »Mein lewe Gottke, bleibense doch sitzen, mein Guter. Kann ich Ihnen was von der Anrichte bringen?«

»Danke«, sagte Viktor und lächelte Komnick an. Komnicks gutmütiges, schnauzbärtiges Gesicht verzog sich ebenfalls zu einem Lächeln. »Mein Assistent und guter Freund Max Brandow geht mir zur Hand, wann immer es nötig ist.«

Komnick schüttelte Max noch einmal die Hand. »Es ist mir 'ne Fraide«, sagte er und raunte Max danach ins Ohr: »Meine Mutter, Gott hab se selig, hat in so 'nem Ding gesessen. Ich habse gepflegt, bis der lewe Gott se heimgerufen hat. Tun Se, was Se kennen für Ihren Fraind. Es ist 'n hartes Leben.«

»Ick jeb mir Mühe«, sagte Max, der nicht wusste, wie er auf Komnicks Fürsorglichkeit reagieren sollte.

Heinrich übernahm den Vorsitz und erklärte weitschweifig, dass er seinem guten Bekannten Franz Komnick von Viktors Fähigkeiten erzählt habe, einen Menschen zu hypnotisieren und ihm sogar beim Kartenspiel seinen Willen aufzuzwingen. Franz Komnick habe sein Interesse daran geäußert, Viktors Können zu erleben.

»Mir macht nämlich keiner leicht wat vor beim Karteln«, sagte Komnick. Er zwinkerte Viktor zu. »Frai mich drauf, mich mit Ihnen zu messen. Probieren Se ruhig aus, wat Se kennen. Jeht ja um nüscht, nur um die Fraide.«

Heinrich hatte die Illusion hervorgerufen, dass Napoleon und Jumbo zwei zufällige Gäste des Hotelrestaurants waren, in dem Heinrich mit Komnick gespeist hatte, und dass sie aus Neugierde mitgekommen waren. Die beiden stellten sich vor. Auf diese Weise erfuhr Max, dass Jumbo, der wegen seiner großen abstehenden Ohren so gerufen wurde wie ein berühmt gewordener Zirkuselefant und den Max während seiner Zeit in Heinrichs Gruppe nur unter diesem Spitznamen gekannt hatte, in Wirklichkeit Stefan Schiller hieß. Er machte sich eine mentale Notiz, das auf keinen Fall zu vergessen. Dann wurde ihm klar, dass Heinrich, anders als geplant, den Raum nicht verlassen würde, sondern sich ebenfalls dazugesellte. Er konnte nichts dagegen unternehmen.

Er ahnte, dass Heinrich argwöhnisch war, ob Viktor und Max ihr Opfer wirklich nach Strich und Faden rupfen würden, wusste aber nicht, ob Heinrich diesen Argwohn schon immer gespürt und nur kaschiert hatte oder ob er erst neuerdings erwacht war, als er Komnick näher kennengelernt hatte. Max konnte sich vorstellen, dass Letzteres zutraf. Er wich Heinrichs Blick aus. Komnick hatte eine dermaßen freundlich-offene Art, dass Max tatsächlich schon nach wenigen Augenblicken darüber nachgedacht hatte, wie er Komnick möglichst unbeschadet aus der Nummer herausbekommen konnte. Er traute sich zu, Napoleon und Jumbo hinters Licht zu führen. Bei Heinrich würde das nicht möglich sein.

Komnick half Viktor, seinen Stuhl bequem an den Tisch zu manövrieren. Man konnte ihm ansehen, dass er es gewohnt war; er hatte die Wahrheit erzählt, als er Max vorhin von seiner verstorbenen Mutter erzählt hatte. Max fing einen Blick von Viktor auf und wusste, dass Viktor die gleichen Skrupel bekommen hatte wie er selbst.

Die Taktik, die Max und Viktor mit Heinrich abgestimmt hatten, war einfach. Zunächst wurde nur Karten gespielt. Das Glück verteilte sich dabei halbwegs gleichmäßig um den Tisch herum, worauf Viktor, der Karten schneller verschwinden lassen oder jemandem zuschieben konnte, als es das Auge wahrnahm, achtete. Franz Komnick, der tatsächlich hervorragend spielte, war während dieser Zeit allen anderen eine kleine Nasenlänge voraus. Max wurde klar, dass Viktor sich tatsächlich anstrengen musste, Komnick nicht zu deutlich aufkommen zu lassen. Bevor die anderen eingetroffen waren, waren Viktors Augen tot und seine Wangen fahl gewesen. Jetzt funkelte ein Licht in Viktors Blick, und sein Gesicht hatte Farbe. Das Cognacglas neben sich beachtete er kaum. Max erkannte, dass Viktor Freude empfand und ihm die Herausforderung, die der arglose, aber geschickte Komnick als Gegner beim Kartenspiel darstellte, guttat.

Dann bevorzugte das Glück eine Weile Napoleon, bis dieser so tat, als würde er leichtsinnig, und die Einsätze erhöhte. Max und Jumbo stiegen vereinbarungsgemäß aus, Heinrich und Komnick blieben im Spiel, und auf einmal, nach ein paar Runden, war es völlig normal, dass die Einsätze sich verzehnfacht hatten. Komnicks Einlassung, dass es ja »um nüscht« ging, stimmte nun nicht mehr, aber der natürlich erscheinende Rhythmus des Spiels sorgte dafür, dass der Unternehmer es nicht bemerkte.

Viktor verlor in zunehmendem Maß gegen Napoleon. Komnick konnte sich halten. Napoleon grinste siegessicher und bat Viktor, ob er nicht versuchen wolle, ihn zu hypnotisieren und damit das Glück zu wenden. Viktor lehnte zunächst ab, bis Heinrich daran erinnerte, dass sein »guter Bekannter« Franz Komnick ja nicht zuletzt wegen Viktors Fähigkeiten mitgekommen war. Komnick stellte sich auf Viktors Seite und meinte, er würde sich auch so gut amüsieren, er wollte nicht, dass Viktor sich überanstrenge.

Viktor trank einen tiefen Schluck Cognac. Erneut traf ein fast Hilfe suchender Blick Max, dann wandte er sich an Napoleon. »Wenn Sie es wünschen«, sagte er. »Ich wende nur eine ganz leichte Hypnose an, einverstanden?«

»Ich glaube ohnehin nicht, dass das klappt«, sagte Napoleon.

»Ich habe vor Kurzem einen Hypnotiseur auf der Bühne gesehen«, erklärte Komnick zur allgemeinen Überraschung. »In Wien war das, ich war bei einem Geschäftskongress. Hanussen hieß der Hypnotiseur. Der ganze Saal war heechst beeindruckt.«

»Ich bin bereit«, sagte Napoleon. »Wann geht's los?«

»Geben Sie mir ein paar Minuten«, sagte Viktor. »Ich muss mich erst konzentrieren. Spielen wir noch eine Runde. Sie geben.«

Napoleon zuckte mit den Schultern, mischte die Karten und gab sie aus. Die anderen beobachteten ihn dabei mit atemlosem Interesse. Bei Max, Jumbo und Heinrich war es geheuchelt, bei Komnick echt. Napoleon hatte statt der Karten die Papieruntersetzer, die Viktor ihm hingeschoben hatte, verwendet. Er tat so, als hätte er es nicht bemerkt, nahm sie auf und betrachtete seine Kartenhand dann verwirrt.

»Leider funktioniert es nicht so weit, dass man einen Menschen vollkommen überlisten kann«, sagte Viktor. »Das Gehirn merkt spätestens beim Sortieren, dass etwas nicht stimmt.«

Napoleon ließ die Papieruntersetzer fallen. »Hol mich der Teufel«, sagte er. »Ich dachte, das wären die Karten.«

»Kenn Se das bei mir auch machen?«, fragte Komnick begeistert.

»Das mit den Papieruntersetzern nicht mehr. Das haben Sie jetzt schon gesehen. Lassen Sie mich nachdenken.« Viktors Gesicht hellte sich auf. »Ich zeige es Ihnen an einer Runde Vingt-et-un.«

»Fangen Sie an«, sagte Komnick.

Viktor sortierte die Karten, bis er ein Ass und eine Zehn fand. Er legte sie offen vor Komnick auf den Tisch. Dann gab er sich eine Sieben und eine Acht. Er drehte beide Sets so um, dass die Rückseiten nach oben lagen. Dabei stieß er kurz gegen das Schälchen, in dem Komnick das Kleingeld hatte. Komnick stabilisierte es.

»Entschuldigung«, sagte Viktor. »Nun … wissen Sie, welche Karten Sie haben?«

»Kreuz-Ass und Pik-Zehn«, sagte Komnick.

»Sehen Sie mich an«, sagte Viktor. »Sie haben eine Herz-Fünf und eine Kreuz-Sieben. Ich gewinne.«

Viktor drehte seine Sieben und seine Acht um. Komnick sah ihn verwirrt an.

»Decken Sie auf«, sagte Viktor.

Komnick drehte seine Karten um. Es waren eine Herz-Fünf und eine Kreuz-Sieben.

Napoleon lachte. »Das hat jetzt aber nicht geklappt, mein Lieber. Da liegen immer noch das Ass und die Zehn.«

»Ja«, sagte Heinrich. »Aber ich denke, mit solchen Fähigkeiten kann man nicht immer einen hundertprozentigen Treffer erwarten.«

»Warten Sie«, sagte Komnick langsam. Er starrte seine Karten an, als würden sie ihm ins Gesicht springen wollen. »Da liegen doch …«

»Kreuz-Ass und Pik-Zehn«, sagte Max und hasste sich dafür.

Komnick lehnte sich zurück. »Aber ich …«, begann er.

»Sehen Sie mich an«, sagte Viktor.

Komnick starrte ihm ins Gesicht. Viktor drehte Komnicks Karten um, sodass wieder die Rückseite nach oben schaute. »Decken Sie auf, Herr Komnick«, sagte er.

Komnick tat es zögernd. Zum Vorschein kamen das Ass und die Zehn.

»Das Gleiche wie vorher«, sagte Napoleon und klang etwas ungeduldig. »Ich verstehe nicht, wo das Kunststück ist.«

Komnick nahm beide Karten auf und musterte sie. Dann legte er sie vorsichtig zurück auf den Tisch, stützte die Hände auf die Tischplatte und begann, über das ganze Gesicht zu strahlen. »Meine Herren«, sagte er und räusperte sich. »Meine Herren – ich glaube, es hat doch geklappt. Ich schwöre Ihnen, ich habe hier, als ich die Karten vorhin umgedreht habe, eine Herz-Fünf und eine Kreuz-Sieben gesehen.«

Alle begannen, durcheinanderzureden. Komnick klang so begeistert, dass seine Stimme überschnappte. Viktor trank ein weiteres Glas Cognac auf einen Zug leer. Max beobachtete ihn besorgt. Als er aufstehen wollte, um zu ihm zu gehen, fühlte er sich von Napoleon am Handgelenk gepackt. »Keene dummen Gedanken, Brandow«, murmelte er halblaut und lächelte dabei, damit es so aussah, als würde er etwas ganz Harmloses sagen. »Allet läuft wie jeschmiert. Bring bloß nix durcheinander.«

»Lass mich los«, erwiderte Max und machte sich nicht die Mühe, dabei zu lächeln.

»Det läuft hier so wie jeplant«, raunte Napoleon. Er beugte sich vor, damit Max die Pistole sehen konnte, die – von der Smokingjacke verborgen – links in Napoleons Hosenbund steckte. »Vastehste?«

Komnick bat um Ruhe. »Würden Sie es noch einmal versuchen?«, fragte er Viktor. »Ich bin eben überzeugt worden, dass es nicht funktionieren würde, wenn es tatsächlich um einen Einsatz ginge.« Er lächelte Heinrich an, und dieser erwiderte das Lächeln.

»Sie sind ein ernsthafter Mann, der sein Geld zusammenhält«, sagte Heinrich und zuckte mit den Schultern.

»Es funktioniert immer«, erklärte Viktor mit tonloser Stimme und ohne den Kopf zu heben.

»Geht es Ihnen nicht gut?«, fragte Komnick betroffen. »Dann beenden wir das Ganze jetzt. Bitte entschuldigen Sie.«

Viktor warf Max abermals einen Hilfe suchenden Blick zu. Max sah, wie Napoleon unter dem Tisch eine Geste machte, als würde er die Pistole ziehen und auf Viktor schießen.

»Ich glaube, es geht schon, oder?«, fragte Max, innerlich kochend.

Viktor nickte. Er nahm Max' Worte als Aufforderung, mit dem Plan weiterzumachen. Max sah, dass das begeisterte Leuchten in seinen Augen erloschen war.

»Ich habe mich nur gesammelt«, sagte Viktor und setzte ein falsches Lächeln auf, das Komnick nicht auffiel. »Bitte verzeihen Sie, wenn es auf Sie die falsche Wirkung hatte.«

Alle rückten ihre Stühle wieder an den Tisch heran. Max zermarterte sich das Gehirn, wie er die Runde auflösen und die Situation retten konnte, ohne eine Schießerei zu verursachen. Er wollte Franz Komnick davor retten, ausgenommen zu werden. Auch wenn das bedeutete, dass er seine Schuld gegenüber den Briests weiterhin nicht begleichen konnte. Er würde es auf andere Weise versuchen – und wenn er dazu Latrinen leeren musste. Es konnte nicht sein, dass auf sein Betreiben hin ein Unschuldiger zu Schaden kam; und schon gar nicht, wenn dieser Unschuldige ein so offensichtlich guter Mensch wie Franz Komnick war. Er kam auf keine Lösung.

Das Spiel wiederholte sich, diesmal mit Einsatz. Komnick wurde wieder vorgegaukelt, er sei hypnotisiert worden. Wären Max' Gewissensbisse nicht so groß gewesen, hätte er die Geschicklichkeit, mit der Viktor die Karten vertauschte, mit offenem Mund bewundert.

»Versuchen Sie es bei mir«, sagte Heinrich. Er legte seine Geldbörse auf den Tisch. »Nehmen Sie auch einen Schuldschein unter Ehrenmännern?«

Viktor nickte.

»Fünftausend Mark«, sagte Heinrich.

»Mein lewe Gottke!«, stieß Komnick schockiert hervor.

Heinrich lächelte ihn an. »Dafür wollte ich eigentlich ein eigenes Geschäft aufmachen«, sagte er. »Ich träume davon seit Jahren. Mal sehen, ob die Hypnose auch gegen einen Traum ankann.«

Heinrich lieferte eine vollendete Leistung als jemand ab, der zunächst auch dem Willen des Hypnotiseurs unterliegt, dann seinen Einfluss abschüttelt und am Ende obsiegt. Viktor hatte bei ihm die Karten nicht ausgetauscht. Max dachte an Luisas Vorsprechen vom Nachmittag und war sich sicher, dass Heinrich, hätten Erich Nitzschmann und Vally Reinecke jetzt zugesehen, eine Rolle in Fritz Langs Film bekommen hätte.

Viktor gratulierte Heinrich. »Das ist das erste Mal, dass jemand die Hypnose abschütteln kann, die ich angewandt habe. Bitte erzählen Sie den Trick nicht weiter.«

Heinrich schüttelte lachend den Kopf. »Keine Sorge. Ich möchte Ihnen danken. Ich weiß jetzt, dass mein Traum der richtige ist. Nicht einmal Hypnose kann ihn besiegen.« Er wandte sich, noch immer lachend, an Komnick. »Ihnen möchte ich auch danken für die grandiose Idee, mich hierher mitzunehmen. Ich habe heute etwas über mich selbst gelernt, das mich sehr glücklich macht.«

Komnick war so in Gedanken versunken, dass er gar nicht mitbekam, wie Heinrich eben die wirklichen Ereignisse umgedreht hatte. »Ich habe auch einen Traum«, murmelte er. Er straffte sich und streckte die Hand nach dem Schuldschein aus, den Heinrich auf einen der Papieruntersetzer gekritzelt hatte. Er holte einen Füllfederhalter aus der Tasche, strich Heinrichs Namen und Unterschrift durch und ersetzte sie durch seine eigene. »Spielen wir«, sagte er.

Max konnte sehen, wie Viktor darüber nachdachte, Komnick gewinnen zu lassen. Doch am Ende reichte sein Mut nicht dazu. Er wiederholte den Trick vom Anfang. Komnick wurde blass, als er wieder andere Karten sah als die erwarteten Ass und Zehn und alle anderen – außer Max – ihm versicherten, das Ass und die Zehn seien noch da. Er legte die Karten ab, schloss die Augen, atmete tief ein und beugte sich dann über den Tisch, um Viktor den Schuldschein zuzuschieben. »Bitte verwenden Sie ihn für ärztlichen Beistand«, sagte er.

Max stand auf und trat hinter Viktor. Diesmal hielt Napoleon ihn nicht auf. »Ich glaube, wir müssen das Ganze jetzt beenden«, sagte er. »Eine Konzentration wie diese zehrt an den Kräften.«

»Ich fühle mich schwach«, sagte Viktor, und Max ahnte, dass die Aussage, auch wenn sie in den Kontext passte, dennoch wahr war. Viktor blickte zu ihm hoch. »Bringst du mich nach Hause?«

»Vergessen Sie den Schuldschein nicht«, sagte Komnick, der vollkommen erschüttert klang.

Heinrich beugte sich vor und reichte Max den Schuldschein. »Hier«, sagte er und blickte Max tief in die Augen. Das Signal war klar: Heinrich erwartete, Max spätestens morgen früh mit dem Schuldschein vor der Passage zu treffen und den Wisch dort von ihm überreicht zu bekommen.

Max brachte Viktor nach unten, dann holte er den Rollstuhl. Komnick war auf seinem Platz sitzen geblieben wie jemand, dessen ganzes Weltbild zerbrochen ist. Jemand hatte ihm die Cognackaraffe hingeschoben. Komnick hielt sich an einem halb leeren Glas fest.

»Gott, det war so 'ne …«, begann Viktor, als er und Max vor dem Kakadu standen.

»Ja, war es«, bestätigte Max.

»Ick könnte mir selber eine reinhauen«, sagte Viktor mit Tränen in den Augen. »Komnick war der Erste, von dir mal abjesehen, der mir Mitjefühl jezeigt hat. Und ick hab ihn wie een Lamm zum Schlachter jeführt.«

»Wir beide waren es«, sagte Max.

»Dit macht et ooch nich besser.«

»Kommst du mit dem Stuhl alleene zu dir nach Hause?«, fragte Max.

»Ja«, sagte Viktor. »Wieso?«

»Weil ick noch mal reingehe«, sagte Max.

»Maxe, du bist wahnsinnig.«

»Nee, ick seh zum ersten Mal seit Tagen wieder klar. Hau ab, Viktor.«

Heinrich, Jumbo und Napoleon blickten lächelnd auf, als Max wieder hereinkam. Komnick saß auf seinem Stuhl und schüttelte immer wieder leise den Kopf. Napoleons Lächeln verwandelte sich in eine überraschte Grimasse, als Max den Stuhl unter seinem Hintern heraustrat und ihm hinterhertauchte, als er auf den Boden krachte. Mit einem Griff brachte er die Pistole an sich. Mit dem Ellbogen traf er Napoleon zwischen die Augen. Napoleon fiel halb betäubt auf den Rücken. Max kam hinter dem Tisch hoch und zielte mit der Pistole auf Heinrich. Mit einer schnellen Bewegung lud er sie durch. Heinrichs Augen wurden schmal.

»Du drückst nicht ab«, sagte er.

»Ich drücke dreimal ab«, entgegnete Max. »Eene Kugel für dich, eene für Jumbo, eene für Napoleon.«

»Dafür wirst du hängen«, sagte Heinrich.

»Der Wirt?«, fragte Max. »Glaubste im Ernst, der holt die Polente? Der ist froh, wenn er dich los ist. Der versenkt euch drei mit een paar Steinen in der Spree und feiert dann ein zweetes Mal Weihnachten.«

»Was soll das alles bedeuten?«, fragte Komnick schockiert.

Max beugte sich über den Tisch und hielt den Schuldschein an eine Kerzenflamme. Die letzten glimmenden Überreste warf er auf den Tisch. »Stellen Se sich hinter mich, Herr Komnick«, sagte er. »Machen Se schnell.«

»Du wirst hängen«, sagte Heinrich erneut. »Nicht, weil die Polente dich kriegt, sondern weil ich dich kriege. Und es wird ganz lange dauern.«

»Der Türschlüssel steckt innen«, sagte Max zu Komnick, der mit wackligen Knien hinter ihn getreten war. »Ziehn Se ihn ab. Dann öffnen Se die Tür und jehn nach draußen. Ick folge Ihnen.«

Heinrich sagte nichts mehr. Jumbos Augen funkelten vor Wut, als seine Blicke Max und Komnick auf ihrem Rückzug folgten. Napoleon schüttelte sich betäubt und hielt sich den Kopf.

Max nahm die Türklinke. »Schön sitzen bleiben«, sagte er. »Ick kann durch die Tür schießen. Det dünne Holz hält keene Kugel ab.«

»Du bist ein Leichnam auf Urlaub«, sagte Heinrich. »Hör auf zu schlafen und geh immer mit dem Rücken an der Wand lang.«

Max schloss die Tür und sperrte sie ab. Den Schlüssel steckte er ein. Von drinnen war kein Mucks zu hören. Er drehte sich zu Komnick um. Komnick stierte die Pistole an. Max entspannte sie und steckte sie in die Hosentasche.

»Lassen Se uns verschwinden«, sagte er. »Wechseln Se noch heute Abend det Hotel. Morjen nehmen Se den ersten Zug nach Hause und lassen sich die nächsten Monate nich mehr in Berlin blicken. Verstanden?«

»Das war eine Falle. Um mich auszunehmen«, stotterte Komnick. »Und Sie und Ihr Freund …«

»Wir waren Teil davon«, sagte Max. Die Worte waren so bitter in seinem Mund, dass es ihn würgte. »Wenn Se mir verzeihen können, dann tun Se's. Ick weeß nicht, ob ick es kann. Leben Se wohl, Herr Komnick.«

## 2. BUCH

# Die Hoffnung stirbt zuletzt

1922–1923

# 1

»Wie haben wir dieses Weihnachten überstanden?«, schrieb Otto. »Nur mit Deiner Hilfe und der Amalies und Emmas, so viel ist sicher.« Er legte den Füller weg und lehnte sich im Stuhl zurück. Er fühlte sich so gedemütigt und hilflos, dass er sich irgendwo verkriechen und alles einfach geschehen lassen wollte, wie es kam – und wenn es dazu kam, dass er das Gut verschleudern und sie alle heimatlos machen musste. Aber das konnte er nicht. Er hatte eine wunderbare Frau, die zu ihm hielt und ihn trotz seines Versagens liebte, er hatte eine Tochter, an deren Zukunft er denken musste, und er hatte einen Sohn – Max *war* sein Sohn, auch wenn andere Menschen seine Eltern waren –, der ihm vertraute und an ihn glaubte. Für diese Menschen musste er weitermachen. Er selbst war, das Gefühl überkam ihn immer häufiger, die Mühe nicht wert. Er erfüllte nicht einmal die Mindesterwartungen, die man an ihn als Familienoberhaupt, Ehemann, Vater, Unternehmer und Gutsherr stellen konnte.

»Bist du müde?«, fragte Hermine, die in Decken eingehüllt auf dem Sofa im Salon saß und ein Buch las. Sie musste es nahe an die Kerzenflamme halten, damit sie die Buchstaben erkennen konnte. Eine weitere Kerze brannte auf dem Sekretär, an dem Otto saß und schrieb. Auch er hatte Schwierigkeiten, im trüben Licht etwas zu erkennen, sodass die Zeilen seines Briefs uneinheitlich waren und die Worte sich mal hierhin, mal dorthin lehnten. Das elektrische Licht hatten sie zuletzt an Weihnachten eingeschaltet. Die Kosten dafür konnten sie sich nicht mehr leisten. Das Kaminfeuer brannte nur schwach, weil Hermine ein Scheit nach dem anderen zuführte, anstatt es hellauf lodern zu lassen. Gut Briest besaß zwar Wälder, aber die Holzschlagrechte waren großteils verpachtet, der gutseigene Brennholzvorrat ging langsam zur Neige, und selbst davon gaben sie noch etwas ab an ehemalige Bedienstete des Guts, die auf dem Altenteil saßen oder noch ärmer dran waren als sie.

»Ja«, log Otto, der nicht müde, sondern zutiefst resigniert war und sich sogar zum Schreiben des Briefs zwingen musste. »Aber ich möchte die Nachricht an Levin noch fertig schreiben.«

»Tu das, mein Liebster«, sagte Hermine. Sie gähnte. »Levin freut sich bestimmt über deine Antwort. Ich leiste dir noch ein bisschen Gesellschaft, wenn es dir recht ist.«

»Du darfst gern zu Bett gehen, wenn dir die Augen zufallen. Ich kann das schon verstehen.«

»Nee«, sagte Hermine und gähnte erneut. »Dit is so kalt unter den Federn, wenn du nich mit drinne bist.«

Otto riss sich zusammen und machte sich wieder an den Brief. Er hatte ihn ohnehin schon viel zu lange aufgeschoben. Levin hatte der Familie ein Riesenpaket aus den USA gesandt. Es musste Wochen mit dem Schiff unterwegs gewesen sein. Er hatte alles, was sich haltbar in Dosen und Schachteln verpacken ließ und gut schmeckte, hineingetan. Otto hatte sich – außer mit einer kleinen Karte – noch nicht einmal anständig bedankt dafür, und es war schon Mitte Februar! Ohne Levins Paket wäre das Weihnachtsmahl auf Gut Briest äußerst karg gewesen; und ohne den Besuch von Amalie, Ottos Schwester, und ihrer Lebensgefährtin Emma von Schley ebenfalls. Die beiden waren von einem Fotoauftrag aus Indien zurückgekommen und hatten sich gewünscht, mit Ottos Familie zusammen Weihnachten feiern zu können. Sie hatten Lachen und Überschwang sowie säckchenweise Gewürze und Kostbarkeiten mitgebracht; auf Emmas und Amalies Stirn war das rote Bindi, das sie sich hatten auftragen lassen, immer noch nicht verblasst gewesen. Luisa hatte nach der Bedeutung des Punkts gefragt, und Amalie hatte ihr gesagt, dass es in Indien das Zeichen einer verheirateten Frau war – und da sie und Emma weder offiziell heiraten noch Eheringe tragen konnten, war eben dies das Symbol ihrer Zusammengehörigkeit.

Otto zögerte. Er wusste nicht, was er weiter schreiben sollte. Dass er nur mithilfe des Pakets seines kleinen Bruders überhaupt ein Weihnachtsfest auf die Beine hatte stellen können, war schon bitter genug gewesen. Noch bitterer war das besorgte Angebot Amalies gewesen, das sie ihm vor ihrer Abreise bei einem Spaziergang zu zweit über das Gut gemacht hatte – ob sie und Emma ihn mit Geld unterstützen könnten. Otto, dessen Credo es immer gewesen war, dass er als der älteste der Briest-Geschwister für die anderen zu sorgen hatte, war so auf den Hund gekommen, dass seine kleine Schwester ihm Geld anbot. Er liebte Amalie für ihr großherziges Angebot – und wäre zugleich am liebsten weinend weggerannt, als sie es ihm unterbreitet hatte.

Im Brief an Levin nahm er Zuflucht zu einer Schilderung der Situation, die ganz Deutschland betraf. Es war einfacher, als sich auf die missliche Lage zu konzentrieren, in der die Familie steckte.

»Die zweite Regierung von Joseph Wirth hält sich jetzt schon über drei Monate. Das ist fast schon so etwas wie eine Konstante. Aber wie lange geht das noch so? Der Dollar ist jetzt schon ein paar hundert Reichsmark wert. Vor den Bäckereien und Metzgereien stehen Schlangen – nicht weil es nichts gäbe, sondern weil die Leute darauf warten, dass die Ware vom Vortag billig verkauft wird. Seit einem Monat überweist die Regierung alle zehn Tage einunddreißig Millionen Goldmark als Reparationszahlung an die Alliierten, und das ist noch ein Entgegenkommen, das unser neuer Außenminister Walther Rathenau erzielt hat. Es reduziert die jährliche Summe auf etwas über eine Milliarde Goldmark, das ist die Hälfte der ursprünglichen Forderung. Dennoch bleibt kein Geld, um die Löhne der Beamten und Angestellten auch nur marginal an die ständige Teuerung anzupassen. Die Reichsbahner haben schon gestreikt, hier in Berlin sind die Arbeiter der Gas-, Wasser- und Elektrizitätswerke in Ausstand getreten … Reichskanzler Wirth hat die Streiks erst beenden können, nachdem Reichspräsident Ebert sie als verfassungswidrig bezeichnet hat.«

Otto hörte wieder auf zu schreiben. Er fühlte sich jetzt noch schlechter. Je länger man über die aktuelle Lage nachdachte, desto mutloser wurde man. Wenn wenigstens der Reichstag an einem Strang gezogen hätte. Aber die Parteien bekämpften sich mit jedem Tag mehr, statt zusammenzuarbeiten. Rechte und linke Hetzparolen ersetzten die Sachthemen. Die Regierungsumbildung Joseph Wirths hatte nichts verändert. Allenfalls waren die Hetzreden noch schärfer und noch deutlicher geworden. Was gab es überhaupt für gute Nachrichten?

»Luisa kommt in der Schule gut voran, obwohl sie immer noch davon träumt, bei einem Film mitzuspielen. Dass man sie letzten Herbst nach ihrem Vorsprechen nicht genommen hat, hat sie allerdings sehr frustriert. Danach war sie wochenlang still und in sich gekehrt, und auch jetzt habe ich das Gefühl, sie ist immer noch nicht ganz die Alte.«

Otto stutzte. Er hatte etwas Positives schreiben wollen, und wieder hatte es eine negative Note bekommen.

»Max ist eine große Hilfe«, schrieb er nach einigem Nachdenken. »Er ist jetzt der einzige Angestellte in der Detektei und arbeitet dort gratis für mich; die Sekretärin musste ich letztlich auch entlassen …« Gott, wie hatte die Frau geweint. Aber als er ihr vorgeschlagen hatte, zunächst für einen Bruchteil ihres bisherigen Lohns zu arbeiten, bis Otto wieder flüssiger wäre, hatte sie abgelehnt. Sie musste einen arbeitslosen, vom Krieg versehrten Ehemann ernähren. Und was Max betraf: Auch er hatte sich verändert, genauso wie Luisa, und auf eine ähnliche Weise. Still, wo er vorher fröhlich gewesen war, und zurückgezogen, statt auf einen zuzugehen. Und auch die Beziehung zwischen Luisa und Max untereinander hatte sich verändert. Es kam Otto so vor, als gingen sie sich aus dem Weg, wo sie früher unzertrennlich gewesen waren. Er war überzeugt, dass die allgemeine Situation daran schuld war, und weil er, Otto, als Familienoberhaupt die Verantwortung für die Situation trug, war letztlich er daran schuld.

Er seufzte und legte den Füller endgültig weg. Der Brief würde heute nicht zu Ende geschrieben werden.

»Gehen wir zu Bett«, sagte er zu Hermine. »Lass mich dich noch ein bisschen im Arm halten.«

»Heute halte ich dich«, sagte Hermine. »Du wirkst niedergeschlagener denn je.«

»Ich glaube, ich bekomme eine Erkältung, das ist alles«, sagte Otto und war sich sicher, dass Hermine wusste, dass er gelogen hatte. Er zauberte ein Lächeln für seine Frau auf sein Gesicht, und sie erwiderte es. Aber ihre Augen lächelten nicht mit. Ihre Augen waren voller Sorge um ihn, voller Liebe zu ihm und voller Angst davor, was die Zukunft brachte.

Otto fühlte, dass er auch an Hermines Angst die Schuld trug.

## 2

Wissen Sie, Herr von Cramm«, sagte Christian Riecken, »im Einzelfall kann ich das alles ja verstehen. Dass ein junger Mann, der das Gefühl hat, er habe mehr Rizinus als Blut in den Adern, als Fahrer vorankommen will. Dass er fährt wie eine gesengte Sau, um zu beweisen, wie gut er ist. Dass er einen Konkurrenten in die Böschung drängt, wenn er ihn auf anständige Weise nicht besiegen kann; dass er sich sogar abseits der Rennbahn mit einem prügelt. Dass er sich heimlich einen anderen Hersteller sucht, um dort zu fahren, weil er glaubt, dass sein bisheriger Rennstall ihn nicht genügend würdigt. Dass er seine Mutter anrufen lässt, um seinen Weggang kundzutun, weil es ihm selber ein bisschen peinlich ist. Dass er dahinterkommt, dass es beim neuen Auftraggeber auch nicht besser ist als beim alten und er zurückkehrt, um wieder aufgenommen zu werden. All das kann ich im Einzelfall verstehen …«

»Das ehrt Sie, Herr Riecken«, sagte Sigurd von Cramm und lächelte.

Riecken lächelte ebenfalls, allerdings war es ein Lächeln, das dazu führte, dass Sigurds Miene einfror.

»In Summe gesehen«, sagte Riecken, »finde ich jedoch, dass es dem Fass den Boden ausschlägt.«

»Äh … wie bitte?«, fragte Sigurd schockiert.

»Wenn ich nicht fürchten müsste, dass es ein schlechtes Licht auf meine gute Erziehung wirft, würde ich jetzt aufstehen und zu Ihnen sagen: Schauen Sie, dass Sie dort hinauskommen, wo der Zimmermann das Loch gelassen hat! So sage ich aber nur: Vielen Dank für Ihren Besuch, Herr von Cramm. Ich werde über Ihren Vorschlag nachdenken. Rufen Sie nicht an. Wir rufen Sie an.«

Sigurd blinzelte. »Sie nehmen mich nicht wieder zurück?«, fragte er fassungslos.

»Richtig«, sagte Riecken.

»Aber … gleich nach Ihnen war ich Ihr bester Fahrer!«

»Das spricht nicht unbedingt für die Qualität meiner Personalauswahl«, sagte Riecken.

»Meine Mutter hat dafür gezahlt, dass ich bei Ihnen gefahren bin!«

»Eines Tages werde ich in den Spiegel schauen können, ohne mich dafür zu verachten.«

Sigurd sank in seinem Besuchersessel zurück und begann zu grinsen. »Jetzt verstehe ich«, sagte er. »Das war ein Witz. Sie wollen mich zappeln lassen, weil ich eine Weile bei den Dinos-Werken war. Na, ich gönne Ihnen die kleine Rache, mein Lieber. Und jetzt reden wir mal ernsthaft. Meine Mutter hat jetzt eine andere

Finanzplanung, und außerdem – da gebe ich Ihnen recht – ist es nie richtig gewesen, dass sie für meine Arbeit bei Ihnen Geld bezahlt hat. Also: Ich bin bereit, zu Ihnen zurückzukehren, Herr Riecken. Über das Gehalt können wir noch reden. Die Voraussetzung ist: Ich werde der erste Fahrer.«

Riecken nickte. »Das ist ja sehr entgegenkommend«, sagte er.

Sigurd zuckte großzügig mit den Schultern. »Unter Kollegen …«

»Lassen Sie mich Ihr Entgegenkommen erwidern«, sagte Riecken. Er stand auf und öffnete die Tür. »Hier. Sie müssen sie gar nicht selbst öffnen. Sie müssen nur hindurchgehen. Und am besten nie mehr wiederkommen.«

Sigurd starrte Riecken mit offenem Mund an.

»Na, was ist?«, fragte Riecken. »Auf der Rennbahn sind Sie doch auch nicht so langsam. Leben Sie wohl, Herr von Cramm. Fahren Sie, für wen Sie wollen. Aber niemals mehr für die NAG.«

Als Sigurd gegangen war, kam Rieckens Sekretärin herein. Angesichts der Verwüstung blieb sie stehen und machte ein erschrockenes Gesicht. Bilderrahmen, Automodelle, ein Schreibset mit Tintenflasche, eine Vase mit Blumen – alles, was auf Rieckens Schreibtisch gestanden hatte, lag auf dem Boden. Das Tintenfass hatte einen schwarzen Fleck auf dem Teppich hinterlassen, die Blumenvase einen nassen. Die Sekretärin schlug sich die Hand vor den Mund.

»Was ist denn passiert, Herr Riecken?«, rief sie entsetzt.

»Nichts, nichts. Herr von Cramm hat mir die gute Kinderstube des preußischen Junkertums demonstriert. Sagen Sie … dieser Max Brandow, der letztes Jahr für Dinos gefahren ist: Der hat sich wirklich niemals bei uns gemeldet?«

»Nein, Herr Riecken. Ich hatte mir den Namen extra notiert.«

»Und ich dachte, er wolle auf Teufel komm raus fahren. Na, vielleicht habe ich mich getäuscht. Oder er hat es Loeb nicht geglaubt, als der ihn auf uns hingewiesen hat. Schade jedenfalls.«

»Ich kann versuchen, ihn ausfindig zu machen, Herr Riecken.«

»Na ja, hinterherlaufen tun wir unseren Fahrern ja auch nicht gerade, oder?«

»Nein, wir lassen nur unsere ehemaligen Fahrer unser Büro verwüsten«, sagte die Sekretärin.

Riecken gaffte sie überrascht an.

Die Sekretärin errötete. »Bitte entschuldigen Sie, Herr Riecken. Das stand mir nicht zu.«

»Donnerwetter«, sagte Riecken. »Wann hatten Sie die letzte Gehaltserhöhung?«

»Gleich nach dem Krieg, Herr Riecken.«

»Viel zu lange her. Ich sage Ihnen was: Sie versuchen, Brandow ausfindig zu machen, und ich erhöhe Ihr Gehalt.«

Die Sekretärin schluckte. »Soll ich hier zusammenräumen?«

»Lassen Sie den Hausmeister kommen. Sie haben etwas Besseres zu tun.«

## 3

Sigurd traf seine Mutter im Wintergarten eines Cafés. Er setzte sich grußlos zu ihr und kämpfte um seine Fassung. Magda sah ihn ausdruckslos an. Der Kellner kam und fragte nach seinem Wunsch.

»Cognac«, knurrte Sigurd.

Magda blickte auf. »Der junge Mann trinkt Tee«, korrigierte sie die Bestellung.

Der Kellner war einen Moment unschlüssig und nickte dann. Er zog ab, ohne Sigurd noch einmal zu konsultieren. Sigurd biss die Zähne zusammen.

»Er hat dich nicht zurückgenommen«, stellte Magda fest.

»Woher wollen Sie das wissen, Mama?«, erwiderte Sigurd hitzig.

»Weil ich es dir ansehe.«

Sigurd senkte den Blick. Seine Hände, die auf der Tischplatte lagen, ballten sich ganz ohne sein Zutun zu Fäusten. »Ich hab ihm zum Abschied eine ordentliche Sauerei in seinem Büro hinterlassen«, stieß er hervor.

»Sehr tapfer«, sagte Magda. »Wie gedenkst du jetzt weiter vorzugehen?«

Sigurd zuckte mit den Schultern. »Wir könnten einen Mechaniker für mich einstellen. Dann entwickle ich selbst einen Wagen und fahre spätestens nächstes Jahr für meinen eigenen Rennstall.«

»Auf dem Gut stehen, wenn ich es richtig im Kopf habe, ein Dürkopp, ein Opel und zwei Benz herum«, sagte Magda. »Keiner davon fährt, obwohl du seit einer Ewigkeit daran herumschraubst. Auf welcher Basis willst du denn ein neues Automobil entwickeln? Willst du einfach nur die Einzelteile aus drei verschiedenen Marken neu zusammenschrauben und dann als deine Entwicklung präsentieren? Die beschlagnahmen dir das Fahrzeug unter dem Hintern weg. Abgesehen davon, dass du gar nicht in der Lage wärst, es zum Fahren zu bringen, nicht einmal mit einem Mechaniker.«

»Ich kann viel mehr, als Sie denken, Mama«, klagte Sigurd.

»Gezeigt hast du das bisher noch nicht. Schlag dir die Schnapsidee mit dem Mechaniker aus dem Kopf. Ich gebe kein Geld mehr aus für deine Luftschlösser. Du wirst dein Studium wieder aufnehmen, und wenn ich sehe, dass du einen ordentlichen Abschluss gemacht hast, dann können wir darüber reden, wie ich dich vielleicht weiter unterstütze.«

»Aber Sie waren doch seinerzeit einverstanden, dass ich das Studium wegen des Rennfahrens abbreche«, jammerte Sigurd.

»Ja – da habe ich auch noch gedacht, das Autofahren wäre etwas, bei dem du endlich einmal zeigen könntest, dass du mehr Klasse im Blut hast als dein Vater. Du hast mich auf ganzer Linie enttäuscht.«

»Aber Mama …«

»Keine Widerrede. Ich habe schon mit dem Direktor der Technischen Hochschule telefoniert. Du kannst das Studium dort wieder aufnehmen, wo du es abgebrochen hast. Du kannst mir dankbar sein.«

»Ich will nicht mehr an die TH zurück!«, brach es aus Sigurd heraus. Er erinnerte sich an die großspurigen Worte, mit denen er sich vor zwei Jahren von seinen Kommilitonen verabschiedet hatte. »Die lachen mich aus, wenn ich jetzt zurückkehre.«

»Woanders lachen sie dich auch aus. Glaubst du, Christian Riecken sitzt in seinem Büro und ist betroffen, weil du … Was hast du überhaupt in seinem Büro angestellt? Ein Blatt Papier zerrissen?« Magda schnaubte verächtlich. »Nein, ich sage dir, Riecken sitzt in seinem Büro und lacht erst recht über dich.«

»Bitte sagen Sie nicht solche Dinge, Mama!«

»Bitte sagen Sie nicht solche Dinge«, äffte Magda ihren Sohn nach. »Dann hör auf, mir ständig zu beweisen, was für ein Versager du bist. Glaubst du nicht, ich würde nicht gern stolz der ganzen Welt verkünden, was für ein Prachtkerl mein Sohn ist? Aber für dich fällt mir wirklich nur der Spruch ein: Der Apfel fällt nicht weit vom Stamm. Zeig mir endlich, dass du auch mein Blut in den Adern hast, nicht nur das deines Waschlappens von Vater! Dann wirst du von mir ganz andere Dinge zu hören bekommen.«

»Vater war kein Waschlappen!«, stieß Sigurd hervor.

Magda winkte ab. »Du beendest dein Studium an der TH. Das ist beschlossen.«

Sigurd senkte den Kopf. Seine Hände waren immer noch zu Fäusten geballt. Die Muskeln waren so verkrampft, dass es wehtat, sie zu öffnen. Er setzte zu einer Frage an, doch da kam der Kellner und brachte Sigurds Tee. Er starrte das Teeglas an. Es stand in einem Halter aus Zinn, der mit Ranken- und Säulenmotiven geschmückt war. Der Tee war in einem kleinen Sieb aufgehäuft, das in einem passenden Schälchen auf einem Tablett angerichtet war.

Der Löffel lag daneben. Das Wasser im Glas dampfte. Sigurd ließ alles unberührt. Er wusste, wenn er jetzt versucht hätte, das Teesieb in das Glas zu hängen, hätte er alles verschüttet. Seine Finger zitterten und fühlten sich taub an.

»Sind wir denn in finanziellen Schwierigkeiten?«, brachte er schließlich heraus.

»Wieso fragst du das?«

»Weil Sie bisher kein Problem damit hatten, meinen Traum zu unterstützen.«

»Unterstützen?«, höhnte Magda. »Ich habe ihn finanziert – und das zu hundert Prozent! Was ist denn von dir gekommen außer großer Worte und Arroganz?«

Sigurd senkte den Kopf erneut. In ihm kochte ein Gemisch aus Wut, Angst, Trauer und Verlorenheit. Früher war doch alles anders gewesen – vor dem Krieg! Seine Mutter war immer schon kühl und distanziert zu ihm gewesen, aber diese offene Verachtung ... so hart war sie damals nicht gewesen. Abgesehen davon hatte er ohnehin wenig mit ihr zu tun gehabt. Sein Vater hatte sich viel um ihn gekümmert; hatte ihn, sobald er auf einem Pferd sitzen konnte, zu Ausritten auf dem Gut mitgenommen, zu den Besuchen bei den Pächtern, zu Gesprächen in die Stadt ... da waren ganze Nachmittage gewesen, die er an einem Tisch in einem zigarrenverräucherten Salon zugebracht hatte, Zinnsoldaten aufstellend oder mit aufziehbaren Blechautos herumfahrend, während vom Nebentisch das Gelächter und Gemurmel seines Vaters und von dessen Freunden und Geschäftspartnern herüberklang, unverständlich im Inhalt für einen Zehnjährigen, aber beruhigend und nah. Er vermisste seinen Vater, doch er wusste, dass er seiner Mutter das nicht sagen konnte. Sie hätte nur geschnaubt und zu einer weiteren Tirade angesetzt, wie sehr ihr Mann sie enttäuscht und entehrt und den Namen von Cramm in den Schmutz gezogen hatte. Sigurd hatte sich schon mehrfach vorgenommen, herauszufinden, was tatsächlich passiert war während der monatelangen Kämpfe um Verdun; schon bevor seine Mutter ihm eröffnet hatte, dass sein Vater nicht den Heldentod an der Front gestorben war, sondern als Feigling hinter den Linien. Aber er hatte bislang nicht die Energie dafür aufgebracht. An dem Tag, an dem Magda ihm vom tatsächlichen Ende seines Vaters erzählt hatte, hatte er sich ebenso in den Schlaf geweint wie vor sechs Jahren, als die Nachricht von seinem Tod das Gut erreicht hatte. Vielleicht sollte er sich wirklich aufraffen und das Ministerium anschreiben. Sie würden ihm bestimmt Auskunft erteilen, oder? Er war volljährig und der Erbe seines Vaters! Und er wurde den Verdacht nicht los, dass mehr dahintersteckte, als seine Mutter ihm erzählte. Sie hatte ihm fünf Jahre lang verschwiegen, wie sein Vater wirklich gestorben war. Vielleicht verschwieg sie ja noch etwas.

Auf der anderen Seite: Sein Vater war tot. Was immer er auch erfuhr oder danach tat, es würde ihn nicht wieder lebendig machen. Und Sigurd hatte sein eigenes Leben, um das er sich kümmern musste. Er hatte einen Traum, und den würde er nicht loslassen. Es war nicht gerecht, dass er sich nicht erfüllen sollte. Er war für die Erfüllung dieses Traums wie geschaffen. Er war der beste Fahrer! Heute jubelten die Leute noch Fahrern wie Fritz von Opel, Christian Riecken oder Willy Poege zu. Morgen schon würde der Refrain lauten: Cramm! Cramm! Cramm! Darum sollte er sich kümmern, nicht um den Tod seines Vaters. Am Ende erfuhr er noch, dass seine Mutter ganz einfach die Wahrheit erzählt und Gustaf von Cramm wirklich als Feigling an die Wand gestellt worden war. Was würde das ihm, seinem Sohn, bringen? Nein, da stellte er sich lieber vor, dass alles irgendwie ein Missverständnis gewesen war. Und schob die Erinnerung an den dünnen Mann mit dem kecken Knebelbart und den schwarzen, oft vergnügt funkelnden Augen beiseite, der ihm liebevoll über das Haar strich oder seinen Zigarrenrauch zwischen die Reihen der Zinnsoldaten blies, damit es wie Pulverdampf aussah. Die Zeit seines Vaters war vorüber, so wie alles vorüber war, was Deutschland vor dem Krieg gewesen war. Dies war die Dämmerung einer neuen Zeit. Der Zeit Sigurds von Cramm.

»Ich bin nominell der Gutsherr«, sagte Sigurd. »Wenn das Gut in Schwierigkeiten steckt, muss ich es wissen.«

Er glaubte, einen Funken Überraschung in den Augen seiner Mutter wahrzunehmen. Dann verschwand er wieder hinter der ständigen Verachtung, die ihre Miene prägte. »Beweise, dass du ein Mann bist, dann lasse ich den Gedanken zu, dass du so etwas Ähnliches wie der Gutsherr sein könntest«, sagte sie. »Aber vielleicht erfreut es dich ja zu erfahren, dass ich mich mit dem Gedanken trage, unseren Besitz zu vergrößern. Ich möchte ein Gut hinzukaufen. Kron will mir den nötigen Kredit dazu erst geben, wenn ich einen Geschäftsplan akzeptiere, den seine Bank erstellt. Der Geschäftsplan sieht einige Kosteneinsparungen vor.«

»Der verdammte Geldjude«, knurrte Sigurd. »Wie kann er sich einbilden, uns etwas vorzuschreiben?«

»Weil er das Geld hat, Dummkopf«, sagte Magda. »Und er schreibt es nicht uns vor, sondern mir. Das heißt, ich werde auch ganz allein entscheiden, was geschieht.«

»Und mir das Geld verweigern, das ich brauche, um meinen Traum zu verfolgen.«

»Mit diesem Gejammer beweist du mir nur, dass du noch einen weiten Weg zum Mann vor dir hast.«

»Welches Gut wollen Sie denn kaufen, Mama?«

Magda trank ihren Kaffee aus und blickte nachdenklich in die Tasse. Dann sah sie nach unten auf ihre Schuhe. Schließlich sagte sie zu Sigurd: »Zeig mir deine Schuhsohlen.«

Verwirrt gehorchte er. Magda nickte. »Da ist genug Straßendreck dran. Kratz etwas ab und gib es mir.«

»Äh …?«

»Mach schon. Nicht mit den Fingern, du Narr. Nimm den Teelöffel.«

Sigurd reichte seiner Mutter den verschmutzten Löffel. Sie nahm etwas Dreck mit einem spitzen Zeigefinger auf und schmierte ihn innen auf den Boden ihrer Tasse. Der Dreck war eine zähe Mischung aus Schlamm, Teer und allem Sonstigen, was sich einem an die Sohle heftete, wenn man im Februar durch Berlin ging. Magda betrachtete ihr Werk und putzte dann den Finger und den Löffel an einer Serviette ab, die sie unter den Tisch fallen ließ. Sie winkte dem Kellner.

»Schauen Sie sich diese Schweinerei an«, sagte sie zu ihm und hielt ihre Tasse hoch. »Dieser Schmutz! Auf dem Boden der Tasse! Und ich habe die ganze Zeit daraus getrunken. Ich könnte mir sonst etwas holen. Ihr Haus ist eine Schande für die ganze Stadt. Ich habe nicht übel Lust, Sie zu verklagen.«

Der Kellner geriet ins Stottern und holte den Oberkellner. Dieser erklärte wie schon der Kellner, dass er sich gar nicht vorstellen könne, wie so etwas passiert war, und bot zur Kompensation nicht nur an, dass die Rechnung des heutigen Tages selbstverständlich das Café übernahm, sondern stellte Magda auch noch einen Gutschein für ein komplettes Menü für zwei aus, »… um Ihnen zu beweisen, dass der Standard unseres Hauses der höchste ist, den die Stadt zu bieten hat«, wie er hinzufügte. Magda nahm den Gutschein mit hoheitsvoller Miene entgegen und rauschte zusammen mit Sigurd hinaus. Dieser drehte sich beim Hinausgehen noch einmal um und sah, dass der Kellner die verschmierte Serviette aufgehoben hatte und nachdenklich musterte.

Draußen winkte Magda einer Droschke und ließ sich von Sigurd die Tür aufhalten, bevor er ihr in den Wagen hinein folgte.

»Zum Bahnhof Friedrichstraße«, befahl sie. Dann wandte sie sich an Sigurd. »Ich werde Gut Briest kaufen«, sagte sie. »Die Briests pfeifen auf dem letzten Loch. Ich kaufe ihr Gut, sobald sie es versteigern müssen, und setze die ganze Bagage von heute auf morgen auf die Straße.«

# 4

Mit einigem Zureden hatte Hermine es vermocht, dass Otto sich mit ihr in der Agentur abwechselte. Sie hatte argumentiert, dass es egal war, wer von ihnen im Büro saß und auf Aufträge wartete – und dass Ottos Anwesenheit auf dem Gut wichtiger war. Die prekäre Lage des Guts war mittlerweile überall bekannt, die Pächter waren verunsichert, im Dorf gingen Gerüchte um ... der Gutsherr musste sich zeigen und demonstrieren, dass er, auch wenn die Situation ernst war, alles im Griff hatte. Max, der eine Weile die Sekretariatstätigkeiten übernommen hatte, blieb nun ebenfalls auf dem Gut. Er hatte damit begonnen, defekte Maschinen im Umkreis um das Gut zu reparieren, und war darin recht gut – ein weiterer Beweis, dass die Herrschaft auf Gut Briest kompetent war und genug Kraft hatte, sich auch noch um die Belange der Umgebung zu kümmern. Bezahlt wurden Max' Leistungen kaum, oder wenn, dann in Naturalien. Aber sie schafften Dankbarkeiten und Abhängigkeiten, die sich auszahlen würden, wenn sich die Zeiten wieder besserten. Und Hermine glaubte unverwüstlich, dass sie das tun würden.

Hermine bezog das Zimmer der Sekretärin im ersten Stock, wenn sie in Berlin war. Der Vermieter der Räumlichkeiten hatte sich geweigert, eine Änderung des noch für ein paar Jahre festgeschriebenen Mietvertrags zuzulassen und die Briests die Räume im ersten Stock kündigen zu lassen. Hermine hatte geschlussfolgert, dass es besser aussah, wenn die Agentur noch eine vermeintliche Sekretärin anstellen konnte, und dass in diesem Fall der äußere Schein wichtiger war als ihr Stolz. Ein paar Anrufe kamen herein, die sie mit verstellter Stimme als ihre eigene Sekretärin beantwortete und dann an sich selbst durchstellte. Aus keinem davon wurde ein Auftrag, aber die Komödie begann, Hermine Spaß zu machen – soweit man in der bestehenden Situation überhaupt Spaß haben konnte. Ansonsten räumte sie auf, putzte, las die Zeitung, verkaufte an einen Altmöbelhändler das Mobiliar in den leer stehenden Agenturbüros im ersten Stock und – nach einigem Nachdenken – auch das Mobiliar in ihrem Büro im zweiten Stock. Solange sie und Otto sich abwechselten, reichte ein Schreibtisch, den sie sich teilten. Wenn wieder bessere Zeiten kamen, konnten sie sich neues Mobiliar anschaffen.

Schließlich kam ein Anruf herein, den sie beinahe nicht angenommen hätte, weil sie gerade draußen bei einem fliegenden Bulettenverkäufer ihr Mittagessen erstanden hatte und die Treppe hochlaufen musste, als sie das Klingeln hörte.

»Is der Chef da?«, fragte eine Stimme, die ebenso atemlos klang wie ihre.

»Ich kann Sie mit Frau von Briest verbinden«, sagte Hermine. »Wen darf ich melden?«

»Frau von Briest?«, fragte die Stimme am anderen Ende. »Frau Hermine von Briest?«

»Die Chefin«, bestätigte Hermine. Sie bekam das Gefühl, dass die Stimme ihr bekannt vorkam.

»Det is ja noch besser«, sagte der Gesprächspartner. »Denn schmeißen Se se mir mal rüber, wa?«

»Wie bitte?«

»Du sollst mir mit der Chefin verbinden«, erklärte der Gesprächspartner, wenig erfolgreich um Geduld bemüht. »Mach hinne, Mädel.«

»Wen darf ich Frau von Briest melden?«, fragte Hermine und verbiss sich das Lachen.

»Sach ihr nur, det der schöne Ede was für sie hat.«

Hermine zögerte einen winzigen Moment. Jetzt konnte sie die Stimme auch zuordnen. Ein Lächeln zog sich über ihr Gesicht. Die Erinnerung kam zurück. Sie beschloss, den Anrufer ein wenig zu erschüttern.

»Ich verbinde Sie mit Frau von Briest, Herr Bentz.«

»Wa? Moment ma. Woher weeßte meinen Namen?«

»Unsere Agentur weiß alles, Herr Bentz«, erwiderte Hermine, steckte die Anschlüsse um und ließ sich ein wenig Zeit damit, um es so aussehen zu lassen, als müsse der umgeleitete Anschluss erst entgegengenommen werden. Der schöne Ede – Eduard Bentz – war als Beschuldigter in eine Sache verwickelt gewesen, in der es um einen kleinen Versicherungsbetrug gegangen war. Das war gleich nach dem Krieg und Ede ein entlassener Soldat gewesen, der sich keinem der Freikorps angeschlossen und stattdessen Arbeit als Hausdiener bei einem bankrotten Privatier erhalten hatte. Es war Hermine gewesen, die nach kurzer Zeit Edes Unschuld hatte beweisen können. Der dankbare schöne Ede – der gar nicht so schön war, aber ein Talent hatte, sich auch in zerlumpter Kleidung irgendwie elegant zu geben – hatte daraufhin angeboten, gratis als Hausdiener auf dem Gut zu arbeiten. Danach hatten sich die Wege der Briests und des schönen Ede getrennt.

»Mensch, Ede«, sagte Hermine nun mit ihrer normalen Stimme. »Dit is ja schön, von dir zu hören. Wie jeht's?«

»Ach, Frau von Briest! Det tut jut, Se ma wieder quatschen zu hören.«

»Steckste in Schwierigkeiten, Ede? Wat machste denn derzeit?«

»Ick bin jetzt schon een paar Monate Pedell«, erklärte Ede mit Stolz in der Stimme. Dann schlug seine Laune um, und er klang nervös. »Ick hab nich viel Zeit, wa. Ick häng hier am Telefon vom Direktor. Könnwa uns irjendwo treffen, heute nach Dienstschluss?«

»Wozu denn?«

»Ick hab was für Ihren Mann. Sie machen doch noch jemeinsam eenen auf Plattfuß, wa?«

»Ja.«

»Ihr Mann hat sich nach 'n paar Leutchen erkundigt, letzten Herbst. Ick hab wat davon mitjekriegt. Und jetzt glaub ick, det ick 'n paar Namen für ihn hab. Direkt hier an der Schule.«

»Du bist jetzt *Schulpedell*? Wo?«

»An der TH.« Ede machte eine Pause, dann flüsterte er fast: »Ick gloobe, die wolln hier richtich großen Unfug veranstalten. Die wolln Blut sehen.«

»Wer will Blut sehen? Die Schulleitung?«

»Nee. Die … ach, Frau von Briest, det sage ick Ihnen lieber persönlich als hier über det olle Telefon. Ick weeß nich, ob irjendwer jemerkt hat, det ick hier bin. Kennse noch die Deponie?«

Ede spielte auf eine Kneipe an, in der sich Hermine und Otto damals mit ihm getroffen hatten, um ihm mitzuteilen, dass sie seine Unschuld beweisen konnten.

»Klar«, sagte Hermine, die sich nun äußerst beunruhigt fühlte.

»Heute um dreie?«

Hermine blickte auf die Uhr. Es war kurz nach eins. »Klar.«

Ede hängte grußlos ein. Hermine wog den Telefonhörer noch eine Weile nachdenklich in der Hand. Die einzigen Erkundigungen, die Otto letzten Herbst eingezogen hatte, waren die nach einer möglichen Berliner Zelle der Organisation Consul gewesen. Ottos Ermittlungen hatten zu einem Studentenkorps geführt, aber weiter war er nicht gekommen, und die Krise im Oktober und die darauf folgende Neubildung der Regierung hatten den Auftrag obsolet gemacht. Wenn Ede Bentz jetzt mit Namen dienen konnte – würde sich in der neuen Regierung jemand dafür interessieren und den Auftrag an die Agentur wieder aufnehmen? Der Reichskanzler auch der neuen Regierung war Joseph Wirth, der Otto damals beauftragt hatte. Ihm musste doch weiterhin an der Sache gelegen sein, auch wenn sie seit letzten Herbst unter den politischen Erschütterungen untergegangen war. Ganz besonders, wenn das, was Ede angedeutet hatte, wahr war: dass jemand Unfug veranstalten wollte. Dass jemand Blut sehen wollte. Man brauchte keine große Fantasie, wenn man die Hintergründe kannte: Matthias Erzberger …

Hermine legte den Hörer auf und suchte die Notizen heraus,

die Otto sich damals gemacht hatte. Sie überlegte, ein Telegramm zum Gut zu senden, um Otto zu informieren. Dann verzichtete sie darauf. Dass sie, während sie in der Agentur war, in Berlin übernachtete, war ohnehin vereinbart, also würde Otto sie auch heute Abend nicht erwarten. Und was sollte sie ihm sonst für teures Telegramm-Geld mitteilen? Am besten wartete sie bis morgen ab.

Die Deponie lag in der Georgenstraße. Es war keine übermäßig schlechte Gegend und nur ein paar Minuten zu Fuß von der Agentur entfernt. Aber heutzutage konnte man nie wissen. Hermine stieg die Treppe in den zweiten Stock hoch und holte die Pistole aus dem Tresor in Ottos Büro. Es war eine Ortgies 7,65, eine Taschenpistole aus Erfurter Herstellung, die auch die Berliner Schutzpolizei im Einsatz gehabt hatte und die durch den Versailler Vertrag verboten war, weil sie auf das 9-mm-Kaliber des Militärs umgerüstet werden konnte. Deswegen hatte Otto sie auf dem Schwarzmarkt auch billig erstehen können. Hermine prüfte die Waffe auf Funktionsfähigkeit, lud das leere Magazin mit Patronen voll und steckte sie in ihre Handtasche.

Die Deponie war um diese Zeit kaum besucht. Die Kneipe war das klassische Ziel von Handwerkern, die ein billiges Mittagessen brauchten, und Arbeitern, die auf dem Nachhauseweg mit ihren Freunden schnell eine Molle und ein paar Korn zischten. Das Nachmittags-Kaffeehaus-Publikum blieb der Deponie vollkommen fern. Daher gab es dort auch keinen Kaffee. Der Wirt stellte Hermine ein Bier hin. Limonade gab es auch erst wieder im Sommer. Hermine nahm das Bier, ohne zu murren.

Es war kurz vor halb drei Uhr. Sie war dem alten Grundsatz gefolgt, dass man bei einem zwielichtigen Rendezvous nicht in eine Falle tappen konnte, wenn man deutlich früher da war als derjenige, mit dem man sich verabredet hatte. Sie saß an einem Tisch, der ihr den Überblick über den Raum erlaubte und doch nahe genug an der Tür war, dass sie schnell nach draußen gelangen konnte. Die geöffnete Handtasche lag auf dem Stuhl neben ihr. Die Ortgies war durchgeladen und entsichert. Im Notfall würde es sie drei Sekunden kosten, sie aus der Tasche zu holen, zu zielen und zu feuern. Sie war sicher, dass sie damit schneller war als jeder Ganove, der erst einmal den Schock überwinden musste, dass sein potenzielles Opfer bewaffnet und bereit war, die Waffe auch zu benutzen.

Otto war, was Schusswaffen betraf, anderer Ansicht als Hermine. Er wäre unbewaffnet gekommen. Er predigte stets, dass man Waffen nicht beherrschen konnte. Wenn man sie erst einmal gezogen hatte, musste man sie auch benutzen. Aber er war ein Mann, der trotz seines Alters noch gut bei Kräften war und sich in einem Handgemenge durchaus behaupten konnte. Hermine hatte eine kräftige Handschrift, wenn es sein musste, und im Lauf ihres Berufslebens schon die eine oder andere massive Ohrfeige verteilen müssen; doch in einem ernsthaften Kampf würde sie schnell unterliegen. Deshalb fühlte sie sich mit der Ortgies in der Tasche recht wohl. Außerdem glaubte sie ohnehin nicht, dass Ede Bentz etwas im Schilde führte. Sie war nur vorsichtig, das war alles.

Um Viertel nach drei Uhr war Ede noch nicht eingetroffen, und Hermine wurde langsam nervös. Um halb vier bezahlte sie ihr jetzt abgestandenes Bier und setzte sich in die Stadtbahn, die nach Charlottenburg fuhr. Das Februarlicht verlor bereits an Kraft, als sie dort ankam. Von außen wirkte alles wie immer, doch Grüppchen von Studenten, die vor den Toren der Hochschule standen und diskutierten, ließen erkennen, dass doch nicht alles war wie immer. Hermine trat auf eine Gruppe junger Männer zu und fragte unverblümt, was los sei.

»Heute Nachmittag gab es einen Unfall an der Schule«, bekam sie zu hören. »Einer der Pedelle ist eine Treppe hinuntergestürzt.«

»Schlimm?«, fragte Hermine schockiert.

Die Studenten zuckten mit den Schultern. »Hat übel ausgesehen, was man so hört. Man weiß nicht, ob er überlebt.«

»Wissen Sie, in welches Krankenhaus man ihn gebracht hat?«

Die jungen Leute waren zu arglos, um Hermine zu fragen, welches Interesse sie an dem Verunglückten hatte. »Charité«, sagte einer.

Hermine fuhr wieder in Richtung Stadtmitte, diesmal nördlich der Spree zum Charité-Gelände. Die Pistole in ihrer Handtasche wog schwer. Im Krankenhaus wurde sie eine Weile herumgeschickt, bis eine Schwester hinter einem Tresen endlich beim Namen Eduard Bentz aufhorchte und erklärte, dass ein Patient dieses Namens heute Nachmittag eingeliefert worden sei.

»Können Sie mir sagen, wie es ihm geht?«, fragte Hermine.

»Darf ich fragen, in welchem Verhältnis Sie zu Herrn Bentz stehen?«

»Ich bin seine Schwester.«

Die Frau hinter dem Tresen nickte, stand auf und verschwand durch eine Tür. Nach einer ziemlich langen Weile kam ein Arzt heraus und blickte sich suchend um. Hermine schluckte, als er auf sie zukam.

»Sie sind die Schwester von Herrn Bentz?«, fragte er.

»Ja«, sagte Hermine und stellte sich mit einem erfundenen Namen vor. »Ich möchte wissen, wie es meinem Bruder geht.«

Der Arzt nahm ihre Hand und drückte sie. »Sie müssen jetzt leider sehr stark sein, gnädige Frau«, sagte er.

## 5

Sigurd von Cramm hatte sich angewöhnt, in der Mensa der TH abseits zu sitzen. Er hoffte, dass es ihm eine Aura von Unnahbarkeit vermittelte. Es war zumindest insofern erfolgreich, als sich bis jetzt niemand zu ihm gesetzt hatte und auch noch keine Einladung in eine der Studentenverbindungen zu ihm gelangt war.

Er hatte ohnehin vorgehabt, alle Einladungen abzulehnen; aber dass immer noch keine eingetroffen war, verletzte ihn trotzdem. So wie es ihn verletzte, dass niemand seine Nähe suchte – obwohl er auch in dieser Hinsicht vorgehabt hatte, Bitten, sich zu ihm setzen zu dürfen, abschlägig zu bescheiden. Im Grunde seines Herzens fühlte er sich einsam und unter den anderen Studenten, die drei bis vier Jahre jünger waren als er, als Fremdkörper. Es gab zwar noch einige außer ihm, die mitten in ihrem Studium schon das Alter erreicht hatten, in dem andere längst damit fertig waren, aber von denen hielt er sich erst recht fern, weil er nicht wusste, wer davon ihn schon bei seinem damaligen Ausscheiden aus der TH gekannt hatte. Er wusste nur, dass er es nicht aushalten würde, wenn man ihm voller Hohn die Worte aufs Butterbrot schmierte, die er seinerzeit seinen Kommilitonen beim Abschied gesagt hatte.

Als die beiden Studenten plötzlich vor seinem Tisch standen und ihn fragten, ob dort noch freie Plätze wären, reagierte er zunächst so, wie er es sich vorgenommen hatte: barsch abweisend. Dann widmete er sich wieder seinem Essen. Nach ein paar Momenten blickte er auf. Die beiden standen immer noch da.

»Wir wollten Sie etwas über Ihre Erfahrungen als Rennfahrer fragen, Herr von Cramm«, sagte der eine.

»Wir wissen, dass Sie für die NAG gefahren sind«, sagte der andere. »Wir denken, dass Sie der beste Fahrer in diesem Rennstall waren.«

Sigurd blinzelte überrascht und wusste nicht, was er sagen sollte. Die Worte erfüllten ihn mit einem plötzlichen wohligen Gefühl. Er hatte die ganze Zeit über gefürchtet, dass ihn jemand mit dieser Episode in seinem Leben konfrontieren würde – auch ein Grund, warum er sich von allen Kommilitonen fernhielt. Er war überzeugt gewesen, dass man ihn deshalb verspotten würde. Schließlich war seine Rennfahrerkarriere ja eher kläglich zu Ende gegangen. Und nun standen diese zwei jungen Männer da, lächelten ihn an und erklärten ihm, dass sie ihn als Rennfahrer bewundert hatten!

»Dürfen wir uns setzen?«, fragte der erste.

»Wenn's sein muss«, brummte Sigurd und hatte den Verdacht, dass er zwar seine Stimme ungehalten klingen lassen konnte, dass man seinem Gesicht aber ansah, wie geschmeichelt er sich fühlte.

Die beiden Männer stellten sich als Ernst Techow und Hermann Fischer vor. Beide studierten Maschinenbau; Fischer an der Hochschule in Chemnitz. Er erklärte, dass er sich zur Vertiefung seiner Prüfungsvorbereitungen für sein letztes Semester an der TH Berlin angemeldet habe, weil der Stoff dort intensiver durchgenommen wurde. Fischer war ein paar Jahre älter als Sigurd. Sigurd schrieb ihn nach dieser Kurzvorstellung als Versager ab, der sein Studium nicht zu Ende bringen konnte. Techow musste wohl der gleiche Typ Versager sein, wenn er die Freundschaft Fischers gesucht hatte. Ihm war jetzt klar, warum die beiden ihn angesprochen hatten. Schwache Charaktere suchten immer Anschluss an einen starken Geist. Eigentlich sollte er sich mit solchen Leuten gar nicht erst umgeben, aber da sie ihn so demütig angesprochen hatten und Sigurd auf einmal in leutseliger Stimmung war, ließ er es geschehen.

Sie fragten Sigurd, wie viele Rennen er gefahren sei. Sigurd erfand eine Teilnahme an der Targa Florio in den Jahren 1919 und 1920, weil er davon ausging, dass Techow und Fischer ohnehin keine Ahnung hatten, und erzählte mit einem Gesichtsausdruck edlen Leids, wie er bei diesem strapaziösen Bergrennen in Sizilien mit blutigen Händen durchs Ziel gedonnert war – das Lenkrad zu halten, verschaffte einem auf dieser Strecke Blasen, die sich aufrieben und zu bluten begannen. Tatsächlich hatte er diese Einzelheit von einem der Mechaniker gehört, der von Opel zur NAG gewechselt war und sie wiederum von Carl Joerns, einem der Opel-Veteranen, erfahren hatte.

»Haben Sie die Rennen gewonnen?«, fragte Techow.

Sigurd überlegte, dass die Gewinner der Rennen wahrscheinlich irgendwo nachzuschlagen waren. »Nein«, gab er zu und verstärkte den Gesichtsausdruck edlen Schmerzes, »ich wurde gebeten, aus geschäftspolitischen Gründen einen anderen Fahrer vorzulassen. Ich hätte gewinnen können, aber die Kameradschaft unter uns Fahrern bewog mich dazu, der Bitte nachzugeben.«

»Das ist wie die Kameradschaft im Feld, oder?«, fragte Fischer. »Angesichts der ständigen Lebensgefahr entwickelt man eine Brüderschaft, die über alles hinausgeht, was man sich im sonstigen Leben vorstellen kann.«

Sigurd lächelte nachsichtig. »Davon können Sie natürlich nichts wissen«, sagte er, »aber zufällig haben Sie recht. Wissen Sie – wir, die wir ständig dem Tod ins Auge sehen, haben gelernt, uns auf unsere Kameraden zu verlassen …«

»Herr Fischer hat auf die Aufstände in Oberschlesien angespielt, glaube ich«, sagte Techow.

»Ja«, sagte Sigurd irritiert. »Schon möglich. Ich meine die wahre Todesgefahr, die einen ständig umgibt, wenn man über die Piste rast …«

»Die Gefechte, meine ich«, unterbrach Techow. »Die Gefechte in Oberschlesien. Gegen die Aufständischen. Die Kommandoaktionen der Freikorps.«

»Was ist damit?«, fragte Sigurd, noch irritierter.

»Nun ja«, sagte Techow fast schüchtern, »wissen Sie, Herr Fischer und ich …«, Techow sah sich um und senkte die Stimme, »… es ist ja eine Schande, dass man heutzutage nicht frei darüber reden kann, aber die ganze Situation in Deutschland ist ja eine Schande … jedenfalls, Herr Fischer und ich haben am Kapp-Putsch teilgenommen … und Herr Fischer war danach in Oberschlesien bei der Spezialpolizei Hauenstein und hat in einer spektakulären Aktion deutsche Gefangene aus den Händen der Franzosen befreit.«

Fischer wehrte ab. »Wir haben alle nur unsere Pflicht getan.«

»Mit sechs Kraftwagen«, fuhr Techow begeistert fort. »Rein durch alle Schranken in das Gefängnis, aus allen Rohren feuernd, die Gefangenen eingepackt, und wieder hinaus, durch eine Straßensperre hindurch und zurück hinter die Linien auf unbesetztes Gebiet …«

»Mein lieber Freund, Sie machen mich verlegen«, sagte Fischer.

Sigurd starrte die beiden jungen Männer abwechselnd an. Er wusste, dass Röte in sein Gesicht gekrochen war. Diese beiden hatten am Kapp-Putsch teilgenommen? Da war scharf geschossen worden! Und Fischer war danach in Oberschlesien gewesen? Sigurd hatte gehört, dass die Aufstände mehr als dreitausend Todesopfer gefordert hatten. Da war erst recht scharf geschossen worden. Und offenbar auch von Fischer und Techow. Er schluckte und wusste nicht, was er sagen sollte.

Fischer wandte sich an Sigurd. »Erzählen Sie uns lieber von Ihren Heldentaten. Wir haben gehört, dass Sie beim Grunewaldrennen letztes Jahr gefahren sind. Ihnen hätte der Sieg gebührt, heißt es, aber Ihr Rennstall hätte Sie in völliger Missachtung Ihres Talents im Mittelfeld fahren lassen – und dann hat noch ein anderer Fahrer Ihr Automobil mutwillig beschädigt …«

Sigurd nickte, dankbar für die Möglichkeit, wieder dort anzusetzen, wo er auch als Draufgänger dastehen konnte. »Leider muss man sagen, dass trotz aller Kameradschaft auch unter den Fahrern faule Eier zu finden sind.«

»Wem sagen Sie das?« Fischer seufzte. »Wir bei der Truppe Hauenstein hatten eine ganze Anzahl ehemaliger Krimineller in unseren Reihen – Kroppzeug aus dem Baltikum vor allem. Wir mussten nach innen manchmal genauso hart durchgreifen wie nach außen.«

Sigurd hatte nur »Kriminelle« gehört. »So war es beim Grunewaldrennen auch«, stieß er hervor. »Einer dieser Saukerle hat sich sogar illegal ans Steuer gesetzt und mich gerammt. Nur meiner blitzschnellen Reaktion verdanke ich mein Leben.«

»Wie haben Sie darauf reagiert?«

Sigurd zuckte mit den Schultern. »Ich habe ihn verprügelt. Anders als bei Ihnen im Freikorps, Herr Fischer, sind uns in der zivilen Welt ja weitgehend die Hände gebunden, wenn es um die Anwendung von Gerechtigkeit geht. Aber ich kann Ihnen versichern, dass der Mann nie wieder in ein Automobil steigen wird.« Er lächelte selbstzufrieden. »Weil man nämlich mit Krücken nicht Auto fahren kann.«

Fischer und Techow lachten und nickten beifällig.

Sigurd fühlte die Wärme der Kameradschaft in Lebensgefahr in sich aufsteigen. Er hatte Fischer und Techow von Anfang an für fähige junge Männer gehalten, und seine Menschenkenntnis hatte sich bewiesen. Mehr noch – sie bewunderten ihn so offensichtlich, dass man auch ihnen eine gute Menschenkenntnis unterstellen konnte.

»Sie haben leider recht«, sagte Techow. »Glauben Sie, es ist für Männer wie Herrn Fischer und mich manchmal wirklich schwer, uns zurückzuhalten. Wir haben die reinigende Kraft von Recht und Ordnung in unseren Einheiten erfahren dürfen – und jetzt stehen wir machtlos vor dem Chaos, das die Politiker hier in Deutschland anrichten.«

»Nicht ganz machtlos«, sagte Fischer.

Techow winkte Sigurd zu sich heran. Sigurd beugte sich über den Tisch. »Wissen Sie, Herr Kamerad«, sagte Techow, »wenn man genug Mut hat, kann man auch im Verborgenen Gutes tun und die eine oder andere Zecke aus dem Gefieder des stolzen deutschen Adlers entfernen.«

Sigurd hätte Techow am liebsten auf die Schulter geklopft. Er war glücklich, wie schnell die beiden seine moralische Überlegenheit erkannt hatten. Er seinerseits konnte sich mittlerweile neidlos eingestehen, dass er wiederum Techow und Fischer bewunderte. Es stimmte – sie und er waren Kameraden. Jeder hatte sein Leben für Deutschland eingesetzt und für die Reinigung des Landes von Schmarotzern. Aber seine erhabene Stellung als preußischer Junker verbot eine solche Anbiederung. So nickte er nur und lächelte wissend.

»Auch hier, an der Hochschule, finden sich falsche Fuffziger«, sagte Techow. »Die Frage ist: Schämt man sich nur als aufrechter Deutscher, oder unternimmt man etwas dagegen?«

»Natürlich unternimmt man etwas«, sagte Sigurd forsch. »Ich bin erst seit Kurzem wieder an der Schule, daher konnte ich noch nicht alle subversiven Elemente identifizieren, aber ich habe mir schon die eine oder andere Aktion zurechtgelegt …« Er machte ein wissendes Gesicht, hoffend, dass die beiden ihn nicht fragen würden, welche Aktionen – oder wen er als subversives Element erkannt hatte. Er fragte sich mit einiger Nervosität, wen die beiden im Visier hatten – jemanden von den Studenten? Den Dozenten? Vom Verwaltungspersonal? Sigurd hatte keine Ahnung, wer davon ein »falscher Fuffziger« war – oder wie man einen erkannte.

»Wir wussten, dass wir in Ihnen einen aufrechten Kameraden haben würden«, sagte Techow. »Deshalb vertrauen wir uns Ihnen auch an – und um Ihnen zu zeigen, dass wir Ihre Kameradschaft wert sind.«

»Der Unfall, den einer der Pedelle vorgestern hatte …«, sagte Fischer.

»Ich habe gehört, er ist im Krankenhaus verstorben«, warf Sigurd ein.

Techow nickte und zuckte gleichzeitig mit den Schultern. »Ein ehemaliger Krimineller«, sagte er. »Die Schulleitung hat ihn wohl in einem bedauerlichen Anfall von Laxheit eingestellt.«

»Und ein Spitzel«, sagte Fischer. »Hat hinter den Studenten herspioniert.«

»Wir haben ihn dabei ertappt«, sagte Techow. Er lehnte sich im Stuhl zurück. »Wenn Sie verstehen, was ich meine.«

»Sie meinen, der Unfall war gar keiner …?«, stieß Sigurd hervor.

»Schsch, Herr Kamerad«, zischte Fischer. »Ihr Vertrauen in die anderen Kommilitonen ehrt Sie, aber man kann nie sicher sein. Männer wie wir sollten möglichst verborgen agieren.«

Techow stand auf und schüttelte Sigurd über den Tisch hinweg die Hand. »Es ist uns eine Ehre«, sagte er. »Der Held von Sizilien. Der rasende Roland des Grunewalds. Wirklich, Herr von Cramm – es ist uns eine Ehre.«

»Sie in unseren Reihen zu wissen, macht uns zuversichtlich«, ergänzte Fischer.

»Sie können auf mich zählen«, sagte Sigurd und brachte die unsichere Stimme in seinem Herzen, die fragte, wobei die beiden auf ihn zählen konnten, zum Schweigen.

»Und wir verstehen Ihren Zorn auf die NAG«, erklärte Techow. »Der Held von Sizilien – verdammt ins Mittelfeld beim Grunewaldrennen wegen jüdischer Intrigen.«

Sigurd, dessen Zorn hinsichtlich des Rennens sich voll und ganz auf Max Brandow konzentriert hatte, brauchte einen Moment, um die Richtungsänderung zu verstehen. Dann fiel ihm ein, wie wütend er während des Rennens gewesen war, dass er das Mittelfeld nicht verlassen durfte. Und mehr noch – wie verächtlich Christian Riecken bei seinem Besuch in der Firma mit ihm umgegangen war. Dass er ihn aus seinem Büro gewiesen hatte. Er war überrascht. Er hatte gar nicht gewusst, dass Riecken ein Jude war. Erneut stieg Röte in seinem Gesicht hoch.

»Es ist Ihnen natürlich kein Vorwurf zu machen, dass Sie bei einem Hersteller gefahren sind, dessen Gründer ein Jude war und dessen jüdischer Sohn immer noch Anteile an der Gesellschaft hält«, sagte Techow.

Sigurd hielt verwirrt den Mund. Von wem sprachen Techow und Fischer?

»Sie können davon ausgehen, dass Anordnungen wie die, Sie

Ihr Talent nicht zeigen lassen zu dürfen, direkt aus der Vorstandsetage gekommen sind«, erklärte Fischer. »Diese Leute halten es nicht aus, dass ein reinblütiger Deutscher, der sich schon im Ausland als Held der Rennstrecke erwiesen hat, auch im Inland triumphiert. Diese Leute wollen Deutschland in jeder Beziehung kleinhalten, weil sie mit dem Ausland paktieren und Deutschland stückweise verschachern. Sie haben keine Heimat. Ihre Heimat ist ihr Geldsack.«

»Und jetzt«, ergänzte Techow, »befindet sich dieser Mann, der ständig versucht hat, Sie zu demütigen – und, Herr Kamerad, ich finde, Sie haben ihm auf eine wundervolle aufrechte deutsche Art gezeigt, dass Sie das nicht mit sich machen lassen –, auch noch in einer Position, genau das tun zu können: Deutschland zu verhökern!«

Auch Fischer stand nun auf und schüttelte Sigurd die Hand. »Danke, dass Sie uns mit Ihrem Mut und Ihrer Integrität unterstützen. So ein Mann ist ein Schädling am deutschen Blut. Er gehört weg. Da sind wir mit Ihnen einer Meinung.«

»Wir freuen uns, dass wir uns wieder an Sie wenden dürfen«, sagte Techow. »Seien Sie versichert, dass wir nichts ohne Sie unternehmen.«

Sie ließen einen ebenso geschmeichelten wie verwirrten Sigurd zurück. Von wem zum Teufel hatten die zwei am Ende geredet? Nicht von Christian Riecken, das war klar. Er saß nicht im Vorstand der NAG oder hielt Anteile an der Firma. Sigurd nahm sich vor, herauszufinden, wer gemeint gewesen war. Im Stillen begann er bereits, sich zu schämen, dass er, der Held von Sizilien, nicht achtsamer gewesen war und in einem jüdischen Unternehmen angeheuert hatte. Seiner Mutter musste das auch unbekannt gewesen sein. Nun, er hatte ja noch rechtzeitig die Bremse gezogen – im wahrsten Sinn des Wortes! Er und die NAG – das war Geschichte, und wenn Riecken ankam und ihn bat, wieder zurückzukehren, würde er ihm die Augen darüber öffnen, wie sehr er sich als ebenfalls Deutscher schämen sollte, für so einen Betrieb seinen Namen herzugeben.

Sigurd beendete sein Essen, dann ließ er sich einen Termin bei Professor Silberstein geben. Der Mann hatte gute Verbindungen in die Wirtschaft und wusste sicher, von wem Techow und Fischer gesprochen hatten.

## 6

Max hätte den Brief übersehen, wenn Luisa ihn nicht darauf aufmerksam gemacht hätte. Er lag auf der Anrichte im Salon und war am Mittag eingetroffen, als Max mit Reparaturarbeiten im Dorf unterwegs gewesen war. Max starrte ihn eine Weile an, ohne ihn aufzunehmen. Soweit er sich erinnern konnte, hatte er noch nie einen Brief erhalten. Auch nicht seit seinem Einzug auf dem Gut. Auf unbestimmte Weise fürchtete er, dass der Brief nichts Gutes verhieß.

Die Adresse hatte jemand geschrieben, der die genauen Daten nicht kannte. Herrn Max Brandow, Gut Briest, Jerichower Land. Es war fast ein Wunder, dass er angekommen war. Die Adresse war mit der Hand geschrieben. Max kannte die Handschrift nicht.

Ihm wurde erst bewusst, dass Luisa den Salon nicht verlassen hatte, als sie ihn fragte: »Machst du ihn denn nicht auf?«

Max blickte auf. Er konnte sehen, wie angespannt sie war. Ihm wurde klar, dass sie, als sie den Brief entgegengenommen hatte, die Absenderadresse gelesen haben musste. Sie stand offensichtlich auf der Rückseite. Sie hatte den Brief so hingelegt, dass man ihn hochnehmen musste, um sie lesen zu können. Max' Eingeweide schrumpften wie zu einem schmerzhaften Ball zusammen. Der Brief kam ihm jetzt noch ominöser vor.

»Oder weißt du schon, von wem er ist?«

»Wie sollte ick, ick seh ja die Absenderadresse nicht«, erwiderte Max und bedauerte sofort, dass es so schroff geklungen hatte.

»Dann nimm ihn doch. Er ist nur an dich adressiert.«

»Ja«, sagte Max und starrte den Brief weiterhin an.

»Vielleicht ist es dir ja lieber, wenn ich rausgehe«, sagte Luisa. Er konnte jetzt hören, dass in ihrer Stimme Tränen mitschwangen. Überrascht musterte er sie von Neuem. Ihre Augen waren groß und auf ihn gerichtet, als würden sie ihn bitten, etwas zu tun, das sie nicht aussprechen konnte. Oder etwas *nicht* zu tun. Er hatte sie bisher immer so gut lesen können, aber nun stand er vor einem Rätsel. Gleichzeitig gab es ihm einen Stich, Luisa so zu sehen. Seit er erkannt hatte, welche Gefühle er wirklich für sie hegte, war es ihm unerträglich, sie unglücklich zu sehen. Am unerträglichsten war, dass er nicht wusste, wie er die Situation beenden sollte. Sie waren einander immer so nah gewesen, und jetzt, da Max die allergrößte Nähe verspürte, die man zu einem anderen Menschen haben konnte, war plötzlich diese Distanz zwischen ihnen entstanden. Lag es an ihm? Weil er aufgehört hatte, ihr sein Herz auszuschütten? Wie gern hätte er das gewollt! Wie gern hätte er mit ihr über seine Gewissensbisse wegen des versuchten Betrugs gesprochen, seine Angst, dass sich Heinrich eines Tages an ihm rächen würde, seine noch größere Angst, dass er es nie schaffen würde, den Briests gegenüber seine Schuld zu begleichen. Früher wäre das möglich gewesen. Jetzt nicht mehr. Er konnte Luisa doch nicht weiterhin seine Schattenseiten sehen lassen, wenn er auch nur die leiseste Hoffnung hegen wollte, dass sie irgendwann seine Liebe erwiderte! Sie konnte ihn doch nicht lieben, wenn er Schwächen hatte!

»Nee, kannst ruhig dableiben«, sagte er und versuchte, so zu tun, als sei ihm ihre Stimmung nicht aufgefallen. Er überwand sich, nahm den Brief auf und drehte ihn um. Sofort wünschte er, er hätte sie doch hinausgeschickt. An ihrer Haltung konnte er erkennen, dass sie den Absender gesehen und bereits darüber nachgedacht hatte. Voller Hektik überlegte er, ob ihm doch irgendetwas über das ganze Vorkommnis herausgerutscht war. War sie deshalb so seltsam? Zu seiner Sorge wegen Luisas Verhalten kam eine weitere, viel greifbarere Sorge hinzu: Würde jetzt doch die Polizei eingeschaltet werden? Würde er – und diesmal, ohne dass Otto ihn retten konnte – endgültig in die Mühlen der Justiz geraten? Sein Name war der einzige, der im vollen Umfang genannt worden war, und die Adressierung des Briefs bewies, dass er in Erinnerung geblieben war.

Der Absender des Briefs lautete: F. Komnick. Nichts weiter. Keine Adresse. Nur: F. Komnick.

Als Max vom Briefumschlag aufblickte, war Luisa verschwunden. Er hörte rasche Schritte die Treppe hinaufpoltern und oben eine Tür, die geöffnet und zugeworfen wurde. Er bildete sich ein, ersticktes Schluchzen zu hören. In seinen Eingeweiden loderte jetzt ein Feuerball.

Er stand vor dem glimmenden Kaminfeuer, die Hand mit dem Brief ausgestreckt, als er innehielt. Was würde er gewinnen, wenn er den Brief verbrannte? Er nahm an, dass es eine Ankündigung Franz Komnicks war, ihn bei der Polizei anzuzeigen; er schätzte den Elbinger Unternehmer so ein, dass er einen Gegner warnte, wenn er ihm den Todesstoß verpasste. Komnick würde die Anzeige mittlerweile längst erstattet haben. So zu tun, als wäre der Brief nie angekommen, würde daran nichts ändern. Ganz abgesehen davon, dass er nicht einmal so tun konnte, denn Luisa wusste davon.

Was hätte Otto getan?

Otto hätte geseufzt und gesagt: Bringen wir's hinter uns!, und den Brief gelesen.

Max schlitzte den Umschlag extra sorgfältig mit einem Brieföffner auf. Wahrscheinlich würde das Dokument zu den Gerichtsakten kommen, und er wollte wenigstens demonstrieren, dass er auch angesichts des Untergangs noch Stil hatte.

Er las den Brief. Er war kurz und mit der Hand geschrieben.

Max begann zu zittern. Dann setzte er sich auf den Stuhl vor dem Sekretär und begann zu weinen.

## 7

Luisa lag mit offenen Augen angezogen auf ihrem Bett und starrte an die Decke. Sie spürte die Nässe des Kopfkissens in ihrem Nacken. Sie hatte geweint, bis ihr die Kraft ausgegangen war. F. Komnick. Max war ganz bleich geworden, als ihm klar geworden war, dass sie den Absender gelesen hatte.

F. Komnick.

Frieda.

Franziska.

Friederike.

Filippa.

Max' Liebste.

Sicher hatte er nicht gewollt, dass sie ihm einen Brief an das Gut sandte. Das bewies die lückenhafte Empfängeradresse. Wenn er es gewollt hätte, hätte er ihr die ganze Adresse genannt. Aber sie hatte sich darüber hinweggesetzt. Sie hatte es einfach nicht ausgehalten, ihm keine Nachricht senden zu können. Sie liebte ihn sehr. Wie konnte man Max auch nicht lieben?

Wie konnte er eine andere lieben anstelle Luisas?

Sie begann erneut zu schluchzen. Ihr war, als drückten erbarmungslose Hände ihr Herz zusammen und quetschten jedes Gefühl aus ihm heraus. Zurück blieb eine Taubheit, die ihr Übelkeit verursachte.

Jemand klopfte an die Tür. Obwohl sich das Klopfen nicht von jedem anderen Klopfen unterschied, wusste Luisa, wer draußen stand.

»Geh weg«, flüsterte sie.

Es klopfte erneut. »Luisa, bitte lass mich rein«, rief Max durch die Tür.

Diesmal fand sie die Kraft zu schreien. »Geh weg!«

»Ich bleibe vor der Tür, bis du mich reinlässt.«

Luisa fiel auf, dass ausnahmsweise kein Anflug von Berlinisch zu hören war.

»Geh weg!«

»Bitte!«

»Lass mich in Ruhe!«

»Ick jeh hier nich weg, und wenn ick vor Hunger zusammenbreche«, erwiderte Max. Da war er wieder, sein Dialekt.

Luisa richtete sich auf den Ellbogen auf und betrachtete die Tür. Sie hatte nicht abgeschlossen. Max brauchte sie nur zu öffnen. Aber sie wusste, dass er das niemals tun würde. Sie fühlte Dankbarkeit für sein ritterliches Verhalten. Sie suchte nach der Wut, die sie auf ihn empfunden hatte, als sie die Treppe hochgelaufen war, doch die Wut war von den Tränen weggeschwemmt worden.

»Oder vor Durst«, sagte Max.

»Was?«, fragte sie unwillkürlich.

»Wenn ick vor Durst zusammenbreche, geh ick ooch nich weg.«

»Wenn du zusammengebrochen bist, kannst du ohnehin nicht weggehen«, sagte Luisa.

»Siehste.«

»Verschwinde endlich«, murmelte sie. Sie war sicher, dass er es nicht hatte hören können. Sie holte Luft, um es zu wiederholen, aber dann ließ sie es bleiben. Sie stellte ihn sich vor, wie er vor der Tür stand, die Hand mit einem gekrümmten Zeigefinger erhoben, auf ihre Einladung hoffend. Die Tränen begannen erneut zu fließen. Sie wollte nichts mehr, als ihn bei sich haben, aber sie war sicher, dass sie es nicht aushalten würde. Er würde wahrscheinlich besorgt sein um sie, sonst stünde er nicht draußen, doch hinter der Sorge würde sie die Glückseligkeit erkennen können. Sie – Felicitas? Flora? – würde ihm zärtliche Zeilen gesandt haben. Wenn Luisa den Brief geschickt hätte, wäre er schier übergeflossen vor Zärtlichkeit. Sie wusste, dass sie diese Glückseligkeit nicht aushalten würde. Der Anblick der Tür verschwamm vor ihren Augen.

»Luisa?«

Sie antwortete nicht.

Nach einem Moment der Stille hörte sie etwas Schweres auf den Boden poltern. Sie schreckte auf. »Max?«

»Alles gut«, rief Max. »Ick bin nur een bisschen zusammengebrochen.«

»Bist du nicht!«

»Na gut, bin ick nich.«

»Was hat so gepoltert?«

»Ick hab jetrampelt.«

»Du hast *was*?«

»Jetrampelt«, sagte Max. »Mit den Füßen. So.« Sie hörte das Poltern erneut. Sie stellte sich vor, wie er einen hektischen Stepptanz vor ihrer Tür auf die Holzbohlen hinlegte, und musste auf einmal kichern. Sie schlug sich erschrocken die Hand vor den Mund.

»Lässte mich rein, Luisa?«

»Was willst du denn von mir?«

»Ick brauch deine Hilfe.«

Luisa blinzelte. Im ersten Moment wollte sie aufschreien: Bist du verrückt geworden!?, weil sie dachte, er wolle ihre Hilfe, um einen Antwortbrief aufzusetzen. Im schriftlichen Ausdruck war er nicht gerade ein Meister. Doch die Wut verschwand genauso schnell, wie sie aufgeflammt war. Max würde so etwas niemals tun. Es wäre eine Geschmacklosigkeit sondergleichen gewesen, und das hatte er nicht in sich. Aber wozu brauchte er dann ihre Hilfe? »Wobei?«

»Ick weeß nich, was ick tun soll.«

Sie konnte nicht anders, als die Frage genau so zu formulieren: »In Bezug auf wen?«

»In Bezug auf Franz Komnick.«

Luisa saß eine ganze Sekunde völlig reglos da, nicht einmal atmend. *Franz?*

Sie war an der Tür, noch bevor ihr Bewusstsein mit der Tatsache hinterherkam, dass sie vom Bett aufgesprungen war, und riss sie auf. Max stand draußen und zuckte vor ihrer Vehemenz zusammen. Der Brief flatterte vom Luftzug in seiner Hand.

»Franz wer?«, schrie Luisa.

»Franz Komnick«, stotterte Max und hielt den Brief wie eine Erklärung hoch.

»Der Brief ist von *Franz* Komnick?«

»Ja …«

»Wer ist Franz Komnick?«

Max seufzte. »Ick erklär's dir, wenn de mich reinlässt. Aber du musst mir versprechen, dass de dir alles janz ruhig anhörst und erst am Ende was dazu sagst, wa?«

»Wieso?«

»Weil ick zwischendrin nich jerade gut dastehe und du alles hören musst, damit de mich nich verachtest.«

Verachten?, dachte Luisa. Meine Güte, ich *liebe* dich! »Hast du geweint?«, fragte sie, als sie beiseitetrat und das Licht von der Deckenlampe auf Max' Gesicht fiel.

»Ja«, gestand er widerwillig. »Und du? Du hast auch geweint.«

Franz Komnick, dachte Luisa. *Franz* Komnick. Franz. Keine Frau hieß Franz, nicht einmal im hintersten Winkel am Ende der Welt. Ihr Herz war wieder ganz leicht. »Spielt keine Rolle«, sagte sie. »Setz dich und erklär mir alles.«

# 8

Max ließ die Bombe beim Abendessen platzen. Hermine sah die Freude in den Augen ihres Ziehsohns und bereute, dass sie nichts anderes als eingelegten Hering und Bratkartoffeln auf den Tisch bringen konnte. Sie hätte Max' Freude gern mit einem schönen Abendmahl begleitet. Aber so wie er glühte, hätte ihm vermutlich Kaviar auch nicht anders geschmeckt als der Bismarckhering.

Max' Nachricht war ebenso erfreulich wie überraschend. Ein Landmaschinenhersteller namens Franz Komnick von der Ostseeküste bot ihm einen Mechanikerposten an. Franz Komnick hatte nämlich neben seiner Landmaschinenproduktion einen Traum, den er seit mehreren Jahren verfolgte: Er wollte ein Rennautomobil bauen. Und er wollte Max' Expertise einsetzen, um diesen Traum zu beschleunigen, und beim diesjährigen, zweiten Grunewaldrennen auf der AVUS bereits starten. Falls sich das Fahrzeug als gut genug erwies, wollte Komnick ein zweites bauen. Beim Rennen in diesem Jahr würde sein Sohn als Fahrer antreten. Nächstes Jahr würde Max, wenn alles glattging, der Fahrer des zweiten Komnick-Rennwagens sein.

»Und wie ist der Mann auf dich aufmerksam geworden?«, fragte Otto, nachdem er sich die Neuigkeit durch Nachfragen erschlossen hatte; Max und Luisa hatten durcheinandergeredet und kaum Verständliches von sich gegeben.

Max holte Luft. Luisa fiel ihm ins Wort.

»Er hat ihn beim Rennen gesehen. Letztes Jahr. Er war unter den Zuschauern. Aber er hat eine Weile gebraucht, sich zu der Entscheidung durchzuringen, ein Rennautomobil bauen zu wollen. Und dann hat es noch gedauert, bis er Max ausfindig gemacht hat.« Sie strahlte. »Genauso war's!«

Otto lächelte. Hermine betrachtete Max' Mienenspiel und

lächelte ebenfalls. Max seinerseits blickte von Otto zu Hermine und zurück und lächelte erst dann. Vorsichtig.

Otto holte einen Atlas hervor. Zusammen suchten sie Elbing, den Heimatort Komnicks, und rechneten aus, wie lange Max dorthin unterwegs wäre.

»Een ganzen Tag mit dem Zug«, sagte Hermine. »Oft wirste uns wohl nicht besuchen kommen in der ersten Zeit.«

Max machte ein betroffenes Gesicht. Luisas Freude ließ sichtlich nach. Offenbar hatte sich keiner der beiden bisher Gedanken gemacht, wie weit Berlin und Elbing voneinander entfernt waren. Sie sahen sich an. Erneut versuchte Max, etwas zu sagen, und Luisa kam ihm zuvor. »Du nimmst das Angebot selbstverständlich an«, sagte sie. »Keine Widerrede.«

»Aber es ist …«

»Du nimmst das Angebot an, Max!« Luisa blickte entschlossen, doch Hermine sah eine Träne in ihrem Augenwinkel schimmern.

»Ist dir was uffjefallen?«, fragte Hermine, als sie später mit Otto im Bett lag und er sie an sich zog, um sie im Arm zu halten. Sie kuschelte sich an ihren Mann und versuchte, nur das Nötigste von sich aus der Decke herausschauen zu lassen. Im Schlafzimmer war es eiskalt, die Scheiben waren von innen mit Raureif beschlagen. Wenn die Betten nicht mit kupfernen Wärmflaschen vorgeheizt worden wären, wäre es schier unerträglich gewesen, unter sie zu schlüpfen. Selbst so hatte Hermine eine Minute lang geschlottert.

»Mir ist mehreres aufgefallen«, sagte Otto. Sie spürte sein Lächeln. »Zum Beispiel, dass du, seit wir nur noch den Salon heizen, viel näher an mich ranrückst und die ganze Nacht in meinem Arm bleibst.«

»Du bist wie ’n Ofen«, sagte Hermine wohlig. »Ick denke manchmal, wenn man dich mitten in ’nen Raum stellt, kannste ihn mit der Zeit ganz alleene heizen.«

»Das ist meine gesunde Lebenseinstellung. Die gibt Wärme ab.«

»Ick meene: Ist dir heute Abend was uffjefallen?«

»Detektivprüfung, Teil eins?«

»Jetzt sei doch mal ernst.«

»Also: Ich wette, die Geschichte mit Komnick hat sich ganz anders zugetragen.«

Hermine nickte. »Denk ich ooch. Max hätte uns 'ne ganz andere Geschichte erzählt.«

»Max hätte uns die Wahrheit erzählt«, sagte Otto. »Unsere eigene Tochter hingegen hat uns 'nen Bären aufgebunden.«

»Warum, glaubste, hat sie das getan?«

»Um Max zu schützen. Was dachtest du denn?«

»Jenau det Gleiche«, sagte Hermine und lachte. »Was, glaubst du, ist die Wahrheit?«

»Keine Ahnung. Findest du, ich sollte mir Max vorknöpfen und es aus ihm rausholen? Ich bin sicher, er würde nicht lügen.«

»Nee, bloß nicht. Denkste denn, Max hat irjendwat ausjefressen?«

»Vertraust du ihm?«

»Klar. Du?«

»Diese Frage, meine Liebe, ist ein überflüssiges Geräusch.«

»Und was immer es war, es hat dazu geführt, det Komnick ihm 'ne Stelle anbietet und ihn sogar fahren lassen will, wenn alles jut jeht. Also kann es nicht zu Komnicks Schaden jewesen sein, wa?«

»Und zu jemand anderes Schaden?«

»Weißte, Otto, ick bin sicher: Wenn Max jemandem wissentlich Schaden zufügen würde, dann nur jemandem, der es wahrlich verdient hat. Und nur, um jemand anderen zu schützen.«

»So gut denkst du von ihm?«

»Noch besser.«

Sie schwiegen eine Weile. Hermine drängte sich noch näher an Otto heran. Sie spürte die Wärme seines Körpers durch seinen

Pyjama und durch ihre Strickjacke, ihr Nachthemd und ihr Unterhemd dringen. Sie verdrängte die Kälte. Halb schläfrig, halb abenteuerlustig schob sie eine Hand zwischen zwei von Ottos Pyjamaknöpfen hindurch und berührte seine Haut.

Otto holte tief Luft. »Was hast du mir denn da reingeschoben?«, stieß er keuchend aus. »'nen toten Fisch?«

»Ick hab kalte Hände, und du bist ganz warm. Nu hab dich mal nich so.«

Sie spürte, wie Otto sie auf den Scheitel küsste. »Lass die Hand ruhig da. Oder tu sie dorthin, wo es noch wärmer ist.«

Nach ein paar Sekunden sagte Hermine: »Stimmt, da ist es noch wärmer. Alles gut bei dir?«

»Ich genieße die Kälte«, presste Otto hervor. »Und es ist so schön, wenn sie nachlässt.«

»Ick liebe dir«, sagte Hermine.

»Dich«, erwiderte Otto.

»Det will ick hoffen, dass de mir ooch liebst.«

»Und – ist dir was aufgefallen bei Max und Luisa?«, fragte Otto nach einer Pause, in der sie sich geküsst hatten.

»Een Blinder sieht det«, sagte Hermine. »Was hältste davon?«

»Max könnte keine Bessere finden.«

»Und Luisa keenen Besseren.«

»Was tun wir jetzt?«

»Nüscht«, sagte Hermine. »Der Liebe muss man freien Lauf lassen.«

»So wie bei dir und mir?«

»Denn fang mal an, ihr freien Lauf zu lassen«, flüsterte Hermine. »Ick freu mir schon drauf, seit ick zu dir unter die Decke jeschlüpft bin.«

# 9

Sigurd von Cramm folgte der Einladung mit einem zwiespältigen Gefühl. Einerseits hatte er seit ihrem Gespräch in der Mensa angefangen, Ernst Techow und Hermann Fischer zu schätzen, und dass sie ihn zu einem wichtigen Gespräch über die Zukunft Deutschlands einluden, schmeichelte ihm. Er hatte den Eindruck gewonnen, dass die beiden ganz vernünftige Ansichten hatten.

Andererseits hatte er herausgefunden, dass die Adresse eine Kaschemme im Scheunenviertel war – nicht gerade die Gegend, in der man ein Treffen der künftigen Architekten Deutschlands verortet hätte. Und dass Techow und Fischer offensichtlich erwarteten, dass er selbst dorthin fand, entsprach auch nicht Sigurds Erwartungen. Man hätte dem Erben von Gut Cramm zumindest eine Droschke senden können. Und eigentlich hätte es so sein müssen, dass man ihn um einen Termin bat und ihm dann auch die Wahl überließ, wann er sich Zeit nahm. So aber musste er den Terminvorschlag der beiden annehmen.

Sigurd kam daher in etwas ärgerlicher Laune an. Seine Stimmung hob sich auch nicht, als sich ihm der Anblick – und der Kohlgeruch – des Etablissements eröffnete, kaum dass er die Eingangstür aufgestoßen hatte. Die Bude war halb leer. An einem Tisch saß ein junger Mann mit Schiebermütze und tief liegenden Augen; in seiner Gesellschaft befanden sich zwei junge Frauen, von denen die eine dicklich war und die andere Pockennarben im Gesicht hatte und die beide zu elegant gekleidet waren. Sie schauten ihrem männlichen Begleiter beim Essen zu. An einem anderen Tisch näher an der Tür saß eine alte, magere Frau, ebenfalls im Sonntagsstaat mit einem altmodischen Spitzenkragen. Den dritten Tisch belegten Fischer und Techow, die in Sigurds Richtung winkten und lächelten. Als Sigurd sich am Tisch der alten Frau vorbeidrückte, erkannte er, dass die Spitzen des Kragens fransig und verfärbt waren und dass die Frau zwar mager, aber keineswegs alt war. Sie mochte zwei, höchstens drei Jahre älter sein als er. Ihre Augen glühten fiebrig, und das Rouge auf ihren Wangen wirkte aus der Nähe wie die Schminke eines Clowns. Sie lächelte Sigurd auf eine derart hungrige und verzweifelte Weise an, dass er schluckte und schnell das Weite suchte.

»Was ist das für ein Ort?«, knurrte er zur Begrüßung und ließ sich auf den Stuhl plumpsen, den Techow ihm hinschob. Er war drauf und dran, seinen Gastgebern unverblümt zu sagen, was er von ihrem Geschmack hinsichtlich der Auswahl von Treffpunkten hielt. Doch Fischer kam ihm zuvor.

»Ja, es ist schlimm«, sagte der Chemnitzer und schüttelte bedauernd den Kopf. »Dass Männer wie wir gezwungen sind, auf solche … verzeihen Sie den Ausdruck … Löcher auszuweichen, wenn sie gemeinsam planen wollen.«

»Warum treffen wir uns dann hier, wenn es Ihnen auch nicht gefällt?«, fragte Sigurd. »Ich könnte gern auf diese Kaschemme verzichten.«

»Weil wir nur hier …«, Techow beugte sich über den Tisch und winkte Fischer und Sigurd verschwörerisch zu sich heran, »… sicher sind.«

»Sicher?«, fragte Sigurd perplex. »Wovor?«

»Schsch, lieber Kamerad«, flüsterte Techow. »Aber Sie haben ja so recht: Ganz sicher sind wir nirgends. Das ist das Opfer, das unsereiner bringen muss.«

Fischer klopfte Sigurd auf die Schulter wie jemand, der einen guten Freund tröstet, weil dieser etwas hinnehmen muss, das er nicht verdient hat.

Halbwegs befriedet, fragte Sigurd: »Worum geht es denn?«

Techow drehte sich um und musterte die anderen Besucher der Kaschemme. Dann lehnte er sich demonstrativ zurück, als ein älterer Mann, offensichtlich der Kellner, an den Tisch kam und nach Sigurds Begehr fragte. »Kohl und Würste wär'n uff dem Menü«, sagte der Kellner.

»Ich habe schon mit dem Direktor der Technischen Hochschule gespeist«, sagte Sigurd hochmütig.

»Ooch recht«, sagte der Kellner und verschwand mit Sigurds huldvoller Bierbestellung.

»Ich freue mich für Sie, dass der Direktor Sie so zu schätzen weiß, wie Sie es verdient haben, lieber Kamerad«, sagte Fischer.

Sigurd zuckte mit den Schultern. Tatsache war, dass er auf dem Weg zur Mensa im Gang des Schulgebäudes am Direktor vorbeigekommen war. Der Direktor hatte ihn geistesabwesend gegrüßt. In der Mensa hatte es nichts mehr zu essen gegeben, Sigurd war zu spät dran gewesen. Sein Magen knurrte, aber die Vorstellung, in dieser bratfettgeschwängerten Kneipe etwas zu sich zu nehmen, erfüllte ihn mit Grausen. Er nahm sich vor, den Rand des Bierglases verstohlen abzuwischen, und stellte sich darauf ein, dass das Glas mit Fingerabdrücken übersät sein würde. Nun, er musste das Bier ja nicht trinken. Es ging sowieso alles auf Rechnung Techows und Fischers. Er jedenfalls hatte nicht vor, hier auch nur einen Pfennig selbst zu bezahlen.

Das Bier kam – frisch gezapft und in einem tadellos sauberen Glas. Sigurd war sicher, dass der Respekt, den er dem Kellner eingeflößt hatte, diesen dazu gebracht hatte, das Glas vor dem Servieren extra zu säubern. Er erwiderte das Prosit seiner beiden Gastgeber und trank. Dann beugte er sich vor und fragte: »Worum geht es denn nun?«

»Sie werden sich freuen, Herr Kamerad. Wir werden losschlagen. Gegen einen der schlimmsten Ausbeuter Deutschlands. Aber wir haben den Kerl nicht nur deshalb als Ziel ausgewählt, weil er sein eigenes Land verkauft, sondern auch, um Ihnen die Gelegenheit zur Vergeltung zu geben. Wer einen von uns beleidigt, beleidigt uns alle.«

Mittlerweile war Sigurd klar geworden, von wem die beiden

dieses Mal sprachen und auch letztes Mal gesprochen hatten: Walther Rathenau. Er hatte es allein herausgefunden. Der Termin mit Professor Silberstein war nicht zustande gekommen, denn der Professor hatte auf Sigurds Terminanfrage hin wissen wollen, worum es Sigurd bei dem Gespräch ginge, und da er keine sinnvolle Ausrede gefunden hatte, hatte er die Rückfrage nie beantwortet.

Rathenaus Vater Emil, der Gründer der AEG, hatte vor zwanzig Jahren auch die NAG aus dem Boden gestampft. Emil Rathenau war vor sechs Jahren verstorben; seither führte sein Sohn Walther über seinen Vorstandsposten in der AEG, deren Tochterfirma die NAG war, auch das Automobilunternehmen. Rathenau war daher, so Techow und Fischer, der Verantwortliche für Sigurds Entlassung. Sigurd schloss sich nach kurzem Zögern dieser Meinung an. Christian Riecken, der Chefkonstrukteur, konnte sicherlich in seinem Bereich schalten und walten, wie es ihm beliebte und der Firma diente; aber einen hervorragenden Fahrer und wichtigen Mann der gehobenen Gesellschaft wie Sigurd hinauszuwerfen bedurfte auf jeden Fall der Genehmigung des Vorstands. Rathenau hatte nichts unternommen, um Sigurd zu halten. Er hatte es nicht einmal für nötig gehalten, ihm ein entschuldigendes Schreiben zu senden – oder eine Abfindung anzubieten mit dem Zusatz, dass Sigurd die NAG jederzeit als Referenz angeben könne.

»Das ist wieder mal typisch jüdisches Verhalten«, erklärte Techow grimmig. »Erstens geht es ihnen nur ums Geld. Zweitens sind sie nur zu froh, wenn sie einem aufrechten Vertreter des deutschen Adels den Dolch in den Rücken stoßen können. Drittens haben sie keinen Stil und keine Würde.« Er trank einen Schluck von seinem Bier, verschüttete in der Erregung etwas auf seine Jacke, verschluckte sich und klopfte sich gegen die Brust, bis ein lauter Rülpser die Beklemmung löste.

»Im April findet die Weltwirtschaftskonferenz in Genua

statt«, sagte Fischer. »Und wer wird Deutschland da als Außenminister vertreten? Der Jude Rathenau.« Er machte eine fahrige Handbewegung. »Was für eine Schande das allein schon ist. Und sie wird noch vergrößert werden durch seine Anbiederung ans Ausland und die Konzessionen, die er wieder machen wird.«

»Wieso schickt man nicht jemand anderen?«, fragte Sigurd.

»Gute Frage, gute Frage«, sagte Techow. »Aber leider: Reichskanzler Wirth ist ein Judenfreund. In seinem ersten Kabinett war auch schon ein Jude Außenminister – Friedrich Rosen.«

»Das gleiche Kaliber«, erklärte Fischer verächtlich. »Hat die Entscheidung des Völkerbunds zur Abtrennung Oberschlesiens hingenommen, ohne ein Wort dagegen zu sagen. Ist wahrscheinlich vorher von den Polacken dafür bezahlt worden.«

Sigurd, dessen Interesse für Politik früher bestenfalls peripher gewesen war, glaubte sich dennoch zu erinnern, dass Rosen aus Protest gegen die Nichtachtung des Wählerwillens in Oberschlesien und gegen die Reparationsforderungen der Alliierten zurückgetreten war. Aber vielleicht hatte er sich das falsch gemerkt.

»Die sind alle gleich«, sagte Techow. »Oder haben Sie schon mal eine gute Erfahrung mit einem Juden gemacht, Herr Kamerad? Ich meine, abgesehen von dem Skandal, dass Rathenau Sie ungerechterweise entlassen hat?«

Sigurd sagte: »Der Bankier meiner Mutter ist Alfred Kron. Ein Jude. Er hat ...« Er biss sich im letzten Moment auf die Zunge. Beinahe hätte er gesagt, dass er Kron verdächtigte, Magda eingeredet zu haben, die Zahlungen an die NAG zu stoppen, um dem Gut Kosten zu sparen. Aber dann hätte er zugegeben, dass die NAG bezahlt worden war, um Sigurd in ihren Reihen zu dulden, und das ging diese beiden Klein-Revoluzzer da überhaupt nichts an. »Er hat uns sehr geschadet«, vollendete er lahm und hoffte, keiner würde nachfragen, warum man sich nicht vom Bankhaus Kron getrennt habe.

Techow und Fischer schienen weder die lahme Ausrede noch

die Diskrepanz zu bemerken. »Da haben Sie's!«, sagte Techow voller Triumph.

»Was planen Sie denn wegen Rathenau zu unternehmen?«, fragte Sigurd. »Eine Beschwerde bei der Regierung? Oder einen Protestmarsch? Ich werde garantiert nicht ...«, er korrigiert sich, »... ich kann es mir als Mitglied des preußischen Adels leider nicht leisten, plakatschwenkend auf der Straße auf und ab zu marschieren.«

»Niemand denkt an so etwas, Herr Kamerad«, sagte Techow mit allen Anzeichen des Entsetzens. »Wissen Sie, so eine Lösung wäre ...«

»... demokratisch«, stieß Fischer hervor. »Weich, schlaff, kraftlos demokratisch.« Selten hatte Sigurd das Wort »demokratisch« mit solcher Verachtung hervorgestoßen gehört. Beinahe wunderte er sich. Für ihn als Mitglied des Adels war es nachvollziehbar, dass er der Demokratie ablehnend gegenüberstand. Sie bedeutete die Mitbestimmung des Pöbels. Er dachte an die armseligen Pachtbauern von Gut Cramm, die mit ihren Schweinen und Ziegen unter einem Dach lebten und die von Kindesbeinen an nichts anderes kannten, als Kartoffeln zu klauben, Steine vom Feld zu tragen und Gänse zu hüten. Solches *Kroppzeug* sollte mitreden dürfen? Die waren doch dankbar, wenn ihr Gutsherr sie gütig anleitete und ihnen zeigte, wie man zu leben hatte. Nein, Demokratie war nicht gerade etwas Erstrebenswertes. Doch Fischer kam, wie Sigurd vermutete, selbst aus einfachen Verhältnissen. Sigurd sagte sich nach kurzem Nachdenken, dass dies der Beweis dafür war, dass er mit seinen eigenen Ansichten richtiglag. Wenn schon jemand aus dem Volk selbst nicht wollte, dass das Volk bei den großen Entscheidungen mitredete ...

»Uns schwebt eine Lösung vor, die das Problem Rathenau ein für alle Mal beseitigt«, sagte Techow.

»Und wissen Sie, Herr Kamerad«, sagte Fischer, »Sie haben uns quasi zu dieser Idee inspiriert. Eigentlich ist es Ihre Idee. Wir wollen uns nicht mit fremden Federn schmücken. Wir verneigen uns im Gegenteil vor Ihrer Energie und Ihrem Beispiel.«

»Ich bin gern behilflich«, erwiderte Sigurd gönnerhaft.

»Wir zählen auf Sie.«

»Vielleicht ... äh ... nun, ein Mann wie ich hat am Tag zwanzig gute Einfälle«, sagte Sigurd und lächelte entschuldigend. »Bitte verzeihen Sie, dass ich deshalb nicht mehr in Einzelheiten weiß, wozu ich Sie inspiriert habe. Wie lautet der Plan noch mal?«

## 10

Weißt du, wofür das ein Zeichen ist?«, fragte Otto.

»Wovon sprichst du?«, fragte Hermine. »Det se uns erst am Abend empfangen, nachdem alle Regierungsgeschäfte erledigt sind, oder det se uns schon 'ne halbe Stunde warten lassen?«

»Beides«, sagte Otto.

»Sei nich immer gleich so unjeduldig, mein Schatz«, sagte Hermine und streichelte Otto sanft über den Oberarm. »Wer weeß, wat denen dazwischenjekommen ist. Die haben schließlich janz Deutschland, um das se sich kümmern müssen. Und det se uns erst am Abend herzitieren: Vielleicht wollense einfach vermeiden, dass uns irjendwer hier sitzen sieht und sich irjendwat denkt.«

»Das ließe sich einfach vermeiden, indem sie uns *nicht* hier sitzen lassen«, knurrte Otto. »Außerdem haben sie sich ziemlich lange Zeit gelassen, bis sie uns überhaupt einen Termin gegeben haben.«

Hermine strich über die Schulter von Ottos Anzugjacke und zupfte zugleich ein Haar aus dem Stoff. Ihr machte es nichts aus, hier zu sitzen und zusammen mit Otto zu warten; und schon gar nicht, dass die Reichskanzlei zu dieser späten Stunde so gut wie ausgestorben war. Es bedeutete, dass sie Otto berühren und ihm sogar einen Kuss auf die Wange geben konnte, wenn ihr danach war. In der Öffentlichkeit hätte es missbilligende Blicke dafür gegeben. Grundsätzlich war Hermine die Öffentlichkeit zwar egal, aber sie und Otto waren mittlerweile Herrschaften in gesetzterem Alter, und für ihr Geschäft war eine erstklassige Reputation wichtig. Es gab immer jemanden, der jemanden kannte und der diesem mit aufrechter Entrüstung erzählte, dass die Besitzer der Detektivagentur Briest beim Turteln in der Öffentlichkeit gesehen worden waren. Und auch noch miteinander. Geschmacklos, so etwas. Und das trotz der grauen Haare!

»Ich glaube«, sagte Otto, als Hermine nicht antwortete, »dass sie uns nicht ernst nehmen werden. Jede Wette.«

»Natürlich nehmse uns ernst«, sagte Hermine. »Du bist ja nich irjendwer. Und Reichskanzler Wirth kennt dich persönlich.«

»Das hat uns auch nicht davor gerettet, den Auftrag letztes Jahr zu verlieren.«

»Und jetzt warnst du ihn, obwohl uns der Auftrag entzogen wurde. Ick finde, det zeigt, wie ernsthaft und zuverlässig du bist. Die werden uns zuhören, gloob mir.«

Es dauerte trotzdem weitere zehn Minuten, bis Reichskanzler Wirth höchstpersönlich die Tür zu seinem Vorzimmer öffnete und Hermine und Otto in sein Büro bat. Dort stand ein hochgewachsener, schlanker Mann mit grauem Knebelbart und kahl rasiertem Schädel. Er trug elegante Kleidung und hielt eine Zigarette in der Linken. Der Aschenbecher auf Wirths Schreibtisch quoll über vor Kippen, und der Raum war wie vernebelt vor Zigarettenrauch. Hermine unterdrückte vergeblich ein Husten, schaffte aber, es in ein Räuspern zu verwandeln.

Der Mann war Walther Rathenau. Neben ihm sah der gedrungene, rundlich gewordene Wirth aus wie ein Bauer, der sich in seinen Konfirmationsanzug gezwängt hat. Nach der Vorstellungsrunde bot Rathenau Hermine einen der Sessel um Wirths Besprechungstisch an, rückte ihn ihr zurecht und wartete dann ab, bis auch Otto sich gesetzt hatte, bevor er sich niederließ. Er hob die brennende Zigarette hoch.

»Stört es Sie?«, fragte er Hermine.

»Nein«, log Hermine.

Rathenau musterte sie eine Sekunde lang, dann drückte er die Zigarette wortlos und mit einem leisen, freundlichen Lächeln aus.

»Fangen wir an?«, fragte Joseph Wirth. »Sie wollten uns etwas Wichtiges mitteilen.«

»Kommt der Herr Reichspräsident mit dazu?«, fragte Otto.

Hermine und Otto hatten bei ihrer Terminvorsprache darum gebeten, dass die drei Männer, die sie für am gefährdetsten hielten, zugegen seien. Reichspräsident Ebert war einer davon.

»Wir werden ihn informieren«, sagte Wirth.

»Wie weit darf ich ausholen?«, fragte Otto.

Wirth verstand offensichtlich den kurzen Seitenblick, den Otto in Richtung Rathenau geworfen hatte. »Herr Rathenau ist voll informiert«, erklärte er.

»Ich weiß, dass Sie von der Vorgängerregierung den Auftrag hatten, nach einer Zelle der Organisation Consul in Berlin zu fahnden«, sagte Rathenau. »Sie haben einige sehr wertvolle Hinweise gefunden, die sich aber leider nicht erhärten ließen. Dies führte zur Schlussfolgerung – und die Kriminalpolizei teilt diese Einschätzung –, dass die Organisation Consul nicht in Berlin Fuß gefasst hat. Vielmehr glauben wir mittlerweile, dass sie erledigt ist. Der Anschlag auf Matthias Erzberger war zugleich das Ende dieser Verbrechertruppe.«

»Ist das auch die Einschätzung von Hauptkommissar Türk?«, fragte Otto.

Hermine, die ihren Ehemann in- und auswendig kannte, hörte seine Verärgerung heraus und machte sich bereit, gegebenenfalls schlichtend einzugreifen.

»Herr Türk ist seit Dezember letzten Jahres abgestellt, den Aufbau eines Landeskriminalpolizeiamts mit in die Wege zu leiten«, sagte Wirth. »Er steht zurzeit dem normalen Polizeidienst nicht zur Verfügung.«

»Ihre Frage zielt natürlich darauf ab, unsere Einschätzung als falsch darzustellen«, sagte Rathenau lächelnd. »Sie wissen, wie sehr die Expertise von Hauptkommissar Türk in ganz Berlin geschätzt wird.«

»Exzellenzen«, sagte Otto, »ich weiß, dass die Ermittlungsergebnisse letzten Herbst dürftig waren. Aber nun haben wir neue Erkenntnisse. Und die verdanken wir meiner Frau.«

Hermine und Otto schilderten den beiden Politikern, was sie aus dem Anruf und dem Tod von Eduard Bentz geschlossen hatten. Beide äußerten Betroffenheit über das Schicksal des Pedells, aber Hermine konnte erkennen, dass es sie nur auf eine abstrakte Art und Weise berührte. Sie rechnete beiden ihre Anteilnahme trotzdem an. Ein kaltherziges Schulterzucken als Antwort auf die Todesnachricht zu ernten, hätte sie bei den meisten Politikern nicht überrascht. Dass ein Mordanschlag dahintersteckte, wie Otto und Hermine fest überzeugt waren, wollten sie jedoch nicht so ohne Weiteres glauben. Und erst recht nicht, dass sich in einer Studentenverbindung und an der Technischen Hochschule ein Nest von nationalistischen Totschlägern verbarg.

»Mehr als die telefonische Aussage von Herrn Bentz haben wir dazu aber nicht, oder?«, fragte Rathenau.

»Leider nein, Exzellenz«, erwiderte Otto. »Aber in Verbindung mit dem Mord an Herrn Erzberger und den Hetzreden im Reichstag und auf der Straße, die man hören kann …«

»… denken Sie, dass es eine hinreichende Gefahr gibt, man könne einen Anschlag auf den Herrn Reichspräsidenten oder den Herrn Reichskanzler planen«, vollendete Rathenau.

»Vergessen Sie sich selbst nicht, Exzellenz«, sagte Hermine.

»Was schlagen Sie denn vor?«, fragte Wirth. Er hob den Finger. »Und ich signalisiere mit dieser Frage nicht, dass ich Ihnen unumwunden glaube. Für mein Dafürhalten ist die Organisation

Consul am Ende. Wir müssen von ihrer Seite nichts mehr befürchten.«

»Warum glauben Sie das? Nur, weil es nicht genügend Indizien gibt, dass eine Zelle in Berlin immer noch aktiv ist?« Otto bemühte sich hörbar, seine Stimme neutral klingen zu lassen.

»Wenn es eine Zelle gegeben hätte – oder geben würde –, dann hätten sie schon lange zugeschlagen«, sagte Wirth. »Sie wissen doch: Am Anfang war ich auch überzeugt, dass es eine geben müsse. Das ist aber beinahe ein halbes Jahr her! Die Regierungsneubildung letztes Jahr wäre eine gute Gelegenheit gewesen, zuzuschlagen. Dann die Berufung von Herrn Rathenau. Dann die Ergebnisse der Konferenz von Cannes im Januar, die die üblichen Aufrührer im Reichstag wieder Zeter und Mordio haben schreien lassen. Und was ist geschehen? Nichts.«

»Die warten vielleicht nur auf eine günstige Gelegenheit«, sagte Otto.

»Oder auf eine Inspiration, wie sie es durchziehen können«, sagte Hermine. »Die Männer, die Erzberger ermordet haben, waren nur zu zweit. Sie haben selbst herausgefunden, dass diese Zellen nur aus ganz wenigen Menschen bestehen. Vielleicht sind die Berliner Angehörigen der Organisation Consul einfach bisher nicht mannstark genug gewesen, um sich etwas auszudenken und dann in die Tat umzusetzen.«

»Ich schlage vor«, sagte Otto, »dass Sie beide und der Herr Reichspräsident sich nicht mehr so oft in der Öffentlichkeit zeigen. Und wenn, dass Sie sich mit zuverlässigen Leibwächtern umgeben.«

Wirth seufzte. »Erinnern Sie sich, was ich Ihnen letztes Jahr über die Verlässlichkeit unserer Soldaten und Polizisten gesagt habe? Da hat sich nichts geändert.«

»Wir können uns nicht aus der Öffentlichkeit zurückziehen«, sagte Rathenau. »Wir bereiten die Weltwirtschaftskonferenz in Genua vor. Das bedeutet: jede Menge Anhörungen, Termine,

Konferenzen, Abstimmungen. Wir können keine Tunnel in den Berliner Untergrund graben, um gefahrlos von einem Ort zum anderen zu kommen. Außerdem würde es uns erst recht als Feigheit ausgelegt, wenn wir uns nicht mehr blicken lassen. Und wenn wir uns mit einem Kordon schwer bewaffneter, finster dreinblickender Männer umgeben, wird das auch nicht gut ankommen.«

»Ein paar Ihrer Kollegen im Reichstag fordern fast unverblümt Ihren Tod«, sagte Otto leise.

»Umso mehr ein Grund, keine Furcht zu zeigen.«

»Bitte überlegen Sie es sich.«

»Ihrer beider Sorge um uns ehrt Sie, Herr von Briest«, sagte Wirth. »Aber erstens stimme ich der Einstellung von Herrn Rathenau voll und ganz zu – und zweitens ist die Organisation Consul keine Gefahr mehr.«

»Erlauben Sie uns wenigstens, weiter zu ermitteln.«

Wirth zuckte mit den Schultern. »Niemand wird Sie von etwas abhalten.«

Hermine sagte: »Mein Mann meint: Erteilen Sie uns einen Auftrag, für Sie zu ermitteln?«

»Das geht nicht, liebe Frau von Briest. Sehen Sie – in der jetzigen Lage und mit dieser radikalen Opposition im Reichstag müssen wir jeden Rechnungsbeleg, jede noch so kleine Ausgabe vorlegen, sonst heißt es gleich, die Regierung ist korrupt und wirtschaftet in die eigene Tasche, während das Volk sich bald nicht mal mehr Brot und Butter leisten kann.«

»Ich zahle meinen Chauffeur aus meiner eigenen Tasche«, sagte Rathenau. »Und raten Sie mal, was für einen Dienstwagen ich habe? Einen NAG. Ein Automobil meiner eigenen Firma. Ich habe es der Regierung unentgeltlich zur Verfügung gestellt.«

Wenig später stapften Hermine und Otto von der Reichskanzlei in Richtung Agentur. Es war bereits dunkel, aber es war Anfang März, und es schien, als läge ein leiser Hauch von Frühling in der Luft. Von den Feldern und Wiesen rund um Berlin drang der Duft nach nasser, erwachender Erde in die Gassen. Beide schwiegen. Hermine fühlte Ottos Ärger und Frustration. Sie selbst merkte erst jetzt, dass sie mit dem Gespräch nicht nur die Hoffnung verbunden hatte, die gefährdeten Politiker warnen zu können; sie hatte auch gehofft, man würde ihr Engagement damit honorieren, dass man den Auftrag zur Ermittlung gegen die Organisation Consul wieder aufleben ließ. Das Honorar wäre nicht hoch gewesen, aber es wäre etwas gewesen, was man an die Brüder Zinnermann hätte überweisen können, um die ständig größer werdenden Schulden des Guts zu mindern. Und nicht zuletzt verschaffte ihr der Gedanke, dass unter der Oberfläche Berlins, ja ganz Deutschlands eine Organisation rücksichtloser, verblendeter Mörder ihre Pläne schmiedete, Übelkeit. Das Land, in dem ihre Kinder aufwuchsen und irgendwann selbst Kinder in die Welt setzten, sollte frei sein von solchen Dingen.

»Wir haben denen das Falsche angeboten«, sagte Otto plötzlich.

»Wie meinst du das?«

»Wir haben denen Ermittlungen gegen die Organisation Consul angeboten. Aber die glauben nicht, dass es die noch gibt. Etwas anderes glauben sie hingegen.«

»Und was wäre das?«

»Sie glauben, dass ihr Leben bedroht ist. Und sie vertrauen keinem, nicht den Soldaten, nicht der Polizei. Im Grunde sind die Einzigen, denen sie vertrauen, wir.«

»Vertrauen? Die glauben nicht, was wir ihnen über Edes Tod und alles andere erzählt haben.«

»Das hat damit nichts zu tun. Das ist nur, weil sie überzeugt sind, die Organisation Consul zerschlagen zu haben. Ich meine, sie vertrauen uns auf menschlicher Basis.«

Hermine blieb stehen. Ihr kam ein Verdacht, der ihr ganz plötzlich eine Riesenangst machte. »Willst du damit vielleicht andeuten, du willst …?«

»Ja«, sagte Otto, der ihr anscheinend angemerkt hatte, welchen Schluss sie gezogen hatte. »Ich werde mich als Leibwächter bei Walther Rathenau bewerben.«

## 11

Sigurd lag schlaflos in seinem Bett und starrte an die Zimmerdecke. Vom Fenster her zeichneten sich schwache Lichtmuster darauf ab – mehrere perspektivisch verzerrte Vierecke, die schwächer wurden und an den Rändern immer mehr verliefen, je weiter sie vom Fenster entfernt waren: das Licht entfernter Straßenlaternen, das durch die Scheibe fiel und von den Fenstersprossen zerteilt wurde.

Ernst Techow und Hermann Fischer hatten Sigurd ihren ganzen Plan offengelegt. Sie hatten ihm vertraut. Allein schon aus Kameradschaft konnte er sie nicht enttäuschen, oder? Aber sie bewunderten ihn auch. Sie hielten ihn für den Größten. Er war der Held für sie. Auch diese Erwartung durfte er nicht enttäuschen. Er wollte es auch nicht. Wann hatte ihn das letzte Mal jemand so bewundernd angeblickt und ihm erklärt, dass man auf ihn nicht verzichten konnte? Sigurds Mutter bestimmt nicht. Und bei der NAG auch nicht, da hatte man ihn nur als Schrittmacher missbraucht. Bei Dinos hatten sie ihn ebenfalls nicht geschätzt. Aber die Missachtung seitens der NAG war schlimmer gewesen, denn sie hatte ihn dazu getrieben, bei einem zweitklassigen Hersteller wie Dinos anzuheuern. Und dann hatten sie noch Sigurds großzügiges Angebot ausgeschlagen, wieder zu ihnen zurückzukehren.

Sie – das waren zwei Namen. Christian Riecken und Walther Rathenau. Techow hatte Sigurd versichert, dass Riecken nur ein Befehlsempfänger war. Er war ein Rennwagenkonstrukteur. Er hatte Sigurds Talent mit Sicherheit erkannt. Wahrscheinlich hätte er ihn ohne zu zögern als ersten Fahrer zurückgenommen ... wenn sein Chef nicht gewesen wäre. Rathenau. Der Erbe. Das Söhnchen, das sich nur ins gemachte Nest zu setzen hatte. Der Jude. Die Juden hielten es nicht aus, wenn sie den Beweis dafür bekamen, dass ein anständiger, rechtgläubiger Deutscher besser war als sie. Deshalb hatte Rathenau sich an Sigurd gerächt – weil Sigurd ihm ständig bewiesen hatte, dass er ihm überlegen war. Die germanische Rasse war von Natur aus den anderen Rassen überlegen. Da war es nur natürlich, dass ein Mann wie Sigurd, einer der besten und strahlendsten Vertreter seiner Art, turmhoch über Gestalten wie Rathenau thronte.

Und weil dieser Neid die Juden zerfraß, trachteten sie nur danach, das stolze Deutschland in den Dreck zu ziehen. Schwache, korrupte oder inkompetente Politiker halfen ihnen noch dabei, indem sie ihnen wichtige Ämter anvertrauten! Wie Rathenau. Der Mann, der sich so an Sigurd und seinen Talenten vergangen hatte, vertrat jetzt Deutschland in allen Belangen im Ausland. Es war doch klar, worauf er es abgesehen hatte: Deutschland in die Knie zu zwingen. Es dem Ausland zu ermöglichen, dass es dem waidwunden, geschwächten Krieger den Fuß in den Nacken stellte. Aber auch ein waidwunder deutscher Krieger war noch ein gefährlicher Gegner. Rathenau würde es zu spüren bekommen. Und nach ihm viele andere. Der sterbende Krieger würde am Ende aufstehen, geheilt, und sein Land reinigen vom Geschwür, damit es wieder die Stelle einnehmen konnte, die das Schicksal für es vorgesehen hatte, nämlich der Leitstern aller anderen Nationen zu sein.

Am Ende dieses Vortrags hatte Techow mit feuchten Augen die Hand auf Sigurds Schulter gelegt und gesagt: »Sie, Herr Kamerad, sind dieser Krieger, der aufsteht, um das Joch abzuschütteln.«

Sigurd war atemlos gewesen. Ja, er wollte der Krieger sein. Er sah sich aufrecht dastehen, das Schwert in der Hand, der mächtige Brustkorb noch in Wallung von den Strapazen der Schlacht, aber: ungeschlagen, unbesiegt, triumphierend über alle! Während am Rand des Schlachtfelds diejenigen sich vor Angst und Scham krümmten, die ihn vorher nicht beachtet hatten; und seine Mutter kam mit hoch erhobenem Haupt und vor Stolz blitzenden Augen auf ihn zu und hängte ihm den Mantel des Triumphators um, und man konnte in ihren Augenwinkeln die Tränen der Reue sehen, dass sie ihn immer so falsch eingeschätzt hatte.

Dann hatten Techow und Fischer mit nüchternen Worten skizziert, wie das Schlachtfeld beschaffen sein würde, auf dem Sigurd seinen Triumph erringen sollte. Das war der Grund, warum Sigurd seit seiner Rückkehr in seinem Zimmer auf dem Campus mit offenen Augen an die Decke starrte und zwischen Angst und Vorfreude nachgerade zerrissen wurde.

Techow und Fischer gehörten einer geheimen Organisation an. Wie groß diese war und welche Struktur sie hatte, hatten sie nicht verraten. Aber es gab in allen deutschen Großstädten Zellen der Organisation. Fischer war nicht seiner Prüfungsvorbereitungen wegen nach Berlin gekommen, sondern um Techow bei seinen Planungen zu unterstützen. Den Planungen, Walther Rathenau mit einem Attentat aus der Welt zu schaffen. Sigurd hatte die Worte Techows noch im Kopf: »Wir haben uns Ihnen offenbart, Herr Kamerad. Sie könnten uns jetzt alle vernichten. Oder Sie schließen sich uns an, und gemeinsam vernichten wir die Feinde Deutschlands und diese korrupte Republik. Wir brauchen Männer wie Sie. Lassen Sie Deutschland nicht im Stich.«

Die Begeisterung hatte Sigurd erneut übermannt. Hände waren geschüttelt, Ehrenwörter gegeben worden. Und der Plan war weiter ausgebreitet worden.

Jetzt, allein im Bett und bei näherer Betrachtung der Konsequenzen, war Sigurds Begeisterung nicht mehr so groß. Er stimmte von ganzem Herzen dem Plan zu, Walther Rathenau zu eliminieren. Er wäre nur gern weniger nahe am Geschehen gewesen. Je länger er darüber nachdachte, desto mehr hätte er sich gewünscht, Teil des Plans und in ihn eingeweiht zu sein, aber seine Teilnahme auf einen geheimnisvoll wirkenden Besuch in einem Café zu beschränken … der gut aussehende, mysteriös wirkende junge Mann, der allein an einem Tisch saß … man konnte ihm ansehen, dass er an etwas Wichtigem mitgewirkt hatte, dass er ein Strippenzieher im Hintergrund war, eine graue Eminenz, von deren Entscheidungen das Schicksal ganzer Generationen abhing … oh, wenn man genauer hinsah, bemerkte man, dass er durchaus gefährlich war … dass er sich in jedem Kampf behaupten konnte, sei es mit Fäusten oder Waffen … aber dass er zu intelligent und für seine Kameraden zu wertvoll war, um ihn in solche Gefahren zu bringen … und dann kam plötzlich ein abgehetzter Bote herein und fand den einsamen, elegant gekleideten Krieger und flüsterte ihm etwas ins Ohr … *Alea iacta est* oder etwas in der Art … und der elegante junge Mann nickte, bedankte sich, stand auf, bezahlte seinen Cognac und ging ohne Hast hinaus, auf seinen Lippen ein feines, triumphierendes Lächeln … und allen anderen Gästen im Lokal würde ein kalter Hauch den Rücken hinunterfahren, weil sie ahnten, dass sie eben Zeugen von etwas Weltbewegendem geworden waren.

Doch Techow und Fischer hatten ganz andere Vorstellungen. Und er, Sigurd, hatte ihnen schon die Hand gereicht und sein Ehrenwort gegeben, dass er mit von der Partie wäre. Verflucht!

»Wir brauchen einen Fahrer«, hatte Hermann Fischer geraunt. »Unsinn, wir brauchen *den besten* Fahrer, den es gibt. Deshalb sind Sie ja so unverzichtbar, Herr Kamerad. Wir brauchen jemanden, der uns in einem Fahrzeug so nahe wie möglich an den Wagen Rathenaus heranbringt. Rathenau fährt im Sommer ein offenes Cabriolet – ideal für uns. Sie bringen uns längsseits, und wir …« Fischer streckte den Zeigefinger der rechten Hand und krümmte ihn dann, als wenn er eine imaginäre Pistole abfeuern würde. »Danach geben Sie Gas, und wir rasen davon. Bevor der

Wagen mit Rathenau und seinem Chauffeur an die nächste Hausecke geprallt ist, sind wir schon über alle Berge.«

»Warum soll der Wagen an die nächste Hausecke prallen? Der Chauffeur …« Sigurds Augen hatten sich geweitet.

»Wir können leider keine Zeugen am Leben lassen, die uns wiedererkennen würden. Wer immer mit ihm im Wagen sitzt, muss dran glauben. Aber trösten Sie sich, soweit wir wissen, hat Rathenau einen jüdischen Fahrer.«

Sigurd dachte verzweifelt nach, wie er da schlaflos in seinem Bett lag. Wie kam er nur aus dieser Sache wieder heraus? Er fürchtete, gar nicht. Konnte er nicht einfach zu Techow und Fischer gehen und sagen: Tut mir leid, das ist nichts für mich, suchen Sie sich jemand anderen – aber keine Angst, Kameraden, ich verpfeife euch nicht?

Nach dem ersten Treffen mit den beiden Verschwörern hätte Sigurd so ein Vorgehen in Betracht gezogen. Da hatte er Techow und Fischer noch für harmlose, geschwätzige Schwachköpfe gehalten. Doch mittlerweile war ihm klar, dass die beiden tausendmal härter waren als er und tausendmal gefährlicher. Nein, er wagte es nicht, sie mit einem Rückzieher zu konfrontieren.

Gott, warum mussten solche Sachen immer ihm passieren? Dauernd wurde er in Schwierigkeiten verwickelt. Es war einfach ungerecht.

Wie kam er da wieder heraus?

Es fiel ihm nichts ein, und über das Nachdenken glitt er am Ende doch in den Schlaf.

## 12

Glauben Sie, wir können uns auf ihn verlassen?«, fragte der Mann am Telefon. Er hieß Erwin Kern, war im Krieg Oberleutnant zur See gewesen und jetzt Mitglied der Frankfurter Zelle der

Organisation Consul. Er hatte den Befehl über zwei geplante Aktionen der Organisation, mit der diese sich wieder in der Öffentlichkeit zurückmelden wollte. Weitere Aktionen waren grob skizziert. Der Tod Matthias Erzbergers war nur der Anfang gewesen, und die anschließende Zerschlagung der Kommandostrukturen der Organisation hatte sie nur unwesentlich geschwächt. Ihr Anführer, Hermann Ehrhardt, war zwar nach Ungarn geflohen, aber mit den modernen Kommunikationsmethoden war es nicht übermäßig schwer, Kommandoaktionen auch aus dem Ausland zu befehligen. Die Koordination oblag fähigen Leuten in den einzelnen Bezirken, die der Verhaftung entgangen waren; eben Leuten wie Erwin Kern.

»Er ist ein aufgeblasener Schwachkopf, aber Techow sagt, er sei der beste Fahrer, den wir kriegen können«, erwiderte Fischer. Techow, der neben ihm saß und nicht hören konnte, was Kern am anderen Ende sagte, zog eine Augenbraue bei der Erwähnung seines Namens hoch. Fischer zwinkerte ihm kameradschaftlich zu.

»Wird er umfallen und zur Polizei gehen?«, fragte Kern.

»Wir glauben nicht. Er ist ganz durchdrungen von seiner moralischen Überlegenheit als preußischer Junker ... ein Wort für ein Wort und so ... er wird uns nicht verpfeifen. Außerdem hat er viel zu viel Angst, welche Konsequenzen es haben könnte.«

»Welche Konsequenzen hätte es denn?«, fragte Kern. »Haben Sie eine Sicherheit eingebaut?«

»Techows jüngerer Bruder überwacht ihn. Cramm hat ihn nie gesehen. Falls er sich auch nur in die Nähe der Polizei begibt, fängt er ihn ab.«

»Geben Sie mir Techow«, sagte Kern.

Fischer reichte den Hörer weiter. Techow meldete sich militärisch.

»Ihr Bruder«, sagte Kern. »Ist auf den Verlass? Wie alt ist er?«

»Siebzehn, Herr Oberleutnant.«

»Wenn es hart auf hart kommt und Cramm umfällt – ist er in der Lage, ihn zu beseitigen?«

»Cramm ist ein Schwächling, Herr Oberleutnant. Nur gut mit dem Mundwerk, und selbst da nicht.«

»Und körperlich?«

»Mein Bruder trägt ein Messer.«

»Er kann Cramm nicht einfach abstechen, wenn der vor dem Büro des Schuldirektors steht.«

»Der Schuldirektor ist kein Problem. Der wird Cramm gar nicht vorlassen, wenn dieser einen Termin bei ihm erbittet. Ich habe herausgefunden, dass Cramms Mutter den Direktor mit allen möglichen Drohungen unter Druck gesetzt hat, damit er den Filius wieder aufnimmt. Der fasst Cramm nicht mal mit 'ner Zange an.«

»Und außerhalb der Hochschule steht Cramm unter ständiger Beobachtung durch Ihren Bruder …«

»Richtig, Herr Oberleutnant. Und wenn er in Richtung eines Schutzmanns marschiert oder einer Dienststelle, ist Hans da und macht ihn kalt.«

»Wenn es dazu kommt, müssen Sie einen neuen Fahrer suchen.«

»Es wird nicht dazu kommen, Herr Oberleutnant.«

»Na gut. Ich verlasse mich auf Sie. Für das Vaterland, meine Herren.«

»Für das Vaterland!«

## 13

Die Premiere von *Dr. Mabuse, der Spieler* fand an zwei Tagen statt – am 27. April und am 26. Mai 1922. Fritz Lang hatte den Film bewusst in zwei Teilen gedreht.

Die Briests – Otto, Hermine und Luisa – waren bei der ersten

Premiere erneut unter den Geladenen. Luisa wollte zuerst nicht mitkommen. Das schlecht gelaufene Vorsprechen saß ihr immer noch in den Knochen, und sie hatte die Befürchtung, dass sie den ganzen Abend deprimiert und missmutig herumsitzen würde. Andererseits wollte sie aber auch nicht allein auf Gut Briest bleiben. Jetzt, da Max schon seit zwei Monaten in Elbing war und nur alle paar Wochen nach Hause kam, fand sie das Gut leer und freudlos. Umso mehr, seit ihr klar war, dass sie sich wegen Max keine Sorgen hätte machen brauchen. Er hatte keine Liebste in der Stadt. Er hatte ihr alles gestanden. Danach hätte sie ihm beinahe ihre Liebe gestanden, doch etwas hatte sie zurückgehalten – sie hatte zu viel Angst gehabt, dass er sie abweisen oder über ihre Gefühle entsetzt sein könnte. Doch ihr Gespräch hatte die alte Vertrautheit wiederhergestellt, und so vermisste sie ihn noch mehr, als sie ihn vorher vermisst hatte, wenn er nicht auf dem Gut gewesen war.

Die Platzanweiser und -anweiserinnen waren diesmal in Frack und glänzende schwarze Umhänge gekleidet. Luisa schluckte, als ihr auf einmal zu Bewusstsein kam, dass dieser Film nicht nur durch die Mitarbeit ihres Vaters entstanden war, sondern dass sich in ihm auch die Szene befand, die Max auf die Idee mit dem Kartenspiel gebracht hatte. Auf einmal war sie nicht sicher, ob sie das überhaupt sehen wollte.

»Ach herrje«, hörte sie Otto murmeln und blickte auf. Vom anderen Ende der Reihe näherten sich in der unbeholfenen Art und Weise, mit der man sich seitlich in eine eng bestuhlte Sitzreihe schob, die Zinnermanns mit ihren Frauen. Ebenso plötzlich wie die Unsicherheit in ihr aufgestiegen war, schwappte nun ein Kichern in ihr hoch, das sie nur mit Mühe unterdrücken konnte. Ihr war klar, warum Otto geseufzt hatte: Er fürchtete, von den Zinnermanns in ein Gespräch über die ausstehenden Kreditrückzahlungen verwickelt zu werden. Dabei …

»Fehlt dir was, mein Schatz?«, fragte Hermine.

Luisa, die ein hysterisches Kichern gerade noch in einen Hustenanfall hatte umwandeln können und sich die Hand vor den Mund presste, schüttelte den Kopf. Sie wurde die Vorstellung nicht los, dass Curt Zinnermann den ganzen Abend versuchte, ein Gespräch mit ihrem Vater zu führen, und dieser ihm den ganzen Abend auswich, weil es ihm zu peinlich war, über die rückständigen Tilgungen zu sprechen – und wie es Zinnermann dann doch glückte, Otto zu stellen, und er diesem freundlich auf die Schulter klopfte und sich dafür bedankte, dass die ersten Rückzahlungen flossen.

Aus dem Lohn, den Max jetzt regelmäßig von Franz Komnick erhielt.

Max hatte Luisa angefleht, Otto und Hermine nichts zu verraten. Er hatte gefürchtet, dass die beiden seine Geste zurückgewiesen hätten. Luisa hätte ihm sagen können, dass die Zahlungen auf jeden Fall offenkundig würden, spätestens wenn die Bank die vierteljährlichen Kontenübersichten schickte. Aber sie hatte darauf verzichtet. Sie hatte Max die Vorstellung nicht verderben wollen, dass er zur Rettung des Guts beitrug, ohne dass es dort gleich jemand bemerkte.

»Möchtest du an die frische Luft gehen, Luisa?«, fragte Hermine. »Du bist ganz rot im Gesicht.«

Luisa schüttelte erneut den Kopf. Sie beruhigte sich mühsam, wissend, dass der nächste hysterische Kicheranfall jederzeit ausgelöst werden konnte. Ihr war selbst klar, dass ihre Nerven im Moment komplett verrückt spielten, aber sie konnte nichts dagegen tun. Es war, als ob der Eintritt in diesen eleganten, glänzenden Saal mit all den gut gekleideten Herrschaften und dem teuren Schmuck ihr plötzlich endgültig klargemacht hätte, wie überflüssig die Angst und Bestürzung der letzten Wochen gewesen waren. Sie fühlte sich, als wollte sie aufspringen und lachend durch die Sitzreihen toben.

Curt Zinnermann blickte auf und sah die Briests auf ihren

Plätzen sitzen. Ein breites Lächeln überzog sein Gesicht. Er schob sich schneller voran und streckte bereits die Hand aus.

Hermine beugte sich zu Otto, um ihm etwas ins Ohr zu raunen. Luisa erfuhr nie, was es war, denn in diesem Moment tippte jemand ihr auf die Schulter.

Sie drehte sich überrascht um. Eine der Platzanweiserinnen stand hinter ihr, ein Mädchen, kaum älter als Luisa. »Frollein von Briest?«, fragte sie mit kaum verborgener Langeweile. Sie roch nach Zigarettenrauch und Mottenkugeln.

»Ja …«

»Der Herr dort möchte wat von Ihnen«, erklärte die Platzanweiserin und wies ans diesseitige Ende der Sitzreihe. Luisas Augen wurden groß, als sie nicht nur einen, sondern zwei Herren dort stehen sah, die ihr freundlich zunickten, und dass die beiden Herren Fritz Lang und Erich Nitzschmann waren, beide elegant gekleidet, in Frack und Hemdbrust. Langs Monokel glitzerte.

»Welcher der Herren?«, fragte sie unwillkürlich.

»Der mit der Scherbe im Ooge.«

Luisa verzichtete darauf, der Platzanweiserin mitzuteilen, dass der Mann mit dem Monokel der Regisseur des Films war. Wenn sie es nicht von selbst wusste, würde es sie wahrscheinlich auch nicht beeindrucken. Die Sicherheit, mit der sie sich zwischen den Sitzreihen bewegte, zeigte, dass sie schon viele Premieren hier als Platzanweiserin gesehen hatte – und ebenso viele wichtige Leute zu ihren Plätzen geleitet hatte, ohne dass mehr für sie herausgesprungen wäre als ein karger Lohn und ein Anteil an den Resten des Büfetts, nachdem die Premierenfeier vorüber war. Vielleicht hatte sie auch einmal den Traum gehabt, in einem Film mitzuspielen, und das war daraus geworden.

»Bin gleich wieder zurück«, sagte Luisa zu ihrer Mutter und schob sich aus der mittlerweile halb besetzten Reihe. Hermine und Otto achteten nicht auf sie, denn in diesem Moment hatte Curt Zinnermann sie erreicht und begrüßte sie. Halb bedauernd, dass sie das Gespräch nicht mitbekommen würde, halb nervös und ratlos, wieso Lang sie sprechen wollte, navigierte sie mit vielen Entschuldigungen aus der Reihe hinaus und stand dann vor den beiden Männern.

Lang ließ das Monokel aus dem Auge fallen und beugte sich über ihre Hand. Er deutete einen Handkuss an, dann richtete er sich auf und klemmte sich das Monokel wieder hinein. Er lächelte. Erwin Nitzschmann begrüßte Luisa etwas weniger elegant, aber fröhlich.

»Meine Liebe«, sagte Lang. »Bitte verzeihen Sie, dass es nichts mit einer Rolle in *Dr. Mabuse* wurde. Es ist nicht Ihre Schuld, wissen Sie.«

Luisa war über diese Gesprächseröffnung einigermaßen überrascht. Sie wusste nicht, was sie erwartet hatte. Jedenfalls nicht das. Sie wusste erst recht nicht, wie sie darauf reagieren sollte. Sie hätte sich gewünscht, ihre Mutter hätte sie begleitet. Doch dann sagte sie sich, dass sie alt genug war, überraschende gesellschaftliche Situationen alleine zu meistern. In ihrem Alter hatte Max bereits seit Jahren allein auf sich gestellt auf der Straße überlebt!

Sie flüchtete sich in Offenheit. »Ich habe das Vorsprechen verpatzt«, sagte sie.

»Sie waren stark unter Druck«, sagte Lang. »Wir haben leider übersehen, Familie und sonstige Begleiter nach draußen zu bitten. Normalerweise lassen wir nicht zu, dass sie dabei sind. Ich weiß, dass die Anwesenheit eines wohlmeinenden, aufgeregten Elternteils im Publikum die Konzentration stark beeinträchtigt.«

»Herr Nitzschmann und Frau Reinecke haben sich tadellos um mich bemüht«, sagte Luisa schnell. Sie fürchtete, gleich zu erleben, wie Lang seinen jungen Begleiter noch nachträglich zusammenstauchte. Aus dem erfreuten und dankbaren Lächeln Nitzschmanns schloss sie, dass er zumindest nach ihrem Vorsprechen eine Abreibung erhalten hatte.

Lang musterte sie intensiv. Was er dann zu sagen hatte, machte

Luisa völlig sprachlos. »Jedenfalls hat man mir mitgeteilt, dass Sie sehr wohl Talent gezeigt hätten. Es müsste nur gefördert werden. Zum Beispiel durch den Besuch einer Schauspielschule.«

Luisa starrte Lang an. Ihr Mund arbeitete, aber sie konnte keinerlei klaren Gedanken fassen und erst recht keinen artikulieren. Talent? Schauspieltalent? Sie hatte Talent gezeigt? Sie war überzeugt gewesen, eine so derart schlechte Leistung abgeliefert zu haben, dass selbst ein Schultheater abgelehnt hätte, sie ins weihnachtliche Krippenspiel aufzunehmen. Noch nicht einmal als schweigender Hirte im Hintergrund. Und nun sagte Lang, sie habe ...?

»Talent?«, brachte sie hervor.

Lang grinste sein überheblich wirkendes Grinsen. Das Monokel blitzte. »Das war Ihnen doch selbst klar, meine Liebe. Sie hatten nur ungünstige Voraussetzungen beim Vorsprechen, das ist alles.«

Er schnipste mit den Fingern in Richtung Nitzschmann, und dieser hielt Luisa eine Visitenkarte hin, die er die ganze Zeit über in der Hand gehalten hatte. Luisa nahm sie und betrachtete sie, ohne zu verstehen, was darauf stand.

»Rufen Sie doch – immer vorausgesetzt, Ihre Eltern erlauben es – dort an und sagen Sie, ich hätte Sie geschickt. Das erspart Ihnen eine lange Wartezeit bis zum nächsten Aufnahmetermin. Vorsprechen müssen Sie allerdings dort auch.« Lang grinste noch breiter. »Diesmal ohne dass Ihre Familie Sie nervös macht. Guten Abend, gnädige Frau.«

Luisa hörte die Stimme ihrer Mutter hinter ihr sagen: »Wobei machen wir Luisa nervös? Guten Abend, Herr Lang. Herr Nitzschmann. Ich bedanke mich für die Einladung zum heutigen Abend, auch im Namen meines Mannes. Ich hoffe, auch Luisa hat sich anständig bei Ihnen bedankt?«

Normalerweise hätte die letzte Bemerkung dazu geführt, dass Luisa zusammenzuckte und sich in Grund und Boden schämte; nicht nur, weil sie tatsächlich vergessen hatte, sich zu bedanken, sondern weil sie sich dadurch wie ein kleines Kind behandelt fühlte. Aber sie reagierte nicht darauf. Sie betrachtete die Visitenkarte, deren Buchstaben vor ihren Augen tanzten und sich endlich zu sinnvollen Worten zusammenfügten. »Max Reinhardt. Schauspielschule des Deutschen Theaters zu Berlin. Wesendonk'sches Palais, In den Zelten 21, Berlin«. Darunter stand eine Telefonnummer.

Sie blickte auf. »Das können meine Eltern sich leider nicht leisten«, hörte sie sich wie von weit her sagen.

Eine kurze, überraschte Pause entstand; lange genug, Luisa aus ihrer Fassungslosigkeit zu reißen und realisieren zu lassen, welchen Fauxpas sie eben begangen hatte. Erschrocken drehte sie sich zu ihrer Mutter um, die hinter ihr stand. Hermine musste von ihrem Platz aus gesehen haben, dass Luisa mit Lang und Nitzschmann sprach, und herbeigekommen sein, um ihrer Tochter gegebenenfalls beizustehen. Nun war ihr Gesicht knallrot. Ihre ganze Haltung strahlte tödliche Verlegenheit aus.

»Entschuldigung«, stotterte Luisa. »Ich bitte um Entschuldigung … ich … das wollte ich nicht sagen …«

Lang räusperte sich und nahm sein Monokel heraus. Er putzte es an einem seiner Frackschöße, was entweder ein Zeichen dafür war, dass auch ihn eine mächtige Verlegenheit ergriffen hatte, oder dafür, dass ihm das Tragen eines Fracks so gewohnt war, dass er ihn nicht mehr als besonderes Kleidungsstück wahrnahm. Er klemmte das Monokel wieder ins linke Auge und blickte von Luisa zu Hermine und zurück. Luisa wollte in den Boden versinken. Tränen traten ihr in die Augen.

»Nun, gnädige Frau«, sagte Lang zu Hermine und setzte jedes Wort extrem vorsichtig, »ich freue mich sehr, dass ich Sie und Ihre Familie zur Premiere einladen durfte. Ihr Mann hat unendlich wertvolle Arbeit zur Verbesserung des Drehbuchs geleistet. Die ganze Zeit schon wollte ich ihm schreiben, dass ich seinerzeit vergessen habe zu erwähnen, dass das Honorar für seine Arbeit auch ein Stipendium für den Besuch der Schauspielschule von Max Reinhardt enthält – für Ihre Tochter, die, wie ich überzeugt bin, großes Talent besitzt.«

Luisa schloss die Augen. Lang hatte ihr soeben die rettende Brücke gebaut. Aber sie wusste, dass sie sie trotzdem nicht betreten durfte. Es gehörte sich nicht. Die Peinlichkeit, die sie angerichtet hatte, war so schon groß genug. Sie schluckte und sagte mit gepresster Stimme, wobei sie fühlte, wie sich bei jedem Wort ein bleierner Klotz auf ihr Herz senkte: »Das ist sehr freundlich von Ihnen, Herr Lang, aber wir können Ihr Angebot leider nicht ann…«

Sie stockte, weil sie spürte, wie Hermine ihr eine Hand auf die Schulter legte. Die Berührung war leicht. Nur die Finger krallten sich förmlich in ihr Kleid.

»Herr Lang«, sagte Hermine, »ich sehe, dass Sie ein Mann sind, der gute Zusammenarbeit und Expertise zu schätzen weiß. Sie werden es nicht bereuen, meine Tochter derart unter Ihre Fittiche zu nehmen. Sie wird die Schauspielschule mit Auszeichnung abschließen.«

Luisa wollte sich sträuben, doch Hermines Finger pressten ihr so heftig in die Schulter, dass sie wusste, es war Zeit zu schweigen.

Lang verbeugte sich und bedachte auch Hermine mit einem Handkuss. Nitzschmann schlug die Hacken zusammen. Die beiden wandten sich ab und schritten zur Bühne. Luisa drehte sich um. Sie musste ihre ganze Willenskraft aufbieten, um ihrer Mutter in die Augen zu schauen. Hermine schien durch sie hindurchzublicken.

»Oh Gott, Mama, es tut mir so leid«, stammelte Luisa. »So leid. Ich wollte bloß nicht irgendwelche Kosten verursachen … oder dass irgendetwas in die Wege geleitet wird, was irgendwelche Kosten verursacht … ich weiß doch, dass Sie und Papa alles tun und dass es nur an den schlechten Zeiten liegt, dass …«

Hermines Augen fokussierten sich auf Luisa. Die Wangen ihrer Mutter waren immer noch rot von der überstandenen Peinlichkeit. Doch ihr Blick war klar und wies das amüsierte Blitzen auf, das von Hermines Frohnatur stammte. Sie lächelte sogar. »Een Stipendium für die Schauspielschule«, sagte sie halblaut. »Kiek ma einer an. Ick hoffe, dass de dir richtig ordentlich bei deinem Vater bedankst, det er so was für dich möglich jemacht hat.«

Luisa begann zu weinen. »Ach, Mama, bitte, ich weiß doch, dass ich …«

»Mit Auszeichnung«, sagte Hermine. »Nüscht weniger, wa? Und jetzt hör auf zu weinen, mein Schatz.« Sie strich Luisa zärtlich über die Wange. »Sonst siehste gar nix von dem Film und kannst nicht kieken, was die anderen Schauspielerinnen so alles machen.«

»Die *anderen* Schauspielerinnen? Ach Mama, ich bin doch noch gar nicht …«

»Mit Auszeichnung«, unterbrach Hermine. »Da sind wir uns einig, oder?«

»Ja«, sagte Luisa unter Tränen und spürte, wie ihr Herz jubelte aus Liebe zu ihrer klugen Mutter, aus Hochachtung vor Fritz Lang und aus Vorfreude darauf, wie sich ihr Leben nun wenden würde. Max würde staunen! Nein, er würde nicht staunen – er würde lächelnd anmerken, dass er ihr gleich gesagt habe, sie habe das Zeug dazu. »Auszeichnung ist das Mindeste, Mama.«

»Denn lass uns ma wieder zurückklettern zu deinem Vater.« Hermine betrachtete die Sitzreihe, die nun ganz voll war, und seufzte. »Wir werden jeder Menge Leute uff die Zehen treten müssen.«

# 14

Otto Komnick konnte seinen Vater nicht verleugnen. Er war bullig gebaut und besaß das halb zutrauliche, halb melancholische Seehundsgesicht Franz Komnicks. Nur der Schnauzbart fehlte.

Im weißen Rennoverall mit Ledermütze, Brille und Halstuch machte er eine gute Figur. Das war umso tragischer, weil er als Fahrer ein hoffnungsloser Fall war. Er fuhr gar nicht einmal schlecht, er hatte eine instinktive Ahnung, wie Fliehkräfte und Beschleunigung auf das Fahrzeug wirkten. Hätte er allein auf dem Feld ein Rennen gegen die Zeit fahren müssen, er wäre unter den ersten Plätzen gewesen. Aber er wurde jedes Mal langsamer oder wich hektisch aus, wenn ihm ein anderes Fahrzeug zu nahe kam. Er war kein Feigling. Vielleicht drückte das Schicksal seines älteren Bruders auf sein Gemüt, der von der Brust abwärts gelähmt aus dem Krieg heimgekommen war und die längste Zeit des Tages im Bett verbringen musste. Max hatte keinen Weg gefunden, ihn danach zu fragen. Er nahm jedoch an, dass dies einer der Gründe für Ottos Zurückhaltung war.

Der Komnick 8/30, mit dem Franz Komnick beim zweiten Grunewaldrennen am 10. und 11. Juni dieses Jahres teilnahm, war allerdings auch kein wirkliches Rennautomobil. Der Wagen war eine Schönheit, ohne Zweifel, glänzend dunkelrot lackiert, mit weißen Speichenrädern und einem weißen Chassis, das durch die hochgezogenen, die ganze Länge des Fahrzeugs umschwingenden Kotflügel sichtbar war. Der Kühlergrill war wie der Schild eines Ritters geformt und der Länge nach geknickt, sodass er sich der Fahrtrichtung entgegenstemmte wie der Bug eines Schiffs. Komnicks Firmensymbol war ein schwarzes Kreuz auf weißem Grund, wie das des Deutschritterordens. Von den anderen Fahrerlagern waren Neugierige herangekommen und hatten das Fahrzeug betrachtet, als die Komnicks mit Max und den anderen Mechanikern ihren Stall bezogen hatten. Viele hatten vom eleganten Design des Wagens geschwärmt. Aber trotzdem – der Komnick 8/30 war kein Rennmobil. Er gehörte auf eine Landstraße, wo er rot glänzend und schnittig durch einen Sonntagnachmittag brauste und Schaulustige anzog, wenn sein Fahrer irgendwo haltmachte. Unter den zweckgeformten, möglichst windschnittigen Automobilen der anderen Hersteller wirkte er wie ein feiner Araberhengst unter zähen Berberponys.

Max liebte den Wagen. Und deshalb ahnte er auch den eigentlichen Grund, der Otto Komnick so vorsichtig fahren ließ. Otto liebte den Wagen, der ein Prototyp und der einzige seiner Art war, genauso. Nur, dass er ihn vor jedem Kratzer schützen wollte. Max hingegen wünschte sich, mit dem eleganten »Roten Teufel« als Erster über die Ziellinie zu donnern und dem Fahrzeug einen Triumph zu schenken. Auch wenn es kein Rennmobil war: Allein seiner Schönheit wegen hatte das Fahrzeug einen Sieg verdient.

Sie waren in der vierten Runde des Ausscheidungsrennens am Sonntag. Wieder war Christian Riecken auf seinem NAG an der Spitze und würde wahrscheinlich den Sieg für sich beanspruchen. Max war klar, dass der Komnick 8/30 keinen Sieg einfahren würde. Er konnte von Glück sagen, wenn er im hinteren Mittelfeld ins Ziel kam und nicht als Letzter. Otto Komnick fuhr heute noch zaghafter als am Tag zuvor und fiel immer weiter zurück. Max, der als Mechaniker links neben ihm saß, kribbelte es in allen Fingern.

Komnick keuchte und wich wieder aus, als jemand vor ihm auf seine Spur geriet. Er drehte den Kopf hektisch in alle Richtungen und keuchte erneut, als er durch sein Ausweichmanöver einem anderen Fahrzeug zu nahe kam. Der Fahrer des anderen Wagens schien es nicht als zu nahe zu empfinden, er wich nicht einmal aus, aber Komnick riss das Steuer wieder zurück und überquerte die halbe Fahrbahnbreite, um zur Fahrbahnaußenseite zu gelangen. Das Feld näherte sich der Nordkurve bei der Tribüne, und jeder versuchte, zur Fahrbahninnenseite zu gelangen, um den kürzesten Weg durch die Kurve nehmen zu können.

»Haben Sie das gesehen?«, brüllte Komnick gegen den Motorenlärm an. »Der hätte uns beinahe gerammt!«

Max antwortete nicht. Er fühlte Komnicks Blick, aber er erwiderte ihn nicht. Komnick spähte wieder nach vorn, er wagte es nicht, den Blick länger als ein, zwei Sekunden von der Fahrtrichtung abzuwenden. Der Wagen driftete immer weiter nach außen und war jetzt das einzige Fahrzeug, das nicht um einen Platz an der Innenseite der Strecke kämpfte. Nach dem Durchqueren der Kurve würde der Komnick 8/30 unweigerlich die letzte Position innehaben. Max blutete das Herz. Er hatte das Gefühl, dass das Automobil selbst verzweifelt vor sich hin brummte.

Sie näherten sich den Fahrerlagern mit den Garagen und Werkstätten, nach denen sich die Tribüne und mit ihr die Nordkurve anschlossen. Mechaniker und Konstrukteure lehnten sich über den Bretterzaun, der die Fahrbahn begrenzte, und winkten oder feuerten ihre Fahrer an. Max fühlte, wie ihn die Schwerkraft nach vorn zog, und erkannte, dass Otto Komnick bremste.

»Was tun Sie denn da?«, schrie er bestürzt.

Komnick blickte stur geradeaus. Der Wagen wurde immer langsamer und kam dann längs des Teils des Bretterzauns zum Stehen, hinter dem sich das Komnick-Fahrerlager befand. Die bislang Letzten des Fahrerfelds rasten an ihnen vorbei. Komnick umklammerte das Steuer und schaute nach vorn. Max saß fassungslos neben ihm. Der Duft nach Rizinus, heißem Öl, Gummi und Metall und nach Staub reizte ihn zum Husten. Komnick zog sich das Tuch vom Gesicht und holte Luft wie einer, der gerade noch vor dem Ertrinken gerettet wurde.

Franz Komnick rannte an den Zaun und beugte sich darüber. »Ist was mit dem Wagen nicht in Ordnung?«, rief er besorgt.

Otto Komnick stemmte sich plötzlich hoch und kletterte aus dem Wagen. Er zog Brille und Lederkappe ab. Max blieb einfach sitzen. Er konnte nicht glauben, dass Otto aufgab. Er konnte nicht glauben, dass all die Arbeit, die sie alle in den letzten Monaten in die Fertigstellung des Fahrzeugs gesteckt hatten, umsonst war, weil Komnick junior nicht die Nerven hatte, weiterzumachen. Er fühlte Bedauern und Ratlosigkeit. Er empfand keinen Zorn auf Otto Komnick, nur Traurigkeit und Verständnislosigkeit.

»Der Wagen ist in Ordnung«, sagte Otto.

»Was war denn los?«

»Es ist unverantwortlich«, meinte Otto.

Nun fühlte Max doch, wie sich innerlich etwas in ihm auflehnte. Unverantwortlich? Das war normales Renngeschehen. Im Gegenteil, sowohl gestern als auch heute waren alle Fahrer sehr umsichtig unterwegs gewesen. Es hatte keine Karambolagen, kein Schleudern, keine Unfälle gegeben, und das, obwohl der Fahrbahnbelag durch ein Jahr Gebrauch und Witterung noch mörderischer geworden war.

»Was ist denn geschehen?«, fragte Franz Komnick. »Hast du Schmerzen? Fühlst du dich nicht wohl?«

Er schrie nicht, er war nicht ungeduldig. Max war sicher, dass jeder andere an Komnicks Stelle vor Aufregung und Ärger im Kreis herumgesprungen wäre, dass sein Fahrer das Rennen aufgab, auch wenn der Fahrer der eigene Sohn war. Aber Komnick war nicht so. Entweder hatte ihn das Schicksal seines älteren Sohnes so gemacht, oder er war schon immer so gewesen: Für seine Familienangehörigen hatte er nie ein böses Wort. Er sprach ganz ruhig. Max konnte trotzdem jedes Wort verstehen. Das Fahrerfeld hatte die Nordkurve umfahren, und der Lärm der Motoren verklang.

»Der Wagen ist wunderbar«, sagte Otto. »Fährt sich, als wäre er ein Teil von einem selbst.«

»Woran liegt es dann?«

»Er hat den falschen Fahrer«, sagte Otto. Max hörte, wie seine Stimme zu kippen drohte.

»Aber …«, begann Franz Komnick.

Otto drehte sich um und deutete mit der Hand, in der er Brille und Kappe umklammert hielt, auf Max. »Er sollte den Wagen fahren. So, wie er ihn auf der Teststrecke zu Hause gefahren hat. Er ist der richtige Fahrer.«

Max' Mund klappte auf. Im ersten Moment hatte er gedacht, Otto würde nun mit einem Trommelfeuer an Vorwürfen aufwarten – dass Max ihn als Beifahrer nicht unterstützte, ihm nicht genug Raum gab, die Bewegungen des Fahrzeugs nicht mitmachte oder weiß der Teufel was noch … Mit einer solchen Aussage hatte er nicht gerechnet. Er starrte Otto Komnick an wie jemanden, der in einer Fremdsprache geredet hatte.

Franz Komnick reagierte bei Weitem weniger überrascht. Er nickte nur langsam und mit einem Blick auf seinen Sohn, dass Max, wäre er nicht so fassungslos gewesen, die Tränen gekommen wären. Es war ein Blick voller Liebe und Verständnis.

Otto wandte sich wieder seinem Vater zu. Sein Arm sank herab. Max war sicher, dass er die Liebe im Blick seines Vaters gar nicht wahrnahm. »Lassen Sie Herrn Brandow fahren, Vater«, sagte er. »Er wird dem Wagen und der Firma keine Schande machen.«

»Ist das dein Ernst?«

»Ich bitte Sie darum, Vater.«

Komnick holte tief Luft und fragte dann Max: »Können Sie das Rennen zu Ende fahren?«

»Ich brauche einen Beifahrer«, hörte Max sich wie im Traum sagen.

»Passenheim?«

»Er ist gut«, sagte Max.

Komnick blickte in die Gesichter seiner Männer, die sich neben ihm am Zaun versammelt hatten. Einer von ihnen, Wenzel Passenheim, hatte sich bereits aufgerichtet und strahlte übers ganze Gesicht. »Also los«, sagte Komnick.

Passenheim schwang sich über den Zaun. Otto Komnick überreichte ihm Kappe und Brille. Max rutschte auf die Fahrerseite und berührte in rascher Folge Gas-, Luft- und Zündungshebel am Lenkrad und dann die Hebel für das Getriebe und die Bremse, die rechts außen angebracht waren. Er schluckte. Er umfasste das Lenkrad und spürte das Vibrieren des Automobils, seine Kraft – und seine Ungeduld. Der Komnick 8/30 wollte fahren. In diesem Augenblick empfand Max das Fahrzeug als Lebewesen, das Luft holte und auf einmal wieder Hoffnung hatte, sich doch noch beweisen zu können.

Passenheim plumpste auf den Beifahrersitz und schlug Max auf die Schulter. »Danke!«, schrie er. »Danke, danke, danke!«

Max gab Gas und raste los. Er brauchte sich nicht umzudrehen, um auf herannahende Fahrzeuge zu achten. Er fuhr einfach auf die Piste hinaus und ließ dem Komnick 8/30 freien Lauf. Er hörte Passenheim neben sich jubeln. Das Letzte, was er vom Fahrerlager sah, war Otto Komnick, der wie ein alter Mann über den Zaun kletterte und neben seinem Vater davontrottete.

Am Ende des Rennens waren die ersten drei Plätze wie zu erwarten: Riecken, von Opel, Lautenschlager. Der vierte Platz war eine kleine Sensation – Otto Komnick auf Komnick. Niemand hatte daran gedacht, die Änderung des Fahrers der Rennleitung mitzuteilen. Max war es egal. Er hatte das schier Unmögliche geschafft; er war aus der hoffnungslosen Position des Abgeschlagenen bis an die Spitzengruppe herangefahren. Wie betäubt fuhr er einfach weiter, nachdem er die Ziellinie am Ausgang der Nordkurve durchfahren hatte. Etliche der anderen Fahrer taten es ihm gleich. Es waren diejenigen, die es im Grunde ihres Herzens bedauerten, dass das Rennen bereits vorüber war. Wenzel Passenheim jubelte und schlug Max immer wieder auf die Schulter. Sie vollendeten noch eine Runde über die AVUS, dann hielt Max am Fahrbahnrand vor dem Komnick-Lager an. Er wäre am liebsten zu dem Menschenpulk bei der Tribüne weitergefahren, wo die Sieger gefeiert wurden und wo sich auch Luisa, Hermine und Otto von Briest befanden. Aber er wusste, was sich gehörte. Er kletterte aus dem Wagen, nahm die Glückwünsche des Teams entgegen samt weiteren schmerzhaften Schulterklopfern, ließ sich von Franz Komnick die Hand schütteln und nahm gleichzeitig dessen verlegene Entschuldigung wahr, dass niemand die Namensänderung bekannt gegeben hatte und dass er einen Weg finden würde, Max die rechte Ehre zu erweisen … und stapfte dann auf den mit einem geistesabwesenden Gesichtsausdruck abseits stehenden Otto Komnick zu.

Otto holte seinen Blick aus der Ferne zurück und schüttelte Max ebenfalls die Hand. »Gratuliere«, sagte er. »Ich bedauere zutiefst, dass sich der falsche Name mit Ihrer grandiosen Fahrt verbindet. Wir werden das richtigstellen.«

»Warum?«, fragte Max.

»Weil es Ihnen gebührt.«

»Nee – warum haben Sie mich an Ihrer Stelle fahren lassen?«

»Jemand musste das Auto doch über die Ziellinie bringen. Ich wusste, ich würde es nicht sein. Sie haben eine große Leistung vollbracht.«

»Nee«, sagte Max noch einmal. »Die größte Leistung haben Sie vollbracht. Det hätte sonst keener gemacht. Sie hätten nur zu sagen brauchen, det die Kiste sich komisch fährt.«

»Sie waren ja auch noch da. Sie hätten dem widersprechen können.«

»Ick hätte den Mund jehalten, det wissense doch.«

»Ja, das weiß ich. Und deshalb war es richtig, Ihnen das Fahrzeug zu übergeben. Mein Vater hat einen Traum. Ich bin nach der Verwundung meines Bruders aus Amerika zurückgekehrt; ich habe eine gute Anstellung drüben aufgegeben, um zu helfen, diesen Traum zu verwirklichen. Den Wagen von dem Mann fahren zu lassen, der es wirklich kann, gehört auch dazu.«

»Det war nur 'ne Ausnahme. Nächstes Mal brausen Sie über die Ziellinie.«

Otto schüttelte den Kopf. »Sie werden den 8/30 beim nächsten Mal ins Ziel steuern. Und beim übernächsten Mal. Ich werde nicht mehr fahren. Komnick braucht nur einen Fahrer für die Rennen. Und das sind Sie.«

Max wurde schwindlig. »Was?«, fragte er.

»Mein Vater wird Ihnen das Angebot noch offiziell unterbreiten. Jetzt ist er viel zu aufgeregt. Aber auch von mir hat es Gültigkeit: Wollen Sie als Fahrer für Komnick arbeiten?«

Als Max ein paar Minuten später vor der Tribüne eintraf, so leicht im Kopf, dass er dachte, seine Füße lösten sich mit jedem Schritt vom Boden, eilte Luisa noch vor ihren Eltern auf ihn zu. Sie umarmte ihn stürmisch und löste sich dann mit einem verlegenen Räuspern aus der Umarmung. Max, der das Gefühl, Luisa im Arm halten zu dürfen, schlagartig vermisste, sah die Vorderseite ihres weißen Kleids an. »Ach du Schande«, sagte er. »Ick hab dir einjesaut.«

Luisa blickte auf die Ruß-, Teer- und Ölflecken an sich herunter. »Macht nichts«, sagte sie und dann: »Du bist gefahren, oder?«

Max schüttelte den Kopf. »Kiek auf die Anzeigentafel. Da steht es: Komnick/Brandow. Komnick als Fahrer, Brandow als Mechaniker.«

Luisa schüttelte den Kopf. »Über die Ziellinie ist Max Brandow gefahren. Wer als Mechaniker mit drinsaß, weiß ich nicht.«

Hermine und Otto waren als Nächste heran. Hermine küsste Max auf die Wange, Otto machte Anstalten, ihm auf die bereits wundgeklopfte Schulter zu schlagen, und zog ihn dann doch in eine Männerumarmung.

»Du bist gefahren, nicht wahr?«, raunte er.

»Ich war der Beifahrer«, sagte Max verzweifelt.

»Ja, die ersten paar Runden«, sagte Hermine. »Glaubst du, wir erkennen dich nicht, selbst wenn du von Kopf bis Fuß vermummt bist?«

Max schloss die Augen. Als er sie wieder öffnete, sah er einen Mann sich durch die Menge winden. Sein Weg wurde von Händeschütteln und Schulterklopfen behindert, aber er kämpfte sich durch und stand dann vor den Briests. Sein Gesicht war braun verschmiert, außer um die Augen, wo die Brille gesessen hatte; seine Haare waren verschwitzt und verstrubbelt und standen in alle Richtungen weg. Er schlug die Hacken zusammen und verbeugte sich kurz. »Darf ich mich vorstellen: Christian Riecken. Sehr erfreut.«

Otto schüttelte dem NAG-Chefkonstrukteur und Gewinner des Rennens die Hand und stellte seine Familie vor. »Darf ich Ihnen meine Gratulation und Bewunderung aussprechen?«, fragte er dann.

Riecken grinste. »Völlig ungerechtfertigt«, sagte er. »Ich hatte ein gutes Fahrzeug und jede Menge Glück. Gratulationen sind bei dem jungen Herrn hier angebracht.« Er drückte Max noch einmal die Hand. »Kann ich Sie kurz sprechen?«, fragte er dann.

»Ick hab keene Geheimnisse vor meiner Familie«, sagte Max und registrierte, wie Otto und Hermine erfreut die Luft anhielten und Luisa rot wurde.

Riecken zuckte mit den Schultern. »Gut gefahren, mein Junge.«

»Ich war nur der …«

»Natürlich. Hören Sie, eigentlich war ich ein wenig verwundert über Sie. Ich war mir sicher, dass Sie an meinem Angebot interessiert wären. Tatsächlich war ich so interessiert, dass ich nach Ihnen habe suchen lassen, als Sie sich nicht meldeten. Bis ich Sie endlich ausfindig gemacht hatte, waren Sie aber schon in Elbing, bei Komnick. Zuerst habe ich mich gefragt, warum Sie Komnick meinem Angebot vorgezogen haben. Aber jetzt denke ich, es ist, weil Sie erkannten, welches Potenzial in dem Wagen steckt.«

Max verstand nichts und wusste nicht, was er sagen sollte. Langsam fühlte er sich von diesem Tag überfordert.

Luisa fragte an seiner Stelle: »Welches Angebot, Herr Riecken?«

»Na, zur NAG zu kommen. Ich habe seit letzten Herbst auf Ihre Antwort gewartet.«

»Sie haben mir ein Angebot gemacht?«, brachte Max schließlich hervor.

»Über Richard Loeb …«, begann Riecken, dann brach er ab. Seine Augen weiteten sich. Der Effekt war geradezu komisch, wenn man bedachte, dass er durch die weißen Felder um die Augen ohnehin schon wie eine Schleiereule aussah. »Loeb hat es Ihnen nie ausgerichtet!«

»Ick hab von Herrn Loeb nüscht mehr jehört, seit ich …«

»Das ist stark«, sagte Riecken. »Das ist echt stark. So hätte ich den guten Loeb nicht eingeschätzt. Man lernt nie aus. Und ich dachte, Sie ließen mich einfach am ausgestreckten Arm verhungern …«

»Aber nee …«, stammelte Max. »Ick wusste det nich …« Er spürte, wie jemand seine Hand nahm: Luisa. Er starrte sie an. Auf einmal fühlte er, dass er ihr vor allen anderen erklären musste, wie es gewesen war. »Ick wusste det nich!«, wiederholte er.

Luisas Gesicht war voller Mitgefühl. »Ich weiß«, flüsterte sie.

»Ich sage immer, es ist nie zu spät, eine gute Idee noch einmal zu haben«, erklärte Riecken. »Wie sieht es aus, junger Freund? Wollen Sie ins Fahrerlager der NAG wechseln? Wir sind der einflussreichste und erfolgreichste Automobilhersteller Deutschlands. Wer aus unseren Reihen kommt, ist überall willkommen. Sie erhalten ein eigenes Fahrzeug zugeschrieben und einen eigenen Mechaniker und die Aufgabe, damit auf den ersten Platz zu kommen. Ab dem nächsten Rennen gibt es keine Schrittmacher mehr im Rennstall der NAG. Ab dem nächsten Rennen fahren wir alle auf Sieg. Sie erhalten Lohn und einen Anteil an allen Siegprämien, die ein NAG-Fahrzeug einfährt. Sie müssen selbstverständlich gegen mich antreten, und ich werde Ihnen nichts schenken. Aber ich werde auch der Erste sein, der Ihnen gratuliert, wenn Sie mich schlagen.«

Max hätte weinen mögen. »Herr Riecken«, flüsterte er. »Vor 'ner Viertelstunde hab ick det gleiche Anjebot von Franz Komnick anjenommen. Und ick breche meine Versprechen nich.«

## 15

Sigurd von Cramm wusste nicht, wohin mit seiner Wut. Ihm war völlig klar gewesen, dass der von Techow und Fischer vorgeschlagene Besuch des Grunewaldrennens für ihn eine Belastungsprobe darstellen würde. Er wollte fahren! Stattdessen saß er auf der Tribüne und musste zuschauen! Gleichzeitig dröhnten seine beiden Begleiter ihm die Ohren mit politischen Parolen voll. Heute interessierten sie ihn nicht. Eigentlich interessierten sie ihn überhaupt nicht. Eigentlich war alles, was er wollte, dass die Leute wieder zu einem Vertreter des preußischen Junkertums aufschauten, dass der Pöbel Respekt hatte und das Kapital es als eine Ehre empfand, mit einem davon Geschäfte zu machen. Und im Ausland sollte man Ehrfurcht empfinden, wenn ein Deutscher über die Straße ging. Und was die Juden betraf, die die letzte Lebenskraft aus dem waidwunden germanischen Krieger zu saugen trachteten – sie gehörten weg. Welche Regierungsform all das bewerkstelligte, war ihm egal. Er fühlte eine vage Verachtung gegenüber der Demokratie, die dem ungebildeten Volk Einfluss verschaffte, und der Republik, die er mit dem Scheitern Deutschlands verband. Aber darüber hinaus war ihm Politik einerlei.

Die Rennbahn war ihm jedoch nicht einerlei. Als er mitbekam, dass der als totaler Außenseiter geltende Komnick 8/30 nach einem langen Stopp wieder ins Rennen einstieg und bis auf den vierten Platz vorrückte, fühlte er glühenden Neid auf dessen Erfolg – und kochenden Zorn darüber, dass sich der Name Brandow mit diesem Erfolg verband. Gewiss, der verhasste Max Brandow war nur als Mechaniker mitgefahren. Dennoch stand sein Name auf der Anzeigentafel. Cramm hätte dort stehen sollen, Cramm, Cramm, Cramm. Und zwar anstelle des Namens Riecken, denn der war auf Platz eins gelistet.

Zuerst war Sigurd enttäuscht gewesen, dass seine Mutter die Einladung, zum Rennen mitzukommen, abgelehnt hatte. Als sie gesagt hatte, sie interessiere sich erstens ohnehin nicht für diese lärmige, stinkende Zeitverschwendung, und dabei kein Hehl daraus gemacht hatte, dass das schon immer so gewesen war, auch zu den Zeiten, in denen sie ihn hatte glauben lassen, sie fördere seine Leidenschaft, war er verletzt gewesen. Als sie weiter ausgeführt hatte, dass sie zweitens auch gar kein Verlangen danach habe, mit zwei Vertretern des gemeinen Volks dorthin zu gehen, so als halte man sie für gleichberechtigt, hatte er sie tief im Herzen sogar verstanden. Jetzt war er heilfroh, dass sie nicht mit dabei war. Sie hätte die ganze Situation höhnisch kommentiert, und das direkt vor Techow und Fischer.

Er merkte, dass seine beiden Begleiter ihn anschauten, und ihm wurde klar, dass sie etwas zu ihm gesagt hatten. Er hatte nicht aufgepasst.

»Wie bitte?«, fragte er gereizt.

»Ich habe gesagt, es ist eine Schande, dass Ihr Name nicht auf der Tafel zu lesen ist«, sagte Techow. »Ihnen hätte der Sieg gebührt. Und Sie hätten ihn auch eingefahren, das steht außer Zweifel.«

»Ich hätte die Laus von der Piste gefegt«, knurrte Sigurd und war sich erst bewusst, dass er laut gesprochen hatte, als Techow grinste.

»Aber wie hätten Sie das tun können, wenn Sie in dem Wagen gesessen hätten?«, fragte er.

»Was? Im Komnick? Sind Sie verrückt? Ich wäre nie für einen Traktorenbauer aus der Provinz gefahren!«

»Nein, ich meine im NAG. Dieser Platz hätte Ihnen gebührt. Statt Christian Riecken. Sie hätten als Erster über die Ziellinie fahren sollen.«

Sigurd wurde klar, dass Techow ihn missverstanden hatte. Er hatte gedacht, er wolle Riecken von der Fahrbahn fegen. Aber sein Zorn auf Riecken war bei Weitem nicht so groß wie der auf Brandow. Brandow hätte er von der Fahrbahn abkommen sehen wollen, samt seinem Fahrer, der zwar unschuldig an den Demütigungen war, die Brandow ihm zugefügt hatte ... aber sei's drum, er hätte einfach auch mit dran glauben müssen. Selbst schuld, wenn er sich mit einer Kreatur wie Brandow einließ. Sigurd sah direkt vor sich, wie der feuerrote Komnick sich in einer mächtigen Staubwolke an der Böschung überschlug, seine Insassen herausschleuderte und dann über sie hinwegrollte, ihre Körper zermalmte und am Ende als brennendes Wrack neben der Fahrbahn liegen blieb. Er sah sich vor dem sterbenden Brandow stehen; Brandow blickte hoch und versuchte, noch etwas zu sagen, aber Sigurd war schneller und sagte leise: Da ist dein Platz, du Wurm – zerschmettert im Staub vor mir! Er sah das Licht in Brandows Augen brechen und wie sein Kopf zurücksank, und er sah sich selbst hoch erhobenen Hauptes davonschreiten, der siegreiche Krieger, der sein Leben in der Schlacht gewagt und alles gewonnen hatte.

»Riecken ist nur das Symptom, lieber Kamerad«, sagte Techow. »Die Ursache sitzt da drüben. Dort müssen wir anfangen zu kurieren, wenn wir Deutschland heilen wollen.«

Sigurd blickte unwillig auf und sah Walther Rathenau ein paar Sitzreihen entfernt. Er unterhielt sich mit einem Mann. Die beiden waren so ziemlich die Einzigen, die nicht entweder zur unteren Absperrung der Tribüne gegangen oder wenigstens aufgestanden waren, um besser sehen zu können; selbst Sigurd und seine Begleiter standen auf ihren Sitzbänken.

»Es kümmert ihn nicht einmal«, stieß Fischer hervor. »Seine Leute haben einen Sieg eingefahren, und er schaut nicht einmal hin. Ich bin fast froh für Sie, Herr Kamerad, dass Sie nicht gefahren sind. Ich hätte es nicht ausgehalten, die gleiche Verachtung Ihnen gegenüber wahrzunehmen. Wahrscheinlich ist sein Gesprächspartner irgendein Ausländer, mit dem er über das nächste Stück Deutschland diskutiert, das er verschachern hilft.«

»Obwohl es unbestreitbar ein Skandal ist, dass er Ihren Einsatz als Fahrer hintertrieben hat«, sagte Techow. »Ich wette, wenn er hier herüberblicken und Sie sehen würde, er würde höhnisch grinsen.«

Sigurd dachte, dass Rathenau ihn mit Sicherheit gar nicht kannte. Dann empfand er plötzlich Ärger darüber, dass das so war. Er war für seine verdammte Firma gefahren und hatte Kopf und Kragen riskiert! Es war sogar eine bodenlose Frechheit, dass Rathenau nicht einmal wusste, wer er war, aber trotzdem mit einer bösartigen Entscheidung dafür gesorgt hatte, dass er nicht wieder für die NAG antreten durfte.

»Wir tun Deutschland einen Gefallen, wenn wir ihn eliminieren«, sagte Fischer. »Und wir rächen uns für Sie und was Sie von ihm erleiden mussten. Wir stehen an Ihrer Seite, Herr Kamerad.«

Immer, wenn er allein war, bekam Sigurd Herzklopfen vor Beklommenheit eingedenk des Attentatplans, den Techow und Fischer entworfen hatten. Dann wollte er eigentlich nichts damit zu tun haben. Doch wenn er dann mit den beiden zusammen war und sie ihm wieder und wieder erklärten, welche Schicksalsgemeinschaft sie bildeten und dass der Tod Walther Rathenaus Deutschland und Sigurd gleichermaßen erlösen würde – »In gewisser Weise *sind* Sie Deutschland, Herr Kamerad!« –, dann war er überzeugt von der Richtigkeit des Ganzen. So auch jetzt.

»Wann?«, stieß er hervor. Er stellte sich vor, wie Rathenau, von den Schüssen tödlich getroffen, zu Boden sank. Rathenau hatte Max Brandows Gesicht.

»Demnächst. Ein Kamerad aus dem Frankfurter Bezirk, Oberleutnant zur See Kern, wird noch zu uns stoßen.«

»Wer ist das?«

»Ich sage nur: Scheidemann«, raunte Techow.

Gegen Philipp Scheidemann, der nach der Novemberrevolution der erste demokratisch legitimierte Reichsministerpräsident Deutschlands gewesen war, war erst vor ein paar Tagen ein Anschlag verübt worden. Attentäter waren, als er einen Spaziergang mit seiner Tochter unternommen hatte, auf ihn zugetreten und hatten ihm Blausäure ins Gesicht gespritzt. Starker Wind hatte verhindert, dass Scheidemann das Gift einatmete. Er hatte überlebt.

»Das war nicht besonders erfolgreich«, sagte Sigurd.

»Aufgrund unglücklicher Umstände. Unser Freund Kern hat den Anschlag zwar geplant, aber nicht selbst durchgeführt. Und für das Wetter kann niemand etwas. Jedenfalls wird Kern uns verstärken und nach Einführung in die Situation die letzten Anweisungen erteilen.«

»Anweisungen?«, fragte Sigurd überrascht.

Techow und Fischer wechselten einen Blick. »An seine eigenen Leute in Frankfurt«, sagte Techow schnell. »Für den Fall, dass wir kurzfristig Unterstützung brauchen. Uns wird er keine Anweisungen erteilen. Sie wissen doch – Sie sind das Herz dieser Aktion, und wir sind Ihre Kameraden, die Sie dabei unterstützen. Ohne Sie würde das alles nicht funktionieren. Sie sind der Chirurg, der Deutschland von einem Krebsgeschwür befreit.«

## 16

Ein paar Tage nach dem Rennen wurde Otto von Briest zu Reichskanzler Wirth gebeten. Wirth legte ihm schweigend eine Zeitung vor: den *Völkischen Beobachter*. Ein Artikel war mit einem großen X gekennzeichnet. Er drehte sich um Walther Rathenau. Der Schreiber bezeichnete ihn als »Prototypen eines Börsen- und Sowjetjuden«, der Deutschlands gerechten Widerstand gegen die Forderungen des Auslands brechen wolle. Der Artikel endete mit einer Hetzparole: »Kaum hat der internationale Jude Rathenau die deutsche Ehre in seinen Fingern, so ist davon nicht mehr die Rede. Die deutsche Ehre ist keine Schacherware für Judenhände. Die deutsche Ehre wird gesühnt werden, Herr Rathenau!«

»Das geht so seit dem Ende des Weltwirtschaftsforums und den Presseberichten darüber«, sagte Wirth und seufzte. »Fast alle Zeitungen haben darüber gestänkert, was die jetzige Regierung und vor allem Herr Rathenau Deutschland angetan haben. Wir haben einen Vertrag mit der Russischen Sozialistischen Föderativen Sowjetrepublik geschlossen! Er wird uns helfen, aus der internationalen Isolation herauszukommen! Wir können jetzt Handel treiben mit den Sowjetrussen, können Geld erwirtschaften, unsere Waren verkaufen. Von den Alliierten werden wir ja nach wie vor boykottiert. Wie richtig dieser Vertrag war, zeigt die Empörung vor allem Frankreichs. Die Franzosen wollen uns abhängig von den Westmächten halten. Die französische Delegation hätte beinahe die Konferenz verlassen. Ausgerechnet die Engländer haben wieder Ruhe hineingebracht. Aber glauben Sie, dass jemand darüber redet? Oder über die bewegenden Worte, die Herr Rathenau zum Abschluss des Forums gefunden hat?« Wirth musste nicht einmal in seinem Gedächtnis kramen, was sein Außenminister gesagt hatte; Rathenaus Rede musste ihn sehr bewegt haben. Dass Rathenau die unerwartete Ehre zugefallen war, die Abschlussrede zu halten, bewies die Wertschätzung, die man ihm in Genua entgegengebracht hatte – und dass man ihn dort als Vertreter eines neuen Deutschland sah, mit dem man irgendwann wieder auf Augenhöhe kommunizieren konnte. »Im blinden Wahnsinn haben wir eine Welt zertrümmert. Doch heute gehe ich hindurch und rufe: Friede, Friede, Friede!« Wirth räusperte sich. »Das ist von Petrarca. Ich wusste das nicht. Hätten Sie das gewusst? Er wusste es.«

Otto schüttelte den Kopf.

Wirth sagte mit einem bitteren Unterton: »Ein paar Zeitungen haben Herrn Rathenau nach dem Vertragsabschluss mit den Sowjetrussen gefragt, wie er die Reaktion vor allem Frankreichs sähe. Ich war bei diesem Gespräch dabei. Er meinte, dass der Weg Deutschlands zurück in die Völkergemeinschaft nicht ohne Wunden abgehe, auf beiden Seiten; und dass man sich darauf einstellen müsse, dass der Sturm noch nicht vorüber sei. Was haben die Zeitungen geschrieben? ›Der Erfüllungspolitiker nimmt die weitere Verwundung Deutschlands in Kauf!‹ Können Sie mir sagen, was Journalisten umtreibt, Aussagen so aus dem Zusammenhang zu reißen?«

Otto zuckte mit den Schultern. »Auflagenhöhe?«, sagte er.

Wirth schnaubte verächtlich. Dann fuhr er sich mit der Hand über die Augen und stieß langsam die Luft aus. »Ich habe bald das Gefühl, dass überhaupt nichts mehr von mir übrig ist. Wir kämpfen einen Kampf an allen Fronten. Die schlimmste Front ist die, die quer durch den Reichstag verläuft. Dass die Leute draußen verzweifelt sind, verstehe ich voll und ganz. Das Geld ist immer weniger wert. Letzten Herbst hatte die Mark noch den Wert eines Pfennigs von 1914. Wenn es so weitergeht, wird sie in diesem Herbst nur noch einen Zehntelpfennig wert sein. Aber ich werde nie im Leben verstehen, wie der rechte Flügel im Reichstag sich allen Bemühungen widersetzt, das Land zu stabilisieren. Da geht es nicht mehr um die Menschen; da geht es nur noch um Ideologie. Und es gibt genügend Leute, die solche Volksvertreter auch noch wählen! Im Mittelalter musste der Verurteilte die Dienstleistung des Henkers bezahlen. Das tat er gezwungenermaßen. Heute gehen die Wähler der Rechten her und drücken ihren Henkern nicht nur das Geld für ihre Politik freiwillig in die Hand, sondern auch gleich noch das Richtschwert mit dazu.«

Otto erwiderte nichts. Er faltete die Zeitung zusammen und legte sie vorsichtig zurück auf den Besprechungstisch.

Wirth trank einen Schluck Kaffee. Er wirkte fast wütend dabei. Als er die Tasse abstellte, klapperte sie im Unterteller. »Gilt Ihr Angebot vom Frühjahr noch?«, fragte er Otto.

Otto war nach Wirths langem, emotionalem Anlauf nicht mehr überrascht über die Frage. »Dass ich den Personenschutz für Herrn Rathenau übernehme?«

Wirth nickte.

»Ja«, sagte Otto.

Wirth nickte erneut. »Gut«, sagte er. Dann saß er da und schien für einige Momente nicht zu wissen, wie er fortfahren sollte. Er glättete eine Falte in der Zeitung.

Otto brach das Schweigen als Erster. »Herr Rathenau akzeptiert keinen Leibwächter, der neben oder hinter ihm hergeht. Das hat er bei unserem letzten Gespräch, als ich ihm und Ihnen mein Angebot unterbreitet habe, deutlich gemacht.«

»Er sieht die Zeichen an der Wand durchaus, aber er ist zu stolz und will nicht öffentlich den Eindruck von Angst erwecken«, sagte Wirth. »Herr von Briest, mal ganz unter uns: Walther Rathenau ist nicht nur ein geschätzter Kollege und Helfer, er ist auch eine der großen Hoffnungen Deutschlands auf einen friedlichen Wiedereingliederungsprozess in die internationale Völkergemeinschaft. Und er ist ein persönlicher Freund. Seit dem Anschlag auf Philipp Scheidemann fürchte ich mehr denn je um sein Leben. Wenn Sie eine Idee haben, wie Sie ihn schützen können, dann sagen Sie es mir.«

»Ich glaube nicht, dass man ihn einfach vor allen Leuten niederschießen wird«, sagte Otto. »Die Attentäter der Organisation Consul ...«, er sah Wirths instinktiven Widerwillen gegen die Nennung dieses Namens und setzte schnell hinzu: »... oder irgendeiner anderen Gruppierung wollen nicht zehn Sekunden nach dem Anschlag selbst erschossen werden. Sie wollen leben und ihren Triumph genießen. Sie wollen dabei sein, wenn ein anderes Deutschland aus ihrer Tat entsteht, eines nach ihrer Fasson. Der Anschlag auf Matthias Erzberger ist von solchen Leuten verübt worden, genauso wie der auf Philipp Scheidemann. Sie geschahen, als sich die beiden Opfer an einsamen Orten aufhielten, die den Tätern eine große Variation an Fluchtmöglichkeiten boten.«

»Sie meinen, es reicht, wenn Herr Rathenau sich ständig in einer großen Menschenmenge aufhält?«

»Erzberger war auf Kur, Scheidemann auf einem Sonntagsspaziergang. Die Attentäter werden nach dem fehlgeschlagenen Angriff auf Scheidemann so schnell wie möglich erneut zuschlagen. Sie sind sich selbst und ihren Sympathisanten einen Erfolg schuldig. Sie können daher nicht warten, bis Rathenau mal eine Pause von seiner Arbeit einlegt und Urlaub macht oder sich erholt. Sie werden daher nicht hauptsächlich nach einem einsamen Ort suchen als vielmehr nach einer Möglichkeit, schnell vom Tatort wegzukommen.«

Wirth blickte ihn ratlos an. Otto dachte an das Grunewaldrennen und die atemberaubende Geschwindigkeit, mit der die Automobile in die Nordkurve und aus ihr hinaus in die Gerade geschossen waren. »Sie werden ein Fahrzeug einsetzen«, sagte er.

Wirth schluckte. »Rathenau hat …«

»Ja, ich weiß. Ein offenes NAG-Cabriolet als Dienstwagen. Förmlich eine Einladung, mit einem anderen Wagen auf gleiche Höhe zu fahren, die Insassen des Cabriolets zu erschießen und davonzurasen. Eine Sache von zehn Sekunden und eine fast garantiert sichere Fluchtmöglichkeit. Ich habe schon versucht, ihm den Wagen auszureden. Keine Chance.«

»Wenn Sie sich zu Herrn Rathenau in den Wagen setzen, können Sie so etwas auch nicht verhindern«, sagte Wirth nachdenklich.

»Ich könnte auf jeden Wagen, der gleichauf zieht und dessen Insassen eine Waffe zücken, feuern«, sagte Otto. »Aber ich wäre vermutlich nicht schnell genug, und ich bin auch kein Meisterschütze. Nein, wenn ich mich einfach nur mit in den Wagen setze als weitere Zielscheibe, bin ich zu nichts nutze.«

»Was wollen Sie dann tun?«

Otto lächelte, obwohl ihm mulmig war, als er es aussprach. »Ich muss Rathenaus Wagen lenken«, sagte er. »Ich muss als sein Fahrer posieren. Dann kann ich auf eine Weise reagieren, mit der die Attentäter nicht rechnen. Ich habe die ganze Zeit über den Verkehr im Blick. Ich kann entweder plötzlich bremsen oder Gas geben oder den anderen Wagen rammen. Verstehen Sie – es kommt nicht darauf an, die Angreifer auszuschalten. Es kommt nur darauf an, den Angriff in den ersten paar Augenblicken ins Leere laufen zu lassen oder unmöglich zu machen. Dann werden sie aufgeben. Ihre Taktik muss die des blitzschnellen Zustoßens und Verschwindens sein. Wenn wir ihnen das versalzen, haben wir eine gute Chance, das Attentat zu verhindern.«

»Und wenn sie es auf eine andere Art versuchen?«

»Ich kann nicht für Herrn Rathenaus Leben garantieren, Herr Reichskanzler. Die Attentäter könnten bei Nacht in sein Haus eindringen und ihn und seine Familie im Schlaf ermorden. Oder ein Scharfschütze erschießt ihn auf zweihundert Meter durch das Fenster seines Büros. Gegen all das müssen Sie ihn – und er sich selbst – schützen, so gut es geht. Aber ich kann verhindern, dass das Attentat auf die Art und Weise ausgeführt wird, die ich für die wahrscheinlichste halte. Denken Sie daran – diese Leute wollen Helden sein. Sie sind feige Mörder, aber sie denken, dass sie das Richtige tun. Sie wollen das Attentat so durchführen, dass ihre Anhänger sie dafür bewundern.«

»Können Sie ein Automobil so beherrschen, wie Sie es gerade geschildert haben?«

Diesmal lächelte Otto breiter: »Ich habe jemanden in der

Familie, der mir den letzten Schliff geben wird. Können Sie Herrn Rathenau dazu bringen, dass er den Personenschutz durch mich akzeptiert?«

Wirth seufzte erneut. »Ohne Ihre Vorkenntnisse als Chauffeur herabsetzen zu wollen, denke ich, dass die Aufgabe, Sie innerhalb von ein paar Tagen zu einem Rennfahrer zu machen, einfacher sein wird.«

»Sie können ihm dann auch gleich mitteilen, dass er alte Gewohnheiten über Bord werfen muss. Wir werden keine zwei Tage hintereinander zur gleichen Zeit von seinem Zuhause losfahren, wir werden jedes Mal eine andere Strecke nehmen, und es kann sein, dass ich manchmal ein anderes Ziel ansteuere als das, welches er mir angibt.«

Wirth traten fast die Augen heraus. »Wozu ist das denn nötig?«

»Wir sind uns doch alle einig, dass man im Grunde niemandem in Ihrem Umfeld trauen kann. Es könnte also jemanden geben, der die Attentäter mit Informationen über Rathenaus Gewohnheiten, seine Bürozeiten, seine Strecken, seine Termine versorgt. Wir müssen dafür sorgen, dass all diese Informationen ins Leere laufen, weil auf sie kein Verlass mehr ist. Ich werde die Änderungen mit niemandem besprechen, und ich werde manchmal ganz spontan sein – wie es mir gerade einfällt.«

»Herr Rathenau wird mich fragen, ob ich verrückt geworden bin.«

»Fragen Sie ihn zurück, ob er leben will.«

»Sie können ihn nicht einfach eine halbe Stunde zu spät zu einem Termin bringen!«

»Warum nicht? Er ist der Außenminister! Wen hat er denn über sich? Sie und Reichspräsident Ebert. Sie sind über die Situation hiermit informiert, und ich nehme an, Herr Ebert wird es bald sein. Alle anderen können auch mal eine halbe Stunde auf den wichtigsten internationalen Vertreter Deutschlands warten.«

# 17

Max war nach dem Grunewaldrennen nach Elbing zurückgekehrt, hatte jedoch von Franz Komnick Urlaub erhalten, damit er seinen Triumph mit seiner Familie feiern konnte. Komnicks anhaltende Verlegenheit wegen des nicht geänderten Fahrernamens und seine angeborene Gutmütigkeit hatten den Unternehmer dazu gebracht, diesen Urlaub auf etliche Tage auszudehnen. Nicht nur das – er hatte Max erlaubt, den Komnick 8/30 mitzunehmen. Die einzige Bedingung war gewesen, dass Max so viel damit fuhr wie möglich und dem Fahrzeug jede technische Verbesserung, die er vornehmen konnte, angedeihen ließ.

Deshalb befand sich Max tagsüber entweder in der Scheune des Guts, um am »Roten Teufel« herumzuschrauben, oder er brauste über die wenigen befestigten Straßen, die sich um das Gut herum befanden. Ottos Bitte, ihm Unterricht zu geben und seine noch während des Kriegs erworbenen Fahrkünste aufzufrischen, machte Max zunächst stolz. Dann erfuhr er, zu welchem Zweck Otto besser fahren lernen wollte, und war entsetzt.

»Nee«, sagte er, »nee, dafür bringe ick dir det nich bei. Det machen wir ganz anders. *Ich* fahre Rathenaus Wagen.«

»Vergiss es!«, sagte Otto.

»Wieso nich? Bei allem Respekt, Otto, aber ick kann, wenn ick dir die nächsten acht Tage zehn Stunden Unterricht am Tag gebe, am Ende immer noch besser fahren als du.«

»Du bist ganz schön eingebildet«, sagte Otto, aber er lächelte dabei. Dann wurde er ernst. »Glaubst du, ich setze dich der Gefahr aus? Nie im Leben.«

»Aber dich selber willste schon der Gefahr aussetzen, oder wie?«

»Es ist mein Beruf.«

»Nee, isses nich. Ick kann mir gut erinnern, was du mir mal

jepredigt hast: Det Detektivleben is keene Heldentat, sondern nur jede Menge Wühlarbeit.«

»Ich sehe mich nicht als Held, wenn ich Walther Rathenau vor einem Anschlag schütze.«

»Du kannst doch nich den Kugelfang spielen für den Mann!«

»Will ich auch nicht. Ich will dafür sorgen, dass erst gar keine Kugeln fliegen, weil die Angreifer keine Zeit haben zu zielen.«

»Mensch, Otto – was sagt denn Hermine dazu?«

»Die ist nicht gerade begeistert, das kannst du dir denken.«

»Und Luisa?«

»Die weiß es nicht. Und wird es auch von dir nicht erfahren. Versprich mir das.«

Max schüttelte entnervt den Kopf. »Mensch, Otto, det is nich richtig.«

»Zeigst du mir nun, wie ich besser fahren lerne? Ich brenne schon seit Tagen darauf, endlich mal hinterm Steuer des ›Roten Teufels‹ zu sitzen.«

Fruchtlose Diskussionen wie diese gab es noch mehrere. Max verlor jede einzelne davon. Die Freude, Otto Fahrunterricht zu geben, war dahin. Otto hingegen schien es zu genießen. Das Wetter der zweiten Junihälfte 1922 war hauptsächlich wolkig, ab und zu gab es Regen; doch wann immer es halbwegs trocken war, fuhren Max und Otto mit dem Komnick durch die Landschaft. Otto war der Sohn und Enkelsohn eines Ingenieurs, auch wenn er einen anderen Berufsweg eingeschlagen hatte. Der Umgang mit einem technischen Gerät fiel ihm nicht schwer. Es lag ihm im Blut.

Joseph Wirth gelang es, Walther Rathenau zu überzeugen, dass er diskreten Personenschutz brauchte. Der Außenminister willigte ein, seinen gewohnten Fahrer gegen Otto auszutauschen. Wenn sich allerdings bis zum Herbst erwies, dass Ottos Warnung blinder Alarm gewesen war, würde sein eigentlicher Chauffeur Josef Prozeller wieder das Steuer übernehmen. Otto blieb nichts anderes übrig, als sich dieser Forderung zu beugen. Er sprach die

Entwicklungen mit Max durch, während sie über die Landstraße rasten oder im Hof des Guts auf kleinstem Raum Brems- und Beschleunigungsübungen vollführten. Max war der Ansicht, dass Rathenau ein unnötig sturer Mann war, und wünschte sich zugleich, er wäre noch sturer und hätte Ottos Ansinnen rundweg abgelehnt.

Am 20. Juni kehrte Max mit dem Komnick nach Elbing zurück. Dort verbrachte er vier Tage in Sorge um Otto, denn mit Max' Abreise hatte zugleich Ottos Arbeit als Rathenaus Chauffeur begonnen.

Am 24. Juni spätnachmittags betrat Franz Komnick die Werkshalle auf seinem Fabrikgelände, in der Max und Otto Komnick an der Verbesserung des Rennwagens arbeiteten. Es war Samstag, aber weder Max noch Komnick junior machte es etwas aus. Sie hätten auch am Sonntag an dem Wagen herumgeschraubt, wenn man sie gelassen hätte. Max blickte auf. Franz Komnick war extrem an der Weiterentwicklung des Wagens interessiert, aber samstags hatte er die Werkshalle noch nie aufgesucht. Er wollte den alten Herrn freundlich grüßen, da sah er, wie rot im Gesicht Komnick war und wie sich seine Brust heftig hob und senkte. Zuerst dachte er, Komnick ginge es schlecht, doch dann wurde ihm klar, dass der Mann gelaufen war. Den ganzen Weg vom Wohnhaus, das ebenfalls auf dem Gelände stand, bis zur Halle. Schnell gerannt. Ein eiskalter Klumpen bildete sich in seinen Eingeweiden.

»Vater?«, fragte Otto befremdet.

»Es hat einen Anschlag in Berlin gegeben«, stammelte Komnick. »Heute Mittag. Auf Außenminister Rathenau. Er ist tot.«

## 18

Um kurz nach halb zehn Uhr desselben Tages war Außenminister Walther Rathenau vor die Tür seiner Villa in der Königsallee 65 getreten und hatte seinem Chauffeur Josef Prozeller stumm dabei zugesehen, wie er den Dienstwagen polierte. Prozeller war ebenso schweigsam. Auf dem dunkelgrauen Lack glitzerten Wassertropfen, die Prozeller mit langsamen Wischbewegungen eliminierte. Die roten Speichenräder des NAG schimmerten bereits, als ob der Wagen frisch aus der Fabrik käme.

»Na, Josef«, sagte Rathenau.

»Morgen, Herr Außenminister. Hoffe, Herrn Außenminister geht es gut, Herr Außenminister«, erwiderte Prozeller zackig.

»Nicht so ganz, Josef. Ich bin müde. Die Besprechung gestern mit Stinnes hat zu lange gedauert. Wie geht es Ihnen?«

»Ganz gut, Herr Außenminister.«

»Und wenn nicht der Außenminister seinen Chauffeur, sondern der Sohn vom alten Rathenau einen langjährigen Freund der Familie fragt, wie es ihm geht?«

»Ach, Herr Rathenau«, antwortete Prozeller traurig.

Josef Prozeller litt darunter, dass er es einem anderen überlassen musste, seinen Chef durch die Gegend zu fahren. Er war der Meinung, dass niemand außer ihm den Wagen so beherrschte, dass Rathenau weder das Anfahren noch das Abbremsen spürte, sondern im Gegenteil wie in einem sanft über einen stillen See dahingleitenden Boot saß. Der Fahrer, der ihn abgelöst hatte, verstand es jedenfalls überhaupt nicht. Er fuhr so ruppig, dass man meinen konnte, er steuere den NAG über die AVUS! Außerdem machte Prozeller der durch die Ablösung implizierte Verdacht zu schaffen, er könne nicht genügend auf seinen Herrn achten. Der Chauffeur fühlte sich gedemütigt und überflüssig.

»Genau«, sagte Rathenau melancholisch. »So geht es mir auch. Ach, Josef!«

Beide Männer waren unglücklich. Rathenau schmerzte alles an dem neuen Arrangement. Er fürchtete, irgendwann würde es sich herumsprechen, dass sein neuer Fahrer eigentlich sein Leibwächter war, und dann würde man denken, er, Rathenau, habe am Ende doch Angst um sein Leben bekommen. Er fühlte sich, als würde er Prozeller, den er seit Jahrzehnten kannte, verraten. Und er hasste es, dass ihm mit dem neuen Zeitarrangement, das Otto von Briest durchgesetzt hatte, eine eklatante Unzuverlässigkeit aufgezwungen wurde. Er war Preuße und Diener des Staats. Preußische Staatsdiener waren nicht unzuverlässig!

Aber zum Beispiel heute! Im Außenministerium erwartete man ihn dringend zur Prüfungsabnahme der Konsularanwärter. Sie war um 11 Uhr angesetzt. Normalerweise wäre er spätestens jetzt losgefahren. Aber Otto von Briest hatte gemeint, dass wegen des nicht gerade geheim gehaltenen Prüfungstermins es einem Attentäter möglich war, vorauszuberechnen, wann Rathenau aufbrechen und wann er wo sein würde. Man konnte ihn abpassen und überfallen. Deshalb hatte Briest durchgesetzt, dass man über eine Stunde später abfahren würde. Auf der Lauer liegende Attentäter würden bis dahin die Geduld verloren haben und die Aktion abbrechen, um nicht aufzufallen. Die Konsularanwärter konnten auch eine Stunde warten, bevor sie in die Prüfung gingen! Rathenau war anderer Meinung. Wie sollte man vom Amtspersonal Pünktlichkeit und Zuverlässigkeit erwarten, wenn ihr oberster Dienstherr schon bei ihrer Antrittsprüfung bewies, dass er es selbst mit der Pünktlichkeit nicht so genau nahm.

Bedrückt sah Rathenau seinem Fahrer bei der Jagd nach den letzten Wassertropfen zu. Es war eine vergebliche Arbeit – wahrscheinlich würde es am Nachmittag wieder regnen. Der Juni zeigte sich nicht gerade von seiner sonnigen Seite. Aber Prozeller war nicht der Einzige, der sich vergeblich mühte. Die Anstrengungen Rathenaus, eine Senkung oder gar Aussetzung der Reparationszahlungen zu erreichen, waren auch vergeblich. Die Alliierten waren sich nicht einig, ob sie dem am Boden liegenden Deutschland ein bisschen Luft lassen oder ihm den letzten Atem herausdrücken sollten. Solange sie sich nicht einig waren, würde sich an den Statuten des Versailler Vertrags und seiner Zusätze nichts ändern. Und warum sollten sich die Alliierten einig sein, wenn man sich schon innerhalb Deutschlands nicht einig war. Hugo Stinnes, mit dem Rathenau den längsten Teil der Nacht verbracht hatte, war einer der vehementesten Gegner seiner Politik. Immerhin war er dabei höflich und fair, nicht so wie die Reichstagskollegen vom rechten Rand, die nach Rathenaus Blut schrien.

Auf einmal war dem Außenminister alles zu viel. Er hatte keine Lust mehr, auf seinen neuen Leibwächter und Chauffeur zu warten. Wenn ohnehin alles vergeblich war, konnte er genauso gut tun, was er tun wollte – und das war, für alle erkennbar seine Pflicht zu erfüllen, pünktlich, zuverlässig, unbeugsam.

»Prozeller?«, sagte er.

»Ja, Herr Außenminister?«

»Heute fahren Sie mich mal wieder. In einer Viertelstunde abfahrbereit. Und lassen Sie das Verdeck offen. Es wird früh genug wieder regnen. Genießen wir die Pause im schlechten Wetter.«

»Aber Herr Außenminister …«

»Wollen Sie fahren oder nicht?«

»Mit Vergnügen, Herr Außenminister!«

»Worauf warten Sie dann noch?«

Prozeller war so glücklich, dass er vergaß, welche Stellung er bekleidete. »Uff jar nüscht, Herr Außenminister!«

# 19

Sie saßen zu viert in einem offenen Mercedes Sport Phaeton: Sigurd von Cramm am Steuer, Ernst Techow neben ihm, hinter ihnen Hermann Fischer und Erwin Kern. Sie trugen schwarze Ledermäntel und Rennfahrerkappen, aber keine Schutzbrillen. Wäre das Wetter etwas besser gewesen, wären sie so auffällig gewesen wie vier Raben in einem Papageienkäfig. Sigurd fand, sie waren immer noch auffällig genug. Tatsächlich nahm jedoch kaum jemand Notiz von ihnen, während sie warteten. Es war um die Mittagszeit im vornehmen Grunewalder Villenviertel, auf der Straße hielten sich nur Bedienstete auf, die etwas zu besorgen hatten, Kindermädchen mit ihren Schützlingen und Straßenarbeiter. Keiner hatte Zeit, groß zu beobachten, und selbst wenn, es gab genug bizarre Schutzkleidung für Automobilisten, sodass man sich kaum noch darüber wunderte. Zu lange konnten sie trotzdem nicht bleiben. Vier Männer in einem offenen Tourenwagen, die schweigend auf etwas warteten, fielen am Ende allein schon durch ihre schiere Anwesenheit auf. Sie würden demnächst ihre Wache unverrichteter Dinge beenden müssen.

Sigurd sagte sich das alles. Es half nichts. Ihm war schlecht vor Angst. Er war so grün im Gesicht, dass er den anderen notgedrungen vorgelogen hatte, er habe gestern Abend wohl verdorbene Austern gegessen, um nicht gestehen zu müssen, wie es tatsächlich in ihm aussah. Es hatte ihm gutmütigen Spott von der Sorte eingetragen, dass ein Mann von Adel doch eigentlich wissen müsse, dass man Austern nur an Monaten mit einem R im Namen aß. Aber lieber ertrug er Spott, als dass sie merkten, wie groß seine innere Panik war. Sigurd war ohnehin nicht sicher, ob der schweigsame, arrogante Kern ihn nicht durchschaute und nur nichts dazu sagte.

Sie hatten die Tagesgewohnheiten Walther Rathenaus tagelang ausgespäht, bis sie sicher waren, dass sie seinen Rhythmus kannten. Dann hatten sich seine Angewohnheiten plötzlich geändert, und es hatte keinerlei Rhythmus mehr gegeben. Techow hatte herausgefunden, dass Rathenau angeblich einen neuen Fahrer hatte. Erklären ließ sich die neue Situation dadurch nicht unbedingt. Es war schließlich der Minister, der den Tagesrhythmus vorgab, und nicht der Fahrer. Oder?

Jemand hatte ihnen gesteckt, dass Rathenau am heutigen Samstag eine Prüfung im Auswärtigen Amt abnahm. Der Termin war für 11 Uhr angesetzt. Rathenau musste irgendwann zwischen 10.15 Uhr und 10.30 Uhr losfahren, wenn er pünktlich sein wollte. Würde er pünktlich sein? Sie hatten argumentiert, allen voran Sigurd, dass man sich überhaupt nicht mehr auf Rathenaus Gewohnheiten verlassen könne und deshalb die Aktion am besten abblasen sollte, bis man herausgefunden hatte, was mit dem Mann los war. Kern hatte widersprochen. Er hatte verfügt, dass sie sich heute nochmals auf die Lauer legen sollten; Rathenau war ein Erbsenzähler und fühlte sich gut, wenn er kommandieren konnte, er würde die Gelegenheit nutzen und die Prüflinge nach Herzenslust schikanieren. Sigurd war erst später aufgefallen, dass Kern dies nicht *vorgeschlagen*, sondern tatsächlich *angeordnet* hatte.

Um 10.40 Uhr begann Sigurd, leise Hoffnung zu verspüren, dass Rathenau auch heute wieder unberechenbar war. Die letzten Tage hatten ihm gezeigt, dass er nicht am Mord an Deutschlands Außenminister beteiligt sein wollte. Wenn es heute wieder nicht klappte, würden Techow, Fischer und Kern den Anschlagsplan vielleicht ganz neu aufsetzen und zeitlich verschieben; dann konnte Sigurd sich etwas einfallen lassen, warum er beim nächsten Anlauf – leider und zu seinem größten Bedauern, liebe Kameraden – nicht dabei sein konnte.

Es ging ihm nicht um das Leben Rathenaus. Seinetwegen konnte der verdammte Börsenjude auf offener Straße tot umfallen. Er würde sich nicht bücken, um ihm den Puls zu messen.

Und wenn irgendjemand den Mann in die Luft sprengte – erstach, erschoss, vergiftete, verbrannte, ertränkte, vom höchsten Kirchturm warf –, war ihm das auch einerlei. Im Gegenteil, er würde noch applaudieren. Wieder einer weniger von dem Geschmeiß, das Deutschland verriet!

Aber er wollte um Himmels willen nicht beteiligt sein! Oder jedenfalls nicht so: als Fahrer eines Wagens, auf dessen Rücksitzen zwei Männer mit einer Maschinenpistole und einer Handgranate saßen! Nicht wegen seines Gewissens. Er fand, dass die Sache gerecht war. Er wollte nicht darin verwickelt sein, weil er Todesangst davor hatte, dass die Sache ans Licht kam und er verhaftet wurde.

In den letzten Tagen war Sigurds Angst so groß geworden, dass er ernsthaft überlegt hatte, seine Mutter einzuschalten. Er traute ihr zu, dass sie ihn sogar aus seiner Verwicklung in das Mordkomplott heraushauen konnte. Doch er wollte den Preis dafür nicht zahlen. Der Preis war die totale Verachtung – seitens seiner Kameraden und seiner Mutter. Er musste da durch, es half nichts. Seine einzige Hoffnung war Rathenaus erratisches Verhalten und dass sie auch heute wieder unverrichteter Dinge abziehen mussten. Immerhin war es schon 10.45 Uhr.

Um 10.46 Uhr sagte er mit so viel Bedauern und Ärger in der Stimme, wie er vorgeben konnte: »Der kommt heute wieder nicht, verdammt!«

Die anderen drei sagten nichts. Sigurd wurde den Verdacht nicht los, dass nicht nur Kern, sondern auch Techow und Fischer ihn durchschauten. Er überlegte, einen wütenden kleinen Monolog über die verpasste Chance vom Stapel zu lassen, aber ihm fiel nichts ein, und er ahnte, dass er nicht überzeugend wirken würde.

Um 10.47 Uhr kam zu Sigurds unsäglichem Entsetzen der graue NAG aus Rathenaus Einfahrt, bog in die Königsallee ein und beschleunigte langsam. Er fuhr nach Nordost, in Richtung

Königs-, Hertha- und Halensee. Sigurd war wie gelähmt. Erst als Techow neben ihm sich umdrehte und ihn herausfordernd anstarrte, kehrte das Leben in ihn zurück. Mit zitternden Händen griff er nach dem Gashebel.

»Immer langsam«, brummte Kern. »Die sollen uns nicht zu früh sehen. Gut gemacht, Kamerad Cramm. Die Nerven bewahren ist alles. Jetzt können Sie losfahren.«

Sie folgten dem NAG langsam und mit Abstand. Aus dem Fond, in dem Rathenau saß, stieg Zigarrenrauch und verwehte. Auf dem Kurmärker Platz stand ein Schutzpolizist und sah auf, als sich Rathenaus Wagen näherte.

»Ruhig weiterfahren«, knurrte Kern.

Rathenaus Wagen fuhr so langsam, dass man hätte nebenherrennen können. Sigurd war froh darüber. Er bezweifelte, dass er bei einem schnelleren Tempo den Mercedes hätte beherrschen können. Techow und Fischer hatte ihn ausgesucht, weil sie ihn für den besten Fahrer hielten. Sie hätten sich gewundert, wenn sie gewusst hätten, wie wenig er sich im Moment als Herr des Fahrzeugs fühlte.

Sie rollten über den Kanal, der Königssee und Herthasee verband. Zweihundert Meter weiter vorn beschrieb die Königsallee eine scharfe Rechts-links-Kurve. Der NAG bremste ab, als er sich der Kurve näherte. Sigurd sah es und fühlte sich trotzdem außerstand, darauf zu reagieren, bis Techow zischte: »Langsamer, um Gottes willen!« Der NAG schien förmlich auf den Kühler des Mercedes zuzuspringen, so schnell näherten sie sich ihm. Sigurd sah eine Handvoll Menschen an einer Trambahnhaltestelle stehen und einen Postboten, der in der Gegenrichtung durch die Kurve kam.

»Nein!«, rief Kern. »Genau richtig! Das ist die Gelegenheit! Überholen Sie ihn!«

Sigurd wollte etwas sagen. Sätze wie »Das sieht nicht gut aus!« oder »Da sind zu viele Leute!« oder »Durch die Kurve können wir nicht schnell genug wegfahren!« schossen durch sein Hirn, aber er konnte keinen von ihnen aussprechen. Er stand vor lauter Panik förmlich neben sich selbst.

»Machen Sie!«, schrie Kern.

Sigurds Hände reagierten, obwohl sein Hirn durch Todesfurcht gelähmt war. Der Mercedes nahm mit einem Satz Fahrt auf. Er schoss mit röhrendem Motor neben den immer langsamer am rechten Fahrbahnrand rollenden NAG. Sigurd wusste, dass er einen Gang höher hätte schalten sollen; das Getriebe kreischte. Er hatte keine Kraft dazu. Er hielt das Lenkrad so fest umklammert, dass seine Nägel sich in das lackierte Holz bohrten.

Sie waren gleichauf. Rathenau saß mit geschlossenen Augen zurückgelehnt im Fond. Sein Fahrer hantierte mit den Hebeln und achtete nicht auf den Mercedes. Die Kurve war noch fünfzig, noch vierzig, noch dreißig Meter entfernt.

Sigurd sah aus dem Augenwinkel, wie sich Kern, der hinter Techow auf der linken Seite saß, aufrichtete. Er sah den schwarzen Ledermantel in der hochgeklappten Frontscheibe gespiegelt. Kern drehte sich nach rechts, die Maschinenpistole im Anschlag. Er feuerte. Er hatte in der Aufregung übersehen, die Automatik auf Dauerfeuer zu stellen, und drückte in rasender Folge ein Dutzend Schüsse ab. Dann verlor er das Gleichgewicht und hielt sich an Techows Schulter fest, um nicht auf seinen Sitz zu plumpsen. Sigurd hörte ihn unartikuliert brüllen. Die Schüsse weckten Sigurd aus seiner Schreckensstarre.

Der schnellere Mercedes passierte den NAG, dessen Fahrer sich jetzt überrascht über die linke Schulter umwandte.

Fischer stieß von hinten gegen Sigurds Sitz, als er in den Fußraum vor der Rückbank tauchte. »Langsamer!«, schrie er.

Sigurd zerrte an der Bremse. Der Mercedes fiel wieder zurück. Der Fahrer Rathenaus hatte sich jetzt zu seinem Passagier umgedreht und starrte ihn an. Rathenau saß schräg auf der Rückbank. Aus seinem Mund pumpte Blut. Seine Unterlippe war zerfetzt. Er hatte die Augen offen und gab den Blick seines Chauffeurs zurück. Er sah verwundert aus und sank zur Seite.

Fischer beugte sich über den Rand des Mercedes und warf die Handgranate in den Fond des NAG.

»Geben Sie Gas!«, brüllte er dann.

Der Befehl war überflüssig. Etwas in Sigurd zerbrach und ließ ihn den Gashebel nach vorn schieben und auf die Pedale treten, um einen anderen Gang einzulegen. Der Sport Phaeton beschleunigte, als hätte ihn jemand von hinten getreten. Erwin Kern fiel auf seinen Sitz. Hinter sich hörte Sigurd den dumpfen Explosionsknall der Handgranate. Rauch stieg von den Reifen des Mercedes auf, als sie halb durchdrehten, halb griffen. Das Heck des Wagens brach aus. Schleudernd schoss er in die Kurve. Sigurd wusste, dass er sie niemals schaffen würde. Statt sie zu nehmen, raste er geradeaus weiter, in die Wallotstraße hinein. Der Wagen röhrte. Techow klammerte sich stumm an der Frontscheibe fest. Kern brüllte immer wieder: »Wir haben's ihm gezeigt, wir haben's ihm gezeigt!« Fischer schrie und kicherte gleichzeitig. Der Mercedes schleuderte von einer Straßenseite auf die andere und verfehlte wie durch ein Wunder die dicht an dicht gepflanzten Alleebäume. Weiter vorn war eine Rechtskurve, genauso rechtwinklig wie die in der Königsallee. Sigurd schrie: »Heilige Maria Mutter Gottes!«, und riss wie ein Wahnsinniger am Lenkrad.

Irgendwie schaffte er es, den Wagen unter Kontrolle zu bringen und durch die Kurve zu lenken. Nach weiteren zwei-, dreihundert Metern konnte er ihn auch endlich anhalten, kurz bevor die Wallotstraße wieder zurück in die Königsallee mündete. Schwer atmend saß er am Steuer und musste sich anstrengen, die Hände davon zu lösen. Er war schweißgebadet. Im Wagen herrschte Stille, nur das Tuckern des Motors war zu hören und die Vögel in den Bäumen. Ringsum war keine Aufregung zu entdecken. Wer hier stand, saß oder ging, hatte von dem Anschlag vorn bei der

Kurve noch gar nichts mitbekommen. Aber die Straße war ohnehin menschenleer.

»Wir haben's ihm gezeigt«, wiederholte Kern. Fischer kicherte hysterisch.

»Sie sind wahnsinnig«, stieß Sigurd hervor. »Wir werden alle gehängt werden.«

»Dazu müssen sie uns erst mal kriegen«, sagte Techow.

Sigurd fuhr herum. »Kriegen?«, kreischte er. »Haben Sie die Leute überall gesehen? An der Haltestelle? Und die Bauarbeiter? Und den Schutzmann weiter vorn? Die kriegen uns schneller, als wir denken können!«

»Die kriegen niemanden«, sagte Kern. »Es ging alles viel zu schnell.«

Sigurd drehte sich zu ihm um. Am liebsten hätte er in Kerns erhitztes Gesicht geschlagen, aber er wagte es nicht. Stattdessen begann er, vor Wut und Panik zu stottern. »Viel zu schnell? Mit dieser auffälligen Kiste geht nichts viel zu schnell! Die hat sich jeder gemerkt!«

»Dann sehen Sie zu, dass Sie weiterfahren und so viel Strecke wie möglich zwischen uns und den Tatort bringen. Das Auto lassen wir dann verschwinden.«

»Ich fahre nirgendwohin!«, schrie Sigurd. »Ich steige aus!«

»Ich ahnte, dass Sie nicht den Mumm haben«, erklärte Kern abfällig.

»Sie sind ein Irrer!«, tobte Sigurd. Dann wurde er ganz still, weil Kern ihm die Maschinenpistole unter die Nase hielt.

»Haben Sie den Mumm, dichtzuhalten?«, fragte er.

Sigurd schielte auf die Mündung der Waffe. Er roch den schwefeligen Gestank des Schießpulvers, der aus dem Mündungsloch kam wie Mundgeruch, und schluckte.

»Sie steigen jetzt tatsächlich aus«, sagte Kern. »So einen wie Sie können wir nicht brauchen. Verlassen Sie den Wagen. Kamerad Techow wird das Steuer übernehmen. Und Sie werden schweigen.

Ihr Leben lang. Denn selbst wenn uns die Polizei wirklich schnappen sollte – die Organisation Consul ist riesig, und ihr Zorn versiegt nie, wenn sie einen Verräter in den eigenen Reihen entdeckt hat. Sie werden schweigen, Herr von Cramm. Haben Sie verstanden? Sie werden schweigen – auf jeden Fall. Entweder aus freien Stücken, oder weil sie sonst tot sind. Und jetzt steigen Sie aus. Sie stinken nach Angst und Urin. Sie kotzen mich an.«

## 20

Die Ermordung Walther Rathenaus löste eine beispiellose Empörung aus. Im Reichstag kam es nach mehreren Schrecksekunden bei der Verkündung der Nachricht zu Tumulten. Karl Helfferich und seine Kollegen von der DNVP wurden mit »Mörder! Mörder!«-Rufen geschmäht. Es gelang dem Reichstagpräsidenten erst nach einer halben Stunde, wieder Ordnung im Saal herzustellen. In einer Sondersitzung am Tag nach dem Mord deutete der sonst so besonnene Joseph Wirth auf die Ränge der DNVP und rief während seiner Rede über seinen ermordeten Freund Rathenau: »Da steht der Feind, der sein Gift in die Wunden eines Volkes träufelt. Da steht der Feind – und darüber ist kein Zweifel: Dieser Feind steht rechts!« In ganz Deutschland fanden Protestkundgebungen gegen den rechtsradikalen Terror und Trauermärsche für Rathenau statt. Anlässlich Rathenaus Beerdigung am 27. Juni legten die Mitarbeiter der Berliner Verkehrsbetriebe die Arbeit nieder. Nur die Ringbahn fuhr noch, was zu einer Überfüllung der Züge und einem bizarren Eisenbahnunfall in der Schönhauser Allee führte, bei dem fünfundvierzig Menschen den Tod fanden.

Nun konnte niemand mehr die Existenz der Organisation Consul leugnen. Eine Reihe von Festnahmen folgte. Fünf Tage nach dem Mord ging der Polizei Ernst Techow ins Netz. Er war zu seinem Onkel auf dessen Gut nahe Frankfurt an der Oder geflüchtet, und dieser lieferte ihn den Behörden aus. Erwin Kern und Hermann Fischer konnten sich dem Zugriff der Justiz drei Wochen lang entziehen und wurden schließlich auf Burg Saaleck gestellt, wo Kern von der Polizei erschossen wurde und Fischer Selbstmord beging.

Die Verfahren gegen Täter und Mitwisser zogen sich durch die ersten beiden Oktoberwochen. Sie endeten mit Zuchthausstrafen. Selbst Ernst Techow, für dessen Leben niemand mehr einen Pfifferling gegeben hätte, kam mit einer Gefängnisstrafe davon; nicht zuletzt deshalb, weil Mathilde Rathenau, die Mutter des Ermordeten, sich öffentlich für ein mildes Urteil aussprach, wenn Techow nur gestehen und bereuen wolle.

Für Sigurd von Cramm war die Zeit vom Tod Rathenaus bis zum Ende der Prozesse die Hölle. Er blieb seinem Studium fern, was diesmal zur endgültigen Exmatrikulation führte. Er verbarrikadierte sich auf Gut Cramm und lag tagelang fiebernd vor Angst im Bett. Am liebsten wäre er ins Ausland geflohen, doch die dafür nötige Energie fehlte ihm. Jeden Tag erwartete er die Polizei auf dem Gutshof, die ihm und seiner Mutter mitteilte, dass Techow alles gestanden habe und dass er als Fahrer des Mordfahrzeugs verhaftet wäre. Er weinte bei der Vorstellung, wie er in Handschellen aus dem Haus geführt würde, im Beisein aller Bediensteten und vor den Augen seiner Mutter, die ihm zum Abschied lediglich einen verächtlichen Blick schenkte.

Er hatte sich Magda von Cramm anvertraut. Rückhaltlos. Nicht aus Vertrauen, sondern weil er nicht die Kraft gehabt hatte, ihren Fragen zu widerstehen, als er einen Tag nach dem Mord völlig verstört auf dem Gut erschienen war. Er hatte sie gefragt, ob er sich stellen solle, um ein günstigeres Urteil zu erwirken. Sie hatte ihm geraten, den Mund zu halten. Wie sich herausstellte, war es die bessere Taktik gewesen. Kern und Fischer konnten nichts mehr erzählen, und Techow, offenbar bemüht, seinen eigenen Mythos zu weben, blieb vor Gericht dabei, dass er den Wagen gefahren habe.

Es dauerte noch eine Weile, bis Sigurd sich wieder sicher fühlte. Dann begann er, Ärger zu verspüren. Auf unklare Weise empfand er sich als Betrogener. So wie er es sah, hatte er eine fahrerische Glanzleistung vollbracht während des Attentats. Den schweren, schnellen Mercedes präzise neben Rathenaus NAG zu halten, sodass Kern seine Waffe abfeuern und Fischer die Handgranate werfen konnte, hätte in dieser hektischen Situation kein anderer gekonnt. Und nach der Tat nicht nur einfach davonzurasen, sondern die Notwendigkeit zu erkennen und mit Vollgas in die Wallotstraße zu rasen, anstatt durch die S-Kurve auf der Königsallee zu schleudern, musste ihm erst einmal einer nachmachen. Hatte er nicht am Ende auch noch den außer Kontrolle geratenen Mercedes gebändigt und ihn ohne einen Kratzer zum Stehen gebracht? Jeder andere wäre schon nach wenigen Dutzend Metern am ersten Alleebaum der Wallotstraße hängen geblieben.

Aber dieses Meisterstück wurde nun Ernst Techow zugeschrieben. Erneut sah sich Sigurd um den Triumph gebracht.

Als er es seiner Mutter erzählte, fürchtete er, Spott und Unverständnis zu ernten. Er teilte es ihr trotzdem mit. Er wäre erstickt, wenn er es weiter für sich behalten hätte. Doch anders als erwartet, kamen keine harten Worte. Magda von Cramm zuckte nur mit den Schultern und meinte, er solle froh sein, dass er unentdeckt geblieben sei. Sie war offensichtlich an seinem Schmerz uninteressiert.

»Irgendwann werden Techow, Kern und die anderen zu Helden erklärt werden«, murmelte Sigurd. »Sie haben den ersten Schritt getan und Deutschland von einem jüdischen Blutsauger befreit. Es ist nicht richtig, dass der große Anteil, den unsere Familie daran hat, niemals bekannt werden soll.« Er stutzte einen Moment, plötzlich erschrocken, dass er die Gnade des Schicksals, nicht aufgeflogen zu sein, so undankbar abtat. Ein Echo der Angst stieg wieder in ihm auf. »Um Ihretwillen bin ich natürlich sehr froh darüber«, setzte er hastig hinzu.

»Um meinetwillen?«

»Ich bin froh, dass das Schicksal es Ihnen erspart hat zu sehen, wie Ihr Sohn zu einem Märtyrer wird«, sagte Sigurd.

Magda musterte ihn. Ihm wurde unbehaglich. Schließlich schüttelte sie entnervt den Kopf. »Red keinen Unsinn«, sagte sie schließlich. »Wir sind von Adel. Das, was die anderen getan haben, war Drecksarbeit, und die verrichtet unsereiner nicht. Du bist und bleibst ein Narr.«

»Aber ich habe das doch auch für Sie getan!«

»Für mich? Weshalb?«

»Na, wegen der Tatsache, dass Rathenau ein Jude war. Ich habe dabei an Ihren Ärger mit Alfred Kron gedacht.«

Magda schenkte ihm einen verständnislosen Blick. »Welcher Ärger? Ich arbeite mit Kron ganz erfolgreich daran, so viel Geld freizubekommen, dass ich Gut Briest kaufen kann. Seit Rathenaus Tod ist das Regierungschaos noch größer geworden. Und das Geld wird immer weniger wert. Die Briests nagen am Hungertuch. Die neue Regierung unter Reichskanzler Cuno wird die Dinge auch nicht richten. Die Briests sind erledigt, und sobald sie das Gut zum Verkauf ausschreiben, schlage ich zu.«

»Außer, jemand anderer ist schneller«, sagte Sigurd, der sich über seine Mutter ärgerte und diesen schwachen Versuch unternahm, auch in ihr Ärger zu wecken. Sie schnaubte jedoch nur.

»Crüssau auf Theeßen hängt am Bistum Magdeburg und kann keinen Schritt ohne die Erlaubnis des Bischofs tun, Premnitz ist so klamm wie die Briests, Parey ist bei Kron in der Kreide. Wenn es tatsächlich dazu kommen sollte, dass Parey oder Crüssau Interesse an Gut Briest äußern, werde ich es sofort erfahren. Und jetzt hör auf damit, dir Gedanken über Dinge zu machen, die du nicht verstehst.«

»Was soll ich denn sonst tun, Mutter?«

»Bald wirst du Gut Briest verwalten. Ich kann mich nicht um zwei Häuser zugleich kümmern. Also eigne dir das Zeug zum Gutsverwalter an. Unser Verwalter hier wird dich einweisen.«

»Ich soll von einem unserer Angestellten etwas gelehrt bekommen?«

Magda musterte ihn. »Solange du nicht damit aufhörst, mich täglich von deiner Unfähigkeit zu überzeugen: Ja.«

# 3. BUCH

# Die Brandstifter

Juni 1923 – Dezember 1924

# 1

Kann ich irgendetwas für euch tun?«, fragte Otto und versuchte, sich seine Verzweiflung nicht anmerken zu lassen.

Der Mann schüttelte den Kopf. Er war so wie Otto bemüht, seine Emotionen zu verbergen, und versagte darin ebenso wie der Gutsherr. In seinen Augen glitzerten Tränen. Seine Frau weinte offen. Drei Kinder im Alter von zwei bis sieben Jahren saßen im Gras. Die jüngeren beiden spielten und verstanden nicht wirklich, was vorging. Das Siebenjährige, ein Junge, wusste es hingegen genau. Er hockte ganz starr da und schaute nach unten, wo seine nackten Zehen sich um Grashalme krampften.

»Sie ham jenuch for uns jedan, jnädjer Herr«, murmelte der Mann in Magdeburger Mundart. Auch er schaute wie sein Sohn zu Boden.

Neben ihm stand ein kleiner Speichenradkarren mit zwei Rädern. Er war beladen mit dem Hab und Gut der Familie. Es war nicht viel.

Hermine drückte der weinenden Frau ein Bündel in die Hand. Die Frau bedankte sich flüsternd. Ihre Tränen tropften auf das Tuch. In dem Bündel war frisch gebackenes Brot. Es war das Einzige, was Otto und Hermine den Leuten mitgeben konnten. Selbst wenn Otto genügend Bargeld besessen hätte, um es ihnen zu schenken, hätte es keinen Sinn ergeben. Das Geld wurde täglich weniger wert. Schon jetzt waren die Preise und das Tempo des Preisverfalls ungeheuerlich. Ein Kilo Kartoffeln – mittlerweile Hauptnahrungsmittel der Berliner Bevölkerung – hatte im Januar noch achtundzwanzig Mark gekostet; jetzt, im Juli, lag der

Preis bei über dreihundert Mark. Die Preissteigerung wurde noch verschlimmert durch die hohe Nachfrage. Reichspräsident Ebert hatte bereits einen dringenden Appell an die Landwirtschaft herausgegeben, die Kartoffelernte so schnell wie möglich in den Verbrauch zu bringen – in vollem Wissen, dass die meisten Kartoffelsorten einfach eine gewisse Reifezeit hatten und die Ernte in der Regel erst im August und September fällig war. Es gab ein paar landwirtschaftliche Betriebe, die mit frühen Sorten experimentierten, aber das war im Süden der Republik. Im Berliner Umland gediehen Frühkartoffelsorten nicht.

An andere Nahrungsmittel war überhaupt nicht mehr zu denken. Der Preis für ein Kilogramm Rindfleisch hatte im Januar schon bei horrenden zweitausendsiebenhundert Mark gelegen; vor dem Krieg hatte man dafür eine Mark achtzig bezahlt. Jetzt war er auf vollkommen absurde zwanzigtausend Mark geklettert. Schon im Februar hatte das Reichsgesundheitsamt festgestellt, dass die Hälfte aller Kinder in Berlin unterernährt waren, und Volksspeisungen organisiert; die Kirchen schlossen sich mit eigenen kostenlosen Tafeln an. Die Zeitungen riefen dazu auf, die sich nähernde Herbstsaison dazu zu nutzen, kostenlose Nahrungsquellen zu erschließen, zum Beispiel durch Pilzsammeln. Otto ahnte, dass spätestens im September in den Wäldern rund um Berlin die ersten Schüsse fallen würden, wenn sich konkurrierende Pilzsammler am frühen Morgen im Unterholz bekriegten. Weitere Tote würde es nach dem Verzehr der Beute geben: Wer kannte sich von den Großstädtern schon aus, welche Pilze giftig waren und welche nicht? Auch Otto hatte sich, was Pilze anging, stets auf die Köchin verlassen und nicht auf seine eigene Expertise.

Ein Liter Milch im Sommer des Jahres 1923: eintausendvierhundert Mark. Ein Kilogramm Butter: dreißigtausend Mark. Ein Hühnerei: achthundert Mark. Ein Kilogramm Roggenbrot: eintausendzweihundert Mark.

So gesehen hatte Hermine, die das Brot selbst gebacken hatte, soeben ein Geschenk von knapp zweitausend Mark gemacht. Wie lange würde es der Familie über die Not hinweghelfen? Otto und Hermine standen Hand in Hand da und sahen den Leuten dabei zu, wie sie langsam über den Feldweg davontrotteten. Der Vater zog den Karren hinter sich her. Otto spürte, wie Hermines Hand sich in seiner verkrampfte, und hörte sie schluchzen. Die Familie machte sich auf den langen Weg in die nächste größere Stadt. Der Vater hatte Otto nach seinem Rat gefragt: Was war besser für eine Familie, die sich in Zukunft mit Tagelöhnerarbeiten durchbringen musste? Berlin oder Magdeburg. Otto, der die Verhältnisse in Berlin kannte, hatte zu Magdeburg geraten; aber nur, weil er die dortigen Verhältnisse *nicht* kannte. Er wusste nicht, ob der Rat gut oder idiotisch gewesen war. Vermutlich war es ohnehin egal. In allen deutschen Städten herrschten Not und Verzweiflung. Deutschland hatte den Krieg der Waffen verloren, dann den Kampf um seine Würde, dann den um seine innere Stabilität. Jetzt verlor es auch den Krieg gegen den Hunger.

Otto wandte sich um. Die Kate, in der die Familie bis jetzt als Pächter des Guts ein Auskommen gehabt hatte, war gut in Schuss. Die Leute waren eine gute Pächterfamilie gewesen. Otto wünschte, er hätte sie zum Bleiben überreden können. Aber er verstand sie. Sie konnten die Pacht nicht zahlen, sie konnten die Kinder nicht ernähren. Otto hatte ihnen die Pachtzahlungen schon seit Monaten erlassen, und Hermine hatte versucht, mit Lebensmittelschenkungen aus dem Gutshaus über den Hunger hinwegzuhelfen. Preußische Pächter hatten ihren Stolz. Sie wollten sich nichts schenken lassen, wenn keine Chance in Aussicht stand, den Gefallen irgendwann zu vergelten. Und wie die meisten Landbewohner wohnte tief in ihrem Herzen der Glaube, dass es in der Stadt irgendwie besser war. Achthundert Jahre hatte das auch gestimmt – seit die ersten freien Bürger vor den Toren ihrer Städte dem ratlosen Adel ins Gesicht gelacht hatten. Heute stimmte es nicht mehr. Aber auch hier galt, dass es eigentlich egal war. Es spielte keine Rolle, wo man hinging: Die Not war überall schon vorher angekommen.

»Det sind die Sechsten«, sagte Hermine und schniefte. »Bald werden wir janz alleene auf dem Gut sein.«

Otto verzichtete darauf, seine Frau zu korrigieren. Diese Familie war bereits die siebte, die das Gut verließ. Es blieben noch fünf Pächterfamilien. Fünf weitere Gruppen von verzweifelten, ratlosen Hungerleidern, deren Erzeugnisse zwar eigentlich in den Städten ein Vermögen wert gewesen wären, die sich aber das Saatgut nicht leisten konnten und denen die Kosten des Transports bis zur nächsten Verteilerstation den Gewinn auffraßen. Ich hätte letztes Jahr alle Wälder fällen lassen sollen, dachte Otto. Ich hätte das ganze Gut in eine einzige Ackerfläche verwandeln sollen. Ich hätte die ganzen Landmaschinen, für die es jetzt keine Ersatzteile mehr gab und deren Treibstoff er sich nicht leisten konnte, verkaufen und dafür Pferde anschaffen sollen. Ich hätte verdammte Kartoffelfelder schaffen sollen, statt den Politikern zu glauben und Roggen anzubauen. Ich hätte Land hinzukaufen sollen, um das Gut in einen Betrieb zu verwandeln, den seine schiere Größe wettbewerbsfähig machte. Ich hätte die Detektei aufgeben und mich ausschließlich um das Gut kümmern sollen. Ich hätte Levin zum Hierbleiben überreden sollen, weil wir es gemeinsam vielleicht schaffen würden. Ich hätte …

Seine Gedanken kamen zum Stehen, wie immer an diesem Punkt. Er fühlte sich inkompetent, nachlässig und so dermaßen als Versager, dass er es nicht ertrug, die innere Aufzählung weiter fortzuführen.

»Du kannst nüscht dafür«, sagte Hermine, die wie so oft erraten hatte, was in seinem Kopf vorging. Er wandte sich ihr zu. Über ihre Wangen zogen sich Tränenspuren, ihre Haut war blass. Sie war so dünn geworden, die Liebe seines Lebens! Er hatte sie in jeder Form als schönste Frau der Welt empfunden, als propere junge Detektivassistentin mit roten Wangen, als robust gewordene Mutter, als Gutsherrin mit perfekten fraulichen Kurven. Jetzt, hager geworden und mit ergrauenden Haaren, liebte er sie am meisten von allem. Nein, das stimmte nicht. Er hatte sie immer am meisten geliebt. An jedem Tag seines Lebens hatte er gewusst, dass er Hermine noch ein wenig mehr liebte als am Tag zuvor. Sie waren von Anfang an füreinander bestimmt gewesen; das Schicksal hatte sie zwar eine Weile warten lassen, bis ihre Liebe sich hatte erfüllen können, aber seitdem waren sie zwei Hälften, die zusammen ein Ganzes ergaben. »Und so dünne biste geworden, Otto«, sagte Hermine. Die Tränen begannen wieder zu laufen. »Und lachen seh ick dir überhaupt nich mehr.«

Otto zauberte ein verzerrtes Lächeln auf sein Gesicht. »Tief drinnen lache ich jeden Tag«, sagte er.

»Ach … Weshalb?«

»Vor Glück, dass du an meiner Seite bist.«

»Ooch, Mensch, Otto, jetzt bringste mich noch mehr zum Flennen.«

»Sperren wir die Kate zu«, sagte Otto. »Vielleicht kommen sie zurück. Oder jemand anderes bewirbt sich um eine Pacht. Wir wollen nicht, dass bis dahin die Füchse drin hausen.«

Auf dem Rückweg zum Gutshaus – er und Hermine waren zu Fuß gekommen – drehte sich Otto noch einmal um. Das Land war weit und flach. Er konnte die Pächterfamilie immer noch sehen, wie sie mit dem Karren einer ungewissen Zukunft entgegengingen. Die kleinen Kinder schaukelten oben auf der Ladung hin und her.

Nach einer Weile nahm Hermine Ottos Hand, und so gingen sie weiter – über Wiesen und Heideflächen, zwischen Birkenwäldchen und Hecken und Nadelgehölzen hindurch. Von fern konnte Otto die Baumgruppen erkennen, die den Gutshof umgaben. Vor seinem inneren Auge sah er jedoch die Pächterfamilie, wie sie geschlagen abzog. Mit jedem Schritt, mit dem er sich dem

Gutshof näherte, wurde ihm mehr übel. Abgesehen davon, dass sie nicht mit einem Handkarren abziehen würden – nein, dachte er, haha, wir werden tatsächlich nicht mal so viel haben, um es auf einen Karren zu laden! –, würden sie über kurz oder lang ebenso geschlagen auf die Straße hinaus schlurfen. Er und seine Familie: auf ganzer Linie gescheitert. Er würde den Gutshof nicht halten können. Es reichte nicht, dass die Zinnermanns immer noch geduldig mit den winzigen Beträgen zufrieden waren, die Otto ab und zu und Max jeden Monat von den Schulden zurückzahlten. Sie konnten sich nicht einmal mehr das ganz normale Leben leisten, ohne die Schulden zu vergrößern. Und die Zinsen, die sich aufhäuften, waren höher als die Rückzahlungsbeträge. In jeder Hinsicht wurden die Schulden mehr.

»Wenn man bedenkt, wie plötzlich alles gekommen ist …« Hermine seufzte.

Otto verzichtete erneut darauf, sie zu korrigieren. Von plötzlich konnte in Wahrheit keine Rede sein. Wer die Augen nicht verschlossen hatte, hatte genau gewusst, dass die Dinge sich so entwickeln würden. Es hatte nur jeder nach Kräften versucht, die Augen davor zu verschließen – und sich über Dinge zu ereifern und sie zum Tagesthema zu machen, die die Entwicklung noch beschleunigten. Wir brüsten uns damit, wie weit wir gekommen sind, seit unsere Vorfahren in Höhlen gelebt haben, dachte Otto. Dabei sind wir tatsächlich dümmer geworden als die Leute damals. Wenn sie vor der Höhle ein Raubtier brüllen hörten, hielten sie zusammen und verjagten es, statt sich zu streiten, wer schuld war, dass das Raubtier da stand, und sich die Köpfe darüber einzuschlagen, aus welcher Richtung man es angreifen sollte. Nein, sagte er sich. Plötzlich war nur das Aufwachen gewesen, nicht die Entwicklung der Dinge an sich.

Am 14. November 1922 war die Regierung von Reichskanzler Joseph Wirth zurückgetreten. Sein Nachfolger war Wilhelm Cuno, ein Mann aus der Wirtschaft und vor seiner Ernennung Generaldirektor der HAPAG. Weihnachten 1922 hatte die alliierte Reparationskommission deklariert, dass Deutschland mit den Reparationszahlungen im Rückstand war. Gleich darauf im Januar war der Verdacht laut geworden, die deutsche Regierung halte absichtlich Kohle- und andere Lieferungen zurück. Entsprechend den Drohungen des Londoner Zahlungsplans aus dem Jahr 1921 besetzten daraufhin Frankreich und Belgien das Ruhrgebiet. Die Besetzung sollte dafür sorgen, dass die Alliierten sich die ausstehenden Sachleistungen quasi nehmen konnten; ein Hintergedanke war jedoch auch, das Ruhrgebiet im weiteren Verlauf von Deutschland abzutrennen und unter französische Vorherrschaft zu stellen. Die Alliierten waren sich in diesem Vorgehen nicht einig; Großbritannien verstand die Ruhrbesetzung als illegalen Akt. Was nichts an den Fakten änderte. Und die Lage war dadurch nur noch schlimmer geworden.

Die Regierung unter Wilhelm Cuno stellte daraufhin die Reparationszahlungen an Frankreich und Belgien ein und rief die Bevölkerung des Ruhrgebiets zum Generalstreik auf. Selbst Beamte legten die Arbeit nieder. Bahnhöfe wurden stillgelegt, Lokomotiven auf unbesetztes Gebiet entführt, alle dienstlichen Unterlagen versteckt. Für ein paar Monate wandte sich der innerdeutsche Terror dem Ziel zu, den Besatzungsmächten zu schaden – Sabotageakte und Anschläge gegen die Truppen erfolgten, die wiederum mit Repressionen, Gefängnisstrafen und Gewaltakten geahndet wurden. Die Wut in der deutschen Bevölkerung war so groß, dass man sogar ganz offiziell versuchte, französische Lehnwörter durch deutsche zu ersetzen. Die Leute sollten ab sofort auf dem Bürgersteig gehen, nicht mehr auf dem Trottoir, aus dem Telefon wurde der Fernsprecher und aus dem Casino das Werksgasthaus.

Die Situation geriet völlig außer Kontrolle, als die Regierung keine andere Wahl sah, als den Streikenden weiter Löhne zu zahlen – Löhne, hinter denen keine Wirtschaftsleistung stand, mit Geld, für das es keinen Gegenwert gab. Da nicht genügend Geldscheine vorhanden waren, druckte die staatliche Notenbank einfach in rauer Menge nach. Vom Januar bis heute hatte das zu einer Geldentwertung im Maßstab von eins zu sechs geführt – alles war jetzt sechsmal so teuer wie noch Anfang des Jahres, und da war es schon tausendmal teurer gewesen als vor dem Krieg. Die Spirale war noch nicht am Ende, befürchtete Otto. Wenn es so weiterging, würden noch Mark-Beträge von Millionen und Milliarden für ein Stück Brot bezahlt werden und müsste man die Scheine von letzter Woche mit den neuen Werten überdrucken. Als ob es eine Rolle gespielt hätte, ob auf einem Geldschein Eintausend Mark oder Eine Milliarde Mark stand. Es konnte sich sowieso keiner mehr etwas leisten.

Außer Leute wie Erich Pommer und Fritz Lang, dachte Otto. Luisa hatte zu Hause erzählt, dass für die Dreharbeiten von Langs *Nibelungen* geradezu obszön viel Geld ausgegeben wurde. Lang, der Wort gehalten hatte und Luisas Ausbildung an der Schauspielschule finanzierte, ließ Ottos und Hermines Tochter immer wieder bei der Produktion des Films zusehen. Lang hatte Büsche und Bäume im Außenbereich der Babelsberger Filmstudios pflanzen lassen, damit die Kulisse echter aussah. Der Drache, gegen den Siegfried kämpfte, war ein Wunderwerk der Filmtechniker, über zwanzig Meter lang! Otto verstand nicht, wie es sein konnte, dass dafür so viel Geld vorhanden war, während in den Armenvierteln Berlins Kleinkinder starben. Tatsächlich war der monströs schlechte Wert, den die Mark gegenüber dem Dollar aufwies, der Grund dafür – wie es die Zinnermanns Otto schon einmal erklärt hatten. Für das Ausland, das die Filmrechte in Dollar bezahlte, waren diese geradezu obszön billig, weshalb sie sich im Preis ohne großen Widerstand nach oben handeln ließen. Die harten Devisen, die Erich Pommers Decla dafür erhielt, stellten wiederum auf dem innerdeutschen Markt ein Vermögen dar. Auf diese Weise ging die Geldentwertung fast spurlos an der Filmproduktion vorbei. Man konnte es mit dem Geist nachvollziehen, wenn man lange genug darüber nachdachte. Mit dem Herzen ließ es sich nicht nachvollziehen. Das Herz war fassungslos, dass für Schall und Rauch – und nichts anderes war eine Filmproduktion, wenn man es genau nahm – Geld vorhanden war, für todkranke Kinder jedoch nicht. Aber Filme waren zugleich die Realisierung von Träumen, von Hoffnungen, von Wünschen; und für ihre Träume ziehen die meisten Menschen ihr letztes Hemd aus. Träume tragen einen auch durch die finsterste Nacht.

Als sie beim Gutshaus ankamen, lief ihnen Luisa entgegen. Sie war am gestrigen Freitagabend aus Berlin zurück aufs Gut gekommen.

»Ich warte schon die ganze Zeit auf Sie!«, rief sie atemlos. »Der Briefträger hat eine Nachricht von Max gebracht.«

»Nur eine?«, fragte Hermine schmunzelnd.

»Nur eine für Sie und Vater«, erwiderte Luisa, aber sie lächelte. Es war klar, dass es noch einen zweiten Brief gegeben hatte – den, den Max direkt an Luisa geschrieben hatte.

»Max kommt wieder aus Elbing zurück«, stieß Luisa hervor, noch während sie Otto den verschlossenen Brief übergab. Sie konnte es offenbar nicht erwarten, die gute Neuigkeit mitzuteilen. »Er lebt wieder auf dem Gut.«

Otto schlitzte das Kuvert auf.

»Freust du dich?«, fragte Hermine ihre Tochter.

»Und wie, Mama, und wie!«

»Was hat er denn geschrieben?«, fragte Hermine. Otto faltete den Brief auseinander und begann zu lesen: *Liebe Hermine, lieber Otto, wie geht es Euch …?* »Warum kommt er nach Hause?«

»Hat er nicht geschrieben«, sagte Luisa. »Ach, ich freu mich so. Er will schon morgen hier sein, wenn die Züge pünktlich fahren. Ich habe schon sein Zimmer gelüftet …« Sie riss die Augen auf. »Nein, das hab ich vergessen. Ich mache es sofort!«

»Das hat doch auch noch bis morgen Zeit …«, rief Hermine

ihrer Tochter hinterher, aber Luisa rannte schon ins Haus zurück und war nicht aufzuhalten.

Otto blickte zu Hermine und ließ den Brief sinken. Er seufzte. Er hasste es, Hermine die wieder zurückgekehrte gute Laune zu verderben.

»Max kehrt zurück, weil er keine Arbeit mehr bei Komnick hat. Komnick muss die Firma verkleinern. Er stellt nur noch Landmaschinen her. Jetzt sind wir wirklich am Ende.«

## 2

Alte Gewohnheiten sterben schwer. Luisa hatte von Kriegsversehrten gehört, die noch jahrelang, nachdem sie eine Gliedmaße verloren hatten, versuchten, diese unwillkürlich zu benutzen. Handamputierte hoben den Stumpf, wenn sie niesten, als könnten sie sich die Hand noch vorhalten. Und Luisa war schon auf dem Weg in den Stall, um ihr Pferd zu satteln, bis ihr wieder einfiel, dass ihre Eltern beide Pferde an einen Bauern verliehen hatten. Sie zogen jetzt seinen Wagen, wenn er nach Genthin auf den Markt fuhr. Einen Augenblick lang wollte die Aussichtslosigkeit ihrer finanziellen Lage sie überwältigen, doch dann sagte sie sich, dass trotz allen Übels noch so vieles gut war.

Dass Max nach Hause kam, war gut.

Dass sie die Schauspielschule besuchen konnte an ihren schulfreien Zeiten und Fritz Lang das Stipendium aufrechterhielt, war gut.

Dass ihre Eltern nicht an der Situation zerbrachen, war gut.

Dass Max nach Hause kam, war gut.

Dass sie, wenn sie sich ordnungsgemäß anmeldete, bei den Dreharbeiten zu Fritz Langs Film zusehen durfte, war gut.

Dass Max nach Hause kam, war gut.

Dass Max nach Hause kam, war gut …

Sie schluckte. Nein, es war mehr als gut. Es war perfekt. Ihr Herz pochte vor Freude, ihn wiederzusehen. Und zugleich pochte es auch vor Angst. Sie hatte so große Pläne für dieses Wiedersehen. Sie musste ihm etwas ganz Wichtiges sagen. Die wichtigste Botschaft ihres Lebens. Aber wie würde er sie aufnehmen? Es kam alles darauf an, wie er sie aufnahm.

Ihre Freude verwandelte sich in Panik. Sie stand wie erstarrt im Hof, auf halbem Weg zum Stall. Was, wenn er wirklich irritiert war? Wenn er ihr erklärte, dass sie verrückt sein musste? Sie fühlte sich schwach und flau. Ihr Leben würde in diesem Moment enden.

Dann kam die Freude zurück. Sie kannte ihn doch! Er würde nicht irritiert sein! Seine Augen würden in plötzlichem, unbändigem Glück aufleuchten. Er würde sagen …

Luisa verbot sich zu denken, was er sagen würde. Sie wollte davon überrascht werden, wollte seine Antwort für immer im Gedächtnis behalten – seine Worte, nur seine eigenen Worte, und sie niemals aus Versehen mit dem vermischen, was sie sich als seine Antwort vorgestellt hatte.

Das war der Plan gewesen: Sie hatte ihm mit dem Pferd entgegenreiten wollen. Er würde vom Bahnhof Genthin zum Gut marschieren, weil es niemanden mehr gab, der die Fahrdienste für die Briests durchführte. Wenn es auf dem Gut ein Automobil gegeben hätte und sie hätte fahren können, wäre sie nach Genthin geknattert und hätte ihm so den Fußweg erspart. Nun blieb ihr nichts anderes übrig, als selbst zu Fuß zu gehen.

Sie erzählte ihrer Mutter, sie wolle ein wenig über das Gut spazieren und so die Zeit bis zu Max' Eintreffen herumbringen. Wenn sie ihr gesagt hätte, sie wolle stracks nach Genthin gehen, hätte Hermine darauf bestanden, dass wenigstens sie sie begleitete. Die Armut hatte viele Leute dazu gebracht, auf der Straße zu leben, heimat- und obdachlos auf dem ziellosen Weg vom einen Scheitern zum nächsten. Viele von ihren waren nicht nur verzweifelt, sondern auch wütend. Manche von ihnen waren vom Krieg gezeichnet und vom Leben nach dem Krieg weiter brutalisiert worden. Doch Luisa hatte keine Furcht, was diese Leute betraf. Sie war ihrem Schlag schon einmal begegnet, damals an Weihnachten, und Max hatte sie gerettet. Selbst wenn sie solchen Männern heute wieder über den Weg laufen würde, würde Max rechtzeitig da sein, um ihr beizustehen. Er hatte es ihr versprochen, und sie hatte noch nie Grund gehabt, sein Versprechen anzuzweifeln.

Sie band sich den Hut unter dem Kinn fest und klappte den Sonnenschirm auf. Außer Sichtweite des Guts krempelte sie ihren Rocksaum um und steckte ihn mit Nadeln fest, die sie aus dem Nähkorb ihrer Mutter geborgt und in den Hut gesteckt hatte. Auf diese Weise konnte sie leichter ausschreiten. Sie klappte den Schirm zu, weil er sie behinderte, und klemmte ihn unter den Arm. Sollte sie doch ein bisschen Farbe auf die Wangen bekommen von der Sonne. Es war ihr egal. Sie wollte nur so schnell wie möglich bei Max sein.

Was sie ihm sagen wollte, hätte sie nicht auf dem Gut sagen können. Auch wenn nur noch ihre Eltern und die Köchin im Haus lebten, wären es zu viele Menschen gewesen. Sie wollte ganz allein mit Max sein, wenn sie es ihm sagte – allein mit ihm und dem Himmel über ihnen und der weiten, flachen Landschaft um sie herum, die ihre Heimat war.

Sie wollte sagen: Max, ich liebe dich.

Ich habe dich geliebt seit dem Tag, an dem du dein Leben für mich geben wolltest.

Nein, in Wahrheit habe ich dich geliebt von dem Tag an, an dem ich dich zum ersten Mal gesehen habe und du ungeschickt die Hacken zusammengeschlagen und mich mit »Frollein von Briest« begrüßt hast.

Ich liebe dich.

Max, ich liebe dich.

Und die ganze Zeit würde ihr Herz wie verrückt klopfen und ihr der Atem kurz sein, und eine zugleich glückliche und ängstliche Stimme in ihrem Inneren würde rufen: Bitte liebe mich auch.

Sie kam völlig überhitzt und ausgedörrt in Genthin an. Sie hatte ihren Aufbruch so geplant, dass Max ihr hätte entgegenkommen müssen. Dann wäre ihr Wunsch in Erfüllung gegangen, ihm auf freier Fläche entgegenzulaufen, ihn in die Arme zu schließen und ihm dann ihre Liebe zu gestehen – als die ersten Worte, die er von ihr hörte. Aber der Zug hatte Verspätung, wie sie vom Bahnhofsvorstand erfuhr. Sie setzte sich auf eine Bank, um zu warten und nachzudenken, wie sie es nun anstellen sollte. Ihre Zunge klebte am Gaumen. Sie fühlte Schweiß ihren Rücken hinunterlaufen und unter ihren Achseln. Der Durst war riesengroß und die Hitze unter dem hölzernen Tragdach des Bahnsteigs erdrückend und staubig. Es war mitten am Nachmittag, die heißeste Zeit des Tages. Sie saß hier ganz allein. In ihrer Not spannte sie den Sonnenschirm auf und hielt ihn über sich. Sie fuhr sich mit der Hand über die Lippen und merkte, dass sie rissig und trocken waren.

Der Bahnhofsvorstand kam aus dem Gebäude und sah sich um. Dann trat er auf Luisa zu. »Das kann noch eine Weile dauern, Fräulein«, sagte er. »Ich habe noch nicht mal Meldung, wo der Zug jetzt steht.«

»Gibt es denn keine anderen Reisenden?«, fragte Luisa.

»Die sind alle nebenan, in der Gaststätte. Sie sollten auch dort warten, Fräulein, es ist kühler. Hier auf dem Bahnsteig möchte man ersticken.«

»Ja, es ist heiß«, sagte Luisa.

»Kaufen Sie sich eine Limonade.« Der Bahnhofsvorstand lächelte. »Die haben einen wunderbar kühlen Keller.«

»Vielleicht später«, sagte Luisa und schluckte krampfhaft. Die Erwähnung der kühlen Limonade ließ ihren Durst jetzt unerträglich erscheinen.

Der Bahnhofsvorstand nickte und zog sich wieder zurück. Ein Blick in sein verlegen gewordenes Gesicht hatte genügt. Ihm war klar geworden, dass Luisa kein Geld besaß, um eine Limonade zu kaufen.

Sie hätte Wasser vom Gut mitnehmen sollen. Sie war aufgebrochen, ohne richtig nachzudenken. Aber sie hatte auch gehofft, dass Max sie auf halbem Weg treffen würde. Wenn der Zug keine Verspätung hätte, hätte sie ihm schon lange ihre Liebe gestanden – und er ihr die seine. Wahrscheinlich würden sie in diesem Moment durch das Gutstor treten, die Hände voneinander lösend und sich dabei einen bedauernden, resignierten Blick schenkend. Bis dahin würden sie Hand in Hand gegangen sein, keine Augen für die Umgebung, sondern nur füreinander. Sie würden sich ab und zu, nachdem sie sichergestellt hatten, dass sie allein auf der Straße waren, geküsst haben. Doch auf dem Gut mussten sie Haltung und Anstand wahren, zumindest bis sie Otto und Hermine erklärt hatten, was geschehen war.

Das Gut. Luisa wurde klar, dass ihre Eltern sie mittlerweile vermissen mussten. Sie hatte nie vorgehabt, so lange wegzubleiben. Würde ihr Vater bereits nach ihr suchen? Erschrocken dachte sie daran, welche Sorgen er sich machen musste. Und ihre Mutter! Eine tiefe Unruhe ergriff Besitz von ihr. Sie fuhr sich mit der Hand übers Gesicht und war überrascht, wie schweißnass sie danach war. Unter dem Hut staute sich die Hitze. Sie löste das Band unterm Kinn mit fliegenden Fingern und legte ihn neben sich. Einen Augenblick lang fühlte es sich köstlich frisch an, dann begann ein Kopfschmerz zu pochen, der mit jedem Herzschlag schlimmer wurde. Sie fasste sich an den Hinterkopf. Ihr Haar war ebenfalls schweißnass und ganz zerdrückt. Herrje, sie hatte so schön für Max aussehen wollen. Sie schloss die Augen in der Hoffnung, dass der Schmerz leichter zu ertragen wurde, doch davon wurde ihr schwindlig. Sie öffnete die Augen wieder. An den Rändern ihres Gesichtsfelds flimmerten farbige Zacken. Sie schüttelte den Kopf und hatte einen Moment lang das Gefühl, sich übergeben zu müssen. Dort, wo die Zacken waren, fehlten Teile des Bildes vor ihren Augen – als betrachte sie in Wahrheit eine Fotografie, die an einer Stelle so gefaltet war, dass ein Teil unter der Falte lag. Ihr Mund öffnete und schloss sich. Der Durst war so schlimm, dass er ihr körperliche Schmerzen verursachte. Undeutlich sah sie den Bahnhofsvorstand auf den Bahnsteig treten und ihr zunicken. »Fährt gleich ein«, hörte sie ihn sagen.

Sie nickte ebenfalls, mit einem Lächeln, von dem sie den Verdacht hatte, dass es zu einer Grimasse geriet. Der unerträgliche Kopfschmerz trieb ihr Tränen in die Augen. Die Übelkeit höhlte sie aus.

Der Zug war zu hören, lange bevor man ihn sehen konnte. Dann stampfte er in den Bahnhof, die Lokomotive laut und mächtig, zischend und pfeifend. Luisa stand auf, um zu Max laufen zu können, sobald er aus seinem Waggon gestiegen war.

Dann klappte der Boden des Bahnsteigs plötzlich hoch und direkt auf sie zu. Sie wunderte sich, wie so etwas geschehen konnte. Ein letzter Rest von Bewusstsein sagte: Das kommt davon, weil du gerade hinfällst. Und dann waren Durst und Hitze und Kopfschmerz weg, und Luisa fühlte sich wohlig entspannt.

Dann: Schwärze. Und von Weitem das Hallen von Stimmen, das nichts mit ihr zu tun haben konnte.

## 3

Als Luisa die Augen wieder aufschlug, war ihr zumute, als habe sie stundenlang geschlafen – und sei zugleich nur ein paar Sekunden eingedämmert. Sie sah sich von einer kleinen Menschenmenge umringt. Sie lag auf der Sitzbank, mit etwas als Stütze unter den Kopf geschoben. Das Gesicht des Bahnhofsvorstehers war ganz nahe, er sah besorgt aus. Noch näher war ein Gesicht, nach dessen Anblick sie sich die ganze Zeit gesehnt hatte.

»Max«, wollte sie sagen, doch es kam nur ein Hauch heraus.

Max sah noch besorgter aus als der Bahnhofsvorsteher. Er hielt ein Glas Wasser in der Hand. Mit der anderen Hand stützte er Luisas Kopf. Sie versuchte, sich aufzurichten, und wurde mit einem stechenden Kopfschmerz dafür belohnt. Einen Moment lang drohte Übelkeit sie zu überwältigen.

»Hier, versuch noch mal zu trinken«, sagte Max.

Im ersten Moment schien es, als könnte sie das lauwarme Wasser nicht im Mund behalten. Dann war es, als würden ihre Zunge und ihr Gaumen erwachen und die Nässe förmlich aufsaugen. Sie griff nach dem Glas, als Max es wegziehen wollte.

»Mach mal langsam«, sagte Max. »Immer een Schluck nach dem anderen.«

Die anderen Reisenden zerstreuten sich langsam. Es gab nichts mehr zu sehen. Mit Max' Hilfe schaffte Luisa es, sich in sitzende Position aufzurichten. Wo ihr Kopf gelegen hatte, sah sie Max' zerknüllte Jacke, die er ihr als Polster untergeschoben haben musste. Darunter ragten die zerstörten Überreste ihres Huts heraus. Max folgte ihrem Blick und räusperte sich. »Den hab ich nich gesehen in der Eile«, murmelte er.

»Was ist passiert?«, fragte Luisa, immer noch nicht in der Lage, mehr zu tun, als zu flüstern.

»Sie sind umgekippt, Fräulein«, sagte der Bahnhofsvorsteher. »Gerade als der Zug hielt. Der junge Mann hier war als Erster bei ihnen und hat Sie auf die Bank gehoben.«

»Ja«, sagte Luisa und sah Max in die Augen.

»Sie kennen sich?«, fragte der Bahnhofsvorsteher, der sich offenbar fragte, ob er die beiden jungen Leute allein lassen oder anstandshalber bei ihnen stehen bleiben sollte.

»Sie ist meine Schwester«, sagte Max. Luisa, die sonst immer so stolz gewesen war, wenn Max sie als Schwester bezeichnet hatte, fühlte auf einmal einen Stich. Sie wollte nicht mehr nur Max' Schwester sein.

»Na ja, dann …«, sagte der Bahnhofsvorsteher und wandte sich halb ab. »Wenn Sie Hilfe brauchen, geben Sie Bescheid. Das ist nur ein Sonnenstich. Wird schon wieder, Fräulein.«

Max setzte sich neben Luisa und gab ihr in kleinen Schlucken zu trinken. Luisa ließ den Kopf hängen und schloss die Augen, zum Teil vor Enttäuschung, zum Teil, weil sich so die Schmerzen besser ertragen ließen.

»Wat machste denn, Luisa?«, fragte Max. Er legte ihr eine Hand auf den Rücken. »Und wat machste hier? Wie biste bloß hierhergekommen?«

»Gelaufen«, sagte Luisa.

»Vom Gut!?«

»Ja.«

Max schüttelte den Kopf. »Herrje, warum machste denn so was? Ick hätte schon wieder heimgefunden.«

»Ich …«, sagte Luisa und stockte. »Ich wollte …« Sie wusste nicht, was sie sagen sollte. Sie hatte sich die Begegnung mit Max so anders vorgestellt. Sie erinnerte sich, was sie ihm hatte sagen wollen, und ihr fiel ein, dass sie eigentlich nicht hatte vorplanen wollen, wie das Gespräch verlief. Sie hatte es natürlich doch getan. Und jetzt, da alles anders war als geplant, fand sie keine Worte mehr. Sie waren allein auf dem Bahnsteig, die letzten Reisenden verließen ihn gerade; aber es war nicht dasselbe, als wenn sie Max ihre Liebe unter freiem Himmel gestanden hätte.

»Wolltste mich abholen?«, fragte Max.

»Ja.«

»Zu Fuß? Durch die Hitze und alles? Mensch, Luisa, det jeht doch nich.«

»Wieso nicht?«

»Sonst was hätte dir passieren können!«

»Ich wusste ja, dass du kommst.«

»Der Zug hat Verspätung jehabt!«, rief Max.

»Du warst trotzdem rechtzeitig da«, sagte Luisa.

Max schwieg. Er lehnte sich auf der Bank zurück. Seine Hand lag immer noch auf Luisas Rücken. Sie fühlte die Hitze, die sie abstrahlte. Ihr selbst war, als glühe sie, während sie zugleich innerlich fröstelte. Sie lehnte sich an ihn und fühlte ihn erstarren. Im ersten Impuls wollte sie wieder von ihm abrutschen, doch es war so schwer, ihren Körper zu bewegen.

»Hattest du eine gute Fahrt?«, fragte sie und dachte zugleich: Oh Gott, ich wollte doch etwas ganz anderes sagen.

»Jedenfalls hab ick nich jefroren«, erwiderte Max.

»Es war stickig, oder?«

»Wir ham alle Fenster im Waggon uffjemacht. Oder wenigstens die, die wir uffjekriegt haben. Een paar waren verklemmt. Dafür waren bei een paar anderen die Scheiben einjeschmissen. Hat sich am Ende ausjeglichen.«

»Mhm.« Luisa hatte keine Ahnung, was sie darauf antworten sollte. Die Enttäuschung drohte sie zu überwältigen und raubte ihr jede Idee, wie sie das Gespräch fortführen sollte. Sie wollte es auch gar nicht fortführen. Es gab nur eines, was sie zu Max sagen wollte, und das bekam sie nicht heraus. Die Situation entwickelte sich immer weiter von der Gelegenheit fort, es auszusprechen.

»Wie kriegen wir dich jetzt nach Hause?«, fragte Max.

Luisa zuckte mit den Schultern. Sie hätte weinen mögen. Sie stellte fest, dass sie es tat, als Max sie mit schreckgeweiteten Augen anstarrte.

»Wird dir schlecht?«, fragte er voller Sorge.

Luisa schüttelte den Kopf und biss sich auf die Unterlippe wegen der Kopfschmerzen.

»Was ist denn mit dir? Das Kopfweh?«

Sie schüttelte wieder den Kopf.

»Komm her«, sagte Max und zog sie an sich. Sie wandte sich ihm zu und legte den Kopf auf seine Brust. Er schloss die Arme um sie. Es ließ sich nicht mehr zurückhalten. Sie begann zu schluchzen.

Sie wusste nicht, wie lange sie dasaßen, Luisas Gefühle völlig im Aufruhr, kaum in der Lage, einen halbwegs klaren Gedanken zu fassen. Dann überwand das Wissen, dass Max sie im Arm hielt, als wären sie bereits Liebende, ihre Enttäuschung. Das Weinen verging, und sie begann, es zu genießen. Ihr war immer noch heiß, aber das innere Frösteln war vergangen. Sie schwitzte in Max' Umarmung und fühlte, dass auch er schweißgebadet war. Aber er ließ sie nicht los, und sie machte auch keine Anstalten, sich aus seinen Armen zu lösen. Ihr Herz hatte vorher geflattert, dann ganz träge geschlagen. Jetzt pochte es wieder, doch es war ein angenehmes Pochen. Sie ahnte, dass der Bahnhofsvorsteher ab und zu nach draußen spähte und sich wahrscheinlich darüber Gedanken machte, warum Bruder und Schwester vereint wie Liebende auf seiner Bank saßen. Es war ihr vollkommen egal.

»Wir müssen kieken, det wir dich nach Hause kriegen«, sagte Max nach einer Weile. »Otto und Hermine werden sich sorgen.«

Luisa erwiderte nichts. Sie wollte nicht nach Hause. Sie wollte einfach nur so mit Max hier sitzen. Eine Ewigkeit lang.

»Warum haste denn jeweint? Weil die Kopfschmerzen so übel sind?«

»Nein«, murmelte sie.

»Weshalb dann?«

»Ich weiß nicht. Einfach so«, sagte sie, um Zeit zu gewinnen. Sie hatte das überraschende Gefühl, dass die Antwort Max enttäuschte. Sie löste sich ein Stück aus seiner Umarmung und spähte ihm ins Gesicht. Er musterte sie mit zusammengezogenen Augenbrauen. Sie sah, wie es in ihm arbeitete. Der Blickwechsel dauerte lange. Max' Augen schienen zu suchen; und sie suchte in seiner Miene. Ihr fiel ein, dass sie sich noch niemals so lange so nah gewesen waren. Das Gefühl war so gut, dass sie es für immer haben wollte. Es gab ihr Kraft, sich zu sammeln.

»Max …«, begann sie.

»Warte mal«, sagte er. Seine Stimme klang auf einmal gepresst.

»Ich muss dir was sagen …«, fuhr Luisa fort.

»Nee, bitte warte. Ick muss dir auch was sagen.« Sein Gesicht wurde so ernst, dass ihre Stimme wieder versagte. Angst stieg in ihr auf. Es war eine Panikattacke, so mächtig wie die, die sie auf dem Gut zwischen Gutshaus und Stall auf die Stelle gebannt hatte. Nein, sie war noch mächtiger. Dort hatte sie Panik bekommen bei dem Gedanken, dass Max ihre Liebe als unrichtig bezeichnen würde. Jetzt dachte sie einen Schritt weiter. Was war, wenn er sie in vollem Umfang zurückwies? Wenn er nicht dachte, dass sie verrückt war – sondern ihre Liebe einfach nur nicht erwiderte. Sie als seine kleine Schwester sah und niemals als etwas anderes.

»Oh Gott«, flüsterte sie und suchte voller Angst in seinen Blicken nach der Antwort auf diese Frage.

Max' Lider zuckten. Durch Luisas Furcht drang langsam die Erkenntnis, dass das, was sie in Max' Gesicht lesen konnte, ebenfalls große Angst war. Was wollte er ihr sagen? Dass er jetzt wirklich eine Liebste hatte? Dass sich eine von Komnicks Töchtern erklärt hatte und er nur zurückgekommen war, um sich endgültig zu verabschieden? Ihr blieb die Luft weg vor Panik. Ihr Herz schlug bis in ihren Hals und schnürte ihr die Kehle zu.

»Oh Gott«, stöhnte sie noch einmal.

»Mensch, Luisa«, stotterte Max. Er holte Atem. Sein Mund arbeitete, aber er bekam nichts heraus.

Luisa sah ihn mit sich kämpfen. Es konnte nur eine schlechte Nachricht sein, die er für sie hatte. Alles andere hätte er leichten Herzens sagen können. Sie wusste, dass sie ihm jetzt ihre Liebe gestehen musste. Jetzt. Sonst würde sie es nie tun. Er musste es wissen, bevor er ihr den Todesstoß gab und sagte, dass er ihre Liebe nicht wollte. Danach würde sie die Worte nie mehr über die Lippen bringen. Auch wenn sie weiterhin wahr sein würden.

Selbst wenn er ihr jetzt sagte, dass er in Elbing bereits verlobt war, würde sie ihn für immer lieben.

Sie schluckte.

Max schluckte.

Wie würde es sein, wenn sie es gesagt hatte und sein Gesicht sich daraufhin verschloss? Wenn sie in seinen Zügen lesen konnte, dass er sie nicht wollte? Ihr Herz würde sterben. Hier und jetzt. Ihr Leben würde auf dieser Bank auf diesem Bahnsteig zu Asche werden.

Wie würde es sein, wenn sie es gar nicht sagte? Wenn sie nur anhörte, was er ihr zu sagen hatte, und dann ihre Liebe in ihrem Herzen begrub, sodass er niemals damit belastet war, sie zurückgewiesen zu haben? Er konnte dann sein Leben lang denken, dass sie auch für ihn nur geschwisterliche Gefühle hegte. Es wäre leichter für ihn. Für sie konnte es ohnehin nicht schlimmer werden.

Doch, es konnte. Ihm nicht gestanden zu haben, was sie für ihn empfand, war tatsächlich noch schlimmer.

»Max …«, sagte sie und begann wieder zu weinen.

»Luisa, ich liebe dich«, stieß Max hervor.

»Max, ich … oh Gott, bitte, es ist keine Verpflichtung für dich … aber ich muss es dir sagen … und dann kannst du von mir Abschied nehmen. Ich werde dir nie eine Last sein, und du musst auch nie ein schlechtes Gewissen haben. Ich will nur, dass du glücklich wirst, dein Leben lang. Aber bitte lass es mich wenigstens sagen …«

»Luisa, hast du mir zugehört?«, fragte Max.

Aus Luisas Augen flossen die Tränen wie zwei Bäche. Ihr Hirn war ein einziger Strudel. Sie fühlte, dass sie ertrank. Dass ihr Herz entzweigerissen wurde.

»Herrje, es tut mir so leid.« Max stöhnte auf. »Ick wollte nüscht kaputt machen. Gott, ick wollte doch nur, dass du es weißt. Du kannst dein Leben trotzdem leben, wie de willst, ick werd dir nie im Weg stehen. Ick wollte es nur gesagt haben …«

»Was wolltest du mir gesagt haben?«, fragte Luisa, in deren Hirn der Strudel zum Stillstand kam. Sie glaubte, sich zu erinnern, dass Max vorhin etwas gesagt hatte, was in ihrem Herzen einen Klang ausgelöst hatte wie den hellen Ton einer Glocke.

Max starrte sie an. »Luisa …«

Verspätet kam in ihrem Hirn an, was ihr Herz bereits vernommen hatte. Ihr blieb erneut die Luft weg, aber diesmal nicht vor Angst.

»Ich liebe dich!«, stieß sie so schnell hervor, dass ihre Worte sich überschlugen.

»… ich liebe dich«, sagte Max zur gleichen Zeit.

Sie sahen sich an.

»Was haste gesagt?«, fragte Max ungläubig. In seinen Augen konnte Luisa erkennen, dass er es durchaus verstanden hatte. Nur sein Gehirn weigerte sich, die Antwort zu glauben.

»Ich liebe dich«, sagte Luisa. Ihr Herz jubelte, dass sie es sagen konnte. Es jubelte so sehr, dass sie einfach weiterweinte, weil ihre Gefühle sich sonst nicht mehr kompensieren ließen.

»Ich liebe dich«, wiederholte sie, weil es so guttat, es zu sagen.

»Ich liebe dich«, sagte sie, weil sein Gesicht aufleuchtete vor Glück, als er es hörte.

»Ich liebe dich«, sagte sie, weil es wahr war.

## 4

Die Liebe zwischen Luisa und Max änderte zunächst alles. Dann wurde Hermine klar, dass sich in Wahrheit nicht viel änderte. Nach der ersten Freude – eine Überraschung war es weder für Otto noch für Hermine gewesen – kehrte der Alltag wieder zurück. Die einzige wirkliche Änderung war eigentlich nur, dass Luisa und Max jetzt, wenn sie gemeinsam über das Gut gingen, sich an den Händen hielten und dass sie beim Abendessen unaufmerksam waren und dem Tischgespräch nicht folgen konnten. Die Probleme waren die gleichen geblieben; nein, sie waren sogar noch gewachsen, seit auch Max' schmaler Beitrag zur Rückzahlung der Schulden entfallen war.

Hermine wusste, dass Otto litt. Nachdem er sich zum Verkauf des Guts durchgerungen und alle emotionalen Ausbrüche seitens Luisas und Max' – und auch seitens Hermines, wenn sie ehrlich sein wollte – überstanden hatte, tat er genau: nichts. Er führte den Plan nicht weiter fort. Er konnte es nicht. Stattdessen sah Hermine ihren Mann oft reglos mitten im Gutshof stehen oder drüben bei den Gräbern am Fischteich oder bei der Kapelle oder irgendwo auf den Ländereien. In den kleinen, internen Dingen kam er voran. Er redete mit den übrig gebliebenen Pächtern und versicherte ihnen, dass er die Fortführung ihrer Pachtrechte im Kaufvertrag würde festschreiben lassen. Dennoch sprang noch eine weitere Familie ab und verließ das Gut. Er stellte eine Liste aller Dinge auf, die zum Gut gehörten, und hielt ihren Zustand fest. Er versprach der Köchin, dass sie die Familie begleiten würde und dann einfach in ihrem neuen Heim, wahrscheinlich einer Wohnung in Berlin, für sie kochen und dort auch leben würde. Die Köchin weinte einen ganzen Abend lang. Er überprüfte zusammen mit Max den Zustand der technischen Geräte und hielt fest, was zu reparieren und was zu verschrotten war. Er tat alles, was man tun musste, wenn man seine Heimat verkaufen musste.

Außer, den Verkauf öffentlich zu machen. Davor scheute er zurück. Es war der letzte Schritt. Danach war sein Scheitern unwiderruflich. Er schrieb nicht einmal Levin und Amalie an. Hermine konnte ihn so gut verstehen. Sie lag nachts wach und vernahm, dass auch Otto wach war. Ab und zu nahm sie ihn in den Arm und spürte mit Schmerz, wie verkrampft er war. Meistens tat sie so, als würde sie schlafen, damit er sich nicht auch noch Sorgen um sie machte.

»Und wenn wir alles Mobiliar verkaufen?«, fragte sie eines Nachts unvermittelt, als sie ihn wieder schlaflos neben sich liegen spürte.

Er fragte nicht, warum sie wach war, oder drückte irgendeine Überraschung darüber aus. Er sagte nur: »Was soll das bringen?«

»Ick weeß nicht. Ich will dir nur versichern, dass ich auch auf einer Strohschütte auf dem Boden schlafen kann. Wir brauchen die Schlafzimmermöbel nicht. Und auch nicht das Mobiliar im Salon, das Teetischchen, das große Sofa, den Sekretär. Wir behalten nur einen Esstisch und vier Stühle und das Mobiliar im Zimmer der Köchin. Sie soll nicht noch mehr leiden. Det sind alles Sachen, die wir noch von deinen Großeltern haben. Es ist gut und wertvoll. Es ist seinen Preis wert.«

»Nur, dass den Preis niemand bezahlen wird, Hermine. Diejenigen, die mit diesen Möbeln was anfangen können, nämlich die reichen Haushalte und die anderen Gutshöfe, haben alle selbst gute und teure Sachen von ihren Großeltern. Alle anderen können sie sich ohnehin nicht leisten. Wir behalten sie lieber und verheizen sie Stück für Stück, wenn uns im Winter das Brennholz ausgeht.«

»Wir sind Besitzer eines Ritterguts«, sagte Hermine im Versuch, einen Scherz zu machen. »Holz ist das Letzte, was uns ausgeht. Zur Not gehen wir selber raus und schlagen een paar Bäume um.«

Otto hatte ihr offensichtlich nicht zugehört. »Winter«, hörte sie ihn murmeln. »Im Winter muss das Gut verkauft sein. Niemand kauft im Frühjahr. Und bis zum nächsten Sommer können wir auf keinen Fall durchhalten. Außerdem wird dann nichts mehr einen Wert haben.«

Hermine erwiderte nichts. Sie hätte ihren Mann gern getröstet, aber sie wusste nicht, wie. Sie wusste auch nicht, wie sie ihm die Angst nehmen konnte, denn ihre eigene Angst war so groß wie die seine. Mittlerweile kostete ein Kilogramm Roggenbrot in Berlin zweihundert Milliarden Mark, ein Kilogramm Butter sogar zwei Billionen. Wenn man Papiergeld in die Hände bekam, war es rot – der Ausgabewert überdruckt mit dem neuen Wert, der um ein Millionenfaches höher war und mit dem man doch nichts kaufen konnte. Die neue Regierung unter Reichskanzler Gustav Stresemann hatte im September den Widerstand gegen die Ruhrbesetzung aufgegeben, aber die Talfahrt der deutschen Währung war nicht mehr aufzuhalten gewesen. Das Ruhrgebiet war immer noch besetzt. Eigentlich war das Einzige, was der passive Widerstand gebracht hatte, der komplette Ruin Deutschlands – und in Bayern eine Militärdiktatur, die unter dem Vorwand des »Berliner Verrats« an den nationalen Interessen den Ausnahmezustand erklärte und sich wenige Wochen danach von der Republik lossagte.

Hermine erschrak, als Otto sich aufrichtete. »Ich bin verantwortungslos«, sagte er. »Ich habe abgewartet, obwohl ich gesehen habe, dass jeden Tag das Geld weniger wert wird und damit auch das Gut. Damit muss Schluss sein.«

»Was willste denn tun?«

»Morgen vereinbare ich Termine mit den Gutsherren in der Umgebung. Vielleicht ist einer von ihnen noch flüssig und interessiert daran, seinen Besitz zu vergrößern.«

»Ich komme mit«, sagte Hermine, obwohl der Gedanke daran, mit jemandem über den Ankauf des Guts zu verhandeln, ihr das Herz brach. Doch um wie viel schlimmer musste es für Otto sein? Sie gehörte jetzt an seine Seite.

»Hermine, das sind weite Wege. Wenn wir ein Automobil hätten, würden wir fahren, aber wir müssen reiten.«

»Die Pferde sind verliehen …«

»Ich leihe sie für ein paar Tage zurück.«

»Ich komme trotzdem mit.«

»Ich denke, du hasst das Reiten?«

»Den Gedanken, dich das allein durchziehen zu lassen, hasse ick noch mehr.«

»Willst du das wirklich tun?«, fragte Otto und beugte sich über Hermine, die liegen geblieben war. Im Dunkel des Schlafzimmers fühlte sie ihn ganz nahe bei sich. Sie hob den Kopf und küsste ihn.

»Ick muss doch uffpassen, det se dir nich übern Löffel barbieren, wa? Ick bin 'ne Berliner Jöre, mich zieht so leicht keener übern Tisch.«

Doch aus den Besuchen wurde nichts. Otto gab schweren Herzens Geld für Telegramme an seine Standesgenossen in der Nachbarschaft aus: Wilhelm von Premnitz, Horst von Parey und Wilfried von Arnim auf Crüssau, den Herrn auf Gut Theeßen. Er und Hermine hätten sich das Geld sparen können. Alle drei lehnten höflich ab. Hermine verstand, dass die schlechten Zeiten den anderen Gutsherren auch zusetzten. Dennoch schien nur ihr und Otto das Wasser bis zum Hals zu stehen.

»Es liegt an mir«, sagte Otto.

»Nee«, sagte Hermine. »Briest ist das kleinste von allen Gütern, das ist alles. Da ist das Überleben am schwersten. Wenn wir schlau gewesen wären, hätten wir vor dem Krieg versucht, unseren Besitz zu vergrößern, aber wer hat damals schon daran jedacht, det mal janz Deutschland am Hungertuch nagen wird? Abgesehen davon hätte damals keener von den anderen was verkauft. Also ist es, wie es ist.«

»Es ist so, dass ich ein Versager bin …«, sagte Otto und seufzte.

»Nee, biste nicht. Du bist mein Mann, und du bist wunderbar. Und ich bin immer an deiner Seite, hörste?«

Das nächste Geld ging für zwei Fahrkarten nach Berlin drauf. Hermine und Otto sprachen mit den Zinnermanns, die ihnen versicherten, dass sie nicht im Traum daran dachten, die ausstehende Schuld eintreiben zu wollen. Aber ihnen entschlüpfte die eine oder andere Bemerkung, aus der Hermine schloss, die Brüder standen selbst mächtig unter Druck. Ihr Widerstand gegen

Ottos und Hermines Pläne war zwar ernst gemeint, aber erleichtert waren sie dennoch. Seit Jahresanfang hatte ein Sterben der kleinen Banken eingesetzt, weil deren Kunden entweder die letzten Spareinlagen entnahmen oder ihre Kredite platzten. Bei den Banken galt wie bei den Gutshöfen – und auf hoher See: Man musste eine bestimmte Größe haben, um in diesem Sturm nicht unterzugehen.

»Ist es Ihnen recht, wenn wir die Verkaufsabsicht an unsere Geschäftspartner weitergeben?«, fragte Curt Zinnermann. »Damit vergrößert sich Ihre Chance, schnell einen Käufer zu finden.«

»Wir hätten Sie sowieso darum gebeten«, sagte Otto.

Danach suchten Hermine und er die Agentur auf, in der die Luft stickig und kalt war und Mäusekötel sich in den Ecken häuften. Hermine knöpfte sich die Ärmel auf und öffnete den Besenschrank, doch Otto hielt sie auf. »Mach dir keine Arbeit«, murmelte er. »Wir sollten lieber nachdenken, wie wir den Mietvertrag so schnell wie möglich auflösen.«

»Und dann?«

»Wie – und dann?«

»Wat willste dann machen, Otto? Wenn das Gut weg ist und die Agentur – was sollen wir tun? Womit verdienen wir unseren Lebensunterhalt?«

»Womit verdienen ihn denn die tausend Eckensteher, die ein Schild um den Hals hängen haben: Nehme jede Arbeit an?«

»Willste zu denen jehören, Otto von Briest?«

Otto erwiderte ihren Blick nicht. »Wir gehören doch schon dazu«, sagte er kaum hörbar.

»Ach, Otto.« Hermine schloss ihren Mann in die Arme. »So hab ick dich noch nie erlebt, Mensch. Du weißt doch: Die Oper ist erst vorbei, wenn die dicke Frau gesungen hat.«

Sie spürte, wie Otto stutzte. »Wer?«, fragte er unwillkürlich.

»Na, die Sopranistin! Erst wenn die ihre Todesarie jesungen

hat, ist die Oper aus. Und bei der Todesarie sind wir noch lange nicht, mein Schatz.«

»Wo hast du denn das her?«

»Unsereener«, sagte Hermine und tat verschnupft, »kennt sich ooch aus in der feinen Welt, wa?«

Otto löste sich aus ihrer Umarmung. »Ich danke Gott jeden Tag auf Knien, dass du meine Frau bist.«

»Wo jehöre ick denn sonst hin?«, fragte Hermine und schluckte gerührt.

Sie lüfteten die Räume eine Weile, dann schlossen sie die Türen zur Agentur wieder ab und verließen das Gebäude. Schweigend gingen sie zum Bahnhof. Der Zug hatte Verspätung. Der Waggon war fast leer. Ein paar Sitzbänke waren aus der Wand gebrochen, andere ratterten. Fensterscheiben fehlten, was die Fahrt trotz der kalten, herbstlichen Zugluft angenehmer machte, denn die Zugluft vertrieb den Geruch nach billigen Scheuermitteln und Erbrochenem. Hermine konnte an Ottos erstarrten Gesichtszügen ablesen, wie sehr er sich schämte, dass er ihr eine Bahnfahrt unter solchen Umständen zumuten musste.

»Es gibt noch jemanden, den wir nicht gefragt haben«, sagte Otto nach einer Weile.

Hermine nickte. »Ick weeß. Magda von Cramm.«

»Soll ich sie fragen, ob sie Gut Briest kaufen will?«

»Willst du sie denn fragen?«

»Die Frage muss lauten: Will ich, dass wir alle miteinander wenigstens die nächsten paar Monate überstehen können?«

»Nee. Die wichtigste Frage lautet: Was kann dein Herz ertragen, Otto?«

»Darum geht es jetzt nicht mehr, Hermine.«

»Für mich geht's immer nur darum.«

Otto senkte den Kopf. Mit Bestürzung erkannte Hermine, dass ihm Tränen aus den Augen liefen. Sie rückte an ihn heran und legte ihm einen Arm um die Schultern. Er ließ sich von ihr an sich drücken, aber er richtete sich nicht auf. »Allein, dass ich gezögert habe, sie zu fragen, ist schon ein Verbrechen gegen euch«, flüsterte er.

Hermine versuchte, die Fassung zu bewahren. Der Kloß in ihrer Kehle erstickte sie fast. Das Herz tat ihr um Ottos willen so weh, dass ihr fast schwindlig wurde. »Willst du ihr das Gut verkaufen?«, fragte sie.

»Ich will es überhaupt nicht verkaufen«, erwiderte Otto. Seine Stimme war kaum zu hören.

»Dann behalten wir es.«

»Wir können nicht.«

»Dann verkaufe es nicht an Magda von Cramm. Ick seh doch, dass dir bei dem Gedanken das Herz noch ein zweites Mal bricht.«

»Wenn ich es ihr gebe, habe ich alles, was ich geerbt habe, wirklich mit Füßen getreten. Ich kann das Gut nicht behalten, und ich übergebe es den Leuten, die seit zwei Generationen die Feinde unserer Familie sind.« Otto stützte den Kopf in die Hände. »Großer Gott«, hörte sie ihn murmeln. »Großer Gott, ich habe alles vor die Hunde gehen lassen.«

»Magda bekommt Briest nicht!«, sagte Hermine »Wir bieten es ihr nicht an. Wenn die Zinnermanns ihre Geschäftspartner in Kenntnis setzen, wird sich bestimmt jemand anderer melden. Die Industriekapitäne haben doch noch Geld. Und ein paar von ihnen sind bestimmt scharf auf einen Gutshof mit einem so alten Namen.«

»Und wenn sie uns ein Angebot macht?«

»Woher sollte sie denn wissen, dass wir das Gut verkaufen wollen? Von den anderen Gutsherren? Ich dachte, mit denen steht sie auch nicht gut? Die werden ihr sicher kein Telegramm deswegen senden. Hat sie ihre Konten bei den Zinnermanns?«

»Soweit ich weiß bei Kron. Wie wir früher auch. Kron verwaltet seit alters her die Gelder der Gutshöfe im Jerichower Land.«

»Arbeiten die Zinnermanns mit Kron zusammen?«

»Ich denke nicht. Sie sind Kron zu klein.«

»Wie soll sie also davon erfahren?«, fragte Hermine.

»Du verstehst nicht, was ich meine«, sagte Otto. »Was ist, wenn sie uns das *einzige* Angebot macht, das wir bekommen?«

»Dann sagen wir ihr, sie soll sich zum … dann sagen wir ihr janz höflich: Nein, danke.«

Otto erwiderte nichts darauf. Die Heimfahrt war lang und still.

Zwei Tage später erreichte ein Telegramm das Gut. Es enthielt die Absichtserklärung, Gut Briest kaufen zu wollen, vorbehaltlich gewisser finanzieller und rechtlicher Klärungen. Man würde sich wieder melden. Es war das einzige Angebot, das die Briests erhielten.

Der Absender war Magda von Cramm.

## 5

Am 9. November waren die Morgenausgaben der Berliner Zeitungen voll vom Putschversuch in München. Der bayerische Generalstaatskommissar Gustav von Kahr, der Mann mit den diktatorischen Rechten seit dem September, hatte am Vorabend in einem Lokal namens Bürgerbräukeller eine Versammlung des Kabinetts und aller wichtigen Größen der nationalistischen Parteien organisiert. Er hatte dort über seine weiteren politischen Pläne sprechen wollen. Die Putschisten, allen voran zwei Männer namens Adolf Hitler und Hermann Göring, übernahmen das Kommando im Saal. Sie verkündeten, dass die »nationale Revolution« ausgebrochen sei, und erklärten »die Regierung der Novemberverbrecher in Berlin« für abgesetzt. Eine provisorische deutsche Nationalregierung sei gebildet worden, unter der Führung des Weltkriegsgenerals Ludendorff, Hitlers und der bisherigen bayerischen Militärregierungsmitglieder Lossow und Seißer.

Diese nationale Revolution hatte bis gegen drei Uhr morgens des heutigen Tages Bestand, dann brach sie in sich zusammen, weil die Bevölkerung in München ihr nicht folgte und die regierungstreuen Truppen Tage vorher mit einem Geheimbefehl vor einer solchen Entwicklung gewarnt worden waren und nicht überliefen. Die meisten Morgenausgaben der Zeitungen waren hektisch hergestellte Bleiwüsten, deren Druckerschwärze noch verwischte und in deren Texten sich mehr Ausrufezeichen als Kommata befanden.

Magda von Cramm hörte dem sichtlich erschütterten Alfred Kron zu, als dieser, statt zum Thema ihres Treffens zu kommen, über den Putsch redete. Sie hätte ihn unterbrochen, wenn sie für ihre Pläne nicht auf sein Wohlwollen angewiesen gewesen wäre. Sigurd, den sie mitgenommen hatte, saß schweigend neben ihr und las in den Blättern, die sie auf dem Weg zur Bank den Zeitungsjungen abgekauft hatten. Ab und zu hob er den Kopf und musterte Kron. Magda kannte ihren Sohn gut genug, um zu sehen, dass hinter seiner ausdruckslosen Miene Hass und Verachtung lauerten. Sie richteten sich gegen den Bankier. Magda nahm sich vor, ihn bei der ersten unpassenden Bemerkung nach draußen zu schicken wie ein unartiges Kind. Sie verachtete Kron auch, seines Berufs wegen, seines Glaubens und seiner Gutmütigkeit wegen, aber sie würde sich hüten, ihn dies merken zu lassen, solange sie ihn brauchte.

»Dieser Hitler«, sagte Kron. »Er hat den Saal von seinen Gefolgsleuten mit Maschinengewehren abriegeln lassen. Er ist der Vorsitzende der NSDAP in Bayern und ein fanatischer Antisemit. Ich habe schon mehrfach von ihm gehört. Selbst hier in Berlin hat er schon Reden gehalten. Seine Parteigenossen sind ehemalige Freikorpsmitglieder und Raufbolde. Voriges Jahr musste er sogar einen Monat in Haft wegen Landfriedensbruchs. Seitdem in Bayern der Ausnahmezustand ausgerufen wurde, hört man immer öfter von ihm. Haben Sie gewusst, dass im Zuge des Ausnahmezustands viele jüdische Familien aus Bayern ausgewiesen wurden? Ihr Besitz wurde konfisziert …«

»Was wollen Sie uns damit sagen?«, fragte Sigurd feindselig. Magda holte Luft, um ihn zurechtzuweisen, doch Kron hatte die Feindseligkeit offenbar nicht bemerkt. Er starrte Sigurd geradezu flehentlich an.

»Ich frage mich, wo das hinführt«, sagte der Bankier. »Wir alle fragen uns das. Man redet von der Judenregierung in Berlin und von Kapitaljuden und Börsenjuden und Sowjetjuden … als wären wir allesamt Fremde. Als wären wir keine Deutschen. Als würden wir unserem Vaterland schaden wollen.«

»Und wem wollen Sie nützen?«, fragte Sigurd.

Kron blinzelte.

Magda sagte: »Wir sind nicht hier, um über Politik zu reden, Herr Kron. Können wir vielleicht zum Thema kommen?«

Kron ruderte mit den Armen und wies auf die Extrablätter auf Sigurds Schoß. »Ja, aber … wissen Sie, was beinahe passiert wäre? Ein Marsch auf Berlin, wie der von Mussolini in Italien letztes Jahr! Ein Umsturz! Das, was Reichskanzler Stresemann durch den Abbruch des passiven Widerstands verhindern wollte, wäre beinahe doch noch geschehen! Nur durch Glück und Unvermögen ist dieser Putsch gescheitert. Sonst hätten wir jetzt Zustände wie in Italien. Hitler hat sich selbst schon als der deutsche Mussolini bezeichnet.«

»Es war Verrat, nicht Unvermögen«, knurrte Sigurd.

»Wo willst du denn das herausgelesen haben?«, schnappte Magda. »Lass das Zeitungsgeschmiere in Ruhe und hör zu, bevor ich noch bedauere, dass ich dich mitgenommen habe.«

Kron machte ein verlegenes Gesicht. »Darf ich Ihnen vielleicht etwas reichen, Herr von Cramm?«, fragte er. »Kaffee? Oder Gebäck? Ich kann jemanden in die nächste Konditorei senden …«

»Ich will nichts«, stieß Sigurd hinter zusammengebissenen Zähnen hervor.

Kron räusperte sich und wandte sich an Magda. »Wenn Sie mir die Dokumente zeigen wollen, die Sie mitgebracht haben?«

Magda reichte ihm einen Stoß Papiere, auf denen sie Notizen und Kalkulationen angestellt hatte. Noch während Kron damit begann, sie durchzublättern, zählte sie schon auf, was sie sich ausgedacht hatte.

»Ich brauche Anbauflächen. Roggen, Kartoffeln, Rüben. Alles, was sich an die großen Verwertungsfirmen verkaufen lässt. Ich fange gar nicht erst damit an, kleinweise an den örtlichen Markt zu verkaufen oder die ansässigen Mühlen. Damit ist nicht genug Gewinn zu machen. Das heißt zum einen, wir roden alle Wälder und lassen nur kleine Plantagen mit schnell wachsendem Holz stehen, das ich verkaufen kann – entweder als Brennholz oder für Möbelfabrikanten. Wer sich keinen Schrank aus Eiche leisten kann, muss zu billigerer Kiefer greifen – und die werde ich liefern. Was derzeit an Waldbestand vorhanden ist, kann nach Rodung und Verkauf als Anschubfinanzierung dienen.«

Kron nickte. Magda fühlte eine merkwürdige Mischung aus Befriedigung, dass er ihre Pläne guthieß, und Ärger, dass der Bankier die Frechheit besaß, dazu eine Meinung zu haben. Wusste er, wie man ein Gut zu führen hatte? Nein! Er war ein Papiertiger, der Zahlen und Notizzettel herumschob!

»Was ist mit den Pächtern?«, fragte Kron jetzt und sorgte mit seiner Frage dafür, dass bei Magda der Ärger zu überwiegen begann. »Soweit ich weiß, sind die meisten schon weggezogen, aber drei oder vier Familien leben noch auf Gut Briest.«

»Ich brauche keine Pächter«, sagte Magda scharf. »Ich brauche Feldarbeiter, die nach den Anweisungen eines Verwalters arbeiten. Den Pächtern wird gekündigt. Ihre Hütten stehlen mir Anbaufläche. Sie müssen auch weg. Das bringt mich zum zweiten großen Punkt: dem Gutshaus. Ich werde es abreißen lassen. Eine der Scheunen lasse ich stehen, damit die Arbeiter ein Dach über dem Kopf haben. Die Fischteiche lasse ich zuschütten.«

»Neben den Fischteichen befindet sich ein kleiner Familienfriedhof«, wandte Kron ein.

»Wird übergeackert. Wenn Otto von Briest die Knochen seiner Vorfahren mitnehmen will, kann er sie gerne vorher ausgraben. Glauben Sie, ich will tote Briests auf meinem Grund und Boden herumliegen haben?«

Zu Magdas weiterem Ärger meldete sich jetzt ihr Sohn. »Sie können das Gutshaus nicht abreißen, Mutter«, sagte er. »Wo soll ich dann leben?«

»Leben? Wieso leben?«

»Gut Briest soll doch an mich überschrieben werden, oder nicht?«

Magda schloss die Augen. Sigurd hatte es immer noch nicht verstanden. Sie wusste, dass es besser gewesen wäre, die Antwort auf seine Frage zu vertagen, aber in ihr kochte und brodelte der Ärger, dass sie überhaupt genötigt war, irgendjemandem etwas zu erklären, vor allem einem alten, vorgestrigen jüdischen Bankier. Der Ärger wollte sich Luft machen. Sie sagte sich, dass Sigurd selbst schuld war, wenn er so dumme Fragen stellte und sich so wichtig machte.

»Du«, sagte sie mit schneidender Schärfe, »wirst mein Verwalter auf den Ländereien sein, die früher mal Gut Briest waren. Nicht der Gutsherr. Der Verwalter. Ich lasse dir ein Arbeitszimmer und einen Schlafraum in der Scheune einbauen, in der auch die Arbeiter ihre Kojen haben.«

Sigurds Augen weiteten sich. »Aber ich … ich kann doch nicht so hausen wie die Arbeiter! Im selben Gebäude!«

»Sie arbeiten für mich – du arbeitest für mich. Wo ist der Unterschied?«

»Der Unterschied ist, dass ich Ihr Sohn bin!«, brüllte Sigurd.

Magda schnaubte verächtlich. Sie hatte es vorausgesehen, dass Sigurd die Beherrschung verlieren würde. Aus dem Augenwinkel sah sie die beschwichtigenden Gesten Alfred Krons und ahnte, dass er ein bestürztes Gesicht machte. Ein Teil von ihr bedauerte, dass der Bankier Zeuge dieser Auseinandersetzung wurde, aber der weitaus größere Teil erlag dem alten Zorn. Manchmal reichte es schon, Sigurd anzuschauen, damit der Zorn aufbrodelte. Er sah seinem Vater so ähnlich. Und er hatte das gleiche zögerliche Wesen, nur der aufbrausende Jähzorn war das Erbe seiner Mutter.

Bei Gustaf war das Zögern daher gekommen, dass er stets darüber nachgedacht hatte, ob er mit seinen Handlungen nicht am Ende irgendjemandem schadete. Bei Sigurd war es einfach Langsamkeit des Denkens. Sie wusste gar nicht, welcher Grund sie wütender machte. Sie erinnerte sich an tausend Gelegenheiten, zu denen sie ihrem Mann geraten hatte, dies oder das in die Wege zu leiten, um den Gewinn des Guts zu erhöhen. Seine Antwort war fast immer gewesen: Das können wir nicht machen, weil es für diesen oder jenen zum Nachteil gereichen würde. Und wenn sie nicht lockergelassen hatte, waren Aussagen gekommen wie: *Bitte versteh doch, dass wir eine Verantwortung haben gegenüber den Nachbarn – den Arbeitern, den Pächtern, der Gesellschaft!* Oder: *Unsere Aufgabe ist es, das Land zu bewahren, nicht es auszubeuten.* Oder: *Bitte hilf mir doch, den Reichtum und den Einfluss unseres Namens zum Guten einzusetzen!* Zum Guten! Pah! Wie hatte sie sich jedes Mal gedemütigt gefühlt, wenn er ihre Vorschläge mit solchen Floskeln abgelehnt hatte. Und was hatte er davon gehabt, dass er ein so weiches Herz besaß? Das Erschießungskommando!

Sie konnte sich erinnern, wie sie sich in ihrem Schlafzimmer eingeschlossen und geschrien hatte, als sie die Nachricht von den Umständen seines Todes erhalten hatte. Sie hatte geschrien aus Kummer, aus Angst vor der Zukunft, hauptsächlich aber aus Zorn auf Gustaf, dass er an diesem Kummer und der Angst schuld war. Nein, sie würde nie wieder einem Mann aus ihrer Familie die Verantwortung für irgendetwas übertragen, auch wenn Sigurd durchaus nicht das gütige, weiche Herz seines Vaters besaß. Sigurd würde tun, was seine Mutter befahl. Als sie damals mit dem Kummer und der Angst fertiggeworden war, war sie zu Sigurd ins Zimmer gegangen und hatte ihm befohlen, mit dem Weinen um seinen Vater aufzuhören. Sie war so wütend gewesen, dass er ihr voller Schreck gehorcht hatte. Und so wie damals würde er ihr jetzt wieder gehorchen – bis sie tot war, dann konnte er tun und lassen, was er wollte. Aber bis dahin hielt sie die Zügel in der Hand, und das war gut so!

»Wenn das der einzige Grund ist – dass du mein Sohn bist: Das reicht nicht«, sagte sie kalt.

»Aber Mutter …«

»Schluss jetzt. Wenn es dir nicht passt, wie ich die Dinge regle, dann such dir jemand anderen, an dessen Schürzenband du dich hängen kannst.«

Sigurd sprang auf. Er stotterte vor Wut und Schreck. »Mutter! Wie können Sie so mit mir reden? Und noch dazu vor … vor …«

»Wollen wir das Dreiergespräch unterbrechen?«, warf Kron ein. »Ich überlasse Ihnen mein Büro für interne Klärungen. Holen Sie mich einfach wieder dazu, wenn Sie mich brauchen.«

»… vor diesem Juden!«, schrie Sigurd.

Kron, der bereits aufgestanden war, setzte sich wieder hin, als hätte ihm jemand den Teppich unter den Füßen weggezogen.

»Sie haben nicht ein einziges Ihrer Vorhaben, die sie hier geäußert haben, mit mir besprochen!«, rief Sigurd. »Mit dem jüdischen Geldsack reden Sie, als sei er jemand, und mich ignorieren Sie! Ich bin Ihr Sohn, ich bin von reiner deutscher Abstammung, ich bin der Spross eines alten Adelshauses! Sie sind die Witwe eines Landjunkers! Wie können Sie mit dem Juden überhaupt Geschäfte machen? Gibt es keine deutschen Bankiers? Wie können Sie mich so demütigen vor diesem … diesem …«, er rang nach einem Schimpfwort und fand nur das eine: *»Juden!«*

Magda blickte zu Kron, dessen Gesicht aschfahl geworden war. Seine Lippen bewegten sich stumm, seine Hände griffen ziellos auf dem Schreibtisch umher. Sie wandte sich ab und starrte zu Sigurd hoch.

»Setz dich«, sagte sie leise. »Jetzt.«

Sigurd gab ihren Blick mit lodernden Augen zurück. Sie sah Tränen in seinen Augenwinkeln und verachtete ihn dafür. Er hielt ihrem Blick ein paar Sekunden lang stand, dann setzte er sich.

»Entschuldige dich«, sagte sie, ebenso leise.

Sigurd drohte zu ersticken. Sein Gesicht lief rot an.

»Jetzt«, sagte sie.

»Bitte entschuldigen Sie, Herr Kron, es ist mir so herausgerutscht«, stieß Sigurd hervor, ohne den Bankier anzusehen.

»Bei mir, du Narr!«, zischte Magda. »Bist du von allen guten Geistern verlassen, mich so anzuschreien? Deine eigene Mutter? Du hast den Stil eines Bauern, und deine Rennautos haben mehr Verstand als du!«

Sie fühlte den vollkommen fassungslosen Blick Krons auf sich, aber sie erwiderte ihn nicht. Sie starrte immer noch ihren Sohn an.

»Bitte verzeihen Sie mir, Mutter«, sagte Sigurd nach langem Schweigen tonlos. »Ich habe mich vergessen.«

»Du wirst mein Verwalter auf den Ländereien sein, die früher Gut Briest waren«, sagte Magda. »Machst du deine Arbeit gut, überschreibe ich sie dir vielleicht. Dann kannst du dein eigenes Gutshaus bauen. Du wolltest doch nicht in der jämmerlichen alten Burg hausen, die für die Briests gut genug war. Ansonsten …«, sie drehte sich im Stuhl herum und wandte ihre Aufmerksamkeit wieder dem immer noch leichenblassen Alfred Kron zu, »… entschuldige ich mich für den Ausbruch meines Sohnes, Herr Kron. Die Jugend. Sie können das sicher nachvollziehen. Lassen Sie mich zum dritten Punkt in meinen Plänen kommen: die Dienstleistungsverträge zwischen den Leuten in der Umgebung und dem Gut. Natürlich werden sie nicht weiter fortbestehen …«

Das Gespräch dauerte bis in den frühen Nachmittag. Danach hatte Magda die Zusage für weitere Kredite des Bankhauses Kron, um die Umgestaltung von Gut Briest in einen halbindustriellen Agrarbetrieb in Angriff nehmen zu können. Sigurd verhielt sich in der restlichen Zeit schweigend und ging nur einmal hinaus, um sich ein aktuelles Extrablatt zu besorgen. Magda las die Schlagzeilen von der ersten Seite mit, als Kron eine Weile stumm rechnete. Die Putschisten in München hatten noch nicht aufgegeben, sondern Münchner Stadträte als Geiseln genommen und sich im Bürgerbräukeller verschanzt, wo der Umsturzversuch begonnen hatte.

Als das Gespräch endlich vorüber war und Magda und Sigurd auf der Straße standen und dem Fahrer zusahen, der Magdas Mercedes-Cabriolet ankurbelte, hallte die Straße erneut vom Geschrei der Zeitungsjungen wider.

Gegen Mittag waren die Münchner Putschisten vom Bürgerbräukeller aus in die Innenstadt gezogen. Beim Odeonsplatz hatte sich ihnen eine Abteilung schwer bewaffneter regierungstreuer Landespolizei entgegengestellt. Es waren Schüsse gefallen, es hatte Tote und Verletzte gegeben. Je nachdem, welcher politischen Richtung die Zeitung anhing, deren Extrablatt durch heiseres Geschrei angepriesen wurde, galten die Putschisten entweder als Helden Deutschlands und deren Gefallene als Märtyrer, oder man bezeichnete sie als Verbrecher, die die gerechte Strafe ereilt hatte.

Sigurd kaufte eines der Extrablätter, in denen die Wörter *Helden* und *Befreier* und *Märtyrer* und *Wahre Deutsche* und *Retter des Vaterlands* und *Tapfere Krieger Germaniens* vorkamen. Magda beobachtete ihn von der Seite, während sie aus der Stadt fuhren. Er studierte den Text wieder und wieder und starrte dazwischen blicklos aus dem Wagen. Zum ersten Mal seit Jahren hatte Magda den Eindruck, dass Sigurd eigene Gedanken entwickelte und dass sie nicht in der Lage war, diese Gedanken an seiner Stirn abzulesen.

## 6

Eine knappe Woche später traf Otto auf dem Bahnhof in Genthin ein, um nach Berlin zu fahren. Er hatte darauf bestanden, allein zu fahren, und nicht auf die Proteste Hermines, Luisas und Max' gehört. Er wusste, dass er nur allein in der Lage war, diesen Gang zu überstehen. Früher hatte er sich manchmal gefragt, wie ein zum Tode Verurteilter die Kraft hatte, über den Platz zum Schafott zu schreiten. Vielleicht schaffte er es nur, indem er sich von allem abkapselte und ganz mit sich allein war. Vielleicht hörte er weder das Geschrei der Menge noch das Gemurmel des Priesters, der an seiner Seite schritt. Vielleicht hielt er sich an sich selbst fest und war mit dem überwiegenden Teil seiner Seele bereits auf der anderen Seite.

Otto ging nicht dem Fallbeil entgegen, nur dem Ende seiner Zukunft und der seiner Familie. Er war auf dem Weg nach Berlin, um den Kaufvertrag mit Magda von Cramm abzuschließen.

Danach würde er noch bis Ende des Jahres Zeit haben, das Gut zu räumen. Sechs Wochen. Er hatte keine längere Frist heraushandeln können. Der Verkaufspreis lag am untersten Ende dessen, was das Gut wert war, und deckte nicht die vollen Schulden des Guts; auch hier hatte er nicht mehr heraushandeln können. Die Verhandlungen hatte er mit Alfred Kron geführt, seinem vormaligen Bankier, dem man das Mitgefühl mit Otto an der Stirn hatte ablesen können und der sich trotzdem nur in dem engen Spielraum hatte bewegen können, den Magda ihm vorgegeben hatte. Bei diesen Verhandlungen hatte Otto auch gelernt, dass ihn die Zinnermanns so lange verteidigt hatten, wie sie konnten; den Brüdern gehörte seit einiger Zeit nur noch ein Minderheitsanteil ihrer Bank. Die Mehrheit war von der Dresdner Bank gekauft worden, und diese hatte schon im Frühjahr darauf gedrängt, dass die Zinnermanns alle faulen Kredite liquidieren sollten. Curt

Zinnermann war an seiner Seite gewesen bei allen Verhandlungen. Das Szenario war Otto stets unwirklich vorgekommen. Sie verhandelten zu dritt, es war deutlich zu fühlen, dass sie eigentlich alle auf einer Seite standen, nämlich der Ottos, aber die Macht der nicht anwesenden Magda von Cramm hing wie ein Schatten über den Gesprächen und machte Kron zu einem Feind, der er gar nicht sein wollte.

Otto hatte vorgehabt, zu Fuß vom Gut zum Bahnhof zu gehen, doch hier hatte sich Hermine durchgesetzt. Sie hatte ihm seine beste Kleidung herausgelegt, seinen Hut gebürstet und sein Hemd geplättet; Luisa hatte alle Knöpfe überprüft und locker sitzende festgenäht; und Max hatte ihm die Schuhe poliert, dass man sich beinahe darin spiegeln konnte. »Du jehst da mit Würde rein und mit Würde wieder raus«, hatte Hermine gesagt. »Und ooch wenn se es sich nicht anmerken lassen, werden sich alle anderen wie kleene Würstchen vorkommen neben dir.«

Aus diesem Grund hatte sie auch darauf bestanden, dass eine Motordroschke aus Genthin zum Gut fuhr und Otto dort abholte. Als Otto jetzt aus dem Wagen stieg und ein Fahrgeld bezahlte, das er sich nicht leisten konnte, rannte schon ein Bote aus dem Telegrafenbüro gegenüber dem Bahnhof auf ihn zu.

»Herr von Briest«, brachte er keuchend hervor, »gut, dass ich Sie hier sehe. Telegramm von vorhin. Ganz dringend.«

Otto las das Telegramm. Es war von Curt Zinnermann. »Keinesfalls Notar aufsuchen«, stand dort. »Treff Café *Hotel Adlon*. Dringend. Unbedingt.« Nach Zinnermanns Namen war dort noch einmal ein Wort aufgeklebt: »Unbedingt.«

Die Fahrt nach Berlin war zugleich endlos und verging wie im Flug, weil Ottos Gedanken im Kreis liefen. Was war jetzt wieder geschehen? Er hatte gesehen, dass auf dem Genthiner Bahnhof Extrablatt-Verkäufer herumliefen, aber er hatte schnellstens einsteigen müssen und nicht verstanden, was sie gerufen hatten. Am Potsdamer Bahnhof konnte er einen zum Waggon winken und ihm eine Extraausgabe abkaufen. Verständnislos lasen er und sein zufälliger Reisegenosse, ein Mann, der sich als Handelsvertreter vorgestellt hatte und in Brandenburg zugestiegen war, was das Extrablatt herausposaunte.

Reichskanzler Gustav Stresemann hatte eine Währungsreform vorbereitet, und der Reichstag hatte sie bereits beschlossen. Es würde eine neue Währung geben, die zunächst nur im Inland Gültigkeit besaß: die Rentenmark. Dazu war bereits Mitte Oktober die Deutsche Rentenbank gegründet worden. Da Deutschland keine Goldreserven besaß, wurde als Deckung für die neue Währung der gewerblich und landwirtschaftlich genutzte Boden des Landes herangezogen.

»Was soll das denn werden?«, fragte Ottos Reisegefährte erstaunt. »Grund und Boden kann man doch nicht auszahlen, wenn's drauf ankommt.«

Otto, der über die Gutsverwaltung hinaus von Geldflüssen und Finanzpolitik keine Ahnung hatte, zuckte mit den Schultern. Ihm war klar, dass das Telegramm Zinnermanns mit diesem Schritt der Regierung zu tun hatte, aber inwiefern, entzog sich seiner Vorstellung. Ottos Blicke blieben immer wieder an den Schlagzeilen hängen: Neue Währung! Berlin erfindet die Rentenmark! Alle Sparguthaben wertlos!

Vor dem *Hotel Adlon* traten sich die Zeitungsjungen gegenseitig auf die Füße, aber Otto wurde aus ihrem Geschrei nicht schlauer. Er betrat das Café des Hotels und sah sich suchend um. Weit hinten entdeckte er Curt Zinnermann, der ihm zuwinkte. Mit ihm am Tisch saßen sein Bruder Leo und zu Ottos Überraschung Alfred Kron. Kron war, wenn man alle Sympathie beiseiteließ, der Vertreter der Gegenseite. Konnte es sein, dass Magda es sich plötzlich anders überlegt hatte und doch nicht kaufen wollte, und Curt Zinnermanns hektisches Telegramm hatte diesem Umstand gegolten und stellte nur eine zufällige zeitliche Koinzidenz mit der Währungsreform dar? Nicht wissend, ob er über diese Möglichkeit erleichtert oder wegen des geplatzten Verkaufs des Guts verzweifelt sein sollte, bahnte Otto sich einen Weg durch das Café, durch einen wahren Wald von Extrablättern, in denen die Gäste lasen und erregt diskutierten. Die Atmosphäre des gediegenen Cafés war die eines Hörsaals voller Studenten.

Otto wurde auf einen Stuhl genötigt. Leo Zinnermann holte hektisch einen Kellner heran, gab einen Kaffee in Auftrag und fragte Otto erst dann, was er wollte. »Kaffee«, sagte Otto und lächelte. Ein Schluck Wasser wäre ihm lieber gewesen. Kron lächelte ihn an, als habe er heute Morgen entdeckt, dass er eigentlich Ottos Großvater war. Otto nahm den Hut ab, stand noch einmal auf, um den Mantel auszuziehen, platzierte beides auf dem freien Stuhl eines Nachbartischs und beantwortete Leo Zinnermanns Frage, ob er Kaffee wolle, noch einmal mit Ja. Leo winkte den Kellner heran, der die Kaffeebestellung für Otto mit einem völlig unbewegten Gesicht entgegennahm, so als hätte Zinnermann diese Bestellung nicht schon vor einer Minute aufgegeben.

Otto legte die Hände flach auf den Tisch. »Meine Herren, ich bin verwirrt«, sagte er. »Würden Sie mich bitte aufklären, wie die momentane Situation ist?«

»Gut!«, sagte Curt Zinnermann und strahlte. »Gut!«

»Wie gut genau?«, fragte Otto.

»Sehr gut!«, bekräftigte Leo Zinnermann.

Alfred Kron erbarmte sich und begann eine Erklärung, von der Otto nur die Hälfte verstand. Bei ihm blieb hängen, dass die Währungsreform mit der Hyperinflation Schluss machte, die dazu geführt hatte, dass ein Kilogramm Roggenbrot derzeit vierhundertsiebzig Milliarden Mark kostete. Die neu geschaffene Rentenmark war zugleich davor gefeit, erneut in eine Inflationsspirale zu geraten, denn durch die Deckung der Währung mit dem in einer fest definierten Gesamtsumme vorhandenen Grund und Boden war eine uferlose Ausweitung der Geldmenge, wie in den letzten Monaten geschehen, nicht möglich.

»Ich habe gelesen, dass Sparguthaben nichts mehr wert sein sollen«, sagte Otto. »Nicht, dass ich welches hätte …« Er lachte auf und spürte Verlegenheit. Die wirre Atmosphäre im Café wirkte sich offenbar schon auf ihn aus.

»Sie verstehen nicht, warum wir Sie hierhergebeten haben, oder?«, fragte Alfred Kron.

»Richtig. Ich verstehe nur, dass in einer halben Stunde der Notartermin beginnt und ich den Vertrag für den Verkauf von Gut Briest unterschreiben soll.«

»Der Notartermin findet nicht statt«, sagte Leo Zinnermann. »Ah, mein guter Mann. Der Kaffee kommt zu diesem Herrn. Und wenn Sie für mich auch noch … oh, eine zweite Tasse haben Sie schon mitgebracht. Hervorragend. Ja, ich werde Sie der Geschäftsleitung empfehlen. Formidabel.«

»Wieso findet der Notartermin nicht statt?«, fragte Otto. »Hat Magda von Cramm ihr Angebot zurückgezogen?«

»Nein«, sagte Alfred Kron, »sie wird sich wahrscheinlich pünktlich beim Notar einfinden. Deshalb werde ich demnächst gehen müssen, um sie dort zu treffen und zu informieren, dass Sie Ihre Zusage zurückgezogen haben.«

Otto starrte ihn ratlos an. »Warum sollte ich das tun? Ich *muss* das Gut verkaufen! Oder haben Sie einen neuen Interessenten? Ich gestehe, dass es mir leichter fiele, an irgendjemand anderen als die Cramms …«

»Sie ziehen Ihr Angebot zurück, weil Sie nicht verkaufen«, sagte Curt Zinnermann.

Otto lehnte sich zurück, griff nach seiner Tasse Kaffee und nahm erst einmal einen Schluck. Er verstand überhaupt nichts. Als er die Tasse auf den Unterteller zurückstellte, hörte er ihr Klappern. Er zitterte.

»Gut«, sagte er langsam. »Warum verkaufe ich nicht?«

»Na, wegen der Währungsreform! Reichskanzler Stresemann hat Sie gerettet, mein Freund!«, sagte Leo Zinnermann. »Ja, und ich kann mit Fug und Recht behaupten, dass sich keiner mehr darüber freut als wir drei hier.« Er deutete mit strahlendem Lächeln um den Tisch herum.

»Herr von Briest freut sich noch mehr darüber, Leo«, korrigierte Curt.

Die drei Männer starrten Otto gleichzeitig an, wie um den Grad seiner Freude festzustellen.

Otto erinnerte sich an das Gespräch mit den Zinnermann-Brüdern über seine Beteiligung am Drehbuch von *Dr. Mabuse*. Dort hatte er den beiden Bankiers durch ihre Erklärungen helfen müssen, damit er selbst verstand, was sie ihm eigentlich sagen wollten. Heute sah er sich dazu nicht in der Lage, weil er sich völlig ratlos fühlte.

Alfred Kron sprang ein. »Durch die Währungsreform verfallen Sparguthaben – und Schulden«, erklärte er. »Die Regierung hat nämlich beschlossen, am Nominalprinzip festzuhalten. Mark bleibt Mark. Sie müssen sich das so vorstellen: Wenn Sie vor dem Krieg dreihundertzwanzig Milliarden Mark Schulden gemacht haben, können Sie diese nun zurückzahlen, indem Sie dem Gläubiger ein Ei auf den Tisch legen. Das kostet nämlich derzeit noch genau diesen Betrag.«

Otto lauschte Krons Erklärung mit offenem Mund. Die Ahnung, die langsam durch seine Verwirrung hindurchdämmerte, war zu weitreichend, um sie fassen zu können.

»Die Kehrseite der Medaille sieht so aus: Während des Kriegs hat Deutschland Reichsanleihen emittieren lassen, um die Kriegsanstrengungen zu finanzieren. Viele Leute haben ihr gesamtes Sparguthaben aufgelöst, um diese Anleihen zu kaufen. Insgesamt wurde ein Wert von damals hundertvierundsechzig Milliarden Mark ausgegeben. Wissen Sie, wie viel das heute noch ist? Genau sechzehn Komma vier Pfennige.«

»Meine Schulden bei Ihnen …«, begann Otto und wandte sich an die Zinnermanns.

Leo machte eine Handbewegung, als würde etwas in die Luft fliegen. »Puff!«, sagte er lachend. »Weg. Es gibt gar keinen so niedrigen Wert, den man nennen könnte, um zu sagen, wie hoch sie jetzt noch sind.«

»Aber …«

»Das wird nicht lange vorhalten«, warnte Kron. »Meines Erachtens ist das Nominalprinzip ein Fehler, der sich in die Währungsreform eingeschlichen hat, weil man schnell und umfassend handeln musste. Bald wird es die ersten Klagen dagegen geben, und dann wird irgendein Gericht diese Regelung wieder aufheben. Bis dahin müssen Sie Ihre Schulden bei den Zinnermanns zurückgezahlt haben.«

»Wir haben alles schon vorbereitet«, sagte Curt Zinnermann. »Wenn Sie nachher einfach mit zu uns kommen, regeln wir das vertraglich, und Sie sind schuldenfrei.«

»Aber …«

»Darauf müssen wir anstoßen!«, sagte Leo Zinnermann. »Wo ist der Kellner? Ah, mein Freund – bitte bringen Sie uns … hmmm, ja, bringen Sie uns Champagner. Oder möchten Sie lieber noch einen Kaffee, Herr von Briest? Ich nehme auf jeden Fall noch einen!«

Otto schloss die Augen. Am liebsten hätte er sich mit einem lauten Schrei Luft gemacht. »Habe ich das richtig verstanden?«, fragte er mit mühsam gebändigter Stimme. »Schulden sind nichts mehr wert. Sparguthaben sind nichts mehr wert. Und Sie drei – Bankiers – freuen sich darüber?«

»Wir freuen uns mit Ihnen.«

»Aber was ist mit Ihren Bankhäusern? Sie sind doch jetzt …«, Otto stieß das letzte Wort hervor, »… pleite!«

»Ach was«, sagte Alfred Kron. »Das Bankgeschäft ist eines, in dem es darauf ankommt, Balance zu halten. Meine eigenen Guthaben sind nichts mehr wert – aber die Schulden, die ich bei meinen Gläubigern und meinen Sparern habe, auch nichts. Es ist alles auf null, wenn Sie so wollen. Arm dran sind nur diejenigen, die viel mehr auf der Soll-Seite stehen haben als auf der Haben-Seite.«

»Und wir«, sagte Curt Zinnermann vergnügt, »können uns die Mehrheitsanteile unserer Bank mit dem wieder zurückkaufen, was wir dem Kellner an Trinkgeld auf den Teller legen.«

»Das ist doch verrückt!« Otto stöhnte auf und stützte den Kopf in die Hände.

»Natürlich ist es das«, sagte Leo Zinnermann. »Würde mich nicht wundern, wenn die Herren Lang und Pommer daraus irgendwann einen Film machen.«

»Leo, nicht jede Geschichte eignet sich für einen Film«, sagte Curt Zinnermann und lachte.

»Wie geht es jetzt weiter?«, fragte Otto, total erschlagen. »Ich kann doch nicht einfach so hergehen und Ihnen ein paar Pfennige auf den Tisch legen und sagen: Da, meine Schulden sind beglichen.«

»Ein paar Pfennige wären auch zu viel nach dem aktuellen Umrechnungsstand«, erwiderte Curt Zinnermann fröhlich.

»Ich komme mir vor, als würde ich Sie betrügen!«

»Tun Sie doch nicht. Wissen Sie was – wenn es Sie beruhigt, nehmen Sie einfach einen neuen Kredit bei uns auf, um wieder auf die Beine zu kommen. Ihr Grundbesitz ist jetzt viel wert. Wir können Ihnen gute Konditionen anbieten. Und mit dem Ende der Inflation kehrt auch die Kaufkraft wieder zurück. Nicht gleich, aber allmählich. Kaufen Sie jetzt alles, was Sie brauchen – Saatgut, Geräte, Pferde. Man wird es Ihnen nachwerfen. Bis zur nächsten Ernte haben sich die Preise stabilisiert, und Sie können für ein Vielfaches dessen verkaufen, was Sie jetzt an Anschaffungskosten einsetzen müssen. Sie sind gerettet, mein Lieber. Und uns haben Sie keinerlei Schaden zugefügt.«

Langsam setzte sich die Erkenntnis durch, dass Curt Zinnermann recht hatte. Die Briests waren gerettet. Otto saß da und starrte den gefüllten Champagnerkelch an, der vor ihm abgestellt wurde. Er verschwamm vor seinen Augen. Otto schluckte mehrmals krampfhaft.

Nachdem er mit angestoßen hatte, stand Alfred Kron auf. »Ich gehe jetzt Frau von Cramm benachrichtigen«, sagte er. »Ich werde ihr nichts von dieser Zusammenkunft erzählen und bitte auch Sie, darüber zu schweigen. Ich habe gegen mein Berufsethos verstoßen, indem ich hier war, aber ich betrachte es als Kompensation für eine andere Gelegenheit, in der ich ebenfalls dagegen verstoßen habe. Ich wünsche Ihnen viel Glück, Herr von Briest, Ihnen und Ihrer Familie. Glauben Sie mir: Ich bin glücklich, dass alles so gekommen ist. Und wenn ich Sie um eines bitten darf: Lassen Sie Gut Briest so, wie es ist. Es ist wunderschön.«

»Wollte Magda alles abreißen und umgraben?«, fragte Otto und scheiterte vollkommen bei dem Versuch, es leichthin klingen zu lassen.

Kron gab seinen Blick ein paar Herzschläge lang ruhig zurück. »Ich freue mich für Sie, Herr von Briest«, sagte er dann nur, verabschiedete sich von den Zinnermanns und ging mit einem Lächeln auf dem Gesicht.

## 7

Wenn man das Herrenhaus von Gut Cramm über den Haupteingang betrat, stand man in einem großzügigen Vestibül, von dem aus Türen zur Bibliothek, dem Esszimmer und dem Salon abgingen. An einer Seite führte eine breite Treppe ins Obergeschoss. Die Wände waren grün gestrichen und ringsum mit Geweihen geschmückt – Erbstücke von Gustaf von Cramms Großvater. Der Boden war mit Fliesen in einem schwarz-weißen Rautenmuster belegt. Neben dem Treppenabgang stand eine große Truhe, die man auch als Sitzgelegenheit verwenden konnte, zum Beispiel, wenn man Mühe hatte, durchweichte Stiefel auszuziehen.

Sigurd von Cramm lehnte neben der Eingangstür und lauschte auf den Wutanfall, dem seine Mutter sich in der Bibliothek hingab. Ab und zu polterte etwas gegen die Tür. Magda von Cramm riss wahllos Bücher aus den Regalen und warf sie herum. Bei jedem Poltern zuckte ihre Kammerzofe, die auf der Truhe saß, zusammen und schluchzte noch lauter. Sigurd ging das Gejammer auf die Nerven. Die Wangen der jungen Frau waren gerötet, ihr Haar zerzaust. Sie hatte ihre Herrin beruhigen wollen, als diese gleich nach der Rückkehr auf das Gut in die Bibliothek gestürmt war und dort vor Wut zu brüllen begonnen hatte. Magda hatte sie zum Dank geohrfeigt und an den Haaren gezogen.

»Halt den Mund«, sagte Sigurd, als das Schluchzen der Kammerzofe nicht aufhörte. »Oder verzieh dich in deine Kammer. Die Herrin lässt dich schon holen, wenn sie dich sehen will.«

Weiterhin schluchzend, floh die junge Frau die Treppe hinauf. Sigurd nahm ihren Platz ein und lauschte weiter. Einen solchen Ausbruch hatte er bei seiner Mutter noch niemals erlebt. Er wusste nicht recht, was er davon halten sollte. Tief in seinem Herzen war ihm bange vor dieser zerstörerischen Wut. Zugleich regte sich aber eine Erkenntnis in ihm. Wer derart in Raserei verfiel und so lange nicht mehr herausfand, konnte nicht so stark sein, wie er immer gedacht hatte. Zu Stärke gehörte auch Beherrschung. Selbstbeherrschung. Er drehte diese neue Erkenntnis in seinen Gedanken herum und erforschte sie, wie ein Hund einen Knochen bearbeitet und versucht, noch etwas Mark herauszusaugen.

Nach einer Weile wurde es still in der Bibliothek. Sigurd führte einen kurzen inneren Kampf mit sich, dann erhob er sich von der Truhe und trat ein.

Die Bibliothek war ein Schlachtfeld. Bücher lagen herum, viele davon zerrissen. Einzelne Seiten bedeckten den Boden, die Sitzflächen von Sesseln und die Teetischchen. Magda von Cramm saß zurückgelehnt in einem der Sessel, die Haare aufgelöst, die Schminke verschmiert, eine Schulter ihres Kleids aufgerissen. Sie hatte ein Teetischchen zu sich herangezogen, den Stöpsel aus einer Kristallflasche darauf herausgezogen und sich einen tüchtigen Schluck in einen Schwenker eingeschenkt, den sie jetzt in der Hand hielt. Sie beobachtete Sigurd ausdruckslos, als er näher kam und schließlich vorsichtig an der Kristallflasche schnupperte. Cognac.

»Was willst du?«, fragte Magda. Ihre Stimme war brüchig und heiser vom Schreien.

Sigurd erkannte, dass jetzt die Gelegenheit war, eine andere Stellung in den Augen seiner Mutter zu erringen. Er brauchte sie nur scharf oder spöttisch oder verächtlich anzureden. Ihr zeigen, dass er ihre Schwäche erkannt hatte. Ihren Hochmut ihm gegenüber brechen, jetzt, da sie erschöpft und aufgewühlt war. Den Moment nutzen, in dem sie nach ihrem Ausbruch fast wehrlos war.

»Kann ich Ihnen etwas bringen, Mutter?«, fragte er stattdessen. Im letzten Augenblick hatte er zurückgezuckt. Er hatte sich gefragt, was passieren würde, wenn er ihr nicht die nötige Achtung abringen konnte. Dann würde sie sich immer an diesen Versuch erinnern – und ihn dafür noch mehr hassen.

Er spürte ihren Blick und hatte das Gefühl, dass er ihm mitten ins Herz ging. Nur mühsam konnte er sich dazu bewegen, ihm zu begegnen. Die Augen seiner Mutter sahen aus wie die Augen einer Filmschauspielerin, die eine Wahnsinnige darstellte. Sie trank einen tiefen Schluck Cognac, dann musterte sie ihn erneut abschätzend.

»Mitleid?«, fragte sie schließlich.

Sigurd wusste nicht, was er sagen sollte.

»Versuchst du, ein guter Mensch zu sein?«

»Ich wollte nur fragen, ob ich Ihnen …«

Magda schnaubte.

Sigurd unterbrach sich. Er hatte das Gefühl, der Blick aus diesen schwarz umrandeten Augen brenne sich durch ihn hindurch. Er schloss den Mund, wandte sich ab und wollte gehen.

»Warte hier!«

Magda trank den letzten Cognac mit einem Ruck aus, dann stand sie auf und ging mit leicht unsicheren Schritten zur Tür. Dort drehte sie sich um.

»Warte hier!«, wiederholte sie.

Sigurd sah sich um. Gedämpft hörte er seine Mutter draußen die Treppe ins Obergeschoss hochsteigen. Er bückte sich und hob eines der Bücher auf. Sein Rücken war gebrochen, die Seiten hingen heraus wie die Eingeweide eines toten Tiers. Achtlos ließ er es fallen. Er hatte kaum eines von den Büchern in der Bibliothek jemals gelesen. Er hatte es sich immer wieder mal vorgenommen, besonders als ihm klar geworden war, dass viele davon Erbstücke seines Großvaters und Urgroßvaters waren. Aber wenn er sich überhaupt an diesen Vorsatz erinnert hatte, dann war er immer schon im Ansatz zusammengebrochen, weil er nie Zugang zu den Büchern gefunden hatte. Die Worte hatten keine Bilder in ihm wachgerufen. Es waren einfach nur Worte geblieben, blutlos, sinnlos, verschwendete Druckerschwärze und verschwendetes Papier.

Magda hatte ihr Glas auf den Teetisch gestellt. Es hatte dort einen nassen Ring hinterlassen. Sigurd überlegte, ob er sich auch einen Cognac einschenken sollte, aber er hatte keinen Appetit auf den Alkohol. Er steckte den Glasstöpsel wieder in die Kristallflasche und wanderte dann zum Fenster. Ein Teil von sich fragte beständig, wieso er den Befehl seiner Mutter befolgte und hier wie ein braver Schulbub wartete, ohne zu wissen, worauf. Aber die beständigen Fragen hatten nur eine ganz leise Stimme, und mit der Zeit verstummten sie ganz. Draußen vor dem Fenster sah er den gepflasterten Innenhof des Guts, die Pflastersteine nass glänzend in der Novemberfeuchte, ihr Muster langsam verschwimmend in der spätherbstlichen Dämmerung. Müßig fragte er sich, wieso die Bibliothek so angelegt worden war, dass ihre Fenster auf den langweiligen Innenhof hinausgingen und nicht nach hinten, wo sich die Ländereien des Guts über das flache Land hin erstreckten. Lag es daran, dass jemand, der sich hier aufhielt, in die Bücher schaute statt zum Fenster hinaus? Eigentlich war es einerlei – Sigurd gab auch der Blick in die Natur hinaus nicht viel. Der Blick, den man vom Fahrersitz eines Automobils hatte – den konnte er schätzen. Man sah die Straße vor sich und konnte sich darauf konzentrieren, so schnell wie möglich auf ihr vorwärts zu kommen. Der ferne Punkt, dort, wo die Straße scheinbar zusammenlief oder an einer Hügelkante abbrach, änderte sich nie. Wenn man ihn erreicht hatte, wartete weit vorn schon der nächste Punkt, die nächste Horizontlinie, die nächste Hügelkante. Und währenddessen flog der Teil der Landschaft, durch die man gerade fuhr, an einem vorbei, unscharf durch die Geschwindigkeit, unwichtig, weil man sie im selben Moment, in dem man bei ihr ankam, auch schon wieder verließ. Sigurd fühlte einen Stich im Herzen. Er vermisste es, in einem Rennautomobil zu sitzen. Jetzt, nachdem sie Gut Briest doch nicht kaufen konnte, hätte seine Mutter eigentlich genügend Geld freigehabt, um ihm das Fahren wieder zu ermöglichen, aber er bezweifelte, dass er sie dazu würde überreden können. Sie war viel zu enttäuscht über die Entwicklung der Dinge. Noch während er das dachte, meldete sich eine Idee ganz hinten in seinem Geist, doch bevor er sie hervorholen und genauer betrachten konnte, war Magda wieder zurück. Sie trug eine Ledermappe in der Hand, die mit einem Lederband verschnürt war. Das Band war zu einer Schleife geknüpft.

»Da.« Sie warf die Mappe in den Sessel, neben dem Sigurd stand. Ausgerissene Buchseiten flatterten auf. »Du wolltest immer wissen, wie das mit deinem Vater wirklich war. Lies! Hier steht alles drin.«

Sie wandte sich ab und war zur Tür hinaus, bevor Sigurd die Mappe hatte aufnehmen können. Nun hob er sie zögernd hoch.

In den Rillen des Leders war Staub. Die Mappe war schon lange Zeit nicht mehr angerührt worden. Sie roch schwach nach Magdas Parfüm. Sie musste sie in ihrem Schlafzimmer aufbewahrt haben.

Sigurd hatte keine Lust, sich durch irgendwelche Texte zu quälen, seien es Briefe, Zeitungsartikel oder offizielle Verlautbarungen. Doch er fegte die Blätter auf dem Stuhl zu Boden, ging zur Tür, drehte das elektrische Licht an, setzte sich in den freigeräumten Sessel, wartete, bis das Licht seine volle Helligkeit erreicht hatte, und schnürte dann das Lederband auf. Die Mappe enthielt einen dünnen Stoß Briefe, einige davon mit der Hand geschrieben, andere getippt. Sie begannen mit *Verehrte gnädige Frau* oder *Sehr geehrte Frau Major* oder schlicht und einfach *Liebe Frau von Cramm*; mitten im Stoß fand er auch einen, der mit *Geliebte Magda* begann und die Handschrift seines Vaters trug. Es war der einzige. Hatte Magda vergessen, dass er sich in der Mappe befand? Er zögerte, weil er fürchtete, etwas zu Privates darin zu lesen. Dann las er ihn doch. Dann las er alle anderen Dokumente, während das elektrische Licht, manchmal leise flackernd, die Bibliothek erleuchtete und draußen die Schatten blau, dann grau, dann schwarz wurden und die Dämmerung in Dunkelheit überging. Als er fertig war, klopfte er die Blätter unordentlich zu einem Stapel zusammen, legte sie in die Mappe und die Mappe auf seinen Schoß. Er ließ den Kopf auf die Sessellehne zurücksinken, starrte blicklos an die Decke und dachte nach.

Gustaf von Cramm war nicht als Held gefallen, bei der Verteidigung einer Stellung oder beim Angriff auf den Feind. Gustaf von Cramm war hinter den Linien an die Wand gestellt und erschossen worden. So weit hatte Sigurd bereits Bescheid gewusst, dank der Eröffnung seiner Mutter vor einiger Zeit. Jetzt hatte er erfahren, dass es nicht wegen Feigheit vor dem Feind geschehen war. Oder jedenfalls nicht in Wirklichkeit. Das war nur die offizielle Stellungnahme des Kriegsministeriums gewesen, um etwas viel Gravierenderes zu überdecken. Gustaf von Cramm war kein Feigling gewesen. Er hatte lediglich den Befehl verweigert, mit seinen Soldaten auf ein Himmelfahrtskommando zu gehen; und er hatte alle Versuche seiner Vorgesetzten abgelehnt, die Befehlsverweigerung auf jemand anderen abzuwälzen und so keinen Schatten auf die Kaste der adligen Offiziere fallen zu lassen. Er war wegen seines weichen Herzens an die Wand gestellt worden.

»Was immer Du an offiziellen Stellungnahmen zu hören bekommen wirst, geliebte Magda – so hat es sich wirklich zugetragen«, hatte Gustaf von Cramm in seinem Brief an seine Frau geschrieben. Wahrscheinlich hatte jemand, der Gustaf einen Gefallen schuldete, den Brief aus dem Militärgefängnis geschmuggelt, sonst wäre er niemals auf Gut Cramm angekommen. »Meine Männer und ich erhielten den Befehl, eine französische Stellung auszuheben. Die Stellung war schwer gesichert, mit Kampfgaswerfern und Maschinengewehren. Sie hatte keinen strategischen Wert. Es ging nur darum, dass ein General dem anderen beweisen wollte, dass seine Soldaten besser waren als die seines Konkurrenten. Wir wären alle dabei umgekommen. Ich verweigerte den Befehl. Nicht, weil es um mein Leben ging, bitte versteh mich nicht falsch, meine Liebste. Ich tat es wegen meiner Männer. Es sind gute Männer. Sie haben nicht verdient, dass sie dem blinden Ehrgeiz alter Offiziere geopfert werden, die den Krieg von einem Salon in der Etappe aus führen.«

Sigurd wusste nicht, ob sein Vater darüber nachgedacht hatte, wie seine Frau sich bei solchen Zeilen fühlen mochte. Er hatte den Befehl nicht deswegen verweigert, weil *er* aus dem Krieg wieder zu ihr zurückkommen wollte. Er hatte es getan, damit seine Männer, seine einfachen, bedeutungslosen Soldaten und Unteroffiziere, eine Chance hatten, wieder nach Hause zu kommen, um dort ihre einfachen, bedeutungslosen Leben als Knechte, Handwerker, Bauarbeiter oder Straßenkehrer wieder aufzunehmen. Was aus ihm wurde und damit aus seiner Frau und seinem Kind, hatte ihn nur in zweiter Linie interessiert. Es war ihm wichtiger gewesen, ein guter Mensch zu sein.

In einem späteren Absatz schrieb Gustaf: »Man hat mir einen Ausweg geboten. Ich soll die Schuld auf meinen Stellvertreter, Hauptmann Levi Solomon, schieben. Ich soll angeben, dass ich zum Zeitpunkt des Angriffs schwer erkrankt in meinem Unterstand gelegen und die Verantwortung Levi übertragen habe. Aber das stimmt nicht. Levi hätte den Angriff durchgeführt! Er sagte, wenn wir auch nur eine geringe Chance hätten, müssten wir es tun, weil vielleicht in einem Zusammenhang, den wir nicht überblicken, das Leben anderer Kameraden und der Fortgang des Kriegs davon abhingen. Ich war nicht seiner Meinung, und ich habe mich über seinen Rat hinweggesetzt. Und jetzt soll ich ihn dafür anschwärzen und zusehen, wie er an meiner statt an die Wand gestellt wird? Ich weiß, er würde den Gang sogar antreten und sich bis zuletzt einreden, er sterbe irgendwie für eine gerechte Sache. Allein schon deshalb darf ich das nicht zulassen. Magda, meine Liebste, mein Herz blutet, und meine Seele krümmt sich bei dem Gedanken, Dich und Sigurd allein auf der Welt zurücklassen zu müssen. Aber ich gehe ohne Furcht in den Tod, weil ich weiß, dass ich gut und gerecht gehandelt habe.«

Sigurd verschnürte die Mappe, stand auf und stieg die Treppe hoch zum Zimmer seiner Mutter. Er klopfte an und wartete, bis von drin ein ungnädiges »Ja!« ertönte. Magda saß in einem Stuhl und ließ sich von ihrer Kammerzofe, deren Augen immer noch in Tränen schwammen, die Haare bürsten. Im Kamin flackerte ein Feuer.

»Lass uns allein«, sagte Magda über die Schulter. Die Kammerzofe knickste und floh aus dem Zimmer.

»Und?«, fragte Magda und wies mit dem Kopf auf die Mappe. »Jetzt weißt du alles. Und du weißt, dass ich dir all die Jahre die Wahrheit verschwiegen habe. Weißt du auch, warum?«

Sigurd nickte. »Vater ist gestorben, weil er es nicht übers

Herz gebracht hat, einem verdammten Juden die Schuld zuzuschieben.«

»Er ist gestorben, weil er voll warmer Luft und voll verdammter Selbstgerechtigkeit war«, stieß Magda hervor. »Er hätte sich retten und wieder zurückkehren können. Stattdessen hat er mich ein Leben als die Witwe eines Feiglings führen lassen. Ihm war nicht wichtig, wie es mir geht – oder dir. Ihm war nur wichtig, dass sein gutes Herz keine einzige falsche Regung verkraften muss!«

Sigurd hob die Mappe hoch. »Wer weiß davon?«

»Nur die, die ihn damals verurteilt haben, und seine Männer.«

»Und Hauptmann Solomon!«

»Solomon ist ein paar Wochen später gefallen. Was aus Gustafs Soldaten geworden ist, weiß ich nicht. Wahrscheinlich sind drei Viertel davon gefallen oder Kriegskrüppel, der Rest schlägt sich irgendwo in Deutschland mit irgendetwas durch und denkt bestimmt keine Sekunde des Tages an Major von Cramm und dass er für sie den Kopf in die Schlinge gesteckt hat. Warum fragst du? Fürchtest du, dass die Geschichte irgendwann publik werden könnte?«

»Nein«, sagte Sigurd. »Ich frage, weil ich diese Sache abschließen möchte.« Er öffnete die Mappe und hielt sie über das Kaminfeuer. Die Hitze der Flammen versengte die Haare auf seinem Handrücken, aber er schüttelte alle Blätter heraus. Dann trat er zurück und schaute zu, wie sie verbrannten. Seine Mutter schritt nicht ein. Sie beobachtete ihn nur stumm.

»Ich werde Gut Briest für Sie bekommen, Mutter«, sagte er. »Ich werde es nicht kaufen, sondern erben. Die Briests haben eine Tochter, die bald in heiratsfähigem Alter sein wird. Ich werde sie erobern, und am Tag unserer Hochzeit wird das Gut mir überschrieben werden, und ich lege es Ihnen dann zu Füßen.«

»Sprich weiter«, sagte Magda.

»Und damit ich die nötigen Referenzen habe, werde ich in die SA eintreten. Ich habe lange über den Putsch in München nachgedacht. Adolf Hitler ist verurteilt worden und sitzt im Gefängnis, aber ich denke, er wird bald wieder freigelassen, und dann werden wir noch viel von ihm hören. Ihm, seinen Ideen und seinen Leuten gehört die Zukunft Deutschlands. Ich werde einer von seinen Männern werden, und dann wird Luisa von Briest gar nicht anders können, als sich mir zu unterwerfen.«

»Und ihre Eltern?«

»Werfe ich gleich, nachdem sie das Gut überschrieben haben, hinaus.«

»Und wenn deine zukünftige Gattin etwas dagegen hat?«

»Kann sie mit ihnen gehen. Es geht mir um das Gut, nicht um das Mädchen.«

»Was sagt dein Herz zu diesem Plan?«

»Dieser Plan kommt aus meinem Herzen.«

»Na gut.« Magda nickte. »Vielleicht habe ich dich am Ende doch unterschätzt. Ich dachte immer, du hättest viel von deinem Vater geerbt. Vielleicht habe ich mich getäuscht. Ich gebe dir noch diese eine Chance, dich mir zu beweisen, Sigurd. Verpasse sie nicht.«

»Nein, Mutter.«

## 8

Wissen Sie«, sagte Christian Riecken, aber er sagte es gut gelaunt, »irgendwie ist es ständig so, dass ich Ihnen hinterherlaufe.«

»Das dürfen Sie so nicht sehen«, sagte Max verlegen und bemüht, sein Berlinisch so gut wie möglich im Zaum zu halten.

»Wie soll ich es denn sonst sehen? Dass Sie schon letzten Herbst Ihre Stellung bei Komnick aufgeben mussten, erfahre ich durch wen? Durch Franz Komnick selbst, nicht durch Sie. Und wer hat wen um ein Gespräch gebeten, sobald das neue Jahr angebrochen war? Sie mich oder ich Sie?«

»Ich wollte Sie nicht um eine Anstellung bitten, nachdem ich Ihr großzügiges Angebot letztes Jahr beim Rennen ausgeschlagen hatte.«

»Weshalb nicht? Zu viel Stolz?«

»Nee«, sagte Max, »ich dachte, Sie würden beleidigt sein, wenn ich jetzt plötzlich doch anrücke, oder mich nicht ernst nehmen.«

»Ich nehme Sie und Ihr Talent als Rennfahrer sehr ernst. Und beleidigt zu sein, wäre eine kindische Regung, oder nicht?«

Max wusste nicht, was er sagen sollte. Er schwieg. In Rieckens Büro bollerte ein kleiner Kanonenofen und heizte den Raum auf beinahe unerträgliche Temperaturen auf. Wer wie Max auf der Straße aufgewachsen war, war fürs Leben abgehärtet – die Hitze war Max fast zu viel. Er schwitzte in seinen feuchten Klamotten. Das Berliner Januarwetter – Nieselregen von oben, Schneematsch von unten – hatte den Weg zum Werk der NAG in ein nasskaltes Missvergnügen verwandelt. Riecken lächelte Max an. Dieser spürte, dass ihm ein Schweißtropfen die Schläfe hinunterrollte.

»Würden Sie?«, fragte Riecken.

»Würde ich was?«

»Es jetzt in Erwägung ziehen, bei der NAG als Fahrer anzuheuern? Es halten Sie keine Loyalitäten mehr davon ab.«

Max holte tief Luft. »Stellen Sie denn Fahrer ein?«, fragte er vorsichtig.

»Warum nicht?«

»Na, wo soll man denn fahren, nachdem se die AVUS dichtjemacht … ich meine, seit die AVUS geschlossen worden ist?«

»Mein Lieber, wie alle guten Rennfahrer konzentrieren Sie sich auf das, was direkt vor Ihnen liegt. Aber es gibt auch noch andere Streckenführungen. Erstens wird die AVUS nicht ewig für Autorennen geschlossen bleiben. Irgendwann ist wieder genug Geld da, um die Piste zu sanieren, dann geht der Rennbetrieb weiter. Zweitens gibt es nicht nur Rennausscheidungen in Deutschland.

Deutsche Fahrer sind nicht überall geduldet, aber beim Grand Prix in Monza dieses Jahr werde ich zum Beispiel mit dabei sein – mit dem C4b. Und drittens kann man auch in Deutschland nicht nur auf einer Rennbahn fahren – so wie die AVUS nicht nur explizit für Autorennen gebaut wurde.«

»Sie meinen, man kann auch ein Rennen auf die Landstraße bringen …«

»Man tut es schon überall! Das Rallye-Fieber ist genauso stark wie das für die normalen Autorennen. Denken Sie bloß an die Targa Florio in Italien – das rasanteste Bergrennen Europas, und es findet auf der Strecke statt, auf der an allen anderen Tagen die Bauern ihre Waren mit dem Eselskarren zum Markt bringen. In Frankreich gibt es die vierundzwanzig Stunden von Le Mans. Drüben in Amerika fahren sie ausschließlich auf Landstraßen Rennen. Die meisten davon sind nicht mal befestigt.«

Max fragte: »Sie wollen, det ick statt auf der Rennbahn bei Rallyes für Sie fahre?«

»Würden Sie das für ehrenrührig halten? Einige von den Kollegen fahren beide Disziplinen, und keiner blickt auf sie herab.«

»Aber warum setzen Sie in Monza nicht einfach 'nen zweiten C4b ein? Den könnte dann ick fahren – wenn Se mich wirklich wollen.« Max merkte, dass ihn langsam die Konzentration verließ, die er brauchte, um fehlerfrei Hochdeutsch zu sprechen. Verzeih mir, Luisa, dachte er, du hast dir im Vorfeld dieses Termins solche Mühe gegeben, wieder mit mir zu üben. Ich kriege das einfach nicht hin.

Riecken schwieg ein paar ungemütliche Augenblicke lang, doch dann wurde Max klar, dass der Konstrukteur nur nachgedacht hatte. »Das könnte ich natürlich, aber ich brauche Sie nötiger dort, wo ich Sie haben will. Herr Brandow, das, wozu ich Ihre Zusammenarbeit gewinnen will, kann nur jemand, der als Fahrer genauso gut ist wie als Mechaniker. Ich möchte ein neues Rennfahrzeug entwickeln, das auch straßentauglich ist. Einen Sechszylinder, dreiundsechzig PS, mindestens drei Liter Hubraum. Ich brauche einen Fahrer, der aus dem Fahrzeug das meiste herausholen kann – und der sich dann mit den Mechanikern hinsetzen und es verbessern kann, sodass er beim nächsten Mal noch mehr Leistung herauskitzelt. Die Zukunft des Automobils liegt nicht in hochgezüchteten Rennmaschinen, sondern in normalen Fahrzeugen, die ein solventer Käufer mit hoher Geschwindigkeit über die Landstraße jagen kann. Automobile, die all die Tücken nicht aufweisen, die ein Rennwagen hat und mit denen nur ein guter Fahrer fertig wird. Automobile, mit denen über die Straße zu donnern Spaß macht und die es Hans Müller erlauben, sich zu fühlen wie ein Fritz von Opel oder ein Christian Lautenschlager, ohne dass er gleichzeitig deren spezielle Talente besitzen muss, um nicht gegen den nächsten Baum zu fahren.«

»Automobile«, sagte Max langsam, »die sich in einer Rallye beweisen können, deren Anforderungen ganz anders sind als die einer Rennpiste.«

»In einer Rallye«, bestätigte Riecken, »die auf den gleichen Straßen stattfindet, auf denen Hans Müller in seiner Blechbüchse zum Sonntagsausflug rollt.«

»Und Sie glooben … Sie glauben, dass ich dafür der Richtige bin? Ick bin noch nie Rallye gefahren …«

»Von Franz Komnick habe ich gehört, dass Sie seinen ›Roten Teufel‹ verbessert haben und dafür auf der Landstraße herumgefahren sind.«

»Na ja … was blieb mir denn anderes übrig …«

»Wenn Sie mein Angebot annehmen, können Sie die Not zur Tugend machen. Mein neues Fahrzeug soll D6 heißen. Helfen Sie mir, es zu entwickeln. Fahren Sie es zum Sieg oder wenigstens auf einen guten Platz.«

»Bei einer Rallye in Deutschland?«

»Bei einer Rallye in Deutschland!«

»Also«, sagte Max und begann zu lächeln, »janz ehrlich – ick wäre schon jubelnd rausjegangen, wennse mir nur eene Stelle als Mechaniker anjeboten hätten.«

»Bei der NAG verschwenden wir keine Talente.«

»Als ick jehört … als ich vernahm, dass die AVUS als Rennbahn schließt, war ick echt am Boden.«

»Das ging uns allen so, Herr Brandow.«

»Aber Sie machen det Beste draus.«

»Nicht nur ich. Alle deutschen Autobauer denken in den gleichen Kategorien wie ich. Wissen Sie, in der Vergangenheit ist es immer ein bisschen untergegangen unter dem preußischen Säbelrasseln und der Rückwärtsgewandtheit der Fürstenhäuser … aber es gibt hierzulande auch Qualitäten abseits des Hackenschlagens und des Befehlsempfangens. Wenn deutsche Ingenieure Steine in den Weg gerollt bekommen, setzen sie sich nicht hin und lamentieren. Sie finden einen Weg um die Steine herum und klopfen dabei sogar noch ein paar davon klein, um diesen Weg zu befestigen. Siemens, Borsig, Lilienthal, Zeppelin, Daimler, Otto … das sind alles Namen von Männern, die Ingenieure waren oder wie Ingenieure dachten und die die Welt ein Stück weiter gebracht haben.«

»Sie sollten ’ne Rede im Reichstag halten«, rutschte es Max heraus.

Riecken lachte bitter. »Die Politiker kapieren so etwas nicht. Und die Politiker sind nur das Spiegelbild des Volks. Keiner hat in den letzten paar Jahren nach vorne gedacht. Jeder hat nach hinten geblickt und sich darüber aufgeregt, dass Deutschland angeblich unverdient den Krieg verloren hat.«

»Die meisten Leute denken immer noch so.«

»Wissen Sie was – ich wünschte fast, es wäre so. Aber leider scheint es mittlerweile so, dass die Leute zwar begonnen haben, nach vorne zu denken … aber nur, um rauszufinden, wer schuld an allem sein könnte.«

»Deswegen brauchen wir Rallyes in Deutschland?«

»Nein«, sagte Riecken, »deswegen brauchen wir Männer wie Sie und mich und Lautenschlager und Opel und wie die Kollegen alle heißen – damit die Leute mit der Suche danach aufhören, wer schuld ist, und sich ein Beispiel nehmen und einfach wieder anpacken.«

## 9

Die Bevölkerung nannte die Währungsreform bald »Das Rentenmark-Wunder« – und ein Wunder war es auch, dachte Luisa. Im Grunde war die Situation genauso verfahren wie zuvor: Deutschland konnte die Reparationszahlungen nur mühsam zusammenkratzen, das Ruhrgebiet war besetzt, der Reichstag so gespalten wie das Volk zwischen den Positionen der Kommunisten, der Mitte und der Rechten. Das Land galt nach wie vor in der Welt als der Schuldige an den Millionen Toten und den Verwüstungen des Weltkriegs, und die Juden galten nach wie vor im Inland als die Schuldigen an der Misere überhaupt.

Und doch hatte sich eine Aufbruchsstimmung breitgemacht. Man konnte es nicht zuletzt daran sehen, dass die Agentur ihrer Eltern auf einmal wieder Aufträge bekam. Sobald das Geld wieder etwas wert war, krochen auch schon die Betrüger aus ihren Löchern und versuchten, es den ehrlich Arbeitenden wegzunehmen. Am deutlichsten, so empfand es Luisa, war es an einer Situation am Ende der Dreharbeiten zu Fritz Langs *Nibelungen* zu erkennen.

Luisa hatte die Einladung Langs, bei seinen Dreharbeiten vorbeizuschauen, weidlich genutzt. Langs Mitarbeiter betrachteten sie schon als Mitglied des Stabs, so oft war sie in Babelsberg. Da es ihr leichtfiel, dem normalen Schulunterricht zu folgen, benötigte sie kaum Zeit, in ihren freien Stunden zu lernen. Und da sie von der reichlichen Verpflegung im Filmstudio abbekam, brauchte sie auch kaum Geld, um sich etwas zu essen zu beschaffen. Sie konnte ihre Groschen daher für die Fahrten mit den öffentlichen Verkehrsmitteln nach Babelsberg ausgeben.

Am letzten Tag der Dreharbeiten kam sie schon früh am Morgen in Babelsberg an. Mittlerweile waren die Universum Film AG und Erich Pommers Decla-Bioscop zu einer einzigen Produktionsfirma verschmolzen. Die Universum Film AG war noch während des Kriegs aus einem Zusammenschluss mehrerer kleinerer Filmfirmen unter der Regie der Obersten Heeresleitung entstanden; General Ludendorff, der letztes Jahr in den Putschversuch in München verwickelt gewesen war, hatte dabei maßgeblichen Einfluss gehabt, da er den Film als erstklassiges Propaganda-Mittel verstand. Das neue Konstrukt aus Universum Film und Decla-Bioscop hieß Ufa, ihr Chef war Erich Pommer. Er war wahrlich die Karriereleiter hinaufgefallen. An seinem freundlich-burschikosen Auftreten hatte das kaum etwas geändert. Und wenn er, was mittlerweile selten vorkam, sein Büro verließ und bei den Dreharbeiten vorbeischaute und Luisa dort entdeckte, begrüßte er sie so freundlich wie eh und je.

Über ihn hatte Luisa auch den Mann kennengelernt, der jetzt vor dem Eingang der Atelierhalle stand und auf jemanden zu warten schien: Alexander Grau, einen der Vorstände der Firma.

»Guten Tag, Herr Grau«, sagte sie. »Ist es recht, wenn ich heute wieder zusehe?«

»Sind früh dran, Fräulein von Briest«, erwiderte Grau und schlug lächelnd die Hacken zusammen. Grau war im Weltkrieg aktiver Offizier gewesen und hatte das Offiziersgebaren nie ganz ablegen können, genauso wenig wie die knappe preußische Militärsprache. »Ist aber gut, heute früh dran zu sein. Ab Mittag kommt die Journalistenmeute. Wird eng werden. Mit viel Schubserei. Keine Manieren, diese Leute.«

»Oder zu viel Druck, um sich auf ihre Manieren zu besinnen.«

Grau lächelte noch breiter. »Immer bereit, das Gute zu sehen. Beneide Sie um diese Einstellung, Fräulein von Briest.«

»Sie haben aber nicht auf mich gewartet, oder?«

»Nein, leider nicht. Warte auf Fräulein …« Grau unterbrach sich, als hätte er beinahe etwas zu viel gesagt. »… Lehmann«, sagte er dann, und es hörte sich an, als hätte er sich den Namen erst ins Gedächtnis rufen müssen. »Fräulein *Lehmann*. Habe ihr einen Termin bei Pommer besorgt. Alte Familienverbindungen und so.«

Luisa zuckte mit den Schultern. Sie wollte an dem sich verbeugenden Grau vorbei ins Atelier gehen, da hörte sie das Knattern eines Automobils. Von Max wusste sie, wie man ein Motorengeräusch einordnen musste und was die Art, wie der Schall einen traf, über die Geschwindigkeit eines Automobils aussagte. Dieses Automobil wurde mit hoher Drehzahl über die Straße gejagt und näherte sich schnell, was angesichts des Schneematsches auf der Straße ein ziemliches Risiko darstellte. Einen Moment lang dachte sie, es wäre Max, der da heranbrauste. Sie wusste, dass Max sich kaum von Witterungsbedingungen beeindrucken ließ, wenn er hinter dem Lenkrad saß. Aber mit welchem Fahrzeug hätte er kommen sollen? Sie blieb stehen und beobachtete, wie der Ankömmling auf das Gelände der Ufa raste, zwei sprühende Hahnenkämme aus Dreck und Schnee hinter den Hinterrädern nach sich ziehend, schlitterte, schleuderte und in einem Manöver, das hohes fahrerisches Können bewies, neben ein paar anderen Automobilen zum Stehen kam. Der Motor heulte noch einmal auf, dann starb er ab. Jemand stieg aus und kam mit forschen Schritten auf den Eingang des Ateliers zu.

Luisa sah einen klein gewachsenen Mann mit einem Barett auf dem Kopf und einem feminin wirkenden Anzug. Er zündete sich noch im Herankommen eine Zigarette an. Dann stand der Mann vor ihnen, und Luisa wurde klar, er war in Wirklichkeit eine junge Frau. Sie nahm das Barett ab und schüttelte einen Bubikopf mit Seitenscheitel. Dann nahm sie die Zigarette aus dem Mund, blies eine Rauchwolke in die Luft – und aus einer eher verkniffenen, misstrauischen Miene wurde ein freches, hübsches Gesicht, als sie zu lächeln begann.

»Herr Grau«, sagte sie mit rauer Stimme. »Vielen Dank, dass Sie mir diesen Besuch ermöglichen.« Sie schüttelte Grau die Hand und hielt sie dann auch Luisa hin. »Ich bin Cläre Lehmann. Und Sie sind …?«

Erneut hatte Luisa den Eindruck, dass mit dem Namen etwas nicht stimmte. Aber sie erwiderte Cläres Händedruck und stellte sich vor.

»Sind Sie Herrn Graus Sekretärin?«

Grau hüstelte. »Nein, Fräulein von Briest ist als Beobachterin hier. Der Dreharbeiten. Wollen wir? Herr Pommer erwartet Sie bereits.«

Luisa blieb stehen, damit es nicht so aussah, als würde sie den beiden hinterherlaufen. Dann ging sie zu dem Wagen hinüber, mit dem Cläre Lehmann auf das Gelände geschlittert war. Er war über und über mit Dreck und Matsch bespritzt, aber Luisa erkannte, dass es sich um einen Dinos handelte. Der Wagen war groß und schwer – einer aus der Produktionsreihe mit hohen Pferdestärken und viel Hubraum. Sie schüttelte den Kopf. Es war das erste Mal, dass sie eine Frau aus einem Automobil hatte aussteigen sehen, die zuvor hinter dem Lenkrad gesessen hatte. Max hatte Luisa bereits mehrfach angeboten, ihr das Fahren beizubringen, und ihr zugeredet, einen Führerschein zu beantragen, sobald sie volljährig war. Bis jetzt hatte sie sich geziert – nicht zuletzt wegen der Kosten, die die Führerscheinprüfung bedeutete, aber auch, weil eine Frau hinterm Steuer etwas extrem Exotisches war. Es gab ja auch keine weiblichen Kutscher oder Lokomotivführerinnen. Die kleine, schmächtige Cläre Lehmann aus diesem Ungetüm von Wagen steigen zu sehen, als sei es das Selbstverständlichste von der Welt – und sie vorher bei einem Fahrmanöver beobachtet zu haben, bei dem auch Max anerkennend genickt hätte –, ließ Luisa jedoch plötzlich umdenken. Sie hörte beinahe ihre Großmutter Antonie reden, als sie sich sagte, dass es keinerlei gesetzliche Grundlage gab, Frauen nicht hinter das Steuer eines Automobils zu lassen. Großmutter Antonie hatte bis zum letzten Atemzug für die Rechte der Frauen gekämpft. Jetzt schämte sich Luisa, dass sie, ihre Enkelin, sich von Traditionen und der Furcht vor dem Das-tut-man-nicht hatte beeindrucken lassen. Sie nahm sich vor, Max' Angebot anzunehmen, sobald es möglich war.

Sie betrat das Atelier wieder und wollte in die Halle abbiegen, in der Lang die letzten Einstellungen der *Nibelungen* drehte – aus der Halle war schon Lärm und Geschrei zu hören, anscheinend griffen die Hunnen, frisch gestärkt durch das großzügige Produktionsfrühstück, erneut die Burgunder an –, als ein Knall aus dem ersten Stock sogar diesen Krach übertönte. Der Knall kam von einer mit voller Wucht zugeschlagenen Tür. Cläre Lehmann kam mit wütendem Gesicht die Treppe heruntergelaufen, nickte Luisa nur verbissen zu und rannte hinaus. Gleich darauf hörte Luisa das Aufheulen eines Motors und dann das Schlittern von Gummireifen auf matschbedecktem Kies.

Sie wandte sich ab und spähte die Treppe hinauf. Oben standen Erich Pommer und Alexander Grau, beide noch mit offen stehenden Mündern.

»Habe nicht mit so etwas gerechnet«, hörte sie Grau sagen. »Bedauere außerordentlich, Erich.«

Pommer schüttelte den Kopf. Er wirkte jetzt nicht mehr bestürzt, sondern amüsiert. »Aus der kann noch was werden«, sagte er. »Nur nicht hier.«

Luisa vergaß den Auftritt der temperamentvollen jungen Dame, als das Spektakel des letzten Drehtags begann. Fritz Lang hatte die Filmkulisse mit einem unerhörten Aufwand an Kosten herrichten lassen – von den echten Bäumen und Sträuchern bis zu der lebensgroßen Halle König Etzels. Diese Halle geriet laut Drehbuch beim versuchten Sturm der Hunnen auf die dort verschanzten Burgunder in Brand. Die Hunnen feuerten Brandpfeile auf das Dachgebälk, und das fing Flammen. Luisa hatte erfahren, wie man so etwas normalerweise machte: Man installierte Gasleitungen in dem Gebäude, durch die dann in kurzen Abständen Flammen geblasen wurden. Wenn man den davon gedrehten Film entsprechend schnitt, sah es so aus, als würde das Gebäude brennen, obwohl ihm kaum etwas zustieß außer Rußspuren.

Nicht so König Etzels Halle. Die brannte richtig ab, während die Darsteller der Hunnen und der Burgunder gegeneinander kämpften. Den ersten der echten Brandpfeile hatte Fritz Lang selbst auf das mit Öl getränkte Dach der Halle abgefeuert – zum Beifall der dazu als Zuschauer eingeladenen Journalisten. Keiner von ihnen schmähte Lang nachher in seinen Artikeln der Verschwendung, dass er ein stabil errichtetes Gebäude nur des Films wegen hatte niederbrennen lassen, obwohl es überall eine gravierende Wohnungsnot und viele Obdachlose gab. Im Gegenteil, die Zeitungen überschlugen sich in ihrem Lob über die Leidenschaft und Hingabe des Regisseurs.

Die Premiere fand Mitte Februar statt. Otto und Hermine schlugen die Einladung zur Feier aus. Max begleitete Luisa. Seit er und sie sich ihre Liebe gestanden hatten, hatte sich die Situation zwischen ihnen nicht weiterentwickelt. Sie hielten sich an den Händen, wenn sie über das Gut spazierten oder manchmal am Esstisch, aber das war ziemlich die einzige sichtbare Änderung. Viel gelacht und miteinander geredet hatten sie immer schon. Luisa war trotzdem glücklich. Ihre Liebe gestehen zu können und zu erfahren, dass sie erwidert wurde, reichte ihr vollends. Sie fühlte sich entspannt und ruhig und beschützt von dieser Liebe, und sie hatte es nicht eilig, sie fortzuentwickeln. Max dachte wie sie. Wenn die Leidenschaft sie überkam, tauschten sie hungrige Küsse, doch weiter gingen sie nicht. Ohne dass sie darüber gesprochen hätten, fanden sie es beide noch zu früh. Max wollte sich mithilfe Christian Rieckens endgültig im Autorennsport etablieren, Luisa die Schauspielschule zu Ende bringen und dann nach Engagements suchen. Jetzt, da der familiäre Bankrott nicht mehr über ihnen hing und auch Max' Bemühungen seinem eigenen Fortkommen dienen konnten und nicht mehr der Unterstützung des Guts, waren beide wie befreit und motiviert davon, etwas aus sich zu machen. In einer Liebe, in der sich beide so sicher und aufgehoben fühlten, konnte alles andere noch ein bisschen warten.

Als Luisa beim Empfang nach der Filmvorführung mit einem halb leeren Glas Champagner auf Max wartete, der sich für sie beide ins Gewühl am Büfett gestürzt hatte, wurde sie von einem jungen Mann angesprochen, der ihr vage bekannt vorkam. Er trug zwei volle Champagnergläser, schlug leicht die Hacken zusammen und verbeugte sich, während er gleichzeitig einen guten Abend wünschte.

Luisa konnte ihn nicht zuordnen. Er hatte keine Schmisse im Gesicht, so wie viele ehemalige Studenten, aber seine Fingernägel waren sauber, sodass er auch keinem handwerklichen Beruf nachgehen konnte. Er richtete sich wieder auf und lächelte.

»Darf ich Ihnen einen Tausch anbieten?«, fragte er und wies mit dem Kinn auf ihr Glas. »Das halb leere gegen ein volles?«

»Sind Sie einer der Kellner?«, fragte Luisa, obwohl sie wusste, dass der Mann ein Gast sein musste. Es störte sie, dass er ihr so vertraut einen Gläsertausch anbot, obwohl er sich noch nicht einmal vorgestellt hatte. »Dann sollten Sie besser ein Tablett mitführen, sonst können Sie immer nur maximal zwei Lieferungen auf einmal ausführen.«

Der junge Mann lachte. Es klang leicht gekünstelt. »Aber nein, wo denken Sie hin? Entschuldigen Sie, ich habe vergessen, mich vorzustellen. Ich kann als Entschuldigung nur vorbringen, dass Ihr Anblick mich verzaubert hat, und das hat mich meine Kinderstube vergessen lassen.«

Luisa erwiderte nichts darauf. Sie musterte den jungen Mann, sein etwas bemüht gewordenes Lächeln, seine hochgezogene Augenbraue. Sie kannte ihn, da war sie sicher. Dann sagte er seinen Namen, und sie wusste, wo sie ihn das letzte Mal gesehen hatte: vor zwei Jahren nach dem ersten Grunewaldrennen.

»Gestatten – Sigurd von Cramm«, sagte der junge Mann und verbeugte sich noch einmal.

Luisa musterte ihn. Ihre Überraschung war so groß, dass sie vergaß, sich ihrerseits vorzustellen.

»Mit wem habe ich die Ehre, wenn ich fragen darf?«, erkundigte Sigurd sich.

»Ich bin Luisa von Briest«, sagte Luisa.

Sigurd von Cramm machte ein erstauntes Gesicht. »Oh«, sagte er nur. »Das ist eine Überraschung.«

Luisa hatte den Verdacht, dass er log. Er hatte gewusst, wer sie war. Und mit dem Verdacht kam die Ahnung, dass er sie nicht zufällig angesprochen hatte. Dann sagte sie sich beschämt, dass sie sich von der Feindseligkeit, die zwischen ihren Eltern und Sigurds Mutter herrschte, hatte anstecken lassen. Hatte nicht ihr Vater versucht, das Eis zwischen den beiden Familien zu brechen? Es war ihm nicht gelungen. Vielleicht konnte ja die nächste Generation – sie und Sigurd – die Familienfehde endlich aus der Welt schaffen? Sie schob ihr Misstrauen beiseite und erwiderte freundlich: »Für mich ist es auch eine Überraschung, Herr von Cramm.«

»Ich hoffe, es ist keine unangenehme Überraschung, Fräulein von Briest. Ihnen ist genauso klar wie mir, wie die Situation zwischen unseren Familien ist. Aber wir Jungen müssen eine Fehde, die uns überhaupt nichts angeht, ja nicht fortsetzen, oder? Ich freue mich, Sie kennenzulernen.«

Er sprach Luisa so aus der Seele, dass die Erinnerung an all die Dinge, die Max ihr über Sigurd erzählt hatte, es schwer hatte, sich über die Freude an Sigurds Aussage durchzusetzen. Doch dann fiel ihr wieder ein, wie sehr Max sich über die Rücksichtslosigkeit

Sigurds beim Rennen beklagt hatte – und welchen Zusammenstoß er und der Sohn Magdas im Büro von Richard Loeb gehabt hatten. Ihr Misstrauen erneuerte sich und klang durch ihre Worte, als sie sagte: »Ich hatte das Gefühl, Sie hätten mich bewusst angesprochen.«

»Weil Sie die schönste Frau im Raum sind, zweifellos.« Sigurd lächelte.

Luisas Misstrauen stieg nun enorm. »Pflegen Sie alle Frauen anzusprechen, die Sie schön finden?«, fragte sie.

Sigurd musste ein paar Augenblicke lang überlegen. Luisas Worte hatten ihn sichtlich aus dem Gleichgewicht gebracht. Während er dachte, zuckte sein Gesicht. Luisa konnte nicht alle Emotionen erfassen, die darüberhuschten, aber Ärger war auf jeden Fall dabei gewesen.

»Na gut, ich wusste, wer Sie sind«, sagte Sigurd schließlich. »Ich dachte, Sie würden vielleicht argwöhnisch werden, wenn ich Sie direkt mit Ihrem Namen anspreche, daher der Umweg. Bitte verzeihen Sie.«

»Und weswegen sprechen Sie mich an?«

»Ich hoffte, Sie und ich könnten dazu beitragen, dass die Feindschaft zwischen den Familien Cramm und Briest endlich endet.«

»Warum schreiben Sie dazu nicht an meinen Vater? Er ist das Familienoberhaupt.«

»Ich denke, unsere Eltern können die Situation nicht klären. Es ist zu viel zwischen ihnen geschehen, wissen Sie.«

»Zwischen Ihnen und mir ist auch viel geschehen«, sagte Luisa. »Und es ist nichts dabei, was mich überzeugen würde, dass Sie an einer Beilegung der Animositäten interessiert sind.«

»Ach?«, fragte Sigurd und schaffte es diesmal nicht, seinen Ärger aus seiner Stimme zu verbannen. »Was habe ich Ihnen denn angetan?«

»Sie haben meinen Verlobten beschimpft und provoziert und ihn dann, als er sich wehrte, bei der Polizei angezeigt.«

»Ihren … Verlobten?«, brachte Sigurd mit weit aufgerissenen Augen hervor.

Luisa sah Max mit zwei Tellern aus der Menge auftauchen, zu ihr herüberblicken, lächeln, als er sie im Gespräch sah, und dann stutzen, als ihm klar wurde, wer da mit ihr sprach. Er konnte Sigurd nur von hinten sehen, aber er erkannte ihn offensichtlich sofort. Seine Miene verfinsterte sich. Er stapfte auf sie zu.

»Ihretwegen wurde mein Verlobter verhaftet und ins Gefängnis gebracht.«

»Brandow … ist … Ihr … Verlobter?«, würgte Sigurd hervor. »Dieser … Straßenköter?«

Max stand jetzt hinter Sigurd. »Cramm«, sagte er kalt.

Sigurd von Cramm drehte sich blitzschnell um und wich gleichzeitig ängstlich einen Schritt zurück. Er stieß an Luisa, der der Champagnerkelch aus der Hand glitt. Das Glas zerbrach mit einem lauten Splittern auf dem Boden. Gespräche in der Umgebung verstummten, Köpfe wandten sich ihnen neugierig zu. Dann verblasste die Neugier wieder, und die Gespräche wurden fortgesetzt.

»Hat der Mann dich belästigt, Luisa?«, fragte Max. Luisa erkannte an seiner abgehackten Redeweise, wie sehr er sich bemühte, klares Hochdeutsch zu sprechen.

»Noch nicht«, sagte Luisa.

»Verschwinden Sie und lassen Sie Fräulein von Briest in Ruhe, Cramm«, sagte Max.

»Brandow«, brachte Sigurd keuchend hervor. »Wenn Sie es wagen, mich anzufassen, dann …«

»Was dann? Werden dreihundert Premierenbesucher Zeugen, wie Sie sich am Boden winden und nach der Polizei plärren? Keene Angst, Cramm, ich fasse Sie nicht an. Ick will mir nicht vor dem Essen noch mal die Hände waschen müssen.«

»Sie sind … wirklich … mit Luisa verlobt?«, haspelte Sigurd.

Luisa hielt den Atem an. Sie hatte das mit dem Verlobten gesagt, weil es ihr passend erschienen war. Wie würde Max darauf reagieren?

»Für Sie immer noch *Fräulein von Briest*«, sagte Max. »Und jetzt machen Sie sich dünne und belästigen meine *Verlobte* nicht länger.«

Luisa hätte Max in diesem Augenblick anspringen und vor allen Leuten küssen mögen. Eine Welle von Liebe und Zuneigung stieg in ihr auf. Sie trat beiseite, als ein Kellner kam und die Scherben vom Boden kehrte, bevor er den verschütteten Champagner auftrocknete. Sie hatte dabei nur Augen für Max, der in seinem nicht übermäßig gut sitzenden und vom Gedränge am Büfett bekleckstén Frack eine Erscheinung war, die Sigurds eleganten Aufzug dennoch bei Weitem überstrahlte.

»Jemand von Ihrem Stand sollte sich schämen …«, begann Sigurd, an Luisa gewandt.

»Ich schäme mich außerordentlich, Herr von Cramm«, unterbrach Luisa. »Nämlich dafür, für einen Augenblick geglaubt zu haben, Sie könnten so etwas wie Anstand besitzen.«

Sigurd starrte sie an. Seine Lider zuckten vor Wut. Dann wandte er sich ab und stakste davon. Als er an einem Kellner mit Tablett vorbeikam, stellte er bei diesem die beiden vollen Champagnergläser mit solcher Wucht ab, dass dem Kellner das Tablett entglitt und mit dem Scheppern eines Kanonenschlags auf den Boden fiel. Scherben wirbelten durch die Gegend, Champagner und Wasser spritzten. Alle Gespräche verstummten schlagartig, alles wandte sich der Szene zu. Der Kellner wurde blass.

Sigurd, der stehen geblieben war, begann zu brüllen: »Sie Idiot! Passen Sie gefälligst auf. Sie haben meinen Frack ruiniert! Ich werde ihn Ihrem Haus in Rechnung stellen. Wie kann man so einem tollpatschigen Menschen etwas anderes in die Hand drücken als einen Straßenbesen?«

Der Kellner entschuldigte sich, obwohl ihm völlig klar sein musste, wer an dem Debakel die eigentliche Schuld trug. Luisa sah jetzt, dass er nur eine Hand hatte. Sein anderer Ärmel war ab dem Ellbogen leer und an sein Revers gepinnt. Er mochte um die dreißig sein, ein dünner Mann mit den üblichen Mangelkerben in den Wangen. Ein Kriegsversehrter.

»Selbstverständlich kommen wir für die Reinigung Ihres Anzugs auf, gnädiger Herr«, murmelte der Kellner.

Die Aufmerksamkeit der Gäste wandte sich diesmal nur langsam wieder ihren Gesprächen zu. In den meisten Mienen derjenigen, die die Szene beobachteten, konnte Luisa amüsierte Neugier erkennen; in einigen Gesichtern aber auch Kälte und Verachtung, die sich gegen Sigurd richteten.

Ein Oberkellner eilte herbei und entschuldigte sich nochmals. Er schickte den glücklosen, einarmigen Kellner mit einer abrupten Kopfbewegung in Richtung Küche. »Holen Sie jemand, der das aufwischt«, hörte Luisa ihn sagen. Dann wandte sich der Oberkellner an Sigurd. »Wenn Sie mir Ihre Adresse geben wollen, gnädiger Herr? Ich lasse den Anzug dann abholen und reinigen. Und darf ich Ihnen zumindest eine Leihjacke für diesen Abend anbieten?« Er tupfte mit dem weißen Tuch, das er über dem Arm getragen hatte, am Revers von Sigurds Jacke herum. Man konnte auf dem schwarzen Stoff keinen Fleck erkennen. Wahrscheinlich hatte Sigurd kaum etwas getroffen.

»Das kommt davon, wenn man Krüppel die Arbeit von gesunden Deutschen tun lässt«, sagte Sigurd schneidend.

»Sie verzeihen … das Personal ist heutzutage schwierig …«, murmelte der Oberkellner. Sein Gesicht war rot geworden. Luisa fragte sich, ob der Mann vielleicht auch eine Kriegsverletzung hatte, die man nur nicht sah. Vielleicht schnallte er nach dem Dienst eine aufwendige Schiene von einem zerstörten Kniegelenk und rieb sich seufzend die aufgeschundene Haut mit einer Salbe ein.

Sigurd stieß die Hand des Oberkellners weg. »Ich brauche keine Leihjacke«, sagte er laut. »Ich werde gehen. Das Personal ist hier nicht besser als die Gäste.« Er starrte bei seinen letzten Worten mit flammenden Augen in Luisas Richtung, was zur Folge hatte, dass die Neugier im Saal sich auf sie richtete und Max sich mit den beiden Tellern in der Hand auf Sigurd zu in Bewegung setzte. Luisa hielt ihn mit Mühe auf.

»Lass ihn«, sagte sie. »Sein Gift trifft mich nicht.«

Sigurd stolzierte hinaus. Der Oberkellner marschierte in Richtung Küche davon. Jemand vom Personal kam und beseitigte die Schweinerei. Der einarmige Kellner tauchte nicht wieder auf.

»Warum haste mich jehalten?«, beschwerte sich Max. »Ick hätte ihn …«

»Ich möchte nicht, dass mein Verlobter sich vor aller Augen mit einem Grobian prügelt«, sagte Luisa. Dann begann sie zu lächeln. »Hat es dich nicht gestört, dass ich das gesagt habe? Das mit dem Verlobten?«

»Nee. Ick war nicht mal überrascht.«

»Dann findest du, wir sind verlobt?«

»Ick finde«, sagte Max, gestikulierte unwillkürlich mit einem Teller und konnte eine Bulette nur mit Mühe davon abhalten, herunterzufallen, »dass wir zusammengehören. Für alle Zeit. Und da passt det doch janz gut, wa?«

»Ich liebe dich, Max«, flüsterte Luisa.

Max grinste. Dann irrte sein Blick ab. Luisa drehte sich um und sah einen Mann mit einem dichten, nach hinten gekämmten Haarschopf sich nähern, von dem sich einzelne Strähnen bereits von der Pomade befreit hatten. Das Haar wies noch Reste einer Blondfärbung auf. Der Mann lächelte und zog gleichzeitig die Augenbrauen hoch. Er hatte ein kühnes, kantiges Gesicht, aber wenn man in seine Augen sah, wusste man, dass er immer für einen Spaß zu haben war.

»Gehn's, Freilein von Briest«, sagte der Mann, »sagn's bloß, Sie kannten diesen Neandertaler.« Sein Akzent war wienerisch bis hin zum singenden Tonfall.

Luisa schluckte. Sie wies auf Max. »Herr Richter, darf ich Ihnen meinen Verlobten vorstellen: Herr Max Brandow. Max, das ist Herr Paul Richter …«

»Sie waren der Siegfried«, sagte Max.

»Der Herr Lang«, sagte Richter lachend, »holt immer mich, wenn's in einem Film einen braucht, der noch vor dem End stirbt.«

»Sie waren ooch in *Dr. Mabuse*«, sagte Max, bei dem die Erinnerung jetzt einzusetzen schien. Ein Schatten fiel über sein Gesicht. Luisa wusste, warum. Paul Richter hatte das Opfer von Dr. Mabuse in der Kartenspielerszene gespielt – der Szene, die Max dazu verleitet hatte, Franz Komnick ausnehmen zu wollen.

Richter bemerkte den Schatten nicht. Er streckte die linke Hand aus und nahm Max den Teller aus der Rechten. Dann schüttelte er Max zur Begrüßung die Hand. »Ist mir eine Ehr, Herr Brandow. Ihr Freilein Verlobte und ich kennen uns vom Set. Sie hat oft zug'schaut, wenn wir gedreht haben.« Er blickte auf den Teller. »Und dankschön, dass Sie mir was zum Essen mitgebracht haben. Ich bin noch gar nicht zum Büfett durchgedrungen, heast.« Er sagte »Buffett« statt »Büffeh« und grinste schelmisch.

»War mir 'ne Freude, Herr Richter«, sagte Max.

»Naa, Schmarrn.« Richter lachte und gab ihm den Teller zurück. »Ich wollt nur schauen, ob Sie Sinn für Humor haben. Humor macht einen Menschen warmherzig, und Freilein von Briest hat einen warmherzigen Mann verdient. Freut mich, dass Sie beide sich gefunden haben. Habe die Ehre, Herrschaften.«

»Wollen Sie uns nicht ein wenig Gesellschaft leisten?«, fragte Luisa aufgeregt.

»Sehr freundlich, aber ich schau erst mal in die Kuchl und sorg dafür, dass der Kellner nicht noch rausgeschmissen wird. Wissen's, ich war auch im Krieg, bei den Kaiserjägern. Ich hab Glück gehabt, dass mir nix passiert ist. Ich hab Respekt vor jedem, der was aus dem Krieg mitgebracht hat – oder dort lassen musste.

Und dann schau ich, dass ich *meine* Verlobte in dem Trubel hier find, und hol *ihr* was zum Essen vom *Büfett.*«

»Seine Verlobte ist auch Schauspielerin. Sie hat eine der Hauptrollen in *Dr. Mabuse* gehabt«, sagte Luisa, als Richter außer Hörweite war.

»Was wollte Sigurd von dir?«

»Ich weiß es nicht. Er tat so, als würde er mich nicht kennen, gab aber dann zu, dass er mich gezielt angesprochen hat. Er sagte, er wolle zusammen mit mir die Fehde zwischen unseren Familien überwinden, doch ich glaube ihm kein Wort. Ich bin froh, dass du gekommen bist.«

Max blickte in die Richtung, in die Sigurd verschwunden war. Er schüttelte den Kopf. »Die laden wirklich jeden zu solchen Festen ein. Aber dein Herr Richter is knorke. Eene schlechte Bejegnung, eene gute. Bin jespannt, was jetzt noch kommt.«

»Jetzt«, sagte Luisa, »kommt der Teil, an dem ich mich mit meinem Verlobten an einen Tisch setze und alles futtere, was er mir vom Büfett mitgebracht hat.«

»Die hatten ooch Schnecken und Muscheln«, sagte Max. »Ick kann noch mal losgehen und dir welche holen.«

»Falls ich danach noch Hunger haben sollte«, sagte Luisa und musterte die beiden gut vollgepackten Teller, »werde ich dich lieber um eine Bulette bitten.«

## 10

Im August unterzeichneten die Siegermächte den sogenannten Dawes-Vertrag. Er führte eine flexible Höhe der jährlichen Reparationszahlungen mit einer Mindesthöhe ein, abhängig von der Wirtschaftskraft Deutschlands. Ausländische Banken durften wieder Kredite an deutsche Banken vergeben. Damit konnte sich die Republik stabilisieren. Dass es auch Probleme gab, erfuhr man nur, wenn man verschiedenen Quellen lauschte. Hörte man den Rechten zu, war es ein Skandal, dass der Vertrag gleichzeitig die Reichsbank und die Reichsbahn unter internationale Kontrolle stellte; die Souveränität Deutschlands war damit angegriffen. Aus der Wirtschaft konnte man hören, dass Deutschland auch nicht in der Lage sein würde, den jährlichen Mindestbetrag zu leisten. Die Kreditinstitute deckten sich mit vornehmlich amerikanischen Devisen ein und bemängelten gleichzeitig die dadurch entstehende Abhängigkeit von der US-Wirtschaft. Die Leute auf der Straße, die sich ein Ende der Arbeitslosigkeit erhofft hatten, beschwerten sich darüber, dass ihre Hoffnungen nicht eintrafen.

»So ist das in Deutschland«, sagte Christian Riecken vergnügt, nachdem Max und er den NAG D6 auf einem geraden Stück Landstraße zu einem bisher nicht erreichten Tempo hochgejagt hatten. »Jeder hat was zu meckern. Und was tun wir?«

»Wir fahren«, sagte Max. Die beiden ungleichen Männer grinsten sich an. In den vergangenen Monaten hatte sich aus einer respektvollen Zusammenarbeit eine ebenso respektvolle Freundschaft entwickelt.

»Und zwar bald«, erklärte Riecken. »Sag es nicht weiter und vor allem nicht, dass du es von mir hast – aber Anfang Oktober wird es eine erste richtige deutsche Rallye geben. Nicht nur so eine Rundfahrt, wie sie der ADAC in der Eifel veranstaltet. Ein Streckenrennen. Und rate mal, wo?«

»Im Ruhrgebiet?«

»Genau. Symbolträchtig wie sonst was. Die Franzosen sind noch da, aber ihr Abzug ist beschlossene Sache, und sie können uns auf unserem eigenen Land nichts mehr verbieten. Außerdem gibt's dort die breitesten Straßen und die wenigsten Hindernisse, weil die Kerle die halbe Infrastruktur abgerissen und über die Grenze geschafft haben. Egal. Uns kommt es zupass. Wir haben freie Fahrt.«

»Warum wird das noch nicht öffentlich gemacht?«

»Weil hinter den Kulissen erst noch ein paar Fäden gezogen werden müssen. Seit Hugo Stinnes verstorben ist, haben wir Autobauer nicht mehr ganz so viel Gehör im Reichstag. Stinnes war ein Automobilfanatiker.«

»Er hat die AVUS mitfinanziert«, sagte Max.

»Und Gott weiß was noch alles. Ich möchte nicht sein Erbe sein. Ich habe gehört, er hätte sein Imperium gerne einer seiner Töchter vererbt, aber seine Witwe und seine Söhne haben sich durchgesetzt. Die Tochter soll ein Wildfang sein, eine Berliner Skandalnudel, in allen Tanzhäusern daheim, raucht und kleidet sich wie ein Mann. Aber sie hätte es wohl gekonnt. Bei solchen Dingen ist es wie auf der Rennbahn – man muss das Steuer demjenigen in die Hand geben, der am unerschrockensten ist.«

»Hältste mich denn für genügend unerschrocken?«, fragte Max und lächelte.

»Ich halte dich für den, der den süßen Schatz hier«, Riecken klopfte dem D6 auf die Flanke, »auf einen guten Platz bringt bei der Ruhrrallye. Straf mich bloß nicht Lügen. Und sei so gut und schweig still, bis du über diese Sache in den Zeitungen lesen kannst.«

In den Tagen vor dem Rennen war es so heiß, dass nur das gelbe Laub an den Bäumen an den Oktober erinnerte. Ansonsten hätte es auch mitten im August sein können. Die Startplätze und -zeiten wurden ausgelost. Diejenigen, die das Pech hatten, hintere Plätze zu belegen, starteten in der Staubglocke, die die Glücklicheren auf den vorderen Plätzen aufgewirbelt hatten. Nur wenige Streckenabschnitte waren asphaltiert, und die waren gefährlicher als die Staubpisten, weil sie mehr aus Schlaglöchern denn aus glatten Abschnitten bestanden. Es wurde auf Zeit gefahren. Der Fahrer, der die Strecke in der kürzesten Zeit zurücklegte, war der Sieger. Dennoch gab es unterwegs Duelle, wenn langsamere Fahrer mit vorderen Startzeiten von schnelleren Fahrern eingeholt wurden, die später gestartet waren. Max hatte wie üblich Pech gehabt und war weit hinten gestartet, sodass er und sein Mechaniker Hans Berthold schon nach wenigen Minuten über und über grau waren vor Staub, mit den Fingern immer wieder ihre Brillen abwischen mussten und streckenweise mit angehaltenem Atem fuhren, damit sie nicht erstickten. Max, Christian und Hans hatten sich, als das Rennen öffentlich bekannt gegeben und damit eine Tatsache geworden war, dafür entschieden, den D6 auf Schnelligkeit und nicht auf Fahrkomfort zu trimmen. Max war sicher, dass er das Fahrzeug auch in schwierigen Situationen beherrschen konnte. Dies wirkte sich schon in der Anfangsphase des Rennens so aus, dass sie immer wieder langsamere Fahrzeuge überholten und dass Max schweißgebadet war, weil jede schnelle Lenkbewegung ein Ringkampf gegen die Fliehkräfte und das Beharrungsvermögen des D6 war. Dass Automobilrennen anstrengend waren, hatte Max bereits vorher gewusst. Das Wort »anstrengend« bekam aber jetzt eine neue Dimension. Seine Brille beschlug von innen, der Staub buk sich wie eine Zementschicht auf den Rinnen fest, die Schweißtropfen durch sein Gesicht zogen, das Tuch vor seinem Mund wirkte, als hätte es jemand vorn zugespachtelt. Seine Hände waren verkrampft, und seine Schultern bebten. Bisher hatte er gedacht, dass das Fahren auf Rennstrecken wie der AVUS die Königsdisziplin des Automobilsports war. Jetzt war er nicht mehr so sicher. Die Anforderungen, die ein Überlandrennen an Fahrer und Automobil stellten, waren brutal. Und im Nachhinein kam ihm das Gejammer der Fahrer über den schlechten Zustand der AVUS, in das auch er damals eingestimmt hatte, geradezu lachhaft vor. Mörderischer Straßenbelag war bei einem Überlandrennen die Regel, und die schlimmsten Streckenabschnitte der AVUS wären hier als erholsam empfunden worden.

Die Straßen waren dicht gesäumt mit Zuschauern, Fotografen und Journalisten. Bis Max und Hans Berthold sie passierten, waren sie bereits ebenso grau bestaubt wie die Fahrer. Sie winkten dennoch unverdrossen. Das Feld war durch die unterschiedlichen Startzeiten stark auseinandergezogen, sodass die Zuschauer reichlich zu sehen bekamen für ihre Mühe; auch das war anders als bei der AVUS, wo wenige Sekunden Aufregung bei der Durchfahrt der Nordkurve sich mit langen Minuten ohne jegliches Geschehen abwechselten, wenn sich der Pulk der Fahrzeuge wieder entfernt hatte. Andererseits kamen die Automobile bei einem Rundkurs immer wieder vorbei. Wenn hier der letzte Fahrer an einem vorbeigebraust war, konnte man getrost nach Hause gehen.

Nach knapp drei Stunden war das Rennen für Max und seinen Beifahrer zu Ende. Sie hatten so viele andere Fahrer überholt, dass sie sicher waren, einen guten Platz eingefahren zu haben. Am Zielort hatte niemand daran gedacht, dass die Fahrer verdreckt und verschwitzt sein würden. Es gab keine Waschgelegenheiten. Dafür gab es eine Blaskapelle und Stände, an denen Bier und Wein ausgeschenkt und Delikatessen wie Himmel & Erde und Fitzebohnen angeboten wurden. Die Platzierungen wurden mit jedem neuen Fahrzeug, das durchs Ziel kam, aktualisiert. Es war ein mühsamer Prozess, bei dem die Zeitnehmer und Schiedsrichter am Zielort sich mit denen am Startort telefonisch abstimmten. Je mehr Fahrer dicht hintereinander ankamen, desto länger dauerte es, bis das Ergebnis feststand. Dann wurden die Listen erneuert.

Max und Hans Berthold saßen erschöpft im Kreis der anderen Fahrer auf dem Boden, Biergläser vor sich. Ein paar von den Männern aßen. Die meisten tranken mit durstigen Schlucken. Wer sich aufrappelte, um bei den Schiedsrichtern nach den Ergebnissen zu fragen, merkte sich die Platzierungen von allen und gab sie dann in der Runde kund. Während des Rennens waren sie alle erbitterte Konkurrenten gewesen. Jetzt waren sie wieder Rennkameraden.

Christian Riecken traf lange nach Max' und Hans' Ankunft ein. Er war beim Start mit dabei gewesen, hatte sich dann in seinen NAG-Tourenwagen gesetzt und war auf den nicht gesperrten Straßen zum Zielort gerast. Er kam auf seine beiden Kollegen zugelaufen, rot im Gesicht und aufgeregt.

»Und?«, fragte er. »Und?«

Max hielt ihm sein halb leeres Bierglas hin. »Hier«, sagte er, »trink erst mal ordentlich. Ick hab sonst noch eenen sitzen.«

Christian prostete Hans Berthold und den anderen Fahrern rundherum zu. Die meisten kannten ihn als Konkurrenten auf der Rennpiste und warfen ihm launige Bemerkungen zu, dass er diesmal hinter den Kulissen agierte. Christian wischte sich den Schaum vom Schnurrbart.

»Und?«, fragte er wieder.

»Dritter Platz«, sagte Max vergnügt.

»Ich werd verrückt.«

»Sag bloß, det haste uns nich zujetraut.«

»Ich werd verrückt, weil's nicht der erste Platz ist!«, rief Riecken und korrigierte sich dann sofort. »Blödsinn, Jungs. Ich bin stolz auf euch! Dritter Platz? Ehrlich? Ich wäre auch mit dem fünften zufrieden gewesen.«

»Dann hättest du den Schorsch anstelle von Maxe fahren lassen sollen!«, feixte einer der anderen Fahrer. Georg Klöble, der auf einem NSU am Rennen teilgenommen hatte und im Augenblick Fünftplatzierter war, hob sein Bierglas in Richtung des Rufers und sagte: »Haha. Glei schäddr i mi dood!« Aber dabei grinste er übers ganze Gesicht.

Ein weiteres Fahrzeug kam über die Ziellinie. Wieder begann das telefonische Hin und Her zwischen Ziel- und Startort. Fahrer und Beifahrer gesellten sich zu den anderen und holten sich etwas zu trinken.

»Habt ihr was von dem Mädel gesehen?«, fragte einer der vorher Angekommenen.

Der Beifahrer des Neuankömmlings lachte. »Die steht vermutlich noch an der Startlinie und fragt sich, wie rum sie das Lenkrad drehen muss.«

Die meisten kicherten. Ein paar verdrehten die Augen oder wandten sich kopfschüttelnd ab.

Max, der nicht verstanden hatte, worum es ging, fragte einen der Rennkameraden: »Mädel?«

»Hast du das nicht mitgekriegt? Dinos hat 'ne Frau an den Start gebracht. Als ob die Frauen jemals ein Automobil lenken könnten.«

»Eine Frau?«

»Meine Güte, Maxe, wo bist du denn die letzten paar Tage gewesen?«

»Unter dem D6, meistens«, sagte Max wahrheitsgemäß. Er hatte sich für keinerlei Nachrichten interessiert. Vier Tage pro Woche hatten er und Christian Riecken an dem Fahrzeug gearbeitet. Dann waren sie auf Gut Briest hinausgefahren und hatten auf den wenig befahrenen Landstraßen um das Gut herum Probefahrten unternommen. Außerhalb dieser Zeiten war er mit Luisa zusammen gewesen und hatte sie und Otto dabei unterstützt, den Gutsbetrieb wieder ans Laufen zu bekommen. Otto hatte vom früheren Gesinde wieder eingestellt, wer noch keine neue Arbeit gefunden hatte, und es gab viel zu regeln und neu zu organisieren. Hermine hielt sich derweil die meiste Zeit in Berlin auf und tat dort das Gleiche mit der Agentur. Nach dem langen Stillstand empfand jeder die Aufbruchsstimmung als stimulierend und befreiend und arbeitete mehr, als er es normalerweise getan hätte. Max hatte oft an die Worte Christian Rieckens denken müssen – dass Männer wie er und Max und viele andere als gute Beispiele dienen konnten, weil sie anpackten. Riecken hatte den Kreis derer, die anpackten, zu eng gezogen. Eigentlich packten alle an. Abgesehen von den empörten Rassisten am rechten Rand und den fanatischen Bolschewisten am linken Rand, die allesamt die Republik und ihr derzeitiges Gesicht hassten, waren die Deutschen damit beschäftigt, aus der Asche wiederaufzuerstehen.

»Du musst ab und zu mal unter der Kiste hervorkommen und in die Welt gucken«, sagte Max' Gesprächspartner amüsiert. »Dann hättest du mitbekommen, dass sie bei Dinos einen wirklich prominenten Fisch an Land gezogen haben.«

»Das ist aber auch alles, was die Kleine ist – prominent. Und das auch nur wegen des Herrn Papa«, mischte sich ein anderer ein.

Und ein Dritter meinte: »Ihr seid alles Quatschköpfe. Wieso soll das Mädel nicht anständig fahren können? Abgesehen davon ist es egal, wer ihr Vater ist. Auf der Rennstrecke sind alle gleich, und die Fehler, die du machst, sind deine eigenen, so wie deine Triumphe deine eigenen sind.«

»Es ist trotzdem lächerlich von Dinos, ein Mädel in diesem Rennen antreten zu lassen, und dann noch eine, die sich durch nichts anderes hervorgetan hat, als Tango zu tanzen, zu rauchen und in allen Gesellschaftsblättern zu sein.«

»Vom wem quasselt ihr denn?«, fragte Max entnervt.

»Meine Güte, seht euch mal den Irren da an«, rief jemand.

Ein staubbedeckter Wagen schoss heran. Er raste mit unverminderter Geschwindigkeit auf die Ziellinie zu. Von den Zeitnehmern lief ihm einer entgegen und winkte mit beiden Armen, dass der Fahrer das Tempo drosseln sollte, aber der ignorierte die Warnung. Er raste über die Ziellinie und riss dann am Bremshebel. Die Räder blockierten. Der Wagen rutschte weiter über die Piste, kaum gebremst. Der Fahrer riss das Steuer herum, der Beifahrer lehnte sich weit hinaus … der Wagen schleuderte, driftete und kam dann in einer monströsen Staubwolke zu stehen. Die Staubwolke hüllte den Tisch der Schiedsrichter und die auf dem Boden sitzenden, bereits angekommenen Fahrer ein. Max fühlte, wie kleine Steinchen auf ihn und die anderen niederprasselten. Husten wurde laut und aufgebrachte Beschimpfungen. Die

Schiedsrichter saßen an ihrem Tisch wie erstarrt, nun genauso grau und eingestaubt wie die Fahrer, über deren Können sie richteten.

Max beobachtete, wie der Fahrer, ein kleiner, schmächtig wirkender Bursche, ausstieg und zu den Zeitnehmern rannte. Dort gab es einiges Händegefuchtel und laute Stimmen, die Max nicht verstehen konnte. Der Beifahrer war einfach in dem über und über mit Staub und Straßendreck bedeckten Wagen sitzen geblieben und hatte nur die Brille abgenommen. Er saß da wie jemand, der froh ist, dass sein Martyrium vorüber ist, und sich fragte, wieso er überhaupt dort hineingeraten konnte. Die Zeitnehmer telefonierten mit dem Startort, die Schiedsrichter kamen heran, weiteres Händegefuchtel, Uhren und Listen wurden konsultiert – und dann sah Max zu seinem unendlichen Missvergnügen, dass die Reihenfolge der Platzierungen sich änderte. Er war auf einmal auf Platz vier. Platz drei nahm jetzt ein Fahrername ein, von dem Max noch nie etwas gehört hatte.

Lehmann.

Der unbekannte Kollege namens Lehmann stapfte mit allen Anzeichen der Zufriedenheit zu seinem Fahrzeug zurück. Fotografen bauten sich jetzt dort auf und lichteten den Fahrer ab, der seine Brille und den Schal abnahm und in die Kameras blinzelte. Die anderen Fahrer wechselten fassungslose bis amüsierte Blicke. Max konnte jetzt die Machart des zuletzt angekommenen Fahrzeugs erkennen, wenn auch unter all dem Staub nicht das Markenkennzeichen. Es war ein Dinos.

»Lehmann«, spottete einer der Fahrer. »So ein Quatsch. Ist doch vollkommen klar, wer sie ist.«

»Sie?«, fragte Max.

»Morgen werden alle Zeitungen titeln: Fräulein Stinnes fährt den Männern davon!« Der Fahrer winkte ab. »Pah. Alles nur warme Luft.«

»Fräulein Stinnes?« Max saß mit offenem Mund da. Der Fahrer, der ohne Rücksicht auf Verluste über die Ziellinie gedonnert war und ihm den dritten Platz weggenommen hatte, war eine Frau? Die Frau, von der vorhin die ganze Zeit die Rede gewesen war? Und dann auch noch das bekannteste Mädel der Berliner Gesellschaft? Hatten Max und Christian Riecken nicht vor ein paar Wochen noch über sie gesprochen? Den Wildfang?

Er sah ihr dabei zu, wie sie die Lederkappe vom Kopf zog und einen verschwitzt-zerzausten Bubikopf mit Seitenscheitel schüttelte. Dann zündete sie sich eine Zigarette an. Sie wechselte ein paar Worte mit ihrem Beifahrer, der mittlerweile ebenfalls ausgestiegen war, aber anscheinend recht einsilbig antwortete. Sie bot ihm eine Zigarette an. Er nahm sie. Eine Weile standen sie schweigend nebeneinander, dann begab sich der Beifahrer zu Max und den anderen herüber, setzte sich aber abseits, um zu signalisieren, dass er kein Gespräch wünschte. Clärenore Stinnes betrachtete die Fahrergruppe nachdenklich und mit hastigen Zigarettenzügen. Max fasste sich ein Herz und ging zu ihr hinüber.

»Darf ich mich vorstellen?«, fragte er. »Ich bin Max Brandow. Die anderen nennen mich Maxe.«

»Lehmann«, sagte Clärenore Stinnes und schüttelte nach kurzem Zögern seine Hand.

Max nickte. »Lehmann«, sagte er. »Mhm. Und wie nennen Sie alle anderen?«

»Wie meinen Sie das?«, erwiderte sie feindselig. Sie schien das berüchtigte jähzornige Temperament ihres Vaters geerbt zu haben.

Max seufzte. »Entschuldijen Sie. Ick dachte, wir könnten uns unterhalten. Ick wollte nicht stören.« Er wandte sich ab.

»Natürlich können wir uns unterhalten«, hörte er sie leise sagen.

»Ick hab wahrscheinlich blöd anjefangen«, sagte Max.

»Nein, haben Sie nicht. Ich hab schon verstanden, was Sie sagen wollten. Ist auch idiotisch, das Pseudonym aufrechtzuerhalten, oder? Jeder weiß, wer ich bin. Immer wissen alle, wer ich bin.«

Max zuckte mit den Schultern. »Ick wollte Ihnen eigentlich nur gratulieren.«

»Gratulieren? Zum dritten Platz? Dazu gratuliert man nicht.« Dann stutzte sie, warf einen Blick auf die Tafel mit den Platzierungen und wurde rot. »Ich habe Sie vom dritten Platz verdrängt.«

»Kein Grund, mir zu gratulieren«, sagte Max und bedauerte seinen Sarkasmus sofort. Aber diesmal schnappte Clärenore Stinnes nicht sofort zurück.

»Was fahren Sie?«, fragte sie.

»Einen NAG D6. Den dort drüben.«

»Ist das ein Prototyp? Ich kenne nur den C4 und den C4b von NAG.«

»Ja. Eine Neuentwicklung von Christian Riecken.«

»So väterlich, wie Sie die Kiste anschauen, steckt von Ihnen auch was drin, oder?«

Max war überrascht über ihre Einsicht. »Een bisschen«, gab er zu.

»Mit einem Prototyp die vorderen Plätze zu erringen, ist eine Leistung«, sagte sie. »Ich nehme zurück, was ich über den dritten Platz gesagt habe. Aber ich hoffe, Sie erwarten nicht, dass ich bedaure, Ihnen den Platz weggeschnappt zu haben.«

»Das Rennen ist ja noch nicht zu Ende. Wer weiß, auf welchen Plätzen wir zuletzt stehen werden.«

»Da kommen nicht mehr viele. Robert hat zwar alles getan, um die Rennleitung auf unsere Seite zu ziehen, aber man hat mich trotzdem ziemlich am Schluss starten lassen. Ich sollte wohl demütig Staub schlucken, dass ich es wage, mit den Herren der Schöpfung mitzufahren. Die meisten, die jetzt noch durchs Ziel rollen, habe ich alle auf der Strecke überholt. Die werden keine vorderen Plätze belegen.«

»Wie lange fahren Sie denn schon?«

»Ich hab den Führerschein gemacht, sobald ich konnte.« Sie grinste. »Sehr zum Ärger meiner Mutter. Sie meint, die einzige Technik, mit der eine Frau umgehen sollte, ist die ihres Ofens zu Hause in der Küche.«

»Ihr Vater hatte nichts dagegen?«

»Mein Vater wusste überhaupt nicht, was er mit mir anfangen sollte. Da habe ich ihn unter Druck gesetzt, kaum dass ich volljährig war. Ich habe ihm gesagt, ich möchte zum Film. Aber da war ich nur ein paar Wochen – bei einer Gesellschaft namens Westi-Film GmbH, deren Vorsitz ein Russe hatte, Wladimir Wengeroff …«

»Warum sind Sie nicht zur Ufa gegangen … ich meine, bei Ihrem Namen hätte man Sie dort doch …« Er verstummte, als sich Clärenores Miene verfinsterte. »Hab ick wat Falsches jesagt?«

»Verstehen Sie nicht? Ich wollte wegen meines Könnens genommen werden, nicht wegen des Namens meines Vaters! Ich habe mich sogar bei der Ufa beworben, direkt bei Erich Pommer. Wissen Sie, was er sagte, als ich ihm vorgestellt wurde? Er sagte: ›Lieber Gott, der Buddenbrook-Effekt. Hat denn der Herr Papa keine Verwendung für Sie?‹ Ich bin sofort wieder gegangen.«

»Warten Sie mal«, sagte Max, dem jetzt etwas dämmerte. »Haben Se sich dort auch als Fräulein Lehmann vorjestellt?«

»Ja, aber Pommer wusste natürlich sofort, wer ich war.«

»Meine Verlobte hat mir von Ihnen erzählt. Sie sind Ihr damals bejegnet!«

»Ihre Verlobte?«

»Luisa von Briest. Sie sagte, Sie seien einander vorjestellt worden. Von Alexander Grau, dem Ufa-Vorstand. Luisa sagte, Sie wären mit Ihrem Dinos jefahren wie der Teufel – und det Sie eenen temperamentvollen Abgang hatten.«

»Ich kann mich nicht mehr erinnern«, sagte Clärenore. »Tut mir leid. Der Tag war schrecklich.« Dann musterte sie Max genauer. »Verlobt sind Sie? Wie alt sind Sie denn?«

»Zwanzig.«

»So früh wollen Sie sich schon binden?«

»Ick hab die große Liebe jefunden«, sagte Max schlicht. »Keen Grund, noch weiter zu warten. Eene größere finde ick nicht.«

Clärenore schwieg. Max sah eine Anzahl von Emotionen über ihr Gesicht huschen, die es abwechselnd frei und verkniffen aussehen ließen. »Große Liebe«, murmelte sie dann. Sie schüttelte sich und klopfte auf die Motorhaube ihres Dinos. »Meine große Liebe ist das hier. Auto fahren.«

»Warum sind Sie nicht beim Film geblieben?«

Clärenore schnaubte. »Es war ein Irrweg. Zuerst war ich das Mädchen für alles, und als sich rausstellte, dass ich alles hinkriegte, was man mir auftrug, hieß es, ich hätte Hilfe von außen gehabt. Da wurde mir erst klar, dass alle bei der Westi-Film genau wussten, wer ich war … und dass die Firma eigentlich meinem Vater gehörte. Er hatte es mir nie gesagt.«

»Und wie sind Se jetzt hier jelandet? Als Rennfahrerin? Sie müssen doch die erste Frau in der Jeschichte Deutschlands sein, die Rennen fährt.«

»Es gibt zwei Frauen, die mich inspiriert haben. Die eine ist Bertha Benz, die andere ist Olga Frühwald.«

Max zuckte mit den Schultern. »Benz hat irgendwas mit der Automobilfirma zu tun, oder?«

»Sie ist die Frau von Carl Benz, dem Autobauer. Sie hat die erste Überlandfahrt Deutschlands mit einem Automobil gemacht.«

»Wann war det denn?«

Jetzt grinste Clärenore. »Für jemanden, der Autorennen fährt, sind Sie nicht sonderlich gut informiert.«

Max grinste zurück. »Ick hab in der Schule oft jefehlt.«

»Die Fahrt von Frau Benz war vor fast vierzig Jahren. Als Automobile noch aussahen wie Kutschen ohne Pferde vorne dran. Und von einem schnellen Fußgänger überholt werden konnten.«

»Und die zweite Inspiration?«

»Olga Frühwald.«

»Herrje«, sagte Max. »Von der hab ick ooch noch nie jehört.«

»Sie hat voriges Jahr in Wien die Rennstrecke auf der Praterallee in unter einer Minute geschafft.«

Max schüttelte den Kopf. Zum ersten Mal ging ihm auf, dass zum Rennfahren möglicherweise mehr gehörte als die Beherrschung des Fahrzeugs. Er würde Luisa nach den beiden Namen fragen und sie bitten, ihm Bücher herauszusuchen, in denen er solche Dinge nachlesen konnte. Jetzt würde er sich aber erst einmal erneut dem gutmütigen Spott Christian Rieckens aussetzen, dass er sich den dritten Platz hatte abnehmen lassen. Er wusste, dass Christian nicht ernsthaft enttäuscht sein würde. Der D6 war immer noch ein Prototyp, den ein anderer Fahrer als Max wahrscheinlich an den nächsten Baum gelenkt hätte, statt ihn als Vierter durchs Ziel zu bringen. Er verabschiedete sich von Clärenore Stinnes.

»Wenn Sie in Berlin sind, schauen Sie bei Dinos vorbei«, sagte sie. »Dort kann man gute Fahrer brauchen.«

»Ick kann Ihnen aus Erfahrung sagen, det Herr Loeb mich nicht haben will«, sagte Max.

»Richard Loeb? Der ist mittlerweile in Pension. Der technische Direktor ist jetzt Robert Dunlop. Er war es, der mich angesprochen hat, bei diesem Rennen mitzufahren. Er meinte, es sei eine gute Werbung für das Unternehmen, wenn die Tochter von Hugo Stinnes auf einem Dinos an der Rallye teilnimmt. Er war erst enttäuscht, als ich sagte, ich fahre als Fräulein Lehmann. Aber morgen wird natürlich ganz Berlin wissen, wer Fräulein Lehmann wirklich ist. Sie haben die Fotografen ja gesehen. Die hat mit Sicherheit Robert hierhergeschickt.« Clärenore seufzte. »Aber wissen Sie, diesmal macht es mir nichts aus. Die Dinos-Werke haben auch meinem Vater gehört – und jetzt meinem Bruder. Doch sobald Robert mich angesprochen hatte, wusste ich auf einmal, dass das mein Platz im Leben ist: hinterm Lenkrad. Wie gesagt –

das ist meine große Liebe. Und ich sagte mir, diese Liebe von mir zu weisen, aus töchterlichem oder schwesterlichem Trotz, wäre töricht. Den dritten Platz habe ich ja schließlich aus eigener Kraft geschafft, nicht wegen meines Namens. Und es ist tatsächlich gar kein schlechter Platz. Wenn ich recht überlege, dürfen Sie mir doch gratulieren.«

»Ick fühle mich bei der NAG gut aufjehoben«, sagte Max.

»Na dann … vielleicht schauen Sie ja trotzdem mal vorbei. Auf einen Tee oder so.«

## 11

Max hatte niemals in Betracht gezogen, die NAG zu verlassen. Es war eine weise Entscheidung, wie sich wenig später herausstellte. Die Popularität von Clärenore Stinnes und dass die Zeitungen ihren dritten Platz ausschlachteten, als hätte sie im schwierigsten Rennen aller Zeiten mit himmelweitem Abstand den *ersten* Platz belegt, halfen den Dinos-Automobilwerken nicht weiter. Hugo Stinnes junior, seit dem Tod seines Vaters der Herr über einen Großteil des Konzerns, fusionierte die Werke mit einer anderen Automobilfirma, der AGA, die sein jüngerer Bruder Edmund geerbt hatte. Sie war schon vorher in Zahlungsschwierigkeiten gewesen, und es schien, als würde Hugo junior, dessen Familiensinn sich nur auf seine Alleinherrschaft über den Konzern konzentrierte, seinem wegen der Schieflage der Firma wehrlosen Bruder damit die Kontrolle über die AGA nehmen wollen. Dieser Teil des Plans ging auf. Aber die Schulden der AGA und die mangelnde Popularität ihrer Fahrzeuge – sie fanden hauptsächlich als Droschken in Großstädten Verwendung – rissen die Dinos-Werke mit in den Abgrund, und am Ende des Jahres stand der Stinnes-Konzern ohne beide Firmen da.

Weihnachten 1924 war eines der besten, an die sich Max erinnern konnte. Schon letztes Jahr, nach der Währungsreform, war die Stimmung fröhlich und erleichtert gewesen. Aber jetzt, ein Jahr später, hatte sich der Optimismus verfestigt. Es sah so aus, als ginge es jetzt endlich verlässlich bergauf. Selbst in politischer Hinsicht war es ruhig. Anfang Dezember hatte es eine erneute Reichstagswahl gegeben, in der die radikalen Splitterparteien ziemliche Verluste hatten hinnehmen müssen, was eine Stabilisierung der Regierungsarbeit bedeutete. Es kam zwar keine Regierung zustande, aber alle waren zuversichtlich, dass Reichspräsident Ebert, den der amtierende Reichskanzler Marx nach dem Scheitern von Koalitionsverhandlungen mit der Regierungsbildung beauftragt hatte, das im neuen Jahr schon richten werde. Es hatte seit Walther Rathenaus Tod keine Mordanschläge mehr gegeben und keine Putschversuche. Die Radikalen hielten sich in der Öffentlichkeit zurück, die Kommunisten ebenso wie die Rechten. Dass Adolf Hitler, der Mann, der mit dem Putsch in München deutschlandweit berühmt geworden war, vor Weihnachten aus der Haft entlassen wurde, nahm kaum jemand zur Kenntnis. Man hatte ihn und seine nach dem Putsch verbotene NSDAP bereits geistig ad acta gelegt. In den meisten Gesprächen über die kommenden Zeiten wurde der Meinung Ausdruck verliehen, dass nach den biblischen sieben mageren Jahren – das letzte Kriegsjahr zählte auch in der Heimat durch den Güter- und Nahrungsmittelmangel unbedingt dazu! – nun endlich die fetten Jahre vor der Tür standen. Selbst das Wetter, das das Jahr über extrem unberechenbar gewesen war und mit Sommerorkanen, einer Überschwemmungskatastrophe im Rhein-Main-Gebiet im November und noch Mitte Dezember mit heftigen Stürmen auf der Nordsee aufgewartet hatte, hatte sich eines Besseren besonnen. 1923 war Weihnachten extrem winterlich gewesen, mit Schneestürmen und Temperaturen bis minus fünfzehn Grad Celsius. Der Hamburger Hafen war vereist gewesen, die Ostsee zugefroren. Weihnachten 1924 war jedoch geradezu frühlingshaft.

Max und Luisa schlenderten am ersten Weihnachtsfeiertag auf ihrer Lieblingsrunde um das Gut – vorbei an dem kleinen Friedhof jenseits der Fischteiche. Im Gutshaus selbst war bis auf die Köchin noch alles in den Betten. Luisas Tante Amalie und ihre Lebenspartnerin Emma von Schley waren am Heiligen Abend zu Besuch gekommen und blieben bis zum Neujahrstag, heute Nachmittag würden die Gebrüder Zinnermann mit ihren Familien und vielleicht – man konnte sich bei ihm nie sicher sein – Kriminalkommissar Ernst Türk eintreffen und zum Abendessen bleiben. Doch jetzt hatten Max und Luisa das Gelände noch für sich. Max bückte sich und kratzte Edgar Trönickes Namen auf seinem Grabstein frei. Ab und zu lächelte er dabei zu Luisa hoch.

»Wenn du möchtest«, sagte Luisa plötzlich und kaum hörbar, »können wir auch den ganzen Weg gehen.«

Max blickte über die Schulter und sah, dass sie knallrot geworden war. Er verstand nicht, was sie meinte. »Den ganzen Weg? Wohin? Willste nach Genthin laufen? Was gibt's heute Besonderes?«

»Nein, nicht nach Genthin. Ich meine … den ganzen Weg. Du … und ich. Nicht nur …« Sie verstummte.

»Nicht nur … was?«, fragte Max ratlos.

»Gott, Max, jetzt hilf mir doch. Mir ist das so peinlich.«

»Peinlich?« Max ließ den Grabstein Edgars in Ruhe und stand auf. »Helfen? Mensch, Luisa, ick versteh nur Bahnhof. Was willste mir denn sagen? Du … ich … den janzen …« Er riss die Augen auf, als ihm auf einmal klar wurde, was Luisa ihm mitteilen wollte. »Herrje!«, rief er. »Du meinst … nicht nur …« Jetzt brachte er es nicht über die Lippen.

Luisa schluckte und blickte ihn geradezu ängstlich an. »Was sagst du?«

Max zögerte. Er war plötzlich von so viel Liebe zu Luisa erfüllt, dass ihm beinahe die Tränen kamen. Und gleichzeitig stieg ein

Begehren in ihm auf, das seine Wangen genauso rot werden ließ wie die Luisas. »Möchtest du denn?«, flüsterte er.

»Möchtest du?«

»Luisa, ick frage dich. Das musst du mir sagen.«

»Warum? Das ist doch deine Sache auch!«

»Du hast mehr zu verlieren als ich.«

»Wie sollte ich etwas verlieren, wenn ich es mit dir tue? Wir lieben uns doch!«

»Ick meene ja nur … quasi bildlich gesprochen.«

»Sprich nicht bildlich mit mir, Max Brandow! Willst du, was ich dir anbiete?«

»Ich möchte kaum etwas mehr, seitdem wir uns det erste Mal jeküsst haben.«

»Ach, *kaum*? Und was ist es dann, was übrig bleibt und was du noch mehr möchtest?«

Max lachte und nahm Luisa in die Arme. »Mit dir mein ganzes Leben verbringen«, sagte er. »Jede einzelne Stunde davon.«

»Max«, flüsterte Luisa und schmiegte sich in seine Arme. »Ich bin siebzehn. Ich bin kein Kind mehr.« Sie schluckte. »Und ich … und ich …«

»Was denn, Luisa?«

»Ich will es so sehr«, stieß sie hervor und vergrub dann den Kopf an seiner Brust. »Oh Gott, jetzt hab ich es gesagt. Ich bin ein loses Frauenzimmer. Was musst du bloß von mir halten?«

»Luisa, schau mich an.«

Sie schüttelte den Kopf. »Ich schäme mich«, murmelte sie in seinen Mantel hinein.

»Kiek mich an, Luisa. Bitte.«

Sie tat es, blinzelnd und mit Tränen in den Augenwinkeln.

»Was fühlste denn noch, außer dass de es tun willst?«, fragte er.

»Max, quäl mich nicht!«

»Ick quäl dich gar nicht. Det war ’ne ernst gemeinte Frage.«

»Ich hab Angst davor«, wisperte sie.

Max nickte. »Janz ehrlich – ick ooch.«

»Du!?« Luisa richtete sich überrascht auf.

Max zuckte mit den Schultern. »Na klar – icke. Was gloobste denn, wat det für mir is?« Er riss sich zusammen, als er erkannte, dass sich in der Aufregung sein Berlinisch mit Macht durchsetzte. »Für mich«, sagte er sanft, »is det jenau wie für dich det erste Mal.«

»Aber … ich dachte …«

»Was haste gedacht?«

»Ich weiß nicht. Unsinn hab ich gedacht. Ich dachte …« Sie verhaspelte sich und blieb stecken.

»Weil ick uff der Straße uffjewachsen bin, mit Säufern und Dieben und Strichern und leichten Mädels, hätte ich schon mal …? Nee, Luisa, hab ick nich. Ick hab mich aus vielen Dingen rausjehalten. Ick hab manches Mal dafür im Rinnstein jeschlafen und jefroren und jehungert, statt irgendnen billigen Komfort zu haben, aber es war's mir wert. Die Straße frisst dich, wenn de nicht eenen Mindeststandard beibehältst. Ick hab det oft jenug gesehen. Ick wollte nicht jefressen werden. Ick wollte meine Seele behalten.«

»Ich liebe dich so sehr«, sagte Luisa nach einer Weile, in der sie nur in sein Gesicht geblickt hatte.

»Und ich dich, Luisa.«

»Max …?«

»Ja?«

»Wenn ich keine Angst mehr habe … würdest du dann …?«

»Was?«

»Auch keine Angst mehr haben?«

»Versprochen!« Max lachte.

»Wirklich?«

Max malte ein Kreuz auf seine Brust. »Versprochen.«

Luisa schmiegte sich erneut an ihn. »Wollen wir noch ein bisschen rumlaufen?«

»Ist dir nicht kalt? Drin hat die Köchin bestimmt ’ne heiße Schokolade fertig.«

»Mir ist sehr kalt. Aber hier draußen können wir knutschen, und drin geht das nicht.«

# 4. BUCH

# Rennfahrt in den Abgrund

1926–1928

# 1

Sie werden es bei uns weit bringen, das kann ich Ihnen versprechen«, sagte Sigurds Gesprächspartner und lächelte. Er verzog beim Lächeln nur einen Mundwinkel, was sein rundes Gesicht zusammen mit dem straff nach hinten gekämmten Haar und den schweren Lidern in eine spöttische Grimasse verwandelte. Seine Worte straften seine Miene jedoch Lügen, sodass Sigurd sich entschloss, den widersprüchlichen Gesichtsausdruck zu ignorieren.

Bei sich dachte er, dass es ganz selbstverständlich war, dass er es weit bringen würde. Die Organisation, der sein Gesprächspartner, ein Mann namens Kurt Daluege, vorstand, die gerade neu gegründete »Schutzabteilung Berlin-Brandenburg«, bestand hauptsächlich aus Gestalten der Berliner Unterwelt, Arbeitern und sonstigen Proletariern. Jemand wie Sigurd von Cramm, der aus dem Adel stammte und Intelligenz und gutes Auftreten besaß, würde unter ihnen herausragen wie ein Adler unter Rebhühnern. Es war nur schade, dass man sich überhaupt mit solchem Volk zusammentun musste.

»Freut mich, Herr Dalüge«, sagte er.

»Dalu-e-ge.«

»Oh, verzeihen Sie.«

»Keine Ursache. Mein Name ist schwierig. Ich meine, Sie werden solche Erfahrungen wohl auch schon gemacht haben. Man hat Sie bestimmt schon oft als Herr Zramm angesprochen.«

»Noch nie«, sagte Sigurd kalt. »Ich werde immer korrekt mit ›von Cramm‹ angeredet.«

Daluege lachte unbekümmert. »Dann seien Sie froh.« Er

packte den Mitgliedsantrag, den Sigurd unterzeichnet hatte, weg.

Die Schutzabteilung war, wenn man so wollte, die Ordnungstruppe der NSDAP – der Partei Adolf Hitlers, die nach dem Putschversuch von München schon im Frühjahr 1925 wieder zugelassen worden war. Sie war nötig, weil Versammlungen der NSDAP gern von kommunistischen Aufrührern überfallen wurden. Als Daluege dies erklärte, hatte er hinzugefügt: »Eigentlich ist das nur am Anfang ein-, zweimal passiert. Seitdem ist es im Wesentlichen andersherum. Wir lösen die Versammlungen der Roten auf und sorgen dafür, dass sie sich nirgends mehr sicher fühlen.«

»Wie ist das mit den Juden?«, fragte Sigurd.

Daluege grinste. »Spricht nichts dagegen, dass auch sie sich ein bisschen unsicherer fühlen.«

»Und Leute, die sich gegen uns stellen?«

Daluege musterte Sigurd nachdenklich. »Was meinen Sie genau?«

»Menschen, die es besser wissen müssten und sich trotzdem mit Juden und halbkriminellem Kroppzeug verbünden … Leute von Stand, die Deutschland verraten …«

»Bekannte von Ihnen?«, fragte Daluege.

Sigurd erwiderte nichts, aber das musste er auch nicht.

Daluege fuhr nach einer kleinen Pause fort: »Unser Ziel ist es, den Aufbau unserer Partei hier in Berlin gegen den Feind abzuschirmen. Der Feind, das sind im Wesentlichen die Bolschewisten von den Rotfrontkämpfern und die Republikaner vom Reichsbanner Schwarz-Rot-Gold. Indem wir sie daran hindern, ihre eigene Organisation aufzubauen, stärken wir gleichzeitig die nationalsozialistische deutsche Arbeiterbewegung. Wir sind die Rettung Deutschlands, Herr von Cramm. Diese korrupte, verdorbene Republik muss weg. Sie nützt nur den Reichen, dem Ausland und den Juden …« Daluege geriet in Fahrt und dröhnte die Parteislogans, die Sigurd schon hundertfach gehört hatte.

Sigurd verlor den Faden. Er sah sich stattdessen an der Spitze einer Truppe zu allem entschlossener Kämpfer auf Gut Briest auftauchen. Die alten Briests, Otto und Hermine, würde er erst einmal verhaften lassen. Er würde seinen Männern befehlen, sie nicht anzurühren, obwohl sie mit den Schädlingen des Volks kollaborierten. Aber seine Truppe, seine Schar, seine Kompanie … wie immer es hier hieß: Sie würde sich hervortun durch ehrenhaftes Benehmen. Dem Feind ins Auge sehen, würdevoller Anstand, kühles Erbarmen mit den Schwächeren, aber keine Gnade mit Feiglingen und Tod denen, die das Schwert gegen seine Männer erhoben.

Er sah sich im Kreis seiner Männer im Hof des Guts stehen – er war nie auf Gut Briest gewesen und stellte es sich hilfsweise vor wie auf Gut Cramm, nur heruntergekommener –, es war ein weiter Kreis, und in seiner Mitte: er, der Anführer, nobel und ernst und gewappnet für den Kampf Mann gegen Mann, den er sich ausbedungen hatte. Er wartete ruhig und gefasst; von jenseits des Kreises hörte er das schrille Jammern und die Beschimpfungen Max Brandows, dem eine Chance in ehrenhaftem Kampf zu geben er sich entschlossen hatte und der jede Würde vermissen ließ, indem er zeterte wie ein Waschweib. Schließlich öffnete sich der Kreis, und Brandow wurde hereingestoßen. Der Halbkriminelle blickte wild umher. Er erkannte Sigurd und fletschte die Zähne. Sigurd stand hochgereckt da, den Oberkörper frei, damit man sehen konnte, er gönnte sich keinen Schutz und keinen Vorteil, seine Muskeln spielten im Sonnenlicht und ließen bei einigen seiner Männer den Vorsatz wachsen, noch gesünder zu leben und noch mehr Leibesertüchtigung zu betreiben, damit sie ihrem Adonis von Anführer nacheifern konnten. Sigurd hob die Fäuste. *Mann gegen Mann, Faust gegen Faust*, sagte er gelassen. *Der Sieger geht unbeschadet von dannen. Sie haben mein Ehrenwort.* Er sah, wie in Brandows Augen die List aufleuchtete und wie er sich blitzschnell bückte und an seinen Stiefel fasste. *Er hat ein Messer*, hörte Sigurd einen seiner Männer rufen, und sich ganz ruhig antworten: *Lasst ihn, Kameraden, ein Feigling weiß nicht anders zu kämpfen. Ich stelle mich ihm mit blanker Faust …*

»Und deshalb«, sagte Kurt Daluege, und sein rundes Nagetiergesicht verzog sich erneut zu seinem schiefen Grinsen, »verehrter Kamerad, liegt es an Ihnen zu entscheiden, wer der Feind ist und wer nicht. Der Feind ist jeder, der nicht in unserem Sinn denkt. Wir arbeiten alle für ein höheres Gut und für den Mann, der größer ist als wir alle zusammen: für Ad…«

Sigurd unterbrach ihn. »Welchen Rang bekleide ich in Ihrer Organisation?«

Daluege stutzte. »Äh …«, sagte er. Dann fing er sich. »Nun, als SA-Anwärter brauchen wir Sie sicherlich nicht zu führen, Sie sind überzeugt und mit dem ganzen Herzen bei der Sache … also dürfen Sie sich mit Fug und Recht als SA-Mann fühlen, von der ersten Minute an …«

»Was bedeutet das?«

»Wie meinen?«

»Wie groß ist der Verband, den ich als SA-Mann führe?«, fragte Sigurd ungeduldig.

Nun war Daluege wirklich überrascht. »Also … wissen Sie … man dient sich hoch, sozusagen …«

»Ich bin ein von Cramm. Ich diene mich nicht hoch.«

Daluege machte eine schlaue Miene. »Nun, es gibt natürlich eine Möglichkeit … ich meine, wenn Sie die finanziellen Mittel haben, einen kompletten Trupp auszurüsten – Kleidung, Schuhe, Waffen und so weiter –, dann kann man Sie ab diesem Zeitpunkt auch als Führer dieser Männer ansehen … dann könnten Sie sofort als Haupttruppführer Verwendung finden …«

»Wie viele Leute sind ein Trupp?«

»Drei Scharen – vierundzwanzig Mann.«

Sigurd nickte. Er hatte in seinem Tagtraum nicht gezählt, wie viele Männer er nach Gut Briest hinausführte, aber es waren sicher mehr als vierundzwanzig gewesen. Dennoch schwieg er. Er hatte behalten, dass die Organisation hier in Berlin noch im Aufbau war – zweihundert Mann stark. Aber die Schutzabteilung würde wachsen und er mit ihr. Und dann …

Brandow griff ihn mit dem Messer an. Es brauchte nur ein paar geschickte Handgriffe, dann war der Halbkriminelle entwaffnet. Er versuchte es mit Tritten, mit Spucken, mit Zähnen und Fingernägeln, doch Sigurd schlug ihn jedes Mal wieder zu Boden und wartete dann nobel, bis Brandow sich erneut aufrichtete. Schließlich blieb Brandow liegen, erschöpft, nach Schweiß stinkend, besiegt. Sigurd ließ sich die Briests vorführen, Otto, Hermine und Luisa. *Aufgrund des Schutzes, den Sie diesem wertlosen Subjekt* – er wies auf Brandow – *gewährt haben und aufgrund Ihrer Zusammenarbeit mit Schädlingen des deutschen Volkes erkläre ich Sie ab sofort für recht- und besitzlos. Meine Männer werden Ihr Gut niederbrennen, damit auf der gereinigten deutschen Erde wieder etwas Gesundes entstehen kann.* Er sah, wie die Gesichter Ottos und Hermines in all ihrer Verstocktheit versteinerten; nur Luisa warf sich vor ihm auf die Knie und flehte ihn an, Gnade vor Recht ergehen zu lassen und ihre Heimat nicht zu zerstören, sie gab doch auch Lohn und Brot für das unschuldige Gesinde, alles aufrechte Deutsche … und dann begann sie sich zu entschuldigen dafür, dass sie ihn auf der Premiere der *Nibelungen* geschnitten hatte, und erklärte, dass es nur aus Verwirrung geschehen sei, denn schon damals habe die Größe, die sie in ihm erkannte, sie geblendet …

»Bewähren Sie sich, dann ernenne ich Sie zum Sturmführer«, sagte Daluege. »Wir werden Berlin erobern, für Adolf Hitler, für die Partei, für Deutschland. Ein Mann der ersten Stunde wie Sie findet sich dann in den obersten Führungsrängen wieder.«

»Gut«, sagte Sigurd.

Daluege holte ein weiteres Formular aus seinem Schreibtisch heraus. »Dann wäre nur noch das hier zu unterschreiben«, sagte er. »Bei unseren mittellosen Kämpfern zahlt die Partei die Versicherungsbeiträge, aber jemand wie Sie, der von Adel ist und einen Führungsanspruch für sich reklamiert, wird aus eigener Tasche zahlen wollen. Ist ja nicht viel – zwanzig Pfennig pro Monat.«

»Versicherung?«, fragte Sigurd. »Wie meinen Sie das?«

»Wir lassen unsere Mitglieder eine Kasko-Versicherung auf Leib und Leben abschließen. Sie zahlt Schmerzens- und Krankentagegelder. Für Voll-Invalidität und Tod bis zu fünftausend Reichsmark!«

Sigurd starrte ihn an. Daluege fasste es anscheinend verkehrt auf, denn er lächelte selbstgefällig. »Das ist das Geheimnis, warum unsere Männer sich so begeistert in die Prügeleien stürzen, mit denen wir Bolschewiken und Republikaner das Fürchten lehren! Weil sie versichert sind! Und zugleich ist das der Beweis, wie sehr unserem verehrten Parteivorsitzenden das Wohl auch der Hinterbliebenen seiner Männer eine Herzensangelegenheit ist. Er lässt sich die Versichertenquoten persönlich vorlegen.«

Sigurd starrte immer noch. Er hatte sich selbst an der Spitze seiner Männer auf Gut Briest gesehen, im edlen Zweikampf mit Max Brandow, bei dem er, Sigurd, selbstverständlich unverletzt blieb. Aber was war das mit den »Prügeleien«? Und jetzt redete Daluege auch noch von »Saalschlachten« und »Märschen ins Feindgebiet« – und dass den Versicherungen, die für die Verletzungen der SA-Männer gradestanden, wie der Deutsche Ring oder die Albingia, erzählt wurde, bei der SA handle es sich um die Sport- und Ertüchtigungsabteilung der NSDAP, weil sich die Knochenbrüche und Schädelverletzungen am besten damit erklären ließen.

»Ich bin ein von Cramm«, sagte Sigurd mit aller Schärfe, die er in seinem Schrecken aufbringen konnte. »Ich prügle mich nicht.«

Nun strahlte Daluege wirklich, und Sigurd erkannte, wie schadenfroh und hämisch der Mann in Wirklichkeit war. »Freilich werden Sie sich prügeln«, sagte er. »Dafür sind Sie ja in die SA eingetreten, Herr Kamerad. Oder haben Sie Angst?«

## 2

Natürlich könnt ihr heiraten«, sagte Hermine überrascht zu Luisa. »Habt ihr gedacht, wir könnten was dagegen haben?«

»Nein, aber … wir müssen doch warten, bis ich volljährig bin, oder?«

»Det würde sich empfehlen«, sagte Hermine trocken. »Wir könnten zwar eine Sondergenehmigung beantragen, aber bis die durch ist, biste auch von alleene volljährig geworden.«

»Ach herrje«, sagte Luisa niedergeschlagen. »Das sind noch zwei Jahre!«

Hermine fasste ihre Tochter ins Auge. »Luisa, kiek mich mal an.« Auf einmal wurde ihr die Frage, die sie stellen wollte, peinlich. Nicht zum ersten Mal kam ihr zu Bewusstsein, dass Luisa kein Kind mehr war, sondern eine junge Frau mit eigenen Zielen, Wünschen und Moralvorstellungen. Nur dass es diesmal mit voller Wucht geschah. Luisa war eigentlich erwachsen, nur nach dem Gesetz noch nicht. Und sie, Hermine, war zwar immer noch die Mutter, aber ihre Rolle war nicht mehr die der Wegbereiterin, sondern nur noch die einer Ratgeberin. Selbst in dieser Rolle würde sie ein ganzes Stück zurücktreten müssen, denn Luisa musste nun ihre eigenen Fehler machen können, um wirklich reif zu werden. Hermine konnte allerhöchstens versuchen, Luisa vor den dümmsten davon zu bewahren. »Luisa … gibt es einen Grund, warum ihr es eilig habt?«

Luisa erwiderte Hermines Blick zuerst verständnislos. »Weil wir uns lieben«, sagte sie. Dann wurde sie rot, als ihr aufging, welche Bedeutung Hermines Frage eigentlich hatte. Sie schluckte und senkte den Kopf.

Hermine wurde kalt. »Luisa …«, begann sie mit schwankender Stimme. Dann riss sie sich zusammen. »Luisa, ich will dir nur sagen, dass das keine Katastrophe wäre. Jeder kann sehen, dass du und Max … dass ihr zusammengehört. Und wir kommen schon über die Runden, auch wenn wir noch einen zusätzlichen Mund zu füttern haben. Ihr könnt immer auf uns zählen.« Plötzlich erwärmte sie sich für den Gedanken, Großmutter zu werden. Das Gut war aus dem Gröbsten heraus, und auch wenn die schlimmsten Feinde der Demokratie, die Rechten von der NSDAP unter ihrem fanatischen Parteiführer Hitler, wieder zugelassen worden waren, würde Deutschland sich doch nicht mehr vom Weg in Frieden und Wohlstand abbringen lassen. Die Zeit war geradezu reif dafür, ein Kind zu zeugen. »Wir kümmern uns auch, dann kann Max weiter Rennen fahren, und du kannst in dem Film mitspielen, für den du schon vorgesprochen hast …«

Es ist schon so lange her, dass ich dich auf dem Arm tragen und halten durfte, bis du eingeschlafen bist, dachte Hermine und fühlte Tränen in sich aufsteigen. Ach Gott, wo ist die Zeit hingekommen? Und ich habe es nie richtig genossen, dich als Kind bei mir zu haben, weil immer irgendetwas war … unsere Anfänge mit der Detektei, mein Bruder, der sich in die schlimmsten Verbrechen verstrickte, die Probleme, die meine Schwiegereltern miteinander hatten, der Anschlag auf den Reichstag, Levin mit seiner Flugversessenheit und Amalie und Emma … und jetzt bist du groß und erwachsen und wirst selbst bald Mutter. Himmel, gib mir die Kraft, meine Tochter zu leiten, dass sie ihre Mutterschaft besser auskostet, als ich es konnte …

»Mutter«, sagte Luisa leise, »Sie sind im Irrtum. Ich bin … ich bin nicht … ich bin …«

Hermine blinzelte, aus ihren Gedanken gerissen. Sie fühlte eine Träne über ihre Wange laufen und wischte sie weg. »Du bist … was?«

»Ich bin immer noch eine Jungfrau«, wisperte Luisa in Richtung Boden, und Hermine erkannte, dass ihre Tochter sich tödlich dafür schämte, dass ihre Mutter gedacht hatte, es könnte anders sein.

»Herrje«, brachte sie hervor und merkte erst hinterher, dass es sich anhörte, als bedauere sie das auch noch.

»Ich wollte einfach nur sagen, dass ich Max heiraten möchte … weil ich ihn so sehr liebe«, murmelte Luisa, dann drehte sie sich um und rannte aus dem Salon. Hermine hörte sie die Treppe nach oben poltern.

Knorke, Hermine, dachte sie. Das hast du ja ganz toll hingekriegt. Niedergeschlagen saß sie da, bis Otto hereinkam. Er war auf einem der neu vermieteten Pachthöfe gewesen und hatte mit dem Pächter über dessen Rechte und Pflichten gesprochen. Mittlerweile hatte sich eine Arbeitsteilung ergeben, mit der die Briests sowohl die Detektei in Berlin als auch das Gut führen konnten. Montags bis donnerstags waren sie in Berlin, freitags und samstags kümmerte Otto sich um die äußeren Angelegenheiten des Guts und Hermine um die inneren Themen beider Unternehmen, wie Rechnungen, Briefverkehr und so weiter.

»Was ist los?«, fragte Otto, als er die Stimmung Hermines bemerkte.

»Luisa hat mir gesagt, dass sie und Max eigentlich heiraten möchten.«

»Jetzt schon? Luisa ist doch noch nicht mal volljährig …« Otto brach ab. Seine Augen weiteten sich. »Oder müssen Sie …?«

»Luisa ist immer noch Jungfrau«, sagte Hermine, ohne nachzudenken.

»Lieber Himmel, Hermine!«, rief Otto schockiert. »In solchen Details hättest du es mir nicht zu sagen brauchen!«

Hermine stand auf. »Ick halte den Rest des Tages die Klappe«, sagte sie. »Heute rede ich nur Unsinn. Willste ’nen Tee? Ick sage der Köchin Bescheid.«

»Ja«, sagte Otto. »Und bitte rede heute mit mir. Ich höre auch deinem Unsinn gerne zu.«

»Als ob ick nie was anderes reden würde!«, empörte sich Hermine und blieb auf halbem Weg zur Salontür stehen.

»Schwarztee«, sagte Otto und grinste. »Mit einem ordentlichen Schluck Rum.«

»Den Rum haste nicht verdient.«

»Und wie ich den verdient habe. Ich habe nämlich gerade festgestellt, dass ich dich über alles liebe und ganz verrückt nach dir bin.«

»Was hat det mit dem Rum zu tun?«, fragte Hermine misstrauisch.

»Gar nichts. Ich wollte es einfach nur gesagt haben.«

»Jetzt bist du der, der Unsinn redet.«

»Soll ich damit aufhören?«

»Nie im Leben«, sagte Hermine.

## 3

Der Film, für den Luisa vorgesprochen hatte, trug den Produktionstitel *Metropolis* und war eine neue Zusammenarbeit von Fritz Lang und Erich Pommer für die Ufa. Ihre Ausbildung hatte sie schon im Frühjahr 1925 erfolgreich beendet und die sogenannte Bühnenreife erlangt. Lang hatte ihr schriftlich gratuliert – und sie zum Vorsprechen eingeladen. Die Hauptrolle einer Frau namens Maria, die als Mensch und irgendwie gleichzeitig als Maschine auftreten sollte – Lang hatte in seiner Begeisterung für sein neues Projekt geredet wie ein Wasserfall, aber so ganz war die Handlung für Luisa nicht klar geworden –, verlor sie an eine andere Schauspielerin. Sie war nicht sehr enttäuscht. Sie hatte stattdessen die kleine Rolle einer jungen Frau erhalten, die in den »Ewigen Gärten« arbeitete. Außerdem hatte sie die Bekanntschaft einer anderen Jungschauspielerin gemacht, mit der sie sich sofort gut verstanden hatte. Ihr Name war Brigitte Helm gewesen. Man hatte versprochen, sich zu schreiben, und Adressen ausgetauscht, aber wie bei solchen Begegnungen üblich, war nichts daraus geworden.

Luisas mangelnde Enttäuschung hatte nicht zuletzt mit Langs Filmplanung zu tun. Er hatte über dreihundert Drehtage veranschlagt. Für die Hauptrollen bedeutete dies, dass sie einen Großteil der dreihundert Tage in Babelsberg verbringen mussten. Luisa hätte weder Max noch ihre Eltern oft gesehen, und auch Gut Briest nicht. In der Phase des Neuanfangs für das Gut wollte sie aber nicht außen vor sein. Sie wollte sich beteiligen. Sie wollte den Menschen, die sie liebte, nahe sein. Sie war mit einem starken Gewissenskonflikt aus dem Vorsprechtermin gegangen … Was, wenn Lang ihr nun die Hauptrolle anbot? Sie konnte sie doch nicht ablehnen! Lang hätte sie als extrem undankbar empfunden. Sie hatte sich bereits verflucht, den Termin überhaupt wahrgenommen zu haben, wissend, dass eine Absage auch einen Affront für Fritz Lang dargestellt hätte – und war daher im Grunde nicht nur nicht enttäuscht, sondern regelrecht froh, die Hauptrolle nicht bekommen zu haben.

Die Dreharbeiten fanden nicht chronologisch statt, also nicht dem Faden der Geschichte folgend, sondern so, wie es die Ökonomie der Filmproduktion vorschrieb. Massenszenen wurden möglichst am Anfang gedreht, damit man die Statisten nicht so lange unter Vertrag halten musste. Szenen, in denen etwas zerstört wurde, kamen ganz am Ende. Luisa hatte ein ähnliches Vorgehen schon bei den Dreharbeiten zu den *Nibelungen* kennengelernt. Ihre eigenen Szenen waren für Ende Januar 1926 geplant – zu diesem Zeitpunkt waren schon fast vier Monate Produktionszeit vorüber.

Als sie in Babelsberg eintraf, fiel ihr als Erstes auf, dass die Hallen erweitert und vergrößert worden waren – alles für *Metropolis*. Sie wollte höflichkeitshalber bei Erich Pommer vorbeischauen, und stellte überrascht fest, dass auf dem Schild zu seinem Büro jetzt ein anderer Name stand: Ferdinand Bausback. Sie überlegte, an die Tür zu seinem Sekretariat zu klopfen, doch dann entschied sie sich, lieber an ihren Arbeitsplatz zu gehen und bei erster Gelegenheit Fritz Lang oder jemand anderen vom Filmstab zu fragen, was aus Pommer geworden war.

Zunächst erfuhr sie, dass die Dreharbeiten weit hinter Plan lagen. Ihre Szenen würden erst in ein paar Tagen fällig sein. Niemand hatte daran gedacht, sie zu informieren. An den verärgerten Mienen einiger weiterer Leute erkannte sie, dass nicht nur sie allein durchs Raster gefallen war. Fritz Lang entschuldigte sich zerstreut und bot allen umsonst Gekommenen an, die Fahrtkosten nach Hause zu übernehmen. Deren Mienen hellten sich deutlich auf, als Lang einfach einem seiner Assistenten befahl, jedem einen Fünf-Mark-Schein in die Hand zu drücken. Damit konnte man mit der S-Bahn innerhalb Berlins sogar in der ersten Klasse zehn Kilometer weit fahren – und hatte noch knapp vier Mark übrig!

Lang musterte Luisa ein paar Sekunden lang zerstreut, als sie die Annahme des Geldscheins verweigerte. »Ah, Fräulein von Briest«, sagte er dann. »Bitte entschuldigen Sie, ich bin mit meinen Gedanken ganz woanders. Haben wir Sie auch umsonst hierherbestellt?«

»Wenn Sie mich ein bisschen hierbleiben und zusehen lassen, werde ich nicht das Gefühl haben, es sei umsonst gewesen«, sagte Luisa.

»Gerne, gerne.« Lang wandte sich ab und stapfte davon.

Luisa sah sich um. Die Kulisse zeigte in einer schwindelerregenden perspektivischen Verkleinerung schmuck- und seelenlose Mietskasernen rund um einen Platz herum. Es sah nicht danach aus, als würden hier Menschen leben, aber sie taten es offensichtlich.

»Man friert, wenn man es anschaut, nicht wahr?«, fragte jemand, der unbemerkt neben Luisa aufgetaucht war. Sie drehte sich und erkannte die junge Frau, mit der sie beim Vorsprechen gewesen war – Brigitte Helm. Sie schüttelten sich die Hände und lächelten sich an. »Haben Sie eine Rolle erhalten?«, fragte Brigitte.

»Ja – ich bin eine der Frauen in den ›Ewigen Gärten‹ – heute allerdings umsonst hier. Sagen Sie bloß, Ihnen ist es ähnlich ergangen? Spielen wir vielleicht zusammen in den ›Ewigen Gärten‹?«

Brigitte Helm räusperte sich nervös. »Nein, ich … ähm … ich habe die Hauptrolle bekommen. Ich spiele die Maria. Und den Maschinenmenschen.« Ihre Miene zeigte etwas, was sich nur als schlechtes Gewissen interpretieren ließ.

Luisa zerstreute es sofort, indem sie Brigitte an den Schultern nahm und impulsiv an sich drückte. »Ich gratuliere Ihnen!«, rief sie. »Ich freue mich für Sie!«

Brigitte war überrascht. »Wirklich? Ich dachte, Sie müssen mich hassen, dass ich die Rolle bekommen habe und nicht Sie. Um ehrlich zu sein – deshalb habe ich Ihnen nie geschrieben. Ich hatte so ein schlechtes Gewissen.«

»Völlig unnötig. Ich bin froh, dass es so gekommen ist. Ich hatte in den letzten Monaten ganz andere Dinge im Kopf, als täglich hier zu erscheinen und vor der Kamera zu stehen!«

»Aber wissen Sie – Sie sind zur Schauspielschule gegangen. Sogar zu Max Reinhardt! Und ich … alles, was ich aufweisen kann, sind ein paar Auftritte auf der Bühne meiner Schule und ein Foto, das meine Mutter an Fritz Lang geschickt hat. Daraufhin hat er mich zum Vorsprechen eingeladen.«

»Dann freuen Sie sich doch, dass Sie es geschafft haben!«

Brigitte musterte Luisa lange und eindringlich. »Sie meinen das wirklich so, oder?«

Luisa zuckte mit den Schultern. »Ja, natürlich. Ich hatte zuvor schon einmal bei Fritz Lang vorgesprochen, in einer ähnlichen Lage wie Sie – ohne Ausbildung, aus der Chance eines Augenblicks heraus –, und dabei total versagt. Ich war am Boden zerstört. Sie haben sich offenbar besser aus der Affäre gezogen. Das finde ich bewundernswert.«

»Wie haben Sie es geschafft, die Enttäuschung zu überwinden?«

Luisa spürte, wie sie rot wurde. »Ich habe die Liebe gefunden«, sagte sie dann. Zu ihrer Überraschung wurde nun auch Brigitte knallrot.

»Ich auch …«, gestand sie. »Wie heißt Ihr …?«

»Verlobter«, sagte Luisa. »Sein Name ist Max. Max Brandow.«

»Mein Freund heißt Rudi. Also Rudolf. Rudolf Weißbach.«

»Dann freue ich mich doppelt für Sie. Für die Rolle – und für Rudi.« Luisa lächelte Brigitte aus vollem Herzen an.

»Es tut mir so leid, dass ich nicht den Mut hatte, Ihnen zu schreiben«, sagte Brigitte. »Wir hätten Freundinnen sein können.«

»Das können wir doch immer noch.«

»Wollen Sie? Wirklich?«

Luisa reichte Brigitte die Hand. »Es wäre mir eine Ehre«, sagte sie. »Sie werden bestimmt nach diesem Film berühmt werden.«

»Nein«, sagte Brigitte, »die Ehre ist auf meiner Seite. Berühmt oder nicht – das hat nichts zu sagen. Aber Sie haben ein großes Herz. Das ist es, was wirklich zählt. Und eigentlich sollten tatsächlich Sie in *Metropolis* mitspielen. Die Grundaussage des Films ist, dass das Gehirn und die Hand nicht zusammenarbeiten können ohne den richtigen Mittler dazwischen – das Herz.«

»Ich bin froh, wenn ich in den ›Ewigen Gärten‹ ein bisschen herumstehen darf«, sagte Luisa und lachte.

Brigitte fasste zögernd an Luisas Hals und strich bewundernd mit dem Finger über die Kette mit den kleinen Süßwasserperlen, die sie trug. »Haben Sie das von Ihrem Max?«

»Nein, das ist ein altes Erbstück. Von meiner Urgroßmutter. Sie war Französin.«

»Es ist schön.«

»Es sieht nach mehr aus, als es wert ist. Hat jedenfalls der Pfandleiher damals gesagt.«

Brigitte stutzte. Luisa merkte, dass sie in ihrer Zuneigung zu der jungen Schauspielerin mehr erzählt hatte, als sie eigentlich wollte, und spürte Beschämung. Doch dann sagte sie sich, dass die Lage, in der sie und ihre Familie noch vor zwei Jahren gewesen waren, nicht selbst verschuldet gewesen war; außerdem hatten sie es geschafft, sich aus dem Bankrott herauszuziehen – zugegeben mit viel Glück, aber das hatten sie Luisas Meinung nach auch verdient gehabt, nachdem ihr Vater tatsächlich bereit gewesen war, das Gut zu verkaufen. Die Beschämung verschwand und machte einem bescheidenen, aber wahren Stolz Platz. »Meiner Familie und mir ging es mal nicht gut«, sagte sie. »Ich wollte die Kette an den Pfandleiher verkaufen, den meine Eltern auf unser Gut geholt haben. Aber meine Mutter sagte, es komme nicht infrage, dass ich sie hergebe. Stattdessen wollte sie all ihren Schmuck verkaufen, um über die Runden zu kommen.«

»Ich wollte nicht neugierig sein. Entschuldigen Sie bitte.«

»Keine Ursache. Was hat Ihnen denn Ihr Rudi geschenkt?«

Brigittes Gesicht hellte sich auf. »Kommen Sie mit raus, ich zeige es Ihnen. Hier geht es ohnehin erst wieder in ein, zwei Stunden weiter.« Sie wies auf Lang, der mit mehreren seiner Mitarbeiter um eine primitiv erscheinende Konstruktion herumstand – ein langes Brett, das mit Ketten an einer Laufrolle befestigt war, die wiederum zu einer Schienenkonstruktion an der Decke gehörte. Die Männer wuchteten gerade eine Kamera auf das Brett und ächzten sich dabei gegenseitig alle möglichen Ermahnungen zu, das Ding bloß nicht fallen zu lassen.

Draußen wies Brigitte, die so wie Luisa nach der Wärme der überheizten Halle in der Januarkälte bibberte, auf einen kleinen zweisitzigen Sportwagen mit silbernem Anstrich. »Den hat Rudi mir geschenkt«, sagte sie stolz. »Rudi ist schon ein paar Jahre älter und erfolgreicher Unternehmer. Er sagte, er wollte ihn mir eigentlich erst zur Volljährigkeit schenken, weil ich vorher nicht damit fahren dürfe. Doch dann wurde ihm klar, dass das Filmgelände Privatbesitz ist und ich keinen Führerschein brauche, um hier herumzugurken. Und das tue ich, sooft ich kann. Ich glaube, ich habe schon hundert Kilometer zusammengebracht, nur indem ich hier auf und ab gefahren bin. Ich bin eine Verrückte, tut mir leid. Automobile sind meine Leidenschaft, schon seit ich ein kleines Mädchen war.«

»Das ist ein Simson Supra Sport«, sagte Luisa. »Sechzig PS. Wie schnell fährt er?«

Brigitte schenkte ihr einen verblüfften Blick. »Sie kennen sich aus?«

»Max fährt Rennen. Das färbt notgedrungen ab.«

»Ihr Verlobter fährt Rennen? Liebe Güte. Er und Rudi müssen sich kennenlernen. Rudi fährt zwar nicht selbst, aber er ist genauso ein Autonarr, wie ich es bin. Und zu Ihrer Frage – Rudi meint, der Supra bringt hundertvierzig Stundenkilometer zusammen, aber hier auf dem Gelände kann ich das natürlich nicht austesten …«

Sie gingen wieder zurück in die Halle. Im zentralen Verwaltungsbau erinnerte sich Luisa an das Türschild an Erich Pommers ehemaligem Büro. »Wissen Sie, wieso Herr Pommer nicht mehr hier ist?«

Brigitte nickte. »Das ist einer der Gründe, warum seit Anfang des Jahres die Stimmung beim Dreh nicht mehr so gut ist. Der oberste Chef der Ufa, Herr Backhaus, hat ihn entlassen. Es heißt, es sei wegen der explodierenden Kosten für *Metropolis* geschehen. Wir sind jetzt schon über Budget, und die Dreharbeiten sollen noch bis Oktober dauern! Herr Lang macht sich wahrscheinlich Gedanken, dass die Entlassung von Herrn Pommer eigentlich seine Schuld ist. Die beiden waren gut befreundet, müssen Sie wissen.«

Luisa verzichtete darauf, zu bemerken, dass sie schon Kontakt zu Lang und Pommer gehabt hatte, als Brigitte wahrscheinlich noch auf der Bühne ihrer Schule Theater spielte. Ihre neue Freundin konnte das nicht wissen.

»Dabei hat Herr Pommer sich mehrmals mäßigend auf Herrn Lang ausgewirkt«, fuhr Brigitte fort. »Im Dezember haben wir eine Szene gedreht, in der Arbeiter dem großen Maschinenherzen geopfert werden, dem Moloch. Wir haben das in der anderen Halle gedreht, der alten Zeppelin-Halle in Staaken. Die lässt sich nicht beheizen. Die Statisten durften fast keine Kleidung tragen und froren wie die Hunde, trotz der Scheinwerfer und allem. Und Herr Lang ließ die Szene wieder und wieder drehen, weil ihm immer irgendetwas nicht gefiel. Ich dachte schon, die Statisten werden jeden Moment revoltieren; da kam in letzter Minute Herr Pommer und wies Herrn Lang an, die Szene als abgedreht zu betrachten. Ich finde es schade, dass er weg ist.«

»Warum ist Herr Lang schon über Budget?«, fragte Luisa. »Wegen solcher ständigen Neuaufnahmen?«

»Ich kenne beileibe nicht alle Zahlen«, raunte Brigitte, »und ich weiß nicht, was von dem, was ich gehört habe, übertrieben oder schlicht erfunden ist. Aber ich glaube, der Film war schon über Budget, bevor er überhaupt angefangen hat. Angeblich hat Herr Lang fast vierzigtausend Statisten angeheuert …«

»Was?« Luisa blieb der Mund offen.

»Über fünfhundert Kinder sind dabei. Herr Lang wollte, dass sie unterernährt und krank aussehen. Es bricht einem das Herz, sie anzusehen. Herr Lang sagte, er hätte tausendfünfhundert kranke und halb verhungerte Kinder haben können, so schlecht ist die Situation immer noch für diejenigen, die arbeitslos und arm sind.«

Was einem schier das Herz bricht, dachte Luisa, ist dieser Gegensatz. Hier werden Tausende von Reichsmark verpulvert, weil der Regisseur eine Szene noch nicht gut genug findet; du bekommst von deinem Freund ein Sportauto geschenkt; und im Scheunenviertel laufen die Kinder im Winter barfuß herum. Der Konflikt zwischen der Filmwelt und der Realität hatte Luisa früher schon mit Unbehagen erfüllt. Sie fragte sich erneut, ob sie überhaupt die Richtige für diesen Beruf war, wenn ihr der Gegensatz zwischen wohlhabender Utopie und hungernder Wirklichkeit so auf das Gemüt ging.

Brigitte Helm erzählte weiter von den Dreharbeiten und den Problemen, die Langs Perfektionismus dem Projekt bereitete; von den immer neuen Tricks, die den Kameraleuten einfielen, um Mehrfachbelichtungen zu realisieren und künstliche Hintergründe nahtlos in Echt-Szenarien einzufügen. Nach einer Weile regte sich Luisas Begeisterung für das Filmgeschäft wieder, und sie ließ sich von der Atmosphäre, den Schilderungen und der unkomplizierten neuen Freundschaft in Bann ziehen.

## 4

Im Mai hatte Sigurd von Cramm seine erste Saalschlacht hinter sich. Er war stolz, wie er und seine Männer sich dabei aus der Affäre gezogen hatten. Und das war wörtlich zu nehmen – denn sie waren der Prügelei geschickt aus dem Weg gegangen.

Zwei Trupps waren zu einem Veranstaltungszentrum im Wedding geschickt worden – mitten hinein in die rote Hochburg Berlins. In einem der Säle dort hatte die KPD eine Mitgliederversammlung abgehalten. Die beiden SA-Trupps waren erst vor Ort aufeinandergetroffen. Sie waren zivil gekleidet losgezogen und hatten ihre Waffen – vom Totschläger bis zum liebevoll geschnitzten Eichenprügel – unter den Mänteln verborgen. Sigurds Trupp war etwas später eingetroffen; Sigurd wurde von seinem Kollegen, dem anderen Haupttruppführer, sofort nach dem Eintreffen beiseitegenommen.

»Wie viele Leute haben Sie, Kamerad?«, fragte der Mann, der eine Alkoholfahne hatte und das Gesicht eines Boxers, der in seinem Leben mehr Schläge eingesteckt als ausgeteilt hatte.

»Volle Truppstärke«, sagte Sigurd und versuchte, dem Mundgeruch zu entkommen. »Vierundzwanzig Mann.«

»Ich hab fünf Ausfälle«, knurrte der andere Haupttruppführer. »Neunzehn Mann.«

»Dann sind wir zusammen immerhin über vierzig«, sagte Sigurd und tat so, als wäre er froh gestimmt.

»Die Roten haben bestimmt hundert Mann dort drin, wenn nicht mehr.«

Sigurds Herz begann, schmerzhaft zu pochen. Die anderen waren mehr als doppelt so viele? Niemand konnte erwarten, dass sie unter diesen Umständen angriffen! Gab es nicht eine Regel, nach der ein Angreifer einem Verteidiger mindestens drei zu eins überlegen sein sollte? Es konnte doch niemand wollen, dass die SA aus so einer Schlacht total verprügelt abzog! Man musste doch strategisch denken und eine solche Niederlage vermeiden. Lieber ein anderes Mal und zahlenmäßig überlegen wiederkommen und dann mit einem Triumph in der Tasche nach Hause gehen! Aber zugleich wusste er, dass er mit solchen Überlegungen bei Kurt Daluege und den anderen Männern in der obersten Führungsschicht der Berliner SA nicht gut ankommen würde. Es gab Gemunkel, dass der gesamte NSDAP-Bezirk Berlin-Brandenburg in einen Gau umgewandelt würde, weil die hohen Mitgliederzahlen dies hergaben, und dass ein Gauleiter aus dem Rheinland kommen würde. Die Männer um Daluege verdross dies natürlich, denn sie hatten gehofft, einer aus ihren Reihen würde ernannt werden. Deshalb versuchten sie, erst recht zu beweisen, wie schlagkräftig sie waren und wie straff ihre Organisation war. Sie würden niemals zulassen, dass die beiden Trupps schon vor der Konfrontation aufgaben.

»Was schlagen Sie vor, Kamerad?«, fragte der andere Haupttruppführer. »Ihr Vater war doch im Krieg Offizier, habe ich gehört. Haben Sie eine Idee, was er getan hätte?«

Sigurd verschluckte sich fast. Voller Panik fragte er sich, ob sein Kollege die ganze Wahrheit über seinen Vater kannte, dann wurde ihm klar, dass er nur wissen konnte, was sich nach oberflächlichen Recherchen herausfinden ließ – Recherchen, die Kurt Daluege anscheinend angestellt und dann nicht sonderlich vertraulich behandelt hatte. Oder hatte Daluege mit der Preisgabe dieser Information versucht, Sigurds Ansehen unter den anderen Truppführern zu stärken? Immerhin ging aus ihnen nur hervor, dass sein Vater als Held im Krieg gefallen war. Sigurd empfand Erleichterung – die noch wuchs, als ihm klar wurde, dass er den Mann vor sich manipulieren konnte. Und im gleichen Augenblick wusste er auch schon, wie.

»Mein Vater hat mehrere Auszeichnungen erhalten«, sagte er. »Ich erinnere mich, dass er im Fronturlaub von einer ähnlichen Situation erzählte. Sein Bataillon sollte einen zahlenmäßig überlegenen, gut eingegrabenen Feind aufrollen. Er teilte seine Streitmacht in zwei Wellen auf. Die erste Welle sorgte für das Überraschungsmoment und begann ein Geplänkel. Sie hielten so lange stand, bis der Feind dachte, es handle sich bei ihnen um die komplette Angriffswelle, und lax wurde. Diesen Augenblick nutzte die zweite Welle für einen Angriff von der Flanke. Die Feinde wurden völlig aufgerieben.« Sigurd hatte keine Ahnung, wovon er redete, aber an der Miene seines Gegenübers konnte er ablesen, dass er diesen von der Idee begeisterte.

»Mein Vater führte die zweite Welle persönlich«, sagte er. »Aber da der Offizier, der die erste Welle führte, nach außen hin noch tapferer wirkte, bekam dieser eine Auszeichnung. Mein Vater hat sie ihm von Herzen gegönnt, noch dazu, da das Ganze ja seine Idee war.«

Das brutale Gesicht des anderen Haupttruppführers glänzte. Er salutierte sogar. »Melde mich freiwillig für die erste Welle, Kamerad!«, schnarrte er.

»Sie müssen nicht gleich mit der Prügelei anfangen«, sagte Sigurd. »Dringen Sie in den Saal ein und riegeln Sie den Hauptausgang ab. Dann starten Sie zuerst ein Wortgefecht. Wir brauchen eine Weile, bis wir auf Position sind, um überraschend zuzuschlagen. Geben Sie die Befehle an Ihre Männer weiter und benachrichtigen Sie mich, wenn Sie losmarschieren.«

»Verstanden, Kamerad! Gut, dass wir Sie dabeihaben.«

Sigurd lächelte bescheiden. »Alles für die Partei und für Deutschland.«

»Alles für unseren großen Anführer!«

Sigurd stapfte zu seinen Männern zurück, die in einer Seitengasse warteten. Er konnte erkennen, dass sie nervös waren. Er beschloss, die Nervosität zu schüren.

»Die da drin sind uns fünf zu eins überlegen«, sagte er. »Ein Himmelfahrtskommando. Angeblich haben sie sogar Schusswaffen.«

»Hey, Mensch, ick hab Frau und Kinder«, murmelte einer seiner Männer. Andere fluchten. »Wat hilft mir die verdammte Versicherung, wenn se mir een Loch in die Rübe ballern?«

»Die Befehle von der Zentrale lauten, dass wir nur angreifen sollen, wenn wir Aussicht auf Erfolg haben«, log Sigurd. »Wir Offiziere sind gehalten, unsere wertvollen Soldaten nicht sinnlos aufreiben zu lassen.«

Beifälliges Gemurmel und da und dort ein dankbares Lächeln in Sigurds Richtung.

»Mein Kamerad Haupttruppführer war zuerst nicht einverstanden, aber ich konnte ihn überzeugen, in meinem Sinn zu handeln«, sagte Sigurd. »Wir rücken in ein paar Augenblicken geordnet ab.«

»Ick weeß von 'ner Versammlung von Kolpingjesellen in Prenzlauer Berg«, ließ sich einer der Männer vernehmen. »Det sind höchstens een Dutzend oder so. Und zu Fuß sind wa inner halben Stunde dort.«

Zustimmendes Nicken folgte. Die Kolpingbewegung war mit ihrer strikt auf Demokratie ausgerichteten Gesinnung der Partei ebenso ein Dorn im Auge wie die Roten und die Republikaner.

Sigurd tat so, als denke er darüber nach. In Wahrheit wartete er auf den Meldegänger des anderen Trupps. Der kam gleich darauf und meldete hastig, dass man nun in den Saal eindringen werde. Er rannte sofort wieder zu den anderen. Sigurd gab erfolgreich den von einer unerwarteten Fehlentscheidung eines Kameraden total überraschten Einsatzleiter.

»Ich hatte es ihm anders gesagt!«, stieß er hervor.

»Die sin selber schuld, wennse so blöd sind!«

»Ick renn doch nich zweihundert Roten in die Hände, wa!«

»Ick hab Frau und Kinder, Mensch.«

»Männer, herhören!«, sagte Sigurd. »Unsere Pflicht ist es, den Kameraden zu helfen.« Entsetzte Blicke. »Aber nicht, indem wir uns auch noch opfern. Wir tun Folgendes: Einer von uns läuft zur nächsten Polizeistation und meldet die Prügelei. Dann greifen die Schupos ein und retten unsere Leute. Aber – nicht ein Wort darüber an die Zentrale! Sonst ist mein Kamerad Haupttruppführer drüben im Verschiss, und das hat er nicht verdient. Wir machen es so und schweigen, um die Kameraden zu schützen. Ich werde stattdessen angeben, dass die Polizei uns überrascht hat, als wir uns gerade einmischen wollten, und wir uns in letzter Sekunde absetzen konnten.«

Da die Aktion gelungen war und die Gemüter sich nachher beim Angriff auf die wehrlosen Kolpinganhänger, lauter Jugendliche, abkühlen konnten, hatte Sigurd sich damit die Verehrung seiner Männer gesichert. Er wusste, dass sie ihm nun aus der Hand fressen würden. Erst einige Zeit später ging ihm auf, dass er eigentlich nicht viel anders gehandelt hatte als sein Vater im Krieg, nur mit anderen Beweggründen. Es verwirrte ihn einige Zeit, aber er konnte die Verwirrung erfolgreich verdrängen.

Die Gefolgsbereitschaft seines Trupps brachte ihn wenig später auf eine Idee, die er seiner Mutter vorstellte.

»Warum willst du das tun?«, fragte sie.

»Weil Alfred Kron Sie hintergangen hat und einen Denkzettel braucht! Ein Jude darf nicht ungestraft eine deutsche Adlige verhöhnen.«

»Mit zwei Jahren Verspätung kommst du auf die Idee, einen alten Mann zu verprügeln für seine Untreue. Warum erst jetzt? Weil du jetzt zwei Dutzend Schläger hast, die dich beschützen, wenn Kron versucht, zurückzuschlagen?«

Sigurd, der Freude oder wenigstens Zustimmung erwartet hatte und nicht erneut beißenden Spott, suchte nach Worten.

Magda schüttelte den Kopf. »Du und deine neuen Freunde. Alles Geschmeiß aus den finstersten Gossen Berlins.«

»Wir engagieren uns für die Partei und für …«

»Ja, ja. Deutschland. Denkst du, ich durchschaue dich nicht, Sigurd? Du bist ein Feigling durch und durch und immer auf deinen Vorteil bedacht. Du engagierst dich nicht für eine Idee oder eine Partei. Du hast doch selbst gesagt, dass du dich mit diesen Proletariern gemeinmachen willst, um an Gut Briest zu kommen. Und das willst du auch nur, weil du hoffst, dass ich dich dann nicht mehr als kompletten Versager empfinde. Was hat ein Überfall auf Alfred Kron damit zu tun? Du wolltest die Briests … wie hast du gesagt? Unterwerfen! Davon habe ich noch überhaupt nichts gesehen. Und wie kommt es, dass du keinen einzigen Kratzer hast? Ich dachte, du und deinesgleichen, ihr tut euch durch Prügeleien in allen Versammlungssälen Berlins hervor. Stehst du da im Hintergrund herum? Oder hast du mittlerweile den Oberbefehl über alle Schlägertruppen erhalten und bleibst sicher im Hauptquartier zurück?«

»Ich bin Haupttruppführer!« Sigurd schrie fast.

»Was bedeutet das?«

»Ich führe einen Trupp … vierundzwanzig Mann.«

»Na bravo. Im Krieg haben Unteroffiziere so viele Leute geführt. Mein Sohn hat es zum Unteroffizier geschafft in einer

Truppe, in der sich sonst nur Abschaum und brutale Dummköpfe befinden.«

Sigurd sprang auf. »Ich wollte Ihnen helfen, Mutter!«, zischte er. Mittlerweile erlaubte er sich wenigstens, sie wütend anzuschnauzen – sein Herz schlug dabei aber immer noch furchtsam. »Ich sehe schon, dass Sie für meine Sorge nur Spott übrig haben.«

»Den Spott habe ich für dich, nicht für deine Sorge«, versetzte Magda verächtlich.

Sigurd stapfte hinaus, innerlich kochend. Er zog die Tür des Salons von draußen zu, da hörte er die Stimme seiner Mutter durch die geschlossene Tür hindurch. »Sigurd?«

Er trat wieder ein. »Ja, Mutter?«, fragte er ungnädig.

»Zeig diesem Bankier, dass man eine von Cramm nicht hintergehen darf, mein Sohn«, sagte Magda.

## 5

Und dann – endlich! – gab es wieder ein Rennen auf der AVUS. Um seine deutschlandweit verbindende Natur herauszustellen, hieß es nicht mehr Grunewaldrennen. Es war nun der Große Preis von Deutschland, der erste Grand Prix seiner Art auf deutschem Boden, und die Teilnehmerliste war sowohl was die Fahrer als auch die Automobile anging international.

Die vier Jahre, die seit dem letzten Rennen vergangen waren, hatten genügt, neue Namen unter den Fahrern bekannt werden zu lassen. Viele von ihnen hatten sich in der erzwungenen Rennpause entweder auf Motorrädern oder bei Rallyes im In- und Ausland Meriten erworben.

Einer der neuen Publikumsfavoriten war nun der fünfundzwanzigjährige Rudolf Caracciola aus Remagen. Ein anderer war der Schwarzwälder Adolf Rosenberger, der in den letzten Jahren mehrere Bergrennen gewonnen hatte, darunter auch das schwierigste von allen, das Klausenrennen in der Schweiz. Fritz von Opel hingegen trat gar nicht an; auch sonst hatte Opel kein Fahrzeug im Rennen. Bei der Adam Opel AG konzentrierte man sich seit einiger Zeit auf die Massenfertigung von Automobilen für den täglichen Gebrauch; man hatte als erster Automobilhersteller Deutschlands die Fließbandfertigung eingeführt – offenbar waren zumindest für Opel die Zeiten des stolzen deutschen Mechanikers, der kein Rädchen im Getriebe sein wollte, vorbei. Mit dem Opel 4 PS »Laubfrosch« hatte die Firma ein Erfolgsmodell sondergleichen auf den Markt gebracht. Fritz von Opel, über die klassischen Rundenrennen offenbar hinausgewachsen, experimentierte derweil mit Raketenantrieben für Automobile.

Die NAG war, einmal mehr unter Leitung Christian Rieckens, mit vier Fahrzeugen am Start. Als einer der Fahrer war Max ausersehen. Max fieberte diesem ersten offiziellen Einsatz als Fahrer bei einem AVUS-Rennen mit einer Vorfreude und Nervosität entgegen, dass die anderen Werksfahrer ihn gutmütig aufzogen und ihm rieten, den Motor aus- und dafür Tretpedale in sein Fahrzeug einbauen zu lassen: Bei der nervösen Energie, die Max besaß, würde er den Rennwagen stärker beschleunigen, als der Motor es je zuwege brachte.

»Dieser Caracciola«, sagte Riecken, »dem solltest du mal die Pfote schütteln. Der ist im Grunde dein Zwillingsbruder.«

»Wie meinste das denn?«, fragte Max.

»Der hat als Fünfzehnjähriger schon den Führerschein ablegen dürfen – wegen seines außerordentlichen Talents. Er hat vor vier Jahren das Kölner Motorradrundrennen gewonnen und vor drei Jahren für Daimler-Benz siebzehn Siege auf Rallyes eingefahren. Ich würde sagen, Caracciola ist fast so gut wie du, Max. Und wenn du in seinem Alter die Chance gehabt hättest, den Führerschein zu machen und dann Rennen zu fahren, dann würde er heute und in Ewigkeit niemals auch nur annähernd an dich rankommen.«

»Reib's ihm nur rein«, sagte Edmund Orska, einer der anderen NAG-Fahrer.

»Det is schon gut«, sagte Max. »Christian meint es nicht böse. Was er sagen will, ist, dass ich, obwohl ich keine Chancen hatte, trotzdem noch ein Stück besser bin als Caracciola.« Er zwinkerte Riecken und Orska zu.

»Eigenlob stinkt«, brummte einer der anderen Fahrer und grinste.

»Nein, Eigenlob stimmt«, sagte Riecken. »Und tatsächlich wollte ich genau das sagen. Aber weißt du, Max: Du solltest ihn trotzdem kennenlernen. Und er dich. Ihr seid aus einem Holz geschnitzt. Es wäre schade, wenn ihr im Leben aneinander vorbeilauft.«

»Na, denn stell uns doch mal vor«, sagte Max. »Ick für meenen Teil würde mir gerne anschauen, was er für einer ist.«

Tatsächlich lernten sich die beiden jungen Männer aber erst zwei Tage später kennen. Der Zeittakt für die Trainingsfahrten war so eng und die Gespräche in den jeweiligen Rennställen nach absolvierter Fahrt so eingehend, dass für Freizeit kaum Platz war – und wenn er welche hatte, fuhr Max in die Taubenstraße zur Agentur, um dort Otto oder Hermine oder beide zu treffen. Der Anlass, der schließlich doch noch zu einem Zusammentreffen führte, war tragisch.

Es war der 9. Juli 1926, zwei Tage vor dem Rennbeginn. Luigi Platé, einer der italienischen Rennteilnehmer, verlor in einer Kurve die Kontrolle über seinen Chiribiri Monza und raste über die Böschung nach oben in den mittlerweile mit Strohballen abgesicherten Zaun. Die Strohballen stoppten den Chiribiri abrupt in einer kleinen Explosion aus Halmen und Staub. Als der Staub sich legte, sahen die Helfer, die herbeirannten, wie Platé etwas wacklig aus dem Fahrzeug stieg, sich halb benommen schüttelte, sich dann an seinen mit hängendem Kopf dasitzenden Beifahrer Carlo Cattaneo wandte – und nach ein paar Augenblicken an dessen Schultern zu rütteln begann. Das Rütteln wurde immer panischer. Cattaneos Kopf baumelte hin und her. Man musste Platé von seinem Kameraden wegziehen, den auch noch so heftiges Rütteln nicht wieder lebendig machte. Der Aufprall hatte, so unspektakulär er auch war, dem italienischen Mechaniker das Genick gebrochen. Er war sofort tot gewesen.

Sie legten den Toten neben den Wagen und falteten ihm die Hände auf der Brust. Platés Kameraden aus dem Chiribiri-Team trösteten den fassungslosen Fahrer, der immer wieder zu Cattaneo hinzulaufen versuchte, um ihn doch noch aufzuwecken. Sanitäter trugen die Leiche schließlich weg, und die Menge zerstreute sich – bis auf Max und einen jugendlich aussehenden Fahrer, der noch die Brille um den Hals hängen hatte und die Schmutzspuren einer Fahrt im Gesicht trug. Sie sahen sich an. Dann nickten sie sich zu. Der andere Fahrer löste den Blickkontakt und blinzelte in den grauen Himmel, dann sah er zu dem Wrack des Chiribiri.

»Nieselregen«, sagte er. »Luigi hat keine Schuld. Er wird sie sich trotzdem geben. Bärig schwer zu fahren bei so einem Wetter.«

»Noch dazu auf der AVUS«, sagte Max. »Der Belag ist nicht besser jeworden seit dem letzten Rennen. Ick dachte, die hätten sich wenigstens für den Grand Prix 'n bisschen ins Zeug jelegt.«

In den Augen des anderen Fahrers glomm Interesse. »Sind Sie schon mal Rennen auf der AVUS gefahren?«

Max nickte und zuckte gleichzeitig mit den Schultern. »Det erste und zweete Grunewaldrennen. Bevor sie dann die AVUS dichtmachten.«

»Bärig!«, sagte Max' Gesprächspartner. »Entschuldigen Sie meine Indiskretion – aber ich hätte Sie für nicht älter gehalten als mich selbst.«

»Wie alt sind Se denn?«

»Ich bin Jahrgang 1901.«

»Ick 1904.«

»Dann sind Sie ja mit … siebzehn! … das erste Rennen auf der AVUS gefahren!«

»Illegalerweise«, gab Max zu. »Ick hab die Kiste denn ooch in den Zaun gesetzt.«

»Bärig!«, sagte der andere Fahrer zum dritten Mal. Dann streckte er die Hand aus. »Rudolf Caracciola. Meine Freunde nennen mich Karratsch.«

»Ick bin Max Brandow, und wenn Se wollen, sagen Se Maxe.«

Caracciola begann zu grinsen. »Max Brandow. Als ob ich von dir nicht schon viel gehört hätte! Für wen fährst du?«

»NAG.«

»Werksfahrer oder frei?«

»Werksfahrer.«

Caracciola nickte. »Ich fahre für Daimler-Benz. Ist die bessere Lösung. Du musst den Ruhm mit deiner Firma teilen, und das Geld ist auch schlechter, als wenn du als freier Fahrer unterwegs wärst – aber dafür bist du in zehn Jahren immer noch da, und wenn es dich erwischt, zahlen sie dir Pension.« Er machte eine Kopfbewegung zu dem zerstörten Chiribiri. »Außer, es erwischt dich so wie den armen Carlo. Aber dann bekommt deine Witwe was. Bist du verheiratet?«

»Verlobt«, sagte Max stolz.

Caracciola grinste, was seinem Gesicht eine pausbäckige Fröhlichkeit verlieh. »Ich auch. Mit dem Preisgeld für den ersten Platz bin ich so weit abgesichert, dass ich heiraten kann. Dieses Jahr noch! Und dann eröffne ich eine Daimler-Benz-Vertretung! Du kommst aus Berlin, oder?«

»Ja.«

»Dann besuch mich. Ich eröffne nämlich in Berlin!«

»Du bist ja ziemlich sicher, dass de den ersten Preis jewinnst«, sagte Max und wusste nicht, ob er die Selbstsicherheit Caracciolas amüsant oder ärgerlich finden sollte. Caracciolas nächste Worte zerstreuten den Anflug von Ärger sofort.

»Ich bin ziemlich sicher, dass ich fahren werde wie der Teufel, um ihn zu bekommen«, sagte »Karratsch«. »Und seit ich weiß, dass du gegen mich fährst, bin ich mehr als ziemlich sicher, dass es bärig schwer werden wird.«

Das Rennen begann um zwei Uhr nachmittags mit einem Start, der Max einen Augenblick lang glauben ließ, das ganze Feld würde sich sofort in einer Massenkarambolage verknäueln. Der Start erfolgte in drei Gruppen, jeweils mit zwei Minuten Abstand. Max war in der ersten Gruppe, unweit von der Position Rudolf Caracciolas entfernt. Die Wagen standen in einer lockeren Formation, die Streckenposten direkt neben ihnen auf der Piste. Der Starter schwenkte die Flagge. Die Motoren röhrten auf und hüllten den Startplatz sofort in eine Abgaswolke ein. Fast gleichzeitig setzte sich der Pulk in Bewegung – bis auf Rudolf Caracciola, dessen Mercedes eine gewaltige Wolke ausstieß und dann abstarb. Max sah Caracciolas Beifahrer aus dem Wagen springen und zum Heck sprinten, um ihn anzuschieben, dann war er schon an den beiden Unglücklichen vorbei und begann mit dem Kampf um einen vorderen Platz. Er dachte daran, dass Caracciola die Siegprämie bereits für seine Hochzeit verplant hatte, und fühlte Bedauern für den Kollegen. Max' Beifahrer, der sich umgedreht hatte und sich nun wieder der Fahrtrichtung zuwandte, begegnete Max' Blick und zuckte mit den Schultern. Auch wenn dadurch ein Konkurrent weniger auf der Rennbahn war, tat es einem leid, wenn dies durch so etwas Würdeloses wie eine Panne geschah.

Doch Caracciola war offenbar keiner, der sich von so etwas die Kampfeslust verderben ließ. Nach drei Runden hatte er zu Max aufgeschlossen, überholte ihn in einem waghalsigen Manöver und ließ ihn dann hinter sich. Nach vier Runden sah die Reihenfolge so aus: Rosenberger an der Spitze, dahinter Caracciola, beide auf Mercedes-Benz; auf Platz drei befand sich Max. Rosenberger und Caracciola fuhren wie die Wahnsinnigen, Rad an Rad, sich gegenseitig überholend. Wenn sie so weitermachten, würde es nur eine Frage des Zufalls sein, wer vorn war, wenn sie am Ende des Rennens die Ziellinie überfuhren.

Max kämpfte um den Erhalt des dritten Platzes und konnte ihn sichern, aber auch nicht weiter vorrücken. Ihm schien, dass von den beiden Daimler-Werksfahrern Rosenberger das elegantere Rennen fuhr. Sein Wagen mit der Nummer 19 schien über die Fahrbahn zu tanzen; Caracciolas Mercedes fuhr dagegen kraftvoll, ökonomisch, alle Vorteile nutzend, die Innenkurven schneidend. Nach einer Stunde, etwa einem Drittel der gefahrenen Strecke, begann es zuerst zu regnen, dann zu schütten. Die Fahrer, die mitten im Pulk dahinrasten, würden jetzt von Wasserschleiern bestäubt werden, dass sie nach Luft schnappen mussten. Max auf der dritten Position fühlte jeden Regentropfen wie eine eisige Nadel, die ihm ins Gesicht stach. Das Tuch vor seinem Gesicht war nach kurzer Zeit durchnässt und rutschte ihm dann unters Kinn; er wagte nicht, eine Hand vom Lenkrad zu nehmen, um es wieder hochzuziehen. Er spürte, wie sein Fahrzeug in jeder Pfütze, in jeder der zahlreichen öligen Lachen, die sich auf der Piste sammelten, an Halt verlor und auszubrechen drohte, wenn man auch nur die winzigste falsche Lenkbewegung machte. Auf der Brille sammelte sich eine schmierige Melange, die sich auch mit Kopfschütteln nicht vertreiben ließ. Max' Mechaniker war ein nach vorn geduckter, verzerrter Schatten zu seiner Linken; die Sicht voraus war wie durch ein fehlerhaft geblasenes Glas, in dem Konturen sich auflösten und Linien zu fantastischen Kurven mutierten. In Max' Mund war der bittere Geschmack von teerhaltigem Wasser, seine Hände in den klatschnassen dünnen Lederhandschuhen waren eiskalt. Der Wind trieb den Regen waagrecht über die Rennbahn. Max rechnete damit, dass die Rennleitung jeden Moment das Ende der Veranstaltung bekannt geben würde, doch die roten Flaggen blieben unten. Es war eigentlich unverantwortlich, das Rennen nicht abzusagen. Jeder Fahrer musste mit Max einer Meinung sein. Die meisten hofften wahrscheinlich schon mit aller Inbrunst auf ein Ende. Aber keiner gab auf, keiner wollte der Erste sein, der sich dem Wetter ergab. Die Rennleitung ihrerseits wollte vermutlich den ersten Großen Preis von Deutschland auf jeden Fall durchziehen. Dem Komitee war mit Sicherheit bewusst, welche Symbolwirkung das Rennen vor allem im Inland für den Stolz und die Beharrlichkeit der Bürger besaß. Alles, was geschah, war, dass die gelb-rotgestreiften Flaggen in den Kurven aufgezogen wurden, die Rutschgefahr signalisierten.

Der Pulk näherte sich der Nordkurve – Rosenberger, dann Caracciola, dann Max. Christian Riecken, der mit der zweiten Gruppe gestartet war, hatte sich auf Platz vier vorgearbeitet. Max sah den Turm der Zeitnehmer, gegenüber der Tribüne, herannahen. Das schwere Eisengerüst mit der Zeittafel daran, so groß wie eine Hausfront, erhob sich über einem Holzschuppen, in dem die Zeitnehmer und Schilderjungen ihre Arbeits- und Ruheräume hatten. Auf der Plattform in halber Höhe des Turms duckten sich ein paar Menschen vor dem Wind und machten sich bereit, die Ziffernansage zu aktualisieren.

Max nahm Gas weg, lenkte wie auf rohen Eiern zur Innenkurve. Sich nur ja keine unbedachten Schlenker leisten! In der Nordkurve befanden sich die meisten Öl- und Wasserlachen. Caracciola war dicht vor ihm, die Hahnenkämme aus dreckigem Wasser, die die Hinterräder produzierten, zweimal so hoch wie sein Fahrzeug. Rosenberger war in der Mitte der Fahrbahn und zog ebenfalls auf die Innenkurve zu, in einem weiten, tänzerischen Bogen …

… und geriet ins Schleudern. Der Mercedes drehte sich einmal um sich selbst und schlug dann wie eine Granate in den Zeitnehmerturm ein. Holzteile wirbelten davon, Eisenstangen fielen vom

Turm, der sich neigte. Von der Plattform stürzten Menschen zu Boden, als hätte sie jemand herabgeschüttelt …

… und schon waren Caracciola und Max vorbei. Max spürte, wie sein Beifahrer in einer verspäteten Reaktion zusammenzuckte und im Sitz herumfuhr. Er sah im Fahrzeug voraus Caracciola und seinen Beifahrer entsetzt die Köpfe wenden. Caracciola raste wie blind durch die Kurve, den Blick nur auf den Unfall gerichtet, der sich im Mittelpunkt der Kurve ereignet hatte und um den das Feld nun herumjagte, als würde es von dort aus gesteuert. Zu seiner Rechten sah Max die Menschen auf der überdachten Tribüne aufspringen. Dann öffnete sich schon die Gerade, Caracciola gab nach kurzem Zögern Gas, und Max riss sich zusammen und folgte ihm. Er erwartete, dass das Rennen abgesagt würde; dass, wenn sie die Südkurve erreichten, die roten Wimpel gezeigt würden. Rosenbergers Unfall war nicht der erste, der sich bei einem Rennen ereignete, aber er hatte schlimmer ausgesehen als alle, die Max bisher mit angesehen oder selbst durchlebt hatte. Selbst Platés Trainingsunfall hatte eigentlich harmlos gewirkt. Und zum ersten Mal waren Unbeteiligte in Mitleidenschaft gezogen worden, nicht nur die Fahrer, die wussten, worauf sie sich einließen.

Die Wucht, mit der der Mercedes in den Turm eingeschlagen war … die Holz- und Metallteile, die senkrecht in die Luft geschleudert worden waren … die fallenden Körper … die beiden Insassen des Mercedes mussten vom Aufprall förmlich zerfetzt worden sein, und wenn sich jemand im Inneren des Holzschuppens aufgehalten hatte, war der mit Sicherheit ebenfalls tot … Gott, und das alles direkt vor den Augen der Zuschauer!

Auf der langen Geraden in Richtung Südkurve musste Max um seinen zweiten Platz nicht kämpfen. Der Schock steckte anscheinend allen Fahrern in den Knochen. In der Südkurve hingen nach wie vor die gestreiften Warnflaggen. Also brach die Rennleitung das Rennen nicht einmal nach diesem Unfall ab! Max hoffte, dass es ein Zeichen dafür war, dass die Sache glimpflicher verlaufen war, als es den Anschein gehabt hatte.

Nach dem Durchfahren der Südkurve hatte Max einen Abstand von drei oder vier Sekunden auf Rudolf Caracciola. Vorsichtig gab er mehr Gas. Er hatte das Gefühl, dass er sich auf die Verhältnisse einstellte. Hatte der Unfall dazu geführt, dass er sein Fahrzeug noch mehr spürte als sonst? Oder war es ein Talent, von dem er nicht gewusst hatte, dass er es besaß? Caracciola weiter vorn fuhr jedenfalls, als schiene die Sonne und als sei die Piste staubtrocken; ihm machte der Regen offenbar überhaupt nichts aus. Besaß Max diese Fähigkeit womöglich auch?

Vor der Nordkurve wurden sie langsamer. Max sah Sanitäter, Helfer und Fotografen um die Unfallstelle herumstehen. Drei mit Tüchern verhüllte Körper lagen ganz still neben den Trümmern. Es war nicht zu erkennen, um wen es sich handelte. Die Verletzten waren offenbar schon abtransportiert worden. Der Pulk schlitterte und schleuderte durch die Nordkurve und nahm in unveränderter Reihenfolge die nächste Runde in Angriff.

Dann sah Max, wie sich von rechts der Schatten eines anderen Fahrzeugs in sein Blickfeld schob. Jemand hatte aufgeholt und versuchte zu überholen! Max beschleunigte. Der andere Wagen fiel zurück, dann holte er wieder auf. Schließlich war er gleichauf, kurz vor einem Stück, das sich durch besonders tückische Bodenwellen und Wasserlachen auszeichnete. Max wusste auf einmal, wie er hindurchkommen würde, ohne nennenswert Gas wegnehmen zu müssen. Sein Konkurrent würde mit Sicherheit weit zurückfallen – und dann kam gleich danach die Südkurve, in der Max ihn noch weiter abhängen würde … und dann sollte der Kollege mal sehen, ob er jemals wieder an ihn herankam. Er hatte es jetzt mit Sicherheit auch nur geschafft, weil Max wegen des Unfalls unwillkürlich Gas weggenommen hatte. Das würde nicht mehr passieren! Drei Tote und wer weiß wie viele Verletzte waren eine Katastrophe, und Max wünschte sich nach wie vor, das Rennen wäre abgeblasen worden – aber da es weiterging, hatte er auch vor, zu kämpfen.

Er blickte nach rechts und merkte, dass sein unmittelbarer Konkurrent Christian Riecken war.

Die Blicke der beiden Männer begegneten sich. Hinter der Vermummung aus Kappe, Brille und Tuch waren Rieckens Gesichtszüge nicht zu erkennen, dennoch ahnte Max, was in Rieckens Kopf vorging.

Dies war Christian Rieckens letztes Rennen. Vielleicht hatte der Konstrukteur schon vorher geplant, nach dem ersten Großen Preis von Deutschland aus dem aktiven Renngeschehen auszuscheiden; vielleicht hatte ihn Rosenbergers Unfall dazu gebracht. Max wusste es nicht. Er wusste nur, dass es so war. Er war so sicher, als hätte es Riecken zu ihm herübergeschrien.

Riecken war Mitte vierzig. Für Rennfahrerverhältnisse mittlerweile ein alter Mann. Er war bei den ersten beiden Grunewaldrennen der Favorit der Berliner gewesen, der Lokalmatador. Doch jetzt gab es andere Favoriten, und das Rennen gehörte auch nicht mehr den Berlinern, sondern ganz Europa. Riecken hatte seine Zeit gehabt. Sie war kurz, aber glänzend gewesen. Er hätte sie mit Sicherheit gern auf einem guten Platz abgeschlossen, anstatt abgeschlagen mit dem Feld über die Ziellinie zu fahren. Den ersten Platz konnte er nicht mehr erringen, Caracciola würde nur noch zu bremsen sein, wenn sein Fahrzeug ausfiel. Aber den zweiten Platz konnte er sich erkämpfen – wenn er so waghalsig fuhr wie Caracciola und Rosenberger zusammen und Max davon verdrängte.

Regen und eine nasse Piste waren nicht die Spezialität von Christian Riecken. Nicht einmal der hochtalentierte Rosenberger hatte sie gemeistert. Wenn Riecken versuchte, wie Rosenberger zu fahren, riskierte er Kopf und Kragen.

Er hatte Max zweimal die Chance seines Lebens gegeben – indem er ihn einstellte und indem er ihm heute ein Fahrzeug anvertraut hatte.

Auf der Rennbahn war er ein Konkurrent.

Überall anders war er ein Freund. Und eigentlich war er es auch auf der Rennbahn.

Es dauerte nur Bruchteile von Sekunden, bis diese Gedanken durch Max' Kopf geschossen waren. Dann wandte er sich ab und konzentrierte sich wieder auf die Fahrbahn. Er raste durch die beschädigte Stelle, ohne das Tempo zu verringern, und hängte Riecken weit ab. Durch die Südkurve schlitterte er, aber er zwang den NAG, ihm zu gehorchen. Auf der Geraden ließ er ihm freien Lauf, brauste durch die Pfützen oder lenkte geschickt um sie herum und verringerte den Abstand auf Caracciola immer mehr. Max' Beifahrer konnte es nicht fassen.

»Wir kriegen ihn!«, hörte Max ihn brüllen. »Wir kriegen ihn.«

Dann krachte etwas, der Wagen ruckte und schlingerte, Rauchwolken schossen aus dem Motor und dem Auspuff, und das Tempo ging dramatisch zurück. Max steuerte an den äußeren Pistenrand. Er sah Riecken an sich vorbeischießen, dahinter das restliche Feld. Stotternd und spuckend rollte der NAG noch ein paar Dutzend Meter weiter, dann blieb er endgültig stehen. Der Motor ging aus. Der Fahrzeugpulk war vorbei, nur ein Nachzügler brummte noch zaghaft von hinten heran und ließ sie dann im Nebel seiner Wasserschleppe stehen. Max' Beifahrer sprang aus dem Wagen.

»Der springt noch mal an!«, schrie er. »Ich schiebe!«

»Vergiss es«, sagte Max. Er wusste, dass der Motor nicht mehr anspringen würde, zumindest nicht vor einer eingehenden Reparatur des Fahrzeugs. Während sein Beifahrer sich voller Eifer darauf vorbereitet hatte, dass sie Caracciola überholten, und nicht auf Max achtete, hatte dieser bei voller Fahrt an den Hebeln gezogen und sein eigenes Automobil sabotiert.

Sie schoben den NAG zu der Stelle vor ihrem Rennstall, wo die Kollegen ein Stück Zaun entnahmen und das Fahrzeug von der Piste entfernten. Dann nahmen sie die Beileidsbekundungen für ihr verdammtes Pech entgegen. Max' Beifahrer erklärte, dass sie gewonnen hätten, wenn die Karre nicht verreckt wäre. Max sagte nicht viel. Er erkundigte sich nach dem Unfall und erfuhr, dass Rosenberger und sein Beifahrer überlebt hatten, aber dass zwei Zeitnehmer und ein Schilderjunge ums Leben gekommen waren. Dann setzte er sich abseits unter das Dach des NAG-Werkstattschuppens und fragte sich, wie er sich fühlte. Er wusste es selbst nicht.

Erst als das Rennen zu Ende war und er erfuhr, dass Caracciola Erster und Riecken Zweiter geworden war und dass, während Caracciola noch eine Ehrenrunde gedreht hatte, das Berliner Publikum trotz der Trauer wegen des Unfalls Riecken und seinen Beifahrer auf den Schultern durch die Nordkurve getragen hatten … erst da wusste er, dass er das menschlich Richtige getan hatte. Und freute sich darüber.

## 6

Alfred Kron hatte zwei immer gleiche Szenarien, wenn er sein Bankhaus verließ – was meistens sehr spät am Abend geschah. War das Wetter schön, spazierte er die Behrenstraße entlang in Richtung Tiergarten. Sein Fahrer fuhr mit dem schweren Mercedes im Schritttempo neben ihm her, solange es ging. Im Tiergarten nahm Kron dann den zweiten Spazierweg, bog nach Süden ab und marschierte auf diesem Weg, am Goethe-Denkmal vorbei, bis zum Kemperplatz. Sein Fahrer war vorher schon in die Wilhelmstraße abgebogen und über den Potsdamer Platz und die Bellevuestraße ebenfalls zum Kemperplatz gefahren, wo er auf Kron wartete.

Bei schlechtem Wetter stieg Kron direkt in seinen Wagen und ließ sich ohne Abendspaziergang nach Hause fahren.

Es hatte Sigurd mehrere Abende gekostet, bis er sicher war,

dass man sich auf das Verhalten des Bankiers verlassen konnte. Dann plante er sein Vorgehen.

Er hatte unter seinen Männern fünf herausgesucht, von denen er das Gefühl hatte, man könne sich auf sie verlassen. Derjenige, der am Abend der missglückten Saalschlacht im Wedding auf das Treffen der Kolpingjugend hingewiesen hatte, war dabei. Derjenige, der mehrfach angebracht hatte, dass er Frau und Kinder habe, nicht. Sigurd war mit seiner Auswahl zufrieden. Er war sicher, dass dieser harte Kern seiner Truppe alle seine Anordnungen widerspruchslos ausführte.

»Wir wissen jetzt, dass der Bankier immer denselben Weg geht. Wir wissen auch, wo ein Zugriff möglich ist und wo nicht. Der Tiergarten ist ja nicht gerade ein Urwald. Aber beim Goethe-Denkmal geht es. Wir müssen nur schnell und entschlossen sein.« Sigurd sah seine Männer der Reihe nach an und versuchte, den Eindruck zu vermitteln, dass sie eine Heldentat planten, zu der größte Risikobereitschaft und Tapferkeit gehörten. Die Männer nickten langsam – eine verschworene Waffenbrüderschaft.

»Hat der Jude 'ne Leibwache?«, fragte einer.

»Er hatte keene, sooft ick ihn observiert habe«, erwiderte ein zweiter.

»Er hat keine Leibwache«, sagte Sigurd. »Er spaziert durch den Park, als gehöre ihm die Welt. Und tritt alles mit den Füßen.«

»Er füttert die Tauben«, sagte einer hämisch.

»Und ick hab jesehen, det er jedem Bettler und Invaliden was in' Hut jetan hat!«

»So nahe biste ranjekommen an den Kerl?«

»Hat meene Mutter 'nen blöden Sohn uffjezogen? Ick hab mir ooch hinjesetzt un ›Schönen guten Abend, Herr Generaldirektor‹ jemurmelt und hab abkassiert.« Der SA-Mann, dessen Mutter keinen blöden Sohn aufgezogen hatte, grinste in die Runde.

Seine Kameraden lachten spöttisch. »Is nur recht, wenn er was zurückgibt von dem, was seinesgleichen jestohlen hat!«

Sigurd legte seinen Plan dar. »Drei Mann als Sturmkommando. Freiwillige?«

Fünf Arme schossen in die Höhe. Sigurd wählte drei Mann aus. Das Sturmkommando hatte den Auftrag, den alten Mann einzukreisen, ihn ins Gebüsch hinter dem Denkmal zu zerren und dort zu schlagen und zu treten, bis er das Bewusstsein verlor. Er hätte es auch Schlägertruppe nennen können, aber er wusste genau, was seine Leute hören wollten.

»Zwei Mann als Gefechtsposten am nördlichen und südlichen Ausgang des kleinen Platzes vor dem Denkmal.« Die zwei übrig gebliebenen Freiwilligen des Sturmkommandos hoben überflüssigerweise die Arme. Ihre Rolle war es, Schmiere zu stehen und zu pfeifen, falls sich Schupos näherten. Auch hier fand Sigurd, dass »Gefechtsposten« sich besser anhörte.

»Taktisches Hauptquartier bin ich«, sagte er. »Wir treffen uns nach erfolgreich abgeschlossener Mission in der Gaugeschäftsstelle in der Potsdamer Straße. Bis dahin fungiere ich als Beobachter und als Gefechtsposten auf der rückwärtigen Linie.« Was er redete, war kompletter Unsinn, aber die Männer nickten weise, selbst diejenigen, die im Krieg gewesen waren. Aber vielleicht hatten sie dort von ihren überforderten Jungoffizieren ähnlichen Unsinn aufgetischt bekommen. Was Sigurd meinte, aber nicht sagte, war, dass er die Gaugeschäftsstelle, die von den Männern liebevoll »Opiumhöhle« genannt wurde, gar nicht erst verlassen würde. Wenn seine kleine Streitmacht der Polizei in die Hände fiel, wollte er ein wasserdichtes Alibi haben. Er hatte sich bei Kurt Daluege sogar freiwillig zum Falten von Propagandablättern gemeldet.

Dann kam eine Frage, die Sigurds Kartenhaus zum Einsturz brachte: »Wie sieht der Saftsack eigentlich aus?«

»Wie 'n Jude halt«, sagte der, der Krons Almosen entgegengenommen hatte.

»Ja, aber jenau? Heute ist Freitagabend. Da werden vielleicht mehr alte Knilche durch den Park schlottern als nur der eene. Ick will nich aus Versehen 'nem unschuldigen deutschen Opa 'ne Abreibung verpassen.«

»So jenau hab ick nich hinjesehen. Ick wollte ja nich, det er mich am Ende wiedererkennt, vastehste?«

Es stellte sich heraus, dass keiner von den fünfen Alfred Kron von einem beliebigen älteren Herrn mit Anzug, Mantel und Hut hätte unterscheiden können. Sigurd knirschte mit den Zähnen.

»Planänderung«, sagte er. »Ich bin einer der vorgeschobenen Gefechtsposten. Sobald ich den Bankier identifiziert habe, gebe ich Meldung an einen von euch«, er deutete auf die bisherigen vorgeschobenen Gefechtsposten, »und ziehe mich dann auf die rückwärtige Linie zurück, um den Abzug zu sichern. Treffpunkt bleibt die Geschäftsstelle.«

Der Plan war so verabschiedet worden; daher befand sich Sigurd, schwitzend vor Nervosität und gegen den Drang ankämpfend, die Mission einfach im Stich zu lassen und davonzulaufen, zwei Stunden später auf dem Spazierweg, der von Norden her zum Goethe-Denkmal führte. Er konnte nur hoffen, dass Kron ihn nicht erkannte. Er musste den alten Mann so früh wie möglich entdecken, ihn für die anderen identifizieren und dann abhauen, noch bevor sich Kron auf Sichtweite genähert hatte. Der Bankier war alt – man konnte wahrscheinlich darauf bauen, dass er kurzsichtig war und auf zehn Meter seinen eigenen Bruder nicht erkannt hätte. Aber konnte man das wirklich? Sigurd durchforstete sein Hirn, ob Kron bei den Gesprächen, bei denen er zugegen gewesen war, eine Brille getragen hatte. Hatte er? Oder nicht? Hatte er auf andere Weise den Eindruck erweckt, an Altersfehlsichtigkeit zu leiden? Sigurd hatte keine Ahnung.

Er war so aufgeregt, dass er ständig hin und her ging. Er benahm sich so auffällig, dass ihn jeder Schupo, der zufällig des Weges gekommen wäre, nach seinen Papieren gefragt hätte. Aber es kam kein Schupo. Stattdessen stand Alfred Kron plötzlich keine dreißig Schritte entfernt vor Sigurd. Sigurd hatte in seiner Aufregung vergessen, auf den Weg zu achten, und stattdessen beim Auf-und-ab-Marschieren auf seine Schuhspitzen geblickt. Er erstarrte. Kron wurde langsamer; ganz offensichtlich schien er zumindest zu erkennen, dass der junge Mann vor ihm auf dem Weg kein völlig Unbekannter war.

Sigurd reagierte nach seiner Schrecksekunde mit der einzigen Taktik, die ihm einfiel. Er drehte sich um, lehnte sich gegen einen Baum und tat so, als sei er ein Betrunkener, dem übel geworden war. Während er so tat, als würde er sich übergeben, fiel ihm die Hilfsbereitschaft Krons ein, von der seine Männer gesprochen hatten. Ihm wurde eiskalt. Wenn Kron nun stehen blieb und fragte, ob er helfen könne? Der neuerliche Schreck drehte Sigurd den Magen um, sodass er diesmal das Würgen und Spucken nicht spielen musste. Zu seiner Erleichterung stapfte Kron – einmal kurz zögernd – hinter Sigurds Rücken vorbei und ging dann weiter. Sigurd verfolgte ihn aus dem Augenwinkel, und als es ihm sicher schien, rannte er vom Weg hinunter auf die Rasenfläche, bis der zweite Posten ihn sah, winkte und deutete auf den langsam dahinschreitenden Bankier. Er sah den Posten nicken. Dann nahm er die Beine in die Hand und lief davon, so schnell er konnte, und begann erst in der Geschäftsstelle, keuchend und vor Schweiß triefend, zu überlegen, wie er diesen würdelosen Rückzug würde begründen können.

Es stellte sich heraus, dass er das gar nicht tun musste. Seine Männer trafen eine Stunde später ein. Das Sturmkommando hatte nasse Hemden und Hosenbeine. Sie hatten sich in einem der öffentlichen Brunnen das Blut Alfred Krons von den Fäusten und Schuhen gewaschen. Sie waren so aufgekratzt, dass sie Sigurd begeistert auf die Schulter schlugen und sich gleich darauf für die allzu burschikose Kameradschaftlichkeit entschuldigten. Keiner fragte ihn, warum er weggerannt war. Jeder lobte seine umsichtige Planung, die dazu geführt hatte, dass ein *verdammter blut-*

*saugender Jude* das bekommen hatte, was die *verdammte blutsaugende Rasse* im Ganzen verdiente.

»Lebt er noch?«, fragte Sigurd.

»Er hat noch jezuckt, als wir weggingen.«

»Aber janz schwach!«

»Hat er irgendwas gesagt? Hattet ihr das Gefühl, er hat einen von uns erkannt?« Hat er *mich* erkannt?, war die eigentliche Frage. Sigurd hatte das Gefühl, sie durch die Blume stellen zu müssen.

»Jesagt hat er nur: ›Aber bitte, meine Herren …‹« Die Männer lachten. »Jedenfalls, solange er was sagen konnte.«

Sigurd lehnte sich zurück. Er spürte, wie sein Atem ruhiger wurde und sein Herzschlag langsamer. Ein Gefühl des Triumphs stieg in ihm auf.

»Holt euch ein Bier, Männer«, sagte er großzügig. »Heute haben wir Deutschland einen Gefallen getan.«

Sie ließen ihn hochleben. Haupttruppführer Sigurd von Cramm, erfolgreicher Kämpfer für die Ehre des Landes, die Größe des glorreichen Parteiführers – und für die Anerkennung seiner Mutter, von der er insgeheim ahnte, dass er sie auch hierfür nicht bekommen würde.

## 7

Die Montagsausgaben der meisten Zeitungen, die über den Vorfall berichteten, waren voller Häme. Die Überschriften über die jeweiligen Artikel lauteten: »Ein Geldsack kriegt Haue und Zinsrückzahlung auf Deutsch« und, in einem mehr als erbärmlichen Wortspiel: »Dem Kron das Faß ins Gesicht geschlagen«. Otto lehnte sich im Stuhl zurück. Ihm war übel. Er hatte auf dem Weg vom Bahnhof zur Agentur alle Zeitungen gekauft, derer er habhaft geworden war, und wieder und wieder darüber lesen müssen, dass Alfred Kron, 76, Berliner Bankier und – was nicht in den Artikeln stand, worüber sich Otto aber stets bewusst war – einer der Retter von Gut Briest, halb totgeschlagen im Tiergarten hinter dem Goethe-Denkmal aufgefunden worden war. Sein Fahrer hatte ihn dort gefunden, nachdem er lange auf seinen Herrn gewartet und sich schließlich Sorgen um ihn gemacht hatte. Zwei der Zeitungen plauderten aus, dass Kron in der Intensivstation der Charité liege und noch nicht über den Berg sei, was im schlimmsten Fall bedeuten konnte, dass die aufrechten Männer, die ihm die Abreibung verpasst hatten, umsonst gearbeitet hatten. Im schlimmsten Fall! Der für den Schmieranten dieser Zeitung offenbar dann eintrat, wenn Kron überlebte! Otto zerknüllte die Zeitung und starrte dann, bebend vor Wut, auf seine mit Druckerschwärze beschmierten Hände.

Als er wieder etwas ruhiger war, rief er die Polizeidienststelle in Alt-Moabit an, die unter anderem für den Tiergarten zuständig war. Er erklärte, wer er war, und fragte dann, wer den Fall Kron bearbeitete.

»Welcher Fall Kron?«, fragte der Beamte am anderen Ende der Leitung.

»Der Überfall auf den Bankier. Am Freitag. Im Tiergarten.«

»Der alte Jude, den sein Fahrer gefunden hat?«

»Der Bankier Alfred Kron«, sagte Otto mit zusammengebissenen Zähnen, »der von Unbekannten fast totgeschlagen wurde. Ein sechundsiebzigjähriger alter Mann, der keinem was getan hat und stets fair und anständig …«

»Schreiben Sie seinen Nachruf oder was? Hat er das Zeitliche gesegnet?«

»Verbinden Sie mich mit den zuständigen Beamten!« Otto brauchte seine ganze Selbstbeherrschung, um nicht zu brüllen.

Nach einer Weile hatte er eine forsch klingende Stimme im Ohr. Doch bevor er die erste Frage stellen konnte, sah er sich seinerseits mit Fragen bombardiert. Wer er war? Welche Fälle er bearbeitete? Ob er das Gefühl hatte, ein anständiger Deutscher solle einen Beruf wie den seinen haben? Warum er sich so auffällig nach dem alten Juden erkundige? Arbeite er etwa mit ihm zusammen? Schnüffle er die Kunden des Bankhauses Kron aus? Oder dessen Mitarbeiter? Warum er denn nicht mit einem aufrechten deutschen Unternehmen zusammenarbeite? Und ob er wohl seinen Namen noch einmal buchstabieren könne?

»Bismarck«, sagte Otto. »Mit ck am Ende.«

»Vorhin haben Sie einen anderen Namen genannt.«

»Nein, habe ich nicht.«

»Ich weiß doch, was ich höre.«

»Und ich weiß, was ich sage.«

»Also gut«, knurrte der Polizeibeamte. »Bismarck. Und wie noch?«

»Otto.«

»Ihren Namen hab ich schon mal gehört.«

Otto legte auf. Dann lief er lange Minuten wie ein Tiger in seinem Büro auf und ab, die Hände zu Fäusten geballt, bis er so weit war, einen erneuten Anruf tätigen zu können. Diesmal versuchte er es im Polizeipräsidium Charlottenburg. Er zitterte so sehr, dass es ihm schwerfiel, die richtigen Ziffern in der Wählscheibe zu treffen.

Er erfuhr, dass Kriminalhauptkommissar Ernst Türk nicht im Hause sei.

»Schreiben Sie meinen Namen auf«, sagte Otto. »Otto von Briest.« Etwas in seiner Stimme schien den gelangweilt klingenden Polizeibeamten am anderen Ende dazu zu veranlassen, der Anordnung nachzukommen. »Herr Türk kennt mich. Sagen Sie ihm, ich erwarte seinen Rückruf.« Otto knallte den Hörer auf, immer noch zitternd.

Fünf Minuten später klingelte das Telefon. Otto hob ab.

»Sie dürfen meine Beamten nicht bedrohen«, sagte Ernst Türk. »Polizeibeamte zu bedrohen, ist eine Straftat. Das ist mein voller Ernst.«

»Ich habe gerade ein Gespräch mit zwei Ihrer Kollegen in Alt-Moabit geführt. Seitdem ist mein Respekt vor Polizeibeamten etwas ramponiert.«

»Und wozu rufen Sie mich dann an?«

»Weil ich meinen Respekt vor der Polizei gern wiedergewinnen möchte.«

Türk seufzte. »Alt-Moabit. Lassen Sie mich raten. Es geht um den Überfall auf den Bankier. Alfred Kron.«

»Richtig.«

»Warum interessieren Sie sich dafür?«

»Alfred Kron ist ein Freund.«

»Ich hoffe, Sie haben das den Kollegen in Alt-Moabit nicht gesagt.«

»Weshalb? Weil die Dienststelle von Antisemiten durchsetzt ist?«

»Lieber Freund, ganz Berlin ist mittlerweile von Antisemiten durchsetzt. Und ich wage zu behaupten, der Rest Deutschlands ebenso.«

»Jedenfalls hätten mich Ihre Kollegen nicht herablassender behandeln können, wenn ich es gesagt hätte.«

»Da täuschen Sie sich aber«, erwiderte Türk.

»Herr Türk – unternimmt die Polizei etwas in dieser Sache?«

»Das kann ich Ihnen nicht sagen. Meine Dienststelle ist dafür nicht zuständig.«

»Ich dachte, Morddelikte fallen in Ihre Zuständigkeit?«

Türk seufzte erneut. »Herr von Briest«, sagte er dann. »Wissen Sie, als was diese Sache zu den Akten genommen wurde? Als ein Gespräch, das außer Kontrolle geriet. Als Affekttat eines – vermutlich durch Handlungen der Bank – in finanzielle Schwierigkeiten geratenen Mannes, der Alfred Kron zur Rede stellen wollte und dabei so würdelos behandelt wurde, dass er zuschlug.«

»Was!? Lesen Sie überhaupt die Zeitungen?«

»Auf meinem Tisch stapeln sich alle wichtigen Zeitungen Berlins. Was ich ihnen entnehme, ist, dass die zuständigen Redakteure die Beiträge ihrer Journalisten nicht lesen können. Wenn sie es täten, würden wir täglich zu den Wohnungen von Redakteuren gerufen werden und einen neuen Fall von Selbstmord aus beruflicher Scham aufnehmen.«

»Aus dem Zeitungsgeschmier lässt sich mühelos herauslesen, dass es keine Affekttat war!«, brüllte Otto. »Dort wird unterstellt, dass es ein Anschlag national fühlender Deutscher auf einen Blutsauger war – und dass die Angreifer die Moral auf ihrer Seite haben!«

»Was in den Zeitungen steht, muss nicht unbedingt die Meinung der Polizei sein, Herr von Briest.«

Otto schwieg. Er war wie betäubt. »Ich habe mich an Sie um Hilfe gewandt«, brachte er heraus. Er ließ den Hörer auf die Gabel fallen und lehnte sich zurück. Ihm war durch und durch übel. Seine Hände waren immer noch schwarz verschmiert von der Druckerschwärze. Aber jetzt hätte er auch das Gefühl gehabt, sie waschen zu müssen, wenn sie ganz sauber gewesen wären. Das Telefon klingelte erneut. Er hob ab.

»Wenn Sie mich noch mal anbrüllen, während ich in einem Raum telefoniere, dessen Wände Ohren haben, dann brülle ich zurück«, sagte Ernst Türk. »Das ist mein voller Ernst.«

Otto schwieg. Er wusste nicht, was er sagen sollte.

»Ich habe die Kollegen zum Teekochen geschickt«, sagte Türk. »Wir haben also ein paar Minuten. Erstens: Natürlich war der Angriff auf Kron ein Überfall von rechtsradikalen Judenhassern. Zweitens: So wie die Lage derzeit ist – und sie wird noch schlimmer werden, glauben Sie mir –, interessiert sich kaum jemand für diese Tat; oder wenn, dann nur, weil er sie gut findet. Und das schließt große Kreise der Justiz und der Polizei mit ein. Drittens: Die Täter müssen keine polizeiliche Verfolgung fürchten, solange die Polizei nicht gezwungen wird zu reagieren. Das kann nur geschehen, wenn Kron – oder jemand anderer – einen Schuldigen namentlich anzeigt. Bis dahin werden sich die zuständigen Beamten hinter einer laschen, erfolglosen Suche nach Unbekannten verstecken.«

»Ich werde nach den Tätern suchen …«, sagte Otto.

»Unterbrechen Sie meinen Gedankenfluss nicht. Es ist ein schöner, vollkommen folgerichtiger Gedankenfluss, und Sie haben darin nichts verloren. Viertens: Weil die Lage so ist, wie sie ist, ist der Einzige, der sinnvoll agieren kann, ein Mann wie Sie. Ich nehme an, dass Sie mich deshalb um Hilfe bitten wollten. Fünftens: Was hier geschieht, ist eine Sauerei, und ich werde Ihnen helfen, wo ich kann, aber Sie müssen meinen Namen aus der Sache raushalten.«

Erneut wusste Otto nicht, was er sagen sollte.

»Sind Sie noch dran?«, fragte Türk. »Was ich eben gesagt habe, war mein voller Ernst.«

»Herr Türk – was geschieht in Berlin?«, fragte Otto. »Was ist hier los?«

»Was in allen großen Städten in Deutschland los ist, fürchte ich. Waren Sie das ganze letzte Jahr im Urlaub? In einem Bergwerksstollen in Sibirien? Oder warum sind Sie so überrascht?«

»Ich habe mich hauptsächlich um private Themen gekümmert …«

»Dann herzlich willkommen in der Realität. Kennen Sie das Spiel vom Schwarzen Mann? Er ist der Bösewicht und versucht, die anderen Mitspieler zu berühren. Wen er berührt, der wird zu seinem Gefolgsmann und hilft ihm im nächsten Durchlauf beim Fangen – so lange, bis kein freier Mitspieler mehr übrig ist. Dann sind alle Schwarze Männer.«

»Ich kenne das Spiel.«

»Das spielt jetzt ganz Deutschland. Ein Schwarzer Mann hat sich gefunden, und er steckt alle anderen an.«

»Wer?«

»Derjenige aus der Gruppe von Demagogen, Skrupellosen und

Fanatikern, der am skrupellosesten und fanatischsten von allen ist. Ein Mann namens Adolf Hitler.«

»Der für den Putschversuch in München verantwortlich ist?«

»Genau der. Er hat alle Schuld auf sich genommen und ist dafür ins Gefängnis gegangen – weil er genau wusste, dass man ihn bald wieder rauslassen würde. Die Gerichte in Bayern sind mit Rechten förmlich verseucht. Aber mit diesem Schachzug hat er sich als Märtyrer hinstellen können – und alle anderen, die genauso Anteil am Putsch hatten und die aus Feigheit alles leugneten, haben sich dadurch völlig ins Abseits begeben. Hitlers Partei, die NSDAP, hält ihn für den alleinigen Erlöser – nichts weniger, und das ist mein voller Ernst!«

»Fanatiker und Demagogen haben wir seit Kriegsende genügend erlebt. Was unterscheidet ihn von den anderen?«

»Er ist gerissen und der vollkommene Opportunist. Nach dem Krieg hat er die rechtsradikalen Organisationen im Auftrag der Reichswehr bespitzelt – dann lief er zu den Rechten über, als ihm klar wurde, dass sie viele seiner Positionen vertraten. Er hat den aufgeblasenen, inkompetenten Ludendorff als Steigbügelhalter gebraucht, ohne dass der es merkte. Seine Haftzeit hat er dazu benutzt, scheinbar machtlos, in Wahrheit aber seelenruhig zuzuschauen, wie seine Vertreter in der Partei sich gegenseitig diskreditierten und die Bewegung herunterwirtschafteten. Als er dann entlassen wurde, konnte er sich als Retter der Partei inszenieren. Er hat mittlerweile alles auf sich als Person zugeschnitten. In der Partei grüßt man sich mit ›Heil Hitler‹, die Jugendorganisation heißt ›Hitlerjugend‹. Und seine Anhänger, völlig besoffen davon, dass endlich wieder ein starker Mann aus der Asche Deutschlands aufsteht und der verhassten, als total korrupt hingestellten Republik ein Ende bereiten will, laufen ihm jubelnd hinterher. Die meisten Deutschen, Herr von Briest, wünschen sich eigentlich keine Demokratie, sondern eine Monarchie. So sind wir tausend Jahre lang geführt worden – von den regionalen Königen,

Herzögen und Fürsten, die wiederum zum Heil bringenden Kaiser aufblickten. Hitler und seine engsten Gefolgsleute ahmen das Heilige Römische Reich nach, nur mit anderen Mitteln und ohne dass die Leute es erkennen würden. Sie fühlen es allerdings, auf einer Ebene, die sie wahrscheinlich selbst nicht erklären können. Was sie auch fühlen dank seiner Hetzreden, ist ihre eigene Überlegenheit – als Deutsche, als Christen, als germanische Rasse. Hitler läuft nicht herum und sagt: ›*Ich* bin der Größte.‹ Er sagt: ›Ihr aufrechten, reinblütigen Deutschen, *ihr* seid die Größten – und ich bin derjenige, der euch zu dieser Größe führt.‹ Deutschland liegt seit dem Ende des Kriegs so am Boden wie noch nie zuvor als Nation. Die Leute lecken solche Reden auf wie Honig.«

»Sie hören sich ja an, als bewunderten Sie den Mann.«

»Ich verabscheue ihn, Herr von Briest. Er nutzt die Orientierungslosigkeit und die Angst der Leute aus, um seinen Wahn zu realisieren – eine Welt unter deutscher Führung. Und wo die Orientierungslosigkeit und die Angst noch nicht groß genug sind, schürt er sie. Seine Schlägertruppen sind in jeder Großstadt tätig. Letztes Jahr hießen sie noch ›Frontbann‹. Heute laufen sie unter dem Namen ›Sturmabteilung‹ auf, nachdem der ›Frontbann‹ verboten wurde. Alles, was sie tun, ist, Chaos zu verbreiten. Damit ihr heiliger Führer sich nachher hinstellen und sagen kann, dass mit seiner Herrschaft das Chaos enden wird. Das ist ein Umsturzversuch von unten, Herr von Briest. Ein Umsturz nicht durch Macht, sondern durch Angst. Der Angst der Leute, die den Glauben verloren haben, dass es die Republik noch einmal richten wird. Die Angst der Arbeitslosen, dass sie und ihre Familien verhungern werden. Die Angst der Arbeitenden, dass sie bald arbeitslos sein werden. Die Angst des Mittelstands davor, zu verarmen, und die Angst der Reichen davor, dass jemand noch Reicherer ihren Wohlstand wegnehmen könnte. Angst, Herr von Briest. Und Hass. Auf die, die vermeintlich daran schuld sind, dass man Angst haben muss. Und wer ist in Deutschland schon immer traditionell an allem schuld? Genau. Die Juden. Ihr Freund Alfred Kron.«

Türk schwieg. Otto hörte ihn schwer atmen. Er selbst fühlte sich von dieser Tirade wie erschlagen. Und er fühlte sich schuldig. Er hatte dieser Entwicklung tatsächlich nicht genügend Aufmerksamkeit gewidmet. Er war zu sehr mit seiner Familie und sich selbst beschäftigt gewesen. Plötzlich hatte er Furcht, dass sich die Dinge nicht mehr ändern ließen; dass das Szenario, das Türk geschildert hatte, bereits zum Selbstläufer geworden war.

»Was können wir tun?«, fragte er unwillkürlich.

»Dagegenhalten«, sagte Türk. »Jeder auf seine eigene Art. Finden Sie raus, wer hinter dem Anschlag auf Kron steckt. Wir wissen ja, welche Gruppierung es ist, aber wir brauchen einen Namen. Ich unterstütze Sie, wo ich kann.«

»Und wenn wir den Namen haben?«

»Ich habe übers Wochenende ein wenig recherchiert über Ihren Freund Alfred Kron. Bankier in der wer-weiß-wievielten Generation. Er und seine Vorfahren haben sich immer loyal verhalten. Kron ist ein großer Wohltäter, spendet wie verrückt und richtet karitative Veranstaltungen aus – und das alles im Hintergrund, ohne es an die große Glocke zu hängen. Wir brauchen einen Namen, wir brauchen am besten eine Zugehörigkeit zum rechten Sumpf ... und dann können wir Krons Errungenschaften beleuchten und zeigen, dass die Rechten nicht die Retter Deutschlands sind, sondern die Mörder der Wohltäter des deutschen Volks.«

»Großer Gott«, sagte Otto. »Sie meinen das wirklich ernst.«

»Mein voller Ernst«, sagte der volle Ernst. »Und solange Sie mich aus der ganzen Sache raushalten und meine Beteiligung nie erwähnen, werde ich immer im Hintergrund da sein und Ihnen zu helfen versuchen.«

# 8

Hermine hatte Tränen in den Augen. Sie war auf einen üblen Anblick gefasst gewesen, aber die Realität überstieg ihre Befürchtungen.

Alfred Kron hatte einen beidseitigen Kieferbruch, einen Bruch des Jochbeins und einer Augenhöhle erlitten, seine Vorderzähne waren ausgeschlagen und die Unterlippe aufgerissen. Von zehn Fingern waren sechs gebrochen, desgleichen ein Handgelenk, Elle und Speiche an beiden Armen. Mehrere Rippen waren ebenfalls gebrochen. Von den zahllosen Prellungen, Abschürfungen und Blutergüssen gar nicht zu reden. Der Bankier lag mit geschlossenen Augen in seinem Bett, und wenn das Namensschild nicht gewesen wäre und die Versicherung der Krankenschwester, dass der Mann im Bett wirklich Kron war, wäre sich Hermine nicht sicher gewesen, ob sie im richtigen Zimmer war. Seine eigene Mutter hätte Alfred Kron nicht wiedererkannt.

Kron war nur halb bei Besinnung. Manchmal flatterten seine Augenlider, manchmal zuckten die Schultern. Als Hermine ihn anredete, reagierte er nicht. Sie wischte sich eine Träne von der Wange, als ihre Augen doch überliefen. Eine Krankenschwester, die sich mit im Zimmer befand und das Leintuch von Krons Bett mit resoluten Bewegungen feststeckte, warf Hermine einen Blick zu, aus dem man eher Ablehnung als Mitgefühl herauslesen konnte. Vielleicht wurde man so kalt, wenn man das Leid der Mitmenschen tagein, tagaus vor Augen hatte und nicht viel mehr dagegen tun konnte, als das Leintuch festzustecken.

Hermine setzte sich auf einen Besucherstuhl.

»Herr Kron«, sagte sie sanft. »Ich bin Hermine von Briest. Wir kennen uns von ein paar Gesprächen. Ich wollte mal nach Ihnen sehen.« Und versuchen herauszufinden, ob du weißt, wer dich so zugerichtet hat, fügte sie in Gedanken hinzu.

»Sie dürfen ihn nicht anreden«, sagte die Schwester.

»Warum nicht?«

Die Schwester war offenbar so überrascht, dass jemand ihre Anweisung infrage stellt, dass sie ein paar Augenblicke nachdenken musste. »Weil es ihn aufregt«, sagte sie dann.

Hermine sah den groben Bewegungen zu, mit denen sie das Bett bearbeitete. »Dann lassen Sie mich das machen«, schlug sie vor. »Wenn ich schon nicht mit ihm reden darf, möchte ich mich wenigstens anderweitig um ihn kümmern.«

»Ich mach das schon«, sagte die Schwester barsch. »Gehen Sie lieber wieder, das ist das Beste für ihn.«

»Ick dachte, Kranke brauchen Zuspruch und Mitjefühl«, erwiderte Hermine und merkte, dass sich in ihren Tonfall sowohl das Berlinische als auch eine gewisse Schärfe einschlichen. Sie schalt sich selbst, dass sie so ungnädig auf die Krankenschwester reagierte.

»Kranke brauchen Ruhe und einen Arzt, sonst nichts«, schnappte die Krankenschwester und kam um das Bett herum, um auf Hermines Seite das Leintuch zu glätten.

Hermine sah ein, dass sie gegen die Schwester nicht ankam. Das Beste war, sie wartete, bis die Frau ihre Arbeit getan hatte und sich anderen Krankenbetten zuwandte. Sie stand wortlos auf und ging auf den Flur hinaus.

Eine Minute später war sie froh, dass sie das Krankenzimmer verlassen hatte. Eine elegant gekleidete Frau kam mit entschlossenen Schritten den Flur entlang. Sie trug einen Hut mit eng anliegendem, hohem Hutkopf und breiter, nach unten gezogener Krempe, sodass man ihr Gesicht nicht erkennen konnte. Ein Arzt folgte ihr mit einem Schritt Abstand und redete auf sie ein. Er schilderte ihr den Zustand eines Patienten. An der Art der Verletzungen, die er aufzählte, erkannte Hermine, dass der Patient Alfred Kron war. Zuerst dachte sie, die Frau sei eine Tochter oder sonstige Verwandte des Bankiers. Doch dann redete der Arzt sie mit ihrem Namen an. Der Name war der Grund, warum Hermine froh war.

Die Besucherin war Magda von Cramm.

Hermine erinnerte sich, dass Otto gesagt hatte, alle Gutsbesitzer am Ostufer der Elbe hätten von alters her ihre Bankkonten beim Bankhaus Kron gehabt; also auch die Cramms. Von daher schien es verständlich, dass Magda dem Schwerverletzten einen Höflichkeitsbesuch abstattete oder zumindest nach ihm sah.

Andererseits deutete keine der Schilderungen, die Hermine bisher von Magda von Cramm erhalten hatte, darauf hin, dass diese sich die Mühe des Wegs von Gut Cramm bis nach Berlin gemacht hätte, um einen Krankenbesuch abzustatten. Umso mehr, da ihr bewusst sein musste, dass Alfred Kron nicht ganz unschuldig daran war, dass ihr Gut Briest in letzter Sekunde doch noch entgangen war. Hermine konnte ihre Neugier nicht mehr bezähmen. Was führte Magda von Cramm hierher?

Sie baute darauf, dass Magda nicht wusste, wie sie aussah. Auch sie hätte Magda nicht erkannt; beide Frauen waren sich nie begegnet. Sie schlüpfte ein paar Sekunden nach ihr und dem Arzt in den Krankensaal. Auf einem Rolltisch standen ein Krug Wasser und mehrere Tassen. Sie füllte eine Tasse und trug sie zu einem Krankenbett direkt neben dem des Bankiers. Ein junger Mann mit zwei dick eingegipsten Armen an Ziehgewichten lag darin und starrte gelangweilt an die Decke. Er blickte überrascht zu Hermine, als diese an sein Bett trat.

»Haben Se Durst?«, fragte sie und hob das Glas mit einem aufmunternden Lächeln in die Höhe. »Heute wird ans Bett jeliefert!«

Der junge Mann sagte: »O czym Pan mówi?«

Hermine starrte ihn an. Der junge Mann starrte zurück. »Czy pielęgniarki? Pani po polsku?«, fragte er.

»Herrje«, sagte Hermine.

Der Blick des jungen Mannes fiel auf das Wasserglas, und er begann, freudig zu lächeln. Hermine trat zu ihm und flößte ihm das Wasser ein. Er trank durstig. »Dziękuję serdecznie«, sagte er und wollte dann weiterreden.

»Pssst!«, machte Hermine und legte sich einen Finger auf die Lippen. Der junge Mann verstummte und sah sie ratlos an. Hermine lächelte und spitzte die Ohren, aber sie hörte keine Stimmen hinter dem Sichtschutz, der Krons Krankenbett von diesem hier abtrennte. Nur das Knarren des Holzstuhls war vernehmbar, als Magda sich setzte.

Schließlich hörte sie den Arzt sagen: »Was die Heilungschancen angeht …«

»Danke, Herr Doktor, ich brauche Sie jetzt nicht mehr«, sagte Magda. Hermine hörte den Arzt förmlich indigniert einatmen. Dann kam er hinter der Abtrennung hervor und schritt davon.

Der junge Mann mit den gebrochenen Armen sagte etwas. Hermine winkte irritiert ab. Sie wollte hören, ob Magda etwas zu Kron sagte. Aber es blieb still hinter dem Sichtschutz. Ein paar Augenblicke später stand Magda auf. Hermine wandte sich hastig ab und dem jungen Mann zu, der verzweifelt in Richtung Wasserglas schielte. Sie gab ihm erneut zu trinken. Der junge Mann stöhnte dankbar.

Magda verließ den Krankensaal. Hermine flößte dem jungen Mann vorsichtig den Rest des Wassers ein, tätschelte ihm dann aufmunternd die Wangen und schritt um den Sichtschutz herum.

Alfred Kron lag immer noch so da wie zuvor und atmete flach und mit flatternden Augenlidern. Ob er seine Besucherin erkannt oder überhaupt gemerkt hatte, dass er Besuch gehabt hatte, ließ sich nicht erkennen. Magda hatte keine Spuren hinterlassen, nur den schwachen Duft eines Parfüms, das sie getragen hatte. Hermine blieb noch eine Weile neben dem Bett stehen, dann legte sie eine Visitenkarte der Agentur auf den Nachttisch. Wenn Kron zu sich kam, sollte er wissen, dass sie da gewesen war. Sie strich dem alten Mann sanft über das wirre, verklebte Haar.

Auf dem Weg zur Agentur, wo sie Otto treffen wollte, dachte

sie erneut über Magda von Cramms Auftritt nach. Es war der merkwürdigste Krankenbesuch gewesen, den Hermine je erlebt hatte, und sie fragte sich ratlos, was die Gutsherrin damit bezweckt hatte.

## 9

Sigurd von Cramm war dazu übergegangen, fast jeden Abend in der Geschäftsstelle der SA zu verbringen. Er vermied es, den Opiumkonsum einiger seiner Kameraden zu teilen – aber er bediente sich freizügig an den Obstbränden, deren Vorräte nie versiegten. Manchmal war er so betrunken, dass er sich auf einem der Lager im Nebenzimmer zusammenrollte und vor Ort die Nacht verbrachte. Er teilte sich die Räume dann mit den Opiumträumern und denjenigen Kameraden, die die ärmlichen Familienverhältnisse zu Hause nicht aushielten und lieber hier blieben, als sich zu ihren Frauen und Kindern – oder jüngeren Geschwistern – in die muffigen Mehrfachbetten zu legen.

Als man ihn wach rüttelte, war er zuerst ungnädig. Dann verstand er, dass jemand vor der Tür der Geschäftsstelle stand und ihn treffen wollte. Schließlich begriff er, dass es eine Frau war.

Sein erster Gedanke war: Meine Mutter! Seine Betrunkenheit verflog mit einem Schlag. Er rappelte sich auf und kämmte sein Haar mit den Fingern, dann hauchte er sich in die hohle Handfläche und schnupperte daran. Puh. Wenn er eine Kerze angehaucht hätte, wäre die Flamme emporgeschossen. Er bemerkte die anzügliche Miene des Kameraden, der ihn aufgeweckt hatte, und wurde ärgerlich.

»Was gibt's zu grinsen?«, fragte er heiser.

»Eijentlich isses vaboten, sich sein Liebchen hierherzubestellen«, sagte der Kamerad.

»Mein Liebchen? Sind Sie verrückt?« Sigurd starrte den Mann

entsetzt an. Er hielt Sigurds Mutter für sein … Liebchen? Was dachte der Kerl bloß von ihm?

»Bitten Sie die Dame gefälligst herein«, sagte er barsch, trat aus dem Nebenzimmer in den Geschäftsraum, erkannte, wie es dort aussah, und holte den Kameraden hastig zurück. »Nein, ich gehe nach draußen.« Er zwang sich, die Eingangstür zu öffnen und in die Nacht hinauszutreten. Die Geschäftsstelle lag im Hinterhof. Erst jetzt fiel ihm auf, wie schäbig die ganze Umgebung war. Verdammt, was fiel seiner Mutter ein, hierherzukommen! Ihm fiel ein, dass er von der Geschäftsstelle der Berliner SA geschwärmt hatte als einem strengen, großzügigen Bau, in dem die Zukunft Deutschlands vorbereitet wurde. Die Wirklichkeit unterschied sich davon beträchtlich. Es war dunkel … vielleicht verbarg die Nacht ja das meiste.

Magda von Cramm stand unter dem tief vorgezogenen Dach des Schuppens auf der einen Seite des Hinterhofs. Sigurd konnte sie mit Mühe ausmachen. Er räusperte sich und trat auf sie zu. Undeutlich wurde ihm bewusst, dass die Kameraden in der Geschäftsstelle, die noch wach und nicht zu benebelt waren, wahrscheinlich lauschten. Er musste entschlossen und zugleich würdevoll auftreten.

»Was verschafft mir die Ehre?«, fragte er und war sicher, dass seine Stimme dabei leicht geschwankt hatte. Verdammt!

Seine Besucherin trat unter dem Dach hervor. Es war nicht seine Mutter. Es war eine junge Frau, die er nie zuvor gesehen hatte. Sie trug einen engen Hut und einen dunklen Sommermantel. Der Mantel war kürzer als das Kleid darunter. Es ragte weiß unter dem Mantelsaum hervor. Ihre Schuhe waren flach und klobig und ebenfalls weiß. Vor Überraschung wusste Sigurd nicht, was er sagen sollte.

»Sie sind Herr von Cramm?«, fragte die junge Frau.

»Ja …«, erwiderte Sigurd gedehnt. Er war noch immer verwirrt. Wer war diese Frau?

»Ich bin Hilde Binz«, sagte die junge Frau hastig. »Ich bin Krankenschwester. In der Charité. Ich habe mich bis zu Ihnen durchgefragt. War nicht einfach.«

»Und warum haben Sie das getan?«

»Alfred Kron«, sagte Hilde Binz.

Sigurd schwieg. Ihm wurde siedend heiß. Er hatte das Gefühl, dass er jetzt sagen sollte: Alfred wer …?

»Er hat Ihren Namen genannt«, fuhr Hilde Binz fort. Sie musterte Sigurd, ihre Augen glänzten im Schatten der schmalen Hutkrempe, ihr Gesicht eine flächige, abstrakte Anordnung von hell und dunkel im Licht, das aus den Fenstern der Geschäftsstelle fiel.

»Meinen Namen?« Sigurd schwankte. Kron hatte ihn erkannt! Die Scharade mit dem Betrunkenen hatte nichts genützt. Im Gegenteil, sie hatte alles nur noch schlimmer gemacht. Kron musste sich zusammengereimt haben, dass Sigurd mit dem Überfall in Verbindung stand. Warum hätte Sigurd sonst so tun sollen, als kenne er den Bankier nicht, und die Betrunkenen-Komödie spielen? Oh Gott, es war alles aus! Ihm wurde so übel, dass sich sein Magen verkrampfte.

»Im Halbschlaf. Er steht unter Morphium.« Hilde Binz schien sich plötzlich ein Herz zu fassen, denn sie trat hastig noch einen Schritt vor und packte Sigurd am Oberarm. »Ich bin auf eurer Seite!«, stieß sie hervor. »Ich hasse dieses Judenpack genauso wie ihr. Mir ist klar, dass Sie und Ihre Leute den Alten überfallen haben. Aber Sie haben einen Fehler gemacht. Sie haben ihn leben lassen. Und er kennt Sie ganz offensichtlich. Heute war eine Schnüfflerin da. Ich weiß nicht, in welchem Auftrag. Sie hat sogar eine Karte zurückgelassen. Ich hab sie gefunden und weggeworfen. Kron hat nichts zu ihr gesagt, ich habe mich die ganze Zeit bei seinem Bett herumgetrieben, um das sicherzustellen. Da brauchen Sie sich keine Sorgen zu machen. Aber Kron wird wahrscheinlich überleben, und dann wird er als Erstes mit dem Finger auf Sie zeigen. Sie müssen das verhindern, Herr von Cramm!«

»Aber … aber … wie?«

Hilde Binz zog sich den Finger über die Kehle. Dann zuckte sie mit den Schultern.

Sigurd öffnete den Mund, um zu rufen: Geben Sie ihm eine Spritze! Sie können so was doch, oder? Im letzten Moment wurde ihm klar, wie er dann dastehen würde. Er musste die Sache selbst zu Ende bringen. Ihm wurde noch übler.

»Bringen Sie das zu Ende, Herr von Cramm«, sagte Hilde Binz. Am Funkeln ihrer Augen und an der Art, wie sie die Finger in seinen Arm krallte, erkannte Sigurd auf einmal, wie erregt die Krankenschwester war. Sigurd riss sich zusammen.

»Wir tun für Deutschland, was getan werden muss«, sagte er mit allem Pomp, den sein zitterndes Herz aufbringen konnte.

»Ja«, flüsterte Hilde. Sie brachte ihren Mund ganz nah an Sigurds Ohr. »Ich bin auch Parteimitglied. Es darf nur im Krankenhaus niemand wissen, dort versteht man nicht, was unser Land braucht. Heil Hitler.«

»Wollen Sie … wollen Sie, dass ich Sie den Kameraden vorstelle? Es ist nur ein wenig … äh … unaufgeräumt in der Geschäftsstelle, wir haben derzeit alle Hände voll zu tun …«

Hilde Binz zögerte. »Haben Sie etwas Opium?«, fragte sie dann hungrig. »Ich rieche den Duft bis hierher …«

»Es ist sicher noch etwas da …«

Hilde Binz ließ Sigurds Arm los und hakte sich bei ihm ein. »Es wäre mir eine Ehre, wenn Sie mir Ihre Kameraden vorstellen. Ich bewundere Sie und die anderen jetzt schon.«

Sigurd fiel etwas ein, was sie gesagt hatte und was ihm in der vorherigen Panik entgangen war. »Eine Schnüfflerin war bei Kron?«, fragte er. »Sie meinen eine von der Zeitung?«

»Nein, eine von einem Detektivbüro.«

Sigurd blieb stehen. »War der Name von Briest?« Ihm fiel nicht ein, wie Otto von Briests Frau hieß, er wusste nur, dass die beiden die Agentur in Berlin zusammen führten.

»Ja. Kennen Sie die?«

»Sie gehört zum Feind«, sagte Sigurd, ohne nachzudenken.

»So kam sie mir auch vor. Sie müssen schnell handeln, Herr von Cramm. Ich habe morgen die Spätschicht, von Mittag bis Mitternacht. Nach zehn Uhr habe ich den ganzen Bereich für mich. Falls diese Frau nachmittags wiederkommt – oder irgendein anderer Besuch –, wimmle ich sie ab. Kommen Sie morgen um kurz nach zehn Uhr abends. Ich lasse Sie durch eine Hintertür rein.«

»Danke«, sagte Sigurd und fühlte, wie die Angst zurückkehrte.

## 10

Sigurd traf eine erneute Auswahl unter den fünf Männern, die er zum Überfall auf Alfred Kron angestiftet hatte. Zusammen mit zweien von ihnen machte er sich am folgenden Abend auf den Weg zur Charité. Die beiden Männer hießen Heinrich Dörre und Hans Kütemeyer. Sie erfuhren erst auf dem Weg, wohin es ging und was das Ziel der Aktion war. Beide zeigten sich eifrig und aufgekratzt.

Hilde Binz war die Überraschung anzumerken, dass Sigurd nicht allein gekommen war, doch sie sagte nichts dazu. Sie hatte draußen schon gewartet, mit einer Zigarette in der Hand und einer zertretenen Kippe auf dem Boden. Es war das einzige äußere Zeichen, dass sie nervös war.

»Ich warte schon eine Weile – sicher ist sicher«, flüsterte sie. Sie ließ die drei Männer durch eine Hintertür herein und führte sie durch das nachtdunkle Gebäude, in dem die Schritte der Männer hallten. Hildes Gummisohlen machten leise tappende Geräusche. Nach kurzer Zeit versuchten Sigurd, Dörre und Kütemeyer, ebenfalls leiser aufzutreten. Das Knallen der Absätze, das über den Flur irrlichterte und in seltsamen knappen Echos zurückgeworfen wurde, war entnervend.

Vor dem Krankensaal, in dem Kron lag, bat Hilde die Männer flüsternd, ihre Schuhe auszuziehen. Sie kamen der Bitte nach. Sigurd fühlte sich auf einmal nackt, als er mit schwitzigen Socken auf dem kalten Steinboden stand. Der Geruch nach zu lange nicht gewaschenen Füßen stieg auf und kämpfte mit den Krankenhausdüften nach Reinigungsmittel, Wäschestärke und Medikamenten.

Hilde Binz hatte einen weißen Doktorkittel beiseitegelegt und gab ihn Sigurd. »Falls jemand aufwacht und Sie sieht«, flüsterte sie. Es war der Beweis, dass sie wirklich nur mit Sigurd gerechnet hatte. Doch sie war flexibel, denn sie huschte davon und kam nach einer Wartezeit, in der Sigurd und seine Genossen mit eingezogenen Zehen und zunehmender Nervosität auf dem Gang vor dem Saal standen, mit zwei weiteren Kitteln zurück.

Der Krankensaal war trübe erleuchtet von ein paar Notlichtern. Das Schnarchen von Schlafenden hing wie eine merkwürdige, unheimliche Musik unter der hohen Decke, ein langsamer, sägender Rhythmus. Die meisten Betten waren frei zugänglich; ein paar waren mit Sichtschutz umstellt. Hilde führte sie zu einem davon.

»Hier«, hauchte sie. »Ich habe ihm neues Morphium gespritzt. Er schläft. Kein Problem.«

Sigurd schluckte. Er betrachtete die beiden Betten links und rechts neben Krons Abteil. Bei einem ragte unter der Decke nur ein Haarschopf heraus, im anderen lag ein schnarchender Mann auf dem Rücken, die Arme eingegipst und mit Zugvorrichtungen fixiert, sodass es aussah, als breite er sie zum Willkommensgruß aus.

»Denen habe ich auch ein bisschen was gegeben«, flüsterte Hilde. »Man kann nie wissen.« Sie lächelte zu Sigurd hoch und berührte wie unabsichtlich seinen Arm.

Sigurd nickte Dörre und Kütemeyer zu. Die beiden nickten ebenfalls und strafften sich.

»Das Kissen«, flüsterte Hilde. »Auf dem Stuhl neben dem Bett. Ich habe es extra bereitgelegt. Drücken Sie es ihm einfach aufs Gesicht. Er wird nicht viele Fisimatenten machen.«

»Sie wissen, was zu tun ist«, sagte Sigurd zu seinen Männern.

Dörre und Kütemeyer schlugen die Gummivorhänge zurück und schlüpften in das Abteil. Ihre besockten Füße machten kein Geräusch. Sigurd hörte nur das Rascheln ihrer Arztkittel und das leise Reiben der Gummivorhänge, wo sie sich noch bewegten. Er fühlte, wie Hilde Binz näher an ihn heranrückte.

Wie lange konnte es dauern, einen schwer verletzten alten Mann mit einem Kissen zu ersticken? Einen Mann, der vom Morphium ohnehin schon so gut wie hinüber war? In Sigurds Fantasie spielte sich die Szene ab, die hinter dem Sichtschutz vor sich ging. Kütemeyer, der Größere der beiden, würde sich bereitmachen, die Schultern Krons aufs Bett zu drücken. Dörre würde das Kissen über seinem Gesicht in Position bringen. Sie würden sich zunicken. Das Kissen senkte sich. Anfangs würde Kron keine Reaktion von sich geben, bis sein Gehirn merkte, dass kein Sauerstoff mehr kam. Dann würde der Körper zu kämpfen beginnen. Aber welche Kraft konnte er schon entwickeln, so zerschlagen, wie er war? Es würden nur ein paar schwache Bewegungen sein. Das Bett würde ein bisschen quietschen. Kütemeyer, der den alten Mann nach unten drückte, würde vielleicht keuchen. Dann würden die Geräusche wieder verebben, und Dörre und Kütemeyer würden wieder herauskommen, mit befriedigten Mienen, und Vollzug melden. Sigurd würde leise raunen: »Bravo, Kameraden.« Sie würden strahlen.

Ja – wie lange konnte das dauern? Sigurd spürte die Wärme, die von Hilde Binz ausging. Sie berührte ihn jetzt mit der Schulter und dem ganzen Arm. Sigurd bildete sich ein, dass er sie zittern spürte. Oder war es er selbst, der zitterte? Hinter dem Sichtschutz drang kein Geräusch hervor.

Hm.

*Wie* lange konnte es dauern?

Er spürte, wie Hilde Binz von ihm abrückte. Sie tauschten einen Blick. Er konnte Befremdung in ihrem Blick lesen. Er holte Luft, schob den Vorhang beiseite und trat in das Abteil.

Dörre und Kütemeyer standen links und rechts neben dem Bett. Kron lag mit geschlossenen Augen darin. Dörre hielt sich das Kissen vor den Leib. Zuerst dachte Sigurd, es wäre bereits vollbracht, da hörte er Kron atmen. Dörre und Kütemeyer blickten auf und sahen Sigurd an. Dörre umklammerte das Kissen noch fester. Sein Gesicht war verzerrt.

Hilde steckte den Kopf herein. »Beeilen Sie sich«, wisperte sie. »In diesem Bereich sind wir zwar allein, aber auf den anderen Stationen gibt es auch Nachtschwestern und Personal!«

»Bitte passen Sie draußen auf … Hilde«, sagte Sigurd. »Wir haben's gleich.«

Sie lächelte ihn an und zog sich zurück. »Keine Sorge.«

Sigurd zischte: »Was ist los?«

Kütemeyer gestikulierte. »Er ist nur 'n alter Mann«, sagte er lahm.

»Er erinnert mich an meinen Opa, der war auch jahrelang bettlägerig«, sagte Dörre.

Sigurd starrte sein Mordkommando an. Er konnte es nicht fassen.

»Vielleicht schläft er ja von allein hinüber«, sagte Kütemeyer. »Dann würden wir uns ganz umsonst dem Risiko aussetzen, dass die Tat auffliegt.«

»Er wird sich erholen, sagen die Ärzte!«, stieß Sigurd hervor.

Hilde steckte wieder den Kopf herein. »Sch«, machte sie. »Sie dürfen nicht so laut reden. Was ist denn los?«

»Die Kameraden streiten sich um die Ehre, wer es tun darf«, sagte Sigurd, dem nichts Besseres einfiel.

»Die Zeit drängt«, sagte Hilde.

Dörre fasste auf einmal einen Entschluss. Vielleicht hatte Sigurds Ausrede ihn darauf gebracht. Er hielt Sigurd das Kissen hin. »Die Ehre gebührt Ihnen, Herr Haupttruppführer.« Er stand stramm, das Kissen in der ausgestreckten Hand.

Sigurd fühlte die Blicke der beiden Männer auf sich. Er wandte sich an Hilde Binz und sah, dass sich ihr Mund unwillkürlich öffnete und sie abwechselnd das Kissen und ihn anblickte. Ihre Augen glänzten. Einen Augenblick lang wollte er das Kissen an sie weiterreichen, mit irgendeiner lahmen Bemerkung, dass sie doch das medizinische Fachwissen besaß und so etwas besser konnte ... doch dann wusste er, dass er es tun musste. Oder Kron blieb am Leben. Es war jetzt seine Entscheidung.

Er packte das Kissen fester und trat an Kron heran. Er hielt das Kissen über sein Gesicht. Er hob es wieder hoch. Er schwitzte am ganzen Körper. Sein Magen revoltierte. Das Kissen wog Tonnen. Er spürte, wie Dörre und Kütemeyer vom Bett zurücktraten. Er sah sie nicht. Er sah nur Krons geschwollenes, geschundenes Gesicht, auf das der Schatten des Kissens fiel.

Kron hatte bereits seinen Namen genannt. Er wusste genau, wem er seinen Zustand zu verdanken hatte. Sobald er genügend bei sich war, würde er Sigurd anzeigen. Die Polizei würde ihn verhaften. Dann würde sie seinen Schlägertrupp verhaften. Dann würde sie versuchen, die gesamte Parteigeschäftsstelle hochzunehmen. Die Berliner SA – aufgebracht und zerschlagen durch die Feigheit eines einzigen Mannes. Sigurd von Cramm. Feigling.

Du bist wie dein Vater, hörte er seine Mutter sagen. Weich und feige.

Er drückte das Kissen nach unten. Lehnte sich mit seinem ganzen Gewicht darauf. Gab keinen Laut von sich. Doch innerlich brüllte er.

Sigurd von Cramm, Feigling und Mörder eines wehrlosen alten Mannes.

Als es vorüber war und er, Dörre und Kütemeyer durch die

nachtdunklen Straßen wieder zurück zur Geschäftsstelle stolperten, brach Kütemeyer plötzlich das Schweigen.

»Das war stark, Herr Haupttruppführer«, sagte er.

»Sie haben Mumm«, sagte Dörre.

»Ich möchte Ihnen einfach die Hand schütteln«, sagte Kütemeyer und tat es.

»Sie sind ein Vorbild für uns alle«, sagte Dörre.

»Absolut«, sagte Kütemeyer.

Sigurd antwortete nichts. Ihm war elend zumute. Nur mit Mühe hielt er die Tränen zurück. Erst nach und nach drangen die Worte seiner Begleiter zu ihm durch und verdrängten die Schwärze in seinem Herzen.

»Sie übertreiben«, sagte er. »Ich habe nur getan, was getan werden musste.«

»Sie sind ein Held«, sagte Dörre. »Und das werde ich jedem sagen, der mich danach fragt.«

## 11

Ein halbes Jahr später war immer noch nichts vergessen. Nicht die Beerdigung Alfred Krons, bei der alles, was im Berliner Bankwesen Rang und Namen hatte, dabei war. Nicht Krons kleines Hündchen, das von Krons Haushälterin an einer Leine mitgeführt wurde und sich ständig verwirrt umsah, wo sein Herrchen abblieb. Nicht das völlige Fehlen irgendwelcher anderer Familienmitglieder, denn Kron hatte keine Familie. Er hatte allein gelebt, mit dem Hündchen und mit der Haushälterin, die unter der Woche auf ihn gewartet hatte, bis er nach Hause kam, ihm dann ein Essen auf den Tisch gestellt hatte und gegangen war. Erst später erfuhr Otto, dass es einen Sohn gab, der in Amerika lebte, und eine Tochter, die aber vor Jahren an einer Krankheit verstorben war; was Krons Frau betraf, so war dieser schon vor dem Krieg Witwer gewesen.

Vergessen war auch nicht der Nervenzusammenbruch von Krons Fahrer, der schluchzend immer wieder rief, dass er eher nach seinem Herrn hätte suchen sollen, dann hätte er diesen retten können. Die Briests standen bei der Beerdigung abseits; Otto fühlte, obwohl es eigentlich absurd war, das gleiche Schuldbewusstsein wie Krons Fahrer.

Vergessen war nicht der Besuch Ernst Türks ein paar Tage später in der Agentur. Der Kommissar stieg ohne zu murren, aber mit beträchtlichem Schnaufen die Treppe hoch und legte Hermine und Otto dar, was die Polizei herausgefunden hatte und wobei es blieb: dass Kron das Opfer eines Raubüberfalls geworden sein musste und dass die Ärzte in der Charité, die prophezeit hatten, Kron würde überleben, ihr Geschäft nicht verstanden und sich geirrt hatten. Eine der Krankenschwestern auf der Station, eine Frau namens Hilde Binz, besaß offensichtlich mehr medizinischen Fachverstand als ihre studierten Vorgesetzten, denn sie hatte zu Protokoll gegeben, dass sie von Anfang an wenig Hoffnung gehabt habe. Fall abgeschlossen.

Nicht vergessen – vor allem nicht bei Hermine – war der seltsame Besuch Magda von Cramms an Krons Krankenbett. »Wenn er nachher nicht nachweislich noch gelebt hätte«, sagte sie, »würde ich sie glatt verdächtigen, ihn umgebracht zu haben.«

»Sie hat ihn nur besucht«, wiegelte Otto ab. »Anscheinend hat sie doch mehr Anstand, als wir glauben.«

»Warum war sie dann nicht bei der Beerdigung?«

»Warum waren all die anderen Gutsherren und Geschäftsleute Berlins, die bei ihm Konten hatten, nicht bei der Beerdigung?«

»Ein paar waren ja da.«

Otto schnaubte. Er sparte sich die Entgegnung, dass von denen, die bei der Beerdigung waren, die meisten Krons Glaubensgenossen gewesen waren. Weniger als ein halbes Dutzend von

Krons nichtjüdischen Kunden hatte den Anstand besessen, ihn auf seinem letzten Gang zu begleiten.

All das war nicht vergessen. Aber sich daran zu erinnern, war auch alles, was Otto tun konnte. Seine und Hermines Ermittlungen liefen ins Leere. Er brauchte bis Weihnachten, um es sich einzugestehen. Am letzten Tag des Jahres hockte er vor dem Kamin im Salon und fütterte die Unterlagen, die er und Hermine gesammelt hatten, Blatt für Blatt ins Kaminfeuer. Es dauerte nicht lange. Sie hatten nicht viel zusammengebracht.

Während er dabei zusah, wie jedes einzelne Blatt sich im Feuer zusammenzog, braun wurde, aufflammte und dann zu Asche zerfiel, gesellte sich Max zu ihm.

»Es ist nicht deine Schuld«, sagte Max.

»Ich weiß. Aber es fühlt sich so an.«

»Die Mappe«, sagte Max.

»Wie?«

Max wies auf die Umschlagmappe aus Pappe, in der Otto die Unterlagen aufbewahrt hatte. Auf der Vorderseite standen mit großen Buchstaben Alfred Krons Name und das Datum des Überfalls. Mit Bleistift darunter geschrieben war sein Todestag.

»Willst du die nich ooch verbrennen? Du hebst doch nie was auf, wenn ein Fall abgeschlossen ist.«

»Du hast recht«, sagte Otto und nahm die Mappe in die Hand. Dann legte er sie wieder beiseite. »Mach ich später«, sagte er. »Pappe riecht so komisch, wenn man sie verbrennt.«

Nicht vergessen … nicht vergessen. Otto fragte sich, warum er den Tod Alfred Krons nicht beiseiteschieben konnte. Wenn das Opfer einer der Zinnermann-Brüder gewesen wäre … die Zinnermanns hatten durch dick und dünn zu ihm und seiner Familie gehalten, sie waren echte Freunde. Kron war ihm nie so nahe gewesen, und er hatte sich auch nie so für ihn exponiert. Und dennoch – diese eine Tat, die Otto davor bewahrt hatte, das Gut zu überschreiben … dieses eine Treffen mit Otto und den Zinnermanns im *Hotel Adlon* … damit hatte Kron sich auch als Freund bewiesen. Und deshalb war er es wert, dass Otto seinen Tod nicht endgültig ad acta legte. Am Ende nahm er die Mappe und steckte sie in der Agentur zwischen die anderen vollen Mappen von geklärten Fällen.

## 12

Am Abend der Premiere von *Metropolis* am 10. Januar 1927 hielt Luisa es nicht mehr aus. Sie nahm Max beiseite, kaum dass er ihre und seine Garderobe abgegeben hatte und noch während Otto und Hermine anstanden, um ihre Mäntel ebenfalls loszuwerden.

»Ich muss es ihnen jetzt sagen, Max!«, stieß sie aus.

»Luisa, ick will ja nich den Schlaumeier spielen – aber du hättest es ihnen schon lange sagen sollen. Eigentlich gleich nachdem es dir selber klar war.«

»Ich weiß ja, aber ich konnte nicht. Es war schon peinlich genug, es dir zu erzählen.«

»Vor mir muss dir nie was peinlich sein.«

Luisa sah zu ihren Eltern hinüber. Die Garderobiere war mit anderen Gästen beschäftigt. Es würde noch ein, zwei Minuten dauern, bis sie dran waren und dann zu Max und ihr herüberkamen, und dann musste sie eine Entscheidung fällen. Erzählte sie es ihnen vorher oder erklärte sie es ihnen hinterher?

»Ich habe es ihnen nicht erzählt, weil Papa so begeistert von Herrn Lang ist. Ich wollte ihn nicht enttäuschen.«

»Die Enttäuschung kommt ja wohl von Langs Seite, wa?«

»Und ich hatte Angst, dass Papa das Gleiche sagt wie du …«

»Was denn? Det ick sofort zur Ufa fahre und Lang die …?«

»Max!«

»Entschuldige.«

Luisa seufzte. »Aber genau davor hatte ich Angst. Dass Papa das Gleiche sagt.«

»Und tut«, sagte Max. »Dein Vater ist 'ne ganze Nummer härter als ich.«

»Was mach ich denn jetzt? Sage ich es ihnen gleich oder lasse ich sie von selber draufkommen?«

»Lass sie von selber draufkommen«, sagte Max sanft. »Wenn du es ihnen jetzt sagst, werden se keene Minute Genuss haben beim Film. Und wenn Lang vorher noch herkommt und uns begrüßt, wird Otto ihm sofort die …«

»Max!«

»Ick hab ja noch nüscht gesagt!«, verteidigte sich Max. »Ick wollte sagen: … wird Otto ihm sofort die Frage stellen, wie er mit der besten Schauspielerin, die er zur Verfügung hatte, so umgehen konnte.«

»Ach, Max.«

»Sag's ihnen nicht, Luisa. Und lächle fröhlich. Sie kommen.«

Eine plötzliche Sorge schoss in Luisa hoch. »Max, wenn Lang uns begrüßt … du tust ihm auch nichts, ja?«

»Ick werde mir zurückhalten, auch wenn's schwerfällt.«

Doch bei dieser Premiere war alles anders. Lang kam nicht, um sie zu begrüßen. Auch sonst war niemand zur Stelle. Es war, als ob vieles von dem, was Luisa als anheimelnd, freundlich und unkompliziert empfunden hatte, mit dem Weggang von Erich Pommer gestorben wäre. Vielleicht lag es auch an Fritz Langs Überarbeitung. Die Arbeit an *Metropolis* hatte nicht nur bei den Schauspielern und Statisten ihren Tribut gefordert, sondern auch beim Regisseur. Früher hatte er immer darauf geachtet, dass auch sein Stab die nötige öffentliche Anerkennung erhielt. Dieses Mal jedoch …

Im Foyer lagen überall Zeitungen und Broschüren der Ufa herum. Luisa kannte die Werbepamphlete; aber sie hatte eine der Zeitungen aufgenommen, während sie und ihre Familie sich an der Garderobe angestellt hatten. Sie hatte ein Transkript eines Gesprächs wiedergegeben, das Fritz Lang offenbar am Vortag einem Rundfunksender gegeben hatte. Er war darin auf die Strapazen angesprochen worden, die er angeblich den Schauspielern, aber auch den Finanzen der Ufa auferlegt hatte. Seine Antwort war ungewöhnlich dünnhäutig und weinerlich ausgefallen – und zugleich angeberisch: »Meine unmenschliche Arbeit hat auch eine Menge Geld gekostet! Bitte berücksichtigen Sie das nicht minder. Ich habe Kapitalien von fünfhunderttausend Mark in Umlauf gebracht, bisweilen sogar von einer, zwei, drei und vier Millionen. Manche Leute sprechen auch von sechsen.«

Dass der Film die Produktionsfirma an den Rand des Ruins gebracht hatte, bewies auch die Ausstattung der jungen Frauen und Männer, die die geladenen Gäste zu ihren Plätzen eskortierten. Sie waren diesmal nicht in Kostüme gekleidet, die die Garderobe des Films widerspiegelten. Es gab keine in goldene Metallteile gekleideten Robotermenschen und keine schwarz uniformierten Vorarbeiter. Stattdessen trugen die Platzanweiserinnen schlichte schwarze Kleider mit einer weißen Schürze und ihre männlichen Kollegen Pagenjacken. Luisa stellte ihre Familie den Kollegen vor, die in erreichbarer Nähe saßen: Brigitte Helm, Alfred Abel und Heinrich George. Dann kam Rudolf Klein-Rogge herbeigeschlendert, der sich an die Briests erinnerte und Otto unbefangen fragte, ob er auch bei *Metropolis* mit Drehbuchkorrekturen beschäftigt gewesen sei.

»Nein«, sagte Otto amüsiert. »Es kommen ja anscheinend keine genialen Superschurken und ratlose Staatsanwälte drin vor.«

»Schade«, sagte Klein-Rogge kryptisch. »Hätten Sie lieber mal, was?«

»Was hat er damit gemeint?«, fragte Otto.

Luisa zuckte mit den Schultern. »Vielleicht hat ihm seine Rolle nicht gefallen?«

»Was spielt er denn?«

»Einen wahnsinnigen Erfinder.«

»Scheint mir nicht so weit von der Rolle des Dr. Mabuse entfernt zu sein.«

Brigitte Helm nahm Luisa beiseite. »Hast du es deinen Eltern gesagt?«, fragte sie.

»Nein …« Luisa stöhnte auf. »Ich konnte nicht …«

»Und deinem Verlobten?«

»Ihm schon. Gleich danach.«

»Was hat er gesagt?«

»Er wollte Herrn Lang …« Luisa brach ab.

»… die Fresse polieren?«, fragte Brigitte. Luisa ließ den Kopf hängen. Brigitte fasste ihr unters Kinn und hob ihr Gesicht. »Mensch, Luisa, *ich* wollte ihm die Fresse polieren, als ich es erfahren habe.«

Luisa blickte unwillkürlich zu Max hinüber, der im Gespräch mit Rudi Weißbach war, Brigittes Verlobtem. Weißbach musste Mitte dreißig sein. An den Handbewegungen und den begeisterten Gesichtern der beiden Männer erkannte Luisa, dass sie über Autos redeten.

»Hast du es … Rudi … erzählt?«, fragte Luisa.

»Wo denkst du hin? Das ist deine Sache, Luisa. Ich beschäme dich doch nicht.«

»Danke!« Luisa zögerte, dann sagte sie: »Was hat Rudi zu den Szenen gesagt, in denen du als die falsche Maria tanzt …?«

Brigitte zuckte mit den Schultern. »Er sagte, dass es darum gehe, wie ich mich dabei fühle, nicht wie er sich fühlt. Ich hätte ihn auf der Stelle knutschen können für diese Antwort.«

Bevor sich der Vorhang für den Film hob, betrat ein Mann die Bühne. Das Publikum, über tausend Gäste, klatschte, obwohl vermutlich nur die wenigsten ihn kannten: Es war Ferdinand Bausback, der Vorstandsvorsitzende der Ufa, der Erich Pommers Rücktritt erzwungen hatte. Nach einer langwierigen Begrüßung, in der vor allem jeder anwesende wichtige und halbwichtige Zeitgenosse mit Namen genannt wurde, und einer nicht weniger langen Beweihräucherung der Errungenschaften der Ufa breitete Bausback die Arme aus – so wie er es vermutlich einmal von einem Theaterschauspieler gesehen hatte.

»Meine Damen und Herren!«, rief er. »Sechsunddreißigtausend Menschen auf dem Set, darunter hundert echte Neger und Chinesen! Dreitausendfünfhundert Paar Schuhe! Fünfzig speziell angefertigte Automobile! Die Universum Film AG, Paramount Pictures und Metro Goldwyn Mayer präsentieren Ihnen: Fritz Langs *Metropolis*!«

Frenetischer Applaus. Bausback trat ab. Wider Erwarten betrat nach ihm nicht Fritz Lang die Bühne. Stattdessen begann die Musik – grandios, gewaltig, Trommeln und Hörner und ein sich immer mehr steigernder Rhythmus. Der Vorhang öffnete sich. Die Besetzungsangaben flimmerten in einem eleganten Schriftzug auf, weiß auf schwarz, der Regisseur, die Drehbuchautorin, der Stab, die Schauspieler … Luisa hielt den Atem an, doch weder Otto noch Hermine reagierten … dann der Titel des Films, allein für sich schon eine großartige Schöpfung … und dann, zu einer galoppierenden, unmelodischen Musik, die den Herzschlag anheizte und einen schwitzige Hände bekommen ließ, die ersten Szenen des Films: Maschinen, Maschinen, Maschinen, und dazwischengeschnitten wie ein unerbittlicher Wächter: eine riesige Uhr … es dauerte Minuten, bis die ersten Menschen auftauchten, eine dunkle, gesichtslose, gebeugte Masse … Luisa war zugleich gebannt und hätte weinen mögen. Auf einmal kam ihre Entscheidung ihr als der größte Fehler vor, den sie je gemacht hatte. Sie hätte Teil dieses Kunstwerks sein können. Sie hätte nur über ihren Schatten springen müssen. Und Max demütigen. Und ihre Eltern brüskieren. Und dafür sorgen, dass sie nie wieder ohne Scham in den Spiegel blicken konnte. Sie schüttelte stumm den Kopf. Sie hatte keinen Fehler begangen. Und doch wurde sie die

Trauer darüber nicht los, dass sie etwas versäumt hatte, was niemals wiederkommen würde.

Der Applaus in der Pause dauerte Minuten. Die Schauspieler wurden sofort von Neugierigen umlagert. Hermine und Luisa standen unbehelligt mit Champagnergläsern in den Händen da und betrachteten den Trubel. Überall wurde eifrig diskutiert. In den meisten Gesprächen, die Luisa verstehen konnte, ging es darum, wie die Handlung des Films wohl weiterführte. Aber es waren auch andere Stimmen dabei.

»Schwerfällig«, sagte jemand. »Finden Sie nicht? Ein überkommener Romantizismus, wenn Sie mich fragen.«

»Für mich ist das alles ein Kuddelmuddel. Zu viel Technik. Und man sieht überhaupt keine Berge.«

»Haben Sie das Motto am Anfang gelesen? Das Herz ist der Mittler zwischen Hirn und Hand? Was soll das bedeuten? Ich dachte schon, ich habe die Einladung falsch verstanden und bin in einem medizinischen Lehrfilm gelandet.«

»Die Optik ist phänomenal«, ließ sich jemand vernehmen. »Ein herrliches Bilderbuch. Man muss das einfach von der Geschichte trennen. Dann übertrifft es alle Erwartungen. Die Geschichte ist allerdings wirklich ziemlich trivial, das lässt sich jetzt schon feststellen.«

»Sagen Sie das bloß nicht Lang. Seine Frau hat das Drehbuch geschrieben.«

»Die Harbou? War die nicht vorher mit Klein-Rogge verheiratet, der den Erfinder spielt?«

»Ja, sie hat ihn wegen Lang verlassen.«

»Und trotzdem spielt der Mann noch unter Langs Regie? Diese Schauspieler haben überhaupt kein Schamgefühl.«

Es war, als ob der letzte Satz ein Signal gewesen wäre. Luisa spürte auf einmal, wie Hermine ihr die Hand auf die Schulter legte. Sie drehte sich zu ihrer Mutter um. Hermine brachte ihren Kopf ganz nahe an Luisas Gesicht.

»Du spielst gar nicht mit, oder?«, fragte sie.

Luisa wurde kalt.

»Wie … wie kommen Sie denn darauf?«

»Dein Name war nirgends zu lesen.«

Luisas Widerstandskraft war nach dem Gespräch mit Brigitte Helm und nach all den Gedanken, die sie sich schon gemacht hatte, erlahmt. Außerdem sehnte sie sich danach, mit dem Versteckspiel aufzuhören und ihren Eltern endlich zu gestehen, was passiert war.

»Hat Papa es auch gemerkt?«, fragte sie resigniert.

»Natürlich. Er ist Detektiv. Aber vor allem ist er dein Vater.«

»Ich spiele nicht mit«, sagte Luisa.

»Und weshalb? Du hattest doch die Rolle fest zugesagt. Du hast gesagt, sie wäre nicht groß, aber du würdest dich darauf freuen, und Lang ließe dir sogar schon ein Kostüm schneidern.«

»Ich hätte eine der Damen im Ewigen Garten sein sollen.«

»Oh? Die hatten ihren Auftritt ja schon in der ersten Hälfte …«

»Ja.«

Luisa sah, wie es hinter der Stirn ihrer Mutter ratterte. Sie rief sich die Szene ins Gedächtnis. Dann schoss eine Augenbraue in die Höhe, und ein Blick unter halb geschlossenen Lidern hervor traf Luisa.

»Welche von den Damen hättest du darstellen sollen?«

»Die, die Sie ohnehin meinen«, murmelte Luisa.

Hermine nickte. »Was hast du zu Lang gesagt?«

»Ich habe zu seinem Regieassistenten gesagt, dass ich das Kostüm nicht anziehen werde. Ich bin nicht einmal damit aus der Umkleide herausgekommen. Ich habe durch die geschlossene Tür mit ihm geredet.«

»Und dann?«

»Dann hat der Regieassistent gesagt, dass es viele junge Frauen gäbe, die es sofort anziehen würden, wenn sie einen Film unter Fritz Langs Regie drehen könnten.«

»Und was hast du geantwortet?«

»Dass er schon mal anfangen könne, die vielen jungen Frauen herzubitten, weil ich die Rolle so nicht spielen würde, und ich würde das Kostüm einfach hier liegen lassen, und dann könnten sich die vielen jungen Frauen meinetwegen darum prügeln.«

»Knorke, Luisa«, sagte Hermine und grinste.

»Können wir Papa bitte einen anderen Grund sagen? Ich schäme mich so schrecklich vor ihm.«

»Kein Grund dafür, Luisa. Du hast es Max doch auch erzählt, oder? Oder täusche ich mich da?«

»Nein. Aber ich liebe Max.«

»Dein Vater liebt dich. Lass nicht eine Lüge zwischen euch stehen, auch wenn sie so harmlos ist. Er wird das, was du getan hast, genauso gut finden wie ich. Ist für dich das Schauspielern damit passé?«

»Nein. Und ich bin auch nicht böse auf Herrn Lang. Er hat seine künstlerische Vorstellung, und …«, Luisa spürte, wie sie rot wurde, »… zu der Rolle hat das Kostüm ja auch gepasst. Mir war zuerst gar nicht klar, was diese Damen im Ewigen Garten wirklich tun …«

Das Oberteil des Kostüms, das Luisa hätte anziehen sollen, war ein locker gewebtes Teil aus Metalldraht gewesen. Vollkommen durchsichtig. Sie hätte genauso gut mit freiem Oberkörper vor die Kamera treten können. Zu der Rolle hätte es tatsächlich gepasst. Im Film waren die Damen im Ewigen Garten nichts anderes als Konkubinen, die den Söhnen der Oberschicht dort zur Verfügung standen. Lang hatte diesbezüglich nichts im Unklaren gelassen.

»Sie werden Herrn Lang aber deswegen nicht zur Rede stellen, oder? Und bitte halten Sie Papa auch davon ab«, bat Luisa.

»Keine Sorge, niemand von uns wird dich bloßstellen. Aber wenn wir wieder auf Gut Briest sind, möchte ich, dass du dir gut überlegst, ob du wirklich Schauspielerin werden willst, wenn der Beruf solche Anforderungen hat. Sieh an, da kommt der Schelm ja schon. Herr Lang und Frau Thea von Harbou. Stimmt es wirklich, dass sie ihren Mann seinetwegen verlassen hat? Diesen Schauspieler …«

»Herrn Klein-Rogge. Sie haben ihn schon kennengelernt.«

»Glücklich sieht sie jetzt aber auch nicht aus.«

»Wieso denn, sie strahlt doch übers ganze Gesicht.«

»Das ist nur der Triumph«, sagte Hermine. »Glück hingegen leuchtet von innen heraus.«

## 13

Es war nicht mehr dasselbe, seit Christian Riecken fort war. Sein Nachfolger, Ernst Lienhardt, hatte ein ganz anderes Herangehen an die Weiterentwicklung der Automobile. Wenn bei Riecken ein Fahrzeug im Leerlauf ein merkwürdiges Geräusch von sich gegeben hatte, hatte Riecken sofort eine Testfahrt angeordnet, um herauszufinden, ob das Geräusch sich während der Fahrt änderte – und was für eine Auswirkung es überhaupt auf die Fahrleistung besaß. So eine Testfahrt hatte sich gerne über den ganzen Tag erstreckt, mit jeder Menge Heranführungen des Automobils an sein Tempolimit.

Lienhardt ließ den Motor auseinandernehmen.

Doch das bedeutete nicht, dass Lienhardt all das missachtete, wofür Christian Riecken gestanden hatte. Ganz im Gegenteil. Max gehörte zu den geschätztesten Mechanikern der Firma, und wenn Lienhardt und seine Unterkonstrukteure technischen Rat benötigten, holten sie ihn sich von den Mechanikern – und da meistens von Max.

Trotzdem – es war nicht mehr dasselbe …

An einem Tag im März, an dem die Werkshallen weit offen standen, weil der Frühling sich warm und freundlich zeigte, begann bei den Mechanikern am Anfang der Halle plötzlich ein anerkennendes Pfeifkonzert … und erstarb sofort wieder. Max, der wie üblich unter einem Fahrzeug auf dem Rücken lag, streckte den Kopf in den Nacken und schielte unter der Vorderachse nach draußen. Dort standen zwei Beine in hochhackigen, glänzend schwarzen Schuhen. Die Beine waren in Seidenstrümpfe gehüllt und nur bis zu den Waden sichtbar, weil der Rest in Knickerbockern steckte. Nach kurzem Zögern bückte sich der Besitzer von Schuhen, Strümpfen und Knickerbockern und spähte zu Max herein. Max wusste jetzt, warum das Pfeifkonzert begonnen hatte. Der Besucher war eine Frau. Er wusste auch, warum es sofort wieder verstummt war. Die Frau war Clärenore Stinnes. Er ahnte, dass ein Blick von ihr genügt hatte, die Anzüglichkeiten sofort zum Verstummen zu bringen.

»Guten Tag, Herr Brandow«, sagte sie.

»Guten Tag, Fräulein Stinnes«, sagte Max. »Wollen Sie zu mir?«

»Wenn ich zu jemand anderem wollte, würde ich mir dann hier das Kreuz abbrechen, um unter ein Auto hineinzureden?«

»Det heißt, ick soll drunter hervorkommen?«

»Wenn Sie die Güte hätten.«

Max legte sein Werkzeug beiseite und wand sich unter dem Fahrzeug hervor. Als er vor Clärenore Stinnes stand, sah sie blinzelnd zu ihm auf und reichte ihm dann die Hand. Max wischte sich die Hände an der Vorderseite seines Overalls ab und erwiderte ihren Händedruck. Er beobachtete ihr Gesicht dabei. Er hatte sie richtig eingeschätzt. Obwohl seine Hände immer noch schmierig und ölig waren, zuckte sie nicht einmal mit den Wimpern.

»Was fehlt ihm denn?«, fragte sie mit einer Kopfbewegung auf das Fahrzeug.

»Keene Ahnung. Macht 'n komisches Geräusch, sagt der Chef.«

»Komisches Geräusch? Warum jagen Sie die Karre nicht ein paar Kilometer über die Landstraße und sehen nach, ob es was zu bedeuten hat?«

»Ja«, sagte Max und verdrehte die Augen, »warum hab ick daran nich jedacht?«

»Sind Sie glücklich hier, Herr Brandow?«, fragte Clärenore.

Die Direktheit der Frage brachte Max aus dem Gleichgewicht. »Warum fragen Sie?«, sagte er nach ein paar verblüfften Sekunden.

»Ich meine – Ihr neuer Chef ... der ist ja wohl kein übermäßiger Renn-Fanatiker, oder?«

»Er ist ein hervorragender Ingenieur.«

»Glauben Sie, dass wir noch mal einen NAG über die AVUS rasen sehen? Oder bei einer Rallye?«

»Ick mach mir darüber keene Gedanken.«

»Stimmt nicht. Ich bin sicher, dass ich Sie gut kenne. Sie machen sich die ganze Zeit darüber Gedanken.«

»Es ist 'ne gute Arbeit hier. Ick bin jeschätzt und kann täglich was von den Leuten lernen, die besser sind als ich.«

Clärenore trat nahe an ihn heran. »Das sagen nicht Sie«, sagte sie. »Das sagen die Leute, die Sie bei der NAG behalten möchten, obwohl sie wissen, dass sie damit einen Falken in einen Käfig sperren.«

Max erwiderte nichts. Er dachte an die Jahre vor der Währungsreform, als er und seine Familie gedacht hatten, es gehe nicht mehr weiter – als eine Arbeit wie diese hier Max dazu gebracht hätte, Gott auf Knien zu danken. Was er zu Clärenore Stinnes gesagt hatte, war richtig. Das Vertrackte war, dass das, was sie darauf erwidert hatte, auch richtig war. Max zuckte mit den Schultern und wusste nicht, was er sagen sollte.

»Ich kenne das«, sagte sie. »Wenn man ständig kleingehalten wird. Von den Menschen, die einen lieben, und von den Menschen, die einen fürchten. Ich habe mich aus dem Käfig befreit.«

»Man hat viel von Ihnen jehört in der letzten Zeit«, sagte Max. »Mehr als 'n Dutzend Rennen jewonnen ...«

»Siebzehn«, sagte sie.

»… als einzige Frau an der Allrussischen Prüfungsfahrt teiljenommen unter fünfzig Männern …«

»Dreiundfünfzig.«

»… und ooch das noch jewonnen.«

Clärenore zuckte mit den Schultern. »Ich hab mir Mühe gegeben.«

»Und jetzt wollen Se sich 'nen NAG kaufen? Den D6 kann ich empfehlen …«

»Ein Auto hab ich.«

»Was für eins?«

»Adler Standard 6.«

»Nich jerade eene Rennmaschine.«

»Mir ging es um die Zuverlässigkeit …«

»Für die Flucht ausm Käfig?«, fragte Max ironisch.

Sie sah ihn nachdenklich an. »Nö, für eine Fahrt um die Welt«, sagte sie.

Max starrte sie lange an. Ihm wurde klar, dass sie es ernst meinte.

»Eene Fahrt um die Welt? Im Automobil?«

»Über den Balkan nach Moskau; von da weiter durch Sibirien nach Peking. Dann mit dem Schiff nach Japan und von dort wieder per Schiff rüber nach Amerika …«

»Warum wollen Se det tun?«, fragte Max perplex.

»Weil es noch keiner getan hat.«

»Und was suchen Sie dann hier bei der NAG, wenn Sie schon ein Fahrzeug haben? Ein zweites? Geben die Adler-Werke nur eine Karre dafür her …?«

»Ich suche hier nach einem Reisebegleiter«, sagte Clärenore geduldig.

Erneut starrt Max sie ratlos an. Und erneut wurde ihm klar, dass sie es ernst meinte.

Und dass sie *ihn* meinte.

»Ick werd verrückt«, sagte er.

»Schlagen Sie ein«, sagte sie und hielt ihm die Hand hin. »Ich könnte mir keinen besseren vorstellen. Ich hab alles beisammen: das Geld, das Auto, diplomatische Unterstützung, die Ersatzteilversorgung ist organisiert, ich hab einen Kameramann engagiert und zwei Mechaniker … ich hab sogar drei Pistolen und jede Menge Munition, gesponsort von den Mauser-Werken … war 'ne Menge Arbeit und hat mich fast ein Jahr gekostet, aber ich hab's geschafft.«

»Was wollen Se denn dann mit mir?«

»Ich suche nach einem Beifahrer. Mein Kameramann hat nicht mal einen Führerschein.«

»Und die Mechaniker?«

»Sind Mechaniker. Ich brauche einen *Fahrer.* Jemanden, der den Adler mit mir ans Ziel bringt. Wir kommen durch Gegenden, wo die Straßen jeden Frühling nach der Schneeschmelze einen anderen Verlauf haben … wir müssen durch mindestens eine Wüste und über die höchsten Berge Amerikas …«

»Fräulein Stinnes«, unterbrach Max. »Ick bin det nich.«

»Hören Sie auf. Ich weiß, wie Sie fahren können. Wenn ich zu einem Mann sage, dass er mir ebenbürtig ist, dann ist das ein Kompliment, das ich im Leben vermutlich kein zweites Mal mache.«

»Ick bin trotzdem nich der richtige Begleiter.«

»Angst? Sie haben doch keine Angst, oder? Nein, so kann ich mich nicht in Ihnen getäuscht haben …«

»Fräulein Stinnes«, sagte Max drängend. »Ick bin verlobt. Nächstes Jahr wird jeheiratet.«

Clärenore stutzte. »Also, um es mal ganz plakativ zu sagen: Ich suche einen Kopiloten, keinen Ehemann. Und auch keinen Liebhaber! Das schlagen Sie sich mal schnell aus dem Kopf.«

Max hob die Hände und ließ sie wieder fallen. »Ick muss mir nüscht ausm Kopf schlagen. Aber Sie müssen. Nämlich die Idee, det ick mitkomme. Tut mir leid. Ick bin der Falsche.«

»Sie sind genau der Richtige«, sagte sie leise.

»Ick lasse meine Verlobte nicht monatelang alleene. Die Fahrt dauert doch mindestens een Jahr.«

»Warum denn nicht? Sie kommen ja wieder zurück. Wenn wir überleben – aber davon gehe ich mal aus. Wenn Ihre Verlobte die große Liebe ist, wie Sie mir bei unserer letzten Begegnung erzählt haben, dann wird sie doch auf Sie warten.«

»Natürlich würde sie warten. Aber, Fräulein Stinnes: Die große Liebe, det bedeutet, det ick ihr es gar nicht erst antue, sie warten zu lassen.«

»Wenn Krieg wäre und Sie einrücken müssten, müsste sie sich auch damit abfinden.«

»Es ist aber keen Krieg. Ick danke Ihnen sehr herzlich, det Se an mir jedacht haben und det Se mir zutrauen, diese Fahrt zu machen. Aber ick muss Ihnen 'nen Korb geben. Ick fahre nicht mit.«

Sie sah ihn lange an, das Gesicht verkniffen, die Brauen zusammengezogen. Einen Moment lang dachte Max, sie würde gleich mit dem Fuß aufstampfen wie ein Kind, das sein Spielzeug nicht bekommt. Dann erkannte er, dass ihre Gefühle ganz anders waren. Sie war nicht darüber enttäuscht, ihren Willen nicht zu bekommen. Sie hatte Angst vor ihrer eigenen Unternehmung, und diese Angst wäre geringer gewesen, hätte er sie begleitet. Sie war die unbeugsame Clärenore Stinnes, die niemanden brauchte und erst recht keinen Mann; doch ihm hätte sie zugebilligt, dass sie sich an ihn lehnte und er ihre Furcht sehen durfte. Auf einmal wurde ihm klar, wie tief ihre Gefühle für ihn wirklich waren. Sie waren sich bisher nur einmal im Leben begegnet. Doch diese eine Begegnung hatte genügt, dass sie ihn als Partner akzeptiert hätte. Er fühlte sich geehrt, fühlte sich gleichzeitig schlecht, dass er sie enttäuschte und ihren Antrag zurückwies … und fühlte am meisten von allem, dass er das Richtige tat.

Die erste Weltumkreisung mit dem Auto?

Clärenore Stinnes würde berühmt werden, und jeder, der mit

ihr auf diese Unternehmung ging, ebenso. Es war die Chance, die sich einem nur einmal im Leben bot.

Aber auch die große Liebe war etwas, das sich einem nur einmal im Leben bot, und sie war für Max tausendmal wertvoller als eine Weltumrundung oder Berühmtheit oder der Triumph, es geschafft zu haben.

Clärenore Stinnes drehte sich abrupt um und ging davon, ohne sich umzudrehen. Max schlüpfte nach einer Pause wieder unter den Wagen und machte sich auf die Suche nach dem Ursprung des Geräuschs. Clärenores Schritte waren noch nicht ganz verklungen, da waren Max' Gedanken schon meilenweit entfernt von ihr und bei Luisa. Er war glücklich.

## 14

Ein kurzes Klopfen an seine Bürotür schreckte Curt Zinnermann aus seinen Gedanken zu Soll, Haben und sonstigen monetären Dingen. Seine Sekretärin trat ein. Nach einem Blick in ihr Gesicht vergaß Zinnermann seine vorherigen Gedanken.

»Was ist los?«, fragte er.

»Hätten Sie Zeit für eine Kundin?«, fragte die Sekretärin zurück.

Normalerweise empfing Curt Zinnermann keine Kunden ohne vorherigen Termin. Die Sekretärin wusste das. Wenn sie dennoch nachfragte, musste es wichtig sein. »Ich lasse bitten«, sagte er.

Kurze Zeit später hastete er von seinem Büro zu dem seines Bruders, die Kundin im Schlepptau. Dort starrte ihn die Sekretärin mit großen Augen an, als er, immer noch zu zweit, ohne zu klopfen bei Leo Zinnermann eindrang.

»Das musst du dir anhören«, sagte er. »Bitte, gnädige Frau, berichten Sie meinem Bruder.«

Leo blickte ratlos zwischen den beiden hin und her, dann siegte seine angeborene Freundlichkeit. »Kann ich Ihnen einen Kaffee anbieten?«, fragte er.

Die Frau umklammerte nervös den Verschluss ihrer Handtasche. »Vor Ihrem Bankhaus«, sagte sie. »Da sind diese Leute mit den braunen Hemden aufgezogen. Sie fragen jeden, der hier hereinkommt, ob er Jude oder Christ sei. Und dann fragen sie einen, warum man sein Geld nicht zu einer deutschen Bank trägt.«

»Wir sind doch eine deutsche Bank«, erwiderte Leo Zinnermann unwillkürlich.

»Die meinen: Warum trägt man sein Geld zu den Juden«, sagte Curt Zinnermann bitter. Er hatte ein paar Minuten mehr als sein Bruder gehabt, um die Situation zu verstehen.

»Na ja«, sagte Leo, in dem sich offenbar immer noch etwas weigerte zu verstehen, »die Leute kommen zu uns, weil wir solide sind. Und weil wir nicht gleich Kredite kündigen, wenn einer mit der Tilgung im Rückstand ist.«

»Leo«, sagte Curt, »darum geht es gar nicht. Es geht schlicht darum, dass wir Juden sind. Und diese Kerle in den braunen Hemden, die sind von der SA. Von den Nationalsozialisten.«

»Aber wieso dürfen die da draußen herumstehen und unsere Kunden belästigen? Das gehört sich nicht. Unsere Kunden sollen unbehelligt ein und aus gehen können. Wir müssen unser Hausrecht verteidigen, Curt.«

»Das sind mindestens dreißig, vierzig Mann«, gab die Kundin zu bedenken. »Ich würde da nicht rausgehen. Schon gar nicht an Ihrer Stelle.«

»Wie meinen Sie das?«

»Na, weil Sie ein Jude sind!«, sagte die Frau ungeduldig.

Leo ignorierte den Einwand. »Hat man Sie auch belästigt, gnädige Frau? Seien Sie versichert, dass uns das schrecklich peinlich ist. Sie als geschätzte Kundin müssen sich wohl und geborgen fühlen, wenn Sie unser Bankhaus betreten. Gestatten Sie, dass wir Ihnen als kleine Entschädigung einen Blumenstrauß zukommen lassen? Ihre Adresse haben wir ja in unseren Akten.«

»Das ist nicht nötig«, gab die Frau zurück. »Aber wenn Sie mir einen Gefallen tun wollen: Weisen Sie bitte Ihren Kassier an, dass er mir das Geld schnell auszahlen soll.«

»Selbstverständlich werden wir Ihre Abhebung mit der gebotenen Schnelligkeit …«

»Keine Abhebung«, sagte die Frau. Sie wand sich vor Verlegenheit, aber dann kam sie darüber hinweg. »Ich möchte mein Konto hier auflösen. Komplett. Ich wechsle die Bank. Und vielleicht könnten Sie mir den Hinterausgang aufsperren lassen?«

Nachdem die Kundin gegangen war, saßen Curt und Leo Zinnermann noch ein paar Augenblicke wie vom Donner gerührt in Leos Büro. Schließlich fasste Leo sich ein Herz.

»Komm mit«, sagte er. »Wir können uns das nicht gefallen lassen. Wir gehen jetzt raus und reden mit diesen Leuten.«

Curt nickte. Beim Verlassen des Büros sagte Leo zu seiner Sekretärin: »Bitte rufen Sie die Polizei und bitten Sie sie, vor dem Gebäude nach dem Rechten zu sehen.«

In der Schalterhalle standen die Angestellten in kleinen Gruppen zusammen und diskutierten. Die meisten wirkten verängstigt. Ein paar spähten durch die runden Glasfenster der großen Schwingtüren nach draußen. Fragende Gesichter wandten sich den beiden Bankiers zu.

»Es ist alles in Ordnung«, sagte Leo. »Bitte gehen Sie wieder an Ihre Arbeitsplätze. Das ist alles ein großes Missverständnis. Wir klären es auf, keine Sorge.«

Sie traten nach draußen.

# 15

Otto konnte zuerst nicht erkennen, wer am Telefon war. Es war eine Frau, und sie schluchzte so hysterisch, dass er kaum ein Wort verstand. Schließlich nahm sich die Frau zusammen.

»Ich bin die Sekretärin von Herrn Zinnermann«, sagte sie. »Ich habe Ihre Nummer unter denen gefunden, die Herr Zinnermann für einen Notfall gelistet hat. Bitte kommen Sie schnell.« Sie begann erneut zu schluchzen und legte dann auf.

Otto rannte durch den heißen Julivormittag von der Agentur zur Bank. Er hatte sogar vergessen, einen Hut aufzusetzen. Zuerst sah alles ganz normal aus, als er vor der Bank ankam, dann fielen ihm die Grüppchen von Gaffern auf, die überall herumstanden. Keuchend blieb er stehen. Vor den Stufen, die zum Eingang der Bank hinaufführten, waren Flecke am Boden. Er verrieb einen mit der Schuhsohle. Der Fleck war klebrig. Wo er nicht schwarz war, war er rot.

In der Schalterhalle der Bank standen die Angestellten in einer weiteren Gruppe zusammen. Zwei Schutzpolizisten beäugten sie. Es sah so aus, als hätten sie sie dort versammelt. Oder zusammengetrieben? Otto kannte einen der Polizisten. Der Beamte tippte grüßend an seine Mütze.

»Gab's einen Banküberfall?«, fragte Otto atemlos. »Ist jemand etwas zugestoßen?«

Der Beamte deutete stumm nach oben.

Im Obergeschoss standen weitere Polizisten auf dem Gang. Auch von ihnen kannte Otto einige. Im Sekretariat Leo Zinnermanns sah er einen geöffneten Arztkoffer auf dem Tisch stehen. Die Tür zu Leos Büro war nur angelehnt. Dahinter hörte er Stimmen. Als er die Hand ausstreckte, um zu klopfen, öffnete sich die Tür, und Leos Sekretärin kam heraus. Sie sah Otto und brach sofort in Tränen aus.

»Ach Gott, Herr von Briest. Ach Gott.«

Voll böser Vorahnung und mit wild klopfendem Herzen trat Otto ein. Zuerst versperrten ihm die Rücken zweier breitbeinig dastehender Polizisten die Sicht, dann erkannte er die Brüder Zinnermann, die auf den bequemen Sesseln an Leos Konferenztisch saßen. Otto erschrak, als er sie genauer ansah. Er drängte sich zwischen den Polizisten hindurch. »Was ist passiert?«, stieß er hervor.

Beide Bankiers hatten blutige Gesichter, zerzaustes Haar, offene Hemdkragen und zerrissene Jacken. Ein Arzt war damit beschäftigt, erst den einen, dann den anderen abzutasten. Leo Zinnermann hielt sich ein Tuch an die Stirn, Curt starrte blicklos an die Decke. An Curts Schreibtisch saß ein Polizeibeamter und schrieb etwas in ein Notizbuch. Er blickte bei Ottos Frage auf und lächelte schwach. »Tag, Otto«, sagte er.

»Hermann – kannst du mir sagen, was in drei Teufels Namen hier los ist?«

Hermann nickte und seufzte gleichzeitig. Statt zu antworten, wandte er sich jedoch vorher an den Arzt. »Herr Doktor?«

»Ich würde sagen: keine Brüche«, erklärte der Arzt. »Sie und Ihre Männer sind früh genug gekommen.«

Leo Zinnermann hob das Tuch hoch und musterte den Blutfleck darauf, dann presste er es sich wieder auf die Wunde auf seiner Stirn. Er schüttelte den Kopf und ächzte. Dann schickte er den Geist eines Lächelns in Ottos Richtung. »Herr von Briest«, murmelte er. »Schön, dass Sie da sind.« Er nuschelte. Etliche Zähne in seinem Mund mussten locker sein. Curt Zinnermann reagierte überhaupt nicht.

Der Polizeivorgesetzte, ein Kommissar der Schutzpolizei von der Inspektion in der Friedrichstraße mit Namen Hermann Strauß, nahm Otto mit nach draußen in das Vorzimmer, wo die Sekretärin leise schniefend Kaffee kochte. Otto wäre nicht überrascht gewesen zu erfahren, dass Leo Zinnermann trotz seiner

Verletzung die Polizisten gefragt hatte, ob er ihnen einen Kaffee anbieten könne.

»SA«, sagte Hermann. »Die werden immer dreister. Gut, dass die Sekretärin uns angerufen hat, bevor die Konfrontation begann. So waren wir rechtzeitig hier. Hätte sie uns erst alarmiert, als die Schweinehunde begannen, auf die Zinnermanns einzuprügeln, wären die jetzt im Krankenhaus – und würden für Wochen nicht mehr rauskommen und nachher nicht mehr dieselben sein.«

»Die SA?«, fragte Otto. »Die Prügelkolonne der NSDAP? Die haben das auf offener Straße gewagt?«

»Seit der Geschichte in Lichterfelde trauen die sich alles zu.«

Otto hatte davon gehört. Es war im März geschehen. Alle Mitglieder der berlinisch-brandenburgischen SA hatten sich in Trebbin versammelt, um die Jahrfeier ihrer Gründung zu begehen. Der neue Gauleiter der Partei, Joseph Goebbels, und der Anführer der SA, Kurt Daluege, hatten die Feier organisiert. Es hatte ein großes Feuer gegeben und markige Reden, in denen Berlin als völlig »verjudaisiert« sowie als »Moloch« dargestellt und als Parole für die parteipolitische Eroberung der Hauptstadt »Über Gräber vorwärts!« ausgegeben wurde. Nach dem Ende der Feierlichkeiten hatten viele SA-Leute einen Zug in Trebbin bestiegen, um nach Berlin zurückzufahren. Im Zug stießen sie auf eine Musikkapelle des Rotfrontkämpferbundes und begannen mit Feindseligkeiten, die ihren Höhepunkt erreichten, als der Zug den Bahnhof Lichterfelde erreichte, wo weitere Nationalsozialisten auf den Zug warteten. Es gab ein Feuergefecht und eine Prügelei mit Fahnenstangen, sodass am Ende über ein Dutzend Verletzter abtransportiert werden musste, allesamt aufseiten der Roten. Der Waggon, in dem sie gesessen hatten, war von Revolverschüssen durchlöchert und fast völlig zertrümmert worden. Unbeteiligte hatten ein Überfallkommando alarmiert, doch die Nationalsozialisten waren über hundert Mann stark gewesen, sodass sich die zahlenmäßig unterlegene Polizei aus dem Kampf herausgehalten hatte. Es war der rein zufällig ebenfalls in Lichterfelde befindliche Joseph Goebbels gewesen, der für Ordnung gesorgt und seine Männer zurückgehalten hatte – natürlich alles abgekartet, aber es hatte gewirkt, denn die Polizei war damit als völlig macht- und interesselos diffamiert worden. Beim anschließenden Propagandamarsch der SA-Abteilungen zum Wittenbergplatz jubelten viele Zuschauer; nach der Abschlusskundgebung traten den Gerüchten nach aus dem Stand vierhundert weitere Menschen bei der Berliner NSDAP ein. Entlang des Marschs wurden wahllos Männer und Frauen niedergeprügelt, die gegen die Veranstaltung protestierten, unter dem Vorwand, Juden und »frech geworden« zu sein.

»Eigentlich hätten nach diesem Vorfall die NSDAP und alle ihre angeschlossenen Organisationen verboten gehört«, sagte Hermann. »Aber geschehen ist nichts. Noch nicht mal das Gerichtsverfahren, das gegen diesen Goebbels anhängt wegen Verherrlichung der Rathenau-Mörder, kommt voran.«

»Und was ist hier geschehen?«

»Als wir ankamen, lagen die Herren Zinnermann schon blutend am Boden. Wir konnten nicht feststellen, wer von den SA-Leuten sie angegriffen hatte. Anscheinend hatte jemand Schmiere gestanden und unser Kommen angekündigt, sodass sie die Schläger und Treter in den hinteren Reihen versteckten und so taten, als hätten sie alle bloß teilnahmslos herumgestanden.«

»Aber es war doch klar, dass die Zinnermanns angegriffen wurden. Sieh sie dir doch an!«

»Natürlich ist das klar. Aber es gibt keine Zeugenaussagen. Jedenfalls jetzt noch nicht. Sicher werden die beiden Angegriffenen Anzeige erstatten, sobald sie sich erholt haben. Bis dahin gilt, was der Anführer der SA-Leute grinsend ausgesagt hat – dass die beiden schimpfend aus dem Eingang gestürmt wären und dann vor lauter Erregung die Stufen übersehen hätten und heruntergefallen wären.«

»Ihr habt niemanden verhaftet?«

»Wen denn? Wir hätten die Kerle durchsuchen können, ob einer aufgeplatzte Knöchel oder einen blutigen Totschläger in der Tasche hatte. Aber weißt du: Wir sind nicht mal zehn Mann – die waren vierzig.«

»Ihr habt euch vor den Randalierern gefürchtet!«

»Ja«, sagte Hermann schlicht. »Wir haben uns gefürchtet. *Ich* habe um die Gesundheit meiner Männer gefürchtet. Und ganz unter uns – ich wäre mir auch nicht sicher gewesen, ob nicht einer oder zwei von ihnen im Ernstfall zu den SA-Leuten übergelaufen wären.«

»Großer Gott«, sagte Otto. Sein Zorn verrauchte, stattdessen wurde ihm übel. »In welchen Zuständen leben wir überhaupt?«

»In den Zuständen, die wir und alle um uns herum geschaffen haben, seit der Krieg zu Ende ist. Man kann noch nicht mal sagen, dass dieses rechte Gesindel urplötzlich aus seinen Löchern gekrochen wäre. Diese Gruppierungen sind unter unseren Augen entstanden, und wir haben sie wachsen lassen, weil jede von ihnen irgendein Argument unter vielen hatte, dem man sich anschließen konnte, auch wenn man den anderen Mist, den sie verzapften, ablehnte.«

»Niemand hat den Mördern von Erzberger und Rathenau öffentlich zugestimmt!«

»Öffentlich nicht – aber was glaubst du, wie viele brave deutsche Familienväter sich nach dem Tod Rathenaus abends an den Esstisch gesetzt und das Sauerkraut auf ihren Teller gehäuft und dabei geknurrt haben, dass es jetzt endlich auch mal ›einen von denen‹ erwischt habe?«

»Wenn man dir so zuhört, bekommt man selbst Angst«, sagte Otto.

»Sehr gut«, sagte Hermann. »Dann bin ich wenigstens nicht alleine.«

Nachdem die Polizei abgezogen war, blieb Otto noch eine Weile in der Bank und organisierte die Heimfahrt der beiden

Verletzten. Beide Zinnermanns weigerten sich, ein Krankenhaus aufzusuchen. Otto gab sich erst damit zufrieden, als er von den Sekretärinnen der Brüder erfuhr, der Privatarzt der beiden sei bereits benachrichtigt und werde nach ihnen sehen.

Auf der Heimfahrt begleitete Otto die beiden. Sie saßen auf dem Rücksitz des Firmenfahrzeugs – es hatte sich herausgestellt, dass sie sich eines teilten, weil auch ihre Wohnhäuser direkt nebeneinanderstanden und sie überall, wo sie dienstlich hinmussten, zu zweit auftraten – und Otto auf dem Beifahrersitz. Der Fahrer war einsilbig und wurde stumm, als Otto ihn fragte, ob sich im Wagen eine Schusswaffe befinde. Es war keine da. Aber es geschah auch nichts. Otto hatte befürchtet, dass die Bank weiterhin unter Beobachtung stehen würde und die SA-Leute die Abfahrt des Wagens verhindern oder ihn auf dem Weg abfangen würden, aber sie kamen unbehelligt ans Ziel.

»Der Fahrer bringt Sie zurück in die Agentur«, sagte Leo, nachdem Otto zuerst Curt und dann auch ihm in sein Haus geholfen und der Obhut seiner Familie übergeben hatte. »Sie sind ein aufrechter Mann, Herr von Briest. Bitte glauben Sie mir, wenn ich sage, dass mein Bruder und ich es als Ehre betrachten, Sie einen Freund nennen zu dürfen.«

»Was werden Sie jetzt tun?«, fragte Otto.

»Tun?« Leo zuckte mit den Schultern. »Mich mit Curt beraten. Erinnern Sie sich an das, was ich damals erzählt habe, als wir uns wegen des Drehbuchs von Herrn Lang trafen? Ich weiß jetzt, wen das Volk auf der Straße als Schuldigen ausgemacht hat. Es sind wir. Die Juden. Wir waren es schon immer.«

Otto hätte gern gesagt, dass dieser Vorfall einzigartig gewesen sei und die Zinnermanns nicht zu befürchten brauchten, dass es wie im Mittelalter zu Pogromen kommen könnte. Aber er schwieg. Er war sich nicht sicher, ob es nicht gelogen gewesen wäre. Die Übelkeit, die ihn seit dem Gespräch mit Hermann Strauß befallen hatte, nahm noch zu.

»Vielleicht verkaufen wir die Bank und gehen weg«, murmelte Leo, als sein Kammerdiener ihn fürsorglich die Treppe hochgeleitete. »Vielleicht ist es besser, der Heimat den Rücken zu kehren. Vielleicht stehen schon überall die Zeichen an der Wand, und wir sehen sie nur nicht.«

Auf der Rückfahrt in die Innenstadt gingen Otto diese Worte nicht aus dem Kopf. Die Zinnermanns zu verlieren, wäre, auch wenn man sich bislang in der Regel nur zu beruflichen Anlässen gesehen hatte, ein menschlicher Verlust gewesen. Aber es gab auch noch einen anderen Aspekt. Ein neuer Besitzer der Bank wäre wahrscheinlich weniger großzügig mit seinen Schuldnern. Und die Schulden, zu denen Otto sich nach der Währungsreform bekannt hatte, waren immer noch beträchtlich und seine Tilgungen noch immer nicht jedes Mal pünktlich.

Ich hätte doch auf dem Schuldenverfall bestehen sollen, dachte er. Zugleich wusste er, dass er es nicht einmal dann getan hätte, wenn er bereits gewusst hätte, dass die Zinnermanns die Bank aufgaben. Er fühlte sich plötzlich, als sei er die letzten drei Jahre in einem schönen Traum gewesen, und jetzt wachte er auf und stellte fest, dass die Situation nicht viel besser war als zuvor.

Dann dachte er, dass es ihm in dieser Hinsicht immer noch besser als Deutschland ging. Das Land wachte aus dem scheinbaren Frieden nach der Währungsreform auf und stellte fest, dass alles noch viel schlimmer war als zuvor.

## 16

Sigurd hatte erwartet, dass seine Mutter irgendetwas zum Tod Alfred Krons sagen würde. Nach ein paar Wochen Wartezeit wäre ihm sogar eine Tirade lieber gewesen als das Schweigen. Wenn seine Kameraden nicht gewesen wären, die ihn manchmal auf die Sache ansprachen und ihren Respekt bekundeten – und die Kontaktversuche von Hilde Binz, die er aber ins Leere laufen ließ, weil die Frau ihn insgeheim gruselte –, hätte er glatt glauben können, er habe das Ganze nur geträumt.

Schließlich war er nach Gut Cramm gefahren und hatte seine Mutter um eine Unterredung gebeten. Zu seiner Überraschung erfuhr er, dass sie Kron sogar besucht hatte.

»Er muss einen schweren Rückfall erlitten haben«, hatte Magda gesagt. »Der Arzt meinte, er wäre nicht mehr in Lebensgefahr.« Er hatte ihre Musterung gespürt.

»Das war kein Rückfall«, hatte er sich sagen hören. »Ich habe ihn umgebracht. Ich selbst. Ich habe es für Sie getan, Mutter. Mit meinen eigenen Händen. Er ist tot, Mutter. Er hat Ihnen geschadet, und ich habe ihn dafür bezahlen lassen.«

Er hatte festgestellt, dass er nichts dergleichen gesagt hatte. Er hatte stattdessen geschwiegen. Die Worte waren nicht herausgekommen. Auf einmal war ihm nämlich die Erkenntnis gekommen, was er seiner Mutter hatte erzählen wollen. Er hatte sagen wollen: *Ich bin ein Mörder, Mutter! Ich habe einen kranken, wehrlosen alten Mann mit einem Kissen erstickt! Ich habe ein Leben beendet, Mutter! Ich habe verhindert, dass er mich an die Polizei verpfeift. Ich habe mich gewehrt, Mutter, und ihn nicht wie ein Feigling geschont.*

*Und ich habe es getan, damit Sie einmal – ein Mal! Ein einziges Mal! – stolz auf mich sind.*

*Ich bin ein Mörder, Mutter.*

*Sind Sie stolz auf mich?*

Magda hatte in sein Schweigen hinein gesagt: »Der Überfall auf Kron – das warst du mit deinem Braunhemdentrupp, oder?«

»Ja, Mutter.«

Sie hatte genickt. Dann hatte sie etwas gesagt, was er jetzt, an einem schwülen Augustnachmittag auf der Terrasse des Guts, schwitzend in seiner SA-Montur und den kniehohen Reitstiefeln, die er sich zur Uniform gekauft hatte, richtig verstand. Sie hatte gesagt: »Dann kannst du dieses beschämende Kapitel ja abschließen.«

Ihn gelobt oder Anzeichen von Stolz gezeigt hatte sie nicht.

Und heute: das Gut, der Kaffee, die Terrasse, die immer stärker werdenden Schweißflecken unter Sigurds Achseln … und das erstarrte Gesicht seiner Mutter, die zischte: »Sag das noch mal!«

»Herr Daluege hat mich Herrn Goebbels vorgestellt, dem Gauleiter der Partei. Herr Goebbels hat gemeint, ich wäre aus dem Stoff, von dem man viel mehr in der Bewegung brauchen würde …«

»Ich dachte, ich hätte mich im Frühjahr klar ausgedrückt: dass dieses Kapitel für dich vorbei sein sollte.«

»Aber … damit meinten Sie doch die Geschichte mit Kron.«

»Damit meinte ich deine Verstrickung in diese Bewegung von Verlierern, Arbeitslosen, Krüppeln und Perversen mit ihrem lächerlichen Weltkriegsgefreiten mit dem Charlie-Chaplin-Bärtchen als Anführer!«, schrie Magda. »Weißt du, was der Klumpfuß gemeint hat, als er sagte, du wärst aus dem richtigen Stoff? Damit meint er nicht dich, sondern deine Herkunft. Dass du von Adel bist, und zwar von altem Adel. Den Nationalsozialisten läuft nur das Gesindel hinterher – und ein paar verkrachte Blaublüter, die schon vorher keine Bedeutung hatten, wie der Graf Helldorf, oder die ihr ganzes Leben lang nichts zuwege gebracht haben, wie dieser Popanz von Ex-Kaiser-Sohn August Wilhelm. Zu denen willst du gehören und bist auch noch stolz darauf? Jedes Mal, wenn ich gerade glaube, ich müsste mich vielleicht doch nicht rundum für dich schämen, stelle ich fest, dass meine Scham immer noch größer wird.«

»Den Nationalsozialisten gehört die Zukunft! Adolf Hitler gehört die Zukunft!«, rief Sigurd.

Magda schwieg. Sie schüttelte nur stumm den Kopf, als könne sie es nicht fassen, wie sehr ihr Sohn sie wieder enttäuschte.

»Mutter, diese Leute haben doch dasselbe Ziel wie wir. Herr Goebbels hat es mir erklärt. Er sagte, die Nationalsozialisten seien gegen die Juden, weil sie die Verfechter der Freiheit des deutschen Volks seien. Er sagte, dass die Juden die soziale Notlage der breiten Volksmassen dazu missbrauchen, die Spaltung zwischen links und rechts in Deutschland zu vertiefen; dass sie aus Deutschland zwei Hälften gemacht haben und dass das der wahre Grund dafür ist, warum wir den Krieg verloren haben und die Repressalien des Auslands dulden müssen. Teile und herrsche, Mutter! Dieses Prinzip haben sie sich zu eigen gemacht, hat Herr Goebbels gesagt. Sie arbeiten allesamt an der Weltherrschaft des internationalen Finanzkapitals und der kompletten Ausbeutung des Volks. Aber unter der Führung der NSDAP wird Deutschland sich gegen diese Verschwörung erheben – und die Welt wird uns später dafür dankbar sein!«

»Du glaubst doch nicht ernsthaft, dass sich dieses idiotische Geschwafel auch nur im Entferntesten mit meinen Vorstellungen deckt.«

»Aber ... Sie wollten doch ... Kron ... dieser jüdische Großkapitalist, der Sie betrogen hat ...«

»Er hat mich hintergangen, das ist wahr. Und deshalb habe ich dich in deinem Vorgehen bestärkt – nicht zuletzt, weil ich dir damit eine Chance geben wollte, mir zu beweisen, dass du anders bist als dein Vater. Mir ist es völlig egal, ob er ein Jude war oder ein Moslem oder meinetwegen ein Heide, der einen Baum anbetet! Er hat mich verraten, deshalb wollte ich ihn bestraft sehen; er hat mich im Stich gelassen, genau wie dein Vater! Weißt du, was ich gut gefunden hätte? Wenn du auf offener Straße auf Kron zugegangen wärst, eine Pistole gezückt hättest, gesagt hättest: Niemand hintergeht eine Cramm! Und abgedrückt hättest. Aber nein, du hast dich hinter deinem Schlägertrupp versteckt und sie die Drecksarbeit machen lassen. Ich habe mich selbst überredet, das zu akzeptieren, weil du ja immerhin etwas *getan* hast. Jetzt aber zu hören, dass du voller Eifer den Speichel dieser Leute aufleckst, widert mich an. Ich habe dir diese Chance ganz umsonst gegeben. Du bist und bleibst ein Feigling, und deshalb tust du dich mit diesen anderen Feiglingen zusammen, die in Kompaniestärke durch die Straßen ziehen und zu zehnt auf einzelne unbewaffnete Passanten losgehen. Verschwinde von meiner Terrasse, Sigurd. Verschwinde mit deiner hässlichen Uniform. Verschwinde mit deinen lächerlichen Vorstellungen von der Weltherrschaft des Gesindels. Es reicht schon, wenn ich mich für deine Existenz schäme. Ich muss dich dazu nicht auch noch vor Augen haben.«

## 17

Kurz vor Weihnachten waren Otto und Hermine zu einem Essen geladen. Die Einladung kam vom Bankhaus Zinnermann. Es waren nur wenige Gäste da. Leo und Curt Zinnermann stellten sie einander vor und umrundeten dazu die Tafel; Curt immer noch an einem Stock gehend. Hermine hatte Tränen in den Augen, als ihr von Neuem klar wurde, wie sehr die Zinnermanns ihren Mann und sie schätzten.

Zwischen dem Dessert und dem Likör erklärten die Brüder, welchem Zweck diese Essenseinladung wirklich diente. Hermine sah, wie Ottos Gesicht sich spannte. Er schien bis zuletzt gehofft zu haben, dass die Einladung einfach nur eine Einladung wie alle anderen in früheren Vorweihnachtszeiten war – obwohl es das erste Mal war, dass die Zinnermanns die Briests eingeladen hatten. Hermine war klar gewesen, worum es sich handelte. Sie hatte anders als Otto die Augen nicht davor verschlossen.

Die Einladung war die zu einem Abschiedsessen.

Die Zinnermanns hatten die Bank verkauft. Sie hatten keine großen Schwierigkeiten damit gehabt. Die Konten und die Geschäftsverbindungen waren solide, die Mitarbeiter gut geschult, der Kundenstamm immer noch beträchtlich. Der Käufer war eine Privatbank aus Köln, deren Geschäftsführer, ein rheinischer Adliger, den Preis hatte drücken wollen mit subtilen Anmerkungen, die man so verstehen konnte, dass man als jüdischer Unternehmer bald würde froh sein müssen, sein Geschäft überhaupt noch verkaufen zu können und nicht enteignet zu werden. Die Gier, mit dem Bankhaus Zinnermann einen soliden Fuß in die Hauptstadt setzen zu können, siegte aber am Ende. Die Zinnermanns würden Deutschland als äußerst vermögende Leute verlassen. Sie emigrierten in die Schweiz.

Zum Abschied verteilten die Brüder Geschenke an ihre Gäste. Es waren in Silberrahmen gefasste, gestochen scharfe Fotografien von Berlin, aufgenommen aus der Höhe, entweder einem Zeppelin oder einem Ballon. Das Bankhaus war darauf zu sehen, und in Ottos und Hermines Fall auch das Gebäude, in dem die Agentur residierte.

Hermine und Otto hatten sich zur Feier des Tages ein Hotelzimmer in Berlin geleistet. Otto saß auf dem Bett und drehte das Bild hin und her, während Hermine sich bettfein machte. Er wirkte resigniert.

»Das Foto ist von Emma und Amalie«, sagte er schließlich. »Ob das Zufall ist oder ob die Zinnermanns es bewusst ausgesucht haben?«

»Sie werden es anhand der Qualität ausjesucht haben«, sagte Hermine. »Und da führen nicht viele Wege an Emma und Amalie vorbei.«

»Der neue Besitzer der Bank … der scheint nicht unbedingt von so edlem Gemüt zu sein wie die Zinnermanns, oder?«

Hermine schüttelte den Kopf. »Nee, wohl nich.« Sie setzte sich neben Otto aufs Bett. »Komm schon, es wird nicht gleich alles wieder so werden wie vor der Reform«, sagte sie. »Kopf hoch.«

»Mir ist es wirklich schlecht gegangen damals«, murmelte Otto. »Ich habe gehofft, ich müsste diese schwarzen Gedanken niemals wieder haben. Und jetzt zeichnet sich eine Wiederholung der Situation ab.«

»Wir haben det überstanden, wir überstehen es auch een zweites Mal.«

»Ich weiß nicht, Hermine. Ich fürchte, ich habe den Kopf in den Sand gesteckt. Ein zweites Mal, um ehrlich zu sein! Ich hätte die letzten drei Jahre nutzen sollen, das Gut zu verkaufen, ohne dass uns das Wasser bis zum Hals steht. Wir hätten einen besseren Preis erzielt als den, den Magda von Cramm uns geben wollte. Wir hätten die Schulden wahrscheinlich auf einen Schlag loswerden können. Dann hätten wir uns auf die Agentur konzentrieren können. Aber ich habe uns alle erneut in Gefahr gebracht, weil ich an Gut Briest festgehalten habe. Es tut mir leid.«

»Es tut dir schon leid, bevor irgendwas passiert ist«, sagte Hermine und strich Otto über das Haar. »So wat nennt man Pessimismus.«

Otto blickte sie von der Seite an. »Du magst keine Pessimisten.«

»Keener mag Pessimisten.«

»Na gut. Du hast ja recht. Wir haben ein schönes Hotelzimmer, wir haben noch von dem Champagner, den uns das Haus geschenkt hat, es ist nicht zu spät am Abend, wir haben ein schönes, großes, weiches Bett ... wir können genauso gut fröhlich sein.«

Hermine fühlte, was sie immer fühlte, wenn Otto solche Andeutungen machte – eine warme Aufwallung von Liebe zu ihrem Mann und eine heiße Welle von Leidenschaft, die sich in ihrem Schoß breitmachte. Sie schmiegte sich an Otto. »Hervorragende Idee, gnädiger Herr«, sagte sie.

Am Morgen war Hermine als Erste wach. Sie löste sich vorsichtig aus Ottos Umarmung und trat dann leise zum Fenster, um hinauszuschauen. Das Wetter war typisch vorweihnachtlich in Berlin: grau. Sie fror an den Füßen und beschloss, wieder ins Bett zu schlüpfen. Dann fiel ihr Blick auf den Brief, den die Zinnermanns dem Bild beigegeben hatten. Sie hatten ihn gestern gar nicht mehr geöffnet. Wahrscheinlich war es eine gesonderte, schriftliche Danksagung für all die Jahre der Zusammenarbeit. Den Brüdern Zinnermann sah so eine Geste ähnlich.

Der Brief war an sie beide adressiert: Otto und Hermine von Briest. Sie fuhr mit einem Fingernagel unter die Klappe und schlitzte den Umschlag vorsichtig auf, um Otto nicht zu wecken. Sie wollte die Danksagung lesen und sich noch einmal darüber freuen.

Der Brief bestand aus wenigen Zeilen. Mit dem Brief steckte ein gefaltetes Dokument im Umschlag. Hermine blickte darauf. Es war die mit einem Stempel und den Unterschriften der beiden Bankiers beglaubigte Abschrift eines Konto-Saldos.

Der Betrag war null.

Verständnislos las Hermine den Brief. Er war tatsächlich eine Danksagung. Das Bankhaus Zinnermann bedankte sich dafür, dass die Herrschaften von Briest das unerwartete Erbe ihres entfernten Verwandten dafür genutzt hatten, den bei der Bank anhängigen Kredit voll und ganz zurückzuzahlen. Sollten die Herrschaften Briest erneut die geschäftliche Notwendigkeit sehen, Investitionen in ihr Gut oder ihr Unternehmen mit einem Kredit zu verstärken, empfahl die Leitung des Bankhauses Zinnermann ihre Rechtsnachfolger, die Privatbank …

Hermine ließ den Brief sinken. Sie starrte auf den Kontoauszug, blickte wieder auf den Brief. Langsam begann sie zu glauben, was sie da las.

Die Zinnermanns hatten vor dem Verkauf ihre Bücher frisiert. Sie hatten den Kredit an die Briests einfach ausradiert. Auf den Kaufpreis hatte das vermutlich keine Auswirkungen gehabt – und im Grunde keinem geschadet, auch nicht den Zinnermanns.

»Det jibt's nicht«, murmelte Hermine und ließ den Tränen freien Lauf.

Kurze Zeit später rüttelte sie an Ottos Schulter, bis dieser wach war.

Otto stöhnte. »Was ist denn los?«, sagte er. »Wir können noch nicht mehr als drei Stunden Schlaf …« Er blinzelte und schaute genauer hin. »Hermine, wieso bist du nackt? Und was sind das für zwei Zettel auf deinen …?«

»Lies die Zettel«, unterbrach ihn Hermine. »Lies sie, mein Schatz. Und dann – sei noch mal so richtig fröhlich mit mir!«

## 18

Das erste Halbjahr 1928 kehrte alle Erwartungen hinsichtlich der politischen Lage ins Gegenteil um. Am 20. Mai war Reichstagswahl. Alle Befürchtungen, dass die NSDAP von großen Anteilen der Bevölkerung gewählt würde, erwiesen sich als nichtig. Ein Stimmenanteil von 2,6 Prozent war nicht nur eine Ohrfeige für die Nationalsozialisten, sondern ein krachender Tritt in den Hintern. Offenbar hatte sie den Bogen überspannt. Die hasserfüllte Rhetorik, vermischt mit dem verschwurbelten Sendungsbewusstsein eines neuen Tausendjährigen Reichs, und die zerstörerische antijüdische Propaganda hatten die Wähler abgeschreckt. Der neue Reichskanzler hieß Hermann Müller und war von der SPD.

Das Wahlergebnis wirkte so befreiend wie ein Sonnentag im trübsten Winter. Als ob ganz Deutschland sich geschüttelt und gesagt hätte: Na gut, das haben wir jetzt auch überstanden!, machte die Wirtschaft plötzlich einen Satz nach vorn. Die Arbeitslosenzahlen verringerten sich rapide, neue Geschäfte eröffneten, die Straßen füllten sich mit Automobilen, besonders dem »Laubfrosch« von Opel und dem Adler Standard, die beide absolute Renner in der Gunst der Käufer waren. Für Luisa und Max war das Wahlergebnis eine freudige Etappe in einer Wartephase, deren Ende mit Ungeduld herbeigesehnt wurde. Am 7. Juli war Luisas einundzwanzigster Geburtstag – und zugleich ihr Hochzeitstag. Beide hatten beschlossen, dass sie keinen Tag länger als nötig warten wollten.

Die Hochzeitsfeier fand auf dem Gut statt – natürlich. Die Kapelle wurde von den Frauen des kleinen Orts geschmückt. Hermine holte ihr Hochzeitskleid von damals heraus und breitete es auf ihrem Bett aus. Sie hatte sich all die Jahre darauf gefreut, es Luisa vermachen zu können. Nach kritischer Betrachtung stellte sie fest, dass das nicht möglich war. Erstens hätte es massiv eingenäht werden müssen – Luisa war so zierlich, wie ihre französische Urgroßmutter Louise gewesen war, und Hermine hatte immer schon weibliche Kurven gehabt. Hauptsächlich war es aber unmöglich, weil man sich keinen größeren Unterschied vorstellen konnte als zwischen der Frauenmode im Jahr 1906 und der im Jahr 1928. Sie ließ sich einen Katalog liefern und schaute ihn an mehreren Abenden zusammen mit Luisa durch, was Erinnerungen an die Zeit weckte, in der Luisa noch auf ihrem Schoß gesessen hatte und sie zusammen Bilderbücher durchgeblättert hatten. Sie lachten ein bisschen zusammen, weinten ein bisschen zusammen, vernichteten insgesamt eine ganze Flasche Likör und jede Menge Kuchen und hatten am Ende ein Modell gefunden, in dem Luisa nicht nur ihren Mann, sondern alle Gäste verzaubern würde. Es war gerade geschnitten, mit einer tief angesetzten Taille und einem sich leicht bauschenden Rock, der unterhalb der Knie endete. Den Kopf bedeckte eine weiße Kappe mit einem langen Schleier. Es war perfekt.

»Und was trägt Max?«, fragte Luisa.

»Frack«, sagte Hermine.

»Ach Mama, jeder Bräutigam trägt einen Frack.«

»Was hast du denn für ’ne Vorstellung? Max brauchen wir nicht zu fragen, der würde am liebsten einen Rennoverall tragen.«

»Wie wäre es mit einem Cutaway? Das passt auch besser zur Tageszeit als der Frack.«

Hermine lächelte. Die Vorbereitung auf die Hochzeitsfeier hatte auch dazu geführt, dass Mutter und Tochter sich eingehend mit den aktuellen Bekleidungsvorschriften befasst hatten. Luisa hatte recht. Was formelle Kleidung anging, so war der Cutaway für die Tagesstunden vorgesehen. Einen Frack zog der Mann von Welt erst nach 18 Uhr abends an. Vom einheitlich schwarz-weiß gehaltenen Frack unterschied sich der Cutaway durch lebhaftere Farbgebung: Der Gehrock konnte schwarz, grau oder hellgrau sein, die Weste durfte sogar farbig sein, die Hose war schwarz-grau gestreift und die Krawatte silberfarben. Man nannte den Cutaway auch den Großen Gesellschaftsanzug des Tages. Es gab auch einen Kleinen Gesellschaftsanzug des Tages – der langjährige deutsche Außenminister Stresemann hatte ihn salonfähig gemacht, sodass er seit Kurzem sogar zum vorgeschriebenen Protokoll deutscher Delegationen gehörte. Im Grunde unterschied sich der »Stresemann« vom Cutaway nur durch den kürzeren, unten gerade abgeschnittenen Gehrock.

»Max und Otto sollen den gleichen Anzug tragen!«, sagte Hermine. »Schau, hier sind Bilder – Bräutigam und Brautvater, beide gleich, und alles in Hellgrau.«

»Aber ohne die Angströhre!«, rief Luisa und deckte mit dem Daumen die Zylinder auf dem Bild ab. »Zu so einem Ding kann ich Max nie überreden.«

»Gut, keine Zylinder. Aber dafür weiße Gamaschen.«

»Ja! Gamaschen!«

»Prosit, mein Sternchen!«

»Prosit, Mama!«

Ein weiteres Thema, dem man sich mit Sorgfalt widmen musste, war die Gästeliste. Sie wurde von allen vier Briests gemeinsam aufgestellt. Es gab die üblichen Leute, die eingeladen werden mussten – und es gab die, auf deren Kommen man sich schon freute, kaum dass man den Namen auf die Liste gesetzt hatte. Levin von Briest war rechtzeitig benachrichtigt worden und hatte sein Kommen zugesagt; das erste Mal seit seiner Emigration, dass er wieder deutschen Boden betrat. Amalie und Emma würden ihn in Hamburg vom Schiff abholen und dann mit ihm nach Gut Briest fahren. Die Zinnermanns ließen sich höflichst entschuldigen. Ernst Türk fragte zusammen mit seiner Zusage nach, wie viele Treppen man in Gut Briest zu bewältigen habe. Christian Riecken bot an, den Brautwagen zu organisieren und auch zu fahren, was Otto zu der Theorie verleitete, Riecken würde mit dem Brautpaar ein paar Runden in Höchstgeschwindigkeit über die AVUS donnern und dabei den Blumenschmuck über die ganze Runde verteilen. Max' Kollegen bei der NAG waren eingeladen. Auch der spröde Ernst Lienhardt sagte zu. Rudolf Caracciola sagte ab – eine Woche nach der Hochzeit würde der Große Preis von Deutschland 1928 stattfinden, diesmal schon auf dem neu gebauten Nürburgring, und Caracciola war mit Vorbereitungen und Trainingsfahrten beschäftigt. Er sandte zusammen mit seiner Entschuldigung einen der Renntrophäe nachempfundenen Pokal. Im Wappenschild hatte er eingravieren lassen: »Großer Preis der Liebe 1928, Luisa und Max«.

Max sorgte kurzfristig für Überraschung, als er sagte: »Ich möchte gerne Viktor einladen.«

»Viktor?«, fragte Otto. »Viktor wen?«

»Viktor Juhnke.«

Otto blickte Max nachdenklich an. Max hatte ihm schon lange alles über das Kartenspiel erzählt, bei dem er Franz Komnick zuerst in die Falle geführt und dann gerettet hatte, und auch, dass er sich damit die Feindschaft von Heinrichs ganzem Clan erworben hatte. »Hast du seitdem wieder mal von Viktor gehört?«, fragte Otto.

»Nein.«

»Glaubst du, dass er noch lebt?«

»Ick hoffe es.«

»Wir fragen Ernst Türk, ob er uns helfen kann. Ich möchte nicht, dass du dich noch einmal in diese Kreise begibst. Diese Leute haben eine lange Erinnerung und einen noch längeren Groll. Aber das weißt du ja besser als ich.«

Fritz Lang sagte sein Kommen zu, genauso wie Brigitte Helm, Paul Richter und Rudolf Klein-Rogge. Erich Pommer sandte Grüße aus Los Angeles. Am Ende lagen knapp über hundert Zusagen vor, und Hermine begann die Runde im Dorf, um die alten Bräuche zu organisieren: Das Versperren der Zufahrtswege mit Seilen durch die Kinder des Dorfs, wodurch sich die Gäste den Weg freikaufen mussten – und die Präsenz eines jungen Mädchens mit einem Geschenkkorb, aus dem die Gäste einen Artikel entnehmen und den Wegelagerern überreichen konnten. Das Aufstellen eines Baumstamms quer vor dem Eingang der Kapelle, den Luisa und Max gemeinsam durchsägen mussten, um vor den Altar treten zu können – und das Nachschleifen der nach außen hin rostig und stumpf aussehenden Säge, damit das Durchsägen nicht den halben Tag dauerte. Das Hochzeitsessen, das in vier Gängen serviert wurde und traditionell aus einer Hühnerbouillon mit Klößchen und Spargel, Hecht mit Spreewaldsoße, geschmortem Rindfleisch mit Meerrettich und Salzkartoffeln und zum Abschluss einem Bienenstich mit Honig, Milch und Mandeln bestand. Schließlich die feierliche Abnahme des Brautschleiers nach Mitternacht durch die Brautjungfern, die beim letzten Tanz zu geschehen hatte.

Für Max war all das neu. Die wenigen Hochzeiten, die er in seiner Jugend miterlebt hatte, waren die von Männern und Frauen seines unmittelbaren, illegalen Umfelds gewesen. Er hatte sie als kunstlose Angelegenheiten in Erinnerung, bei denen das Essen vorzeitig ausging, das Bier in Strömen floss und die Feier in einer bezechten Prügelei endete.

Ernst Türk fand heraus, dass Viktor Juhnke noch lebte, und

ließ ausrichten, dass er ihn ins Polizeipräsidium bringen lassen würde, damit Max ihn dort gefahrlos treffen konnte.

»Ihr wollt Viktor verhaften, damit ich ihn einladen kann?«, fragte Max fassungslos.

»Ich will dich nicht erschrecken, mein Junge«, sagte Türk, »aber so wie dein Freund Viktor lebt, wären eine Verhaftung und eine Nacht in der Zelle einer der positiven Höhepunkte seines Jahres. Das ist mein voller Ernst.«

Viktor sah noch schlimmer aus als damals. Bei ihrem letzten Treffen hatte Max den Eindruck gehabt, durch Viktors graue Gesichtshaut den Schädel durchschimmern zu sehen. Jetzt wirkte es so, als sei sein Gesicht nur noch Schädel. Die Augen lagen tief, die Wangen waren eingefallen, die Lippen blau, der Nasenrücken war weiß.

»Mensch, Maxe«, sagte Viktor, nachdem sie sich in einem Verhörraum des Polizeipräsidiums begrüßt hatten. »Det hab ick dir zu verdanken, wa?«

»Ich wollte nich, dass sie dich verhaften, aber sie sagten mir, es sei nur zu deinem Vorteil.«

»Die ham mich nich verhaftet, Maxe. Oder jedenfalls nich wirklich. Nach außen hin kiekte es schon so aus, und da bin ich dankbar, weeßte, sonst hätte es noch jeheißen, ick bin een Polizeispitzel. Aber der volle Ernst war echt höflich zu mir. Sie ham mir sogar wat zu essen gegeben. Suppe, weil ick was anderes nich essen kann, wa?«

Max, der am liebsten geweint hätte wegen des Wracks, zu dem Viktor geworden war, überreichte ihm eine Einladung. »Bitte nimm sie an«, sagte er, nachdem Viktor fertig gelesen hatte. »Bitte.«

»Ick mach dir doch nur Schande, Maxe. Dir und deiner Braut.«

»Du machst mich stolz, wenn de kommst.«

»Stolz? Wie könnteste denn auf so was wie mich stolz sein?«

»Stolzer als auf alle anderen, Viktor. Keener von denen weiß, wie es ist, täglich bis zum Hals im Sumpf zu stecken. Keener von denen hätte länger als een paar Jahre überlebt – und erst recht keener hätte dabei seinen Anstand behalten. Aber du hast. Und deshalb bin ick stolz – ick bin stolz, det ick sagen kann, der Viktor Juhnke, det ist mein ältester Freund.«

Es folgten ein paar Augenblicke, in denen Max die Tränen nun doch nicht zurückhalten konnte, weil Viktor zu schluchzen begonnen hatte. Schließlich fand Viktor wieder zu seiner Fassung zurück und sagte: »Ick pumpe jemand um det Zugticket an, wa? Und denn komm ick. Und wenn de mir irjendwo verstecken willst, damit deine guten Gäste mich nich sehen, denn vasteh ick det völlig.« Viktor versuchte ein Lächeln. »Stell mir nur ’nen ordentlichen Topf Suppe hin.«

»Viktor«, sagte Max, »du quatschst Unsinn. Du ziehst ’nen Frack an und zeigst uns allen ’n paar Kartentricks, und ich wette, du wirst den janzen Tag umlagert sein. Den Frack kriegste von mir, und det Zugticket ooch. Und denn möchte ich, det de dir was überlegst. Janz ernsthaft.«

Max hatte sich vorher mit Luisa abgesprochen, die skeptisch war, aber Max freie Hand ließ, wenn er von seiner Idee wirklich überzeugt war. Max war wirklich überzeugt; und wenn doch noch etwas zu seiner vollen Überzeugung gefehlt hätte, wäre es spätestens durch den Anblick des vor Rührung schluchzenden Viktor wettgemacht worden.

Er erinnerte sich an das Gespräch, das er schon vor Wochen mit Otto, Hermine und Luisa gehabt hatte. Er hatte ausgeführt, dass seine berufliche Entwicklung in mehrerlei Hinsicht an einem Kreuzungspunkt angekommen war. Bei der NAG war in absehbarer Zeit nicht mehr an die Entwicklung eines Rennwagens zu denken; die Ziele der Firma lagen jetzt im Bereich der Massenproduktion. Demnächst würden Prozesse eingeführt werden, die nahe an die Fließbandfertigung herankamen, und Max würde dadurch, auch wenn ihm Vorarbeiterstatus zugebilligt worden und er weiterhin an der Entwicklung beteiligt war, dennoch zu einem Stückwerke-Mechaniker degradiert. Weiterhin Rennen zu fahren, kam nicht infrage, Luisas wegen. Max hatte erklärt, dass sie Kinder wünschten, und er wollte nicht, dass seine Familie am Rand der Rennbahn um ihn bangen musste – oder dass er durch Europa zigeunerte, von einem Grand Prix zum nächsten, und seine Lieben zu Hause auf ihn warteten.

»Du könntest in die Detektei einsteigen«, hatte Otto vorgeschlagen. »Als Partner.«

»Was haltet ihr von ’ner Werkstatt?«

»Werkstatt?«, hatte Hermine überrascht gefragt.

»Autowerkstatt. Und Kraftstoff-Tankstelle. Hier auf dem Gut!«

Max war überzeugt, dass das Automobil in der Zukunft die Bahn als Verkehrsmittel zur Überwindung weiter Strecken ablösen würde. Und dann wäre jeder Automobilist froh, wenn er zwischen Abfahrt und Ziel die Gewissheit haben konnte, dass er irgendwo Kraftstoff nachtanken konnte und dass ihm im Pannenfall technische Hilfe zuteilwürde.

»Gut Briest liegt auf der Strecke von Brandenburg nach Tangermünde. Und wer von Magdeburg nach Berlin will, kommt ooch fast dran vorbei. Wir stellen überall an den Landstraßen Schilder auf, die hierherweisen. Wir beschaffen uns een Telefon, sodass uns jemand, der unsere Hilfe braucht, beim nächsten Postamt oder Gasthof antelefonieren kann. Denn rücken wir mit eenem Fahrzeug aus, und ick versuche, die Panne vor Ort zu beheben, oder wir schleppen det kaputte Teil hierher. Und alle, die keene Panne haben, können aus eigener Kraft hierherfahren und tanken. Wir können ’ne Kaffeemaschine am Dampfen haben und jedem, der volltankt, ’ne Tasse spendieren …« Max hatte sich immer mehr in Begeisterung geredet. Diese Begeisterung spürte er jetzt wieder, als er Viktor das Konzept nahebrachte.

»Ick brauche dich dabei, Viktor«, sagte Max. »Ick brauche jemanden, der in der Werkstatt ist, wenn ick wegen 'ner Panne ausrücke. Ick brauche jemanden, der mit den Zahlen umgehen kann, weil ick bin nur gut im Automobile reparieren, aber nich im Ausrechnen, wie viel ick dafür verlangen kann.«

»Da findste doch bestimmt eenen Besseren als mich«, sagte Viktor.

»Weeß ick nich«, sagte Max. »Auf jeden Fall finde ick keenen, dem ick so vertrauen würde wie dir.«

Und dann war der 7. Juli da, und Luisa und Max heirateten.

## 19

Am Abend des Hochzeitstages, nach dem Essen, gab es zwei Gespräche. Das eine führten Luisa und Max mit Fritz Lang, das andere führten Max und Otto mit Viktor Juhnke. Beide Male begannen die Gespräche mit einem Geständnis.

»*Metropolis* hat die Erwartungen überhaupt nicht erfüllt«, sagte Fritz Lang mit überraschender Offenheit. »Nach der Premiere fand sich nur ein einziges Kino in Berlin bereit, den Film zu zeigen. Und dort schauten sich ihn dann innerhalb der ersten vier Monate nur fünfzehntausend Zuschauer an. Wissen Sie, was geschehen ist? Der neue Ufa-Chef, Alfred Hugenberg, hat daraufhin die Premierenfassung eingezogen und vernichtet! Er dachte, eine kürzere und inhaltlich geänderte Version würde mehr Publikum anziehen. So denken die Produzenten, die nur das Geld sehen und nicht den künstlerischen Wert! Pustekuchen! Die neue Fassung – von der ich mich übrigens absolut distanziere! – wollten noch weniger Leute sehen. Zwei Jahre Arbeit für nichts.« Lang nahm sein Monokel heraus, putzte es und setzte es wieder ein. Er war ohne seine Frau Thea von Harbou zur Hochzeit gekommen und murmelte jetzt: »Ich hätte mehr beim Drehbuch reinreden sollen. Die meisten Kritiken sagten, der Film an sich sei knorke, nur die Geschichte sei albern. Ich hätte ihr nicht freie Hand lassen sollen. Im Nachhinein graust es mich selbst vor der ganzen Symbolik. Und der Schluss, diese tränenreiche Versöhnung von Arbeitgeber und Arbeitnehmer – entsetzlich.«

Lang saß einen Augenblick lang da, die Schultern gebeugt. Dann raffte er sich zusammen und setzte sein schiefes, arrogant wirkendes Lächeln auf. »Ich habe jedenfalls gelernt und kehre zu den wirklich guten Geschichten zurück. Den Geschichten, durch die man die Wirklichkeit durchschimmern sieht, die auch draußen auf der Straße passieren könnten.«

»Was wäre das?«, fragte Max.

Langs Augen leuchteten auf. »Die Geschichte eines Mörders, der durch die ganze Stadt gejagt wird. Verstehen Sie? Der Mörder ist ein Ungeheuer, ein Serienkiller … aber wenn der Mob auf ihn Jagd macht, dann bekommen wir plötzlich Mitleid mit ihm … es wird übrigens mein erster Tonfilm werden.« Lang pfiff scheinbar unmotiviert eine Melodie. »Kennen Sie das? Ist aus Peer Gynt. ›Die Halle des Bergkönigs‹ oder so ähnlich. Tonfilm bedeutet nicht nur, dass man hört, wie sich die Darsteller unterhalten. Tonfilm bedeutet, dass die Toneffekte untrennbar mit der Geschichte zu tun haben müssen, dass sie sie voranbringen. Diese Melodie bringt den Mörder schließlich zu Fall.«

»Hört sich an wie 'ne Jeschichte, die jeden Tag passiert«, sagte Max sarkastisch.

Lang bemerkte den Sarkasmus überhaupt nicht. Er grinste Luisa an. »Ich möchte Ihnen gerne eine Rolle anbieten. Betrachten Sie es als zusätzliches Hochzeitsgeschenk. Und als Beweis, dass ich Ihnen die Sache mit dem Kostüm in *Metropolis* nicht nachtrage.«

Luisa dachte so lange nach, dass Max schon – zugegeben mit wehem Herzen, aber voller Liebe – sagen wollte, dass Luisa, was ihn anging, immer frei war in ihren Entscheidungen, und dass er verstehen konnte, wenn dieses Angebot sie mehr lockte als das, was er ihr gemacht hatte. Wenn sie sich jetzt doch für den Film entschied, würde er sie in allem unterstützen, so gut er konnte. Doch Luisa hatte nicht überlegt, sie hatte nur nach den passenden Worten gesucht.

»Herr Lang«, sagte sie, »ich freue mich sehr, dass Sie mir das mit dem Kostüm nicht nachtragen. Umso mehr, weil ich Ihnen diese Sache mittlerweile auch verziehen habe.«

Lang riss die Augen auf. Brigitte Helm, die an seiner anderen Seite saß und gerade trank, prustete erheitert in ihr Champagnerglas.

»Dass Sie mir eine neue Rolle anbieten wollen, ehrt mich sehr. Ich bin sicher, dass viele hoffnungsvolle Schauspielerinnen sich um diese Rolle die Füße vor dem Studio platt stehen und wer weiß was darum gäben, sie zu bekommen. Aber wissen Sie – ich habe schon eine andere Rolle angenommen.«

»Bei wem? Murnau? Lubitsch?«

»Brandow«, sagte Luisa und lächelte. Max fühlte, wie ihn Wärme durchströmte.

»Brandow? Wie? Nie gehört. Wer ist … oh. Hm.« Lang starrte Max an. »Entschuldigung, ich habe nur im Bereich des Filmgeschäfts gedacht. Da kommt Ihr Name ja nicht vor. Brandow. Jedenfalls … ich verstehe.« Man konnte ihm ansehen, dass er nichts verstand.

Luisa erlöste ihn. »Mein Mann möchte eine Autowerkstatt und Tankstelle aufbauen – die erste und einzige zwischen Brandenburg, Magdeburg und Tangermünde. Die Rolle, die ich dabei einnehme, ist die der Ehefrau, die ihn unterstützt.«

»Aber … mit meinem neuen Film können Sie ganz groß herauskommen!«, rief Lang, der immer noch nichts verstand.

»Nicht so groß wie an der Seite meines Mannes«, sagte Luisa.

Nachdem der erschütterte Fritz Lang nach draußen gegangen war, um etwas Abendluft zu atmen, beugte sich Brigitte Helm zu

Max und Luisa, die sitzen geblieben waren. »Ist das dein Ernst?«, fragte sie.

»Ja«, sagte Luisa.

»Damit ist deine Karriere beim Film ein für alle Mal erledigt. Zweimal verzeiht Lang dir nicht. Und von allen im Geschäft hat er den meisten Einfluss.«

»Ich tue das Richtige, Brigitte. Das, was ich tun will.«

»Zurück zu Heim und Herd? Hast du nicht mal erzählt, deine Großmutter sei Frauenrechtlerin gewesen? Dreht die sich da nicht im Grab um?«

»Ich nehme meine Rechte ja wahr. Das Recht auf freie Entscheidung. Und meine Entscheidung ist, dass ich an der Seite meines Mannes sein will – und er an meiner. Wir werden beide gemeinsam groß herauskommen – auf unsere Weise.«

»Mädel«, sagte Brigitte Helm und musterte Luisa lange und eindringlich, »ich sag dir jetzt mal was: Ich beneide dich. Wer weiß, ob ich es dir nicht mal nachmache.«

Das zweite Geständnis legte Viktor Juhnke ab. Er hatte sich bemerkenswert gut in die Hochzeitsgesellschaft eingefunden. Gewaschen, gekämmt, frisch rasiert, gut gekleidet und mit so viel heißer Suppe gefüllt, dass er sogar etwas Farbe auf seinen Wangen hatte, sah er weniger heruntergekommen aus als vielmehr romantisch leidend. Wie Max vorausgesagt hatte, bildete er bald ein zweites kleines Zentrum der Feierlichkeiten. Wer sich nicht um das Brautpaar scharte, stand um Viktors Rollstuhl herum und ließ sich die Tricks vorführen, die Viktor beherrschte. Wenn Viktor bemerkte, dass Ernst Türk ihn misstrauisch dabei beobachtete und innerlich nachzählte, ob Viktor die Uhren und Armbänder und Portemonnaies, die er seinen Zuschauern dabei von den Handgelenken und aus den Taschen zauberte, auch alle wieder zurückgab, tat er so, als würde er es nicht bemerken. Paul Richter kam zu Max und sagte voller Anerkennung und in seinem getragenen Wiener Dialekt: »Heans, wann der Lang gewusst hätt, dass es Ihren Freund da drüben gibt, hätt er ihm die Rolle von dem Mabuse gegeben und nicht dem Klein-Rogge, dem beim Drehen dauernd die Karten runtergfallen sind.«

Max lächelte etwas glasig, weil ihm die Verbindung zur Kartenspielerszene, die Richter ganz unschuldig beschwor, einen Stich versetzte.

Dann rollte Viktor auf Max zu, der allein am Brauttisch saß und Luisa vergnügt dabei zusah, wie sie mit ihrem Onkel Levin tanzte, und fragte ihn, ob er ihn sprechen könne. »Und deinen Schwiegervater ooch, wenn's jeht«, sagte Viktor. »Irjendwo, wo uns nich gleich jeder hören kann, wa? Ick möchte wat beichten.«

Max schob Viktor über das Gras bis zum diesseitigen Ufer der Fischteiche. Im klaren, stillen Wasser spiegelte sich der Sternhimmel über dem Gut. Von der Kapelle und der Scheune daneben, die zum Ballsaal umfunktioniert worden war, drang die Tanzmusik bis hierher. In den Büschen flimmerten Leuchtkäfer wie ein zweiter Sternhimmel voller irrlichternder Kometen. Zwischen den Gutsgebäuden rannten Kinder lachend herum, Papierlaternen auf Stöcken vor sich hertragend. Otto kam herbei und teilte Zigarren aus. Der Zigarrenrauch stieg auf und erfüllte die Sommernacht mit Duft. Viktor hustete, sah sich um, seufzte und sagte: »Det ick det erleben darf, Mensch. Jetzt kann ick jetrost in die Grube fahren.«

»Was können wir für Sie tun?«, fragte Otto. »Geht es Ihnen gut? Brauchen Sie bei irgendwas Hilfe?«

»Ick kann wat für Sie tun«, sagte Viktor. »Und ick möchte, det Se wissen, det ick das, was ich zu sagen habe, nich extra bis jetzt vor Ihnen jeheim gehalten hab. Ick wusste nich, det es für Sie interessant sein könnte; ick bin erst vorhin durch 'ne Bemerkung draufjekommen, die der volle Ernst vom Stapel jelassen hat. Sonst wäre ick von mir aus auf Max zujekommen. Ick schwöre. Und det is die Wahrheit, obwohl ick jetzt gleich gegen een unjeschriebenes Jesetz verstoße und jemanden verpfeife.«

»Wen verpfeifen Sie denn, Herr Juhnke?«, fragte Otto.

»Den Namen weeß ick nicht. Ick weeß aber, was er getan hat.«

»Was hat er getan?«

»Er war dabei, als dieser Bankier umjebracht wurde – Alfred Kron.«

## 20

Das ist Polizeiarbeit«, sagte Ernst Türk. Otto und Max saßen in seinem Büro im Präsidium in Charlottenburg. Es hatte bei den Mitarbeitern der Kriminaldirektion wieder den üblichen Aufwand an demonstrativem oder echtem Unwissen gegeben, wo der Chef sich aufhielt, bis der Termin endlich zustande gekommen war. »Da lassen Sie aber ganz aktiv die Finger weg, verstanden?«

»Wird die Polizei denn etwas tun?«, fragte Otto.

»Die Polizei tut immer was, Herr von Briest. Was soll diese Anspielung?«

Folgendes hatte Viktor am Hochzeitsabend erzählt und Otto und Max nun an Ernst Türk weitergegeben: Im Schattenriss, einem Lokal, in dem Viktor ab und zu verkehrte, war in den letzten Monaten ein neuer, sporadisch anzutreffender Gast aufgetaucht. Nachdem er beim ersten Besuch eine SA-Uniform getragen hatte, mieden ihn die regulären Gäste. Es war zwar nicht außergewöhnlich, dass SA-Leute offen in Lokalen erschienen, in denen die Homosexuellen-Szene verkehrte, aber das waren in der Regel die hochklassigen Etablissements, wie das Kleist-Kasino, die Internationale Diele oder die Halenseer Hütte. Otto und Max waren erstaunt gewesen zu hören, dass einige der Führungsposten in der deutschlandweiten SA-Organisation von homosexuellen Männern besetzt waren. Auch der Chef der SA, Ernst Röhm, gehörte dazu. In Berlin gab es im Kreis der Adjutanten um Kurt Daluege herum einige Homosexuelle. Das Bizarre daran war, dass die

Grundstimmung in der SA wie in der NSDAP war, dass Homosexualität gleichbedeutend mit Entartung und Perversion war; wie die schwulen SA-Männer mit dieser Diskrepanz umgingen, blieb ihr Geheimnis.

Der neue Gast im Schattenriss pflegte allein in einer Ecke zu sitzen und zu trinken. Wenn er nüchtern war, wirkte er fast scheu. Mit zunehmender Betrunkenheit wurde er laut, steckte aber sofort zurück, wenn jemand ihn deswegen anging. Er machte den Eindruck eines Mannes, der sich einredet, nur zufällig in diese Lokalität geraten zu sein, und vielleicht – aber nur ganz vielleicht – Interesse gezeigt hätte, hätte ihn jemand angesprochen, und das auch nur aus Höflichkeit.

Es sprach ihn aber nie jemand an. Niemand wollte etwas mit ihm zu tun haben. Wenn er schließlich hinauswankte, entspannte sich die Atmosphäre spürbar. Hätte man nicht seine SA-Zugehörigkeit gefürchtet, hätte man ihn vermutlich längst schon aufgefordert, nicht mehr herzukommen. Aber man ahnte, dass der Mann sich dann gerächt hätte, indem er seine ganze Truppe hierhergeführt hätte unter dem Vorwand, aus Versehen ein Lokal der Perversen betreten zu haben und von ihnen angegriffen worden zu sein.

Einmal hatte der unwillkommene Besucher im Schattenriss laut über seine Heldentaten geredet. Oder besser gesagt: gelallt. Prügeleien, Bedrohungsszenarien, Sachzerstörungen. Und Beihilfe zum Mord. Er hatte von der Ermordung Alfred Krons gesprochen. Er hatte es nicht selbst getan; aber er war dabei gewesen und hatte sich – seinen eigenen Worten nach – verhalten wie ein aufrechter Mann.

»Und was tut die Polizei nun in diesem konkreten Fall?«, fragte Otto. »Einen Ihrer Polizeispitzel in die Kaschemme senden, von der wir wissen, dass der Gesuchte ab und zu dort verkehrt? Ihre Polizeispitzel kennt die ganze Unterwelt, Herr Türk, denen würde niemand auch nur die Uhrzeit verraten. Und auf Ihre echten Kollegen können Sie sich nicht verlassen, schon gar nicht, wenn es möglicherweise gegen einen SA-Mann geht. Ein großer Teil der Polizeibeamten sympathisiert mit den Nationalsozialisten.«

»Das ist eine Unterstellung …«, begann Türk.

»Ich weiß, wovon ich rede. Ich war Zeuge des Überfalls auf die Zinnermanns.«

»… die leider zutrifft«, vollendete Türk und beäugte Otto ungehalten wegen der Unterbrechung.

»Wir können das besser als die Polizei«, sagte Otto. »Wir holen aus dem Mann heraus, was er über den Mord weiß – und wer ihn begangen hat. Dann melden wir den Namen an Sie weiter. Sie verhaften den Beschuldigten und den Kerl, den wir befragt haben.«

»Sie wissen ja noch nicht mal den Namen des Kerls!«, rief Türk. »Alles, was Sie haben, ist eine Aussage von Viktor Juhnke, dass ein Mann, der über ein paar Monate hinweg ein halbes dutzend Mal in einer der Kaschemmen war …«

»Im Schattenriss«, unterbrach Max.

»… in einer der Kaschemmen war«, sagte Türk und klang drohend, »in der sich Berlins nicht ganz so modische Schwulenszene herumtreibt, und dabei eine SA-Uniform getragen hat, im Suff sagte, er wisse etwas über den Tod von Alfred Kron.«

»Das ist eine ganze Menge mehr, als wir bisher wussten«, sagte Otto.

»Und wohin soll das führen?«

»Zur Verhaftung des oder der Mörder Krons. Wohin denn sonst?«

Türk seufzte. »Wir wissen doch alle, dass die SA Kron auf dem Gewissen hat. Die sind alle gleich. Was wollen Sie denn mit einem einzelnen Täter?«

»Die SA hat Kron angegriffen, das ist mir so klar wie Ihnen. Die Geschichte vom Raubüberfall war Kokolores. Aber ich weiß, dass Kron den Angriff überlebt hätte. Die Ärzte sagten, er sei über den Berg gewesen. Und wir wissen jetzt von Viktor Juhnke, dass Kron nicht überraschend in der Nacht verstorben ist. Jemand ist in die Charité eingedrungen und hat ihn in seinem Krankenbett ermordet; der Mann, den Viktor im Schattenriss gesehen hat, war offenbar mit dabei. Diesen Jemand will ich vor Gericht sehen.«

»Man könnte meinen, Sie hätten eine Schuld gegenüber Kron abzugelten.«

»Haben Sie das nicht? Ich dachte, es sei Ihre Pflicht, einen redlichen Bürger und Wohltäter vor so einem Schicksal zu bewahren? Die Polizei hat das im Fall Alfred Krons versäumt. Also haben Sie auch eine Schuld gegen ihn.«

Türk sah zuerst Otto, dann Max, dann wieder Otto an. »Sie kommen hierher und werfen mir alles Mögliche vor!«, sagte er dann mit einem Unterton der Empörung. »Sie haben schon Nerven, Herr von Briest, das muss ich sagen. Ich habe Ihnen immer geholfen.«

»Und jetzt helfe ich Ihnen, Herr Türk. Ich helfe Ihnen dabei, das Richtige zu tun. Und das ist mein voller Ernst.«

Otto und Türk starrten sich gegenseitig aufgebracht an. Dann seufzte Türk und wandte sich an Max. »Weißt du, was ich an Schlaubergern am meisten hasse? Wenn sie recht haben.«

»Lassen Sie uns gewähren?«, fragte Max.

»Pass auf deinen Vater auf, Maxe«, sagte Türk. »Es ist grade nicht die beste Zeit für einen Ritter auf einem weißen Pferd.«

»Wenn der Kerl die Frequenz ungefähr beibehält, von der Viktor geredet hat, dann müsste es in drei, vier Wochen wieder so weit sein«, sagte Otto, als er und Max vor dem Präsidium standen. »Viktor hat auch gesagt, er sei immer am Sonntagabend dort gewesen. Nehmen wir einfach mal an, dass er auch diese Gewohnheit fortführt. Ich schlage vor, dass wir ab sofort jeden Sonntagabend in der Agentur verbringen. Viktor wird im Lokal sein. Wenn der Kerl dort auftaucht, ruft Viktor uns vom Telefon des Wirts aus an. Wir fahren hin und knöpfen uns den Burschen vor. Was hältst du von dem Plan?«

»Guter Plan«, sagte Max.

»Und … Max: Nach wie vor gilt, dass es mir am liebsten wäre, du wärst überhaupt nicht mit dabei. Ich hasse es, dass du mich übereden konntest, dich mitmachen zu lassen.«

»Otto«, sagte Max, »det war in der Verjangenheit ooch nich anders. Du hast dich irjendwo reinjestürzt, was dir über den Kopf gewachsen wäre, und ich war dabei, damit de am Ende wieder heil rauskommst.«

»Das war überhaupt nie so!«, widersprach Otto.

»Dann isses ja Zeit dafür geworden«, sagte Max.

Am darauffolgenden Sonntagabend begann die allwöchentliche Stallwache. Sie dauerte viel länger als die geplanten drei oder vier Wochen und erstreckte sich bis in den September, und das hatte einen vordergründig politischen Grund.

## 21

Das schlechte Abschneiden der NSDAP bei der Reichstagswahl – in Berlin war die Partei sogar unter dem deutschlandweiten Prozentsatz geblieben – hatte dazu geführt, dass der Gau Berlin-Brandenburg aufgeteilt wurde, damit die Gauleiter sich gezielter ihren Regionen widmen konnten. Es gab nun einen Gau Brandenburg und einen Gau Groß-Berlin. Die SA wurde personell noch weiter aufgestockt. Um Interessenten anzuwerben, verfiel man auf eine Doppelstrategie. Überall in Berlin eröffneten sogenannte »Sturmlokale«, die sich zu einer festen Größe in der Lebensführung der Berliner SA-Leute entwickelten.

Ein Teil der Strategie war, ein Netz von ständig einsatzbereiten

SA-Gruppen über ganz Berlin zu verteilen. Wann immer es ging, eröffnete ein »Sturmlokal« in nächster Nähe zu einem Treffpunkt der bitter verhassten KPD – damit man nicht so weit marschieren musste, wenn man ein paar Kommunistenköpfe blutig schlagen wollte.

Der andere Teil der Strategie war, den manchmal wohnsitzlosen SA-Männern ein Dach über dem Kopf, eine Ersatzfamilie, einen Freundeskreis zu geben und sie so tief wie möglich in die Organisation einzusaugen. Die täglichen Treffen waren von Alkoholgelagen und lautstarker, zynischer Kameraderie bestimmt. Man sprach sich mit Spitznamen an – Schnapsdrossel, Mollenkönig, Lumpenstich – und bewies sich gegenseitig Trinkfestigkeit und Gewaltbereitschaft. Es waren lauter einzelne Männerbünde, die sich im großen übergeordneten Männerbund – der SA – wiederfanden. Es gab dort niemanden, der nicht von den Vorstellungen der Nationalsozialisten durchdrungen gewesen wäre. Es gab dort keine Abweichler von der vorgegebenen Norm. Und es gab keinen Grund mehr, abends woandershin zu gehen. Das »Sturmlokal« war Heim und Stammkneipe in einem.

Wer von den dort organisierten SA-Leuten ein anderes Lokal aufsuchte, brauchte entweder einen guten Grund oder musste sich heimlich davonstehlen. Und da mit der totalen Kameradschaft auch die totale Überwachung gegeben war, dauerte es seine Zeit, bis es einem einzelnen Mitglied gelang.

Oder auch nicht.

## 22

Bedauere, Meldung machen zu müssen, Herr Sturmführer«, sagte Heinrich Dörre zackig und leicht keuchend. »Aber die Gerüchte haben sich bestätigt. Es ist Kamerad Kütemeyer.«

»Verdammt«, sagte Sigurd. »Sind sich da alle sicher?«

»Der Verdacht vom Frühjahr hat sich bestätigt. Die Kameraden vom Sturmlokal am Mühlendamm sind Kütemeyer schon vor ein paar Wochen heimlich gefolgt, aber da ist er plötzlich wieder umgekehrt und ins Sturmlokal zurückgekommen. Heute hat er sich wieder davongestohlen. Wir wissen jetzt, dass er in einer Bude namens Schattenriss ist. Alles voll mit verfluchten Puppenjungs.«

»Wie lange ist das her?«

Dörre rechnete im Kopf. »Die Kameraden sind zum Sturmlokal zurückgelaufen, haben mich benachrichtigt, ich bin ins Auto und hierher in die Gau-Geschäftsstelle gefahren – eine halbe Stunde vielleicht.«

»Dann ist er noch dort?«

»Mit Sicherheit, Herr Sturmführer.«

»Sind die Männer in Kütemeyers Sturmlokal bereit, ihrem abtrünnigen Kameraden einen Verweis zu erteilen – und ein paar Puppenjungs die Hintern auf andere Weise aufzureißen, als sie es gewohnt sind?«

»Jawohl, Herr Sturmführer!«, rief Dörre begeistert.

Sigurd nickte. »Gut gemacht, Rottenführer.«

»Rottenführer? Aber ich bin doch nur Obersturmmann … oh!« Über Dörres Gesicht zog ein ungläubiges Strahlen.

»Machen Sie Ihre Sache heute Abend gut, dann können Sie dem Obersturmmann Dörre ab morgen Lebewohl sagen. Für heute ernenne ich Sie schon mal zum amtierenden Rottenführer.«

»Danke, Herr Sturmführer. Ich werde Sie nicht enttäuschen.«

Sigurd lächelte schwach. »Ich treffe so schnell wie möglich vor Ort ein. Ich stimme mich nur noch mit dem Chef ab, damit klar ist, was die Zeitungen morgen erfahren, wenn das Gejammer wegen des verwüsteten Lokals groß sein sollte.« In einer halben Stunde, rechnete Sigurd, sind du und deine Männer bereits mitten in der Schlacht. Die Schwuchteln werden keinen großen Widerstand leisten. Kütemeyer auch nicht, er wird vor Schreck erstarrt sein. Wenn ich in einer Dreiviertelstunde dazukomme, ist die Gewalt vorüber, und es sieht so aus, als hätte ich mich beeilt, noch rechtzeitig zur Schlacht zu kommen, und sie nur wegen der Besprechung mit der Führung verpasst. Perfekt. »Glück auf, Kamerad«, sagte er.

»Heil Hitler«, sagte Dörre, machte eine exakte Kehrtwendung und eilte hinaus.

## 23

Was?«, stieß Otto hervor. »Und das sagst du mir jetzt? Wo wir nicht mal eine Flasche Champagner aufmachen können?«

»Ick weeß es doch ooch erst seit heute Morgen«, sagte Max. »Und Luisa sagt, es ist alles noch janz frisch.«

»Weiß Hermine Bescheid?«

»Jetzt schon, denke ich. Luisa und ich haben ausgemacht, det sie es ihr sagt, sobald du und ich hier einjetroffen sind und ick es dir jesagt habe.«

»Herrje«, sagte Otto. »Was gäbe ich drum, wenn wir heute nicht wieder diese blöde Stallwache hätten! Die Warterei geht mir ja schon eine ganze Weile auf die Nerven, aber heute besonders. Wie gerne hätte ich mit euch allen gefeiert.« Er sah Max in die Augen und schüttelte mit allen Anzeichen der Rührung den Kopf. »Gott«, sagte er. »Auf einmal bin ich alt.«

»Du bist nicht alt, du bist bloß bald Opa«, entgegnete Max und grinste.

»Dir ist klar, dass du jetzt noch mehr auf dich aufpassen musst, oder? Du bist Ehemann und bald Vater.«

»Was det aufpassen anjeht, bist du mein glühendes Vorbild«, sagte Max.

Otto verdrehte die Augen. »Werd bloß nicht frech mit einem alten Herrn«, gab er amüsiert zurück. »Ich hätte nur nicht gedacht, dass es so schnell geht.«

»Stört's dich?«

»Wie kommst du denn darauf? Ich freue mich – für dich, für euch, für uns alle.«

»Otto«, sagte Max plötzlich, und die Sanftheit in seiner Stimme ließ Otto aufhorchen, »pass du ab jetzt ooch gut auf dich auf, wa? Ick will, det meine Kinder vom besten Opa der Welt aufn Knien geschaukelt werden. Und sie haben nur den einen Opa, weeßte.«

Das Telefon klingelte. Otto, der gerade einen Riesenkloß im Hals hatte hinunterschlucken müssen, um Max zu antworten, sah seinen Schwiegersohn überrascht an. Dieser gab den Blick genauso überrascht zurück. Das Telefon klingelte. Sie starrten es beide an. Es klingelte ein drittes Mal.

Ottos Hand schoss zum Hörer. Er hob ab. »Viktor?«

Im Hintergrund waren Geräusche zu hören: das Klingen von Gläsern, das Gemurmel von Leuten. Viktors leicht atemlose Stimme sagte: »Hey, Sonnenschein, ick bleib noch bisschen länger heute, wa? Kannste ja vorbeikommen und mir Jesellschaft leisten. Oder soll ick mir 'ne eijene Jesellschaft suchen?« Er klang betrunken.

Otto legte auf. Er atmete einmal tief durch. Er sah Max an. Seine Hände waren auf einmal schwitzig.

»Und?«, fragte Max.

»Gehen wir auf einen Schwatz in den Schattenriss«, sagte Otto und stand auf.

Der Weg war nicht weit. Das Lokal befand sich in Kreuzberg, am Planufer, direkt am Landwehrkanal. Sie legten ihn mit dem Taxi zurück und stiegen bei der Admiralsbrücke aus. Die letzten hundert Meter gingen sie zu Fuß.

Von außen sah es aus wie jede andere Tanzbar – hell erleuchtete Fenster, aufdringliche Reklame mit dem Namen des Lokals über der Tür, von drinnen der Klang eines Charleston-Takts, Gelächter, Stimmen. Otto und Max hatten eine Strategie zusammen mit Viktor entwickelt: Sie würden schnell hineingehen, direkt auf den Tisch zu, an dem Viktor saß. Dieser würde mit einer Kopfbewegung auf die Zielperson deuten. Max und Otto würden sich sofort zu ihm setzen und ihm den Fluchtweg versperren. Falls der Mann gerade auf der Toilette oder sonst wo war, würden sie sich zu Viktor an den Tisch setzen und warten. Es konnte nicht schiefgehen.

Der Mann machte es ihnen leicht. Sie hätten ihn auch ohne Viktors Hilfe erkannt. Er hatte heute wieder seine SA-Uniform angezogen. Das Lokal besaß jede Menge Nischen, die von hölzernen Trennwänden geschaffen wurden; der Mann saß in einer von ihnen. Die beiden Nischen links und rechts von ihm waren frei. Manche Nischen waren nur mit einem großen Sofa mit tiefer Sitzfläche bestückt, andere mit einer rundumlaufenden Bank und einem Tisch. Der Mann saß in einer der letzten Nischen, an der Rückwand. Otto und Max brauchten nur auf beiden Seiten des Tischs auf die Bank rutschen, und der Mann war gefangen. Eine Sache von zehn Sekunden, höchstens. Sie brauchten acht. Viktor, der an einem frei stehenden Tisch saß, ebenfalls allein, und eine Patience legte, blickte nicht einmal auf. Auf der Tanzfläche zappelten drei Paare zu der Musik, die von einer dreiköpfigen, in Zigarettenrauch gehüllten Kapelle kam. Es sah alles völlig normal aus, ein Lokal mit gemischter Kundschaft, zwei Drittel Männer, ein Drittel Frauen. Man musste genau hinsehen, um zu erkennen, dass die Frauen auch alle Männer waren.

»Schöner Abend heute«, sagte Otto, als der Mann erschrocken aufblickte.

»Schönes Lokal«, sagte Max. »Und so nette Gäste.«

Der Mann wollte auffahren. Dann erstarrte er. Otto presste ihm unter dem Tisch etwas an die Rippen. »Das ist 'ne Sauer 1913«, sagte er im Konversationston. »Kaliber 6,35. Nichts Großes. Aber auf die Entfernung kommt die Kugel auf deiner anderen Seite wieder raus. Und auf dem Weg dorthin richtet sie jede Menge

Schaden an. Lass die Hände auf dem Tisch und erinnere dich an deine besten Sonntagsmanieren.«

Der Mann schluckte. Otto lächelte. Max lächelte ebenfalls. Otto war sich nicht im Klaren darüber, ob Max wusste, dass das, was er dem Mann gegen den Bauch drückte, ein Zigarrenetui war. Er hatte lange überlegt, ob er nicht doch lieber eine Waffe mitnehmen sollte. Aber die alte Weisheit, dass der, der eine Waffe hat, sie auch benutzen muss, hatte ihn erneut davon abgehalten.

»Was wollen Sie von mir?«, fragte der Mann. Er leckte sich nervös die Lippen. Otto konnte ihn riechen – Schweiß, billige Haarpomade und selten gewaschene Kleidung. Unter dem Tisch knarrten seine Stiefel, als er sich bewegte. Seine Hände auf dem Tisch zuckten und hinterließen feuchte Abdrücke. Die Fingernägel waren zu lang und hatten schwarze Ränder.

»Kurze Vorstellung unter zivilisierten Leuten«, sagte Otto. »Wie heißt du, Freundchen?«

»Kütemeyer. Hans Kütemeyer.« Ein bisschen Stolz schwappte in dem Mann hoch. »Obersturmmann Hans Kütemeyer.«

»Ich würde sagen: Angenehm, aber das wäre gelogen.«

»Und … wie heißen Sie?«

»Ich habe nicht gesagt, dass die kurze Vorstellung über deinen Namen hinausgeht.«

Kütemeyer schluckte erneut. Allein die Tatsache, dass er sich damit abfand, geduzt zu werden, und selbst Otto beharrlich siezte, bewies, dass er ein Schwächling war. Genau der Richtige für die SA, die gern in Mannschaftsstärke auftrat, um einzelne Passanten niederzuprügeln. Oder zwei wehrlose Bankiers. Oder einen alten Mann auf seinem Abendspaziergang.

»Wir möchten gerne, dass du uns ein paar von deinen Heldentaten erzählst. Genauer gesagt reicht uns eine.«

»Heldentaten?«

»Irgendwas, worauf du so richtig stolz bist. Was du hier in den Raum brüllen möchtest, wenn du besoffen bist. Woran du beim

Einschlafen denkst und dir sagst: Damit habe ich meiner Organisation alle Ehre gemacht.«

»Ich verstehe nicht …«

»Zum Beispiel bist du letztens hier gehört worden, wie du dich gebrüstet hast, beim Mord an einem alten Mann beteiligt gewesen zu sein.«

Verständnis glomm in Kütemeyers Augen auf. Er öffnete den Mund, doch dann schien ihm einzufallen, dass er sich mit jeglicher Aussage nur selbst belasten würde. Otto fragte sich, wofür Kütemeyer ihn und Max hielt. Sicher nicht für Mitglieder der KPD oder einer anderen Organisation, der die NSDAP den Kampf angesagt hatte; die wären genauso wie die SA in Mannschaftsstärke angerückt und hätten auf alles losgeprügelt, was nach Gegner aussah. Wahrscheinlich nahm er an, dass sie Kriminalpolizisten waren. Sie hatten sich nicht ausgewiesen, aber die Entschlossenheit, mit der sie vorgegangen waren, musste darauf hindeuten. Kütemeyer nahm vermutlich sogar an, dass der Zugriff geplant gewesen und mit den Besitzern des Schattenriss abgestimmt war. Wie sonst sollte man sich erklären, dass anscheinend niemand von der Situation Notiz nahm? Dabei war es ganz einfach: drei Männer, die in einer Schwulenbar auf Tuchfühlung beieinandersaßen und von denen einer eine Hand unter dem Tisch hatte … Max und Otto hatten beim Hereinkommen kein Aufsehen verursacht und waren auch jetzt nach außen hin ganz ruhig. Sie fielen überhaupt nicht auf. Und da man sich die Getränke an der Bar holte, weil es keinen Tischservice gab, kam auch kein Kellner, um nach dem Rechten zu sehen. Für den überrumpelten und schockierten Kütemeyer musste all das wirken, als ob er das Ziel einer bis ins Kleinste geplanten Aktion geworden war.

»Schön«, sagte Otto. »Dir ist wieder eingefallen, wovon ich rede. Jetzt rede du.«

»Ich habe nichts zu sagen.«

»Dann schreist du lieber, oder?«

Kütemeyer wandte sich ihm zu. Sein Gesicht glänzte vor Schweiß, und seine Lider zuckten. Er machte einen kläglichen Versuch, tapfer zu sein.

»Sie schießen nicht«, sagte er. »Zu viel Aufsehen. Und Sie können nie erklären, warum Sie einen waffenlosen Mann aus nächster Nähe erschossen haben.«

»Ach, mein Freund«, erwiderte Otto, »was glaubst du, wie viele Erklärungen ich finden würde? Und es würde ohnehin niemanden interessieren. Ich könnte dich hier vor aller Augen auf dem Tisch in deine Einzelteile zerlegen, und alles, was geschähe, wäre, dass der Wirt nachher mit einem Eimer zum Aufwischen kommt.«

»Das wagen Sie nicht. Polizisten müssen sich an die Gesetze halten.«

Otto nickte befriedigt und grinste gleichzeitig Max an. Er musste jetzt improvisieren, aber er war sicher, dass Max die richtige Antwort geben würde.

»Er hält uns für Polizisten«, sagte Otto zu Max und ließ seine Stimme klingen, als könne er nur mit Mühe ein Lachen unterdrücken.

»Die von der SA sind alle nich die Hellsten«, sagte Max.

Otto drückte das Zigarrenetui mit einer plötzlichen Bewegung noch härter gegen Kütemeyers Bauch. Kütemeyer keuchte. Otto sah ihm in die Augen. »Wir sind keine Polizisten, Freundchen. Wir sind Privatunternehmer. Und im Moment erfüllen wir einen Kontrakt.«

»Kontrakt?« Kütemeyers Stimme war ein heiseres Flüstern.

»Einen Kontrakt auf den Kopf des Mannes, der Alfred Kron ermordet hat. Weißt du, der Mann war ein Bankier und hat ein paar sehr vermögende Söhne hinterlassen, denen nicht gefällt, dass ihr alter Herr umgebracht wurde. Sie haben sich die Besten geleistet, die sie finden konnten. Uns. Und es ist ihnen egal, ob wir den Täter vollständig bei ihnen abliefern oder ob Teile fehlen. Solange er noch lebt und sie in ihrem schalldichten Keller dabei zusehen können, wie er weiter auseinandergenommen wird.«

Kütemeyers Augen waren weit vor Panik. »Aber … ich hab den Juden nicht umgebracht …«, stieß er hervor.

»Ts, ts, ts«, machte Otto. »Wie sagt man?«

»Kron!« Kütemeyer stöhnte auf. »*Herr* Kron. *Herr* Alfred Kron. Ich habe Herrn Kron nicht angerührt!«

»Das wissen wir«, sagte Otto.

»Was wollen Sie dann von mir?«

»Von dir hören, was *du* weißt. Wer es war.«

Kütemeyer machte Mundbewegungen wie ein Fisch auf dem Trockenen. Aber ob er den Namen des Mörders verraten hätte, würde Otto niemals wissen. Auf einmal stieß jemand gegen den Tisch, Otto blickte auf und sah Viktor, der in seinem Rollstuhl herangefahren war und mit einem Nicken in Richtung Tür hervorstieß: »Achtung!«

Die Tür hatte sich geöffnet, und mit einem erwartungsvollen Grinsen auf den Gesichtern drängten sich immer mehr SA-Männer ins Lokal.

## 24

Kütemeyer hob beide Hände in die Höhe. »Hier!«, schrie er. »Kamerad in Not!« Er hielt die Augen dabei krampfhaft geschlossen und erwartete offenbar, dass Otto abdrücken würde.

Der SA-Trupp war mit Kabeldrahtenden, Lederpeitschen und Gummiknüppeln bewaffnet. Mit dem Ruf »SA ran! Räuchert die schwulen Säue aus!«, griffen sie an.

Sie droschen wahllos auf alles ein, was sie auf dem Weg in den hinteren Bereich des Lokals erreichen konnten: Gäste an der Bar, Gäste an den Tischen, Gäste auf den Sofas. Die Kabeldrahtenden waren schwer und elastisch. Ein Schlag genügte, um auch muskulöse Opfer sofort zu Boden zu schicken. Die Lederpeitschen schnalzten. Glas splitterte, Tische zerbrachen, Stühle wurden zerschmettert und die Stuhlbeine als Verteidigungswaffen verwendet.

»Raus hier«, zischte Otto. Er rutschte aus der Bank heraus. Kütemeyer griff nach ihm und versuchte, ihn festzuhalten, ließ aber wieder los, als Max ihn mit der Faust ins Gesicht schlug. Er schüttelte sich halb benommen. Max packte eine Handvoll Hemdkragen und stieß Kütemeyer gegen die Rückwand der Nische. Sein Hinterkopf prallte dagegen. Seine Hände fuchtelten ziellos in der Luft herum.

»Den nehmen wir mit«, knurrte Max. Er zerrte Kütemeyer einfach hinter sich her. In diesem Moment war es ihm egal, ob der SA-Mann sich an der Tischecke stieß oder seine Rippen über die Kante schrammten. Sein Herz klopfte wie wild, aber nicht nur aus Angst. Zuerst war er über das Auftauchen des SA-Trupps schockiert gewesen. Doch schon nach wenigen Augenblicken und angesichts der rücksichtslosen Brutalität, mit der die Braunhemden das Lokal verwüsteten, wich der Schock und wurde durch Wut ersetzt. Der Trupp war ein Mob aus entfesselter Bigotterie und blindem Fanatismus, und Max verlangte es plötzlich danach, einen nach dem anderen von ihnen in die Finger zu bekommen und ihnen mit gleicher Münze zurückzuzahlen. Er sah den Wirt hinter dem Tresen zusammensacken, von einer Peitsche quer übers Gesicht getroffen; einen der Gäste, dem eine schwere Weinflasche auf dem Schädel zertrümmert wurde und wie die Scherben seine Wangen von oben nach unten aufschlitzten; einen anderen Gast, einen als Frau gekleideten, zierlichen Mann, der von einem SA-Mann festgehalten wurde, während ein anderer wie rasend mit einem kurzen Messer auf ihn einstach. Das helle Kleid des Gasts färbte sich rot. Er sah aber auch, wie ein als Matrose gekleideter, muskelbepackter Besucher des Schattenriss einem Schlag mit dem Gummiknüppel auswich, seinen Angreifer im Nacken zu fassen bekam und ihn dann mit der Stirn gegen die Kante der Bar stieß, immer wieder, mit voller Wucht. Etwas knallte, etwas splitterte – jemand hatte eine Schusswaffe abgedrückt. Die ersten Schreie wurden laut, aus Wut, aus Panik und aus Schmerz.

Kütemeyer fiel hinter Max von der Bank. Sein Hemdkragen riss auf. Max wollte sich bücken, um ihn wieder hochzuheben. Otto fiel ihm in den Arm.

»Lass ihn«, stieß er aus. »Hilf mir mit Viktor.«

Viktor war mit seinem Rollstuhl eingeklemmt und versuchte stumm und mit panisch verzerrtem Gesicht freizukommen. Der Sturmangriff hatte die frei stehenden Tische zusammen- und vor sich hergeschoben. Viktor konnte nicht manövrieren. Ein paar SA-Leute kämpften sich durch den Widerstand weiter vor. Der Mann an der Spitze deutete in Max' und Ottos Richtung. »Da ist er!«, brüllte er. Max bezog es auf sich. Er wusste nicht, wieso der SA-Mann auf ihn wies, aber er sah, dass er seinen Vormarsch und den seiner Männer aufhalten konnte. Er gab einem Tisch einen Tritt, sodass dieser über den Parkettboden schlitterte und den vordersten SA-Kämpfer in die Mitte traf. Der Mann knickte zusammen. Die anderen fielen über ihn und den Tisch.

Der Tritt hatte Viktor befreit. Max griff nach dem Rollstuhl, um den gelähmten Mann in Richtung der Toiletten zu schieben. Dort musste der Hinterausgang sein.

Kütemeyer griff nach Max' Knöchel. Max trat auf seine Finger. Kütemeyer brüllte. Max sah Otto einen Stuhl hochheben und ihn unter die SA-Meute werfen, die sich wieder aufgerappelt und den Tisch beiseitegeschoben hatte. Die vordersten von ihnen gingen erneut zu Boden.

»Hierher!«, schrie Kütemeyer. »Hierher, Kameraden!« Er stemmte sich taumelnd auf die Beine und gab Max einen Stoß. Dann packte er zu Max' Entsetzen die Griffe des Rollstuhls. Wahrscheinlich wollte er den Rollstuhl umwerfen, doch er stolperte und schob stattdessen Viktor mit aller Kraft den herandrängenden SA-Männern entgegen.

Max sah es, als passiere es in einem der Filme von Fritz Lang. Das Chaos des Kampfs in der Mitte des Lokals: eine Massenszene im Hintergrund, hektisch choreografiert. Viktor, der mit rudernden Armen das Gleichgewicht zu halten versuchte: das Opfer, das auf sein Ende zurollt. Der SA-Mann, der sein Kabeldrahtende hob: der Bösewicht, der sich aus dem Hintergrund abhebt. Der Schlag gegen Viktors Kopf und Viktor, der aus dem Rollstuhl und unter einen Tisch geschleudert wurde wie eine Lumpenpuppe: ein erschreckender Spezialeffekt. Schließlich der Rollstuhl, der umkippte und ein weiterlaufendes Rad in die Höhe reckte, bis ein Tritt ihn zersplitterte: das Symbol für das zerschmetterte Opfer.

Max spürte, wie Otto ihn festzuhalten und zu den Toiletten zu zerren versuchte, aber er riss sich los. Der vorderste SA-Mann, der mit dem Kabeldrahtende, stand plötzlich vor ihm und hob seine Waffe erneut. Max duckte sich unter dem Schlag hindurch und drosch wie verrückt zu, mit pumpenden Fäusten und einer Wut, die seine Kraft verdoppelte. Die Schläge trafen den SA-Mann in den Bauch und dann, als er zusammenklappte, ins Gesicht. Max spürte seine Knöchel aufplatzen und im Gesicht des SA-Mannes etwas unter seinen Schlägen brechen. Der SA-Mann kippte nach hinten. Kütemeyer riss Max zurück, doch kaum hatte er ihn gepackt, ließ er schon wieder los, weil Otto ihn in die Kniekehlen trat. Kütemeyer wandte sich aufbrüllend gegen Otto. Jetzt trat Max zu und schickte ihn mit einem Fußtritt in den Hintern krachend gegen die Trennwand der Nische. Kütemeyer riss sie nieder und ging mit ihr zu Boden.

Max sprang über den SA-Mann, den er vorher niedergeschlagen hatte. Auf einmal war das Kabeldrahtende in seiner Hand. Er schwang es wie ein Schwert und traf damit ein paar Gläser, die noch unversehrt auf der Bar gestanden hatten. Die Gläser zerbarsten in tausend Splittern. Die anderen SA-Männer, die sich durch die Front der Schattenriss-Gäste gekämpft hatten, wichen unwillkürlich zurück. Max bückte sich und schlüpfte unter den Tisch, unter dem Viktor lag, das Gesicht voller Blut.

Die SA-Männer tauchten ihm nicht hinterher. Sie rannten an ihm vorbei. Max kümmerte sich nicht um sie. Er versuchte, Viktors Kopf herumzudrehen. Er tastete mit fliegenden Fingern nach seinem Puls. In der Hektik konnte er ihn nicht fühlen. Oder hatte Viktor keinen Puls mehr? Ihm fiel ein, dass die SA-Männer alle an ihm vorbei in Richtung Otto gerannt waren, und mit erneuertem Entsetzen sprang er auf, hob den Tisch mit seinem Rücken hoch und schüttelte ihn ab, bereit, seinen Schwiegervater herauszuhauen.

Doch die SA-Leute ignorierten Otto. Einer schwang halbherzig einen Gummiknüppel in seine Richtung, dem Otto ausweichen konnte. Ein anderer stieß ihn mit der Schulter beiseite, sodass Otto nach hinten taumelte und durch die Toilettentür krachte. Die SA-Männer bückten sich und zerrten Kütemeyer aus den Trümmern des Nischenmobiliars – doch es konnte keine Befreiungsaktion sein, denn sie packten ihn so grob, dass Kütemeyer vor Schmerz aufschrie. Sie schleppten ihn zwischen sich zurück, wie Schlachthofknechte ein sich windendes Schwein abtransportieren. Jemand brüllte: »SA zurück!« Um sich schlagend und auf alles losdreschend, was noch auf den Beinen stand, arbeitete sich der Trupp wieder nach draußen. Der Letzte von ihnen hob eine Pistole und schoss das ganze Magazin ungezielt ins Lokal. Die Gäste warfen sich zu Boden.

Pfiffe ertönten von draußen, das Schrillen von Trillerpfeifen und Schreie: »Polente! Polente!« Ein schwerer Lastwagenmotor brummte auf, Autotüren schepperten. Die Tritte einer im Laufschritt herankommenden Kompanie waren zu hören. Der Lastwagen heulte auf, als er mit Höchstgeschwindigkeit davonraste. Die Gäste, die noch dazu imstande waren, warfen sich verwirrte Blicke zu. Die ersten rappelten sich wieder auf. Offenbar hatten die ungezielten Schüsse niemanden getroffen. Die Eingangstür sprang auf, und uniformierte Schutzpolizisten strömten herein, die Waffen gezückt.

Max sah, dass Otto sich unverletzt aus der zerborstenen Toilettentür befreite und ins Lokal trat. Erleichtert, dass ihm nichts passiert war, und zugleich mit wehem Herzen wandte er sich um und fiel neben Viktor auf die Knie.

Über Viktors rechte Wange zog sich eine Platzwunde, die stark blutete. Max presste zitternde Finger auf Viktors Halsschlagader und schloss die Augen vor Erleichterung, dass er diesmal einen Puls fühlen konnte. Flattrig und schwach zwar, aber es war ein Puls. Jetzt hörte er auch das leise Stöhnen, mit dem Viktor aus- und einatmete.

Jemand trat neben ihn. Max blickte hoch. Seine Augen waren auf einmal tränenblind. Er blinzelte die Tränen weg. Ein Koloss in einem grauen Anzug ragte vor ihm auf. Der Koloss keuchte.

»Da sind wir grade noch rechtzeitig gekommen – und das ist mein voller Ernst«, sagte Ernst Türk. Er musterte Max und den bewusstlosen Viktor, dann drehte er sich um, als Otto herantrat.

»War das Zufall?«, fragte Otto. »Selbst wenn der Wirt Sie alarmiert hat, als die SA-Leute hier eindrangen, können Sie unmöglich so schnell hergekommen sein.«

Türk fischte einen unversehrten Stuhl aus einem Trümmerhaufen, stellte ihn richtig herum hin und ließ sich dann darauf plumpsen. Der Stuhl ächzte und quietschte. Rundherum versuchten Gäste des Schattenriss, auf die Beine zu kommen, oder blieben stöhnend liegen. Da und dort konnte man jemanden schluchzen hören. Die Polizisten gingen herum, nahmen Personalien auf oder versuchten, Erste Hilfe zu leisten.

»Das verdanken Sie ihm hier«, schnaufte Türk und deutete auf den reglosen Viktor. »Er hat mich angerufen und gemeldet, dass sie heute Abend versuchen werden, den Mordzeugen hochzunehmen. Als ob ich nicht geahnt hätte, dass Sie es auf eigene Faust versuchen werden. Er sagte, der Mordzeuge säße in SA-Uniform hier, und es wäre zu befürchten, dass seine Kumpane ihm helfen, wenn Sie ihn durch die Straße abführten. Da habe ich ein bisschen meine Kompetenzen überschritten und die Jungs hierhergeführt.« Er wies auf die Schutzpolizisten, deren Truppführer gerade am Telefon des Lokals einige Krankenwagen organisierte. »Und? Haben Sie mit dem Zeugen sprechen können? Hat er was gesagt?«

»Nein«, sagte Otto bitter. »Es war umsonst. Seine Kumpane sind rechtzeitig hier eingetroffen, um ihn zu retten.«

Max erinnerte sich, wie Kütemeyer nach draußen befördert worden war. »Das war keine Rettung, Otto. Die haben ihn mehr oder weniger entführt. Ihren eigenen Mann. Das war auch der Grund, warum der SA-Trupp überhaupt hierhergekommen ist. Den Laden zu zerlegen und Schädel einzuschlagen, war nur ein Nebeneffekt. Hauptsächlich ging es ihnen darum, Kütemeyer abzuführen.«

»Kütemeyer?«, fragte Türk.

»So heißt der Zeuge. Hans Kütemeyer.«

»*Obersturmmann* Hans Kütemeyer«, ergänzte Max verächtlich.

»Sie haben seinen Namen. Das ist doch gar nicht schlecht, und das ist mein voller Ernst«, sagte Türk.

»Aber Kütemeyer war doch erleichtert, seine Kameraden zu sehen«, sagte Otto.

»Weil er nicht erwartet hat, dass man ihn abführen würde.«

»Und warum haben ihn seine eigenen Leute mit Gewalt rausgeschleppt?«

»Keine Ahnung.« Max zuckte mit den Schultern.

»Ich weiß es«, sagte Otto. »Aus demselben Grund, aus dem wir hierhergekommen sind. Weil Kütemeyer im Rausch ein bisschen zu viel geredet hat. Über den Mord an Alfred Kron. Unter den SA-Leuten, die heute hier waren, ist der eigentliche Mörder

Krons. Er muss einen Rang haben, der es ihm ermöglicht hat, diesen Einsatz zu befehlen.«

»Kommen wir an diese Leute ran?«, fragte Max.

Ernst Türk schnaubte. »Die SA hat Berlin unter sich aufgeteilt. In mindestens zwanzig Bezirke, soweit wir das feststellen können. Für jeden Bezirk ist ein dort befindliches Sturmlokal zuständig. Wir können also damit anfangen, dass wir rausfinden, welches Sturmlokal für den Laden hier infrage kommt. Dann wissen wir, welcher Sturmtrupp dort residiert, und dann können wir uns voranarbeiten. Es wird schwer sein, weil das Gesindel zusammenhält wie Pech und Schwefel und sich gegenseitig nicht verpfeift.«

»Ich glaube nicht, dass das ein hiesiger SA-Trupp war«, sagte Otto. »Das hier ist ein Schwulenlokal. Kütemeyer war hier, weil er Kontakte knüpfen wollte. Er hätte das nicht in einer Bar getan, die im Verantwortungsbereich seines eigenen Trupps liegt. Viel zu gefährlich, entdeckt zu werden. Er hat ein Lokal aufgesucht, mit dem sein Trupp nichts zu tun hat. Außerdem waren die anderen mit dem Lastwagen da. So gern, wie die Kerle marschieren, wären sie zu Fuß gekommen, wenn sie nur um die Ecke zu gehen gebraucht hätten.«

»Dann wird es schon schwerer. Immerhin haben wir seinen Namen. Ich werde mal schauen, was sich machen lässt. Wenn er schon mal polizeilich aufgefallen ist, haben wir gute Chancen.«

»Jemand aus dem Trupp, in dem er organisiert ist, ist der Mörder Krons«, sagte Otto. »Da gehe ich jede Wette ein. Wahrscheinlich ihr Anführer. Die Obersturmkrähe.«

Viktor regte sich plötzlich und gab ein paar benommene Geräusche von sich. Max half ihm, sich halb aufzurichten. »Mein Schädel«, flüsterte Viktor. »Ick gloobe, der platzt gleich. Was ist passiert? Hab ick viel versäumt?«

»Nichts Wichtiges«, sagte Max sanft. »Gut, dass du die Polizei alarmiert hast, Viktor.«

»Sie kommen zu uns nach Gut Briest«, sagte Otto. »Zuerst

bringen wir Sie ins Krankenhaus, und dann päppeln wir Sie wieder auf.«

»Ich mache das«, sagte Max. »Ick fahr mit der Ambulanz mit und kümmere mich darum, det Viktor gut unterjebracht ist. Fahr du nach Hause nach Briest. Ich komme morgen mit dem Zug nach.«

»Heute geht kein Zug mehr. Ich übernachte in der Agentur.«

»Ich fahre Sie raus«, sagte Ernst Türk zur allgemeinen Überraschung Max' und Ottos. »Wenn ich hierbleibe, habe ich einen Papierkrieg am Hals von hier bis nach Polen wegen meiner Kompetenzüberschreitung. Wenn ich nicht da bin, kümmert sich jemand anderer drum. Und wenn wir gleich fahren, kommen wir gerade noch rechtzeitig für eine Mitternachtssuppe. Ihre Köchin ist doch noch wach?«

»Zur Not koche ich Ihnen selbst was«, sagte Otto und lachte.

»Wie ist das mit der Tankstelle und der Reparaturwerkstatt?«, erkundigte sich Türk bei Max. »Bekommt ein armer Kriminalbeamter dort Rabatt, wenn er schon seinen Dienstwagen für Privatfahrten benutzt?«

»Die ist noch im Aufbau«, sagte Max. »Ick gebe Ihnen 'nen Gutschein.«

»Den werde ich einlösen, verlassen Sie sich drauf«, drohte Türk. »Das ist mein voller Ernst.«

## 25

Sigurd war zufrieden. Er hatte nicht einmal bis zum Ort des Überfalls fahren müssen. Der Lastwagen, auf dessen Pritsche der Trupp aufgehockt war, war ihm auf halbem Weg entgegengekommen. Er wendete und fuhr mit dem Lkw zum Sturmlokal.

»Schnell und präzise zugeschlagen, Rottenführer«, sagte er zu

Dörre, während der verwirrte und verängstigte Kütemeyer grob in den Nebenraum des Lokals geführt wurde. »Ich bin stolz auf Sie.«

»Wir hätten noch mehr aufgeräumt unter den Puppenjungs, wenn die Polente nicht gekommen wäre. Aber keine Sorge, Herr Sturmführer, die haben keinen von uns erwischt.«

»Polizei? Wo kamen die her?«

»Keine Ahnung. Vielleicht von der Nachbarschaft alarmiert? Die waren jedenfalls ganz schön schnell. Aber wie gesagt – uns ist nichts geschehen.« Dörre grinste selbstgefällig. »Außer ein paar Kratzern.«

Sigurd wies auf Dörres zerrauftes Haar und sein heraushängendes Hemd. Erst Dörres Bemerkung hatte ihn wieder daran erinnert, dass er so tun musste, als sei er über die Verletzungen seiner Männer bestürzt. In Wahrheit waren sie ihm egal. »Haben Sie was abgekriegt?«

»Nur 'nen Tisch vor den Bug gekriegt, Herr Sturmführer. Nicht der Rede wert.«

»Weitere Verletzungen?« Sigurd trat an den Lkw heran und spähte über die heruntergelassene Ladeklappe auf die Pritsche. Drei Männer lagen reglos dort. Einer hatte eine Platzwunde, die sich über seine ganze Stirn zog. Sein Gesicht war eine blutige Maske. Noch während Sigurd schaute und sich bei dem Gedanken schüttelte, er wäre selbst bei diesem Überfall dabei gewesen, kletterten ein paar SA-Männer auf die Pritsche und hoben die Verletzten vorsichtig herunter.

»Das wird schon wieder«, sagte Sigurd lahm zu den Besinnungslosen. »Wir lassen gleich einen Arzt holen.«

»Danke, Herr Sturmführer«, sagte Dörre.

»Dann sehen wir mal, was Kamerad Kütemeyer zu sagen hat, was?« Sigurd wurde lebhafter, als ihm langsam klar wurde, dass die Aktion ein Erfolg gewesen war. Sie würde ihm viele Pluspunkte bei seinen unmittelbaren Vorgesetzten eintragen. Und auch wenn es stimmte, dass es im obersten Führungskreis der SA – hier und in München – ein paar Homosexuelle gab: Er wusste, dass Gauleiter Goebbels und auch Parteichef Adolf Hitler diese Leute verabscheuten, und auf lange Sicht zählte, was diese beiden von Sigurd dachten. »Was hat Kütemeyer gemacht, als Sie ihn aufstöberten? Oder will ich das gar nicht wissen?« Er zwinkerte Dörre anzüglich zu und fragte sich sofort, ob er in seiner Erleichterung nicht zu weit gegangen war. Sich an Leute wie Dörre anzubiedern war das Letzte, was er im Sinn hatte.

Dörre sah nachdenklich aus. »Soweit ich sehen konnte, war er mit zwei Männern im Gespräch. Ein Rollstuhlfahrer saß auch mit am Tisch.«

»Im Schattenriss gibt's vermutlich jede Menge Männer«, sagte Sigurd ungnädig.

»Aber die beiden sahen nicht aus, als wären sie dort Gäste. Die wirkten fremd. Waren nicht als Matrosen oder als Frauen verkleidet. Und wenn mich nicht alles täuscht, haben sie versucht, Kütemeyer festzuhalten.«

»Wozu das?«

»Keine Ahnung, Herr Sturmführer. Aber die beiden … wissen Sie, die haben versucht zu kämpfen. Und sich gar nicht schlecht geschlagen. Das waren nicht irgendwelche Typen.«

Sigurds ganzer Frohsinn wurde zu Asche. Er stieß hervor: »Glauben Sie, das waren … Kriminalbeamte?« Großer Gott! Erst jetzt fiel ihm ein, dass ihn mit Kütemeyer – und mit Dörre! – mehr verband als nur die Beziehung zwischen Vorgesetztem und Untergebenem. Er hatte den Mord an Alfred Kron schon fast verdrängt gehabt. Kütemeyer war ein Zeuge. Und Dörre und Hilde Binz, aber diese beiden bereiteten ihm keine Sorgen. Kütemeyer hingegen … War das am Ende der Grund gewesen, weshalb er in das Schwulenlokal gegangen war? Weil er mit Krimimalbeamten geredet und gedacht hatte, dort würde es niemand merken? Aber warum? Warum jetzt? Sigurd merkte, dass er überhaupt nichts über Kütemeyer wusste, nicht einmal, wie alt er war. Über keinen seiner Männer wusste er recht viel mehr als den Namen und ein paar Schwächen, die er sich gemerkt hatte, um sie nötigenfalls auszunutzen. Er wusste nur, dass er auf keinen Fall in den Raum gehen durfte, in dem Kütemeyer jetzt zur Bestrafung festgehalten wurde – denn es bestand die Gefahr, dass Kütemeyer vor allen Ohren versuchte, Sigurd mit seinem Wissen zu erpressen, damit er um die Prügel herumkam. Er wusste auch, dass Kütemeyer den Raum nie mehr lebend verlassen durfte, wenn Sigurd jemals wieder eine ruhige Nacht haben wollte. Gott, wieso war er nicht allein ins Krankenhaus gegangen? Letztlich hatte er ja sowieso selbst Hand anlegen müssen! Gott, wieso hatte er zugelassen, dass es Zeugen gab bei diesem Mord? Er war ein Narr gewesen, auf die Loyalität von Gesindel wie Kütemeyer zu bauen.

»Kriminalbeamte? Was könnten die von Kütemeyer gewollt haben – oder er von ihnen?«

Sigurd starrte Dörre an. Ihm wurde schwindlig. Wenn Dörre jetzt auch anfing, nachzudenken oder sich damit zu befassen, dass Kütemeyer womöglich über den Mord an Kron hatte plaudern wollen …

»Wollte das Schwein vielleicht als Spitzel anheuern?«, fragte Dörre mit allen Anzeichen des Abscheus.

»Wie sahen die Männer denn aus, mit denen er geredet hat?«, fragte Sigurd, um Zeit zu gewinnen. Er musste Dörre befehlen, dass die Bestrafung Kütemeyers erst mit dessen Tod enden sollte, und er wusste nicht, wie er das sinnvoll begründen konnte.

Die Beschreibung war der nächste Schock für Sigurd. Dörre war ein guter Beobachter und lieferte eine präzise Schilderung. Sigurd war nicht hundertprozentig sicher, aber mit großer Wahrscheinlichkeit war einer der beiden Männer Max Brandow gewesen. Und der andere?

»Sagt Ihnen die Beschreibung was, Herr Sturmführer? Sie sind ganz blass geworden.«

Sigurd hatte einen Geistesblitz. »Ich glaube schon«, sagte er langsam. Er überwand sich, eine Hand auf Dörres Schulter zu legen, so als ob er zu seinem vertrautesten Komplizen spräche. »Dörre, wenn ich mich nicht irre, sind das Kommunisten gewesen. Die gehören zum Kreis um Ulbricht. Kütemeyer wollte sich nicht der Polizei andienen – er wollte ein Spitzel der Kommunisten werden!«

Dörre starrte ihn entsetzt an. Dann überzog Röte sein Gesicht. »Dieses … dieses …«, stotterte er, ohne ein Schimpfwort herauszubringen, das ihm angemessen erschienen wäre.

»Sie wissen, was Sie zu tun haben, Rottenführer«, sagte Sigurd. »Wenn sich das herumspricht, verliert unsere ganze Truppe das Vertrauen des Führers. Ich persönlich weiß, dass ich für jeden von Ihnen die Hand ins Feuer legen kann – aber wenn Kütemeyer zu beichten beginnt …«

Dörre klopfte an seine Hosentasche. »Ich habe das richtige Mittel, Herr Sturmführer. Kütemeyer wird niemandem beichten.«

»Ich verlasse mich auf Sie. Aber machen Sie's im Hinterhof.«

»Jawohl, Herr Sturmführer.«

Als er in seinen Wagen stieg, hörte Sigurd vom Hinterhof des Sturmlokals her das geradezu nebensächliche Knallen eines Schusses. Und gleich darauf noch zweimal. Schlechte Munition, dachte er zerstreut. Bringt einen Mann nicht mal bei einem Kopfschuss sofort vom Leben zum Tod.

Er fuhr weg und versuchte, erleichtert zu sein. Kütemeyer war Geschichte. Er würde niemandem mehr etwas erzählen können über den Mord an Alfred Kron.

Die Frage war allerdings: Wie viel hatte er Max Brandow schon erzählt? Und wem hatte der es weitererzählt? Hatte er es überhaupt weitererzählen müssen? Sigurd ahnte, dass der andere Mann im Schattenriss Otto von Briest gewesen war.

Sein Herz klopfte. Er hatte das Gefühl, keine Luft zu bekommen. In ihm stritten sich Panik und eine hilflose, immer stärker werdende Wut. Er musste anhalten, weil er nicht mehr in der Lage war, weiterzufahren. Seine Hände zitterten auf dem Lenkrad.

Die Briests, dachte er. Immer wieder diese Briests. Eine Demütigung nach der anderen, und jetzt musste er auch noch fürchten, dass sie sein schlimmstes Geheimnis kannten.

Er musste sie alle miteinander vernichten, nur dann würde Ruhe sein. Und er hatte eigentlich keine Zeit mehr dafür.

Er wendete und fuhr wieder zurück ins Sturmlokal, einen vagen Plan im Kopf und Dörres Abscheu in Erinnerung, als er das Märchen von den beiden Kommunisten gesponnen hatte.

## 26

Max' Aussage, dass er sich um Viktor kümmern wollte, war zum Teil vorgeschoben gewesen. Ihm hatte Türks Ankündigung, dass man mit der Zeit schon dahinterkommen würde, zu welcher Organisation Kütemeyer gehörte, nicht gereicht. Anfangs hatte er Ottos Ermittlungen mehr aus Familiensinn, Loyalität und Freundschaft unterstützt denn aus eigenem Antrieb. Den Überfall und anschließenden Mord an Alfred Kron fand er entsetzlich, aber zu dem Mann an sich konnte er keine Beziehung herstellen, denn er hatte ihn nie kennengelernt und Sympathie und Dankbarkeit für ihn nur aus zweiter Hand erfahren. Doch jetzt hatte er immer wieder vor Augen, mit welch verächtlicher Geste der SA-Mann seine Waffe gehoben und Viktor aus seinem Rollstuhl herausgeprügelt hatte. Es war der Tropfen gewesen, der das Fass zum Überlaufen gebracht hatte. Jetzt war er persönlich involviert. Und er hatte das Gefühl, dass er schneller als Ernst Türk zum Ziel kommen konnte.

Er musste lediglich an einen Ort gehen, den jemals wieder aufzusuchen man ihm abgeraten hatte, weil er sonst sterben würde.

Er musste die Kaisergalerie aufsuchen und mit Heinrich reden.

Es war weit nach 10 Uhr abends und stockdunkel, als er die Passage bei Unter den Linden erreichte und die Lage sondierte. Heinrichs Revier war der Bereich der Galerie, der sich zur Friedrichstraße hin öffnete, insofern war Max hier zunächst sicher. Von Heinrichs Leuten würde sich hier keiner herumtreiben. Die einzelnen Clans steckten ihre Einsatzgebiete genau voneinander ab.

Max' Plan baute darauf, dass er mit Heinrich allein sprechen konnte. Er musste ihn quasi aus dem Kreis seiner Männer herauslocken. Und dann musste er darauf vertrauen, dass ein Verdacht zutraf, den er bezüglich der Berliner Gaunerbanden und der SA hegte. Traf der Verdacht nicht zu … dann konnte er immer noch Heinrich in seine Gewalt bringen und sich seinen freien Abzug mit Heinrichs Leben erkaufen; wissend, dass danach nicht mehr nur gelten würde, dass er sich im Bereich der Kaisergalerie nicht mehr blicken zu lassen brauchte. Danach würde jeder Bereich Berlins, in dem einer der Clans regierte, für Max eine Todesfalle sein. Heinrich würde einen zweimaligen Verrat eines seiner ehemaligen Untertanen an alle anderen Gaunerbosse kommunizieren, und Max' Schicksal würde eine deutliche Warnung an alle prospektiven Nachahmer sein. Aber darum würde Max sich später kümmern.

Er beobachtete das Treiben vor dem Eingang der Galerie und erkannte nach einiger Zeit das Muster – es unterschied sich nicht so sehr von dem am anderen Eingang, nur dass die Bosse und ihre Mitarbeiter hier etwas feiner auftraten. Das Publikum auf dieser Seite der Galerie war gediegener; es kam darauf an, nicht so sehr aufzufallen, dass die Schupos sich genötigt fühlten, trotz der Bestechungsgelder ordnend einzugreifen. Tatsächlich nützten Max die Beobachtungen, die er hier machte, nichts. Sie dienten nur dazu, dass er wieder ein Gefühl für diese Welt bekam – und dass er sein Eingreifen noch ein wenig hinausschieben konnte, denn ihm war alles andere als wohl dabei.

Schließlich ließ sich die Ausrede nicht länger aufrechterhalten. Wenn er etwas tun wollte, musste er es bald tun. Heute Nacht war die einzige sinnvolle Zeit, seinen Plan umzusetzen. Schon morgen würden ganz andere Nachrichten als der SA-Überfall auf das Schattenriss den Tag bestimmen, und die Dringlichkeit war dahin.

Er schob die Mütze in die Stirn, betrat die Passage und verließ sich darauf, dass er alles so vorfand, wie er erwartete.

Die Passage beschrieb unter der großen zentralen Glaskuppel einen Knick und führte danach wieder schnurgerade zum Ausgang Friedrichstraße. Max drückte sich an die Wand unterhalb der Kuppel und spähte vorsichtig um die Ecke in den Gang hinein. Irgendwo dort würde Heinrichs Nachhut stehen: ein zuverlässiger Mann, der vor irgendwelchem Ungemach warnte, das sich durch die Passage näherte, oder der davonlaufen und bei verbündeten Bossen Hilfe holen konnte, wenn Heinrichs Gruppe draußen angegriffen wurde. Das Vorgehen war vernünftig. Nur würde es heute nichts nützen. Es näherte sich zwar Ungemach in der Gestalt von Max, aber dieses Ungemach würde der Posten erst bemerken, wenn es zu spät war.

Als der Posten, der mit den Händen in der Hosentasche neben dem offenen Eingang eines Geschäfts mit Krimskrams lehnte, aufblickte und sich den speckigen Hut aus dem Gesicht schob, erkannte Max, dass es Napoleon war. Er hatte sich anscheinend nach oben gearbeitet, wenn Heinrich ihm diesen Posten anvertraute. Umso besser – in jeglicher Hinsicht, denn bei Napoleon hatte Max keinerlei Skrupel, ihn so hart wie nötig anzufassen. Härte war geboten und Schnelligkeit. Und für ein paar Minuten ein sicherer Rückzugsort. Aber den hatte Napoleon bereits preisgegeben, denn so wie er dicht neben dem Geschäftseingang lehnte, war klar, dass der Ladeninhaber entweder zu Heinrichs

Bande gehörte oder Schutzgeld zahlte und somit zu Heinrichs Territorium zählte. Deshalb hatte er auch mitten in der Nacht noch geöffnet. Max musste sich mitten ins Feindesgebiet hineinbegeben, wenn er Erfolg haben wollte.

Er atmete ein paarmal tief durch, bis ihm leicht im Kopf wurde. Dann schüttelte er sich. Er dachte an die hämischen Schlagzeilen, die Otto ihm nach dem Überfall auf Alfred Kron gezeigt hatte und nach dessen Tod. Er dachte an die nüchterne, lieblose Beerdigung des Bankiers und an die Tränen, die dabei in Ottos Augen gestanden hatten. Er dachte an Viktor, wie er scheinbar leblos unter dem Tisch lag, Viktor, der sich voller Vertrauen mit seinem Wissen über Kütemeyer an Otto gewandt hatte und dem es nicht zu dumm gewesen war, wochenlang den Sonntagabend als Wachposten im Schattenriss zu verbringen, damit er Otto und Max warnen konnte.

Plötzlich dachte Max an sein ungeborenes Kind, und das war der Moment, an dem er beinahe aufgegeben hätte. Er hatte das Rennfahren sein lassen, weil er sich seiner Familie wegen nicht in Gefahr bringen wollte. Jetzt brachte er sich gerade in größere Gefahr, als ihm auf der Rennbahn jemals gedroht hatte. Doch dann dachte er einen Schritt weiter. Wollte er irgendwann seinem Sohn oder seiner Tochter gestehen müssen, dass er einmal etwas nicht getan hatte, was er für richtig empfand, aus Angst vor den persönlichen Konsequenzen?

Er wartete, bis Napoleons Aufmerksamkeit abgelenkt war, weil zwei Frauen in unpassend eleganter Kleidung an ihm vorbeistöckelten. Napoleon blickte ihnen grinsend hinterher und zählte anscheinend im Geiste nach, ob er sich das Vergnügen eventuell leisten konnte. Max marschierte mit gesenktem Kopf los, die Hände bis zum letzten Moment in den Hosentaschen, das Gesicht nach unten wie jemand, der tief in Gedanken versunken ist. Dann wandte er sich plötzlich Napoleon zu, senkte eine Schulter und rannte auf ihn los, rammte ihn mit aller Kraft, fasste ihn mit einem Arm um die Mitte und schob ihn vor sich her, während er die freie Hand zur Faust ballte und Napoleon ein, zwei wuchtige Schläge in den Bauch verpasste. Zusammen mit Napoleon fiel er in den Laden hinein, riss ein kleines Regal um, dass Postkarten und Blechspielzeug durch den Raum flogen, schlitterte über das schmutzige Parkett und kam dann vor dem Tresen zum Stehen, Napoleon unter sich. Der Ganove bäumte sich auf und zog ein Knie an. Max wich dem Kniestoß aus, hämmerte Napoleon ein drittes Mal die Faust in den Bauch, dann tastete er hastig an Napoleons angewinkeltem Bein nach unten und zog ihm das Messer aus dem Stiefel. Er presste es ihm gegen die Kehle. Napoleon, der gezappelt und geflucht hatte, hielt sich auf einmal ganz still.

Keuchend blickte Max auf. Über den Tresen war ein blasses Gesicht gebeugt, ein älterer Mann mit fahlem Gesicht, grau-gelbem Bart und fleckigem Kragen.

»Du da«, stieß Max hervor. »Geh raus, mach die Ladentür zu und hol Heinrich. Sag ihm, er soll allein kommen, sonst kann er ihn hier«, er wies mit dem Kinn auf Napoleon, »mit dem Eimer aufwischen.«

»Ich bin nur der Ladenbesitzer«, stammelte der alte Mann.

»Geh raus und sag Heinrich Bescheid!«, schrie Max. »Wird's bald!«

Der Ladenbesitzer stolperte hinter dem Tresen hervor, stieg hektisch über Max und Napoleon hinweg und floh nach draußen. Die Ladentür schepperte, als er sie hinter sich zuschlug. Max zerrte Napoleon herum, bis er endlich hinter ihm saß, die Fersen in Napoleons ausgestreckte Beine gehakt, und seinen Oberkörper zu sich heranzog wie ein Liebender. Die Messerklinge saß an Napoleons Hals.

»Du hast noch nie eenem die Kehle durchjeschnitten«, sagte Napoleon. »Du tust es ooch bei mir nicht.«

»Recht haste, det hab ick noch nie gemacht. Kannst dir vorstellen, was das für 'ne Sauerei wird, wenn ich's tue. Und ick tu's, verlass dich drauf. Ick will hier lebend rauskommen, aber wenn ick det nicht schaffe, nehme ich zumindest dich mit.«

»Du bist tot.«

»Und du mit mir. Also hoff mal drauf, det Heinrich in vernünftiger Laune ist.«

»Was willste hier?«

»Abrechnen«, sagte Max.

»Was? Wejen det Kartenspiel? Nach so langer Zeit? Und da hat eher Heinrich een Hühnchen mit dir zu rupfen als du mit ihm ...«

»Nicht mit euch, du Trottel.«

»Mit wem dann?«

»Mit der SA.«

Napoleon wurde erneut ganz still. Nach einer Nachdenkpause sagte er: »Und wat willste dann hier bei uns? Keener von uns hat mit den Saukerlen wat zu schaffen.«

»Dann wird sich Heinrich ja freuen. Und jetzt halt die Klappe, Napoleon, du machst mich nervös.«

Heinrich kam wenig später. Er hatte die Anweisung befolgt und betrat den Laden allein. Das hatte ihn nicht daran gehindert, seine Leute direkt vor dem Laden Stellung beziehen zu lassen. Max sah den Ladenbesitzer unter ihnen, der ängstlich hereinspähte. Heinrich schob heruntergefallenes Blechspielzeug mit dem Fuß beiseite, als sei das wichtiger als die beiden Männer, die wie ein Liebespaar auf dem Boden hockten. Dann blickte er auf und musterte Max nachdenklich.

»Maxe, Maxe, Maxe«, sagte er sanft. »Warum willst du sterben?«

»Ich hab nicht viel Zeit, Heinrich, also hör mir zu. Am Ende kannste dann entscheiden, ob de mir glauben oder ob de mich zu 'ner Bulette verarbeiten willst. Ick überlass es dir. Du solltest bloß wissen, det Napoleon auf jeden Fall mit draufgeht.«

»Wieso glaubst du, Napoleon könnte mir wichtiger sein als das Vergnügen, dich in Streifen schneiden zu lassen?«

»Mensch, Boss …«, sagte Napoleon, plötzlich nervös geworden. »Det kannste doch nicht machen.«

»Du bist so dumm wie zehn Meter Landstraße, Napoleon«, sagte Max. »Wenn det so wäre, wäre er mit dem janzen Aufgebot hier reingestürmt, und denn würde schon lange Blut fließen, det meiste davon allerdings von dir. Wo findeste bloß immer solche Pfeifen, Heinrich?«

Napoleon knurrte wütend.

Heinrich sagte: »Nur, damit du verstehst, Maxe: Ich hör dir zu. Eine Minute lang. Nicht aus Menschlichkeit, sondern weil es mich neugierig macht, wieso du deinen Kopf unters Fallbeil legst und auch noch selber an der Schnur ziehst.«

»Heute Abend is det Schattenriss von der SA überfallen worden, Heinrich. Een friedliches Lokal voll friedlich ihrem Vergnügen nachgehender Leute, eine gut gehende Bude, die demjenigen von deinen Kollegen, dem der dortige Bezirk gehört, een schönes Schutzgeld einjebracht hat. Damit ist allerdings jetzt Essig, die Bude is Kleenholz, und ick würde mir nich wundern, wenn nich alle Gäste, die heute dort verletzt wurden, den morgigen Tag nich erleben. Die haben übel gehaust, Heinrich. Dein Kollege wird sich von den anderen Wirten und Geschäftsleuten fragen lassen müssen, was die Schutzgeldzahlungen wert sind, wenn sie nicht beschützt werden. Er könnte sich vielleicht anhören müssen, dass man in dem Fall det Geld lieber an die Nationalsozialisten überweist. Weißte, was det ist, Heinrich? Det ist der Anfang vom Ende. Euer Ende. Die SA prügelt euch ausm Geschäft, und det gründlich.«

Heinrich schwieg lange. »Was hat das mit mir zu tun? Das Schattenriss ist nicht in meinem Bezirk. Klöten-Paul ist dort der Boss.«

»Aber die SA-Leute sitzen heute in ihrem Sturmlokal und feiern, det se den Laden auseenanderjenommen haben. Und sie werden mutiger und mutiger werden, und morgen oder übermorgen werden sie in deinem Bezirk vorbeischauen, weil sie ja fest überzeugt sind, det ohnehin niemand sie aufhält. Und es wird sie ooch niemand aufhalten, weil die anderen Bosse nämlich denken wie du und sich sagen: Der olle Heinrich, schon tragisch, wat die in seinem Revier anjestellt haben, is ja schlimmer als beim Klöten-Paule, aber wat soll's – war ja nich bei uns, wa?«

»Die Minute ist um, Maxe. Komm mal zum Punkt.«

»Ich weiß, welche SA-Gruppe es war, die das Schattenriss überfallen hat. Und ich würde sagen, wenn de Klöten-Paul mit dieser Information überraschst, hast du 'nen Stein im Brett bei ihm und ihr alle noch 'n bisschen länger Ruhe vor der SA, weil die dann erst mal wieder ihren Schneid zurückfinden müssen.«

»Was is nu, Boss, wer is'n det da drin?«, rief jemand von draußen. »Hat er Napoleon abgemurkst? Machen wir ihn alle?«

»Halt die Klappe«, sagte Heinrich, ohne sich umzudrehen. Er versuchte, in Max' Gesicht zu lesen. »Woher weißt du, welche Gruppe das war?«

»Weil du es mir sagst, Heinrich«, erwiderte Max.

»Was!?«

»Glaubst du, ick bin so dumm, det ick nich weiß, dass das Schattenriss in Klöten-Pauls Revier liegt? Ick hätte jederzeit direkt zu ihm gehen können. Aber Klöten-Paul hat was nich, was du hast – nämlich dein Kreditgeschäft und deine Informationen. Ick habe 'nen Namen: den Namen von eenem der Kerle, die zu der fraglichen SA-Gruppe jehören. Ick sag dir den Namen, du sagst mir seine Vereinszujehörigkeit, und ick gehe damit zu Klöten-Paul und erzähle ihm, det du mich mit 'nem Geschenk zu ihm jeschickt hast …«

»Und ausgerechnet dir soll ich trauen?«

»Kannst mir ja 'ne Gouvernante mitgeben. Lass mich Napoleon hier mitnehmen, ick jewöhne mir direkt an seinen Mundgeruch.«

»Du bist 'n …«, begann Napoleon aufgebracht.

»Warum tust du das?«, unterbrach Heinrich. »Was hast du von der ganzen Sache?«

Max dachte an sein ungeborenes Kind und was er später einmal zu ihm sagen können wollte. »Was du niemals verstehen wirst, Heinrich.«

Es wäre faszinierend gewesen, wenn es nicht so widerwärtig gewesen wäre. Innerhalb einer knappen Stunde hatte Heinrich die gewünschten Informationen. Kütemeyer gehörte dem Sturm 33 an. Die Adresse des Sturmlokals konnte Heinrich auch liefern. Die Wartezeit hatte Max sich im Laden vertrieben. Napoleon hatte er losgelassen und mit Heinrich nach draußen geschickt. Er wäre, auch wenn die anderen ihn angegriffen hätten, nicht in der Lage gewesen, Napoleon die Kehle durchzuschneiden. Der Bluff hatte gewirkt, aber ein guter Bluff lebte davon, dass er nicht zu lange ausgereizt wurde. Außerdem hatte Max den Eindruck, dass ein unsicherer Waffenstillstand geschlossen worden war. Heinrich hatte die Argumente von Max schlüssig gefunden. Warum auch nicht – sie waren schlüssig. Max sagte sich, dass er dabei war, die Unterwelt Berlins auf diejenigen zu hetzen, die sich als Ordnungsmacht verstanden. Aber er empfand keine Gewissensbisse dabei; die Ordnungsmacht war noch viel verabscheuungswürdiger als die Ganoven. Und man konnte – anders als bei den Saalschlachten, den Überfällen und den Aufmärschen der SA – wenigstens davon ausgehen, dass jeder, der eine blutige Nase bekam, es auf die eine oder andere Weise verdient hatte.

Heinrichs Vertrauen ging nicht so weit, dass er Max allein losgeschickt hätte. Er gab ihm aber auch nicht Napoleon als Aufpasser mit. Napoleon war nun zweimal von Max gedemütigt worden; man konnte ihm nicht trauen, ob er nicht unterwegs versuchte, Rache zu üben. Die Vorsichtsmaßnahme war nicht, um Max zu schützen, sondern die Mission, die Klöten-Paul tatsächlich in Heinrichs Schuld brachte – für jemanden, der im tiefsten Herzen ein Kredithai war, eine verlockende Vorstellung. Zusammen mit zwei Männern, die sich als Chaim und Karabinerschnauze vorstellten und ansonsten keinen Ton von sich gaben, marschierte Max zum Zentrum von Klöten-Pauls Revier.

Die SA trug seit zwei Jahren den Terror in die Gassen Berlins. In dieser Nacht würde Max Brandow dafür sorgen, dass ein bisschen etwas davon zurückgetragen wurde. Und dass der Mörder eines alten Mannes erfuhr, dass die Gerechtigkeit sich auch vom lautesten Marschgesang nicht zum Verstummen bringen ließ.

## 27

Das Sturmlokal sah geradezu absurd gutbürgerlich aus, auch um ein Uhr morgens. Die Sprossenfenster waren mit Vorhängen zugezogen, doch das Licht schimmerte warm durch den Stoff. Der Name des Lokals war mit weißen, schwarz gerahmten Lettern auf rotem Grund quer oberhalb der gesamten Glasfront aufgemalt: Restaurant zur Altstadt. Es lag in der Hebbelstraße in Charlottenburg. Ein kleiner Gastgarten auf einem hölzernen Podest, der links und rechts der Tür je zwei Tischchen beherbergte und mit einem efeubewachsenen Zaun von der Gasse abgrenzte, fügte der Gutbürgerlichkeit noch einen Schuss Sommerfrische hinzu. Der Wagen, der vor dem Zaun abgestellt war, ein Brennabor-Cabriolet, hätte einem betuchten Sommergast gehören können. Neben den Glasfronten warb eine Berliner Brauerei für ihr Produkt. Wenn Max nicht gewusst hätte, dass Heinrichs Informationen richtig sein *mussten*, hätte er gezweifelt, dass sich hinter einer solchen spießigen Fassade eine Gruppe SA-Totschläger tummelte.

Klöten-Paul – mit bürgerlichem Namen Konrad Paulus – war ein hagerer Mann in den Dreißigern mit einem Glasauge und einem Schnurrbart, der zu Zeiten Kaiser Wilhelms modern gewesen war. Er trug einen verschlissenen Anzug, der ihm zu weit war; er hatte das Jackett in die Hose gesteckt und hielt die Hose mit Hosenträgern fest, die er über das Jackett gespannt hatte. Auf dem Kopf trug er eine Melone. Er sah bizarr aus und war bei Gegnern und Verbündeten für seine Wutanfälle gefürchtet. Max hatte sich oft gefragt, wieso die jeweiligen Bosse sich oft dermaßen daneben kleideten. Auch Heinrich lief herum, als hätte er seine Kleidung von der Heilsarmee bekommen. Sie verfügten über mehr Geld als mancher Bankier und liefen herum, dass man nicht wusste, sollte man lachen oder ihnen etwas aus dem eigenen Kleiderschrank spenden.

»Und die sind da drin?«, fragte Klöten-Paul. »Kiekt aus wie bei Tante Erna uffm Land.«

»Wie sieht det Sturmlokal in deinem eigenen Bezirk aus?«, fragte Max.

»Renovierungsbedürftig.« Klöten-Paul grinste. »Ick warte immer, bis sie die Möbel repariert haben, denn gehen wir rein und zerlegen wieder alles. Hartnäckig sind die Burschen aber, det mussma ihnen lassen. Lassen sich nich vertreiben. Halten aber ooch janz stille und rühren sich kaum raus.«

»Die hier sind aus anderem Holz jeschnitzt«, sagte Max.

»Deswegen sind wir heute ooch nicht bloß zu dritt.«

Klöten-Paul hatte seine Männer rundherum um das Lokal verteilt. Es war praktisch eingekreist. Bevor er mit seiner Truppe – gut zwanzig Mann – losgezogen war, hatte er einen Boten zu dem Mann geschickt, der das Viertel beherrschte, und ihm ausrichten lassen, dass Klöten-Paul in seinem Revier ein Exempel zu statuieren trachtete, dass er um freie Handhabe bat, aber sich die Kommandogewalt mit seinem Kollegen auch gern teilen würde, wenn dieser mitmachen wollte. Die Antwort war schnell und knapp gewesen: Klöten-Paul hatte freie Hand.

»Der hält sich raus, weil er Angst hat vor der SA«, hatte Klöten-Paul gestaunt.

»Umso besser, dass du und deine Leute jetzt mal zeigen, was 'ne Harke ist«, hatte Max gesagt.

Klöten-Paul hatte ihn mit seinem gesunden Auge gemustert und dann gegrinst. »Bist wohl jrade zur rechten Zeit jekommen, wa?«

»Das kannste aber glauben«, hatte Max gesagt und ebenfalls gegrinst.

Jetzt kamen die Kundschafter zurück und meldeten ihre Erkenntnisse. Klöten-Paul zog das Ganze wie einen militärischen Stoßtrupp auf. Max nahm an, dass er als Soldat im Krieg gedient und dort sein Auge verloren hatte. Seine Erfahrungen setzte er jetzt ein.

Die Kundschafter meldeten, dass es noch einen Hinterhof gab, den man aber leicht abriegeln konnte, falls die SA-Leute zum Hinterausgang hinaus flohen. Der Hinterhof war menschenleer und hatte von der Straße her nur einen Zugang. Von dort war also auch keine Verstärkung für die SA-Leute zu erwarten.

»Det Zeichen für den Angriff ist«, sagte Klöten-Paul zu seinen Kundschaftern, »wenn Max als Erster alleene durch die Eingangstür reingeht. Denn kommen wir alle nach 'n paar Sekunden hinterher. Gebt es an die anderen weiter.«

»Ich geh als Erster alleene rein?«, fragte Max amüsiert. Er hatte nichts anderes erwartet.

»Haste Schiss?«

»Ja – det für euch nicht mehr genug übrig bleibt.«

Klöten-Paul grinste fröhlich. »Denn halt dich mal 'n bisschen zurück, nich det wir alle janz umsonst hierhergekommen sind.«

»Der Kerl mit Namen Kütemeyer – den lasst mir ungeschoren«, warnte Max. »Ich denke, den haben die irgendwo einjesperrt. Ick brauch den. Und seht zu, det keiner entkommt.«

»Was haste mit dem Kütemeyer-Typen?«, fragte Klöten-Paul. Er hatte es schon einmal gefragt. Max antwortete das Gleiche wie zuvor: »Eene persönliche Sache.«

Die Kundschafter begaben sich zu den in allen Gassen verteilten Männern und informierten sie über die Befehlslage. Klöten-Paul wartete noch eine kleine Weile, dann nickte er Max zu. »Jetzt bist du dran.«

Max ließ sich vor dem Gaunerboss und seinen Männern kein Zögern anmerken. Er stand einfach auf, lockerte seine Schultern und ging auf den Eingang des Lokals zu. Seine Hände waren schweißfeucht, und in seinen Eingeweiden schien sich ein harter Ball breitgemacht zu haben. Klöten-Paul und die anderen würden mit nur kurzer Verzögerung hinter ihm herkommen, und er hatte das Überraschungsmoment auf seiner Seite. Was konnte passieren? Aber trotz dieser Umstände war es kein angenehmes Gefühl, in einen Raum hineinzuplatzen, der voller fanatisierter, gewaltbereiter Männer war, noch immer euphorisiert durch ihren Triumph am frühen Abend.

Als er die zwei flachen Stufen zu dem Podest hinaufschritt, auf dem sich der Gastgarten befand, fiel ihm auf, dass man zumindest hier draußen das Stimmengemurmel der Männer hätte hören müssen – und gelegentliches Lachen und das Zusammenstoßen von Gläsern. Und sangen die SA-Typen nicht gerne Kampflieder? Wenn sie einen Aufzug durch die Stadt veranstalteten, sangen sie aus Leibeskräften. Warum war es so still?

Als er vor der Eingangstür stand, wusste er, dass etwas nicht stimmte. Irgendetwas in seiner Planung war schiefgegangen, etwas, das er nicht bedacht hatte.

Er musste sich förmlich zwingen, die Tür aufzureißen und in den Gastraum zu treten.

Der Raum war schummrig beleuchtet. Am Tresen fuhr eine dicke, ältere Frau aus einem Halbschlaf hoch. An einem der Tische saßen vier SA-Männer in ihren braunen Uniformen. Einer hatte den Kopf auf den Unterarmen abgelegt und schlief am Tisch. Er wachte nicht auf. Die anderen drei spielten Karten um Streichhölzer. Vor dem Schlafenden lag auch ein Fächer Karten. Anscheinend spielte er mit, ohne dass er es wusste.

Sonst war der Raum leer. Die Tische und Stühle standen ordentlich, wie sie gehörten. Die Tür zu einem kleinen Gang, der in den Hinterhof führte und dort wahrscheinlich zur Latrine, stand offen.

»Wir ham jeschlossen«, murmelte die Wirtin.

Die Kartenspieler starrten Max überrascht an.

Dann weiteten sich ihre Augen, als Max' Streitmacht ins Lokal stürmte. Max wurde beiseitegestoßen und fing sich am Tresen ab. Klöten-Pauls Schar machte den Innenraum des Lokals zu einer beengten Angelegenheit, in der plötzlich Lärm und Schreie, Flüche und Gepolter herrschten, als die ordentlichen Stühle und Tische weggeschoben wurden. Die Wirtin begann zu kreischen und verstummte wieder, als einer der Ganoven herumfuhr und mit der flachen Hand auf den Tresen hämmerte. Sie hob die Hände vor den Mund und wich zurück. Die hinter ihr in Regalen abgestellten Gläser klirrten, als sie dagegenstieß.

Max kämpfte sich durch das Gewühl, bis er an Klöten-Pauls Seite stand. Die vier SA-Männer standen in einer dicht gedrängten Gruppe in der Ecke. Die Streichhölzer und die Karten lagen überall auf dem Boden verteilt. Der Mann, der vorher geschlafen hatte, war so betrunken, dass er sich kaum auf den Beinen halten konnte und mit trüben Augen durch die Gegend starrte. Die anderen drei hatten die Fäuste gehoben. In ihren Gesichtern konnte Max panische Angst erkennen.

Klöten-Paul ließ sich Zeit. »Sin det alle?«, fragte er Max.

Max zuckte mit den Schultern. Er war verwirrt.

»Wo sind die anderen?«, fragte Klöten-Paul die vier SA-Männer. Diese pressten die Lippen zusammen und schwiegen. Klöten-Paul seufzte. »Det ist nich jenau det, wat du uns erzählt hast, Max.«

»Stimmt«, sagte Max. »Und ich weiß ooch nich, warum es so ist.« Er wandte sich an die SA-Männer. »Wo ist der Rest von euch? Ihr seid doch normalerweise 'n janzet Dutzend oder mehr.«

Die SA-Männer schwiegen weiter.

»Wo ist Hans Kütemeyer?«, fragte Max.

In den Augen der SA-Männer glomm Überraschung auf. Sie warfen sich unwillkürlich Blicke zu, bevor sie wieder ihre trotzige Miene aufsetzten. Der Betrunkene lallte: »Kütemeyer?«

»Halt's Maul«, rief einer der anderen drei grob.

Max trat so schnell vor ihn hin, dass der Mann zusammenzuckte. »Bist du der Anführer hier? Wo sind deine Kumpane? Wo ist Kütemeyer?«

Der SA-Mann schwieg. Seine Lider flatterten, und seine Wangenmuskeln zuckten, aber er hielt Max' Blick stand und den Mund geschlossen.

»Max, ick bin enttäuscht«, sagte Klöten-Paul. »Ick dachte, hier wären mindestens een Dutzend von den Kerlen. Für die paar Nasen lohnt sich nich mal, det die Charité die Nachtschwester weckt. Die verfüttern wir gleich an die Schweine.«

»Wo ist Kütemeyer?«, fragte Max.

Der SA-Mann spuckte ihn an, aber weil sein Mund vor Furcht trocken war, brachte er keinen Speichel zusammen. Max wich dem mickrigen Sprühregen aus. »Heil Hitler!«, stieß der SA-Mann dann hervor.

Klöten-Paul rollte mit dem gesunden Auge. »Macht die Idioten fertig«, sagte er. »Und dann jibt's een bisschen Umdekoration hier drin. Bindet die Oma dort irjendwo fest, denn kann se zukieken, wie wir ihre Bude zerlegen. Selber schuld, wenn se sich mit dem Abschaum hier einlässt. Aber wehe, jemand krümmt ihr ooch nur een Haar. Sie erinnert mich an Tante Erna uffm Land.«

»Warte«, sagte Max hastig. Er starrte dem SA-Mann in die Augen. »Kütemeyer«, knurrte er. »Wo ist Kütemeyer? Holt ihn her, dann versuche ich, es euch leichter zu machen. Wir finden ihn sowieso.«

Der SA-Mann lachte verächtlich. Der Betrunkene sagte noch einmal: »Kütemeyer?«

»Halt's Maul!«

Max wandte sich an den Betrunkenen. Aus dem Hintergrund hörte er das Flehen der Wirtin, ihre Inneneinrichtung zu verschonen. Er packte den Betrunkenen bei den Schultern und drückte ihn gegen die Wand. Die trüben Augen richteten sich überrascht auf ihn, dann pendelte der Kopf wieder hin und her.

»Wo ist Kütemeyer?«, fragte Max.

»Halt bloß das Maul, Willi, ich warne dich!«

»Willi«, sagte Max fast freundlich und schüttelte den Betrunkenen. »Mensch, Willi – jetzt sei 'n braver Junge und sag mir, wo wir Kütemeyer finden.«

Der Betrunkene begann zu kichern. »Der is aufm Klo«, lallte er. »Schon 'n janzen Ahmd. Aufm Klo!« Er wäre vor Lachen und Rausch an der Wand nach unten gerutscht, wenn Max ihn nicht aufgehalten hätte.

»Aufm Klo?«, fragte er.

»Halt's Maul, Willi!«

»Schon 'n janzen Aaaahmd ...« Der Betrunkene brach gackernd zusammen. »Aufm Kloooo!«

Max ließ ihn stehen und wandte sich ab, um in den Hinterhof hinauszugehen. Der SA-Mann, der sich als Anführer hervorgetan hatte, versuchte, ihn zu packen. Drei von Klöten-Pauls Männern reagierten gleichzeitig, aber Max reagierte noch schneller. Er befreite sich mit einem Ruck, dann packte er den SA-Mann am Kragen und stieß ihn mit dem Hinterkopf gegen die Wandvertäfelung. »Halt dich ganz still«, flüsterte er. »Halt dich ganz still, ja?«

Er riss sich los. Die Kragenspiegel der SA-Uniform blieben in seiner Hand. Er warf sie auf den Boden. Dann stapfte er hinaus. Er ahnte, was ihn dort erwartete.

Der Hinterhof war eng und ein surreales Muster aus schweren Schatten und wenigen hellen Flächen. Die Toilette war ein kleines Häuschen in einer Ecke des Hofs, auf einer mit schweren Bohlen zugedeckten Versitzgrube. Max trat auf die Bohlen und roch den

Latrinengestank, der durch die Ritzen in den Bohlen aufstieg. Die Tür des Häuschens wurde mit einem Ziegelstein daran gehindert, aufzuschwingen. Drinnen war wahrscheinlich ein einfacher Riegel angebracht, den man vorlegen konnte. Das Häuschen stand in der dunkelsten Ecke des Hofs. Max hörte, wie noch jemand nach ihm in den Innenraum trat. Er sah sich über die Schulter um. Es war Klöten-Paul.

»Habt ihr mich hier verarscht, du und Heinrich?«, fragte Klöten-Paul grollend. »Was soll det mit den vier Jammerlappen in der Kneipe?«

»Haste 'n Streichholz?«, fragte Max.

»Was? Nee …«

»Ick brauch mal Licht.«

Klöten-Paul förderte ein Feuerzeug zutage und trat neben Max auf die Bohlen. »Puh«, sagte er mit einem Blick nach unten. »Die jehört aber längst mal jeräumt.«

Max deutete auf das Klohäuschen. »Leucht mal hierhin.«

Klöten-Paul schnippte das Feuerzeug an. Das Flämmchen warf einen in der Finsternis des Innenhofs erstaunlich hellen Lichtschein auf die Tür des Häuschens. Aus der Gaststube erklang ein Krachen und dann das schrille Gejammer der Wirtin. »Hört sich nach Wandvertäfelung an«, sagte Klöten-Paul, der Abrissexperte, und schüttelte den Kopf. »Und ick sag noch immer: Fangt mit dem Mobiliar an! Die Jungs lernen nix dazu.«

Max hakte den Finger in das ausgeschnittene Herzloch der Tür und zog sie gegen den Widerstand des Ziegelsteins auf. Der Stein schrappte über die Bohlen. Das Licht vom Feuerzeug fiel in das Häuschen. Noch mehr Latrinengestank wehte heraus.

»Tja«, sagte Klöten-Paul roh. »Ick würde meenen, der Kerl hat ausjeschissen.«

Max atmete trotz des Gestanks tief ein. Auf dem Donnerbalken saß der Leichnam Hans Kütemeyers, in eine Ecke gelehnt. Jemand hatte alle SA-Insignien von seinem Hemd gerissen. Dann hatte man ihn hingerichtet. Mindestens drei Kugeln in den Kopf. Kleinkaliber. Sie hatten einigen Schaden angerichtet, aber das Gesicht war noch erkennbar. Max schob die Tür wieder zu. Klöten-Paul machte das Feuerzeug aus.

»Das waren die selber, wa?«, fragte er.

Max nickte. »Das waren die selber.«

Wenige Augenblicke später zerrte er den Wortführer der vier SA-Männer in den Innenhof heraus. Klöten-Paul folgte ihm wieder. Der SA-Mann hatte ein zugeschwollenes Auge und eine blutige Nase, sein Hemd war bis zum Bauchnabel aufgerissen. Pauls Männer hatten ihn und seine Kameraden ein bisschen herumgeschubst, bevor sie darangegangen waren, das Sturmlokal auf Wochen hinaus unbenutzbar zu machen. Die Wirtin konnte man bis hier heraus schluchzen und schimpfen hören. Die Fenster in den Wohnungen rundherum blieben dunkel – entweder weil die Bewohner Krach und Geschrei aus dem Sturmlokal gewohnt waren oder weil sie es der hiesigen Sturmabteilung gönnten, dass sie in Schwierigkeiten steckte.

Max schleifte den SA-Mann bis zum Klohäuschen, riss die Tür auf und zwang ihn, auf der Schwelle niederzuknien.

»Warum habt ihr ihn erschossen?«, stieß er hervor.

»Er war 'ne schwule Sau«, sagte der SA-Mann erstickt. Anscheinend hatten die Schläge seine Redseligkeit etwas befördert.

»Das reicht nicht!«

»Und er wollte sich den Roten andienen!«

»Als Spitzel? Dass ick nich lache. Wenn det der Fall wäre, hättet ihr ihm een Schild um den Hals gehängt und ihn vor dem nächsten Vereinslokal der KPD abjelegt. Aber ihr habt die Leiche versteckt. Warum?«

Der SA-Mann sagte nichts.

Max hatte den Eindruck, dass es diesmal weniger aus Trotz geschah, sondern weil der Mann selbst darüber nachdachte, was Max gesagt hatte. Max packte ihn an den Schultern und schüttelte ihn. »Warum?«, rief er. Er musste sich zurückhalten, den Mann nicht grober zu behandeln. Wenn Kütemeyer sein Geheimnis mit in den Tod genommen hatte, war all die Anstrengung vergebens gewesen. »Warum habt ihr Kütemeyer abgeknallt? Weil er zu viel wusste?« Es gab keine andere Antwort.

Und wenn das der Fall war, dann war derjenige, der die Exekution angeordnet hatte, auch derjenige, dem Kütemeyers Ableben am meisten nutzte. Der Mörder Alfred Krons.

»Dörre hat jesagt, er is 'n Kommunistenspitzel, wir soll'n ihn kaltmachen!«, stieß der SA-Mann hervor.

»Wer ist Dörre? Euer Anführer?«

»Nee. Aber er hat gesagt, der Befehl kommt direkt vom Chef.«

»Was hat Kütemeyer dazu gesagt?«

»Det wir 'nen Fehler machen und det er keen Kommunistenspitzel ist und det er nur kaltjemacht werden soll, weil er zu viel jeplaudert hat und det es doch nur im Suff war und det wir alle doch seine Kameraden wären …«

»Und dann?«

»Nüscht und dann. Dörre hat ihm ein Ding verpasst. Und denn noch mal zwee, weil er noch jezuckt hat.«

»Wo sind dieser Dörre und euer Chef jetzt?«

»Die heben 'nen Kommunistentreff uffm Land aus. Haben nur uns als Stallwache zurückgelassen.«

»Ein Kommunistentreff aufm Land?«, fragte Max. »Ick dachte, ihr seid in Bezirken organisiert.«

»Der Chef hat gesagt, er kennt den Ort, da gibt's noch keene Organisation von uns, und deshalb fahren wir hin und schlagen Kommunistenköpfe ein.«

»Verdammt. Weißt du, wo det ist?«

»Ick kenn nur den Namen von dem Gut.«

»Und den Namen deines Chefs, den kennste ooch, oder? Von eurem Obersturmheini?«

»Sturmführer«, sagte der SA-Mann. »Es heißt Sturmführer.«

Max gab keine Antwort. Was der SA-Mann vorhin ausgesagt hatte, war erst jetzt in seinem Verstand angekommen. Was kannte der Chef? Den Namen des *Guts*?

»Und wie heißt er nun, euer Oberknilch?«, fragte Klöten-Paul. »Vielleicht besuchen wa ihn ja mal im trauten Heim.«

»Sturmführer von Cramm«, sagte der SA-Mann. »So heißt unser Chef.«

Max fühlte, wie alles Blut seinen Kopf verließ. Er hielt sich am Klohäuschen fest.

»Das Gut!«, stieß er hervor. »Wo die Kommunisten sein sollen. Welchen Namen hat er genannt?«

»Gut Briest«, sagte der SA-Mann.

## 28

Wenige Minuten später raste Max mit dem Wagen, der vor dem Lokal gestanden hatte, durch die Gassen Charlottenburgs, auf der Suche nach dem schnellsten Weg zum Schloss und dann nach Südwesten in Richtung Brandenburg. Sein Herz raste, und wenn sein Körper nicht vollkommen automatisch die richtigen Bewegungen gemacht, die richtigen Hebel gezogen und die Straße richtig eingeschätzt hätte, wäre er schon nach hundert Metern an der nächsten Hausmauer gelandet. In seinem Hirn herrschte blinde Panik. Er wusste nicht, wem das Fahrzeug gehörte, das er gestohlen und mit wenigen Handgriffen zum Laufen gebracht hatte; er wusste nicht einmal, dass es im Grunde eine müde Karre war, der er eine Beschleunigung und eine Geschwindigkeit abverlangte, über die die Konstrukteure die Augen überrascht aufgerissen hätten. Er raste in Richtung Gut Briest, wissend, dass er nicht vor drei Uhr morgens dort sein würde und dass es wahrscheinlich zu spät wäre. Der SA-Mann hatte ausgesagt, Sigurd sei mit acht Mann losgefahren, mit dem Lkw, der sie am frühen Abend auch zum Schattenriss gebracht hatte. Er war gegen 10 Uhr abends aufgebrochen. Max hatte keine Chance, irgendwie rechtzeitig beim Gut anzukommen.

Ihm war jetzt alles klar. Sigurd von Cramm war der SA beigetreten. Nur wenige Adlige fanden sich dort. Er hatte wahrscheinlich schnell eine mittlere Führungsposition eingenommen; auch die Schläger und Brutalos, die das normale Personal der SA ausmachten, ließen sich von einem Adelstitel und guten Manieren blenden. Er hatte den Überfall auf Alfred Kron angeordnet, weil er sich an dem alten Bankier wegen dessen Unterstützung für die Briests rächen wollte. Entweder hatte seine Mutter ihn dazu angestiftet, oder er hatte es seiner Mutter zuliebe getan. Es kam auf das Gleiche heraus. Aber Alfred Kron hatte den Überfall überlebt. Und war dann im Krankenhaus ermordet worden. Warum?

Auch dafür hatte Max eine Erklärung. Kron hatte Sigurd während des Überfalls erkannt. So wie Max den jungen Cramm einschätzte, hatte dieser sich nicht an den Prügeln beteiligt. Aber er musste die Aktion geleitet haben, schon damit seine Totschläger auch das richtige Opfer angriffen. Sigurd war klar geworden, dass Kron ihn erkannt hatte, und hatte verhindern wollen, dass Kron ihn beschuldigte. Max erinnerte sich an Urteile gegen SA-Leute, von denen Otto ihm erzählt hatte oder über die man in der Zeitung hatte lesen können. Eineinhalb bis fünf Jahre Gefängnis wurden in der Regel verhängt, wenn bei Schlägereien jemand schwer verletzt worden oder zu Tode gekommen war. Ein Adliger wie Sigurd wäre von einem guten Anwalt verteidigt worden; er wäre wahrscheinlich mit der Mindeststrafe davongekommen, besonders wenn er hätte nachweisen können, dass er Alfred Kron gar nicht angefasst hatte. Aber auch das wäre vielleicht zu viel gewesen für Sigurd von Cramm. Wie auch immer: Max war überzeugt, dass er den Beschluss gefasst hatte, Kron zu beseitigen.

Alle Straßen und Gassen waren menschenleer. Wo die alten Gaslaternen noch brannten, war das Licht trüb. In den Straßenzügen mit dem elektrischen Licht war es weiß und hell. Dort, wo es gar kein Licht gab, fuhr Max hinein wie in einen Kohlensack. Es war ihm egal. Er nahm nur dann Tempo weg, wenn er das Gefühl bekam, den Wagen nicht mehr unter Kontrolle zu haben. Der Motor röhrte, der Auspuff knatterte. Auf den Strecken mit Kopfsteinpflaster wurde Max durchgeschüttelt, außer wenn der Wagen um die Kurve schlitterte. Wo es keinen Straßenbelag gab, flogen ihm kleine Steinchen um die Ohren. Als er die Vororte Berlins verlassen hatte und die letzte Straßenbeleuchtung hinter sich zurückließ, wurde es dunkel um ihn herum. Die Scheinwerfer kämpften vergeblich dagegen an. Mehrmals riss Max in letzter Sekunde am Lenkrad, weil er eine Kurve nicht gesehen hatte. Einmal verloren die Räder an der Kurveninnenseite die Bodenhaftung, und der Brennabor schoss auf den beiden Außenrädern durch die Kurve. Er fiel schwer auf alle vier Räder zurück, schleuderte und raste weiter.

Sigurd musste sich nachts ins Krankenhaus geschlichen haben. Vielleicht hatte ihm jemand dort geholfen; ein Pfleger, eine Krankenschwester, jemand vom Putzpersonal. Sigurd war mit Sicherheit nicht allein gegangen. Dazu war er zu feige. Er hatte jemanden mitgenommen. Kütemeyer? Mindestens. Eventuell sogar zwei Männer. Aber Kütemeyer war auf jeden Fall dabei gewesen. Und dann?

Dann hatte er befohlen, Kron zu ermorden. Er hatte sich bestimmt nicht selbst die Hände schmutzig gemacht. Und er musste mindestens zwei Leute dabeigehabt haben, sonst hätte er Kütemeyers Aussage nicht zu fürchten brauchen. Wenn Kütemeyers Wort gegen seines gestanden hätte, hätte man wahrscheinlich eher Sigurd geglaubt. Aber zwei Zeugen gegen einen …

Wenn ein zweiter Mann dabei gewesen war, dann hatte sich dieser von Kütemeyers Geplauder genauso bedroht gefühlt wie

Sigurd. Er würde also Sigurds Befehl, Kütemeyer zu beseitigen, mit Elan befolgt haben.

Dörre. So hatte der Mann geheißen, der Kütemeyer die drei Kugeln in den Kopf geschossen hatte. Dörre musste der zweite Mann gewesen sein. Und Dörre war jetzt sicher mit Sigurd auf Gut Briest mit dabei und der gefährlichste von seinen Gefolgsleuten, denn sein Geschick hing jetzt untrennbar mit dem Sigurds zusammen. Indem er Sigurds Befehle erfolgreich ausführte, brachte er sich selbst in Sicherheit.

Welche Befehle?

Warum hatte Sigurd seinen Männern gesagt, dass sich auf Gut Briest eine Versammlung von Kommunisten befände? Weil sie ihm nicht gefolgt wären, wenn er gesagt hätte, es geht gegen eine alte deutsche Adelsfamilie, die niemandem etwas getan hat. Und warum ausgerechnet Kommunisten? Weil die SA im Umgang mit den Roten noch weniger zimperlich war als mit Homosexuellen.

Und was wollte Sigurd überhaupt von den Briests? Verspätete Rache nehmen für die Niederlage, die seine Mutter erlitten hatte?

Nein, dachte Max, nein. Es ist doch so einfach. Stell dir das Schattenriss vor; sieh es mit den Augen eines SA-Kämpfers, der dort hineingeht, um Terror zu verbreiten und einen vermeintlichen Verräter dort herauszuschaffen. Was siehst du? Einen Haufen mehr oder weniger erfolgreich als Frauen verkleidete Männer, Muskelpakete in Matrosenanzügen und Herrenanzüge, die so feminin geschnitten sind, dass sie einer Frau zu weiblich wären. Die einzigen Männer, die dort einigermaßen normal aussehen, sind die zwei, mit denen sich die Zielperson zu unterhalten scheint. Diese zwei versuchen sogar noch zu verhindern, dass die Zielperson verschleppt wird. *Die* Gesichter merkst du dir ganz automatisch.

Und meldest sie deinem Vorgesetzten, also dem Obersturmheini Sigurd von Cramm.

Und er erkennt sie wieder.

Nein, er erkennt *ein* Gesicht wieder. Dasjenige des Mannes, den er am meisten von allen hasst.

Max Brandow.

Und er sagt sich dann: Kütemeyer hat Max Brandow verraten, dass ich den Mord an Alfred Kron angeordnet habe. Ich habe nur eine Chance. Ich muss Max Brandow auch aus dem Verkehr ziehen. Und die gesamte Familie von Briest gleich mit, weil man nicht sicher sein kann, dass er es ihnen nicht sofort weitererzählt hat.

Otto von Briest.

Hermine von Briest.

Luisa Brandow.

Und ein Kind, das noch gar nicht richtig auf der Welt ist und schon in Lebensgefahr schwebt.

Max fuhr wie ein Wahnsinniger, und dass er um kurz nach 3 Uhr morgens unbeschadet über die Straße rollte, die durch das Dorf vor den Toren des Guts führte, war das größte Wunder des heutigen Tages.

## 29

Auf halbem Weg durch das Dorf wurde ihm bewusst, wie laut der Motor war. Er konnte mit dem Wagen nicht einfach vor das Gutshaus rollen. Er würde alle damit alarmieren. Er wusste nicht, was ihn dort erwartete, außer, dass die SA-Leute auf jeden Fall schon lange dort waren und sich eingenistet hatten. War es gut oder schlecht, dass sie Max nicht auf dem Gut angetroffen hatten? Max hatte beschlossen, es als gut zu werten. Sigurd wollte Max. Er konnte ihn nur dann in die Falle locken, wenn er lebende Geiseln in seiner Gewalt hatte. Innerlich frierend und gleichzeitig wie fiebernd, stellte Max den Wagen neben der Straße ab und ging den Rest zu Fuß weiter, indem er die Deckung der Alleebäume nutzte und sich immer dann duckte, wenn über einen Gemüsegarten hinweg freier Einblick vom Gut auf die Straße gewährleistet war.

Den Wachposten neben der Zufahrt bemerkte er nur, weil dieser eine Zigarette rauchte und Max den Rauch in der klaren Nachtluft wahrnahm. Er schlich sich leise näher und sah im Sternenlicht den Rauch hinter dem Mäuerchen aufsteigen, das die Zufahrt zu beiden Seiten einfasste.

Der Wachposten hockte dahinter. Wahrscheinlich hatte Sigurd ihn dort postiert, als ihm klar geworden war, dass Max nicht auf dem Gut war. Er rechnete damit, dass Max, wenn er kam, entweder mit einem Fahrzeug oder zu Fuß – und arglos – durch das Tor kommen würde. Der Wachposten konnte dann aufstehen und eine Waffe auf ihn richten, und Max wäre ein Gefangener.

So, wie die Dinge jetzt standen, überlegte Max allerdings, wie er den arglosen Wachposten ausschalten konnte.

Noch während er überlegte und dabei versuchte, alle möglichen Schreckensszenarien bezüglich seiner Familie aus dem Kopf zu verdrängen, kam ihm die Natur zu Hilfe. Der Wachposten stand plötzlich auf, streckte sich, warf die Kippe auf den Boden, trat sie aus und schlurfte dann hinter der Mauer hervor und ein paar Schritte nach draußen zu einem Baum. Er war mit einem Weltkriegskarabiner bewaffnet, den er gegen den Baum lehnte. Dann schob er sein Käppi zurück, knöpfte an seiner Hose herum, schüttelte erst ein Bein aus, dann das andere, brachte sich in Positur und begann mit einem wohligen Ächzen, Wasser zu lassen.

Max konnte zuerst seinem Glück kaum trauen. Dann huschte er aus seinem Versteck und über die Zufahrt, die aus gestampftem Erdreich bestand. Die Schritte, die er machte, wurden vom Plätschern beim Baum übertönt. Er war hinter dem Wachposten, ohne dass dieser gewahr wurde, was in seinem Rücken passierte. Ein Griff in den Nacken, einer an den rechten Ellbogen, ein massiver Ruck – der Wachposten knallte mit der Stirn gegen den

Baum. Und noch einmal. Und noch einmal. Als Max spürte, wie die Knie des Mannes nachgaben, ließ er ihn zu Boden sinken, drehte ihn auf den Bauch, kniete sich auf sein Kreuz und streckte dann die Hand nach dem Karabiner aus.

»Ts, ts, ts«, ertönte eine Stimme hinter ihm.

Max erstarrte.

»Noch nie davon jehört, det 'ne Wache immer zu zweet aufzieht. Zivilisten ...!«

Max drehte sich langsam um. Hinter ihm stand ein zweiter SA-Mann, diesmal mit einer Pistole in der Hand. Sie zielte auf Max.

»Greif mal in die Luft, Meister«, sagte der SA-Mann gemütlich.

Max hob die Hände. Der Mann, auf dem Max kniete, stöhnte und bewegte sich leicht, war aber zu hinüber, um Max abschütteln zu können.

»Ick hab noch nie jehört, det eener auf Wache pinkeln geht«, sagte Max. »Wenn ihr alle so wart, wundert's mich nicht, det wir den Krieg verloren haben.«

Das Grinsen des SA-Mannes fror ein. Seine Waffe zuckte unwillkürlich. »Steh auf«, presste er hervor.

»Det geht nicht mit den Händen in der Luft«, sagte Max. »Ick hab's an der Kniescheibe.«

Die Waffe senkte sich leicht. Der SA-Mann zischte: »Du hast gleich gar keene Kniescheibe mehr.«

Max stand umständlich und ächzend und stöhnend auf. Schließlich reckte er sich. »Hände immer noch oben?«, fragte er.

»Noch höher. Und geh von ihm runter, sonst knall ick dir wirklich noch 'ne Kniescheibe weg.«

Max trat von dem halb besinnungslosen Wachposten, den er niedergeschlagen hatte, herunter und stellte sich neben ihn. Mit den Händen in der Luft bückte er sich seitlich und spähte zu dem Mann hinunter. »Herrje«, sagte er. »Liegt voll in seiner eigenen

Lache. Habt ihr das im Krieg nich ooch jemacht? Wenn der Feind im Anrücken war?«

Der SA-Mann mit der Pistole in der Hand holte Luft, als müsse er ersticken. Selbst in der Dunkelheit konnte Max sehen, dass sein Gesicht dunkelrot anlief. »Ich knall dich ab …«, flüsterte er und hob die Pistole. Der Lauf zitterte und schwankte, aber auf den halben Meter, der Max von der Mündung trennte, konnte er kaum danebenschießen.

»Lass das mal«, sagte Max. »Euer Oberheini wartet auf mich. Sigurd von Cramm.«

Der SA-Mann blinzelte. »Der Sturmführer?«

Max machte ein amüsiertes Geräusch. »Sturmführer? Was ist denn die nächste Stufe? Gewitterleiter?«

»Wer bist du?«, fragte der SA-Mann, kurz vorm Platzen.

»Max Brandow«, sagte Max. »Aber weeßte, det is jar nich so spannend, wer ick bin. Viel spannender is, wer der Kerl ist, der hinter dir steht mit dem Totschläger in der Hand.«

»Haha«, machte der Wachposten und starrte Max unverwandt an. »Du musst denken, det ick genauso blöd bin wie du.«

Der Totschläger trat in Aktion. Der SA-Mann faltete sich lautlos auf dem Boden zusammen. Die Pistole entglitt seinen Händen. Max ließ die Hände sinken. »Hätten Sie sich nich ’n bisschen beeilen können?«, fragte er. »Für die paar Meter vom Tor nach hier rüber haben Se ja ’ne Ewigkeit gebraucht. Ick wusste schon jar nicht mehr, was ick dem Kerl noch alles erzählen sollte.«

»Bück dich mal um die Pistole, Junge, und hör auf zu quasseln«, sagte der Mann, der sich die ganze Zeit über an den SA-Mann angeschlichen hatte. »Und gib sie mir dann. Ich bück mich dieser Tage nicht mehr so leicht, und das ist mein voller Ernst.«

# 30

Wie geht es den anderen?«, fragte Max. Er und Ernst Türk kauerten auf der vom Gutshaus abgewandten Seite des Mäuerchens. Türk hatte die Pistole eingesteckt und hielt den Karabiner auf dem Schoß. Die beiden bewusstlosen SA-Männer lagen mit ihren Koppeln und Schulterriemen aneinandergefesselt und mit ihren Hemden geknebelt im Dickicht unter ein paar Bäumen.

»Als ich sie zuletzt gesehen habe, waren sie wohlauf«, sagte Türk. »Cramm hält sie alle in der Scheune fest.«

»Alle?«

»Die beiden Briests, deine Frau, den Hausverwalter, die Köchin und das Dienstmädchen«, sagte Türk geduldig.

»Und keenem is was passiert?«

»Deinen Vater haben sie ein bisschen herumgeschubst. Die anderen haben keinen Kratzer. Aber einer von den SA-Kerlen hat 'ne üble Bisswunde im Arm, die stammt von deiner Mutter.«

»Und Luisa?«

»Munter wie ein Fisch im Wasser. Cramm wartet auf dich, schätze ich, um dich dann zusehen zu lassen, was er mit ihnen anstellt. Mit dem Kerl hast du es dir gründlich verdorben.«

»Wie sind Sie denen entkommen?«, fragte Max.

»Die wissen gar nicht, dass ich hier bin. Mein Tourer steht zwar vor dem Gutshaus, aber wahrscheinlich glaubt Cramm, dass er Otto gehört. Ich war in der Küche, als die hier ankamen – kurz nach Mitternacht. Die sind vorgefahren, runter vom Wagen und haben sofort das Haus gestürmt. Salon, ersten Stock, Dienstbotenstock. Bis sie in der Küche im rückwärtigen Gebäudeteil ankamen, war ich schon draußen im Gemüsegarten und lag unter den Stangenbohnen.«

»Was tun wir jetzt?«, fragte Max.

»Was hattest du denn vor?«

»Keene Ahnung, um ehrlich zu sein. Ick bin voller Panik hier rausgefahren. Ick denke, ich hätte eenen nach dem anderen von den Kerlen ausgeschaltet, bis ich vor Sigurd gestanden hätte.«

»Ist ein guter Plan«, befand Türk. »Ich hatte das Gleiche vor.«

»Wie viele sind die?«

»Mit Cramm waren es neun Leute. Davon liegen jetzt zwei da drüben im Kraut. Bleiben noch sieben.«

»Wo sind die alle?«

»Cramm hat drei Leute bei sich in der Scheune. Zwei sind im Haus, zwei sind im Lkw.«

»Wie kriegen wir die ausjeschaltet?«

»Das, mein Junge«, sagte Türk, »ist das eigentliche Problem.«

»Ick dachte, Sie wüssten, wie man so was macht?«

»Was hättest du denn getan, wenn man mich auch gefangen hätte? Sei froh, dass ich hier bin und dir mit Rat und Tat zur Seite stehe.«

Max schreckte auf. »Wann hätten die zwei beim Tor Wachablösung gehabt? Nicht, det wir auf eenmal zwei neue von den Kerlen hier stehen haben.«

»Keine Ahnung«, gab Türk zu. »Aber soweit ich weiß, waren sie die erste Schicht. Kann nicht mehr lange dauern.«

»Die beiden im Lkw. Die sind die zweite Schicht.«

»Wahrscheinlich.«

»Wir müssen sie herlocken«, sagte Max. »Wir können uns nich hier hinsetzen und warten, det se von alleene ankommen.«

Türk nickte. »Wir machen es so …«

Kurz darauf lief Max, eines der SA-Käppis auf dem Kopf und eine Hand in der Hosentasche, um die Breeches der SA-Uniform wenigstens halbwegs nachzuahmen, zum Gutshaus vor, bis er den Lkw sehen konnte. Er vertraute auf die Dunkelheit und darauf, dass seine Silhouette wenigstens halbwegs passend aussah. Er pfiff und wartete, bis er einen undeutlichen Antwortruf aus dem Lkw vernahm. Dann winkte er.

»Schnell, kommt ma!«, rief er. »Ick brauch Hilfe.« Er rannte sofort wieder zurück.

Keuchend kam er bei Türk an, der jenseits der Mauer auf dem Rücken lag, dicht an die Ziegelsteine gedrängt. Er kauerte sich bei seinen Beinen nieder, dann spähte er über den Rand des Mäuerchens.

»Verdammt«, stieß er hervor. »Die sind gar nicht so blöd. Da kommt nur eener.«

»Macht nichts«, sagte Türk.

»Hey?«, rief der sich nähernde SA-Mann.

Max tauchte kurz hinter dem Mäuerchen auf und winkte. »Hierher, schnell!«, rief er und versuchte, die kratzige Stimme des SA-Mannes nachzuahmen, den Türk niedergeschlagen hatte. »Ihm is schlecht jeworden!« Er tauchte sofort wieder hinter dem Mäuerchen unter. »Mach hin!«, rief er aus dieser Position nochmals.

Der SA-Mann aus dem Lastwagen kam um das Mäuerchen herum. Max versuchte, sich vorzustellen, was er sah: eine Person, die auf dem Boden kauerte, ein SA-Käppi auf dem Kopf, aber auf den zweiten Blick nicht in eine SA-Uniform gekleidet. Eine weitere Person, die auf dem Rücken lag und zu der der Blick von der ersten Person verdeckt wurde. Es dauerte nur eine Sekunde, bis der SA-Mann stutzig wurde.

»Was zum …«, begann er.

Max rückte beiseite. Türk hob den Karabiner und zielte von unten direkt auf den SA-Mann. »Pssst«, sagte Türk. »Komm mal ein bisschen näher, Freundchen. Sonst geht mir noch ein Schuss los und durchlöchert dich von unten bis oben, und das ist mein voller Ernst.«

Zwei Minuten später war der Neuankömmling bis auf die Unterhose, eine Socke und sein Unterhemd nackt. Diesmal war es Max' Gürtel, der seine Hand- und Fußgelenke zusammenband, sodass er gekrümmt auf der Seite lag wie ein schlachtreifes Ferkel.

Die zweite Socke steckte als Knebel in seinem Mund. Der Mund des SA-Mannes arbeitete, und er versuchte zu zappeln, aber der Gürtel hielt, und ab und zu stieß Türk ihn grob in die Seite.

»Willst du das wirklich tun?«, fragte Türk.

»Was denn«, fragte Max und verzog angewidert das Gesicht. »In diese verschwitzte Pfadfinderkutte steigen oder den zweeten Posten rauslocken?« Er schlüpfte in die hohen Schaftstiefel des SA-Mannes. Sie waren zu groß, aber er musste auch nicht weit damit gehen. »Wird schon schiefjehen.«

Als er die Uniform fertig angezogen hatte, steckte er die Pistole in den Gürtel und lief wieder zurück zum Lkw. Sein Mund war trocken. Bis jetzt war alles unverhältnismäßig glattgegangen. Würde die Strähne nun vorbei sein? War der Mann im Lkw bewaffnet? Was wäre, wenn Max nun geschnappt würde? Dann würde man auch anfangen, nach Türk zu suchen, und Luisas und die Chance der anderen auf Befreiung war dahin. Max' Herz klopfte wieder bis zum Hals, und sein Magen war sauer vor Aufregung. Er bog um den Hausbaum auf der Grasinsel vor dem Eingang des Guts, versuchte, nicht zu der Scheune hinüberzuschielen, sah, dass der SA-Mann, den sie gerade überlistet hatten, der Beifahrer gewesen war, lief mit gesenktem Kopf und abgewandtem Gesicht um die Motorhaube herum, riss die Beifahrertür auf und setzte sich auf den Sitz.

»Und, was war los …?«, fragte der Mann am Steuer schläfrig und stockte dann, als Max ihm die Pistole unters Kinn drückte.

»Eene falsche Bewegung«, flüsterte Max schwer atmend. »Een Griff zur Hupe oder sonst irgendeene Dummheit – und du kannst deine Birne vom Autohimmel kratzen. Vastehste?«

Der SA-Mann schielte zu Max, schluckte und nickte dann unmerklich.

»Nimm die Hände vom Lenkrad.«

Der SA-Mann gehorchte.

»Schwing die Beine zu mir rüber.«

»Du bist der, uff den der Sturmführer wartet«, sagte der SA-Mann zwischen zusammengebissenen Zähnen.

»Und da kann er lange warten«, sagte Max. »Rutsch zu mir rüber.«

Mit einiger Mühe stiegen sie zusammen aus. Max trieb den SA-Mann vor sich her zum Tor. Dessen Augen wurden weit, als er seinen Kollegen in Unterhosen gefesselt daliegen sah und Türk daneben. Der gefesselte SA-Mann machte erstickte Geräusche um seinen Knebel herum.

Weitere Minuten später befanden sich vier gefesselte und geknebelte SA-Männer im Gebüsch unweit des Tors. Die zwei, die zuerst überwältigt worden waren, waren immer noch bewusstlos. Die beiden Neuzugänge wanden sich in den Fesseln.

»Ich trau denen nicht«, sagte Türk. »Ich stell sie mal ruhig.«

Er fischte den Totschläger aus der Tasche. Um zwei Knebel herum ertönten dringende Geräusche. Die Gefesselten versuchten wegzurobben. Türk setzte den Totschläger fast zärtlich ein. Dann steckte er ihn wieder weg. »Man muss wissen, wo man hinschlägt«, sagte er. »Erwischt man die falsche Stelle, bringt es entweder nichts – oder der Kerl trägt einen irreparablen Schaden davon. So wird den beiden, wenn sie wieder aufwachen, 'ne Woche übel sein, sie werden undeutlich reden und alles doppelt sehen. Wenn sie sich währenddessen zu den anderen Säufern ins Sturmlokal setzen, werden sie also gar nicht auffallen.«

Max knöpfte sich das braune Hemd auf. Türk hielt ihn auf.

»Diese Kutte ist 'ne Beleidigung«, stieß Max hervor. »Man möchte kotzen, wenn man sie anhat.«

»Lass sie noch 'ne Weile länger an. Die leistet uns gute Dienste.«

Max seufzte. Dann betrachtete er die Gefesselten. »Vier geschafft, fünf noch übrig«, sagte er leise. »Und det nach 'ner guten halben Stunde. Wir sind jar nich so schlecht.«

»Das waren die einfachen Fälle«, sagte Türk.

»Wie meinen Sie das?«

»Die Kerle hier konnten wir aus der Nähe ausschalten. Für den Rest brauchen wir die vielleicht wirklich.« Türk deutete auf die Pistole, die Max wieder in den Gürtel gesteckt hatte. »Hast du schon mal auf 'nen Menschen geschossen, Max?«

»Nein.«

»Ist nicht schön, auch wenn's der andere verdient hat. Und ein winziges Zögern reicht. Die meisten von den SA-Mistkerlen haben schon viele Male auf Menschen geschossen, die schießen ohne zu zögern zurück.«

»Ick hab jehört, mit 'ner Pistole trifft man auf fünf Meter schon keene Kuh mehr.«

»Dann stell dir vor, wie es ist, wenn in der Scheune, wo sechs Menschen gefesselt auf dem Boden sitzen, ein großes Geballer losgeht. Wer alles getroffen werden kann von Kugeln, die für jemand ganz anderen gedacht waren.«

»Wir müssen die Kerle aus der Scheune locken«, sagte Max.

»Ja.« Türk seufzte schwer. »Wir sind erst halbwegs fertig.«

# 31

Sigurd war hin- und hergerissen. Er genoss die Demütigung der Gefangenen, die er mit auf den Rücken gefesselten Händen und zusammengebundenen Fußknöcheln auf dem Boden sitzen ließ. Auf der anderen Seite mussten er und seine Männer weg sein, wenn der Tag anbrach und Dienstleister aus dem Dorf auf dem Gut auftauchten. Die Wachposten konnten sie nicht ewig abwimmeln. Tatsächlich wäre es am besten gewesen, die Dörfler bekamen erst gar keine SA-Uniform zu Gesicht. Deshalb hoffte er, dass Max Brandow bald hier auftauchte und in die ihm gestellte Falle tappte. Erst wenn Brandow da war, konnte Sigurd mit der Eliminierung der Briests beginnen – denn Brandow sollte zusehen müssen, wie er sie hinrichten ließ. Für ihn war erst die letzte Kugel bestimmt. Auf diese Weise konnte Sigurd zwei Fliegen mit einer Klappe schlagen – die möglichen Mitwisser am Mord an Alfred Kron ausschalten und Vergeltung an Max Brandow üben.

Rottenführer Dörre, der seine Bisswunde pflegte, und zwei weitere Sturm-Männer namens Milkowski und Dommink waren mit Sigurd in der Scheune. Sie ließen die Geiseln nicht aus den Augen. Wenn Brandow eintraf, würden Milkowski und Dommink die Scheune verlassen und das Gut absichern. Bei den Exekutionen wollte Sigurd nur Dörre dabeihaben.

Die SA-Männer hatten, nachdem sie die Gefangenen in die Scheune gebracht und festgestellt hatten, dass das Haus ansonsten leer war, mit Misshandlungen beginnen wollen. Das Ziel war gewesen, aus den Geiseln herauszubekommen, wo die Kommunistenversammlung abgeblieben war, derentwegen man sich aus Berlin hierherbemüht hatte. Otto von Briest war mehrfach geschlagen worden. Schließlich hatte Sigurd die Misshandlungen einstellen lassen, als ihm klar geworden war, dass sie vielleicht dazu führte, dass die Briests ein paar Dinge über ihn erzählten, die seine Männer nicht zu wissen brauchten. Danach hatte er Otto, Hermine und Luisa knebeln lassen.

Jetzt winkte er seinen Männern, etwas zurückzutreten. Dann kauerte er sich neben Luisa auf den Boden und starrte ihr ins Gesicht. Aus dem Augenwinkel sah er sowohl Hermine als auch Otto an ihren Fesseln zerren, aber es war vergeblich. Luisa gab seinen Blick zurück, ohne Furcht zuerst, doch dann begannen ihre Lider zu zucken, und Sigurd sah, dass ihr Tränen in die Augen stiegen. Sie senkte den Blick.

»Ich habe dir eine Chance gegeben, weißt du noch?«, raunte Sigurd. »Auf der lächerlichen Filmpremiere. Da hättest du dich entscheiden können. Für mich. Schau mich an. Mit mir hättest du eine Zukunft gehabt. Das Gut hier wäre heute schon das Zentrum der Bewegung. Aber du hast dich an den Gossenjungen gehalten.

Hast ihn sogar geheiratet. Am Ende hat er dich schon geschwängert?«

Etwas in ihren Augen ließ ihn aufmerken. Er schüttelte den Kopf.

»Dass du dich nicht schämst«, sagte er. »Eine Adlige und so ein Bastard. Und dann auch noch Kinder in die Welt setzen. Weiß es Brandow schon? Oder soll ich es ihm sagen, kurz bevor meine Männer dir einen Genickschuss verpassen? Damit er weiß, dass nicht nur du vor seinen Augen stirbst, sondern auch sein Balg?«

Luisa schloss die Augen. Tränen liefen ihr über die Wangen. Sigurd wandte sich um und betrachtete Hermine und Otto. Hermines Augen loderten vor Wut, Otto kämpfte immer noch gegen seine Fesseln. Die drei Dienstboten saßen mit hängenden Köpfen da, das Dienstmädchen weinte erstickt hinter seinem Knebel. Die Hilflosigkeit der Briests machte Sigurd fast berauscht.

»Deine Tochter tut das Gleiche wie du«, sagte er zu Otto. »Sie schändet ihren Stand. Du hast auch eine Schlampe von der Straße geheiratet und ihr deinen Namen gegeben. Und wie war's davor? Seit drei Generationen heiraten die Briests irgendwelche Untermenschen, angefangen bei deinem Großvater, der die Franzosenhure hierhergebracht hat. Ihr seid gar keine richtigen Adligen mehr. Man muss sich schämen, dass man zum gleichen Stand wie ihr gezählt wird.«

Sigurd dachte daran, was seine Mutter ihm immer wieder erzählt hatte: wie sehr sie sich schämte, ihn in die Welt gesetzt zu haben, und wie sehr sie ihren Mann – Sigurds Vater – dafür verabscheute, dass er sich nicht standesgemäß verhalten hatte. Nein, er hatte sich für seine verlausten, verdreckten, einfachen Soldaten abknallen lassen. Für Leute wie Kütemeyer! Auf einmal verstand er ihren jahrelangen Hass. Er wünschte, sie wäre jetzt hier. Dann würde sie sehen, dass er es endlich kapiert hatte und dass sie doch stolz auf ihn sein konnte.

Vom Gutshaus her waren auf einmal Schüsse zu hören, das

Klirren von Fensterscheiben und etwas wie Jubelschreie. Die Gefangenen zuckten zusammen. Sigurd richtete sich schnell auf und trat zu Dörre, der mit überraschtem Gesicht dem Lärm lauschte.

»Ich habe gesagt, die Männer sollen nichts zerstören. Gut Briest wird demnächst mir gehören!«, sagte er scharf.

»Ick hab Ihre Befehle weitergeleitet, Herr Sturmführer. Wie Sie gewünscht haben.«

»Lassen Sie nachsehen, was da los ist.«

Dörre machte eine knappe Kopfbewegung zu Milkowski und Dommink. »Ablösung!«, befahl er. »Die beiden im Haus sollen hierherkommen. Ihr bezieht drüben Posten.« Er wandte sich an Sigurd. »Werde die beiden Idioten vor Ihren Augen zur Rede stellen, Herr Sturmführer!«

Sigurd nickte. Milkowski und Dommink stapften mit gleichgültiger Miene aus der Scheune. Dommink zog das Tor wieder hinter sich zu.

Dörre wandte sich an Sigurd. »Sollten wir nicht vor dem Morgengrauen hier weg sein, Herr Sturmführer?«

»Ja, sollten wir.«

»Was befehlen Sie für den Fall, dass der Letzte der Kommune, auf den wir noch warten, nicht rechtzeitig kommt?«

Vor Sigurds Augen entstand plötzlich ein Bild: Max Brandow, der aufs Gut zurückkehrte, niemanden im Haus vorfand und zu suchen begann … endlich in der Scheune nachschaute … wie angewurzelt stehen blieb, den Blick nach oben gerichtet, wo sich sechs leblose Körper langsam in der Zugluft drehten, nebeneinander aufgeknüpft an einem Dachbalken … Selbst wenn Sigurd ihn heute nicht in die Finger bekam, wäre das eine wunderbare Vergeltung.

»Finden Sie ein paar Längen Draht«, sagte er. »Das hier ist eine Scheune. Da sollte sich so was finden lassen. Bevor wir abziehen, geben wir den Kommunistenschweinen hier, was sie verdient haben. Keine ehrliche deutsche Kugel. Wir geben ihnen den Strick.«

# 32

Max stand mit schweißfeuchten Händen auf der einen Seite der breiten Tür, die vom Flur in den Salon führte. Er presste sich an die Wand. In seinen Fäusten steckte der schwere eiserne Schürhaken, mit dem man die Scheite im Kamin herumschieben konnte. Er hielt ihn mit beiden Händen hinter der rechten Schulter, alle Muskeln gespannt. Auf der anderen Seite der Tür, ebenfalls an die Wand geschmiegt, stand Ernst Türk. Er hielt die eiserne Kaminschaufel. Auf dem Teppich des Salons lagen Putzbrocken von den Einschüssen in der Decke und ein paar Glasscherben, die beim Feuern durch die Fenster nach innen gefallen waren. Max schluckte und starrte in die Düsternis zu dem dunklen, unförmigen Schatten hinüber, der Türk war. Er bildete sich ein, dessen Augen funkeln zu sehen und dass er ihm aufmunternd zunickte.

Die zwei SA-Männer, die das Haus bewacht hatten, hatten sich extrem einfach ausschalten lassen. Sie hatten in der Speisekammer gestanden, jeder ein geöffnetes Bier zwischen den Knien, und mit dreckigen Fingern eingemachte Gurken aus einem geöffneten Glas gefischt. Sie hatten gelacht und nicht gehört, dass Max und Türk sich anschlichen. Sie hatten sich ein Gewehr geteilt, ebenfalls Weltkriegsware, das sie außerhalb der Speisekammer an die Wand gelehnt hatten, um die Hände frei zu haben. Es war ihnen erst klar geworden, was geschah, als Max die Tür zugezogen und mit dem außen steckenden Schlüssel versperrt hatte. Die Tür war aus schweren Eichenbohlen und stammte noch aus der Zeit Bismarcks, wenn nicht vorher. Die SA-Männer würden sie nicht aufbekommen, auch nicht, wenn sie hundert Jahre lang mit ihren Dolchen versuchten, das Schloss aus dem Holz herauszugraben. Das Holz war fast so hart wie Metall. Anfangs hatten sie gegen die Tür gedonnert, aber dann hatten sie damit aufgehört. Wahrscheinlich saßen sie in der kompletten Dunkelheit ihres

Verlieses, tranken Bier und tasteten nach weiteren Vorräten, die sie verspeisen konnten.

Die Schüsse und das Jubelgeschrei waren Max' Idee gewesen. Wenn Sigurd und die anderen in der Scheune dachten, ihre Kameraden im Haus würden fröhlichen Radau machen, würden sie jemanden herüberschicken – wahrscheinlich zwei Männer, um die Radaubrüder abzulösen. Einer allein würde sich gegen möglicherweise alkoholisiere Kameraden nicht durchsetzen können, drei würde Sigurd nicht entbehren, weil er dann – laut Türks Zählung, auf die Max sich verlassen musste – ganz allein mit den Geiseln gewesen wäre. Die Neuankömmlinge würden nicht besonders wachsam sein. Allenfalls würden sie ihre Kameraden mit einem Augenrollen nach drüben schicken und sie dann noch kurz fragen, wo sie den Schnaps entdeckt hatten.

»Alles gut bei Ihnen?«, wisperte Max zu Türk hinüber, als er durch die zerstörten Fensterscheiben Schritte hörte, die sich dem Haus näherten.

»Pssst!«, machte Türk.

Max packte den Schürhaken fester. Türk hatte die Pistole, aus deren Magazin jetzt vier Kugeln fehlten, nach dem Feuern wieder eingesteckt. Er hatte ganz richtig bemerkt, dass es jetzt darum ging, gegen die verbleibenden Männer in der Scheune psychologische Kriegsführung einzusetzen. Diese war am wirksamsten, wenn der Gegner nicht wusste, was los war. Stille war dabei ein probates Mittel. Wenn die Männer, die er ausgesandt hatte, nicht zurückkehrten, es sich aber auch nicht feststellen ließ, was ihnen zugestoßen war, verstärkte das die Nervosität. Und nervöse Leute machten Fehler.

Max betete im Stillen, dass der Fehler nicht darin bestand, voller Panik den Gefangenen etwas anzutun. Er lockerte die Schultern. Er hatte keine Zweifel, dass der so plump wirkende Türk genau wusste, wie er sein Werkzeug handhaben musste, damit er seinen Gegner zu Boden schickte. Er selbst wusste nur, dass er ihm keine Gelegenheit geben durfte, einen Schrei auszustoßen oder gar zu entkommen. Es musste blitzschnell und gezielt gehen. Ein Schwung, ein Schlag – und zwei weitere Gegner unschädlich gemacht.

Die Haustür öffnete sich.

»He, ihr Affen, wo seid ihr?«, ertönte eine Stimme. Eine zweite setzte hinzu: »Ihr Blödmänner, was ballert ihr hier rum? Dörre und der Sturmführer schäumen vor Wut.«

Türk ließ ein Husten hören. Nach einem kurzen Zögern setzten sich die Männer im Flur in Bewegung. Max hörte das Klacken der Stiefelabsätze, die zur Salontür herüberkamen.

»Wieso macht ihr kein Licht?«, fragte der erste. Der zweite fragte mit einem Unterton von Besorgnis: »Stimmt was nicht?«

Sie blieben vor der Tür des dunklen Salons stehen. Kommt schon, dachte Max, nur noch ein Schritt … nur ein Schritt … Schweiß lief ihm in die Augen, obwohl es im Salon nicht warm war. Worauf warteten die Kerle? Und worauf wartete Türk? Er brauchte doch nur noch einmal zu husten. Die SA-Männer vor der Tür sagten nichts mehr, doch Max hörte Kleidung rascheln und Ledergürtel knarren. Sie kamen nicht herein. Sollte Max husten? Er holte Luft.

Etwas klickte, dann fiel ein schwacher Lichtschein in den Salon. Einer der beiden Männer hatte eine Taschenlampe!

»Hey, ihr Vollidioten?«, hörte Max den einen sagen.

Dann traten beide gleichzeitig ein.

Endlich.

Es war wie eine Befreiung. Wie eine Feder, die unerträglich lange gespannt gewesen ist und sich jetzt plötzlich lösen durfte. Max trat von der Wand weg und schwang den Schürhaken, beide Arme gestreckt, eine Drehung aus der Hüfte, das Gewicht auf dem hinteren Bein, die Handgelenke locker. Hätte er eine Holzfälleraxt geschwungen, wäre diese jetzt tief in den Baumstamm gedrungen – und seine Schultern wären geprellt gewesen, weil der

Baumstamm nicht nachgegeben hätte und weil das Geheimnis beim Holzfällen darin lag, nicht mit aller Kraft auf den Baum loszudreschen. Ein Baum war immer der Stärkere.

Aber der Schürhaken war keine Axt und der SA-Mann mit der Taschenlampe, den der Schwung vor den Solarplexus traf, kein Baum. Seine Füße verloren die Bodenhaftung, er flog rückwärts wieder in den Flur hinaus und prallte dort schwer auf. Die Taschenlampe schlitterte über den Fliesenboden und stieß gegen die Wand. Der zweite SA-Mann fiel auf die Knie, als Türks Schlag ihn von oben quer über den Rücken traf. Er schnappte nach Luft. Die flache Seite der Schaufel traf ihn gegen die Schläfe. Er kippte seitlich um und rührte sich nicht mehr.

Max sprang über ihn hinweg und in den Flur hinaus, den Schürhaken hoch erhoben. Sein Gegner lag mit weit ausgebreiteten Armen auf dem Rücken und röchelte. Blut lief aus seinem Mundwinkel. Max starrte auf ihn hinunter.

Türk trat neben ihn, fiel ächzend auf ein Knie und rollte den Mann auf die Seite. »Den hat's schwer erwischt«, sagte er. »Lassen wir ihn wenigstens nicht an seinem eigenen Blut ersticken.« Er streckte dem Bewusstlosen den Hals. Blut sammelte sich unter seinem Gesicht und schäumte, wann immer der Mann röchelnd ausatmete.

Max fühlte, wie Türk ihn schüttelte. »Gut gemacht«, sagte der Kriminalbeamte und streckte Max eine Hand entgegen. Max hievte den schweren Mann mit einiger Anstrengung auf die Beine.

»Wird er … sterben …?«, fragte er beklommen und deutete auf den Bewusstlosen.

»Keine Ahnung«, sagte Türk. »Auf jeden Fall wird er längere Zeit nicht mehr auf Frauen und Kinder einprügeln, die vor einem SA-Aufmarsch nicht schnell genug davonlaufen und jüdisch aussehen.«

Max war schwindlig. »Und nun?«, fragte er.

»Was fragst du mich? Du hast doch hier die guten Ideen.«

Sie ließen den Mann im Flur liegen und schleiften den anderen in den Salon. Max fand eine dünne Schnur in der Schublade des Sekretärs und fesselte den Besinnungslosen. Gemeinsam schoben sie ihn hinter das schwere Sofa. Türk knüllte ein Spitzendeckchen vom Teetisch zusammen und steckte es dem Mann als Knebel in den Mund. Dann hoben sie das Sofa hoch und klemmten ihn damit ein. »Jetzt kann er zappeln, wie er will, wenn er wieder zu sich kommt«, erklärte Türk befriedigt.

»Wenn Se richtig jezählt haben, sind noch zwei übrig«, sagte Max.

»Ich habe richtig gezählt.« Türk trat auf ihn zu und legte ihm die Hand auf die Schulter. »Die jetzt noch übrig sind, sind die gefährlichsten.«

»Warum?«

»Weil sie in der Falle sitzen und nur eine Chance haben, rauszukommen – das Leben der Geiseln. Vertraust du mir?«

## 33

Dörre hatte die erste Drahtschlinge fertig und überreichte sie Sigurd. Dieser drehte sich damit zu den Gefangenen um. Alle Augen richteten sich auf die Schlinge. Die Furcht war geradezu greifbar. Sigurd zerrte ein paarmal an der Schlinge.

»Davon brauchen wir noch fünf«, sagte er im Konversationston. Er schritt vor den Geiseln auf und ab. »Wer will der Erste sein – nachher? Einer muss mit gutem Beispiel vorangehen. Du, Otto?«

Hermine schüttelte wild den Kopf und gab verzweifelte Geräusche von sich. Otto erwiderte Sigurds Blick ruhig.

»Du bist hier der Gutsherr, auch wenn so einer wie du den Namen nicht verdient«, sagte Sigurd. »Du darfst bestimmen, wer der Erste ist. Du hast drei Sekunden Zeit. Also – wer soll es sein?«

Er bückte sich und löste Ottos Knebel. »Eins …«, sagte er gedehnt.

Otto fuhr sich mit der Zunge über die rissigen Lippen. »Max ist schon da draußen«, sagte er mit krächzender Stimme. »Du wartest auf ihn? Er wartet auf dich. Deine Männer müssten schon längst zurück sein.«

Sigurd fuhr zu Dörre herum. »Wo sind die Leute, verdammt?«, stieß er hervor. »Habe ich Ihre Führungsqualitäten falsch eingeschätzt, Rottenführer?«

Dörre ließ die Drahtschlinge fallen, an der er arbeitete. »Nein, Herr Sturmführer. Weiß nicht, was los ist, Herr Sturmführer.«

»Gehen Sie nachsehen, Dörre.«

»Jawohl, Herr Sturmführer.«

»Das ist Max«, sagte Otto. »Er holt einen nach dem anderen von euch.«

»Bleiben Sie hier, Dörre!«, sagte Sigurd scharf. Er bückte sich und steckte Otto den Knebel grob zurück in den Mund. »Wir machen das anders. Wir …«

Er zuckte zusammen, weil draußen plötzlich der Motor des Lkw ansprang. Dörre warf ihm einen verdutzten Blick zu. Der Motor röhrte auf, dann konnte man Federn quietschen und einen Pritschenaufbau rattern hören. Man bekam den Eindruck, dass der Wagen rangiert wurde. Dörre stapfte zur Tür und streckte die Hand aus, um sie aufzuziehen.

»Warten Sie!«, rief Sigurd. Er starrte die Tür an, als könnte er durch sie hindurchsehen, wenn er sich nur genügend anstrengte. Der Motor wurde leiser und orgelte dann im Leerlauf.

Jemand klopfte an die Tür. Diesmal schraken alle zusammen, auch die Gefangenen.

»Zu mir, Dörre«, rief Sigurd und hörte selbst, wie panisch seine Stimme auf einmal klang. Dörre zog sich zurück und stellte sich vor Sigurd. Er legte die Hand auf die Tasche, in der er die Pistole hatte, und sah Sigurd fragend an. Sigurd nickte hektisch.

Dörre zog die Pistole und entsicherte sie. Er zielte vage in Richtung Tür.

Es klopfte erneut. »Jemand da drin?«, ertönte eine Stimme. »Sigurd?«

»Wer ist da?«, rief Sigurd, obwohl er es wusste.

»Deine Leute«, sagte die Stimme, »kannst du alle vergessen. Ihr seid 'ne Schande für die Sturmabteilung, und die is 'ne Schande für die jesamte Menschheit. Kannst dir ausrechnen, was det dann für dich und deine Chorknaben bedeutet.«

»Max Brandow«, rief Sigurd und bemühte sich, seine Stimme kalt klingen zu lassen, »ist dir klar, dass ich deine gesamte Familie hier in meiner Gewalt habe?«

»Ick wäre verhandlungsbereit«, sagte Max.

»Mit wem bist du da draußen?«

»Hier gibt's nur mich und acht zu hübschen Paketen verschnürte Sturmkrähen. Det ist mein voller Ernst«, rief Max.

»Worüber willst du verhandeln?«

»Über die Freilassung meiner Familie und der Dienstboten.«

»Ich verhandle nicht mit dir. Du hast mir nichts zu bieten, was ich mir nicht auch alleine nehmen kann.«

»Ick biete mich selbst. Mich kriegste nich von alleene.«

Hermine und Luisa schüttelten gleichzeitig die Köpfe und machten entsetzte Geräusche.

»Du lieferst dich aus?«

»Sobald du die Gefangenen freigelassen hast.«

»Bist du wirklich allein? Ich möchte einen Beweis.«

»Wie soll der auskieken?«

»Stell dich in die Mitte der Tür und öffne sie. Ich will dich sehen. Dann können wir auch von Angesicht zu Angesicht verhandeln.«

»Was ist denn mit dir, Sigurd? Bist du alleene, oder haste noch 'ne halbe Lokalmannschaft mit da drin?«

Dörre beugte sich zu Sigurd und wisperte: »Er weiß nicht, wie viele wir sind, Herr Sturmführer. Taktischer Vorteil!«

»Das weiß ich selber«, flüsterte Sigurd ungnädig. Laut rief er: »Ich bin nicht alleine.« Dörre blickte ihn fassungslos an. »Ich habe sechs Geiseln bei mir, die nicht mehr alle taufrisch sind. Also beeil dich.«

Dörre grinste und nickte anerkennend. Sigurd grinste ebenfalls. Dann raunte er Dörre zu: »Sobald der Narr die Tür aufmacht, verpassen Sie ihm ein Ding. In die Lunge oder in den Bauch. Hauptsache, er ist außer Gefecht und noch nicht gleich tot.«

»Wird erledigt, Herr Sturmführer.«

Sigurd wandte sich zu den Briests um. Verzweifelte Blicke und heftiges Aufbäumen gegen die Fesseln war ihre Reaktion. Sigurd zuckte mit den Schultern. »Er hätte sich nicht mit mir anlegen sollen.« Dann rief er: »Was ist nun? Bist du zu feige, Gossenratte?«

Sigurd hörte die Tür plötzlich in ihren Angeln quietschen, so als ob jemand die Hände daraufgelegt hätte. Es war eine Doppeltür, zwei Türblätter, die nach innen aufschwangen. Dörre hob die Pistole und zielte. Die Briests machten angestrengte Geräusche, um Brandow zu warnen, aber er würde sie nicht hören können. Sigurd lächelte.

»Ick bin so weit«, rief Max. »Keene Tricks, Sigurd, wa?«

»Mach schon«, erwiderte Sigurd.

»Bin schussbereit, Herr Sturmführer«, flüsterte Dörre, ein Auge zugekniffen und über den Lauf der Waffe zielend.

Die Tür flog mit einem Schwung auf.

Grelles Licht flammte auf und flutete den Raum.

Dörre schoss. Sigurd hörte, wie die Kugel etwas Metallenes traf und jaulend als Querschläger davonflog.

Ein zweiter Schuss fiel. Sigurd fühlte, wie jemand gegen ihn stieß und dann an ihm herunterrutschte. Unwillkürlich versuchte er, den Körper festzuhalten. Er war vom hellen Licht geblendet und wie im Schock. Er bekam etwas Kantiges zu fassen – die Pistole. Er verbrannte sich am Lauf die Finger, aber er ließ sie nicht los. Er hörte den Mann in seinen Armen gurgeln: »Herr … Sturmführer …« und fühlte den Körper dann schlaff werden.

Er hörte jemanden rufen: »Hier ist die Polizei! Waffe weg und Hände hoch!«

Der Schock machte ihn zugleich taub und klarsichtig – auf eine extrem fokussierte Art. Er wusste, dass Dörre erschossen worden war, weil er die Waffe in der Hand gehalten hatte. Jetzt hatte Sigurd die Pistole, und er würde der Nächste sein, auf den geschossen würde. Wer immer der Schütze war, er war gut genug, dass er es gewagt hatte, trotz der Nähe der Geiseln auf Dörre zu feuern.

Max Brandow?

Egal.

Die seltsame, panische Klarsichtigkeit, die ihn erfüllte, ließ Sigurd wissen, was seine einzige und letzte Chance war. Wenn er schnell genug reagierte.

Er riskierte es.

## 34

Es war Max' Idee gewesen, den Lkw direkt vor die Türen des Schuppens zu rangieren und die Scheinwerfer aufzublenden, sobald sie offen standen. Es war Türks Idee gewesen, die Türen nicht mit dem Wagen aufzustoßen, sondern von Hand. Der massige Kriminalbeamte stand seelenruhig und breitbeinig da, nachdem er sie geöffnet hatte, die Waffe im Anschlag, und hatte darauf gebaut, dass jemand, der von drinnen nach draußen feuerte, zu geblendet war, um irgendetwas zu treffen. Er hingegen hatte das Ziel vor sich wie auf dem schönsten Schießstand.

Max hatte protestiert, als Türk ihm diesen Teil des Plans dargelegt hatte, aber dann hatte er das getan, worum der Kriminaler ihn gebeten hatte: Er hatte ihm vertraut.

Alles hatte perfekt geklappt.

Der SA-Mann mit der Pistole, der sofort geschossen hatte, war eine halbe Sekunde später kampfunfähig gewesen. Türk hatte ohne zu zögern zurückgeschossen.

Doch dann ging alles schief, denn Türks Polizeitraining bekam die Oberhand. Statt sofort auf den zweiten Mann in SA-Uniform zu schießen, der neben den Geiseln stand – Sigurd von Cramm –, warnte er ihn und forderte ihn auf, sich zu ergeben.

Sigurd bückte sich blitzschnell und zerrte Luisa auf die Beine. Bis Türk reagierte und den Zeigefinger krümmte, war es zu spät. Er konnte es nicht mehr riskieren.

»Nicht!«, schrie Max voller Panik.

Türk riss den Lauf der Pistole hoch und trat gleichzeitig mit einer Körperdrehung in die Deckung des Motorblocks. Doch Sigurd schoss gar nicht. Er hielt die Pistole Luisa unters Kinn. Seine Augen blickten wie die eines Irren in das Scheinwerferlicht, und seine Brust hob und senkte sich, als ob er tausend Meter gelaufen wäre. Sein Kopf zuckte hin und her. Nur der Griff, mit dem er Luisa an sich presste, war eisern.

»Mach das Licht aus, Brandow«, stieß Sigurd hervor.

Max zögerte. Sigurd packte Luisa fester. Max hörte sie durch den Knebel stöhnen. Er löschte die Scheinwerfer und starrte dann wie betäubt in die vollkommene Dunkelheit, in die das Innere der Scheune sich nach der hellen Beleuchtung verwandelt hatte und in der die Flämmchen der Laternen tanzten wie trübe Irrlichter. Vor seinen Augen standen missfarbige Nachbilder – blaue und grüne Kanten und Flächen und davor der bunte Schattenriss einer Gestalt, die eine andere Gestalt an sich drückte. In die Stille ertönte Sigurds Stimme, kratzig und überschnappend. »Damit hast du nicht gerechnet, Brandow, was? Du weißt schon, dass ich hier zwei Geiseln auf einmal habe?« Max erkannte, dass Sigurds Nerven so straff gespannt waren wie Klaviersaiten – und dass er kurz davor war, vor Panik und Triumph gleichermaßen durchzudrehen. Wozu er dann imstande war, ließ sich nicht einschätzen. Aber er hatte eine Pistole, und sie hatte sicher mehr als den einen Schuss im Magazin gehabt, den Sigurds Gefolgsmann auf den Lkw abgefeuert hatte, und im Grunde reichte es, wenn er nur über eine einzige weitere Kugel verfügte. Wenn er abdrückte, würden Luisa und das Kind in ihrem Leib tot sein. Sigurd war ein Feigling, aber ein in die Ecke gedrängter Feigling, und er hatte die Macht über sechs wehrlose, gefesselte Menschen.

»Was willst du?«, rief Max.

»Fahr den Lkw zurück. Ich werde mich zusammen mit deiner Frau absetzen.«

»Kommt nicht infrage.«

»Dann mach die Scheinwerfer wieder an und sieh zu, wie ich ihr den Schädel wegpuste.«

»Geh auf keinen Fall auf seine Forderungen ein!«, raunte Türk. »Wir verhandeln ihn einfach mürbe.«

Max schüttelte den Kopf. Er konnte den Gedanken nicht ertragen, dass Luisa auch nur eine Sekunde länger in Todesgefahr schwebte. Er ließ den Motor an, der nach einigem Orgeln zu arbeiten begann, und setzte den Lkw ein paar Schritte zurück. Türk ging rückwärts neben dem Wagen her, die Pistole vor sich auf den Boden gerichtet, in Deckung des Kotflügels und jederzeit bereit zu feuern. Max ließ den Motor laufen. Der Eingang der Scheune war ein schwarzes Rechteck. Langsam ließen die Nachbilder vor Max' Augen nach. Die Laternen in der Scheune waren erloschen. Anscheinend hatte Sigurd sie umgestoßen, während Max den Lkw zurückgesetzt hatte.

»Du hast gelogen«, ertönte Sigurds Stimme aus dem schwarzen Rechteck heraus. »Du hast gesagt, du wärst allein.«

Max schwieg.

»Wer ist da bei dir? Polizei? Der Dorfgendarm? Habt ihr so was überhaupt hier? Womit hat er geschossen? Mit einem Vorderlader?«

»Hier ist Hauptkommissar Ernst Türk von der Kriminalpolizei Berlin«, ertönte Türks ruhiger Bass. »Ich rate Ihnen, die Geiseln freizulassen und sich zu ergeben. Dann lässt sich über alles reden.«

»Werfen Sie mir Ihre Pistole durch die Tür zu«, rief Sigurd.

»Ich trenne mich nicht von meiner Waffe. Das wäre ein Dienstvergehen.«

Sigurds Stimme wurde schriller. »Ich habe noch genügend Schuss im Magazin! Ich knalle die erste Geisel in drei Sekunden ab, wenn Sie es nicht tun!«

»Bitte!«, flehte Max mit trockenem Mund.

Türk machte ein angewidertes Geräusch, ließ das Magazin aus dem Griff herausfallen, hebelte die schon in der Kammer befindliche Patrone heraus und warf die entladene Pistole dann in die Scheune hinein. Max hörte sie drinnen aufschlagen.

»Ich komme jetzt mit Luisa raus«, rief Sigurd. »Wenn ihr zwei noch eine weitere Waffe haben solltet und sie einsetzen wollt, dann denkt dran – selbst wenn ihr Luisa verfehlt und mich trefft, habe ich noch genügend Zeit, den Abzug durchzudrücken.«

»Lass Luisa in der Scheune und komm alleene raus«, rief Max. »Jetzt gilt's wirklich – Mann gegen Mann. Det wollteste doch, seit de dich im Büro von Richard Loeb uff der Auslegeware jewälzt und flennend nach der Polizei jerufen hast!«

»Nein, du Gossenratte!«, kreischte Sigurd. »Das wollte ich nicht. Ich wollte dich totschlagen wie einen Hund, während du am Boden festgekettet bist, weil du nichts anderes verdienst.«

»Das Spiel ist aus, Herr von Cramm«, sagte Türk ruhig. »Geben Sie auf, bevor alles nur noch schlimmer wird.«

»Schlimmer? Für mich? Heute Mittag werden alle SA-Abteilungen Berlins hier eintreffen und jeden Stein von Gut Briest abtragen zur Vergeltung dessen, was meinen Männern und mir hier widerfahren ist, und kein Staatsanwalt und kein Richter der Welt wird dagegen etwas unternehmen, denn uns gehört Deutschland!

Der Benz Tourer, der neben dem Gutshaus geparkt ist – gehört der dir, Brandow? Oder deinem Schwiegervater? Hol den Schlüssel und leg ihn rein. Ich nehme den Benz, und Luisa nehm ich auch mit.«

»Schlagen Sie sich das aus dem Kopf, Herr von Cramm.«

»Herrgott noch mal!«, fluchte Sigurd. »Ihr kapiert es nicht, was? Na gut. Kapiert ihr das?«

In der Dunkelheit der Scheune flammte auf einmal ein Mündungsblitz auf, und ein Schuss knallte. Max war so entsetzt, dass er mit offenem Mund auf dem Fahrersitz des Lkw saß und starrte. Er spürte, wie ihm schwarz vor Augen wurde. Aus der Scheune war ein ersticktes Stöhnen und Rascheln zu hören, als ob jemand sich am Boden winde.

»Das war der alte Kerl, der für euch die Rechnungen des Guts bezahlt!«, schrie Sigurd. »Oberschenkeldurchschuss. Blutet wie ein Schwein nach der Hatz. Der nächste Schuss trifft den Gutsherrn – oder seine Frau!«

»Schon gut!«, rief Türk. »Der Benz gehört mir. Der Schlüssel steckt. Sie haben freien Abzug. Lassen Sie Frau Brandow hier und lassen Sie uns dem Gutsverwalter helfen, bevor er verblutet. Der Weg ist frei.«

»Halten Sie mich für blöd, Herr Kriminaler? Luisa kommt mit mir!«

Es war eine unsagbare Qual für Max, dabei zuzusehen, wie Sigurd sich mit Luisa in den Armen langsam aus der Scheune tastete und dann im Seitwärtsgang in Richtung Gutshaus bewegte. Er befahl Max, aus dem Lkw zu steigen und zusammen mit Türk zurückzutreten. Dann schlurfte er um den Lastwagen herum. Max und Türk folgten ihm. Max sah die ganze Zeit in Luisas Augen, und sie gab seinen Blick zurück. Sie weinte nicht, aber er konnte die Todesangst in ihrem Blick lesen. Sein Innerstes vibrierte vor Furcht und Wut, und irgendwo in dem heißen Feuerball, der sein Magen war, entstand der feste Entschluss, Sigurd für all das zu töten.

»Helfen Se dem Verwalter, bitte«, sagte er zu Türk. »Ick beobachte det Janze, solange es jeht.«

Türk nickte und stapfte in die Scheune. Max folgte Sigurd und Luisa.

»Bleib zurück!«, schrie Sigurd. »Bleib, wo du bist. Ich knall sie sonst ab!«

»Wenn de das tust, haste keene Geisel mehr«, sagte Max. »Die anderen Gefangenen sind jetzt in der Scheune, da kommste nicht mehr ran. Deswegen tuste es nicht.«

Sigurd zögerte einen Augenblick. »Ich schieße ihr den Ellbogen kaputt. Dann kann sie immer noch laufen! Wenn sie es überlebt, kann sie dir später die Suppe einarmig kochen.«

Max hob beide Hände. »Gut, gut.« Er blieb stehen. »Alles wird gut, Luisa«, sagte er.

Luisa fing doch an zu weinen. Sigurd zischte höhnisch.

»Versprochen, Frollein. Großes Ehrenwort«, sagte Max.

Sigurd zwang Luisa, über den Fahrersitz auf die Beifahrerseite zu rutschen. »Roll dich im Fußraum zusammen!«, befahl er. »Brandow – her mit dem Schlüssel für den Laster.«

»Haste Angst, det ick dich sogar mit der alten Mühle einholen könnte?«

»Her damit!«

Max händigte den Schlüssel aus.

Sigurd startete den Wagen und rollte an. Gleichzeitig zielte er mit der Waffe auf Max. Max blieb reglos stehen. Sigurd nahm die Pistole wieder herein, richtete sie auf Luisa im Fußraum und gab Gas. Der Benz röhrte zum Tor hinaus, schleuderte durch die enge Kurve, mit der die Straße ins Dorf führte, und raste dann zwischen den Bauernhöfen hindurch. Er war noch zu hören, als der Lichtschein von den Scheinwerfern längst von den Alleebäumen verschluckt wurde.

Max rannte in die Scheune. Türk hatte Hermine, Otto und die Köchin befreit. Otto versuchte, die Fesseln des hysterischen

Dienstmädchens zu lösen, Hermine, die Köchin und Türk kümmerten sich um den Verwalter.

»Sigurd weiß selbst nicht, wie viel Schuss er noch im Magazin hat. Er hat darauf verzichtet, mich abzuschießen«, rief Max. »Geben Sie mir Ihre Waffe, Herr Türk. Ick fahre hinterher.«

»Womit denn? Mit dem Laster? Du kämst nie hinterher.«

»Wer sagt was von dem Laster? Was denken Sie, womit ick herjekommen bin? Im Dorf steht een Brennabor-Cabriolet. Ick glaube sogar, es gehört Sigurd, weil ick es vor dem Sturmlokal gestohlen habe. Bitte, geben Sie mir Ihre Waffe!«

»Kannst du ihn denn noch einholen, Max?«, fragte Hermine.

»Ich bin der Einzige, der es kann«, sagte Max schlicht.

Türk warf Max eine Pistole zu. Max erkannte sie als die Waffe, die sie dem SA-Mann vor dem Tor abgenommen hatten. Offenbar war Türk auch bei Max nicht geneigt, seine Dienstwaffe freiwillig herzugeben. »Hier«, sagte er. »Dürfte noch zwei oder drei Schuss im Magazin haben, dem Gewicht nach. Und du kannst Ernst zu mir sagen, mein Junge. Hast es verdient, und das ist mein voller Ernst.«

Max nickte ihm, Otto und Hermine zu, dann rannte er hinaus. Er hörte jemanden hinter sich herlaufen, aber er drehte sich nicht um.

## 35

Die höchsten Erhebungen in der Landschaft zwischen Brandenburg im Osten und der Elbe im Westen waren die Elbdeiche – und gelegentliche Hügel, auf denen jeweils eine Dorfkirche stand und die auf die Zeiten hinwiesen, als Kirchen auch zugleich Burgen gewesen waren und sich leichter gegen plündernde Wikinger verteidigen ließen, wenn sie auf einer Aufschüttung standen. Der alte Witz über diese Landschaft lautete, dass ein Überraschungsbesuch hier nicht möglich war, denn man konnte gestern schon sehen, wer morgen kommen würde.

In der dunklen Stunde, bevor die Morgendämmerung begann, war die flache Landschaft besonders ausgestorben. Auf Bäumen und in Wassergräben standen Reiher auf einem Bein und dösten. Kühe waren gefleckte Schatten in der Finsternis, schlafend auf den Wiesen kauernd oder mit hängenden Köpfen herumstehend, sichtbar nur wegen der weißen Flecken in ihrem Fell. Das Sternenlicht verblasste allmählich, weil die Dämmerung näher rückte, und machte diese Tageszeit besonders dunkel.

Zwei waagrechte Lichtsäulen flogen röhrend durch diese Landschaft aus Schatten und noch tieferen Schatten. Das Licht war deshalb so gut sichtbar, weil der Wagen in einer Staubwolke fuhr, die das Fahrzeug vor ihm hinterlassen hatte. Wenn kein Wind wehte und das Wetter trocken war, so wie heute, hielt sich der Staub eines schnell fahrenden Fahrzeugs minutenlang in der Luft. Es war einfach, einem vorausfahrenden Automobil zu folgen, solange es nur schnell genug unterwegs war.

Max saß hinter dem Steuer des Brennabor und fand immer noch ein bisschen mehr Tempo, das er aus dem Motor herauskitzeln konnte, und immer noch eine um Nuancen günstigere Fahrlinie, um in den Kurven nicht an Geschwindigkeit oder die Kontrolle über das Fahrzeug zu verlieren. An der zunehmenden Dichte des Staubs merkte er, dass er aufholte. Es hätte nicht sein dürfen, denn der Brennabor war das deutlich schlechtere Auto. Aber Max hatte gegenüber Sigurd drei Vorteile: Er war nicht nur auf der Flucht, sondern unterwegs, um die Liebe seines Lebens zu retten, und das verlieh ihm stärkere Flügel, als die Angst Sigurd gab; er kannte jede Kurve dieser Straßen, weil er sie mit Otto zusammen abgefahren war, als sie den Komnick getestet hatten; und er war der bessere Fahrer. Er kam sich vor wie beim Eröffnungsrennen auf der AVUS, als er mit dem schwerfälligen NAG Wagen um Wagen im Mittelfeld überholt hatte, gegen jede Erwartung.

Ein wuchtiges Fahrzeug mit wirbelnden Speichenrädern, das durch die Nacht fuhr, der bunte Lack matt und eintönig unter der Staubschicht. Zwei Scheinwerfer, die nach vorn ausgriffen, als wären sie die Gedanken des Fahrers, der nur an die Rettung seiner Frau dachte und dass er ihren Entführer ein für alle Mal aus dem Verkehr ziehen würde. Zwei Hände, die das Lenkrad festhielten, als könnten sie dem Wagen dadurch zusätzliche Kraft geben.

Max Brandow raste Sigurd von Cramm hinterher und holte Minute um Minute auf. Er wusste nicht, dass Luisa sich von ihrem Knebel befreit hatte und aus dem Fußraum des Benz heraus immer wieder zu Sigurd sagte: »Max holt dich, du wirst schon sehen«, bis dieser vor Wut unartikuliert brüllte und beinahe von der Straße abgekommen wäre.

Er wusste auch nicht, was Sigurd mit immer größer werdendem Zorn von der Anzeige auf dem Armaturenbrett des Benz ablas: dass Türk die Frage nach Max' Tankstelle anscheinend ernst gemeint hatte, denn er hatte fast nichts mehr im Tank, und auch das wurde immer weniger. Sigurd klopfte, halb irre vor Hass auf die Welt, gegen die Anzeige, sooft er eine Hand vom Lenkrad nehmen konnte. Die kleine weiße Nadel zeigte hartnäckig einen fast leeren Tank an.

Max wusste nur eines: Er würde Sigurd einholen, und dann würde ein Duell zu Ende gehen, das vor sieben Jahren auf der AVUS seinen Anfang genommen hatte.

## 36

Max ahnte den Benz mehr, als er ihn sah – ein klobiger, unbeleuchteter Schatten am Straßenrand, gehüllt in seine eigene erstickende Staubwolke. Ihm war klar gewesen, dass er Sigurd fast eingeholt haben musste, weil die Wolke auf den letzten paar hundert Metern so dicht gewesen war. Er zog an der Bremse und kam mit blockierenden Rädern hinter dem Benz zum Stehen. Der Motor starb ab.

Der Benz war leer, so viel konnte man im Licht der Scheinwerfer sehen. Es sei denn, eine Person lag im Fußraum des Beifahrersitzes … oder auf den Rücksitzen … oder sonst wo, mit einer Kugel im Schädel und blicklosen Augen in den Himmel starrend. Max versuchte, den wilden Trommelschlag seines Herzens unter Kontrolle zu bringen. Nach dem Röhren des Motors, dem Brausen des Fahrtwinds und dem Geprassel des Straßenbelags war es jetzt geradezu unheimlich still. Die beiden Fahrzeuge standen bewegungslos da in ihrer von innen heraus beleuchteten Staubwolke, eine langsam herniedersinkende Glocke über einer hellen Insel, verloren in der Dunkelheit des weiten, flachen Landes.

»Luisa?«, fragte Max. Er öffnete die Tür und stellte einen Fuß nach draußen, eine Hand am Lenkrad, die andere am Türrahmen.

»Das ist weit genug«, ertönte Sigurds Stimme aus der Dunkelheit des Straßengrabens. »Heb die Hände über den Kopf.«

Sigurd kam aus dem Straßengraben geklettert. Er schob Luisa vor sich her und hielt ihr dabei wieder die Pistole unters Kinn. Luisas Haar war zerrauft, über ihre Wangen zogen sich Schmutzstreifen, und ihr Kleid war zerrissen. Sie sah Max an. Max lächelte ihr zu.

»Der fette Polizist war nicht mal schlau genug, seine Karre vollzutanken«, sagte Sigurd.

»Er hat sich auf die Tankstelle auf Gut Briest verlassen«, erklärte Max.

»Auf Gut Briest gibt es gar keine Tankstelle!«

»Deshalb«, sagte Max, »steht dein Wagen jetzt auch da vorn, und du gehst zu Fuß.«

»Ich gehe nicht zu Fuß. Steig aus, Brandow, und schön langsam. Ich tausche einfach die Fahrzeuge. Das ist übrigens mein Wagen, mit dem du da gefahren bist. Wo hast du ihn her?«

»Stand bei deiner Baustelle herum.«

»Was für eine Baustelle?«

»Früher war's mal een Sturmlokal. Ist aber jetzt een Sanierungsfall.«

Sigurd schüttelte unwillig den Kopf. »Hör auf zu quatschen. Was hast du eigentlich gedacht, damit zu erreichen? Fährst mir hinterher und läufst dann in meine Falle wie ein Kleinkind? Du hast dich immer für so schlau gehalten, Gossenratte. Dabei bist du zu allem zu dumm. Du kannst nicht gut genug fahren, sonst hättest du mich eingeholt, bevor mir der Sprit ausging; du kannst nicht gut genug denken, sonst stündest du jetzt nicht da wie ein begossener Pudel; und du bist zu dumm, deine eigene Frau zu retten. Luisa kommt weiter mit mir. Sie hat die ganze Zeit über gesagt, dass du sie holen kommst. Ich musste sie schlagen, damit sie aufhört. Jetzt sieh sie dir an, wie enttäuscht sie von dir ist.«

»Hat er dich wirklich geschlagen, Luisa?«

Luisa, die wieder geknebelt war, nickte.

Max sah Sigurd in die Augen. »Det hättste mal lieber bleiben lassen.«

Sigurd lachte.

»Was für eine hohle Drohung! Was willst du denn machen, Brandow? Mir hinterherlaufen, wenn ich mit dem Brennabor losgefahren bin? Am Ende tust du das auch noch. Es heißt, mangelnde Intelligenz würde durch verstärkte Sturheit wettgemacht. Vielleicht rennst du ja wirklich hinterher.«

Sigurd zwang Luisa wieder auf den Beifahrersitz und dann in den Fußraum, anschließend rutschte er auf den Fahrersitz. Max trat so nahe wie möglich an den Brennabor heran. Sigurd hob die Waffe und zielte auf Max' Gesicht. Seine Miene verzerrte sich plötzlich in blindem Hass und Triumph.

»Auf dem Gut hab ich dich verschont, Brandow!«, schrie er. »Weißt du warum? Weil ich nicht wusste, wie viel Schuss ich im Magazin habe! Und ich wollte mir unbedingt einen für deine

Schlampe von Frau aufheben, die sich mit so was wie dir eingelassen hat. Aber weißt du was? Ich habe noch drei Schuss im Magazin!« Er kreischte jetzt. Der Lauf der Waffe zitterte wild. »Sag Lebewohl, Brandow!«

Hinter Sigurd tauchte auf einmal jemand aus dem Fußraum zwischen den Rücksitzen und den Lehnen der Vordersitze auf. Die Gestalt schlang einen Arm von hinten um Sigurds Hals, packte mit der anderen Hand sein rechtes Handgelenk und hämmerte es mit aller Wucht auf die obere Kante der Tür. Die Pistole wurde Sigurd aus der Hand geschlagen und fiel auf den Boden. Max tauchte hinterher und kam mit ihr in der Hand wieder hoch. Die Gestalt hinter Sigurd drückte ihren freien Arm jetzt in Sigurds Nacken. Mit dem anderen Arm um seine Kehle ergab es eine perfekte Garrotte. Es brauchte nicht einmal viel Kraftaufwand, um ihm entweder den Kehlkopf einzudrücken oder das Genick zu brechen.

Sigurd gurgelte und wand sich auf dem Sitz, war aber nicht in der Lage, sich zu befreien. Seine Finger krallten sich in die Arme seines Überwältigers, ließen aber ab, als sich der Druck zwischen den beiden Armen erhöhte.

»Jetzt bin ick dran mit reden«, zischte Hermine von Briest in Sigurds Ohr, »und ick sage: Halt die Klappe, Söhnchen, sonst versohl ick dir den Hintern.«

Luisa reagierte nach einer Überraschungssekunde. Sie krabbelte hoch auf den Sitz, stieß mit ihren gefesselten Händen die Tür auf, fiel aus dem Wagen, kam auf die Beine und rannte um die Motorhaube herum zu Max. Max legte die Pistole auf den Boden und umarmte sie, dann nahm er ihr den Knebel aus dem Mund und küsste sie stürmisch. Ihre Handgelenke waren mit dünner Schnur gefesselt und die Knoten so fest gezogen, dass Max sie nicht aufbekam. Die Haut an ihren Handgelenken war wund gescheuert, die Schnur an vielen Stellen rot.

»Entweder lass ick ihn jetzt los, oder ick brech ihm det Jenicke«, sagte Hermine. »Aber ick kann ihn nicht mehr länger halten, wa?«

Max hob die Pistole wieder auf und zielte auf Sigurd. Hermine ließ ihn los und stieß ihn gleichzeitig nach vorn, sodass er sich mit den Händen abfangen musste, wenn er nicht mit der Stirn gegen das Armaturenbrett knallen wollte. Hermine nutzte die Zeit, um aus dem Wagen zu klettern.

»Steig aus«, sagte Max zu Sigurd.

Sigurd schüttelte den Kopf, massierte sich den Hals, zitterte am ganzen Körper. »Du musst mich erschießen, Brandow«, sagte er. Er fasste mit bebenden Händen ans Lenkrad. »Schieß, wenn du Mumm hast.«

»Er hat tausendmal mehr Mumm als du!«, stieß Luisa hervor.

»Ich brauch dich nicht zu erschießen, um dich am Wegfahren zu hindern«, sagte Max. »Es reicht, wenn ick dir den Ellbogen zerschieße. Oder det Knie. Du musst ja nirgendwo hinlaufen.«

»Dann tu das«, krächzte Sigurd. »Du wagst es nicht.« Er pumpte den Lufthebel, um den Wagen zum Anspringen zu bringen. Max hob die Waffe. Sein ganzer Hass auf Sigurd war verflogen, jetzt, da Luisa in Sicherheit war und der Trick mit der zwischen den Sitzen versteckten Hermine so wunderbar funktioniert hatte. Er und Hermine hatten ihn auf die Schnelle improvisiert, als sie ihm im Gutshof hinterhergelaufen war. Otto hätte es nicht tun können; die Schläger von der SA hatten ihm mindestens eine Rippe gebrochen, als sie ihn in die Mangel genommen hatten.

Der Motor orgelte und starb ab. Sigurd sah starr geradeaus. Max hob die Waffe noch weiter. »Steig aus, oder ick schieße!«, warnte er.

»Worauf wartest du?«, fragte Hermine. »Weißt du, was er vorhatte? Er wollte uns alle mit Drahtschlingen erhängen. Ick hab keen Problem damit, wenn de ihn zum Krüppel schießt. Er kann dann übern Jefängnishof hinken oder sich im Rollstuhl schieben lassen.«

Der Motor sprang an. Sigurd war schweißüberströmt, aber er sah Max nicht an. Er zog an den Hebeln. Bremse, Gang … er pumpte noch einmal Luft. Der Motor knatterte und nahm Drehzahl auf.

Max schob die linke Schulter nach vorn und legte die rechte Hand mit der Waffe in die linke. So abgestützt, zielte er über die Seitenwand des Brennabor auf Sigurds rechten Arm.

»Das wird mich nicht aufhalten«, sagte Sigurd. »Du musst mich schon erschießen.«

Max biss die Zähne zusammen. »Steig – jetzt – aus!«, sagte er erstickt.

»Das mit den Drahtschlingen stimmt«, sagte Sigurd. »Ich hätte deine Frau bis zum Schluss aufgehoben, in der Hoffnung, dass du rechtzeitig angekommen wärst, um es mit ansehen zu können.«

In Max brannte etwas durch. Die Pistole ruckte hoch und zielte direkt auf Sigurds Kopf. Jetzt wandte sich dieser um und starrte Max in die Augen.

»Du kannst es nicht«, flüsterte Sigurd. Max war sicher, dass nur er ihn hörte. »Es ist nicht so einfach, auf einen Menschen zu schießen. Oder ihn sonst wie zu töten. Selbst, wenn du sein Gesicht nicht siehst, weil du ein Kissen darauf drückst. Es ist nicht einfach. Schieß, Brandow. Schieß, Gossenratte. Schieß, wenn du gewinnen willst. Jetzt oder nie. Das Rennen macht nur einer. Es gibt keinen zweiten Platz. Es gibt nur einen Sieger und einen Haufen Versager.«

Sigurd legte krachend den Gang ein. Der Brennabor ruckte ein bisschen an. Max' Finger krampfte sich um den Abzug.

Luisa legte ihm die Hand auf den Arm. »Lass es, Max«, sagte sie ruhig. »Du willst nicht seinetwegen zum Mörder werden. Ich will dich nicht im Gefängnis besuchen, nur weil er hier Angst davor hat, sich zu stellen, und zu feige ist, sich selbst die Kugel zu geben. Ich will nicht, dass du dein Leben lang herumlaufen musst mit dem Wissen, einen Menschen getötet zu haben.«

»Er wollte … dich … aufhängen …«, brachte Max hervor, der jetzt ebenso schweißüberströmt war wie Sigurd.

»Und er hat es nicht geschafft. Weil du mich gerettet hast. So, wie du mich immer rettest. Weil du dein Versprechen hältst. Weil du mich liebst. Weil ich dich liebe.«

»Lass ihn ziehen, Max«, sagte nun auch Hermine. »Er ist erledigt. Er kann fliehen, aber im Grunde kann er nirgendwohin.«

Sigurd starrte Max in die Augen. Max ließ die Waffe sinken. Sigurd schnaubte verächtlich. »Du wirst das Rennen nie gewinnen, Brandow«, sagte er.

»Det Rennen, auf det es ankommt, hab ick schon lange jewonnen«, sagte Max mit rauer Stimme. »Det Rennen, det du meinst, geht immer nur im Kreis herum, und det Einzige, dem du wirklich hinterherjagst, ist dein Seelenfrieden. Und den holste nie ein.«

Er trat zurück. Sigurd wandte sich ab, gab Gas und schlitterte mit durchdrehenden Rädern und Steine und Staub hochschleudernd davon. Sie hörten das Röhren und Knattern des Motors noch lange. Max hielt Luisa im Arm, und Hermine hatte die Arme um beide gelegt. Keiner sagte etwas. Die Pistole lag auf dem Boden.

»Wie kommen wir jetzt wieder nach Hause?«, fragte Luisa nach einer Weile.

»Ick denke, man muss den vollen Ernst immer für voll nehmen«, sagte Max nachdenklich. »Ick kann nich glooben, det er sehenden Auges mit ’nem halb leeren Tank aufs Land jefahren ist.« Er trat an Türks Benz Tourer heran, hob das zusammengefaltete Verdeck hoch und öffnete den kleinen Kofferkasten, der am Heck des Fahrzeugs angebracht war. Darin lagen ein zusammengeknüllter Ledermantel, ein Radkreuz und ein Zehn-Liter-Kanister Benzin. Er hob ihn heraus und füllte den Tank auf. Dann stellte er den leeren Kanister zurück in den Kofferkasten.

»Luisa«, sagte er, »lass mich nicht vergessen, det Kriminalhauptkommissar Türk zehn Liter Benzin guthat, wenn wir erst die Tankstelle uffjemacht haben.«

»Die spendieren wir euch – zum Einstand«, sagte Hermine. Und dann sagte sie: »Max, Luisa: Ab auf die Rücksitze! *Ich* fahre jetzt.«

## 37

Am Abend des darauffolgenden Tages umstellte eine Kompanie Schutzpolizei unter der Oberaufsicht von Ernst Türk Gut Cramm und forderte Sigurd von Cramm auf, sich zu ergeben. Die Polizei war von Magda von Cramm telefonisch alarmiert worden, dass ihr Sohn sich auf dem Gut versteckt hielt.

Während der Verhandlungen fielen zwei Schüsse im Inneren des Gebäudes. Die Polizei stürmte das Gut. In der Küche fanden sie das zu Tode geängstigte Hauspersonal. Im Salon stießen sie auf Magda und Sigurd von Cramm. Beide waren tot. Die Pistole lag zwischen ihnen. Es ließ sich nicht feststellen, ob Sigurd zuerst seine Mutter und dann sich erschossen hatte – oder ob Magda die Waffe erbeutet hatte und es sich genau umgekehrt verhielt. Als die Polizisten Fotos machen wollten, um sich dieser Frage später zu widmen, ordnete Ernst Türk an, dass die Fotos unterbleiben sollten und der Fall für abgeschlossen erklärt wurde. In den Zeitungen wurde nur kurz darüber spekuliert. Man ging von einem Doppelselbstmord aus, denn Nachforschungen hatten ergeben, dass Magda von Cramm total bankrott und von der Zwangsräumung des Guts bedroht gewesen war. Das Bankhaus, das die Nachfolge von Alfred Kron angetreten hatte, hatte alle Konten einer Bonitätsprüfung unterzogen und dabei festgestellt, dass Magda von Cramm in den letzten Jahren hoffnungslos über ihre Verhältnisse gelebt hatte und pleite gewesen war. Kron hatte sie anscheinend immer gedeckt. Sein Nachfolger hatte Magdas

Konto geschlossen und sie ultimativ aufgefordert, die Schulden zurückzuzahlen oder das Gut zu verkaufen.

Drei Monate später berichteten die Zeitungen in weitaus größerem Umfang vom ersten Auftritt, den der Parteiführer der NSDAP, Adolf Hitler, nach der Aufhebung des Redeverbots gegen ihn im Berliner Sportpalast gehabt hatte. Es hieß, dass achtzehntausend Menschen dieser Rede gelauscht hätten.

Die Zeitungen schrieben, dass den nächsten Reden dieses Mannes sicher noch mehr Menschen zuhören würden.

Sie sollten recht behalten.

# EPILOG

Ernst Otto Viktor Brandow kam im ziemlich kalten und verregneten März 1929 zur Welt. Seine drei Namensgeber platzten bei der Taufe geradezu vor Stolz und übertrafen sich gegenseitig im Versuch, dem Anlass gemäß so feierlich wie möglich auszusehen. Die kleine Kapelle auf dem Gut sah aus wie bei einem Staatsempfang und war allein schon mit dem in einen nagelneuen Stresemann gekleideten Ernst Türk so gut wie ausgefüllt.

Kriminalpolizeirat Ernst Türk baute die von ihm übernommene Zentrale Mordinspektion in den nächsten Jahren zu einer weltweit anerkannten und vielfach kopierten Organisation aus, in der Kommissare, einfache Kriminalbeamte, Stenotypistinnen, Erkennungsdienstmitarbeiter und Polizeihunde zusammenarbeiteten. Ihre Aufklärungsrate lag zeitweise bei fünfundneunzig Prozent.

Viktor Juhnke wurde Max' und Luisas unverzichtbare Stütze beim Aufbau der Tankstelle und der Reparaturwerkstatt. Innerhalb kürzester Zeit entwickelte sich das kleine Unternehmen zu einem Fixpunkt für alle Autoreisenden, die zwischen Berlin und Magdeburg unterwegs waren, und als Erste-Hilfe-Station für alle technischen Wehwehchen, die die landwirtschaftlichen Maschinen des Landkreises befielen. Als die Ufa 1930 die Tonfilmoperette *Die drei von der Tankstelle* in die Lichtspielhäuser brachte, besuchten ganze Scharen von Leuten aus Briest, Genthin und Jerichow den Film, weil sie dachten, er handle von Max, Luisa und Viktor.

Gut Briest geriet durch die Wirtschaftskrise, die mit dem

Schwarzen Donnerstag am 24. Oktober 1929 in den USA begann und im Frühsommer 1931 Deutschland erreichte, erneut in Schwierigkeiten. Aber die Erlebnisse aus der Krise zuvor ermöglichten Otto und Hermine, sich hindurchzulavieren. Das Detektivbüro, an das Ernst Türk immer wieder Ermittlungen auslagerte, die Tankstelle und die Werkstatt, vor allem aber der Zusammenhalt der Familie, zu der Viktor Juhnke einfach hinzugezählt wurde, leisteten dazu einen großen Beitrag. Otto war nie mehr gezwungen, sich über den Notverkauf seines Erbes Gedanken zu machen.

Fritz Lang brachte die Ufa mit *Metropolis* an den Rand des Ruins, weil niemand den Film in den Kinos sehen wollte. Seine beiden nächsten Filme waren dementsprechend niedrig budgetiert, sanierten durch ihren Erfolg die Produktionsfirma aber wieder. Seinen darauffolgenden Film *M* drehte Lang für die Nero-Film AG, die sich künstlerisch ambitionierten Projekten verschrieben hatte und deutlich Stellung gegen den aufkommenden Nationalsozialismus bezog. *M* war ein Thriller und Langs erster Tonfilm. Er sollte in die Filmgeschichte als Glanzlicht des frühen Tonfilms eingehen. Nach der Machtübernahme durch die Nationalsozialisten 1933 wurde Lang von Joseph Goebbels die Leitung des deutschen Films angeboten. Auf den Hinweis, dass er aber Jude sei, entgegnete Goebbels: »Wer Jude ist, bestimmen wir!« Lang bestieg noch am selben Tag einen Zug und emigrierte nach Paris und später in die USA. Seine Ehe mit der glühenden Nationalsozialistin Thea von Harbou wurde geschieden.

Brigitte Helm, die Hauptdarstellerin von *Metropolis*, kehrte wenige Jahre nach ihrem Debüt dem Filmgeschäft den Rücken und zog mit ihrem zweiten Ehemann in die Schweiz. Sie wollte nie wieder etwas vom Film wissen. Als ihr Sohn in den Sechzigerjahren des 20. Jahrhunderts von einem Journalisten gebeten wurde, ein Interview mit seiner Mutter über ihre Zeit bei der Ufa zu arrangieren, erwiderte dieser: »Wenn ich das tue, enterbt sie mich.«

Rudolf »Karratsch« Caracciola wurde zum erfolgreichsten europäischen Automobilrennfahrer der Zeit vor dem Zweiten Weltkrieg. Er errang dreimal den Titel Europameister, jedes Mal auf einem Mercedes-Benz. Im Jahr 1959 erlag er, erst achtundfünfzig Jahre alt, einem Leberleiden.

Clärenore Stinnes umrundete die Welt ohne Max Brandow und, nachdem ihr anfängliches Team sie nach und nach im Stich gelassen hatte, mit ihrem alleinigen Begleiter Carl-Axel Söderström. Sie brauchten dazu über zwei Jahre und brachten das Fahrzeug, mit dem sie aufgebrochen waren, einen Adler Standard 6, in funktionstüchtigem Zustand, wenn auch arg mitgenommen, zurück. Als sie über die AVUS nach Berlin zurückkehrten, mussten sie ihre insgesamt sechsundvierzigtausend Kilometer lange Reise kurz unterbrechen, um das Kleingeld für die zehn Reichsmark Autobahngebühr zusammenzukratzen.

Entgegen der Drohung Sigurd von Cramms, dass die SA auf Gut Briest keinen Stein auf dem anderen lassen würde, ließ sich von der Schlägertruppe der Nationalsozialisten niemals wieder jemand dort blicken. Zwei Monate nach der Machtergreifung Adolf Hitlers im März 1933 fanden in zweiundzwanzig deutschen Hochschulstädten öffentliche Verbrennungen von Büchern verfemter Autoren statt. Studenten, Professoren und Verbände von SA und SS organisierten die Aktionen; allein in Berlin nahmen rund siebzigtausend Menschen daran teil. Wenige Wochen nach diesen Vorkommnissen überreichten Otto und Hermine von Briest ihrer Tochter und ihrem Schwiegersohn ein Geschenk, für das sie sich erneut verschuldet hatten: Tickets für eine Überfahrt mit der HAPAG nach Amerika für zwei Erwachsene und ein Kind. Mit im Umschlag befanden sich genaue Anweisungen, wie man von dort aus die dauerhafte Emigration in die USA bewerkstelligen konnte. Ernst Türk hatte sie ausgearbeitet.

Auf Luisas und Max' flehentliche Bitte, zusammen mit ihnen nach Amerika auszuwandern, antworteten Otto und Hermine, dass nicht alle anständigen Deutschen das Land verlassen konnten, das von einer Heimat zu einem Land der Gottlosigkeit geworden war. Immerhin war es ihre Generation, die nicht hatte verhindern können, dass die Nationalsozialisten an die Macht gekommen waren; daher war es auch ihre Pflicht, den Widerstand gegen deren Politik am Leben zu erhalten.

Luisa, Max und der kleine Ernst verließen Deutschland Anfang 1934 an Bord des Linienschiffs *St. Louis*. Mithilfe ihres Onkels Levin von Briest etablierten sie sich dort. Ihre Liebe geriet nie ins Wanken und überstand die schwierigen Anfänge im fremden Land, das Heimweh, die Scham über die weitere Entwicklung in Deutschland, das Entsetzen über den Krieg und die Angst um ihre in Nazideutschland gebliebene Familie. Max hielt das Versprechen, das er Luisa gegeben hatte, ein Leben lang und dehnte es auch auf Ernst und die anderen Kinder aus, die er und seine Frau bekamen.

Und wann immer jemand von ihnen traurig oder verzagt war, setzte Max sich dazu und sagte: »Alles wird gut. Versprochen. Großes Ehrenwort.«

# Quellen

Philippe Ariès/Georges Duby, *Geschichte des privaten Lebens*, S. Fischer Verlag 1993
Michael Berndt, *Deutsche Rennfahrer*, Heel Verlag 2008
»Die Weimarer Republik«, GEO-Epoche, 2007
»Moritz Goldstein: Künden, was geschieht … : Berlin der Weimarer Republik – Feuilletons, Reportagen und Gerichtsberichte«; Hrsg. Irmtraud Ubbens, Dortmunder Beiträge zur Zeitungsforschung, Band 66
Joe Hembus/Ilona Brennicke, *Klassiker des deutschen Stummfilms*, Goldmann Verlag 1983
Karl Ludvigsen, *Die deutsche Rennsport-Geschichte*, Geramond Verlag 2012
Hans Ostwald, *Der Urberliner*, Paul Franke Verlag, Berlin 1935
Hans Ostwald, *Dunkle Winkel (Berliner Orte)*, be.bra Verlag 2014
Martin Sabrow, *Die verdrängte Verschwörung: Der Rathenau-Mord und die deutsche Gegenrevolution*, Fischer 1999
Karl Sierek, *Der lange Arm der Ufa*, Springer 2017
»Geschichte der SA in Berlin-Brandenburg«, www.bernhard-sauer-historiker.de
Michael Winter, *PferdeStärken*, Rowohlt rororo 2004

# Danksagung

Danke – für all die Unterstützung, Begeisterung, Freundschaft und Liebe, die ich während der Arbeit an diesem Buch erfahren durfte:

An Christine, meinen Engel und die Liebe meines Lebens.

An meine Familie, allen voran an meinen Bruder Joe, der immer noch etwas zum Thema Film wusste.

An Bastian Schlück, meinen unverzichtbaren Agenten, Wegbereiter und Freund.

An Nina Wegscheider und Gerhard Seidl, die wie immer meinen Text verbessert und durch unsere Gespräche und ihre Freundschaft mein Leben bereichert haben.

An alle, die hier aufzuzählen zu weit führen würde und die auf die eine oder andere Weise dazu beigetragen haben, dass aus einer Idee ein Buch wurde.

Und an Sie, meine Leserinnen und Leser, die mir mit dieser Romantrilogie vielleicht vom Jahr 1840 bis hierher gefolgt sind oder Gut Briest und seine Bewohner jetzt erst entdeckt haben. Ich freue mich, dass ich Ihnen auch dieses Mal wieder eine Geschichte erzählen durfte.

Danke.